缪斯的诅咒

（上）

[美]卡斯特（P.C.Cast）著

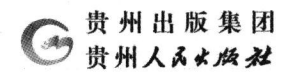

贵州出版集团
贵州人民出版社

图书在版编目(CIP)数据

缪斯的诅咒 / (美) P·C·卡斯特著；曹型玉译. -- 贵阳：贵州人民出版社，2016.9
ISBN 978-7-221-13620-6

Ⅰ.①缪… Ⅱ.①P… ②曹… Ⅲ.①长篇小说—美国—现代 Ⅳ.①I712.45

中国版本图书馆CIP数据核字(2016)第239884号

Copyright © 2006 by P.C.Cast
Translation copyright © 2016 by Guizhou Pinwei Book Culture Co.Ltd.
All rights reserved including the right of reproduction in whole or in part in any form.
This edition is published by arrangement with Harlequin Enterprises Ⅱ B.V./S.à.r.I..
This is a work of fiction.Names,characters,places and incidents are either the product of the author's imagination or are used fictitiously,and any resemblance to actual persons,living or dead,business establishments,events or locales is entirely coincidental.
Simplified Chinese rights arranged through CA-LINK lnternational LLC
(www.ca-link.com)

缪斯的诅咒 P.C.卡斯特 著 曹型玉 译

出 版 人	苏 桦
总 策 划	陈继光
责任编辑	陈继光 黄蕙心
特约编辑	Echo
封面设计	源之设计
出版发行	贵州人民出版社（贵阳市观山湖区会展东路SOHO办公区A座）
印　　刷	长沙鸿发印务实业有限公司（长沙市黄花工业园3号）
开　　本	16开(710*1000)
字　　数	410千
印　　张	29
版　　次	2016年12月第1版 2016年12月第1次印刷
书　　号	ISBN 978-7-221-13620-6
定　　价	48.00(上下册)

版权所有 盗版必究。举报电话：0851-86828640
本书如有印装问题，请与出版社联系调换。

关于作者及本书的评论

"欣赏完作者的小说,我认为她已经达到了浪漫梦幻主义的巅峰。"

——温特沃斯

"大量尖锐的冲突,跌宕起伏的剧情,《缪斯的诅咒》是对灵魂真正的救赎。"

——布克鲁恩

"卡斯特是一位让人难以置信的小说家,从她巧妙的灵感和故事结构就可见一斑,莎伦是一个聪明可爱的女英雄,没心没肺,尖锐的冲突让她变得敏感脆弱。巴尔瓦隆也是一个神奇而迷人的地方。"

——《新小说》

"这是一套非常受欢迎的系列小说,卡斯特母女的故事,用意在于劝诫大家挣脱黑暗力量的诱惑。"

——《浪漫时代书评》

"优美的词言,时尚火辣的女主角,读起来平易近人,轻松愉快。首系列《被误解的女神》,赢得了四星半的好评,再发行的《缪斯的诅咒》,好评如潮,是所有读者宝贵的精神财富。"

——《浪漫时代书评》

致读者

亲爱的读者朋友们：

　　我喜欢这本书！非常非常地喜欢！每当我坐下来写《缪斯的诅咒》的时候——在我开始写《暗夜学院》系列小说之前——我就告诉我自己：我要写出一本自己都爱读的书。事实证明，我真的做到了。我创造了一个令自己捧腹大笑的女英雄，并且把她送到了我的白日梦中，让她体验到一种充满着美酒和热情、冒险和真爱的生活，这一切的一切都非常有趣。

　　我必须对你们坦诚，我之所以非常非常喜欢这本书，还有一个最重要的原因，就是我创造了克兰芬坦，他是我永远最爱的英雄。他英俊、坚强、性感——这些都是一个英雄必须的品质——但是，克兰芬坦还有其他两个可贵的品质，这让他在英雄时代中脱颖而出。第一：他的正直总能深深地打动我，他重守诺言，一诺千金。第二：他风趣幽默，天真可爱，尤其是在他爱上我的女英雄的时候。这是我最喜欢他的原因，他总是能够温暖我的心。

　　所以，端起一杯葡萄酒，跟我一起走进巴尔瓦隆。但是，你一定要小心，否则，你会像我一样，永远都走不出来……

　　祝你们阅读愉快

P.C.卡斯特

第一部分

1

空旷的公路上,刚刚洗过的"野马"似尝到甜头般,欢快地奔驰着。俯下身来,我拾起一张CD放在播放机里,跳到第六首歌,五音不全地和着艾潘妮唱起了《徒劳的爱》。当下一首歌响起时,我绕过一辆缓慢的雪佛兰,大声喊道:"上帝啊,我喜欢做一个老师。"

这是六月的第一天,夏天似乎已经到来,一切都是那么质朴、纯洁。

"那些日子都已经过去了。"

大声说话能够让我很开心。十年的教学生涯让我注意到老师们往往都有一个坏习惯:喜欢自己对自己讲话。我猜,这是因为我们以讲课为生,大声说出心中的感受让我们感觉很安全。又或者说,这只是我们中的大多数人的习惯,特别是中学老师,一群怪异的人。

只有患轻微精神病的人才会选择从事教育这个职业。从我最好的朋友苏珊娜那锁紧的眉头和不由自主战栗的脊椎,我就能联想到她在英语课堂上所遭遇的最新的考验和磨难。

"上帝啊,沙,他们是如此的……如此的……精力充沛,讨厌!"苏珊娜曾抱怨说。

的确,苏珊娜就是这样一个典型的有些古板有些势利的中学老师,但是无论如何,我爱她。她只是不欣赏那些小青年给她提供的许许多多各式各样的幽默小插曲而已。

然而高亢的男高音打断了我的思索,让我回到了现实:六月一号,俄克拉荷马东1—44国道。

"没错,这就是一个富有幽默感的中学老师的生活:注定没钱,却戏剧化十足。废话!咦,前面有一个出口!"

我的小野马卖力地奔跑着,很快便跑上了412国道。路标显示:格罗夫二十二英里。我一手开着车,一手笨拙地翻开拍卖会的传单。传单指出:在格罗夫(一个有着多么可怕的名字的小镇)和西罗亚温泉路上某个地方有一个很大的路标,路标又指出公路一侧还有另一个路标,公路另一侧有一条岔路等等,甚至详尽地指出了特别财产拍卖会——这一不同寻常的拍卖会,要遵守的相关要求,并提醒出价要三思而行。

"嗯,我喜欢奇怪的旧东西。确切地说,我喜欢奇怪而且便宜的旧东西。"

学生们都说我的教室是一条奇异的时光隧道,墙上和陈列柜里挂满了各式各样风格不一的东西,有奥特奥斯的油画,也有大力鼠的海报;有星际旅行进取号的模型,也有数量惊人的由上好品质的陶瓷做成的风铃。

那只是我的教室,要是看到我的公寓,我猜他们就不会如此惊讶了。我是一个有洁癖的人,但是除了在家里。我的教室永远只有一个状态:混乱。我不能找到任何东西,除非它们自己跳出来。所谓地狱也许就是这个样子吧!

"我要停止咒骂。"大声说出来,就会坚定自己的主意。这是帕夫洛夫对狗进行实验而得出的理论。如果我一直坚持这么说,那么它就会实现。

"我今天不能带你走,嘉维。"轻轻打着节拍,走出悲伤的《悲惨世界》,来到了喧闹的塔尔萨车站。这简直酷毙了:我居然能在荒郊野外找到路!

格罗夫小镇路标上的限速提示让我慢了下来,一眨眼,格罗夫小镇已经远去了。我开始加速,闻到了前面乡镇清新的芬芳,接着,俄克拉荷马让人惊叹的青翠初夏近在眼前。在伊利诺伊念大学时,人们总说俄克拉荷马就像红色的沙尘暴,或者《愤怒的葡萄》中一个悲伤的黑白场景,这让我很是恼怒。当我试图告诉大家,俄克拉荷马其实是一座"碧城"时,他们总是嘲笑地看着我,仿佛我是一只吃了太多风滚草抑或被挤了太多奶的疯牛。

我穿过一个极小的镇子里奇(又一个令人遗憾的名字),车子的时速已经达到了极限。俄克拉荷马已经完全出现在了眼前,它呈现出一种野性的美。我想象着:当狭窄的小路还没有变成宽阔的公路,当社会文明还没有开化时……那是多么令人兴奋!可是,我们就不能刷牙,要去猎取食物,还要穿过这些狭窄的小路去打水……那就像面对一个因骂人而受到父母责备的孩子一样,总是让我很沮丧。转念一想:在那个时候,就是牛仔、武士或者飞龙的天下,我就能沉醉在浪漫的诗歌和文学中了。但是现实提醒我,如果是那样现在就不会有青霉素和佳洁士,那接下来会发生什么呢?那就是,人类的生活将会发生改变。即使一个身着海蓝色针织裤子、有些秃顶的男人,来你的门前相亲,我也不会感到很诧异。

　　左边一条路上,一个箭头路标指示:特别财产拍卖会向前。

　　这条路上人非常少,上面铺满了小碎石,坑坑洼洼,蜿蜒曲折,匍匐向前。"我们一起去奶奶的房子",我的脑海里闪过这么一句歌词,接下来的路上,我试图记起其余的歌词,却徒劳无功。

　　另一条路的一边,又一个箭头指示:特别财产拍卖会。这里的道路有着更多的小碎石,却少了两条车道。也许车道的减少只是为了劝说那些商人半途而返。喧闹的车站渐渐远去了,《祖母的房子》也从我的收音机里退去,它已经被贝佛莉等新人类的主打歌所代替了。

　　说到乡下,我并没有看到太多的房子,嗯……也许所谓的"房产"只是一排低矮陈旧的平房。这里曾经是一个很大的农场,被一些有钱人所占有,在他们相继死去后,这些土地再被建成齐整的住所,一些所谓的中产阶级先后入住。这些中产阶级每个家庭平均有 2.5 个孩子,另外再加上前婚的 1.5 个孩子,而这些孩子都必须接受义务教育……哦,上帝保佑,可怜的美国人。

　　在想象了那一排低矮陈旧的平房后,一种被欺骗的感觉笼罩在了我的心头。"天啊,这倒霉晦气的房子。"我减慢车速,这里又出现了另一个路标:小路尽头,特别财产拍卖会。一些车,而且大多数都是卡车,停在被精心修整过的前方的……院子……我不知道怎么表达,或许应该简单地称之为路面。大片大片的碧绿草地,两旁的参天大树,就像《飘》里描述的,迎风招展,树下的苔藓,青翠欲滴。

　　我看见前方有一位老人,身着白色高领棉布衬衫、黑色休闲裤,热情地向我挥舞着手中橙色的闪光棒,兴奋的脸上写着"不要愣着,把车开过来"。我忽然觉得自己不够热情大方。当我驱车靠近时,他示意我摇下车窗。

　　"下午好,小姐。"他微微弯着腰,在车窗前凝视着我。一股恶臭飘入车中,扼杀了我最初的喜悦——他张口叫我"小姐"而不是"夫人"所带来的喜悦,诚然"小姐"是比"夫人"要动听的。他比我想象的要高,脸上的皱纹纵横交错,脸色蜡黄,一脸病容,显然是历尽沧桑。

善良的上帝啊,这不是从《玉米田的小孩》里走出来的父亲吗?

"下午好,今天天气不错。"我试图让自己轻松一些。

"是的,小姐。"噢——那股气味再次飘入了车中,"请一直沿着绿色走廊向前走,拍卖会将在两点开始。"

"嗯,谢谢。"我努力笑了笑,把车窗摇了起来,沿着他指的方向驶去。那是什么气味?像是一种死尸的味道。的确,他苍白得可怕,也许他的身体不是很好,也许他身上的气味是源于他在六月还穿着长袖衬衫。但我把那个可怜人叫做《玉米田的小孩》(又名《困境》)里的爸爸,那么我也是个可恶的长舌妇。那前面的院子居然叫做"绿色走廊","今天真是学到了不少新东西!"我对自己做了一个鬼脸。陈词滥调是受过良好教育的人不可避免的缺点。

在我下车之前,我想我需要几分钟时间(一个人曾经告诉我,一个女人魅力的多少与她下车前在车上花的时间长短成正比——我想要拖延一点时间)。我重新涂了涂口红,甚至花了好几分钟打量了一下这房子,包括——前排的宅院。

乍一看,这里就像是波和霍桑用魔法变化出来的一样。巨大无比,任意延伸,是维多利亚时代的建筑风格。我曾经去过很多古老的家园,但是从来没有一个像这样。我轻轻地推了推太阳镜,以便获得更好的视野。它看起来有点奇怪,刚开始只是出于好奇,渐渐地我被深深地吸引了——它由几个不同的建筑构成,最主要的是一个巨大的广场,在广场两边有着两道不同的门廊,一条宏伟壮丽的矩形台阶通往入口。在门廊二十英里下紧挨着一幢圆形的带露台的建筑,里面分成很多小格,长满了漂亮的玫瑰。一边的门廊连着一座漂亮的塔楼,另一边的门廊连着一栋斜屋顶的配楼。整个建筑被涂上一层肃穆的灰白色阴影,仿若一个老烟民的皮肤,皱巴巴的,快要皲裂。

"这应该就是它的独特之处吧。"我自言自语。这时一片厚厚的乌云遮住了太阳,一种走进坟墓的感觉袭上心头,噩梦一般。很晚了吗?光线似乎暗了一点。此时此刻,英语老师的惯性思维让我想起了美狄亚女神。希腊悲剧、复仇、背叛、死亡……脊椎不由自主地战栗了一下。

2

"帕克,镇静点!"虽然有点可笑,但我想我需要走出这阴森恐怖的情节。

走出车门,按下遥控器锁车,俄克拉荷马温润的微风热情地拥抱着我。院子的一角,形形色色的人围在一个大桌子旁。那可能是登记台,我径直走了过去,余光瞄到大大小小的"小木箱",它们堆满了整个院子,延伸到墙角。我的手心开始发痒,迫不及待地想要打开这些箱子。这恐怕不行,我得先登记。

"哎呀!我应该把我的头发束起来!"排队时,我同我邻近的一位女士攀谈了起来。

"没错。"她扇着特别拍卖会的传单,上上下下地仔细打量着我。从我微微汗湿的卷发到白色丝绸的小坎肩,再从我腰间时尚的卡其裙到光溜溜的长腿。"呃。"她发出一串清脆的笑声,像一只刚下蛋的母鸡。也许,没有什么可聊的,她借此来结束这番谈话。

"这里看起来应该会拍卖一些有趣的东西。"在上一番谈话结束后,我开始勇敢地搭讪,不过这次是同我后面的一个有些秃顶的男人。

"我也这么认为。"他有些局促不安,眼睛却熠熠发亮,"我听说他们将要拍卖几件经济大萧条时期的玻璃艺术品,我长途跋涉就是为了这些迷人的美国玻璃工艺。你认为呢?"他那微斜的小眼睛察觉到了我的出神,很明显,他看出来了,对我来说,他口中的迷人的玻璃工艺并没有那么迷人。

"嗯,是啊,那确实很迷人。"我转过身来,刚才的那位女士正盯着我和那个秃顶的男人,甚至差点忘记了登记信息。

"实际上,"他慢慢倚过来,"我正在编辑一本非常精彩的课外教育书籍,关于经济大萧条时期的艺术起源,我知道怎么鉴别正品和赝品。"

"哦,是吗?嗯,不错。"他靠我越来越近,我稍稍向前走了走,挤到了刚才聊天的那位女士旁边。她正站在队里往胸前别着拍卖编号,她的胸仿佛也经历过经济大萧条。

"如果你发现了有兴趣竞标的东西,我非常乐意提供我的专业知识。我讨厌看到你这么漂亮的小姐被欺骗……"他的声音有些沙哑,紧张得一直用皱巴巴的沾满黄色污渍的手帕擦拭着嘴角的汗。我想穿着这牛筋皮鞋跋涉这么远,该是有点热的。

"如果我需要你的帮助,我会告诉你的。"终于轮到我了,感谢上帝。

"请问您的姓名?"我感觉那个秃顶男人正伸长了耳朵。

"莎伦·帕克。"

"帕克小姐,您的编号是074,请把您的地址填在编号旁边。请妥善保管好您的编号,拍卖时您会用到。当您竞拍结束后,出示您的编号,我们会打印出您的账单。"

标准的拍卖会提示语——我匆忙地抓起我的编号牌,逃跑,在秃头男黏过来之前。我永远不懂自己为什么会吸引那么多唐突的男士。我不是亚马孙,我净身高五尺七寸,爱穿高跟鞋,不是一个娇小的女人;但是,我也不是一个魁梧的女人。我是一个工作狂,但我的体重比我期望的要多五到十磅。在今天看来——我并不清瘦,更没有骨瘦如柴,相反,我腿长胸大,丰满俏丽。让我觉得可笑的是,围在我身边的男人们,我总是幻想着把他们——一击倒。给我一个约翰·韦恩这样的男人吧,如若这样,肯定是如沐春风呀。不幸的是,我的爱情仍旧了无生气。

那些拍卖品:一些摆放在花园里的房子旁,那花园曾经富丽堂皇,华美辉煌;一些摆放在房子中央伫立着女神像的喷水池旁,池上的岩块已经剥落,斑斑驳驳;大多数都摆放在临近喷水池的粗糙的半圆台上,半圆台的开口正对着几件农用设备。曾经比利乔·鲍勃和布巴·鲍勃们用着这些农用设备,在田野里忘我地劳作。我甚至可以听到这群俄克拉荷马人美妙的声音:"哟""嘿"。真的,我并没有言过其实。

拍卖品进行了分组,并且经过了仔细的检查,显然,是精心安排的,摆放得整整齐齐。家具(卧室套件、餐桌、椅子等)放在一起,灯具、烛台、水晶饰品等放在一起。(我注意到那位有点秃顶的男士在那张特别的桌子上做了一个记号。)饰品都放在盒子里,间隔排开,有序放置,人们可以拿来观赏,却又不会彼此触碰,非常方便。艺术品都一一铺陈在折叠桌和画板上,非常雅致。

艺术品是吸引我的,但是我还是忍不住贪心地望了一眼家具。这一眼过后,我相当肯定:作为老师的我,那微薄的工资不允许我在这方面做任何采购。

那些画作的前主人品位非常一致,折叠桌上、画板上的画作都是相同的主题——神话。我从水彩画一直逛到玻璃艺术品,再逛到油彩画。从维纳斯诞生的油画,逛到沃旦告别伯伦希尔的石版画。

"噢,我的天啦,这太不可思议了。"我居然情不自禁地推开了我旁边的有名的旧货出售女王,自顾自地观赏着一幅美妙的全彩油画。画里一匹白马凌空跃起,一条巨大的火龙向马身上的金发女战神喷吐着火红的烈焰,女战神用盾牌挡住熊熊火焰,并挥舞着手中的宝剑。虽然我不能叫出这幅画的作家的名字,但是画的下面有一排小字:扑灭森林大火。

"我要拍下它。"我暗自欣喜。

"看来不错,但有一点点奇怪。"旧货出售女王的鼻音打断了我的欢喜。

"呃,我喜欢它的奇特,但是还真有一点奇怪。"她给我留下了这些不明含义的话,带着不屑一顾的表情,踱步到了陈列家居用品的地方。我叹了一口气,翻开我的小本子写道:"拍卖品#12——火龙油画。"我又仔细地看了看画框,猜想我是否能够支付得起这幅画所需的价钱。也许,所有人都会认为它"有点奇怪",那我就是它唯一的竞标者了。

许多其他的画也相当有趣,但我已决定集中我的财力在一幅油画上,或者是一个小花瓶、一座雕像，又或者是其他的这样"奇怪"的小摆设。画的旁边摆了许多充满艺术气息的东西，桌子上摆了许多物品，箱子里还有一些零零碎碎的物件。这里又变成了一个主题：雕塑，微雕复制品。雕塑人物没有着任何衣服，赤裸裸的，看起来就像仿制的罗马或者希腊的作品。

这也许有趣。

桌子上陈列着三座男性雕塑小品，大概两米高。我停了下来，尽管它没有着任何的衣物，我还是恭敬正派地观赏着，并没有玩味亵渎。因为我读了它的标签：拍卖品#17——准备劈出雷电的宙斯。看吧，它确实值得尊敬。

"对不起，亲爱的，我不能带你回家——这太古怪了。"我有点慑于他的雷电。

拍卖品#18，是希腊国王的雕塑。可能是叙利亚的德米特里一世。

德米特里是一位身材高大、肌肉发达、全身赤裸的男子，非常魁梧。

"哦，宝贝，希望你仍留在加拉底，我是迷恋你的。"我拍拍他的脸，咯咯地笑着，在确定我没有引起轰动后。

拍卖品#19，是伊特鲁里亚武士的雕像。对我来说，他太瘦了——这座雕塑只有两件东西引人注意：他的武器，和，嗯，他的"武器"。

"再见，我的先生们，离开你们是如此的……如此的……艰难。"我略为自己刚才的一语双关得意地笑着。另外一张桌子上，有半打都是花瓶，我的目光停留在这些优雅的瓮上……

忽然，我的世界静止了。时间停住不走了，风不动了，声音没有了，连温度也感觉不到了，甚至呼吸也屏住了。我的目光、我的意识都留在了那花瓶上。

"噢，对不起，我不是故意的。"我的肺开始重新调整呼吸，我的世界开始重新运转，一位先生撞到了我。

"没关系。"我吸了一口气，并挤出一丝微笑。

"我想我是没有看路，不小心碰到你了。"

"我没事，一点事也没有。"

他看着我,好像还是不确定。但还是点了点头,离开了。

我用手捋了捋头发,怎么回事?发生什么啦?我一直都在观赏我的花瓶呀……

我重新转回注意力,目光立即锁定最后的那只花瓶,脚不由自主地向它移了过去,我颤抖着把手伸向标签,上面写着:拍卖品#25——凯尔特花瓶复制品。花瓶上,格拉苏蒂站在苏格兰公墓的坟墓上,向牧业神庙的最高女祭司,凯尔特人马女神虔诚地祈愿。

我又再次看了一眼花瓶,视线居然逐渐模糊,眼睛也莫名其妙地热乎起来。眨了眨眼睛,视线慢慢清晰,我开始研究起来,试图忽略刚才那种奇怪的感觉。

这只花瓶大概有几分米高,瓶底像一盏灯,花瓶的一旁有弯曲着的手柄,顶部优雅圆润地开着口。吸引我的并不是它的形状和大小,而是渲染在瓶身的背景色,黑色从一旁一直渲染到另一旁,花瓶上的情景顿时呼之欲出,金色夺目,白色耀眼。人马女神优雅地躺在附有衬垫的长躺椅上,腰肢纤纤,盈盈一握,曲线玲珑有致。她轻轻抬了抬手,尊贵地示意她的祈愿者跪下,乌黑亮丽的长发霎时倾泻了下来。

"我的头发也是这样。"在听到自己的话之前,我毫无预料,我的声音居然如此之大。但是,她的头发的确像我的一样:褐色中略带金黄,大大的波浪卷儿,只是她的更长一些。没想到,我竟然停了下来,蹑手蹑脚地走向前去,不由自主地摩挲着花瓶,呆若木鸡。

"啊!"有点烫!我猛地从花瓶上拿开了手指。

"没想到,你居然对陶瓷有兴趣。"那个有点秃顶的男人抬着头眯起眼睛看着我,"我其实对美国早期的陶瓷品也比较了解。"他舔了舔嘴唇。

"其实,我不是真的对美国早期的陶瓷感兴趣。"秃顶男再次出现在我面前,犹如一盆冷水向我迎面泼来,让我感到从未有过的沮丧,我说,"这对我来说,太过西南式了,我其实是更偏向于希腊或者罗马式的女孩。"

"哦,我知道了,原来你是一个对什么都有兴趣,什么都想看一下的女孩。"他抬手擦了擦额头的汗,像螳螂一样移了过去,神经质地拎起那只花瓶,翻了个底朝天。他丝毫不觉得自己的行为很古怪,仍旧我行我素,自我沉浸,完全是一个典型的偏执狂。

"呃,你发现了什么吗?瓶底有什么东西吗?你发现了?"

"没有,这是一只相当精致的复制品,我并没有发现任何奇怪的事情,关于人马女神的,或者这只花瓶的。你呢?"他把花瓶放了下来,轻轻地擦拭着嘴唇,用那块略微湿润的手帕。

"嗯,好像有一点,我不知道,当我摸到它时,它好像有点烫。"我盯着他的眼睛,暗想:我的神经过敏会不会太明显了。

"也许,我想——"他俯下身来慢慢向我靠过来,事实上他那尖尖的鼻头已经触到我的胸了,"——那花瓶的热度是你身体的热度吧?"

他快要流口水了,我呸。

"像你说的那样,可能你是对的。"我咕哝着。他屏住了呼吸,再次舔了舔嘴唇。我轻声呢喃道:"我想我可能被那讨厌的酵母菌感染了,有一点低烧,所以才会觉得那只花瓶是烫的。"我笑了笑,感觉有点局促不安。

"天啦,哦,我的天啊。"秃头男人迅速退了回去。我微微一笑,紧随其后。他继续往后退,"我想我得回到玻璃艺术拍卖品那里去了,虽然我很想留在这里竞拍,祝你好运。"他转过身,匆匆忙忙逃走了。

那家伙真是个难缠的跟屁虫,幸好还比较容易甩掉。只需用几种令人望而生畏的疾病,就吓跑他了。我想在这一回合,上帝让我们打成平手,我的意思是我死里逃生。

"现在该怎么处理这只花瓶呢?"视线模糊——呼吸骤停——陶瓷发烫——头发相似。这些实在都带有点黑暗色彩。哦,拜托,我想我可能是过于潮热了(二十年前,这还行——好吧,至少是十五年前,还行)。所以我决定,我仅仅面对这些花瓶就好,这些可怕的神秘的花瓶或者瓮或者壶。

秃头男离开之后,那些花瓶傻傻地立在那里。原本光洁的表面被秃头男指尖的汗水玷污了,汗斑熠熠发光。我吸了一口气,深深地吸了一口气,弯下腰去,仔细观赏,尽量不触碰到它们。其他壶上也有女祭司的头发像我的一样,只是更长而已。壶身上,女祭司手臂光洁雪白,穿着白色衣裳,姿态优雅。手掌稍稍向前，微微弯曲，和蔼可亲地接受跪在地上的祈愿者的礼物。她的手臂上戴着精致的金手镯，没有戴戒指，但她身后那只玉手就是最好的天然饰品。

"哦，我的天啊！"我飞快地捂住自己的嘴巴，在发出刺耳的声音之前。肺像被掐住了一样，我忽然感觉呼吸困难。她身后的手上，不是文身，也不是宝石，而是一块疤痕，一块严重灼伤的疤痕。而在我的右手上也有这样一块相同的"饰品"。

3

"女士们，先生们，拍卖会即将开始。请前往喷泉以东：拍卖品 #1 地。今天下午，我们将拍卖卧室和起居室的家具……"

我仿佛听见了拍卖品 #1——维多利亚橡木卧室六件套复制品拍卖时，拍卖锤梆梆梆梆的敲击声。但是，我完全被刚才那只壶俘虏了。其他的人陆续离去，我还留在原地，等待着对它的拍卖。我颤抖着双手，伸进手提袋里面，掏出旧的皱巴巴的面巾纸，轻轻拭去壶身上那秃头男留下的汗渍，也许，这疤痕只是汗水和光玩的把戏。我使劲眨了眨眼，回头看了看女祭司的手，再看看我的。

一模一样的疤痕——在我四岁时，早熟的我，便认为摇动水壶会更快地帮祖母煮好通心粉。结果，水溅到了我的小胳膊上，就留下了一块像五角星一样可爱的疤。三十一年过去了，朋友们和陌生人也会常常问起。但壶上的女神怎么会有一块和我一样的疤呢？

这怎么可能，特别是还出现在一把古老的凯尔特水壶上？

头发和我相似，手臂上的五角星疤痕也和我相像，我很紧张，却也备感荣耀。

"应该喝一杯。为那些平淡无奇的日子。"一眼望去，那边已经在拍卖

#17（路易十四雕花衣橱仿制品）——竞价快速而且激烈。还有时间，我找了一家小吃摊，在艺术品开始拍卖之前，慰劳一下自己。毫无疑问，我竞拍不到 #25 火龙画作了，它得跟别人回家了。我必须集中精神和金钱在那只水壶上。

奇怪的是，我发现，只要我离开那张桌子，一切就恢复正常了。不会潮热，也不会呼吸困难，更不会觉得"时间被冻结"了。小吃摊设在农用设备旁，出售冷饮、咖啡，还有垂涎欲滴的热狗。我点了一份套餐，啜着咖啡，慢慢踱回壶前。

我的想象力很丰富。老爱幻想，并且还信以为真。见鬼，我是一个英语老师——我是有学问的。确实，这对于某些人来说，很不可思议。但是我也知道现实和幻想的差别——并且津津乐道。

那么，今天我怎么鬼迷心窍了？怎么会有那么奇怪的感觉呢？为什么壶上的女神那么像我？我掐了一下自己，痛，原来我不是在做怪梦，那是真的。

我漫步走回放壶的地方，瞬间我的心又紧了，这太异乎寻常了，我应该买那幅火龙画作，然后取车，回家，再喝上一杯梅乐汁。我一边径直走向水壶，一边想着。

"有什么鬼怪的东西在看我吗？"

"这相当奇特，是吧？小姐。"那个骨瘦如柴的家伙站在我背后。他伸出手去，轻轻地摩挲着水壶。手指缓缓穿过女神的头发、胳膊，再到手指。

"你也注意到了吗？"我眯起眼睛，他拿开了那瘦骨嶙峋的手。

"是啊，小姐，在你开车进来的时候，我就注意到了你的头发，确实是很漂亮的颜色——现在，似乎有太多的女生把头发弄成了死气沉沉的酒红、金黄、乌黑，并且剪得很短。而你的头发，相当引人注目。"他的话毫无恶意，但他眼里迸出的精光忽然让我很不舒服。穿过桌子，我甚至又闻到了他那讨厌的气息。

"确实，它让我很惊奇，准确地说，是震撼。"我看着他，他的目光已经从我身上移开，全然聚集到了那只壶上，他又开始摩挲起来。

"也许是命运，你必须买它回家。"他转过身来，用不自然的眼神注视着我，"这壶不能跟其他人走。"

我笑了："希望在竞标时，命运能够给出一个教师能够负担得起的优惠价。"

"会的。"他神秘兮兮地说着，手再次摩挲着水壶。

那家伙真的很讨厌，不仅像那《玉米田里的小孩》里的爸爸，而且话还很多。

拍卖快速地进行着，很快就开始拍卖那些雕塑小品了。看起来很多人对那几位"先生"非常感兴趣，当然我没有批评的意思。

走近拍卖台，宙斯雕像底价五十美元，但有五个人迅速把它飙到了一百五十美元，一位长相富态的太太出价到一百七十五美元。看起来并不坏，可能叙利亚人对肌肉更感兴趣。价格一路飙升，从五十美元到了三百五十美元。对于这个价格，我开始有点担心。

"叙利亚太太"又出价四百五十美元，情况不妙。这次拍卖，我的预算只有两百美元，东拼西凑，我顶多还能多加五十美元，那已经超出了我的极限。

可是甚至那座瘦小的伊特鲁里亚武士也标价到了四百美元。

我的胃再次抽搐了起来，穿进人群朝着陶瓷桌走去，听到竞标者们竞相谈论，哪只花瓶才是最好的希腊罗马或凯尔特的仿制品。难道他们就不能闭嘴吗？我快速穿过人群，忽略掉那只壶带给我的不安感觉。

拍卖品 #20 已经标到七十五美元。

现在，只有三个人在紧张地竞价。他们手里各持一个小笔记本，鼻梁上架着一副眼镜，穿着考究，看起来很专业，他们应该是古董批发商。与普通的古玩爱好者截然不同，他们并不一定要把它带回家，对待自己的生意他们很是严谨。"哦，我迫不及待了，我要得到它。命中注定，它就是我的。"

拍卖品 #20 以三百美元成交，一位头发金黄的人夺得了它。（他的头发分叉很严重，看来亟须做一次护理。）

拍卖品 #21 成交了，拍得它的那个人看起来像是英国人。众所周知，英国人，正直、整洁、聪明、有教养，却缺乏激情、渴望被关注。他最后花费了四百美元，为了那只精致的二十世纪的罗马花瓶。他向我们讲述这只花瓶的制造。他认为它是这里最顶级最精致的花瓶之一。他一直为此洋洋得意。

拍卖品 #22、#23、#24 相继成交。不管你信或者不信，之前冒犯我的那位平胸太太居然分别支付了三百、四百二十五、两百七十五美元，购买了那三只花瓶。

"现在，开始拍卖最美丽的花瓶，#25——凯尔特花瓶仿制品——格拉苏蒂站在苏格兰公墓的坟墓上，向牧业神庙的最高女祭司，凯尔特人马女神虔诚地祈愿。有趣的是，人马女神是唯一一位被入侵的罗马人认可的凯尔特女神，她是整支罗马军团的保护神。"仿佛拍卖师自己制作出了这只花瓶，或者他是人马女神的朋友一般，声音高昂而骄傲。我讨厌他。"请大家注意与其他花瓶对比，它的色彩是那么与众不同。现在这只花瓶开价七十五美元。"

"七十五美元。"我举起手来，吸引他的注意力。向拍卖师传达你的购买欲望（通过眼神交流），这非常重要——我发出的是摩尔斯电码。

"七十五美元，有人出价一百美元吗？"

"一百美元。"那位太太举起了她胖胖的手臂。

"一百一十美元。"我再次出价。

"呃…一百一十美元。"他的声音盛气凌人，掺杂着"有没有搞错"的意味，"现在有人出价一百一十美元，有人出价一百二十五美元吗？"

"一百五十美元。"这次是那位英国人。

"这位绅士出价一百五十美元。"他的声音立马变得很讨好，活像一只狡猾的小鼬鼠，"一百五十美元，有人出价到两百美元吗？"

"两百美元。"我咬牙切齿。

"呃，两百美元，这位小姐出价到两百美元。"他又恢复了刚才的那副脸孔，"我能听到两百五十美元吗？"

沉寂，现场一片沉寂——我咬紧了牙关。

"最后的出价是两百美元。"真的出乎意料,"两百美元,一次,"我真想掐死他,"两次,"我的心里在尖叫,"我能听到二百二十美元吗?"

"两百五十美元。"那位太太再次喊价,这实在是大大超出了我的预算。在我举手之前,那位英国人已经伸出他那两根白皙的手指,绅士地把价格标到了两百七十五美元。

拍卖锤梆梆梆的重击声充斥着我的耳朵,这是那位主妇太太和英国绅士的战争。最后价格一路攀升到三百五十美元,这已经远远超出了我的预算——就算是我东拼西凑,多加了五十美元,也还是远远超出了我的预算。人群缓缓移到下一个拍卖品,我颓然往回走,回过神来,竟然发现自己坐在那有些风化的喷水池边。拍卖师的助手开始把壶封箱,那位英国人挽着一个金发碧眼的女郎在周围闲逛,显然是已经完成了自己的投标——他们也许拥有专门的艺术品商店。他们笑着,谈着,情意绵绵。

那壶不能跟我回去了,看起来并不赖,它让我变得有点神经兮兮的。可它要被英国人带回去了,迷茫之中,我叹了一口气。我不知道我到底哪里出了错,但我知道,我敢肯定,那位英国人肯定在说:可怜的倒霉蛋。

在俄克拉荷马,我只能说,这就像一坨狗屎一样。

也许我该问问那个英国人,他的卡里有没有足够的钱。那么,助理就会停止封箱,也许我还可以把它带回我的学校……

那英国人将要拎走我的——不,他的水壶了。为了避免水壶被摔坏,拍卖师助理在箱子里填满了薄绵纸,英国人在一旁等待着,喜笑颜开,以一种胜利者的姿态。忽然,他收起了笑容,面生怒色。耶——我站起来,走了过去。

"我的天啊,发生了什么可恶的事?"他把壶举过头顶,聚精会神地看着壶里面。

"先生,有什么问题吗?"助理同我一样,迷惑不解。

"我说,这只壶是破的,对我来说它毫无用处。"壶被粗鲁地推回桌上,滚到桌子的边缘,差点掉了下来。

"先生,请让我看看。"同那位英国人一样,助理也把壶举到光亮处,他的脸开始发白。

"先生,您是正确的,对这毁坏的商品,请接受我的道歉。我们将立刻修改您的账单。"说完后,另一个助理飞快地冲到了收银台。

"对不起,打扰一下……"我装作满不在乎的样子,"这壶怎么啦?"

他们三个不约而同地一起转过头来,盯着我。

"鉴于此,它将会被重新拍卖。"拍卖师助理把壶递给了另一个助理,那个助理飞快地向拍卖师跑去。我紧紧跟着,忽然觉得自己就像那扑火的飞蛾——或者更像俄克拉荷马人口中,那白白奔向灭蚊器送死的蚊子。

"哦,我想,我需要修正一个错误。"拍卖师的声音很是恼火,"在我们继续对#30拍卖之前,我们要重新对#25进行拍卖。那壶底有一条明显的发丝大小的裂纹,非常遗憾。"

他又重新举起了壶,我拨开了我前面的人群。他把壶口对向观众,让大家可以清晰地看到那条裂纹。我眯起眼睛,凝神注视……壶口就像黑色湖面上的涟漪,一圈一圈,让人头晕目眩。我眨了眨眼,试图让我的视线清晰。

拍卖师看了看裂纹,摇了摇头,愁眉苦脸,对这只拍卖品很是不屑。他耸了耸肩:"这只壶开价二十五美元,怎么样?"

底下一片哗然。

简直不敢相信——我想喊价,但我考虑到,只要我一举手,他肯定会迅速修改价格,对着沉默的人群喊:"四十五美元,我能听到四十五美元吗?"

还是哗然一片。就在十分钟之前,它的价格战才打响,最后还卖到了三百五十美元。而现在,只是因为它有一条小裂纹,那家伙连十五美元也没有拿到,看来命运已经掌握在我手中了。

"三美元五十美分。"我情不自禁离奇地还价喊道。

"成交,三美元五十美分。这位女士,请告诉我你的编号。"他苦着脸,"你可以立即拥有它了。"

4

"我的编号是074,请把我的账单拿到这里来。"收银台的人几乎过了一个小时才来,走得实在是太慢了……我尽量让自己不那么烦躁,可是我想要那只壶,想要那只壶,想要那只壶,我快疯了。

"加上税……一共是三美元七十八分。"她甚至连眨眼都很缓慢。

"给,不用找零了。"我递给她五美元,仿佛我是圣诞老人一般,她欢呼雀跃。

"太太,谢谢您。我把商品给您拿过来。"她转过身,"扎克斯,74号的拍卖品。"

在房子的承力柱下,同其他的拍卖品一样,扎克斯正在封装我的壶,他特意把箱子盖打开,以便我能看到我的壶。实际上,他没必要那么做,那种熟悉的不安的感觉又来了。

"谢谢,把它放在这里就好了。"在临阵退缩之前,我拎起了箱子,砰的一声,盖上盖子,朝我的汽车走去,"也许我正朝地狱走去……"

我喃喃自语,神经绷得紧紧的。

我拿出车钥匙,打开了车门,把箱子轻轻地放在座位上。转念一想,我得用安全带把它系好,我可不想在转弯的时候,把它摔下来,掉出去。当然,我也不想在开车的时候还要抓着它。我的呼吸有点困难。

轰隆隆,我发动了汽车,空调开始发挥它的威力,慢慢制冷。我尽量不去偷看我的这位"乘客",把我的小野马驶向大路。

"那是什么?"

《玉米田里的小孩》里的爸爸,他已经重新回到了自己的岗位,再次朝我挥舞着他的荧光棒。我踩了一下刹车,把车窗摇了下来一半。

"我想命运是注定的。"他说,在我和我封闭的箱子上,快速地来回扫视。

天啊,他身上的气味真的很糟糕。

"是啊,它的底部有一条裂纹,所以我才能完成这次交易。"我放开离合器,车轮滚滚向前。他在暗示什么吗?

"是的,小姐,你完成了一个不可思议的交易,以微小的代价。"他盯着我,然后抬头看了一眼天空,"要变天了,请注意驾驶——""刹车——小心。"(他究竟在暗示什么?)"我不想你——歇菜了——在车祸中。"

"那不是问题。我是一个出色的司机。"关上车窗,放开离合器,后视镜里,他越来越远,"怪老头。"我的声音有点颤抖。

小野马很快驶上了碎石小路,感觉不错。我踩紧引擎,孩子般贪玩地享受着车轮快速碾过碎石的快乐。瞥过后视镜,那个"爸爸"还站在路中间,着魔似的死死盯着我这个方向。他那怪异的天气预警闪过我的脑海。我抬头望了望天空,"嗯,好吧,我可能真得小心点。"天边堆满了黑压压的乌云,地平线被压得很低。我朝着西南方向,驶回塔尔萨。显然,我遇到了俄克拉荷马一个可爱的雷雨天气。

"好了,朋友们,让我们来检验一下这个乡下地方的天气预报到底准不准确?"

打开收音机,可以很清晰地收听到一个乡村音乐电台。没有天气预报播报,也没有任何优美的爵士音乐和难以捉摸的摇滚音乐,而是一直讨论着在六月里虱子是多么可怕(这并不是我瞎编的),一个牧师正在尖叫,似乎他看到了通奸。(可惜我听得不够久,不然就可以知道他有没有真的看到。)

"我们就是那强力弹簧,每天开车回家,就像回到了一个可怕的地狱。"我对着那只神秘的箱子说话。真的不太好,我仿佛被一个可怕的诅咒困住,进退两难。猛地驱车,(稍稍往左点,往前一看,真是糟糕)我撞到云墙了。就好像一口气吃了好几颗减肥药片,一口气喝下一大杯冰冻的摩卡咖啡,那只箱子让我很难受,"等我到了第一个小镇,"我开始盘算着,"把车停到乡下加油站,再去找点巧克力来吃,再看看我到底碰到了什么样的鬼天气?"我狐疑地瞥了眼一旁的盒子,"我还需要呼吸一点新鲜空气。"

在这一瞬间,我有点埋怨我的手机恐惧症,后悔没有买一部手机。我所有的朋友都拥有好几部手机,都喜欢炫耀自己的手机是怎样的小巧,这与"某样东西"恰恰相反。我最好的朋友(那个自大的大学女老师)就有一部特制的手机,安装在她的汽车里,这样她就可以在开车的时候同别人胡说八道,而不需要专门腾出手来。她还有一部小巧可爱迷人的手机,放在她的钱包里。我忍受着同行们的奚落嘲笑,我决定等他们都死于脑癌的时候,我就对他们说:"我告诉过你的。"我不断向他们解释,不,我不是一个与现代世界脱轨的尼安德特人,我只是不需要一部手机在我的车里、我的钱包里、我的书桌上、我的背包里,等等。等你们不断被手机辐射,患有篮球那么大的脑瘤的时候,我会去看望瘦削而可怜的你们的。可是他们从来都不听,自顾自地喋喋不休:今天中午去哪里吃饭,谁家的小孩子是多么淘气。

所以我不会死于脑癌,但是这极有可能是龙卷风的云墙让我不得不紧张。观察完天色后,我驱车在马路上快速奔驰着,据我所知,这即将来临的暴风雨确实有点可怕。俄克拉荷马的暴风雨是很出名的,大名鼎鼎。它总是让我很诧异:这夏日的天空怎么能变得如此迅速,如此彻底?还记得有一次,我正躺在前男友家的泳池边,享受着日光浴。鉴于礼仪需要,我正对着太阳,畅想着自己的世外桃源。忽然,风向变了,甚至还有一点点冷,我睁开眼睛,看到身后乌云密布。我抓起东西,给男朋友留下一句感谢话,就快速离开了。可十多分钟后,我还没赶回家里,又变得天朗气清,风和日丽。我很幸运,在暴风雨侵袭整座城市之际,我正巧穿过了E.R.出口,进入了地下室。

好吧,也许我真的是过于紧张,这天气和这壶没有一点干系。

白绿相间的路标指示:里奇,十英里。我之所以能识别出这最后的路标,是因为天空已经开始下起倾盆大雨,噼里啪啦地打在我的小野马身上。

我爱我的小汽车,真的,尽管它底盘有点小,在雨天行驶有点不便。但是它可以在路上滑行,就像水上小艇一样。我开得很慢,摇动着雨刷,尽量沿着中心线行驶。

收音机没声了,透过车窗,我可以隐隐约约看到路边的树,被风吹后,弯曲得很夸张。我打开头灯,这样可以更清楚地看清路面。暴风雨在后面追打着汽车,我紧握方向盘的手满是汗水。

汗水?怎么会?

车里变得热起来,怎么回事?冷气从冷气口不停地吹出来,但我还是热得很难受。

我知道了,是那只该死的神秘盒子在发热。这一路上,我只顾驾车飞奔,都没有注意到它。我发誓,绝对是它在发热,就好像里面有一只发热灯泡,刚刚有人摁下了它的开关。

我把目光从那盒子上移开,回过头来——

"哦,天啊!"前面忽然没路了。车轮嘎吱嘎吱地碾过碎石子,速度很快,我猛地打了个左转。一阵晕眩,我转得过头了,又拼命地右转。没有用,外面风雨交加,我已经完全迷失了方向。我挣扎着,把车开成直线,只感觉天旋地转。"咯吱!"车轮发出一声尖锐刺耳的叫声,整个汽车翻了过来,我的世界天翻地覆。

这时,我的头传来一阵疼痛,我闻到了一股汽油味。我忍着痛睁开眼睛,白光刺眼,我犹如置身于太阳中间一样。那壶从箱子里摔了出来,像一个被掷出的光芒万丈的球,朝着我的方向,缓缓移动。时间停滞不动了,我身陷在一个可怕的郊外。我盯着那个光芒四射的球,仿佛看到了一个异乎寻常的自己。"我"正凝视着一片燃烧着的湖水,湖面波光粼粼,倒影依稀可见。那个"我",一丝不挂,赤身露体,张开双臂,高昂着头,往前游去,像一个美丽的舞者,缓缓地向那团炽热的火游去。火焰和烟雾包裹着我,我知道我即将死去了。这时的我,没有想极力挽回自己的生命,也没有为离开我的朋友和家人而感到抱歉。我只想说:"该死的,如果上帝真的可信,我应该停止咒骂。"

第二部分

1

好不容易我才回过神来,这真是一件难以捉摸的事。就好像是做了一个梦,做了一个让我不是很愉悦的梦,甚至还伴随着很糟糕的抽筋。在梦里,我渐渐地不再抽筋,却不可思议地开始阵痛,紧接着我生出了一个孩子,从某种程度上来说,这种感觉还不错。我知道,这就是弗洛伊德所说的"湿梦"。

我的头受伤了,被撞到的地方,屡屡传来一阵阵疼痛。让我难以置信,这甚至比喝光了所有的龙舌兰酒,宿醉醒来后还要疼痛。同时,我感觉我的身体——不,我的身体已经没有任何感觉,麻木了。我睁不开眼睛,噢,我是不是快要死了?难怪我觉得……

死神在向我轻轻地靠近,像一个朋友一样……

等我再一次醒来,受伤的头依旧疼痛,非常疼痛。我的身体终于有了一点点知觉,每个关节都很痛,就像坠入了地狱一般。哦,我的天啊,也许我此刻正在地狱里(如果不是有人在对我喊叫,我就能断定我已经在地狱了)。但是除了在我耳朵旁的一阵阵奇怪的响声,我几乎听不到其他任何声音。我试着睁开双眼,但是它们根本不服从我的命令。这可能是我已经死了,眼睑根本就不起作用。事实上,如果我已经死了,我的心脏就不应该还在胸腔里"怦怦怦"地跳动,难道还诈尸?显然,这一次,死神并不善良,他诱惑着我,诱惑我心甘情愿地投入他的怀抱。

"安静一点,我的小姐,一切都会好起来的。"

那个声音很甜美,很熟悉,但是滑稽的是,我却听不出来是谁的声音。我的头很痛,很烫,也很重,浑身就像被暴打了一顿,快要散架了。有什么东西敷到了我的头上,感觉额上一片冰凉。我摸了摸那薄薄的纱布,但有人轻轻地拂开了我的手。

"一切都会好起来的,我的小姐,我会一直在这里的。"还是那猜不到的熟悉的声音。

"啊——"天啊,我的喉咙发炎了,像着了火一样。火!我记起来了,惊慌和恐惧随之而来。这一次,我要睁开眼睛,它们很听话地服从了我。我尽量集中精神来看,但是图像和灯光混在一起,模模糊糊一片,看不清楚。一个人影坐在我旁边,缓缓移动着,我定睛一看——

感谢上帝,居然是苏珊娜。如果她在的话,我就没有死,而且一切都会好起来的。我尽量把目光凝聚到她的身上,眨了眨眼,让我的视野清晰一点。但是奇怪的是,看到我睁开眼睛后,她往边上挪了挪,居然想拉开我们之间的距离。我艰难地抓住了她,我眼前的她很黯淡,她先是变成了四个,然后又变成两个,然后又变成四个。

"我的小姐,你必须躺着,至少得躺着过了今晚。您的身体、您的精神都非常需要休息,不要担心,您很安全,一切都会好起来的。"

我想说到底发生了什么事。可是我的喉咙只能发出"飒飒飒飒"沙哑的声音,就像蛇类爬动一样——又或者说像一只被老鼠钳夹住的田鼠一样。(该死的,她们肯定只是在开玩笑。她们肯定在吓唬我,在嘲笑我,嘲笑我这个无知的女人,竟然无知地把车停在一条又黑又暗的乡下小路上。她们肯定在试探我的那些事情,以便她们八卦。)不管怎么样,我才不会那么做,当然,苏珊娜也肯定不会。

她放开我的手,慢慢递过来一个杯子。杯子? 一个杯子? 我在医院吗?

"喝点水吧,我的小姐。润一润你的喉咙,这样有助于你休息。"她用她那温柔的双手,轻轻扶起我的头,把杯子缓缓递到我的唇边,我乖乖地喝下去,感觉甜甜的、黏黏的。

疼痛感再一次袭来,在我那被抬起的头里面。在我再次昏过去之前,我想看看我的朋友。她正取下我头上的绷带,然后换上一块新的、干爽的。难以置信,这位年轻的"护士"居然穿着一套稀奇古怪、时髦潮流的衣服,看起来,她像是正准备到外面去嬉戏玩耍,而不是待在急诊室或者重症监护病房……

眼皮越来越重,头也越来越沉,我甜甜地睡了过去。那甜甜的、黏黏的像止咳糖浆一样的药水开始起作用了。

我再一次抬起我的眼皮,这次醒来感觉并不美妙,我想要——

· 25 ·

"我的小姐,我在这里,请让我来帮助你。"苏珊娜扶着我,拨开我两边的头发。我斜躺在床头,胃里翻江倒海,开始呕吐。(苏珊娜真的是我最好的朋友——我之前还叫她自大狂,我很抱歉。)我的胃都快吐出来了,吐完后,苏珊娜又扶着我躺回枕头上,轻轻地把我的脸擦干净。

我讨厌呕吐,真的很讨厌。它总是让我束手无策。我很庆幸,我并不经常呕吐。可是一旦吐起来,我就像一个刚刚出生的婴儿一样,无能为力,不知所措。我虚弱无力、神志不清,如果不是这排山倒海的呕吐,我可能认为我已经死了。

"水……水……"我设法从喉咙里挤出自认为可以理解的"吱吱"声。苏珊娜立刻示意一个等在一旁的护士,她端来了水,苏珊娜又帮着让我喝下。

"呃,咳……咳……"我吐出了一大半——那不是水,是一杯清酒。虽然我确实很喜欢喝一杯,但并不是在呕吐后。

"苏珊娜!水……水……"我警告我的朋友,我将要杀了她。我尽量让自己的表达更加清楚。

"好的,我的小姐!"她脸色苍白,转向护士,又递过去一个杯子(这家医院都是用这种杯子吗?)"请立刻把水拿给这位小姐。"那位护士立刻跑了出去。苏珊娜转向我,没有直视着我的眼睛,"原谅我,我的小姐,我理解错了,请责备我,但我不是故意的。"她的双手放在胸前,像是在祈祷着什么。她深深地低下头,依旧回避着我的眼睛。

该死的,这究竟是怎么回事?我抓住她的手,使劲地拽着,想让她看着我。她的头发——略带亚麻色,闪烁着自然漂亮的光泽——这时缠绕在我的手上。因为她长发及腰,散落在肩膀和胸前,纠缠之中,缠到了我们的手上。

"怎么回事……"我有些结结巴巴。苏珊娜一直留着短发,性感利落的短发。为此,我一直嘲笑她就像一个调皮又叛逆的孩子,她总是说:"那又怎么样,谢谢!"欣然接受,活像一只贪吃的猫咪,并乐此不疲。她的头发怎么可能就长到了腰间?哦,天啊,我又有些晕眩了。也许我已经昏迷了好几年,在这期间,肯定在她身上发生了不幸的事情。然而我一直在昏睡,我那可怜的苏珊娜并没有告诉我那些,她只是长大了,变时尚了,头发也长长了。

不过,这女人,她看起来并不老。

我还在猜想着,她还是一直回避着我的眼睛。这肯定是苏珊娜,毫无疑问。玲珑娇小的骨骼,圆圆的漂亮的绽放着善良的脸蛋,长长的卷发紧紧贴着可爱的小耳朵。尽管那时的她,头发短短的,颧骨高高的,鼻尖还点缀着几颗小雀斑。如果她笑起来(这似乎不太可能),我敢打赌,在那柔软的嘴唇旁边,还会出现两个熟悉的小酒窝。

"苏珊娜。"我拉着她的手,想要她看着我。她抬起头,匆匆看了我一眼。就那匆匆的一眼,我看到了她那金色的眼睛,明亮的眸子,一如当年。"发生了……"我正准备问问我亲爱的苏珊娜到底发生了什么事,她似乎也有所动,可是那个护士跑了过来(真的,事实上,她已经不合时宜地跑了进来),手里端着一个新的杯子。

"给,我的小姐。"

感谢上帝,这回真的是水。我喝得有点急,呛着了。

"谢……谢……"我的嗓音很粗哑,苏珊娜不得不靠过来,才能听得清楚。我知道她已经听懂我的意思了,刷的一下,她的脸红了。她慌乱地抓起一块帕子,擦起我的脸来。

我惊讶地发现,我竟然有点筋疲力尽了。我只不过吐了一会儿,喝了几口水而已。苏珊娜拨开我头上的乱发,哼起不着调的歌来。

"休息一下,我的小姐,一切都会好起来的。"

她究竟哼的是什么?

不知不觉我又睡着了。

2

"我很抱歉,我的小姐,你得醒过来了。"迷迷糊糊中我被叫醒了。

不,再让我睡会儿。我又做了一个可怕的噩梦。我紧紧地闭上双眼,全神贯注地集中精神,那个梦境又重现在我的脑海中。在梦里,休·杰克曼因为爱被我所俘虏……渐渐地,我又重新回到梦中。

我情不自禁地想要吞咽口水。

呀,该死的——我的喉咙居然动不了……哦,真该死……对了,我已经死了。我的眼睛忽然一下子就睁开了。

两个少女或者该称之为护士,站在头发长长的苏珊娜的两旁。其中的一个,修长光洁的手臂上搭着一件薄薄的透明的衣服。另外一个,手里捧着梳子、牙刷,还有一件可爱的金光闪闪的东西(或许,我们应该把它称为皇冠)。呃……其实地狱也不错,至少还有晶莹璀璨的珠宝。

"我的小姐,您父亲的使者已经到了,他已经张贴了您婚礼的布告,您的未婚夫也即将来到这里,完成你们的婚礼。"

我的什么?

"所以,今天,我们必须准备好一切。"

我唯一能做的,就是不断向她眨眼。她在说什么?我的未婚夫?我不是还是单身吗?我的最后一个男朋友,那个家伙居然敢在我们约会的中途走掉,他已经被我炒掉了。

苏珊娜似乎有些犹疑:"神主,您还是不能说话吗?"

"神主,呃……""神主"是什么意思?和"我的小姐"是一个意思吗?

很明显,四周响起了像老鼠"开会"般的窃窃私语。那些乱七八糟、混沌不堪的声音,让那个美丽的少女有些慌乱了。苏珊娜面带愠色,有些生气了。忽然,她从另外一个少女手中,抢过了那华丽的薄纱裙子、梳子,当然还有那金光闪闪的皇冠。

"你们被解雇了。"(天啊,她的声音听起来十分严厉——非常陌生,完全不像是从她那黄鹂鸟般的喉咙里说出来的。)"我自己会照顾好我的神主。"她们被吓跑了,仓皇失措地跑开了。她松了一口气,我猜测,她是不可能让那些少女重新回来的了。

"来,我的神主,扶着我的手臂,我搀着您去沐浴更衣。"

你完全可以想象,要走着去沐浴,这对于我来说,是一件多么艰难的事情。说不定,连这间该死的屋子,我也走不出去。

"呃,呃……"我步履蹒跚,举步维艰。就像《麦克白》第一幕中那个干瘪、丑陋、颤颤巍巍的老太婆一样——天知道,甚至连我的头发都是一样的蓬松凌乱,与蓬头垢面的她看起来确实没什么两样。

"做得很好,我的神主。来,坚持,没有几步路我们就到了。"

我们在光线暗淡的大厅里走着,我抬头看了看,已经把这个大厅细细地打量了个遍。整个大厅里,只有一个铁架子上,放着一支燃烧着的火把,所以光线很暗。我可是获得了大学学位的,我可是受过高等教育的,你们休想糊弄我。医院里怎么会燃烧着火把?更荒谬的是,我居然还订婚了!

"我的神主,您需要休息一下吗?"

苏珊娜到底怎么了?在我"不在"的这些日子里,她停止服用百忧解了吗?难道她患上了中世纪的那种癔症,竟然变得这样歇斯底里?我的胳膊紧紧地偎着她的手臂,所以很容易的,我抓住了她的另一只手,把她转过来,让她看着我。我试了好几回,咽了好几次口水,清了清喉咙,让她专注地看我的眼睛,缓缓地说道:"发生了什么事情?"

然后,她小心地回头去看了看,快速地摇了摇头,冲我眨了眨眼睛。

"我的神主……"她停顿了一下,又紧张地看了看身后,生怕被别人听见。然后轻轻地附在我的耳边,像奥普拉在主持节目一样,严肃庄重地对我说:"您叫什么名字?"

好吧,我陪你玩。等肖恩·康纳利出现在下一个转角,梦就是时候该醒了。

"莎伦。"我尽可能地说得大声而清楚。她目不转睛。

"什么,您叫什么名字?"

该死的,这女人可能是喝多了——可她从来不喝酒,即使是小小的一杯龙舌兰，也会让她醉得不省人事的。我深深地吸了口气，但并没有闻到任何的酒味，这真是太奇怪了。

"你是苏珊娜。"

她往我跟前靠了靠，把头从左边拨到右边，缓缓地摇了摇头，这一次，她似乎没有避开我的眼睛。她那漂亮的瞳孔里闪烁着些许恐惧，还有些许同情。

"不，我的神主。"她的嗓音温柔、动听，却深深地震撼着我，"我不是苏珊娜，我是阿兰娜；您也不是莎伦，您是我的神主，芮娅诺，备受尊崇的牧业神庙的最高女祭司，马克·卡伦的女儿，还有，您即将和最高萨满克兰芬坦缔结婚盟。"

"你完全是在瞎编胡扯。"

"我知道这对您来说，有些难以理解。我的神主，请跟我来，我会帮您梳洗打扮好，也会慢慢地向您解释清楚这一切。"她关切地看着我，扶着我麻木的身体穿过我们右边的一道半掩的大门，慢慢地挪向大厅。

我们进入了一个房间，里面全是用魔法变幻出来的神奇的图像。首先映入眼帘的是一座断壁残垣的废墟，看起来像一个杂乱无章的乱石堆，又像一个被风化腐蚀了的塔器——然后图像变幻，废墟又变回了最初光华夺目、美轮美奂的样子。那间屋子，完全就是由电脑特效虚拟出来的。地板和天花板都是光滑的大理石，屋里流光溢彩、金碧辉煌。很难说清楚，那金光是由那些金黄的大理石还是那些黄金打造的火把发出来的。墙面上有着不对称的壁龛，高高低低的壁龛里有奇形怪状的烛台，里面都点满了灼灼燃烧的蜡烛。（天啊，居然用黄金装饰房间，对此，我是非常的欣赏。）墙壁上，还缀有八面玲珑、晶莹剔透的宝石。一面墙上，挂着一面巨大的精致的镜子，它足以满足所有女人的虚荣心。屋子中间，一个清澈见底、水汽氤氲的池子，流水潺潺，缓缓流向隔壁的屋子，雾气腾腾升起，镜子表面渐渐有点模糊不清。空气温暖、湿润，犹如一个爱意缱绻的亲吻。放缓呼吸，全身放松，我逐渐想起了一些东西……

"这是一个温泉。"我的声音在这香气弥漫的屋里回荡。苏珊娜/阿兰娜似乎紧张过度,并没有立即回应我。

"是的,我的神主。"她有些喜出望外,那神奇的香味终于使我恢复了一些意识,而且还能够说话了(虽然吐字有些缓慢)。"过来,让我帮你脱下裙子。"说完,她轻快而灵巧地脱下了我的裙子,示意我沿阶而下,走进那个雾气氤氲的池子。水有些深,但池底光滑,我小心翼翼地沉下身去。我叹了口气,为自己的邋遢,用半合的眼睛看着苏珊娜/阿兰娜。不知什么时候,她的手里已经多了一块海绵、一个酒壶,还有一只精致小巧的黄金酒杯。从酒壶里,她缓缓地倒出一些暗红色的液体到那只黄金酒杯里,然后跪在离我很近的池边。

我满怀感激地接过酒杯,兴奋地抿了一口气,兴高采烈地品尝着那香醇美妙的葡萄酒。然后,就好像她每天都是这么做的似的,习惯性地轻轻抬起我的手臂,拿起一块海绵,开始给我搓起澡来。我有些吃痛,喊了出来,把她推开。

"我的神主,您得好好准备,去见您的未婚夫。"

"我可以——"(我做了一个深呼吸,咽了咽口水)"——自己——"(再次吞了一口水)"——自己洗。"我猛地把酒杯扔向她,低声却有力地说,"别以为用大厅那些奇怪的东西就可以麻痹我,你到底怎么啦,苏珊娜·米歇尔?"对于亲密的朋友,只有在特殊的情况下,我才会叫她的全名,让她知道我很严肃,我很认真。

"请原谅我,我的神主,请原谅我的唐突,我不是故意冒犯您的。"她深深地低下头,胸前的手止不住地颤抖,静静地等待着对她的处罚。

我不知道到底发生了什么事情,但肯定有什么出了错。但是,不管怎么样,这可爱的葡萄酒肯定能帮得上忙。我又轻轻地啜了一口,润了润喉咙,和着这温暖的泉水,身心舒畅。再一次,深呼吸。苏珊娜/阿兰娜一动也不动,好吧,我尽量把声音放小一点,也许这样我就能说得更多一些,更久一些,也许就能把这一团乱麻给清解开——在我喝得不省人事之前。

"苏珊娜,"我说,她的下巴朝我挪了挪,"我没有疯,我很正常,这点你最好知道。"在让苏珊娜说话之前,我看到了她脸上的震惊,"但是,我很困

· 31 ·

惑。"深深地吸了口气,我又清了清喉咙,"我们重新开始,告诉我,我现在在哪里？"这个问题似乎太过简单。

"我们在牧业神庙最高神殿里的沐浴室。"

我又有些精神错乱了,哦,我知道了——难道这家医院名叫牧业神庙最高神殿？也许,是我的问题问得不够具体。

"我怎么啦？"我又啜了两口葡萄酒,润了润我的喉咙。我已经做好了承担一切的准备。

"您好像受了伤,我的神主,不过现在您已经康复了。"她朝我眨了眨眼,用那双小兔子一样机灵可爱的眼睛。

"不,苏珊娜,我不是那个意思,我的意思是我现在在哪里？"她还是像一只无辜的小兔子一样看着我。我叹了口气,"我是在美国的五十个州中的哪一个州？"

"您的意思是指我们的世界所在？"她总算是明白过来了。

"是的,真不愧是我的朋友。"我要亲自奖给她,她最喜欢的巧克力,还有新的百忧解。

"所有的土地都是牧业神庙的,您作为地位最高的女祭司,所有的土地都是您的。"

哦,那恐怕是我唯一的安慰了。我有一点点神经衰弱,我最好的朋友她已经精神崩溃了。但是,嘿,好在我还是这里的女主人！就像一个国王(我指的是猫王,不是指中古世纪的国王)。我想说:"谢谢你,非常谢谢你。"

"苏珊娜,我不想吓着你,或者让你感到不安——也不要哭(她一直都是一个爱哭鬼),该死的,但我真的不知道你在说什么。"

"我的神主,"她说,"也许那是因为您不在这里的时间太久了。"

这,引起了我的注意。

"苏珊娜,你刚才说我是这里的女主人,而且我的未婚夫已经在路上,快要来了。该死的,你能解释一下你到底在说什么吗？哦,再给我来点酒,我想我需要它。有了它,我想我会好一点。"我以为她已经不再厌烦我了,结果她只是收起了她的不满,然后打算一次爆发出来。实际上,这可能是一场精心策划的报复,报复我就在上个月,忘记了她的生日。(该死的,我就知道她还在生气。)

"这有点复杂,我的神主。"

"苏珊娜,你听起来就像那个珍妮一样,你说'我的神主',说得太多了。"她不顾我的批评,我讨厌这样,她不理会我的笑话,"那就长话短说,我会尽量听重点。"我那可怜的苏珊娜,我会尽快让你接受专业治疗的。

"我原来的女主人,女神芮娅诺,她和你交换了身份。她说你的世界充满了魔力,她想生活在那里。然后她找到了你,用一个魔法,同你交换了灵魂。她说,你是另外一个她,她的一个影子。她可以同你交换,进入你的世界,尽管她离开得很远,但是只要你需要她,她就会回来帮助你,指引你。"我专心地听着,她渐渐放慢了语速,"但是我并不认为她会和你在一起,你是像她,但是你没有她的……"她的声音有点颤抖,努力地想要表达清楚自己的主要意思。她继续说着,"……你没有她的性格,总之,你变成了她,她变成了你。"

"这不可能的,我不相信。"

"女神芮娅诺让我问你一个问题——如果你不相信,或者接受不了。"

我皱了皱眉头,就像斯波克那样,然后静静等待着。

"在你的世界里,你很会讲故事,讲神和女神,神话和魔法,咒语和巫术?"她停了下来,满怀期望地看着我。显然,她接受不了我的眉毛给出的答案。

"是的,那是当然,我是一个老师,我得给孩子们讲故事。"

"女神芮娅诺让我告诉你,这个世界就是你的那些故事的来源地,她穿过了两个世界的分界线,在你们的世界里寻找着另一个'她',因此她了解了你们的世界,她最后找到了另一个'她'——你。"

"那太不可思议了,就像白日梦一样,你让我怎么能够相信?"

"芮娅诺女神告诉我,她已经用了你的身份,在你的世界里了,并且在那个世界上设置了一道火墙。"

"这真是一个荒谬的故事。"那是不可能的。

"怎么啦？我的小姐。"

"火,如果她穿过了火墙,她怎么会没有受伤？或者,她怎么没有燃烧起来呢？"

苏珊娜的脸毫无血色。

"再来点酒吗,我的小姐？"

"好,你还没有回答我的问题呢？"

两下急促的敲门声打断了她,一直彬彬有礼的她有些局促不安……但她仍旧看着我,什么——？

"你可以进来了。"她最后说道。

一个女神向她鞠了一躬,进入了房间。

苏珊娜还是满怀歉意地看着我。哎呀,我忘记了,我是这里的女主人啊,这意味着我得命令她们(我猜)。

好吧,我试试。"有什么事吗？"就像对我的学生说"不要打断我的讲课"一般,他们完全能够理解,并且遵守。尽管我的声音还是很小,就像一只"吱吱"叫的小老鼠。

那个小仙女转向我,用迷人的轻快的声音说:"神主,您的未婚夫已经到了。"

我快速地瞥了一眼苏珊娜,该死的,她没给我一点帮助,她的眼睛和嘴唇一动也不动,就像在无声地祈祷。该死的。

"好吧,告诉他,(顿了一下,想一想,想一想)嗯,告诉他——(我"嗯"了一下后,那个小仙女意外地瞪大了眼睛——哎呀——我猜,她们的女主人——她们的神主——是不会说"嗯"的)告诉他等我梳洗打扮好了后,我会去见他。"在这里,我可是女士——不管在哪里,男士都得习惯等待女士的。

"好的,我的神主。"她鞠了个躬,退了出去。我的小伎俩似乎发挥了作用。我觉得自己仿佛有些佩内洛普·克鲁兹的范儿。

"我怎么样？苏珊娜,我的朋友,我听起来像是这里的女主人吗？"

"我们正在玩一个危险的游戏,我的小姐。"

"哦,苏珊娜,来吧,那本来就是一个梦,或者是一个游戏。"

"求您了,我的小姐——"她拉过我的手,紧紧地抓着,"——如果您真的爱你的苏珊娜的话,请听我说并记住我的话,您今天所做的一切,都会影响到您以后的生活。"

"好吧,好吧,苏珊娜,我会听你的。"

"首先,你不能叫我苏珊娜,你得叫我阿兰娜,这样你才是芮娅诺女神。你的订婚典礼已经举行过了,这次你得举行正式的婚礼了。"

她的眼神不容拒绝。她很坚定,她没有伪装,也没有开玩笑,看起来她真的有些吓坏了。

"你知道,我会一直都听你的,我的——"

"阿兰娜!如果你要叫我,只能叫我阿兰娜,你明白了吗?"

"好的,阿兰娜。"不管怎么样,我再也接受不了更多的信息了,苏珊娜——不——阿兰娜,也需要调整一下,"好的,那个婚姻只是暂时的而已吗?"

"是的,我的神主,那个婚姻只有一年。"她完全不看我的眼睛。

"为什么芮娅诺女神只嫁给他一年呢?"

"那只是一个约定。"她忽然变得忙碌起来,忙着从池边的大理石上拿起一个小瓶子,倒了一些类似金银花的东西进去。她肯定有难言之隐,很多的难言之隐。

"那么,你们怎么能指望我同他完成婚约呢?我见都没有见过他。"

"芮娅诺女神见过她。"从她脸上的表情我可以断定这并不是一件什么好事情,"我会替你介绍,替你解释,你在最近的祭月仪式上出了一些事故,你失去了声音,不能说话,我会替你说话的。"她扶着我走出池子,有条不紊地忙着,我忽然发现我忽略了一件事情,她是怎么把我擦干的?

"好了,还有什么……呃……有什么婚礼的细节我需要注意吗?我对那个家伙一无所知——我肯定不能表现得很完美的。"如果我发现他是我的前男友,我会失控的。

"只需要记住,你是芮娅诺女神,是牧业神庙备受尊崇的最高女祭司。所做的这一切都是芮娅诺女神允许的,她只会为你感动。"

"这难道包括她的未婚夫?"

"是的,包括他。"她听起来信心满满,我得承认,我真的有点太……我偷笑起来。

我没有看到她走出房间,可是她的手上不知怎么多出了一条轻柔透明的裙子,那是我喜欢的颜色,我最喜欢的金灿灿的红色,就像要燃烧起来一般。

"请把你的手抬起来,我的小姐。"

我照着她说的做,我是一个听话的女神。我出神地看着她给我穿上透明精致的裙子,然后挽出两个漂亮可爱的结,别出心裁地别在我的腰间,我肩头的丝巾,就像苏格兰裙子腰上的大腰包,肩上的丝巾一样。(不过,苏格兰裙子可没有这么透明丝滑,除非是好莱坞电影里面的腓特烈一世,他才会拥有。)她往后退了一步,细细地打量着她精心的杰作,改改这里,整整那里,好似对待一件工艺品一般。

"我的天啊,这太透明了,几乎能够看透。"这看起来就像是十一街角和皮奥里亚拐角处的午夜站街女,当然,在天气很闷热的时候,伊丽莎白·泰勒可能也会像克利欧佩特拉这样穿。

"哦,请原谅,我忘记了。"她拿起一块同样精致的小三角形布料(我以为这是一块手帕)递给我,然后走了出去。这居然是一条很小的内裤。天啊,我顿时感觉好多了,尽管只是多穿了这么一点,该死的。

"请坐下,我的小姐,我即将为你梳理头发。"这也好,我也可以整理一下其他的。

我愁眉紧锁,她开始用缝隙很宽的梳子打理我的头发。

"你的头发比芮娅诺女神的要短一些,但一样漂亮,只是稍微短一些。我会把它梳起来,直到它长长以后。"好像她只是在同我的头发说话,并不是和我。我放宽了心,静静地享受着她的侍弄,欣赏着我的发型。

我不知道你们怎么看,但是我的头发,被梳得那么齐齐整整,竟然又有些篷起来的活泼感觉。呃,阿兰娜只是挑了一件小饰品别在我的头上,我就看起来不再恍恍惚惚、萎靡不振,反而神采奕奕,容光焕发了(事实证明,首饰和其他装饰品一样可以让人神采飞扬,精神百倍。)

在我的额头上,阿兰娜给我戴上了一条细长的金带,然后把头发都拨到一边,把金带给露出来。烛光和精致光滑的金带相映生辉,再在中间缀上一颗钻石形的宝石,更是熠熠生辉,我慢慢靠了过去。

"是石榴石吗?"

"是的,我的小姐,是你最喜欢的石榴石。"

"我最喜欢的石榴石?"我轻轻地扬了扬我的眉毛,掩饰着我内心的诧异。

她居然冲着我笑了,这实在是像极了我的苏珊娜。

"好吧,是芮娅诺女神最喜欢的石榴石。"

"我喜欢的是钻石,不过,石榴石也不错。"我也对她微笑着——一如往常。

"但是,我的小姐,请你记住,你就是芮娅诺女神。"阿兰娜又回到了那种极度的紧张中。

"好的,没有问题。"她看起来像是松了一口气,继续拨弄我那酒红的卷发,垂在脸庞,垂在背后。

"现在,我要为你化妆了。"她说。我仔细瞧了瞧镜中她的脸,有些严肃。我可不能因为她那张酷似苏珊娜的脸,又固执起来,以为她是苏珊娜。她给我涂了些面霜,从漂亮的玻璃瓶里倒出了一些粉,扑上,有些粉散落下来,飘落在精致的梳妆台上。

"嗯,其他的你随意,但请给我的嘴唇涂上咖啡色。"

"实际上,芮娅诺女神也会选咖啡色。"

"这倒有些奇怪。"

"她说过,你们拥有同一个灵魂。"她紧张地扫了我一眼,一不小心,碰上了我的眼神。

我想我们得坦诚相待,这样比较好。

"她说谎。"

"请原谅,我的小姐,你说什么?"阿兰娜看起来就像触电了一样。

"我的意思是,芮娅诺女神她撒谎。我是莎伦·帕克,我是俄克拉荷马州一所高中的英语老师,我被她抓来这个比《青年的世界》更怪异的地方,做一些该死的事情。虽然我会帮你们,但是我知道我是谁,我不是她。"我一直盯着她,"你明白了吗?"

"好的,我的小姐,但这有一点困难。"

"不过,这没有什么关系。"

她又笑了:"你说得有些奇怪。"

"你也一样,你的口音听起来像苏格兰人,有点像《特洛伊星际迷航记》里的狄安娜。"现在的她一脸迷惑,我接着说"没关系,那不重要"。

她又一次笑了,转向我。我看着这不同寻常的一切,觉得很轻松、很温暖,但是却不再犯困了(我猜,半死/昏迷比八小时睡眠的效果更好)。我的眼睛来来回回地看着那些明亮跳跃的蜡烛、光滑乳白的墙壁,不由自主地看着这一切——很奇怪,但却又不是不愉快的感觉。

"这些烛台非常与众不同,它们总是提醒我——啊,它们是用头骨做成的吗?"

"是的,那当然,我的小姐。"对我发出的尖叫,她满脸惊讶,"在牧业神庙,头骨是忠诚的象征。"现在,她以一种老师的口吻告诉我,"甚至,在你的世界里,你们能够学习能明白各种事情,都是由于强大的神秘的头脑,这个所有知识的所在地。"我发誓,她有着苏珊娜式的口音,我没有回应,"你只要用你内心的力量来支撑你,这就对了。"

"那些头骨都蘸了金粉。"

"当然,我的小姐,备受爱戴的牧业神庙的最高女祭司芮娅诺当然得用最好的。"她的话听起来就像想着"我可是刚刚精心挑选了一天"一样,十分自豪。

看来,我才发现我不喜欢这些金制的东西,这可真令人吃惊啊。

"那么,请告诉我一些关于我未婚夫的事情吧。比如,他叫什么名字?"

她继续她的涂涂抹抹画画,在我那已经有了一些模样的脸上。我试图从那些讨厌的东西上,转移话题。

"他叫克兰芬坦,他非常魁梧有力,他是备受尊敬的最高萨满。"那似乎……似乎不是一件坏事,我可不是"哈姆雷特",在丹麦故事里总是遭遇不幸。

"那么,呃,我是要爱上他吗?"

"不,我的小姐,"她又紧张起来,"它只是一个由你父亲安排做主的婚姻。"

"嘿,我还以为我就是这里的主人。"

"是的,你是这里的主人,我的小姐,但是有时为了人们更大的利益,你得牺牲一些个人的愿望。"

她以为她是谁?史波克?

"好吧,我承认这一点,我可以接受,他长得很可怕,是吗?"

"不是的,我的小姐。"她看起来就像是在讲真话,她可真是一位临时的好演员,在需要的时候。

"那他怎么了?"疱疹?秃头?阳痿?或者更糟糕,他是一个吝啬鬼?

"我也不知道,我的小姐。"

好吧,她是不会告诉我的,我想,我自己最终会发现的。

"好了,打扮好了。"她给我的耳朵坠上两颗石榴石耳坠,给我的胳膊戴上一个镶嵌满黄金、石榴石的臂环,"很漂亮,很美,一如既往的美。"她有些臭美,不是吗?

她说的是对的,对于一个前一段时间还处在地狱边缘的女人来说,谁会想到现在会变得这么漂亮——如果我不说,虽然改变了一些穿着打扮,但是非常不错。

"进餐的时间到了。"

"要我为你准备些什么?我的小姐。"

"没关系,让我们去拿一些——我开始记起,这些天,我可是什么都没有吃。"

"请跟我来,我的小姐。"我跟着她——一路上,她都在小声地喋喋不休,"一般情况下,你会走在我们的前面。但是今天,我走在你的前面,给你领路。"她看着我慢慢步入房间,"非常好,我的小姐,你已经康复得差不多了,请记住,芮娅诺女神从来都不会慌慌张张,除非她急着要去哪儿,她走起路来缓缓地,非常慵懒优雅。你得想着这里所有的一切都由你掌握着。"

"我?"我戏谑道。

"当然。"

啊!我?这可远远超出了我的意料。

我掌握着这所有的一切。所以,我有些目瞪口呆,懒洋洋地环顾着四周,准备用我自己的方式,去迎接那个我甚至都不认识的家伙,我的未婚夫。这个大厅很像我们去沐浴时所穿过的大厅,我们是在往回走(我想)。我们慢慢地向前走着,阿兰娜挺直了她的脊梁。事实上,她走得很慢,我也是一样。我们慢慢走过大厅的转角,来到一扇巨大的双层门面前,门上雕花精细,纵横交织,有点像凯尔特的旋转门。我眨了眨双眼,我发誓那些花纹竟然有点像骷髅头(可恶)。但是我的眼睛没有在雕花大门上停留太久,因为,大门的两旁,是两位可爱的男士,两位穿得不多的可爱男士。

我慢慢走近,他们齐齐向我行注目礼,目光炯炯有神,宝剑闪闪发光,服装整整齐齐,还有他们的肌肉结实强健(上帝保佑他们)。其中的一位男士为我打开了大门(当下,这就是美国最缺失的礼仪——那些自以为是的家伙已经不认为他们有义务为女士开门了)。不幸的是,我不能给予他们赞许的目光,虽然他们完全值得拥有。在阿兰娜的带领下,我已经来到了一个巨大的房间。

高高的天花板,雕花刻画的石柱,(我发誓,我看到了更多的骷髅头,甚至到处都是。)精美的壁画:忘情嬉戏的仙女……噢,该死的,还有我(芮娅诺女神)……也着装清凉,骑在一匹白色骏马上,尽情欢闹。(难道这里的天气都不会冷吗?这里的人一直都穿得比较少。)在房屋的中间,一个古老的高台上,设置着一个可爱的黄金宝座。两三个小仙女正缓缓走在高台的台阶上,步履娉婷。看到了我,她们都停下了她们那赤裸的小脚,微微低下了她们那可爱的小脑袋。

我应该被希腊——凯尔特的奥斯卡提名为最贪图享受奖。天啊,这坐下来的感觉真的很好。

过了一会儿,站在我右边的阿兰娜忽然跳起来说道:"通知克兰芬坦萨满,芮娅诺女神要接见他。"一个小仙女急急忙忙地跑出了另外一扇大拱门。我暗想,那守门的男士是不是也会为她开门。

我直接看向阿兰娜,她给了我一个淡淡的微笑,以示鼓励。大门重新打开了,我抬起眼来,那个穿着像白云一样透明衣服的小仙女回来了。

"他来了,我的小姐。"她有些激动,满脸通红(也许他并不是真的很可怕),阿兰娜袅袅娜娜地步下阶梯,她那稍微张开的鼻孔显示了她的极度紧张,情不自禁地紧张。

每个人都期待地望着拱门门口。一个特别的声音在门口响起,越来越近,这让我想起……嗯……我知道了!是马!我的未婚夫竟骑马到我的王座前?好吧,我知道在牧业神庙马也是一种备受尊崇的神,但是,我得和他好好谈一谈这宫廷礼仪。我的意思是,就像我奶奶说过的那样,这肯定是一种不礼貌的行为。

马蹄声越来越响。一定还有好几匹!

肯定是这样,他可能有些像俄克拉荷马的布巴骑士。我就要见到他了,也许他会打电话给我,也许他还会叫我甜心,轻轻地拍我的屁股。

我能看到我的大门守卫(是的,他们出现得如此及时)开始敬礼,当马匹到达门口以后。

我感觉我不能呼吸了,就像电影里那样,我几乎不能呼吸了,我挣扎着,我忍耐着,尽量让自己不要窒息。

他们分成两列进来了。我立即开始数数——很奇怪,我居然还能够数清——他们有十人。

"半人马。"由于紧张,我的声音从呢喃变成了尖叫,从阿兰娜的表情,我知道她已经听到我说的了。我很快闭上了我的嘴,不再说话。不,不,该死的,我肯定已经不在堪萨斯州了。

两个领头的半人马继续走向我的台前，其他的八个分散在两旁整齐地走着。其中一个领头的半人马已经来到了我的台前，另外的一个稍稍靠后，其他的则靠近阶梯。他行了一个优雅的鞠躬礼。

"非常荣幸，很高兴见到你，我的芮娅诺女神。"他的声音很让人吃惊，略微深沉，却非常圆润，就像黑巧克力给人的感觉一样，口音也和阿兰娜一样。

至少，他并不是我的前男友。

在我回答他之前，阿兰娜已经行了一个优雅的屈膝礼，并开始回话。

"克兰芬坦殿下，很遗憾，我们的芮娅诺女神暂时失去了她的声音，不能说话。"他眯起眼睛看着她，并没有打断，"芮娅诺女神让我问候你，她说她已经准备好了。"

"什么？"他停了一下，"芮娅诺女神这时失去了她的声音，这是多么的不合时宜啊，我的女神。"

这是一种嘲笑？我敢肯定这句话是说给我听的。可以想象，这是一个多么尴尬的场面。

"我的殿下，芮娅诺女神为此也非常痛心。"阿兰娜还不忘补充道。

"发生了什么事，怎么会这样？"克兰芬坦甚至一眼都没有看阿兰娜，他一直盯着我，仿佛那些话是我说出来的一样。我想我一直看着他的眼睛比较好，要是任由我的眼神四处游荡，恐怕我会继续开口说话。

"在祭月仪式期间，芮娅诺女神就病倒了，但是身为牧业神庙最高女祭司的她并没有退缩，一直苦苦地支撑着，直到仪式完全结束。为此，她卧床休息了好几天，到目前为止，她的身体才恢复了一些，但是她却不能说话了。"她的声音隐隐透出丝丝喜悦，"不过别担心，我的殿下，这只是暂时的，她很快就会好起来的，只是需要一些时间来休养。"

"我理解你的难处，芮娅诺女神。"他的声音听起来可不像理解我，反而有点气恼，"不过，我相信，"他又顿了一下，"这不会耽误我们今天的交易。"

交易！这是一个多么古怪的词语，居然还被用来形容婚礼。我很不喜欢他那怪腔怪调,我不知道芮娅诺女神会不会嫁给他,我敢肯定鬼才知道为什么莎伦·帕克要嫁给他。阿兰娜深深地吸了一口气看着我,我伸出手去,倚着她,目光锁定那个脾气暴躁的家伙,缓缓地抬起下巴(做出一副骄傲、自大的样子),把头从左边拨到右边,缓缓地摇着头。

"那就好,我很高兴,你的父亲送来了他的祝福,同时他深感遗憾,不能出席我们的婚礼。"

哦,好呀。

"你能够到我身边来,或者我到——"他又非常粗鲁地停了一下,"我到你的身边,我的女神?"

我感觉我的下巴有些僵硬,在我开口之前阿兰娜已经过来帮我了,她优雅地搀着我的手,扶着我站了起来。

"芮娅诺女神将会过来,这是习俗。"阿兰娜扶着我缓缓步下了阶梯,克兰芬坦站在我的身后,给我们留了一点小空间,但事实上,我们已经靠得非常近了。他非常高,占据了我的上空,他的气味向我袭来,一种像马的气味,和着一种香草的味道,又掺杂着一种热情男人的味道,但也不是不好闻。

他俯下身来,拉起我的手,我立马尖叫着跳了起来。阿兰娜立刻掩饰着我的叫声,"我的小姐,典礼要开始了。"

该死的,她很可恶。

他的手很厚实,很温暖——几乎在发热。我低下头,看到他的马身,棕褐色的身躯,就像其他人的下半身一样,那也是他的身体。他的声音响起,我抬眼望着他。

"我,克兰芬坦,在这里,向你,芮娅诺·马克卡伦,起誓:我愿意保护你,哪怕是刀山火海,哪怕是万丈深渊,我会尊重你就如同尊重我自己一样。"

他的声音听起来不似先前的嘲笑,而是有些深沉,让人沉沦其中,想入非非,连我们身边的空气都有些浪漫的味道。

然后,阿兰娜替我说道:"我,芮娅诺·马克卡伦,备受尊崇的巴尔瓦隆最高女祭司,今天在这里,向你,克兰芬坦,起誓:无论疾病困难,无论海洋湖泊,无论高山险阻,都没办法把我们分开,我会尊重你就如同尊重我自己一样。"

"你同意吗,我的芮娅诺女神?"

他问着,同时,他紧紧地握住我的手,甚至握得我有些疼。

"我的殿下,芮娅诺女神是不会违背她的誓言的。"阿兰娜有些担心。

"不仅是这个誓言,是每一个字都不能违背。"他把我抓得更紧了,"你会信守这个承诺吧,我的芮娅诺女神?"

"是……的。"我故意拖着腔调,一字一字地说。

他目不转睛地盯着我,渐渐松开了对我的钳制,松开了我的手,并且把它翻过来,放在他的掌上。"仪式完成了,在这一年里,我们属于彼此了。"他一动不动地看着我,然后抬起我的手,放到他的嘴边,在我的大拇指旁边,轻轻地温柔地咬下去。他快速地咬了我一口,坦白地说,惊讶多过于不舒服。

我一定睁大了我的眼睛,把手从他亲密的钳握中抽了出来。

我居然结婚了,还是同一个可怕的半人马。

甚至他还咬了我一口。

好吧,我来自俄克拉荷马州,我喜欢骏马,我喜欢约翰·韦恩,我也喜欢高大威武的男人,但这似乎也太荒谬、太可笑了吧。

哦,该死的,他咬了我一口。

3

"我的殿下,请允许我带你们去宴会厅,这样,你和你的战士可以享受盛宴,请让我们为你们的婚礼庆祝。"阿兰娜微笑着,优雅地领着路。

克兰芬坦略微低下他的头,伸出他的手臂,我把手轻轻放在上面。他的随从(半人马)紧紧跟在后面。

"我知道你有些反感,但是我很高兴,你抛开了你自己的愿望,履行了你自己的职责。"

他并没有看着我,只是放低了声音,在我耳边小声地说道。我抬头看着他的那张脸,仿佛戴着一张我看不懂的面具。

该死的,我怎么迷迷糊糊地闯进了这个鬼地方!

"因为我们都发过誓言,要在这一年里尊重彼此,所以我会原谅你在订婚后对我的羞辱。你居然拒绝见我,拒绝我的礼物,并且还迫使我来这里才愿意履行我们的婚约。"他的声音让我很紧张。

管你是马,还是不是马,我是不会让你欺负我的。

"我也会原谅你现在对我的不尊重,你刚刚居然在牧业神庙里批评我。"哈!

他偏下头来,听我喃喃自语。忽然,他的脸上有些狂喜,走了过来,停下。

"你没有错,我的芮娅诺女神,我刚才对你不礼貌了,违背了我的誓言,请原谅我粗鲁的行为。"他那乌黑的眼睛注视着我。

在我说话之前,我清了清喉咙:"我没有怪你,我原谅你了。"

看上去他还是在生气,他似乎是在生他自己的气,而不是生我的气。至少,他对我刚刚的回答还算满意。他也跟在了阿兰娜的后面,陪着我。

一行人到了另一座拱门(是的,还是刚才那两个有着结实肌肉的迷人的守卫——芮娅诺女神肯定也为之侧目过),我们进入了一个大型的宴会厅,这才是真正的怪异。

好吧,这肯定是一个梦。对于我来说,还是一个奇怪的邪恶的梦。

大厅很大,比平常的足足大了二十多倍。平整宽敞的椅子,每一个角都有着小巧精致的扶手,有点像老式的大躺椅。紧挨着椅子的是大理石的矮柱子,平整光滑的表面,每一个矮柱子上都立满了高脚黄金酒杯。衣袂飘舞的仙女们来来往往,匆匆忙忙,高脚黄金酒杯里早已斟满了美味的葡萄酒,颜色娇艳得令人垂涎欲滴。

让我继续沉醉在这个梦里吧。

阿兰娜示意我们走向大厅中间的那两把样式奇特的椅子,它们共享着一个大理石柱。其余的椅子都被设成一个椭圆形,围绕着我们。

"可以开始晚餐了吗,我的小姐?"

我想我别无选择,我都快要饿死了。所以我优雅地点了点头,走近了这些看起来精致却很折磨人的椅子和柱子。这些斜躺着吃东西的古罗马人,总是认为罗马可以控制整个世界,那全是瞎说,胡编乱造。躺下来吃,吃得太多,然后呕吐出来,他们就不能找出一张餐桌来吗?这真是令人十分讨厌。

好吧,至少斜躺下来会让我看起来瘦一些……

我的屁股刚坐上椅子,每一个人就慌张起来,就好像我的脚后跟上粘着了厕纸一般。我的天啊,请让阿兰娜知道我的窘迫不安。我优雅得体地站起来,轻轻扯了扯阿兰娜的衣袖,把她拉过来,小声地对她耳语。

"我做了什么不该做的吗?"

她笑着,行了一个屈膝礼,就好像我吩咐了什么事情一般。

"芮娅诺女神请你原谅她不能开口讲话,不能亲自给她的婚礼喜宴奉上祝福,她内心的祝福远不能用言语来表达。"阿兰娜面带微笑,扶着我斜躺下来。

"她不是能够小声地说出她的祝福吗?而且你也该早一些替她送上这些祝福。"

我这新婚丈夫的声音听起来充满了挑衅,事实证明,这位先生真的是一个头痛的问题(他还咬人)。也许他以为自己足智多谋,甚至可以逃脱芮娅诺女神设下的陷阱。

我只能说,他错了,大错特错。微笑在我的脸上绽开来。

我的手又把阿兰娜拉了过来,靠近她的耳朵低声耳语:"只要把我说的话重复一遍就好。"

"我的小姐。"她满是担忧,甚至还有一些恐惧。显然,她并没有意识到,在她身边的是一个中学老师——我们每一天都要处理这些中学生无理取闹的事情(甚至是每一个小时,我们都要处理这些无聊的琐事),我们就是以此为生计的,既要纠正他们的无知,又要对他们的未来有所启迪。这只是小菜一碟,对我来说,脚趾头就可以解决——甚至其乐无穷。

"相信我。"我对她眨了眨眼睛,她点了点头,虽然有些勉强。

"你说得很对,克兰芬坦殿下,你提醒了我的职责,请原谅我,在这么重要欢庆的时刻,请让我重复一遍芮娅诺女神的祝语。"

精彩的时刻到了——我现在才知道我在欧洲上学时所学的东西派上了用场——可惜我学到的只是一点皮毛。我特意换了个角度斜躺着(这样能更好地秀出我的乳沟),我小声地教了阿兰娜一些古老的爱尔兰祝福语,尽管它几乎没有什么用处,除了在大学的课堂里。可是现在却最是时候:

"祝你永远——"

"祝你永远,"阿兰娜说着那些古老的爱尔兰祝福语,甜甜的嗓音飘在空中。我微笑着看着那些全神贯注的听众,享受着他们恭敬谦逊的样子,我喜欢此刻的安静。

"墙为了拥抱风而存在——"

"墙为了拥抱风而存在——"

"屋顶为了拥抱雨点而存在——"

"屋顶为了拥抱雨点而存在——"

"茶为了平息怒火而存在——"(我忽然有点恐慌,我捉弄了他们,我希望他们能够喝一口茶。)

"茶为了平息怒火而存在——"(我微笑着环顾四周,我猜他们会这么做的。)

"欢声为你而喝彩——"

"欢声为你而喝彩——"

我的伎俩得逞了,长剑出鞘,致命的一击。我回过头去看看我的新婚丈夫,临时的丈夫。我注视着他,轻声对阿兰娜说出了最后一句。阿兰娜说即将说完最后一句,克兰芬坦惊奇得睁大了眼睛。

·47·

"能够靠近你,能够靠近你的心,那是我最大的渴望。"

她的声音飘浮在空中,"敬礼!"半人马的声音响了起来。我发誓,我看到了他那玩世不恭的脸顿时拧成一个词语:沮丧。

正如我最喜欢的大学教授那样,他曾一本正经地对我们说:"不要看不起英语专业的学生。虽然他们的脑袋里总是装满了看似无用的废物,可是一旦他们拿出来,也会让你们措手不及。"

阿兰娜脸上的盈盈笑意也证明了我的胜利,嗯……穿得……衣服穿得多了些的仙女们手上的托盘,源源不断地散发着诱人的香气。(我猜是不是在进餐的时候,仙女们会穿得很透明轻薄。)香气袭来,我有些头晕目眩,我最后一餐距离现在有多久?

"我的小姐,请坐下。"阿兰娜及时救了我。

我那临时丈夫的随从们也纷纷就座,厨房的仙女们开始忙碌起来,把一盘盘精致可口的佳肴摆到了我们的面前。正当我准备就餐时,克兰芬坦朝我恭敬地施礼,走了过去,和那些人聚起来——那些人好像是他的朋友或者随从或者其他——他还喝了一口我的酒,喝了我的非常好的,昂贵的,爽口的,比解百纳更好的葡萄酒。他环顾着四周,我也趁着这个机会仔细地打量着他。

如果要用一个词来形容他,那就是魁梧。他很魁梧,而且肌肉发达——很结实的肌肉,谁要是和他对抗,几乎没有半点胜算。我是一位自律的女性,我尽量,我尽量不迷恋他那与施瓦辛格类似的身材。(请大家注意,我说的是尽量。)他似乎沉醉在谈话中,全神贯注,浑然不觉。我盯着他看了好长一段时间,情不自禁地喝了一大口酒。

他的头发很粗很黑,略微有点卷,如波浪一般。而且还很长,用一条皮带绑了起来(绑起来后的头发比我的还多)。他脸部轮廓清晰,线条刚毅——高高的颧骨,直而挺的鼻子,尖尖的下颌(有点像加里·格兰特,上帝啊,请祝福他)。他有着微粗的脖子,宽阔的肩头,典型的倒三角身材——还有,我承认——他有着结实的完美的胸肌,上面还有些许胸毛,整个皮肤呈古铜色,映衬得他像雕塑一般完美。他穿着一件皮革制成的马甲，微微敞开，那光滑好看的胸肌赫然呈现在我眼前。虽然在大学的时候，我选修了解剖学和生物学，但对于他的胸肌，我有些陈词滥调，并且还有些词穷，来来回回就只有那么几个词语可用。还有他的小腹平坦光滑。总之，他人类的部分，以一个漂亮的小腹结束了。仅仅从这些看起来，该死的，他绝对是一个帅哥，还是在花样年华的帅哥——18岁左右的——不，这当然仅仅是一个玩笑，他看起来至少在30岁左右。

他马的那一部分身体，浅浅的棕色，像成熟的橡子的颜色，又有些像旧书的皮革封面的颜色。光亮的毛发就像镜子一般，还能映出头发的影子。他换了个姿势，但还是沉醉在谈话中，他的外衣微微扬起，遮住了烛台的灯光。他的脾气可能有些暴躁，但他把自己打扮得整整齐齐。就像我之前所说的那样，他很魁梧高大，目测可能有我的手的15或者16倍那么高，他的外形更像一匹受过很好训练的良种马，全身肌肉发达，线条优美，当然也速度惊人。

看着他，我才发现，我和半人马结婚了，我居然没有反抗，也没有恐惧。而且，我也没有花费很多的脑筋来琢磨，就接受了。我绝对是疯了，对于一个从小就骑马，直到上大学，规规矩矩的俄克拉荷马女孩来说，这真的很疯狂。事实上，我爸爸曾经开玩笑说，我还没有学会走，就学会骑马了。（难道成为一个经验丰富的骑马者是这段婚姻的先决条件？）不过，话说回来，如果他不是老皱着眉头，我会说他真有一种奇特的吸引力，我已经有一点迷恋他了。

他们的谈话似乎结束了，他的朋友向他敬了个礼，朝大门走去，途中停下朝我行了一礼。克兰芬坦又缓缓踱回我的躺椅旁，不得不说，他的举止风流，倒也不失为一个潇洒优雅的家伙/骏马/或者其他？

一个生硬、拘谨的声音响起，他说："请原谅我的打扰，我的芮娅诺女神，我刚刚不得不和我的部下商量一些重要的事情。"

听起来他的话里竟有些焦急。

"没事，只要有这些香醇的美酒陪伴我，就非常好了。"我低声细语，并回了他一个甜甜的少女式的微笑。

"谢谢。"

也许,他也喝了不少,稍稍轻松了,说起话来也很像人类。

门口的侍女们端着盘子进进出出,竟然有几分像螃蟹。盘子里盛满了各式各样的美味佳肴,让我忍不住想要大快朵颐。袅袅香味徐徐袭来,我的肚子竟然不争气地打起鼓来。我发誓,克兰芬坦肯定在强忍笑意。我低声解释,我是有点饿了。可是,我并不认为我的轻言细语可以盖过那咕隆隆的"鼓声"。

那些可爱的侍女(我很抱歉,把她们比成了螃蟹)首先为我上菜,然后是克兰芬坦。她们拿了一些热腾腾、香喷喷裹着酱汁的鱼片,还有让人垂涎三尺的上面洒满胡椒粉的禽肉(非常不错,它们尝起来有些像鸡肉),带有一些蒜味的由谷物、蔬菜、豌豆荚做成的拼盘,还有一些蘑菇、小洋葱。作为一个高贵的淑女,一个优雅的女神,我本该吃相优雅。可我根本就顾不上这些,我大快朵颐,大口喝酒。我意识到我喝得有点多,不过没有关系,毕竟,我已经死过一次了,没什么可在乎的。

这一餐,让我重新思量,我也没有在地狱里,要不然,这地狱里的食物也未免太可口、太美味了。我一口一口吃着食物的同时,瞄了一眼我的丈夫。我很好奇,他也吃得津津有味,而且不仅仅只吃谷物和蔬菜,看来半人马也是杂食动物。(自我提醒:我得小心,他喜欢吃肉,他还喜欢咬人。)

我猜他注意到了我在偷瞄他,他的嘴角咧出一种戏谑的表情,他还故意说:"胃口不错,看来你已经恢复得差不多了。"

"谢谢,我的克兰芬坦医生。"

对我的顶嘴,他瞪大了眼睛,他这么看着我,让我感觉是不是我的牙齿上有片菜叶,或者我的鼻孔里有块鼻屎。

"你知道的,我不仅是个身体方面的医生,还是一个精神科医生,我是最高萨满。"

在开口回答之前,我咽下了一口鸡肉:"我只是同你开个玩笑。"

"哦,我当然知道。"他眯起了眼睛。我发誓,他像马一样"哼"了一声,然后继续大快朵颐。

我想芮娅诺女神肯定一点也不幽默。

"我的女神,我的殿下,我尊贵的来宾们,为了证明缪斯女神对你们婚礼的赞许,缪斯的歌舞女神忒耳西科瑞女神特此献上舞蹈,敬请欣赏。"

阿兰娜轻轻地拍了两下手,音乐响起。我感觉半人马的耳朵都要竖起来了(的确是如此的形象)。之前,我完全没有注意到待在房间角落里的仙女。竖琴轻柔,长笛悠扬,声音如丝,伴随着心跳般的鼓声,扣人心弦,动人心魄。婀娜多姿的仙女开始翩翩起舞,温柔地低头,缓缓伸出手臂,优雅地旋转,像芭蕾舞一样迷人曼妙,轻盈地舞动在大厅中央,舞动在我的王座前。忽然,她慢慢地蹲下屈膝,深深地低下了头,音乐也慢慢停住,她优雅地施了一礼。然后音乐缓缓奏起,她抬起了头,和着节拍,继续起舞。作为最高女祭司的我,该端坐在王座,静静地欣赏。我啜了一口酒,居然不小心呛到了,葡萄酒从鼻孔里喷了出来。幸运的是,每个人都聚精会神地注视着她,而不是我,我擦了擦鼻子,很快恢复了镇定。

该死的,这多么的狗血!这歌舞女神居然是米歇尔,我十年教书生涯中结识的朋友。她居然在这里,她也是女神,还是缪斯的歌舞女神——该死。米歇尔总是喜欢和我笑谈她生活中的三种激情。排名第一的是舞蹈,排名第二的是自然科学,(她真的很喜欢爬行动物,我一直很担心,尤其是我的教室就在她的隔壁。每一年我们学校总会有两三次,蛇会无缘无故地逃出笼子,不知所踪。)她还把那两大爱好合二为一,热衷于出席俄克拉荷马东北大学化学专业的舞蹈奖学金典礼。在我们所教的中学,她既要教授化学课,又要为学校的音乐剧排舞,是一个很奇特的女孩。

看着她慵懒地和着节拍缓缓移动,我又浅浅地啜了一口葡萄酒,一个小仙女赶紧过来注满酒杯,我感激地微微一笑。毫无疑问,我肯定那就是米歇尔,当然,我也敢肯定,阿兰娜肯定会来澄清,说那只是像米歇尔而已。她和阿兰娜相同,乌黑浓密的头发,齐肩盈盈散开,随着她的舞动,泛起微微涟漪,和那闪闪发亮的轻薄纱衣一起,包裹着她那玲珑娇小的身体。当她跳舞时,衣袂飘飘,裙角飞扬,露出了窈窕紧致的身体。她总是那么明艳动人、窈窕可爱,尽管她吃得不少——比一般人多吃好几倍。她是我所知道的唯一一个每天可以吃完学校提供的午餐的人,包括每一块肥肉,每一块巧克力。然而她的体重都不会暴增,这招人妒忌的丫头。

音乐节奏越来越快,越来越急,米歇尔·忒耳西科瑞的舞步也愈加轻快蹁跹。半人马肯定有些"醉"了——他几乎忘记了咀嚼,只是呆呆地看着。她的确是一位出色的舞者。她的舞蹈总是让人惊艳——或性感或优雅,她先是蜷在一起,然后慢慢舒展开,然后袅袅站起,轻盈跳跃,把鲍勃·弗斯的《天鹅湖》演绎得淋漓尽致。她那性感的小屁股随着音乐有节奏地律动,现场的人看得如痴如醉。她那魅惑迷离的眼神火辣辣地挑逗着每一个人,真是调皮的女孩。

这不禁让我想起了她的第三种激情——男人。她喜欢各种形形色色的男士,高的,矮的,壮的,瘦的,毛茸茸的,光溜溜的……所有的她都喜欢。只要他们的"那个"够大,(不,不,"那个"并不是指他们的钱包)确实,她是我所见过的人中,最热衷于床笫之欢的。她不是一个不知廉耻的女孩——男士只是她的爱好,少年贪玩罢了,所以,她总是特别忙,忙于穿梭在形形色色的男士之间。

舞蹈已经到了最高潮的部分,她舞动着回到了大厅中心。毫无疑问——她真的很性感。我扫视了一眼克兰芬坦,他正全神贯注地欣赏着,看吧,他也很赞成我的观点。她挑逗着他,他的目光也一刻都没有离开她那随着音乐律动的小屁股(她穿得也不是很多),她慢慢地慢慢地向他的躺椅舞动。

当局者迷,旁观者清。我冷冷地看着她放肆地勾引诱惑着他,等我回过头来,莎乐美已经让希律王砍下了施洗者约翰的脑袋,音乐也渐渐地平缓了。舞蹈结束了,大厅里爆发出雷鸣般的掌声。米歇尔·忒耳西科瑞优雅流畅地弯腰谢幕。我微笑着,准备捕捉到她的眼睛,给她一个"你好棒"的表情。可是,当她看着我时,虽然眼睛里没有明显的敌意,可是她的脸上却是恰如其分的不大热情的礼貌。

"祝福你,祝福你新婚愉快,尊敬的芮娅诺女神。"奇怪,她的声音也有些像米歇尔,听起来差不多。她的祝福语听起来有些生硬有些单调,全然没有他乡遇故知那种亲切,那种熟悉,那种温馨,"我衷心祝愿这份婚姻给你带来无穷的欢乐,你完全值得拥有。"她给了我一个祝福的眼神,随后飘然退出了大厅。

好吧,我犹如被扇了一巴掌,感觉糟透了——我甚至觉得我刚才简直是受到了侮辱。我一直都在猜想,芮娅诺女神会怎么想,这就好比一只小鸟一直在唧唧喳喳地告诉我,你不是一个漂亮的女孩。我瞟了一眼克兰芬坦,他仍然注视着离开的米歇尔,不,或者应该说在对米歇尔暗送秋波。

"她的舞蹈跳得很好,对吧?"注意到他那蠢蠢欲动的眼神,我故意狡黠地迎上他的眼神。

"是的,我的女神,她确实不失歌舞女神的风范。"他说话都有些含混不清,声音甚至有些沙哑。要是在俄克拉荷马,我肯定会吼道,该死的,你能不能消停会儿,静下心来?

他的眼睛总算从米歇尔的背影上慢慢挪开,但脸上仍然是抑制不住的兴奋与激动。他好像对自己的低沉沙哑声音有些恼火,这倒让我有了些许兴趣。我假装着,慢慢地靠过去,甚至侵犯到了他的私人空间,同他低声小语。

"她的舞蹈的确很适宜这样的场合,大气、优雅、又意蕴无穷。"天,他,好烫。我甚至都没有碰到他,就能感觉到他散发出来的热。也许,是由于某种原因,我开始咯咯地笑起来。

听到我咯咯的笑声,他向我俯下身来。(快速地提醒自己:黄色警报——我可能真的喝多了。)

"这舞蹈里可全是满满的祝福,对我们新婚的祝福。"他故意顿了一下,我扬起了我的眉毛,示意他继续,"这其实也是一种刺激,一种挑逗。"他在我耳边呢喃,声音很小,甚至小得不能再小了,"我聪明的芮娅诺女神,你肯定懂的。"

啊呀!

我的眼睛注视着他,像要把他看穿一般。

他可是一匹……一匹……一匹马呀。

·53·

靠着自己微薄的意志,我僵直着身体,坐得直直的——在他的怀里。我觉得一阵晕眩,眼睛也模模糊糊的,脑袋像要爆炸了一般,一直嗡嗡嗡的。黄色警报,变成红色警报了。

"呃……"我尽量把酒杯放好,可还是没有放在桌子上。啪,酒洒了,酒杯摔在了地上。所有人都看着我。

"我的小姐,你还好吧?"上帝保佑,还有阿兰娜关心着我,我稍稍清醒了点。

"我觉得自己喝得有点多了……"眼睛里的阿兰娜有好几个,用力眨了眨眼,阿兰娜总算只有一个了。我摸了摸我的头,瞟了一眼克兰芬坦,他正关切紧张地望着我。

"你喝得太多了,我的芮娅诺。"他的关切看起来更像是一种挑衅。

"可能是生病的缘故,不知不觉就过量了。"我装作轻描淡写。

"也许,我们该退场了。"他居然在傻笑。

"嗯!"我有些喘不过气来,轻声尖叫。退场?是要上床休息了吗?在这种神圣的场合?该死的,我的脑袋到底在想什么啊?忽然,我意识到,我还真没有考虑到这婚礼的后果。是的,我和阿兰娜几乎讨论了所有的事情——她也打消了我所有的顾虑——但我真的不知道和我结婚的居然是一匹马!同陌生人发生关系,我都非常紧张,更何况是一匹陌生的马!我的胃又抽搐起来,天,可不要把那些美味都吐出来。

"嗯……"该死的,为什么我一直都在思考"性"这个问题?还在嫁给了那个愚蠢的半人马的第一天(虽然我喜欢把他称为丈夫),我就想着和他怎么样,这可不是一个天真的不谙世事的处女该想的。还真不知道我的新婚之夜会发生什么样的事情。

"唔……"我几乎想要死了,我被搞得思维混乱,肯定是喝了太多的酒,或者是喝了太多的药。

好吧,让我来想想现在该怎么办?

好好想想。

一匹马。

还是一匹会咬人的马。

4

"我想我有点不舒服。"

"我的小姐,让我送你回房间吧。"至少,阿兰娜还是真的关心我的。她用手捋了捋我前额上的几缕卷发,她的手柔软,清凉如水。

"好吧。"我犹如踩在船上一样,摇摇……晃晃……头晕晕的……我紧紧地闭着眼睛,不想睁开。

"哇——"正当我的屁股快要亲吻那可爱的大理石地板时,我被一个热热的东西牢牢地拎了起来。

"请允许我,我的芮娅诺女神。"

那匹该死的马居然抱住了我!我偷偷睁开了一只眼睛,近距离地打量着他。不过,他倒也没有注意到。他只是对阿兰娜点点头,阿兰娜报之以一个感激的微笑。我这才想起克兰芬坦是多么高啊——刚才我真的离地面很远很远——

"呃。"我想我最好闭上我的眼睛。

"睡一会儿吧,你会觉得好一点。"从他宽阔的胸腔里冒出了这句话。我闭上了眼睛,他让我想起了一个很大很温暖的按摩器。我强忍住了笑意。

"我不知道我竟然喝了那么多的酒。"

"你喝了很多。"

他说话的时候,喉咙处的喉结有力地振动着,哈哈,这个按摩器的效果真不错。

"你说话的时候,就像是在按摩。"

"什么?"

"好吧,我就像一个按摩器。"听起来,我是真的有些醉意了。那还不错,醉了的感觉还不错。我感觉,我的头又大又重,是不是头发太多太重了?我叹了口气,扑通一声,重重地跌在了克兰芬坦的肩头。现在,我可是牢牢地、牢牢地站在地上了。

"你的味道不错。"我知道我正大声地说话,我也知道明天早上起来我的头会剧烈疼痛。可是,我的确不知道我这个时候在做什么,只是"咯咯咯咯"地傻笑着。

"你真的喝得太多了。"

"没有,一点也没有。"

他哼了一声,喉咙又振动起来,我还是傻笑着。然而,我忽然发现,振动已经停止了,可是低沉的声音却没有停下来,我睁开了我的眼睛……

他笑了起来,他对着我,笑了起来。他笑起来很好看,忽然他的脸又冷酷起来,不过,那也是一张英俊的冷脸。

可能,是这个时候,我打了一个酒嗝,这可能让他有点难受。

阿兰娜在门口停了下来,我依稀记得这是芮娅诺女神的房间。她看着我们,有些忍俊不禁。在酒精的作用下,我歇斯底里地笑着,还不时地打着酒嗝。她的脸上闪耀着明亮的粉红,她急忙转身打开房间,迎了我们进去。很明显,芮娅诺女神就没有这么幽默。

"见鬼。"打了一个酒嗝,"我真的,"又打了一个酒嗝,"很想,"再打一个酒嗝,"睡觉。"

我重重地倒在了床上,他戏谑地笑着看着我。

"谢谢你。"打了个酒嗝,"谢谢你让我搭了一个顺风车。"该死的,我又打了个酒嗝。我傻笑着,把头深深地埋进了丝滑的枕头里。我忍不住自嘲,感谢他的"顺风车"——那还真是很有趣啊。

"和我最后一次见你的时候,你有些不同了。"笑容仍然挂在他的脸上,他低沉的声音很有质感,即使我已经醉了,但也不得不承认。我扫视了一眼阿兰娜,她粉扑扑的小脸唰地一下就白了。

我努力挣扎着想要清醒过来。

我又打了个酒嗝。

"我,呃,还是我啊,有什么不同?"

"你和平常一样,没什么不同,我的芮娅诺女神。"瞬间,他脸上的笑容消失了,我很抱歉。我只记得,他是一匹马,这是我们的新婚夜——从阿兰娜那害怕的脸上,能看出来这里肯定还有其他的什么事情,只是我却一无所知。

我闭上了眼睛,迷迷糊糊地小声咕哝着,"不管……",然后就均匀地打起鼾来。这时候,阿兰娜过来了。

"我的殿下,请让我带您到您的房间,好吗?"克兰芬坦没有说话,我很想睁开眼睛,但是他一直看着我。在他的目光下,我深吸了一口气,假装着打起了呼噜,是一点都不淑女的呼噜。

"您的房间在隔壁,我的殿下。"阿兰娜又继续说,她很坚持。

"好吧,我也准备回去休息了。"他的声音又回到了冰冷,他的脚步也很是清脆响亮。

这响亮已经淹没了阿兰娜轻快的脚步声。

"我的殿下,芮娅诺女神最近可能有些太累了。"阿兰娜的声音很甜,很温柔,也很像苏珊娜,这倒让身在他乡的我缓解了不少的思乡之情。

"我们都有些累了。"门终于被轻轻地关上了。

"他走了,我的小姐。"

头还是晕晕的,我一个劲地傻笑着,在这个不熟悉的地方,居然还能置身事外般,一点都不清醒,一点都不谨慎小心。

阿兰娜回来了,还端了一盆水,放在我床头的脚下。她颤抖着拧着一块小帕子,十分焦急不安。

"他好像知道了,我不是芮娅诺。"

她用湿帕子轻轻地擦拭着我的额头,她的手颤抖得更厉害了。

"不,我的小姐,他还没有发现,他只是发现你和以前有些不一样罢了。"

"告诉我一些芮娅诺女神的事情吧。"她还在擦拭着我的额头,轻轻地,凉凉的。

"她是我的主人,是牧业神庙的最高女祭司,是备受尊崇的女神。"

"这些我都知道,告诉我,告诉我她是一个怎样的人?"

"她是一个伟大的女神。"

我叹了口气。

"阿兰娜,我指的不是这个,我是指性格,她的性格是怎么样的呢?你说我不像她,所以我想知道芮娅诺女神是什么样的性格。"

阿兰娜没有回答,沉默着。

"你不用害怕,你可以告诉我这件事情的真相。"

"这有些麻烦,我的小姐。"

"相信我,我会帮你的。好吧,那为什么克兰芬坦不喜欢芮娅诺女神?"

"芮娅诺女神并不想嫁给克兰芬坦殿下,她总是尽可能地避着他,实在是避无可避了,对他也是很冷淡。"阿兰娜的眼神有些闪烁不定。

"为什么她不拒绝履行这个婚约呢?"

"责任——为了履行责任,牧业神庙的最高女祭司都要同半人马的最高萨满婚配。如果她想继续成为最高女祭司,她就得嫁给克兰芬坦,至少得一起生活一年。虽然,大多数祭司和人马的婚姻都并不成功,都很短暂。"

阿兰娜一直都惴惴不安。

是啊,她是应该感到不安的。

"我本来就不属于这里——我也不会责怪芮娅诺要我嫁给一匹马。"阿兰娜的眼睛里闪过一道惊喜,"我的意思是,这让我很惊讶,这对我来说,真的是太惊讶了。"阿兰娜试图打断我,但我伸出手来,示意她不要说话。谢天谢地,我现在可算是清醒了一些,"你事先没有告诉我,他长得很英俊,要是不发脾气,他看起来也没有什么不好。该死的,你们究竟在想什么呢?我该怎么办呢?这件事情很复杂,完全超乎我的想象。"

"不是你想的那样,我的小姐。"阿兰娜的小脸还是粉扑扑的,"他可是最高的萨满。"她说起来,就像最高萨满就可以傲视一切一样,满是敬畏。

"是啊,他是最高萨满,可那又怎么样?他也只不过是一匹可恶的马!"

"可恶的?"

"那只是一个口头禅,我没有骂人的意思,别介意。"我轻轻地舒了口气,"看起来,好像我和他都不想履行这个婚约?"

"不会,当然不会。"阿兰娜表情凝重,神色紧张。

"不会?婚礼已经完成了——或者,我们还没有完成?"我的头又开始痛了起来。

"是的,我的小姐,婚礼已经完成了。"

"请解释一下,我居然完成了婚礼,他的腰部以下可是一匹马呀?"天啊,我的喉咙着火了。

"嗯,是的,我的小姐,那只是他的一种样子而已。"阿兰娜的脸颊绯红。

"阿兰娜,该死的,我完全不知道你在说什么!那只是他的一个样子而已?难道他还会变成另一个样子吗?"

"他是最高萨满,他可以随意变成各种样子,就算是变成了人类,那也只是他的一个样子而已。"

"那真是太不可思议了。"可以这样吗?

"不只是克兰芬坦。"她说得有板有眼,一副理所当然的模样。

"所以,我不需要和一匹马发生关系了。"

"也不全是那样,我的小姐。"

"那还不错,总算是有点安慰。"

"嗯,我的小姐,过来这里,让我帮你变得更舒服一些。"她迅速开始左右开弓,摘掉了我的王冠,我的珠宝,还为我卸了妆……

"你还是没有告诉我芮娅诺女神的事情。"

这回轮到她叹气了。

"不要再忙活了,我很好,我很舒服,坐到这里来,和我说说话。"阿兰娜很不情愿地勉强坐到我面前,她很是拘谨,惴惴不安。

"她其实不只是讨厌克兰芬坦,她不想和任何男士结婚。"

"为什么？"噢,天啊,难道"我"还是一个女同性恋者?我倒也并不是说同性恋有什么不好,只是要是男同性恋这情况就有些复杂了。

"芮娅诺女神已经很清楚地告诉他了,她不会乐意与任何一位男士结婚,更不想因此而失去自由。"阿兰娜满脸尴尬,又有些难过,"即便只是一年,也不愿意。"

"难怪克兰芬坦不喜欢我。"看来,这不是没有原因的。

"是的,我的小姐。"

"你并不认同芮娅诺女神的做法,是吗?"

"芮娅诺女神的做法,这可不是该由我来认同或者不认同的。"她的声音很平缓,没有带任何感情。

"为什么?你不是她的助理或者什么吗?"

"助理?"

"是啊,你不是负责她的日程安排的私人秘书吗?你知道的,她是你的老板。"

"不,我的小姐,我只是芮娅诺女神的一个侍女。"

"看来她好像并不赏识你,给你的职位也不大体面。我敢打赌,要不是为了薪水,你肯定会辞职吧?"

"你没有弄明白,我的小姐。她拥有我,我只是她的私人财产。"

噢,我的天啊。

"你是她的奴隶?"

"是的,现在我是你的奴隶,我的小姐。"

"不!我可不想要什么奴隶!我还你自由,给我一张纸或者其他什么。这简直是太荒谬了。"

"你不能,我的小姐。"她的脸色又苍白起来,声音里充满了恐慌,"成为芮娅诺女神的一个奴隶,这就是我的生活。在我还是小孩子的时候,马克卡伦先生就为芮娅诺女神买了我,这里是我的世界。"

"但这里并不是我的世界。"

"现在是,我的小姐。"

一种疲惫感袭上我的心头，我在这里能做什么呢？这怎么可能是真的？

"睡吧，我的小姐，明天早上起来，一切都会好的。"

"这一切还是很离奇，很糟糕。"睡意浓浓袭来，酒劲也不甘示弱，这些天接踵而来的事情就像一片药效强劲的泰诺，眼皮越来越重，我实在没有力气也不想再睁开它们，我沉沉地睡下了。

除了戴安娜王妃的苏格兰，安妮·麦卡芙瑞的"巨龙之乡"，梦乡就是我最喜欢的地方了。我的梦总是色彩斑斓（甚至还是3D的），精彩纷呈。在梦里，英俊潇洒，本领过人，甚至还会飞翔的男主角和女主角（当然是我）双双坠入爱河，然后一起拯救世界。（在这里，蓝蓝的天空下，是大片大片的美丽的紫丁香花海。）最后男主角用强有力的手温柔地给我戴上璀璨夺目的钻石。当然，我的求婚者也会心甘情愿地替我偿还巨大的安·泰勒的信用卡债务。在紫蓝色的天空下，我享受着皮尔斯·布鲁斯南（当然，他也是会飞的）的追求，懒洋洋地吃着云朵般的棉花糖（不黏的那种），时不时地挠挠肥肥的、毛茸茸的、黑白相间的猫猫的肚子，慢悠悠地啜着一杯珍藏50年的麦芽威士忌，漫不经心地吹着小小的雪白的蒲公英，看着一朵朵小"雪花"在半空中飞舞、盘旋、飘落。

所以，你现在了解我的梦乡有多么迷人了吧。我蜷在一旁，沉沉地呼吸着，心甘情愿地坠入梦乡，愉快地开始我的奇妙之旅，在我的世界里的奇妙之旅。

我感觉自己飞起来时，一点也不震惊，习以为常了。睁开眼睛，我的灵魂离开了我那熟睡的身体，还慢慢地飞过了房间的屋顶。

啊，是的，这床真的好大——从空中看下来。

能够飞起来真的是太酷了。当然，在梦里，在我起飞之前，我还得先助跑一会儿，然后再伸开双臂，才开始起飞了。我也不知道为什么要非得这样才能飞起来，这不是在梦里吗？看来也是不能随心所欲——肯定有什么东西在作用着……

……我轻轻地飘着，在牧业神庙周围飘着，忽然，我觉得有一点晕眩。

飞行可是一种美好的体验,也难怪会高兴得晕了。晕眩只是短暂的,我瞬间就忘记了。我飘在夜晚的半空中,很轻松,很享受,深深地吸了口气,欣赏着高高的、蓬松的云彩。透过皎洁朦胧的月光,我惊奇地发现今晚的云朵很是与众不同,金灿灿的,是我喜欢的颜色。当然,这也有点奇怪。还有,我还惊奇地发现,我似乎还能闻到空气的味道,甜甜的,清清的,这个梦也未免太逼真、太生动了。对这我很好奇,但却并不担心。毕竟,我可是在另外的世界里,也许我的梦也入乡随俗了。

看着下面,一栋栋可爱的建筑物众星捧月般地将庄严的神殿团团围住,玲珑有致的建筑物外面是齐齐整整的石砌围栏,这倒引起了我的兴趣,我猜这可能是马棚。实际上,那些马棚是紧紧毗邻着神殿的,芮娅诺可是代表马的女神,这马该有些特权。当然我也非常喜欢马,既然是在我的梦里,马棚自然会有一个不错的安置——我已经有好几次梦到我骑着珀加索斯(带有双翼的神马)飞起来了。我慢慢地飞落到石栏旁边,信步徘徊。调皮的清风,不知道什么时候,已经悄悄地推开了明月边上的云朵,明月羞答答地露出脸来,照亮了石栏里面。我微微一笑,朝着怯怯地叫唤的银白色母马。母马停止了吃草,朝我昂起了它那可爱的小脑袋,轻轻地冲着我哈气。

"嘿,这里,你,那个漂亮女孩。"母马居然开口说话了,我并没有觉得害怕,反而觉得有些欢喜。它好像认出了我,(好吧,这只是我的梦而已)冲着我蹦跳腾跃,我伸出了我的手,它朝我也伸出了它的马蹄。

它可真是一匹骏马,还是一匹矫健俊美的骏马,它立刻让我想到了几年前,我在塔尔萨的一次巡演上看到的英国皇室的利比扎种马。它的大小恰到好处,将近有15只手那么高。远远望去,它就像穿了一件银白色的闪闪发亮的外套。走近仔细一瞧,它的口套漆黑发亮,就像天鹅绒一般,很有质感。它的眼睛很机灵,水光盈盈,仿佛会说话。它的四肢也很修长俊美。我以前可从没见过像它这样的马。我笑了,为了我那丰富的想象力,或者也为了这精彩的梦。它继续兴高采烈地吃着它的晚餐。我飞到空中,飞走之前最后瞥了它一眼。在梦结束之前,我得回去了,要是这时候能够骑着这马飞回去就好了。

蓬松的云朵已经慢慢散开,好像特意为了我一般。鸟瞰下面,数米下,巨大的光滑的大理石围墙围住了精雕细琢的神殿,神殿外面的土地都是新翻过的,空气都带着泥土清甜的气息,这不禁让我想起了意大利的翁布里亚地区。(两年前,我带着十个中学孩子到意大利开展了"教育之旅",在他们的陪伴下,我一路上都很高兴。)平缓的山丘上匍匐着葡萄藤,我猜可能是我想喝杯酒了,所以就自然梦到了葡萄。当然,要是再有一个长得像皮尔斯·布鲁斯南那样的服务员,给我来上一杯我最喜欢的梅乐汁,那就完美了。

转念一想,今天晚上好像我已经喝得够多了,"皮尔斯·布鲁斯南"还是最好不要给我再来一杯了。

梦还在继续,还似乎越来越有趣了。我继续在空中飘着,飞着。在远处,可能在神殿的北面,(不要太相信我,我的方向感不是很强,甚至有点路痴。)居然有一座山丘。我朝着山丘的方向飞去,微风轻轻地拥抱着我,抚摸着我,我深深地扎入它的怀抱,肆意享受着那惬意的温柔。我深深地吸了一口气……嗯……一股咸湿的清香扑面而来,空气中居然有盐的味道,难道前面有一片海洋?我略微调整了方向,稍稍把身体降下了一些,以风为伴,携月而行。我眯起眼睛,隐约可以看到一些闪烁不定的灯光,也许是月亮照在波光粼粼的海面上反射的微光也说不定。微微一笑,我决定飞去那里看看——我被震撼了,被深深地震撼了。

在我脚下,是一片静默的村庄,农舍繁星般地散落在连绵起伏的山丘上。一条闪闪发光的小河把它们串了起来,这难道是芮娅诺女神的项链吗?几只小巧、扁平的船安静而老实地停在村外头,随着水流微微荡漾。咸湿的盐味越来越重,大海肯定就在我的前面不远处了。蜿蜒的海岸线曲曲折折,岸上的树木郁郁葱葱。突然,我想起了爱尔兰的莫赫悬崖。(在一个夏天,我带着我的学生们去了爱尔兰。)海岸线的尽头是皎皎明月,我终于看清了刚才那座山丘的轮廓。

我继续往前飞着,巍峨陡峭的悬崖边上,坐落着几栋高大坚固的建筑,我靠近一些,往下移了一些,这样就能看得更清楚。

这座城堡很奇特,也很庞大。我朝着大海的方向,沿着路口直接飞了进去。它确实很与众不同,完全不像我以前参观过的那些欧洲的古堡,它很精致,也很完美。四角的大塔楼上,都插满了印着银白色马图像的旗帜,迎风飘扬。哈!这里应该是座养马的城堡。

城堡的后面居然是令人胆战心惊的悬崖峭壁,可能这里的人们更欣赏这种惊险刺激的风景。而城堡的前面,就是我飞进来的地方,是一条悠长深邃的山谷,绿树交相掩映,村庄齐齐整整,一条有些陈旧的马路,曲曲折折地从村里蜿蜒而出,一直延伸到城堡。马路两旁,草木丛生,枝繁叶茂,村庄、马路、城堡相得益彰,显得十分宁静美好。城堡的门口,并不气势恢宏,而是寒冷凄清,也没有人严加把守,只有暖暖的灯光静静地亮着,像是在耐心等候你的归来。要知道在过去,城堡作为军事堡垒,总是紧紧地关闭着,严严地看守着。甚至连城堡前面那些可爱的树木也要被砍除,防止敌人以此为掩护悄悄靠近。显然,在我的梦里,城堡可不是用来防御的,要是有人看守,(将会是谁呢?)肯定是皮尔斯·布鲁斯南。他肯定悄悄地守在里面,然后等我一飞进去,就将我俘虏,哈……奇怪的是,我怎么还在飞呢?好吧,我已经准备好被他俘虏了,接下来是我们的私人空间了,不,私人梦境了。

满心期待。

唉,一无所获。

我还是在飞着。

好吧,我真的准备好了,皮尔斯·布鲁斯南快来俘虏我吧。

啊,还是一无所获。该死的,到底发生了什么事?这可是我的梦,怎么会不听从我的安排呢?我知道了,不是每个人都能控制自己的梦。还记得,在我小学三年级的一个星期一的早上,我的一个朋友,脸色苍白,垂头丧气地来到学校。课间休息的时候,我问她发生了什么,她告诉了我一件惊奇的事情——她头天晚上做了一个很可怕的噩梦。我信心满满地告诉她,梦是可以被自己改变的。她不敢置信地看着我,仿佛我疯了或者是我太害怕了,在胡言乱语,而且她坚持说那是不可能的。我从来都不认为梦不可以控制,如果在梦里,我觉得很恐惧,或者很不舒服,我只要改变它就行了,而它也总是会乖乖地听我的命令。在我过去32年的生活里,梦总是乖乖地顺从我,我可以随心所欲。我的好朋友都觉得不可思议,认为那简直是太酷了,我的男朋友甚至认为我就是织梦者,所以梦一直都在我的掌握之中。

但今晚例外。

我来来回回地徘徊在城堡外面,心里五味杂陈,更多的还是沮丧。我有点分不清楚这个梦是美梦还是噩梦,但它更像一个恼人的梦。我真的很想让它停下来——

恐惧,一种不可名状的恐惧,牢牢地笼罩着我。我只知道,它比令人胆战心惊的车祸还要可怕,比令人毛骨悚然的蛇还要可怕。恐惧之后,随之而来的是感受到一种邪恶,一种真真切切、确确实实的邪恶,就像是这周围埋伏着一个受到了刺激的恋童癖者,或者是强奸犯,或者是恐怖分子一般。

我尽量让自己镇定下来,尽量不恐惧。深呼吸,我提醒着自己,这只是一个梦,这只是一个梦……这只是一个梦……这只是一个梦。但毫无作用,我依然恐惧不已。凝视着我的脚下,打量着底下的城堡,我试图找出我恐惧的源头。城堡安然熟睡着,一副乖巧无辜的模样。城堡最前面的一个房间的大门打开着,两个守卫,制服整齐,正在守夜,他们坐在一张木制的桌子旁,似乎在玩着骰子游戏。这里没有发生邪恶的事情呀?守卫是懒散了些,但是也确实谈不上邪恶。城堡的每个房间都亮堂堂的,偶尔也可以看见窗前走动的人影。似乎并没有发生抢劫,也没有发生强暴,更没有发生谋杀。一位男士静静地伫立在阳台上,可他什么都没做,只是静静地凝望着远方的大海。

我缓缓地飞着,一边飞一边搜索,居然来到了一片树林——

就是这里了,我敢肯定,这里肯定有邪恶的事情发生。我感觉到它了,我就快要看到它了。就像你在马路上开车不小心压死了一个动物,在很长的时间里,你总会觉得你的车轮上有一股恶臭,久久地挥散不去。

就是这样的感觉。毫无疑问,肯定有邪恶的事情要发生,对,肯定在树林里。树林从北部开始延绵,郁郁葱葱,一直到山丘。繁茂的树木遮住了我的视线,我来来回回地扫视着,尽量集中精神,去搜寻那些隐藏着不易发觉的角落。

我的目光扫过树木,夜色朦胧,树影婆娑,眼睛都有些花了。我眨了眨眼,再仔仔细细地扫过每一棵树木,仍旧只有斑驳的树影,就像在白纸上晕开的一团墨——重重叠叠,模模糊糊,朦朦胧胧,看不清楚。忽然我发现,一团团黑影正在树林里穿梭,行踪诡秘,意图不明,而且他们的穿行又快又安静,几乎不容易察觉。

呀,我忽然恍然大悟,它的目标太显而易见了——就是那像睡美人般正在熟睡的古堡。

5

我试图大声尖叫,警醒那两个正在玩着骰子游戏的守卫,但我那幽灵般的声音很快就消散在了风中。我的身体这时也降落不下来了。我什么忙也帮不上!而且,那团团黑影离城堡越来越近了。北面的树林,二百米,一百米,黑影移动的速度实在是太快了,令人恐惧的极快的速度。他们靠得越来越近,邪恶的气息也越来越强。怎么城堡里的人全都在睡觉,或者都在玩骰子吗?难道他们一点也没有觉察到?

突然,我觉得这好像不是一个梦。它越来越可怕,实实在在的可怕,就好像是真的,这难道就是现实,就是真的?

为了证实我的想法,我飞了过去,慢慢地靠近。我很害怕,但好奇心驱使着我去一探究竟,要弄明白到底发生了什么事。看着前面的团团黑影,我凑得更近了些。

一开始,我以为他们是一群穿着黑衣,披着斗篷,高大威猛的男人。我看见他们飞快地跑着,大步地跳着,就像田径运动会上的跳远运动员一样,步子迈得大得惊人,双脚都不完全着地,只是稍稍蹬着地面,又继续起跳、腾飞。这种奇怪的蹬地借力的方法,让他们跑得更快了,像滑翔一样。

他们一点也不像人,倒更像幽灵,或者鬼魂。

他们靠得越来越近了,长长的宽松的斗篷引起了我的注意。他们快速地移动着,只留下呼呼作响的风。越来越多的黑影从树林里窜出来,我明白了,他们的斗篷其实是——翅膀,巨大的黑色的翅膀。他们靠翅膀借着力,乘着风,这样就可以跳跃得更高,滑翔得更远。

我战战兢兢、哆哆嗦嗦地飘在空中,他们肯定有好几百人,说不定上千人。他们就像巨大的人形蝙蝠,又像巨大的人形螳螂。他们的模样很怪异:黑色的大翅膀长长地伸出来,在夜色里整齐地排成一条线,几乎可以遮住一小片天。实际上,他们只有翅膀是黑色的,身体倒是近乎透明的白。腰间只裹着一块缠腰布,体形瘦削,骨骼也清晰可见,近乎枯瘦如柴。头发颜色很浅,有的淡黄,有的银白。胳膊和腿都很长,异乎寻常的长。如果非得说他们像什么,对,像人和蜘蛛的结合体。全身上下,最像人类的地方,就是长着一张——坚毅、冷酷的脸。

鲍比·伯恩斯的一首小诗突然闪过我的脑海:

形形色色,许许多多的疾病,
交织在我们的身体里。
但更值得一提的是,
更多的是我们自己的,
遗憾、悔恨和愧疚。
一个人,
倘若行得正,坐得直,
笑容也不忍离他而去;
倘若残暴不仁,

忧伤就将无穷无尽,不离不弃。

那一团团黑影终于靠近了城堡,就像一种剧毒的可怕的瘟疫一样,蔓延到了那座无人看守的城堡。他们来了,一个挨着一个地跳了进去,无声无息,却像是致命的摧毁。玩骰子的守卫没有发觉,所有的窗户也都还是开着的,别的大门也没有关上。沉寂,沉寂,一片死一样的沉寂。

我可以清清楚楚地感觉到邪恶的气息,不知怎的,我就是能感觉到他们身上所散发的邪恶。虽然我不知道脚下的每个房间发生了什么事情,但我能听到恐惧和痛苦在呻吟。此时的城堡,就像一个癌细胞在迅速扩散的身体,岌岌可危的身体。

我疯狂了,我绞尽脑汁地想着一些可以警告他们的方法,一些可以帮到他们的方法。我歪歪斜斜地从这里飞到那里,飞到各个方向去。我飞到了那位男士伫立的阳台,慢慢地靠近,他的影子居然似曾相识。

哦,天啊。我情不自禁地喊出来:

"爸爸。"

听到了我的声音,他转过身来,左顾右盼,还是没有发现我。借着淡淡的月光,我看得清清楚楚,这就是我的父亲。该死的,可别说只是像我的爸爸而已;该死的,可别说这可是在另外的世界。我肯定,我敢肯定,我非常肯定,这位男士就是我的父亲。

他那五十五岁的足球运动员的身体依然健硕无比。我的一个表弟曾告诉我,在他还是一个孩子的时候,他就认为在他认识的所有人中,我的父亲是最强壮的男人——即便是他长大后,他也依然如此认为。他也许是对的。这倒也不是说我的父亲是一个身躯庞大的家伙,不,他一点也不高。他大概五英尺十英寸,毕业于一所乡村中学。由于他的身材并不高大,所以像伊利诺伊这样的大学的专业足球队开始并没有录取他。他们都不知道,我的父亲是一个多么坚韧不拔的人。他顽强不屈,倔强执著,克服了所有困难,最后还是成功地进入了专业足球队。退役后,他又被俄克拉荷马最大的中学聘为足球教练,他把全部的精力都投入到了他的足球队上。工夫不负有心人,他的团队在他的带领下一连7年夺得全国锦标赛的冠军。

作为他的女儿,我始终都坚信我的父亲很强大。在我还是小女孩的时候,我一直坚持没有我父亲杀不死的恶龙,当然也没有我父亲打不败的魔鬼。

我目不转睛地盯着眼前的这个男人。

"爸爸。"

仿佛是听到了我虚无缥缈的声音,他猛地抬了抬头,额头上的皱纹纵横交错,他真的听到我说话了吗?

"芮娅诺,我的女儿,你在这里吗?"

也许我的父亲只能听到我内心的呼喊了,我难过地哭了,把所有想要说的话都换成了祈祷。

"危险!"我停止了哭泣,脱口而出。

"好的,小姑娘,我也感觉到了,今天晚上有危险。"

他额上的皱纹慢慢地舒展开了,转过身去,沿着城堡边上的木板小桥大步地跑着,我一直跟在他的身旁,一起朝塔楼的看守室冲去。他那蓬勃有力的带有苏格兰口音的嗓音真的和我的父亲毫无二致。

"拿上你们的武器,叫醒城堡里的人。芮娅诺提醒我这里有危险!快点,伙计们,他们已经伺机而动了,我们的时间不多了。"透过窗户我看到,两个看守一脸震惊,跟着父亲一起行动起来。他们拿上了武器,一起冲进了城堡的高楼,其他人开始陆续被叫醒。沉寂的夜一下子沸腾起来,男人低沉有力的呐喊声,武器乒乒乓乓的打斗声,当然,还有撕心裂肺的尖叫声,都源源不断地从城堡里传出来。

在我父亲的带领下,守卫们有的急急忙忙地穿上衣服,有的匆匆忙忙拿起武器,一起冲出了营地,朝着城堡的中心出发。无奈,那伙怪物早就埋伏在那里,他们一出去就迎头碰上。鲜血喷涌而出,让人触目惊心。

呻吟连绵不绝,惊心动魄。对我来说,这真的是一个噩梦——对城堡的人来说,这更是一个噩梦。他们有些人甚至手无寸铁,几乎一败涂地。只见他们顽强地抢过那些怪物的宝剑和盾牌,迎着怪物的尖牙和利齿,抵死搏斗着。那些怪物的数目是城堡守卫的好几倍,城堡的守卫寡不敌众。怪物们踏着他们的鲜血,踩着他们的尸体,甚至还以他们的心脏为食。嘶喊声、撕裂声不绝于耳,我的心震怒了,我的灵魂也震怒了。

慌乱中,我居然把父亲给跟丢了。我试图飞得近些,可是我的身体却丝毫不听我的命令。终于,我找到他了。一群怪物包围着他,他的肩膀、胸口都已经被撕裂,鲜血不断地涌出来。他高举着双手,不断地挥舞着手中的宝剑,脚下还躺着两个没有脑袋的怪物,看来那是他宝剑下的牺牲品。那些怪物把他团团围住,小心翼翼地躲避着他的剑锋。

"过来啊,过来啊,你们这群怪物!你们这群懦夫!"

父亲嘶喊着,高声地嘶喊着。我知道,这是他向那群怪物发出的挑衅。这种挑衅的口气,迄今为止,我还只听到过一次。那是在足球练习时,他的一个明星后卫在商店行窃被当场抓获。这个自以为聪明的孩子说,他的行为不会影响到他场上的表现,他还是可以踢得很好,他是队里最好的球员,所以他可以继续上场踢球。父亲把他带到了足球场中间,在所有队员的见证下说:"只要你能踢中我的脚,明天你就可以上场。"那个运动员几乎比父亲高了6英寸,差不多年轻了30岁,至少重了40英磅,可是他却没能踢中父亲的脚,自然在接下来的所有比赛中,他都没有上场。

父亲挑衅的声音在城堡上空回荡着,他的身体站得直直的,宝剑握得牢牢的,他已经准备好了,但是我却不知道,这一次他是不是也会赢得胜利。他已经引来了20多只怪物,他们围成了一大圈,包围着他,扑腾着黑色巨翅,张着血盆大口。

我想我可能永远也不会忘记,父亲站在包围圈里,一点也不恐惧,镇定自若,面不改色。那群怪物开始一点一点朝里面进攻、聚拢。父亲的宝剑肆意挥舞,剑光闪闪,一次、两次、三次,父亲打退了他们的进攻,直到筋疲力尽。怪物们用牙齿咬他,用爪子撕他,父亲开始用拳头,用流着血的拳头和他们拼斗着。最后,他倒了下来,跪倒在地上,可是他却没有呼喊一声。

他倒下了,他重重地倒在了地上,再也起不来了。

但我却不能帮任何的忙,我的灵魂快要被撕裂了,我痛苦地高声尖叫着——

我突然惊醒了,原来那真的是个梦。

"不!不!爸爸,不!"我的身体止不住地颤抖着,脸上全是泪水。

一瞬间,阿兰娜和克兰芬坦不约而同地从不同的房间冲进了我的房间,来到我的面前。

"小姐!哦,我的小姐,发生了什么事情?"

阿兰娜很是着急,尽管她不是苏珊娜,可我还是紧紧地抱住了她,拥着她放声哭泣。

"这太可怕了,"我哭着断断续续地说道,"他们杀死了我的爸爸,可是我只能在一旁看着,我什么也做不了,什么也做不了。"

阿兰娜什么也没有说,只是静静地温柔地拍着我的背。

"有危险吗?需要我叫守卫来吗?"克兰芬坦的声音像极了一个勇敢的战士。突然间,我觉得克兰芬坦在战斗中肯定很勇敢,肯定会很勇敢地同邪恶,就像我梦中的那群邪恶的怪物——战斗。

"不用了。"我小声地抽泣着,但眼泪还是止不住地往下掉,滴落在我的脸上,"这只是发生在我的梦里,不是这里。"

阿兰娜居然很平静,她轻轻地温柔地把我往后推了推,以便能看着我的眼睛。

"告诉我们,你在梦里看到了什么?"她的声音很平静,可是却还是能觉察出来些许的害怕和不安。

"这只是一个梦,只是一个梦而已。"

伏在阿兰娜的肩头,我看见克兰芬坦急躁不安地徘徊着。他的眼睛里藏着少许我不明白的情绪。

"你看到了什么,芮娅诺?"克兰芬坦低沉而温柔的声音诱惑着我,我紧紧地闭着眼睛,困惑不已。

"那不是梦。"阿兰娜小声地在我耳朵旁低语,我那本就有些发抖的身体更是颤抖个不停。

哦,我的天啊,难道那些都是真的?

我尽量让自己的身体不再颤抖,可是却毫无作用,还是依然颤抖不停:"谢谢,我想我需要自己一个人静一静,等我好一点,我就告诉你,在我梦里发生的一切。"

他温柔地看了我一眼,眼里闪过了一丝同情。

"好吧,我的芮娅诺。等你准备好了,就让你的侍女来告诉我。"

我浑浑噩噩地说:"她不是我的侍女,她是我最好的朋友。"完全没有考虑后果。我能够清楚地感觉到阿兰娜的震惊。

"好吧,我错了,芮娅诺小姐,我能让你的朋友送送我吗?"克兰芬坦笑得很真诚。意料之外,不过我感觉心里舒坦了很多。

"咯吱"一声,门又被轻轻地关上了,我还是一直颤抖不停。

"我的小姐,我不是你的朋友,我只能是你的侍女,不能是你的朋友。"阿兰娜的声音有些颤抖,满是畏惧。

"不,阿兰娜,你只是芮娅诺的侍女,但我不是她,所以你不是我的侍女,你是我的朋友。"阿兰娜给我递过来一块毛巾,我感激地微微一笑,擦了擦眼泪,顺便也擦了擦鼻涕,"我知道,你不是苏珊娜,这没有什么关系,看到你就好像看到了她——她是我最好的朋友。我希望你能原谅我的自私,我希望你也能成为我的朋友,真的,阿兰娜,我现在太需要、太需要一个朋友了。"我又开始抽泣起来。

"你是对的,我的小姐,你当然不是芮娅诺女神。"忽然,她给了我一个大大的甜蜜的拥抱,我有些措手不及,她的头发刷过我的脸颊,香香的,痒痒的,她的眼里蓄满了泪水,"你的声音好了,你可以说话了。"

"是啊,真的好了,不是吗?"我欣喜万分,欢呼雀跃,但又有点尴尬、窘迫。

"要不要喝点什么,再润一润嗓子?"

"给我来一杯热茶吧,我现在想离酒远一点。"

阿兰娜轻轻地拍了拍手掌,一个睡眼蒙眬的小仙女走过来伺候我。(噢,该死的,这难道又是我的另一个奴隶?)脸上挂着的泪珠还没有干,心又坠入失望而沮丧的谷底。

"阿兰娜,告诉我,发生了什么事?"我擦了擦眼泪,把自己从失望沮丧的谷底拽出来,"你说我在梦里看到的都是真实的,这是真的吗?怎么会这样?"

"刚刚你一定是经历了一场有着神奇魔法的梦,作为艾波娜女马神的最高女祭司,你拥有一种与生俱来的能力,即使在你还是一个小孩子的时候,你的灵魂就能飞出你的身体,观察身边的人和事,甚至有时还能同人交流。这是你在你原来的世界里所不能的。"

"不,不是这样的,在我原来的世界里,我能够控制我自己的梦,我曾经在梦里游玩了很多地方,并且都会发生一些趣事。"现在,就在今晚,曾经那些天真无邪的美梦不见了,梦里的单纯美好也不见了。我又战栗起来。

"这肯定是,艾波娜女马神赐予你的能力消失了。"我不明白,阿兰娜的声音里为什么会隐藏着淡淡的忧伤。

"但是今晚为什么会这样?我发誓,我的灵魂绝对没有飞出去。你知道的,我不是芮娅诺,为什么我会看到那些事情?"我的眼泪有些止不住地往下掉,"这太可怕了,为什么要我看到那一幕?"

"也许是艾波娜女马神要你做个见证。"

"为什么这么残忍,要让我见证这样的一幕?"

"不,我的小姐,邪恶最终是会被善良打败的。"

那个小仙女回来了,手中的托盘里放着一壶热茶。我感激地笑了笑,她有些害羞地转过身去,等她回转过来,我才发现那托盘里只有一只茶杯。

"不好意思,"我说,那个小仙女怔住了,"请给阿兰娜也拿一只杯子,她也有点渴了。"

"好……好……好的,我的芮娅诺女神。"

"谢谢。"阿兰娜有些迷惑不解,但还是吩咐小仙女照我说的做,小仙女礼貌地退了出去,她那张精致的小脸上满满地写着"你现在在做什么"的疑问。

"不要那样,我可不想把你当成我的奴隶,我想像待朋友那样待你,让这个见鬼的奴隶制度去死吧,向前,向前,我们全速前进吧!"

"什么——"

"这只是我的一句口头禅,别介意。"喝了口热茶,暖了暖我的身体,我总算是抖得不那么厉害了,"我的意思是说让我们忘记奴隶这回事,我们一起携手并进。"那个小仙女又回来了,手里多了一只茶杯,她把它递给阿兰娜。她还是有些发愣,困惑不已,但却仍旧甜甜地笑着,鞠了个躬然后恭敬地退了出去。阿兰娜有些笨拙地给自己倒了杯茶,小心翼翼地喝着,"好吧,你告诉我,在我梦里发生的都不是梦,也不是幻象,是我的灵魂飘出身体,所看到的都是真实的一切?"

"是的,我的小姐。"她的声音有些难过。

"所以——"我深深地吸了好几口气,"他死了吗?"

"对不起,我很抱歉,我的小姐。"

我颤抖着把精致的陶瓷茶杯放到托盘里。

忽然,一个突如其来的念头让我不得不屏住了呼吸。

"我的母亲呢,我的母亲怎么样?"我的胸口一阵痉挛,"我并没有看到她,她在那里吗?和我的父亲在一起吗?"

"我的小姐,她在你出生不久后,就去世了。"阿兰娜的声音很温柔,她把她的茶杯小心地放在了托盘里,再顺手接过我的。

"哦……"我的声音很恍惚,我陷入了沉思,"这样也好。"

阿兰娜睁大了她的眼睛,"我的小姐,你?"

"不,不,我不是那个意思,不是我很高兴她去世了。"阿兰娜松了一口气,我说,"我的意思是,我很高兴,她不是被那些怪物杀死的。在我原来的世界里,我的母亲同我的父亲离婚了,在我还是一个小孩子的时候。"阿兰娜有些吃惊,"不过,那也不错,真的不错,他们都已经相继再婚,都过得很开心。"

"希望像你说的那样,我的小姐。"阿兰娜有些疑惑。

"你们这里可以离婚吗?"哦,拜托,请允许。

"倒也是可以,但却不是一件光彩的事情。"

"不管你们这里的习俗怎么样,我很高兴,我的母亲并没有经历今天晚上所发生的事情。"从某种程度上来说,比起像父亲一样在今天晚上被那群怪物杀死,在三十二年前她就去世了,这对我来说,更容易接受一些。我深深地吸了一口气。

我疲惫不堪,但还是接着询问,这对我很重要,"芮娅诺女神和她的父亲很亲近吗?"

"他是芮娅诺女神真正爱的唯一一位男士。芮娅诺女神的母亲去世以后,他也没有再娶,一个人独自抚养着她。像许多父亲一样,也不想让她离开他自己的身边。"阿兰娜苦笑着,"芮娅诺女神是马克卡伦神主的骄傲,他非常喜欢她,宠着她,甚至觉得芮娅诺女神就是他的一部分,而芮娅诺女神也总是乖乖地待在他的身边。"

我的喉咙微微有些发热,说:"这点我们倒是很像——我们都很爱自己的父亲。"

"我的小姐,你必须把今天晚上所发生的事情告诉克兰芬坦殿下,他会帮助你的,相信他,他是一个强大的伙伴,你的一个强大的伙伴。"阿兰娜紧紧地抓住我的手,认真地说道,"除了马克卡伦神主,芮娅诺女神根本不关心其他人,也不关心其他事。"她温柔的棕色的眸子迎上我的眼睛,"你看上去很像她,你有她的激情,有她的幽默,还有她的热情。但你在其他的不同的世界长大,所以你又和她不一样。我一点也不相信你就是她,你就是你自己,但你也有着一颗善良的心。我的小姐,你也很聪明,但请你记住,你的父亲已经把你嫁给了克兰芬坦殿下。要是克兰芬坦殿下知道了真相,后果将不堪设想。"

"派人去告诉克兰芬坦,我准备好了。"我紧紧地握了一下阿兰娜的手,她对我微微一笑,还用手微微触了触我的脸颊,然后拍拍手,吩咐小仙女去请克兰芬坦。突然间,我才意识到我有些衣衫不整,这时候见克兰芬坦恐怕有失体面。我手忙脚乱地整理着衣服,甚至都顾不上捋捋头发。阿兰娜已经快速地从我的床头柜上抓过一把梳子,她那双巧手很快为我编了一条美丽的法式发辫。

"谢谢你,我的朋友。"

克兰芬坦进来了,他随手轻轻地关上了背后的房门,径直走到我的床前,伸手抓住了我的手。

"对此,我深表同情,马克卡伦神主是一个伟大的神主。"他的手很温暖,"所有巴尔瓦隆的人都爱他,敬佩他。"他紧紧地握了握我的手,然后再慢慢地慢慢地松开。

"谢——谢——谢谢你。"离开了他那温暖的手掌,我的手顿时寒冷起来。

"你准备好了吗?准备好告诉我你所看到的一切了吗?"他的嗓音低沉、有力,又充满了关切。

"是的。"我挺了挺肩,"那就从我的梦开始讲起吧,我先飞出了屋顶,然后看见了一匹骏马。"阿兰娜和克兰芬坦竟不约而同地笑了,我猜那匹马可能也是真实的,"然后,我又继续飞,继续飞,那月亮很圆,月色很美。"

"是的,月色很迷人。"他好像若有所思。

"是的,呃……"他的眼神很温柔,也很温暖。该死的,现在可不是欣赏他那漂亮脸蛋的时候,"嗯,然后我飞过了一片海,俯视下面,悬崖边上有座城堡。"他频频点头,表示明白,"一到那里,我就感觉到有什么不对劲,不,不是什么不对劲,是感觉到了一股邪恶的力量。但是我看不到,我只能感觉到。"他又点了点头,鼓励我继续讲下去,"我就试图靠着我的灵感找到那股邪恶的来源,最后我来到了一片树林,他们就躲在那里。"我停了下来,浑身瑟瑟发抖。站在我旁边的阿兰娜急忙把手放在我的肩膀上,给我安慰鼓励,"这太可怕了。起初我以为那只是一些摇摆的树枝,晃动的树影,后来,我才发现并不是这样,是有东西在树林里攒动。然后,我看见他们了,他们有着两只翅膀,有些像人。"

"弗摩瑞人。"克兰芬坦皱了皱眉,有些肯定,又有些迟疑。

正当我准备发问时,阿兰娜放在我肩膀上的手轻轻地拍了拍我,示意我不要问。我抬头看了看她,她冲我点了点头,那应该是克兰芬坦最厌恶的人吧。

"我知道了，我知道要发生什么事情，我大声地尖叫着，惊醒他们，警告他们。甚至我的父亲也听到了，可是太迟了，那群怪物已经占领了整座城堡。他们，他们杀死了所有的守卫，还有，还有所有的人。"我把脸伏在掌中，"我看到，我看到他们，他们，他们杀死了我的父亲。"

"芮娅诺小姐，"克兰芬坦的声音把我从那噩梦中拖了回来，"你能告诉我，那群怪物，他们有多少人吗？"

"很多，他们有很多，他们就是一群饥饿的怪兽，他们甚至还……甚至还吃人。"

"我很抱歉，芮娅诺小姐，但你需要把他们描述得——更仔细些。"他的声音轻柔、温暖，满满的全是歉疚。

我喝了杯热茶，润了润喉咙，继续说："那些怪物，比城堡里的人都要高，"我顿了一下，眨了眨眼，抖落掉挂在睫毛上的泪珠，故意回避着那群怪物和城堡勇士的拼杀，"他们的后背上长有巨大的漆黑的翅膀，他们倒也不用翅膀来飞翔，只是借着它跑，借着它滑翔。他们的速度很快，惊人的快，比人跑得快很多。他们的胳膊和腿都又细又长，皮肤是乳白色的，头发很长，颜色很浅。"我又顿了一下，慢慢回忆着，"还有，他们像人一样，也穿着普普通通的衣服，但是他们能够跃过一个人。"我哆哆嗦嗦，浑身瑟瑟发抖。

"他们有带什么武器吗？"克兰芬坦打断了我的话。

"他们的牙齿和爪子都很锋利，那就是他们的武器。"我强迫自己细细回忆着，尽量描述得详尽些，"他们在占领整座城堡后，就开始吞食城堡里的人——那些人还没有死去，那些怪物就活活地把他们给吃了！"我那空洞贫乏的词语完全无法描述那群怪物的凶残可怕！

"直到现在，我都不敢相信那是真的。"克兰芬坦在窗前来回踱步，他那修长的手指深深地插入蓬松柔软的头发里，"我一直都以为，那些古老的故事里的弗摩瑞人只是一个传说，只是用来吓唬小孩子的。"

"我不明白。"这些事情可能我已经知道，不，准确地说应该是芮娅诺女神已经知道了，但现在我可不能保持沉默（尽管我可以那么做）。

"你听过这个故事的。"克兰芬坦似乎太过专注于自己的沉思中,完全没有注意到我全然不知的表情,"故事里,巴尔瓦隆的孩子们离家里都很远,他们的母亲很害怕那些有翅膀的恶魔会吞食掉他们。"

"是的。"我尽量装作若无其事,"我有些忘记这个故事了,他们的起源地在哪里呢?"

"他们好像在特里尔山的那边,所有的传说都没有明确指出他们的起源。"

"然后发生了什么事情?"

"所有勇敢的巴尔瓦隆人就起来英勇地反抗。虽然弗摩瑞人拥有邪恶的力量,但他们的人数并不是很多。他们被打败了,仅存的几个也被流放到了山上。据说,守卫城堡就是建在那条路的出口处,还把那几个怪物的名字都刻在了城堡上。"克兰芬坦目不转睛地盯着我,"但是,作为艾波娜女马神的最高祭司,我想这点你是知道的。"

"女马神就把他们囚禁在了山上,不准他们下来。"我凭着自己的直觉,顺着克兰芬坦的话往下说。但我的直觉往往不牢靠,我可不能信任它。好吧,我只有顾左右而言他了,"我只知道人们一直都用这个传说来吓唬孩子,原来这是真的。"像要抓住救命稻草一般,我瞥向阿兰娜,求助,"艾波娜女马神那么繁忙,可能也没有密切注意到那些被囚禁的怪物。"我又开始瞎编乱造——全然不知这个传说是怎样的。弗摩瑞人?巴尔瓦隆人?特里尔山?

"也许这就是为什么女马神艾波娜要让你亲眼目睹这可怕的一幕,我的小姐,这样你就能明白巴尔瓦隆人的牺牲有多么惨烈。"阿兰娜的声音轻柔婉转,她轻轻地牵起我的手,"女马神这是在警示你,这里有危险,让毫无戒备的你有所准备。"阿兰娜话里有话,她知道,对这一切我毫无准备。她的微笑有些忧伤,她偷偷地瞥了一眼克兰芬坦,"这就是你为什么会在这里,女马神艾波娜知道她最宠爱的最高祭司对邪恶势力毫无防范,她想通过这些来暗示你,让你准备好与邪恶力量战斗。"

"也许是这样,谢谢你,阿兰娜。"她又救了我一次!

"对,这样说也不无道理。"感谢上帝,克兰芬坦正忙于思考。不管怎么样,那匹马?他好像并不是马,好吧,那个家伙,他没有发现就好。

"那么这样看来,艾波娜在警告我们,邪恶势力就要来了。"我恍然大悟,坐起来,擦干挂在脸上的泪珠,"那群该死的怪物肯定不会就此罢休的,他们肯定不会满足于只袭击我父亲的城堡。"我来来回回地在阿兰娜和克兰芬坦之间扫视着,"我认为艾波娜这是在警告我们,我们也不是安全的。"虽然听起来很怪异,但我知道这肯定是真的。也许,芮娅诺女神也在俄克拉荷马经历着同样的事情——拥有一种超乎寻常的能力,能够感觉到她以前并没有经历过的事情。

"是的,就是这样,芮娅诺小姐。这是一个预兆,预示着危险即将来到我们这里。"克兰芬坦突然变得果断、坚决、勇敢,"请允许我把芬兰的卫士调来这里,这样他们可以守卫你的宫殿。要让马克加仑城堡的人都尽快聚拢到这里。如你所说,艾波娜预示这里相对比较容易防守,他们待在这里最安全。我想,你肯定有粮食储存,应对紧急情况吧?"

阿兰娜点点头,示意我:有。

"那非常好。马克加仑城堡到这里有两天的路程。"克兰芬坦又开始来回踱步,深深地陷入自己的沉思,"但愿弗摩瑞人会暂时停下来享受胜利的喜悦,而不会立即就向这里发动攻击。这样我们才有足够的时间来调遣援军。把村民们都聚集起来,发出警告信息。"

"等一等……"

"我很抱歉,请原谅我,芮娅诺小姐。我不是故意越权指挥,作为你的伴侣,我只是希望我能帮你来防范艾波娜所预示的危险。"

克兰芬坦的声音真挚诚恳。但是这个家伙,一如既往,他忽略了某些重点。

"我的父亲怎么办?"

"我很抱歉,芮娅诺小姐,他已经死了。"他的声音很温和——也很真诚,但他还是没有抓住重点。

"我记得,"我很紧张,慌慌忙忙地喝下了一大口热茶,"但实际上,我并没有亲眼见到他死了。"阿兰娜和克兰芬坦交换了一个焦急而担忧的眼神，"说不定他还活着，说不定他真的幸免于难……"我又喝了一大杯热茶，我的眼泪止不住地在眼眶里打转。

"芮娅诺——"克兰芬坦温柔地安慰着我，"你必须知道，他已经死了。"

"我……我明白，我知道他已经死了。但是，我不能丢下他，不能让他和那群勇士躺在那里。"我注视着他的眼睛，恳求道，"你没有看到，他们是多么勇敢。"

"当然，芮娅诺小姐，他们都是勇敢的战士。"他听起来很困惑。上帝啊，他怎么不明白！

"好吧，我的意思是，我必须去埋葬他们。"就这么简单，我怎么能让我的父亲和那群勇士曝尸荒野？

阿兰娜再次用手轻轻地按了按我的肩膀，"我的小姐，你不能去马克加仑城堡。"

"我当然能，克兰芬坦刚才也说了，只需要两天的时间，而且——"说到这里，我有些犹豫，"呃……之前我一直都住在那里。"阿兰娜知道的，我只是在梦里去过那里，这些话听起来是有些愚蠢。

阿兰娜和克兰芬坦的眼里满是焦急，满是担忧。

"芮娅诺小姐，你不能把自己置身于危险中。"克兰芬坦举手表示抗议，"村民还等待着你的领导，你可是艾波娜女马神的最高女祭司。特别是现在，你不能受到任何伤害。那些邪恶的怪物肯定遍布四处。村民们还期待着看到艾波娜女马神领导下的稳定世界。"

"还有那些勇士们，我的小姐，这里的人和半人马都在等着你，等着你的领导。"阿兰娜焦急地打断了克兰芬坦，"你可是所有勇士的守护神，马克加仑神主死了，这对他们来说已经是一个巨大的打击。如果你要再遇到什么危险，肯定会严重挫伤他们的士气。"

很不错，我的侍女和丈夫很齐心协力，不知何故这看起来似乎有点不公平。

"想想,假如你的村民受伤了,或者被俘虏了,克兰芬坦,你会怎么办?"克兰芬坦伸出手来,握着我的手,紧紧地握着我的手,他的手温暖、有力。

天啊,这个大家伙/马,该死的,他肯定是一个橄榄球运动员。

父亲曾经也像他这样,用温暖的双手紧紧地握着我的手,想到这里,我微微地笑了。

"请听克兰芬坦殿下的话,我的小姐,那些弗摩瑞人肯定还在马克加仑城堡里,你的父亲肯定也不愿意你把自己置身于危险中,即使是为了他。"

"可是,可是我不能把他留在那里。"眼泪夺眶而出,我再也抑制不住心中的悲伤和沮丧。

"芮娅诺小姐……"克兰芬坦用低沉的柔声安慰着我,"问问你自己,马克加仑神主会希望你怎么做?"

我闭上了我的眼睛。那是当然,我的父亲肯定不想让我受到伤害。这是一个很简单的道理。

我在心里提醒着自己,我看着死去的那个男人不是我的父亲。那不是他,不是理查德·帕克,不是俄克拉荷马的中学生物老师,不是那个足球教练,不是那个业余艺术家(他喜欢用木炭来画动物素描——这在现在听来似乎有些讽刺),不是那个出色的厨师,也不是那个便利的水管工。这才是我的父亲,他不是,不是,不是。

不,他不是我的父亲,他不是这个世界上我最爱的男人。是的,我现在在这个世界里,不是原来的那个世界,虽然在某些方面,他长得很像我的父亲,他的声音也很像我的父亲,不管多么离奇,不管多么糟糕,这都是在另外一个世界里。可是,可是,他却是芮娅诺女神最爱的人啊!

哪怕她是一个妓女,哪怕她污秽不堪,哪怕她甚至都不是一个好人,可是,她还是她父亲的女儿,她也深深地爱着她的父亲。我有些混乱,我想不了太多。但如果,这发生在我父亲身上,我知道,我就知道,她肯定会疯的,她也肯定不会抛下他。

我也不能抛下她的父亲。我有责任,我有义务,要找到他。我不能逃避,我确定,我绝对不能逃避。即使我可以。

但是阿兰娜和克兰芬坦都不能体会,他们不明白。

我睁开眼睛,我下定了决心——最终。

"你们说得有道理。"我强挤出一个赞成的笑容。

阿兰娜和克兰芬坦总算是稍稍松了口气。

"哦,我有些累了,现在已经是早上了吗?"我假装有些晕头转向。

克兰芬坦始终紧紧地握着我的手,一脸愁容,满是担忧。阿兰娜精致的小脸上也满是忧愁,看着他们关切的神色,我的心中一阵内疚,很是不安。

"我的小姐,天还没有亮,现在还是夜里。"

"休息一下吧,芮娅诺,我会派遣我的卫士去把村民们都带到这里来。"他腾出一只手来,怜爱地摸了摸我的脸颊,他真的很可爱,居然用对马一样的方式爱抚我。

"我真的有些累了。"我像拉娜·特纳一般假装着虚乏无力。我躺回我的枕头上,腾出一只手来摸了摸额头,另外一只手还被克兰芬坦紧紧地握着。(好吧,这种感觉真的不错!)

"休息一下吧,我的小姐。"阿兰娜边说边忙着把我的枕头整理好。

"我去看看我的战士。"克兰芬坦小心地把我的手拿起,掌心向上,轻轻地抚平,我的眼睛一下子就睁开了,我有些害怕他会咬我。可是,他只是轻轻地吻了一下我的手心。我的意思是真的吻了一下,像人类那样,他的唇很柔软,也很温暖。

是的——那种感觉真的很不错。我偷偷地告诉你们——这个家伙很像我的父亲,我的父亲也喜欢这样温柔地亲吻我的手心。

克兰芬坦轻轻地把我的手放在被子里,大步走向门外。我能够清楚地听见,他向他的人马勇士们发号施令。门被轻轻地掩上了,我的手心还残留着他唇间的温暖。

阿兰娜帮我披了披被角,在床边坐了下来。她那精致的小脸上,忧虑挥之不去,像极了一个为女儿忧心忡忡的年轻妈妈。

"你还好吗,我的小姐?"

"我还好,阿兰娜,谢谢你。发生了那么多的事情,我想我需要休息一会儿。"我安然地蜷在舒适的大床上,"你也需要休息一下,放心吧,我很好,去吧,去休息一会儿。"

她狐疑地看着我,说:"需要我给你拿一些热葡萄酒吗?还是让我替你梳梳头发,直到你睡着?"

该死的,可能她已经知道我要干什么了。

"不用了,亲爱的,谢谢你。我只需要睡一会儿。"

"好吧,你睡一会吧。"她理了理我额前的碎发,然后轻轻地温柔地亲吻了我的额头,在我耳朵旁边低声小语,"晚安,莎伦。"

在她转身离开之前,我忍不住问了一句,这个问题已经萦绕在我心头很久了,问:"阿兰娜,芮娅诺女神说过她多久才会回到这里——多久我才能回去吗?"虽然我闭着眼睛,但我听见阿兰娜的脚步停了下来,她转过了身。

"芮娅诺女神说她可能不会回来了,她只能穿过两个世界的分界一次,活着穿过一次。"她有些悲伤,"对不起,莎伦,我知道这对你来说很痛苦。"

"不用感到抱歉,这不是你的错。"我不知道她能不能听到我快速的心跳,再也不能回去了吗?我还是把眼睛闭得紧紧的。

突然间,我完全明白了斯嘉丽的那句经典台词"明天又是新的一天",我不能一直只想着今天,我也得想想明天。

阿兰娜的脚步声渐渐远去,我慢慢地睁开眼睛,悄悄地坐了起来,喝掉剩下的半杯热茶,顿时感觉清醒了很多(茶果然能够提神)。我得去一个地方,去把他们……呃……葬了。"好好地待在这里。"这句废话可能只适用于芮娅诺女神,我可是一个与众不同的女孩。

我不能把我的父亲抛弃在那里。

6

  该死的，要是我的小野马在就好了。汽车可是对现代妇女的解放。要是有辆车，我就可以噌地一下跳上去，开着它想去哪里就去哪里。

  我尽量弄明白自己在城堡中的方位，在这半夜三更里。说不定那些丑陋的怪物正潜伏在这个奇异的世界里的各个角落，我还没有车呢。好吧，公平地说，在这里没有人有车。

  一首歌——《我是女人》——开始在我的脑海里回荡，我尽量让自己的思维不要混乱。好吧，莎伦，先整理好你的行头。第一个命令——先去换一下衣服，穿着这些轻薄的纱衣，我可没有办法开始我的旅行，尤其是在这还有些凉爽的晚上，我最好能找到一些能保暖和防御的衣服。另外，没有小野马——我得要找一个工具来代步，灵光乍现——找一个东西，嗯，对，就是它——一匹真正的小野马。阿兰娜说过，我梦里面的东西都是真的，所以那匹银白色的骏马肯定是我的了。我敢打赌，它肯定不会介意行夜路的，我的骑术能派上用场了。（耶！）

  我开始在偌大的房间忙活起来，在这个大房间里，我首先发现了很多精雕细琢的柜子，看起来倒很像是衣橱。里面不会全是衣服吧？我小心地打开，看了一眼，里面就是，就是许许多多的衣服。我不是在说笑，此时的我感觉我就是一个芭比娃娃，还不是一个普通的芭比娃娃，可以有很多种装扮的芭比娃娃，可以是舞会芭比、夏日芭比、鸡尾酒会芭比、医生芭比、律师芭比、总裁芭比……芮娅诺女神的衣服太多了，不过，对于这一点我倒也不反对。

  我尽量不让自己恍惚出神，(除了都很爱我们的父亲外，我总算是找到了自己和芮娅诺其他的相同点。)晕晕乎乎地在柜子里，一件一件地翻看着，终于找到了一些类似运动装的衣服：上衣和裤子都是一样的风格，一样的蝶黄色，也都带有些精致的小衣饰，这我认识，同我身上的这套衣服一样，相同的凯尔特风格的结，优雅地垂在两旁。我发誓，我看到很多的骷髅头皮革小衣饰，它们都是细细的腿，打着怪异的小领结，被带子束着。

我看着这些衣服有些犯愁,犹豫着要选哪一套。下定决心了,选了一套骷髅头相对比较少的衣服,准备穿上。指尖不经意地触碰到衣服上的皮革,哇,不可思议,它们竟是如此光滑。这套衣服很适合我,不,不仅仅是适合,简直就是量身定做,它们柔和服帖地贴着我的臀部,我的大腿。看来,芮娅诺简直就是一个被宠坏的女孩。

在我的世界里,她也会感到惊讶的,惊讶于我那小小的衣橱,惊讶于衣橱里面衣服的价格。

我脱掉身上的那件纱衣,匆忙抓起那套衣服,穿好。但是,我得把后面的带子系上。(该死的,这已经浪费了我很多时间——我想我需要阿兰娜来帮我一把。)但这个时候,我可不想叫醒她,不然她肯定会像发射炮弹一样,向我发射一连串的问题。我自己费劲地系着,(同时,还发疯似的哼着"我是女人"……)好不容易,总算是系上了,系得牢牢的。事实是,除此之外,我不禁有些心花怒放,这身装束不仅很适合骑马,而且很完美地勾勒出了我的线条,这比我穿上"维多利亚的秘密"还要自豪。(在这里我要郑重地说,其实我已经三十五岁了——我的 C 罩杯也已经有些萎靡不振,不得不说,地心引力确实是个可恶的东西,我的意思你们明白吧?)这确实让我很高兴,穿上芮娅诺的这套衣服就好像穿了一件运动文胸,舒适、方便。我想我大概可以爬树,甚至杀龙也没有什么问题。(当然,那只是说说而已,我想最好还是不要那样。)

在衣橱的底下,我还找出好几双很酷很酷的靴子。它们都是由蝶黄色的皮革做成,柔软又结实,鞋底厚厚的,有点像莫卡辛皮靴。我拿起一只来看,鞋底上好像刻着什么东西,仔细一瞧,居然是一颗大大的五角星。

我所到之处,都会留下五角星的鞋印,这个恐怕连芭比娃娃都做不到吧?

好啦,我收拾妥了,但是——

我开始慢慢地回忆我的梦境,我记得我在神殿上空飞着,如果我的方向感是正确的,神殿在西面,山的那边是北面,在西面的那边是海洋,海岸的下面就是父亲的城堡。我清楚地记得,有一条宽阔的河流环绕着神殿,并一直延伸到西边。那西北方向的河流的尽头(或者是源头)就是海洋。那么我要做的就只是,一直沿着河流走,直到海洋,然后向右,就可以到达父亲的城堡了。

这好歹也算是有了理论依据。

我知道马房是建在神殿的北面,现在我必须去找到那匹银白色的骏马。

但是,该死的,我怎样才能找到那间马房呢?可不像在梦里,我可以飘着去,现在,我必须静悄悄地去。我爬上门梁,抬起一块天花板,可还是不知道我位于城堡的哪个方位。

太好了。

目不转睛地盯着门上那个可爱的装饰品,我有主意了。我早就应该想到的。我突然想起了一句格言:当你有疑问的时候,目不转睛地盯着一个东西,它就会帮你找到灵感。

我摸了摸我的头发,完好无损,一点也没有散乱(这得感谢阿兰娜),把剩下的茶全部喝完,然后蹑手蹑脚地走向门口——这肯定是通往大厅,而不是阿兰娜或者克兰芬坦的房间。我打开了大门,惊着了门口的"小伙子们"。

是的,我的主啊,他们确实很可爱。

平坦的小腹,裸露的胸膛,尖尖的下颌,穿得也不多,还有那……(我忍不住偷偷地瞄了两眼,这可不太衬芮娅诺女神的身份。)

他们用那健壮的肌肉结实的手,给我敬了一个可爱的礼。我尽量把自己装得傲慢些(而不是咽口水),睥睨着其中一个。

"我想去骑一下马。"

他只是眨了眨眼睛。

"现在。"

他还是只是眨了眨眼睛,为什么这些高大的男人就不能聪明点?(自我提示:高大的男人不会更聪明,只是更有吸引力一些而已。)

"好吧,通知马房的……嗯……马房的侍从,让他们把马鞍备好。"尽管有些词不达意,但他们应该懂我的意思了吧?(上帝啊,但愿芮娅诺平时要用马鞍。)我大大地吁了一口气,尽量让自己表现得镇定一些——可是,可能有些心烦意乱,这对我来说可不大容易。

"神主,要我叫醒你的侍卫吗?"那位肌肉先生看来有些困惑。

"不必!"我的声音顿时提高了好几个分贝,在安静的夜里显得尤为刺耳,我想我最好收敛一些,"我想一个人去,不用叫醒我的任何侍卫,只要让马房的侍从备好马鞍就行。"

"遵命,我的小姐。"

在肌肉先生转过身后,我紧紧地跟在他的右边,他正准备朝马房走去。他发现我跟在他的身后,回过头来一瞥,瞥见了我,眼里满是震惊,对这个小守卫来说,和我走在一起,这可不得了。我尽量装作若无其事,像芮娅诺一样对这个小侍从不屑一顾,摆出一副高高在上的姿态。

这个可爱的小守卫领着我走过一条长廊,这恰与我举行婚礼的大厅方向相反。走了一会儿,我们来到一道大门前,这道门上面也满是雕花刻木。肌肉先生对门前的守卫吩咐了一番,守卫就匆匆忙忙地去唤醒马房的侍从了。进入马房,我的心脏一直"怦怦"地乱跳个不停。

这肯定是皇室的马房,或者比那更好。一道道马栏沿着神殿的外墙从两边依次排开,全是由光滑洁白的大理石砌成,每一边大概有二十多道马栏,都宽宽敞敞、整整齐齐。我情不自禁地沿着马栏,一匹挨着一匹地逐匹打量、欣赏。它们可都是皇室的良种马匹,全都是清一色的长腿、红棕毛。我一路走下去,太神奇了,好像每一匹马都认识我一般,我一走到马栏前,它们都会高高地扬起它们的小脑袋,用嘴巴温柔地冲着我哈气,仿佛在期待着我的温柔抚摸,期待着我的轻声赞扬。

"嘿,这里,美丽的女孩。"

"嗨,可爱的小东西。"

"看,多么漂亮的姑娘啊。"

一匹骏马冲着我嘶叫,吸引了我的注意,其他的马也争先恐后地嘶叫起来,想要同我来一番对话。它们都把脑袋伸出了栏外,等待着我的抚摸。

看来,芮娅诺一定非常喜欢这些马,所以这些马也都非常喜欢她。看来,得在我和芮娅诺的相似处这一栏里再加上一项了。(我可不希望这一栏的项数越来越多。)

总算走到了最后一道马栏,然后往左拐,马棚外边紧接着一个宽敞的大厅。我发现,我在梦里好像来过这里。这个大厅真的很宽敞,(这不禁让我想起了芮娅诺的房间——虽然这听起来有些奇怪)三个可爱(但又有些睡眼惺忪,衣衫不整)的小仙女已经替我准备好了马匹,就是那匹银白色的骏马。我走进大厅,三个小仙女忙不迭地行了屈膝礼,然后退回马的旁边。

在那匹骏马面前,我停了下来,按捺不住地心中一阵狂喜。它真的很高大俊美,甚至比我在梦中看到的还要高大,还要俊美。它好像知道我来了,扭过头来看我,发出高亢嘹亮的嘶叫,热情地向我致意,这让我忍俊不禁。

"好,你好,你太热情了。"我迫不及待地走向它,从一个小仙女手上拿过一把马梳子,轻轻地梳着它的毛发,享受着它光洁顺滑的鬃毛的温柔感。

我喜欢喂马,一直都很喜欢。总有太多的马主人认为亲自喂马、清洁马厩是太麻烦太琐碎的事情,不屑于亲自去做。可我从来都不这样想,在我还是一个小女孩的时候,我就喜欢马厩的味道,喜欢清洗马匹的感觉,心甘情愿地喜欢。就好像是在阳光下给玫瑰花园除草——灵魂和思想都得到了放松,对身心都有益。

我用梳子整理着那银白骏马本来就很顺滑的鬃毛,它不是用鼻子来蹭蹭我的脸,就是用嘴唇来吻吻我的肩。

"你可真是一匹漂亮、可爱的小母马。"我轻声同它呢喃着,就好像回到了我还是一个小女孩的时光,沉浸在它那好闻的味道中,沉浸在它那温暖的气息里。

小母马温顺地摇晃着它那可爱的小脑袋,一个小仙女拿了一副精致的马套头,(可我认为它一点也不需要)有几个小仙女抬了一副马鞍,这副马鞍有些像上世纪七十年代的羊皮马镫。

还有几个小仙女抬了一个马凳,她们都站在那里,恭敬地看着我,等着我的吩咐。

我看着这高高的马鞍,那高大的骏马,暗自替我这三十五岁的身体捏了把汗。

好吧,那我就来扮演一回女骑士吧。

等等——我还得扮演高贵的芮娅诺女神,也许有些人会说这也没有什么了不起的。

"好吧,你们扶我上去吧。"该死的,这听起来是有些丢脸。我微微一笑,片刻没有迟疑,大步向前,(享受着像约翰·韦恩的感觉)一把抓住马匹银白色的鬃毛,抬起了我的脚(但愿有个小仙女会抓住它,帮我往上抬一抬)。感谢上帝,我总算爬上去了,另一只脚也顺利蹬上了另一边的马鞍,我正了正身体。

但是,我不知道该从哪里出去。

"好吧,替我打开大门。"我还是装作一副傲慢尊贵、不可一世的样子,这不是很容易吗?

一个小仙女慌忙跑到大厅正门的背后,另一个小仙女也赶紧小跑去打开神殿的大门,"驾,驾!"我发出了命令,银白色的小母马竟然开始前进了。门还没有打开,我把它吁住,对我旁边的侍女吩咐道:

"谢谢你们,你们可以回去了。但迟一点再睡,等我回来的时候还要再喂喂这匹马。"我夹了夹马肚子——马鞍底下的毯子很柔软——往前俯了俯身,小母马开始慢跑起来。

我骑着马跑出了城堡,月亮高高地挂在天上,夜色浩渺,月光如水,柔柔地洒在地上,到处都亮堂堂的。我拉了拉缰绳,努力想要找出我所处的位置,还算是有了点眉目。我首先发现,神殿建在一座丘陵上,四周全是平地,地上长满了参天大树,葱葱茏茏。整座神殿呈圆形,一个巨大的圆,四周立着大理石柱,庄严肃穆,富丽堂皇。神殿前面的广场上,有一个巨大的喷泉。一些雄壮威武的像马的雕塑高高地耸立在人工湖上,冲天水柱喷薄而出——和特雷维的喷泉有些相似。

　　我想试着找出有卫士守卫的建筑，才发现克兰芬坦的卫士已经在神殿外面修建好了防御工事。防御工事外面是厚厚的坚固的城墙，看上去牢不可破，坚不可摧，城墙垛子上都设置了弓箭手。（在现代的战争中，这可叫做狙击手。）城墙居然不仅仅只是城墙，我惊讶地发现，它还是一道美丽的风景线。它由成块成块的米黄色的大理石块建成，在月光的照射下，散发出淡淡的自然的光辉，超尘脱俗。如果你走到神殿的外墙边，你肯定会想起罗马的万神殿。

　　看着水中的月亮朦胧迷人的倒影，我才注意到神殿的后面居然有一条河流，它在这漆黑的夜里静静地淌着，悄无声息——虽然距离神殿不是很近，但也可以供附近的码头停泊船只，这倒是很方便。如果不是那些可恶的丑陋的食人怪物，这也是一个安居乐业的好地方。

　　我忽然回过神来，这提醒了我，就像日本人参观梵蒂冈一样，我可不能坐在这里呆呆地张大嘴巴欣赏迷人的风景。我得要顺着这条河流，找到那片海洋。还有比惊叹这神殿的美丽还要重要的事情等着我去做呢。该死的，居然没有一台相机，不然，我也可以拍几张漂亮的风景照。

　　我调转马头，顺着河流走，夜色如水，今天晚上居然格外宁静，气氛格外美好。我知道，在神殿的某处，克兰芬坦正在意气风发地给他的卫士下达指令，他肯定会给神殿的人带来无尽的安全感。我俯身向前，用膝盖夹了夹马肚子，催促着它加快驰骋的步伐。我可不能在这荒郊野外被他们发现，我得赶快离开这里，去我想去的地方。另外，我可能有些迷惑了，芮娅诺女神的权力似乎是至高无上的，但我不知道，当我的想法和女马神艾波娜的最高女祭司的身份有冲突时，我是不是还是那么至高无上，尊贵无比。

　　很快，银白色的小母马把我带到了河岸边，我调转马头，一路向西。那条河流还真是让人一眼难忘、恋恋不舍。它深不见底，悠悠地散发出淡淡的清新的味道，没有一点泥巴的腥臭，有些像密西西比河；它很清澈，岸边有很多岩石，倒更像科罗拉多河。河流两岸，绿树夹道，我很惊奇，小母马竟然径自挑了一条小路,一条与河岸平行的羊肠小路,几乎没有人走过。小路边上没有丛生的灌木,这倒也便于它奔跑,让它跑得更快了。其实这倒并不是我想走的路,它离神殿还不够远,抬头一眼就可以瞥到。不过这也不错,总算是朝着我想去的方向,这可爱的小母马似乎与我心意相通。走过了小路,我们居然到了一条四车道宽的马路,我敢肯定这里肯定有半人马和神殿的卫士守卫——拜托,难道他们不会发现艾波娜女马神的最高女祭司骑着一匹银光闪闪的骏马在疾驰吗?

我在马背上喃喃自语,拉了拉缰绳,让它奔跑得慢一些。它看起来精力充沛,神采飞扬,但我们可有艰苦的两天的旅程。没有一匹马能够不眠不休地奔驰两天两夜,我轻轻地拍了拍它那光滑修长的脖颈,它倒也慢慢地缓了下来,慢跑起来。

"嘿,可爱的小马,芮娅诺叫你什么?"它的耳朵竖得直直的,"我总不能叫你'那匹母马'吧,这可有些不礼貌,就像有人叫我'那个女人',这让我总是感觉,就像叫我'那个婊子'一样,这可实在是很粗鲁。"它点点头,很明显表示赞同。在这个世界里,你可能猜不到,也许它还真的听得懂我的话,"显然,大家都叫你神马,可这太普通、太古板了。"我骑着它继续向前,抠破了脑袋要给它取个名字,"叫你莱斯维娜怎么样?在我的世界里,这可是高贵庄严的意思,许多的政治家都企图表现出那样。"我猜,它可能对我长篇大论地讲当代美国的政治没有一点兴趣,可还有漫长的两天的旅程,我得跟它讲些故事——所以,我得找出一个主题。

它活泼地哼了一声,欢快地腾跃,昂首阔步,一路小跑起来。

"好吧,就是它了,你就是莱斯维娜了。"

我用手指穿过它柔软油亮的鬃毛,来回摩挲着。走了很长一段路,也有些累了,我稍稍往后仰了仰,缓解一下腰的疲劳。一开始并没有察觉,慢慢地才发现,莱斯维娜并不需要花费骑士很多的精力,它很聪敏,也很机灵,就算没有我的指导,没有我的驾驭,也可以自己在马路上走得很好。我舒服地仰坐着,穿梭在这如画的乡村中,风景美不胜收。星星点点的村舍散落在这葱葱郁郁的树丛中,屋顶是用茅草修葺而成,蓬成一个小小的可爱的尖儿。路旁的草丛里,虫鸣啾啾,虽然打断了我的思索,倒也不恼人,还平添了几分别样的浪漫。

大块大块的葡萄园和庄稼田横亘在村舍之间,我认出来了,庄稼田里,有些种着大豆,有些种着玉米,月光朦胧,分辨得不是很清楚。村舍的圈栏里还有一些昏昏欲睡的牲畜,有羊,也有牛,偶尔还可以见着马——我很欣赏,也很感激,莱斯维娜倒也不像那些普通的马一样肆意嘶叫。月色溶溶,月光柔柔地倾泻下来,洒在静谧的农场里,洒在蜿蜒的小路上。我们一直朝着西南方向奔驰,也不知前面的路还有多远,都被那葱郁的大树隐没了。

总之,这个夜晚很美好。我猜,一些人(胆小鬼)可能在这不辨方位的地方,会感到孤独害怕。我不孤独,也不害怕,一点也不。不过,说真的,我还没有想好,要是真的到了父亲的马克加仑城堡,我该怎么办。但是,我可是《乱世佳人》里的斯嘉丽,好吧,船到桥头自然直,到了再说吧,很快我又沉醉在这快乐的兴奋的夜行中了。

天色渐渐变得明亮了,同时,树木也变得越来越茂密,路也变得越来越难走。可莱斯维娜似乎一点也不担心,我让它自己识途,我们一直沿着河岸边上走,它没有让我失望,看来有时候马的直觉也能够派上用场。我有些累了,该死的,我们居然没有带一点行李,没有早餐,没有午餐,没有晚餐,也没有水,更没有纸巾。我不知道现在什么时候了,但是挂在树梢上懒洋洋的太阳,我那有些疼痛的屁股,还有那咕咕叫的肚子,都提醒着我,我们可不只是跑了一小会儿。

在俄克拉荷马的俚语里,"一小会儿"的时间范围可是五个小时到五天。我的大脑告诉我,我们可能走了五个小时;但是我的胃和我的屁股告诉我,我们已经走了五天。好吧,相比起来,我的屁股和我的胃赢了。

嗯,至少我知道哪里可以取到一些水。我得把莱斯维娜吁住,翻身下马,然后牵着莱斯维娜,到波光粼粼的河边,(这也很像约翰·韦恩)喝一口这凉爽、清甜的河水,可能会驱走一些疲累。也许我还得暂时步行一会儿,这样也可以让莱斯维娜休息一下。

看来,想起来比做起来要容易很多。

不知道你们有没有骑过那么"一小会儿",我可不是说:在驯马师的指导下,围着一圈小栅栏骑行一小会儿;也不是说:付五十块钱,悠闲地坐在马背上体验一小会儿。这可是真正的骑马啊,骑着走了足足五个小时,整整三百分钟!

我的意思是一个三十五岁的女士,骑着马走了几个小时(实际上是整整五个小时),一路上疾驰、小跑、慢跑,然后又疾驰、小跑、慢跑,这样相互交替着,甚至还没有吃早餐。

好吧,这确实不像电影里看到的那么容易。虽然,电影里的约翰·韦恩骑马的时间可能也不少,他的屁股肯定是铁打的,上帝啊,请保佑他……

我从莱斯维娜的背上翻身下来,我的脚——或者说我的大腿,好像同我的屁股已经分开了一般,麻木得僵硬了,除了肿痛,再也没有其他的感觉。这可不太妙,我站在那里,试图活动活动四肢,让它们尽快恢复知觉。很高兴,莱斯维娜见证了我那惊人的臀部的定力,唯一一个见证者。

最后(又隔了"一小会儿"后),我总算是蹒跚着——好吧,我的意思是,我一瘸一拐地——挪到了河岸的边缘。

"嗯,这河水真干净,至少一点也看不出浑浊。"我嘟囔道,拍了拍莱斯维娜,让它先喝。我慢慢地、慢慢地站直,拉伸我那有些变形的脊椎。莱斯维娜把嘴埋在水里,大口大口地喝起来,弄出了"吧唧吧唧"的热闹的声响,它应该是在说着:味道不错。我沿着河岸往上挪了几步,弯下我的膝盖。天啊,我的膝盖发出了"咔嚓咔嚓"的声音,我慢慢地弯下腰来,洗了洗我的手。

"哦,宝贝,水居然那么冰冷!"我以为它应该不是冰冷的,天气也不是很冷,很暖和。我知道了,这河流肯定是从遥远的山脉流出来的——嘿,我可是一个大学毕业生,有什么是我不知道的? 用手掬了一捧,喝了一口,干净、凉爽、沁人心脾。

这有些像外祖母家的井水,没有比井水更能解渴的了。在我还是小女孩的时候,我曾认为外祖母家的井水是青春泉,总是疯了一般地跑到水龙

· 93 ·

头前,把那些清澈透明的液体"咕噜咕噜"地一口气喝下去。看来这"青春泉"也拯救不了我那僵硬麻木的膝盖。不过,倒是解了渴,人也感觉精神了些,不再那么疲乏,而且我也感觉没那么饿了。

"好了,我可爱的莱斯维娜,喝饱了,我们得走了。让我走一段,你休息一下,怎么样?"我抚平它额前的毛发,摩挲着它宽阔的前额。它也亲昵地蹭了蹭我的衬衫,甚至用它那湿湿的口套触了触我的下巴。上帝啊,马可真是一种让人不可思议的动物。和莱斯维娜待久了,我也想要拥有一匹属于自己的马,非常想要。它们的味道,它们的俊美,它们的聪明,它们的善良都是独一无二的,不是一条狗、一只猫就能够代替得了的。虽然猫是比狗要傲慢些——它们可是这世界最傲慢的动物,但是无伤大雅,比起狗来我甚至还更喜欢它们。但我最喜欢的还是马,它们确实是一种高贵的动物。你还记得那个场景吗?《大地惊雷》里的约翰·韦恩骑着他的骏马一路狂奔才拯救了他的宝贝妹妹,而那匹可敬的宝马最后却累死了。催人泪下吧?再也没有其他任何动物可以把我感动得一把鼻涕一把泪了。

自然,你们肯定也不会感到惊奇,为什么克兰芬坦在我眼里是那么可爱。我想要一匹马,想要一位男士,显然,他两者皆是,就这样击中了我的心。

当然等我回到神殿的时候,他肯定会大发一通脾气,这一点也不可爱。

甚至,在他眼里,我也极有可能就是一个愚蠢的女人。

轻轻地拍了几下莱斯维娜的脖颈,我们就离开了河岸,虽然很不情愿。把缰绳挽在手上,开始返回那条凹凸不平的、蜿蜒曲折的小路,开始了我们新的旅程。莱斯维娜可真是一个有礼貌的女孩,它乖乖地跟在我的身后,偶尔咬一口路边的青草,狼吞虎咽地嚼几口,就已心满意足。

我开始吹起《白雪公主》里"嗨—呼"调子的口哨。莱斯维娜时不时地冲我的后脖颈吹两口气,这可是对我的口哨的赞美。我回头冲它笑了笑,继续吹起我的调子。是的,这一路上可不是其乐无穷吗?

树木变得愈加密集,透过树林,我能看到的村舍也越来越少。我尽量回忆着我梦境里的景物分布,可在那梦里,我实在是飞得太快了,除了那条河流,被葱葱茏茏的树林遮盖的大地,我确实没有发现什么醒目的地标。我记得是顺着城堡的东北方,就是神殿。我觉得我就是那在舍伍德森林迷路的玛丽安,但该死的,我敢肯定罗宾肯定不会来救我。不过话又说回来,我也不是玛丽安。

我讨厌喋喋不休地抱怨,但我真的很饿。不知什么时候,口哨声和笑声都停了下来。我开始四处寻找起来,寻找任何一种可供食用的浆果。

"该死的,我们这四周全是草和树。"莱斯维娜把耳朵竖得直直的,认真地听我说,"你觉得这四周会有野生的草莓,或蓝莓,或桑葚吗?就算在澳大利亚,也该有些苹果树啊!"莱斯维娜又咬了一口路边的野草,"这东西好吃吗?"它可会让我拉肚子,该死的,我可没有带卫生纸。我饿得有些头昏眼花,把莱斯维娜都看成了我的晚餐。

我真的很讨厌露营,我的父母曾让我陪着他们一起去露营。那是在他们离婚前,他们自认为这是一个享受天伦之乐的好主意,可这对我来说毫无意义。从此,我就开始讨厌露营。倒不是我不喜欢户外运动,相反那是非常振奋人心的。我喜欢徒步旅行,我喜欢躺在阳光下看书来消磨时光,我喜欢白天四处逛逛,到处走走,晚上在一家有美妙的餐厅、舒适的大床的四星级旅店住宿。我喜欢享受,不喜欢生活得很粗糙。

"该死的,我在这里做什么?"莱斯维娜用嘴巴在拨弄着我的法式发辫,我拍打着它的嘴巴,"给我停下——我可没有办法把这些树雕成一把梳子,再把这发辫重新梳好。"没走几步,我的脚就开始疼起来了,芮娅诺的靴子可不好走路,它们有些磨着我的袜子了。袜子?好吧,我忘记了找袜子,在我离开之前,就像我也忘了该在厨房找些吃的东西。

"莱斯维娜,我的脚上肯定磨起了像罗德岛那样大的水泡。"我停了下来,把头靠在它那温暖的脖颈上休息了一会儿,柔声地对它说,"我想我得再次骑上来了,希望你能同意。"我用鼻尖轻轻地温柔地摩挲着它,表示请求,"让我们再来喝点水吧,这次我埋单,怎么样?"莱斯维娜冲我哼了一声,"我喜欢坐在岩石上来一杯玛格丽塔(一种鸡尾酒),那可真是其乐无穷啊。"我似乎读懂了莱斯维娜的马语,它应该在说我比芮娅诺女神更有趣。

面向河流,我才发现,我们已经在这河岸边来来回回走了好几趟了,可能由于这里的岩石要更多一些,我忽然觉得,它有些陡峭。小心翼翼地,我们准备往回走,选了一块稍微平坦些的石头,从河岸上跳了下来。河水还是那么清澈澄明,不过倒没有那么冰冷了,日头有些高了,所有的问题又回来了。那些大树枝繁叶茂,严严实实地遮挡着,几乎吹不到半点风,我觉得很不舒服。但不管怎么样,那些凉水让我们凉快了不少。我提醒自己,这和俄克拉荷马的夏天比起来,还是微不足道。在俄克拉荷马的夏天,那温度可真是高得出奇,几乎可以把女士的内衣都给融化掉。

虽然在这个世界里,一切都有些不尽如人意,但天气总算是好了不少,也还算是不错,我得学会知足。

莱斯维娜的腿微微地动了几下,打断了我的思绪,"准备好了吗?我要跳上来了,我可爱的莱斯维娜。"我把它带到一块大的石头前,把这当做马凳,翻身上马。莱斯维娜歪着它的脑袋,眼神很奇怪。

"我想,你可能已经发现了,我不是芮娅诺,可能她可以直接翻身上来,而不需要借助这块大石头。"莱斯维娜的眼神还是很奇怪,我想我得替自己澄清一下,"请不要见怪,芮娅诺可能更习惯独自上马下马,而不需要借助其他的东西。"莱斯维娜歪着它的脖子,冲我眨着它那乌溜溜的美丽的大眼睛,"不要误会我,我不是不能直接上马,只是我觉得这样更方便。"莱斯维娜晃着它的小脑袋,像人类一样发出了尖叫。真的,这倒有些像它的笑声。我又借着石头从马背上跳下来,我发现了,我自己也忍不住哈哈大笑,"我明白了,我得放到这里,是吧?"莱斯维娜用它的马套头轻轻地推了推我的脚,背上的马鞍笨拙地晃来晃去,"这回我可放对了。"我笑了笑,把脚放到了正确的地方。莱斯维娜再次让我感到不可思议,我正准备喊"驾",不过看来它一点也不需要。

我从马背上伏下身来,爱怜地轻轻地摩挲着莱斯维娜的脖颈,天气不错,似乎凉爽了不少。

我骑着莱斯维娜沿着河岸走着,我很惊讶,刚才还无比陡峭的岩石,从这个角度看,似乎平坦了不少。这可能是站在地上和骑在马上来看,真有些不同。微微前倾,我催促着莱斯维娜跑得更快一些——

突然,本来还算平坦的路变得陡峭,崎岖不平。莱斯维娜也变得有点笨拙,跑起来更费劲了。坐在马背上的我有些不堪颠簸,紧紧地搂住莱斯维娜的脖颈,才避免了从马背上摔下来。看得出来,莱斯维娜很是辛苦。它正艰难地迈出它的脚步,努力地保持着身体的平衡,想要快点走完这条崎岖不平的小路。这条路上全是岩石,路面也崎岖不平。那些陡峭险峻的岩石,稍有不慎,就会带来危险。莱斯维娜和我都弄得灰头土脸,我唯一能做的就是:紧紧抱住莱斯维娜的脖颈,尽量不让我的身体歪向哪一边,这样莱斯维娜才能更好地保持那得来不易的平衡。

总算是走了下来,我们安全通过了,总算能踏踏实实地踩在这地上。甚至顾不上我那有些痉挛的胃,我赶紧从莱斯维娜的背上滑下来,用手拍打着它那修长健硕的腿。它有些呼吸困难,全身止不住地发抖。要是换作其他的马,估计早已惊慌失措,恐惧不已,可莱斯维娜却很冷静、镇定。

"干得漂亮,真不愧是我可爱英勇的莱斯维娜。"我对着它喋喋不休,试图安抚一下我那紧张的神经,当然也顺便缓解一下它的紧张,"莱斯维娜,你真勇敢,我为你感到骄傲。"我检查了一下它的腿,没有骨折,也没有受伤,它看起来还不错。

虽然马的腿看起来都很健壮有力,但其实,也很脆弱。如果你观看过赛马比赛,你就知道,在拐角处马一旦踏错了位置,"咔嚓",就会骨折。那个场景你肯定永远也忘不了。在我十岁的时候,第一次亲眼目睹了一匹马骨折。在它的膝盖和脚踝的中间,骨头齐刷刷地折断了,可是它仍然强忍伤痛继续比赛,那折断的骨头硬生生戳破了皮肤,露了出来。白森森的骨头,血淋淋的肉,虽然有些可怕,但是又是那么令人震撼,敬意不禁油然而生。

然而,那只是因为它在比赛时,一点点小的失误。

我让莱斯维娜的头靠近我的胸口,擦了擦它那可爱的小脑袋,捋了捋

· 97 ·

它那有些凌乱的鬃毛。

"你没事,你很好,我的莱斯维娜真是一个好姑娘。"我小声地对它叨叨,心跳得总算没有那么快了。

莱斯维娜缓缓地抬起它的头,轻轻地蹭着我的脸颊,不知什么时候,我的脸颊已经被泪水打湿。我往后退了退,又仔仔细细地检查了好几遍,这才放下心来。

"现在,你可是真没事了。"我又围着它绕了一圈。它低下头,把小脑袋埋在一撮茂密的青草丛中,大口大口地咀嚼着,吃得津津有味。它又咬了一口青草,咀嚼了两下,忽然,它朝我吹了一口气,强烈的青草味扑面而来,那味道可真不好闻。我假装有些生气,"莱斯维娜,以后可不许再这样做。"它还是低着头,自顾自地大口大口地嚼着,"嗯,莱斯维娜,吃饱了吧?我们又要走了。"它停了下来,我发誓,它真的发出了一种女人味很浓的带着些许撒娇的鼻音,"安静点,别闹。"

它仍然闹着,撒着娇,我叹了口气,准备自己走。可它很快就停了下来,乖乖地,不再调皮,不再闹了。我发誓,这真是一匹不可思议的马,不,神马。我重新骑上去,它开始一溜小跑,看来它是真的没有受伤。我的头发,有的已经从辫子里散出来,有些不成样子了。我坐在马背上,一边哼着电影《幸运》的主题曲,一边试着把那些散出来的头发重新编回辫子里。

"好吧,我放弃了。"莱斯维娜竖起了耳朵听我说,"不管是多么过时,我想我是真的很需要一条发带。"看,我的头上,一小半的头发散了下来,凌乱不堪,我就像是蛇发女妖美杜莎那疯狂的红发妹妹;而另一大半头发还是执著地编成法式发辫,"也许我会兴起一种新的时尚。"莱斯维娜没有作任何的评论,就这一点,它做得挺不错,我很欣赏。

现在是歌唱时间。

这一路上,我又哼起珍妮主唱的《我的梦想》的主题曲,莱斯维娜放慢了步伐,走得有些奇怪。它的脚尖,不,应该是马蹄,有些不敢着地。我吁住它,快速地滑下马背。

"怎么了,莱斯维娜?"它有些不安地晃着它的小脑袋,我轻轻地拍了拍它的脖颈,"让我看看。"当马有什么不对劲时,先看看它的马蹄铁,这可是一种管用的方法。我抓住它左边的前腿,"给我看看,莱斯维娜。"它顺从地抬起腿来,看起来很正常,没有什么问题。我用手指从马蹄底下轻轻掏出了几颗小石子,几块小土块,再用大拇指按了按马铁掌下面的马蹄。

是的,马有马铁掌,先不要急着和我争辩,先听我说,当你抬起马腿的时候,你会看到有一个U形的小铁块,那就是马蹄铁,用来保护马蹄的。可不要抱怨,要是一匹马的马蹄铁掉了,那可是会"马失前蹄"的。有这么一首歌谣:少了一枚铁钉,掉了一只马掌。掉了一只马掌,失去一匹战马。失去一匹战马,败了一场战役。败了一场战役,毁了一个王朝。看吧,可得对这马蹄铁尊重些。

好吧,这只马蹄铁看起来并没有问题。我继续绕着莱斯维娜察看,一切都很好,没有问题。忽然,我注意到了它右边的马蹄,我轻轻地按了按莱斯维娜的马蹄铁,它痛苦地呻吟了一下。我轻轻地拍着它的脖颈,温柔地安慰着它。从马蹄铁上我轻轻地扯下几块黏着的小土块,还有几根碎草。移到U形马蹄铁的周围,我轻轻地按了按马蹄,莱斯维娜呻吟得更加大声了。我仔细地看了看,那里可肿得有些厉害,还有些发烫。我小心翼翼地放下它的马蹄。

"虽然我不是医生,但是我认为你的马蹄铁有些不合脚,它把你弄伤了。"我尽量轻描淡写,让自己看起来若无其事。它可是异常聪明,可不能让看它出,该死的我可是非常担心的。我低下头,看了看它的马蹄铁,它可是罪魁祸首,莱斯维娜几乎都不敢使力,"好吧,我错了,纠正一下,你的马蹄受了点小伤。"

莱斯维娜用它的鼻子蹭了蹭我。

"我想是这样的。"我怜爱地揉了揉它的下巴,它立刻把它的脑袋靠了过来,期待我的抚慰,"我可不能再骑着你了,等到了上游,路不再那么陡峭,我们就找块空地,歇息一下吧。"

我牵着莱斯维娜慢慢地走着,它跛着一条腿,一瘸一拐地忍着疼痛跟在我的身后。我一直不停地喃喃自语,莱斯维娜的脑袋一直耷拉在我的肩头。我很高兴,它并没有发现我在疯狂地扫视着前面的土地,企图找出一个稍微平坦的地方。我一直牵着莱斯维娜沿着河流走,这倒不是为了方便它喝水,只是,它的马蹄需要加倍呵护。我在大脑深处费劲地搜寻着我青年的时候学习的一些照料马的方法,但愿我的记忆细胞还没有完全被那些梅乐汁给杀死。我似乎记得,像莱斯维娜马蹄上的那种青肿发烫的症状,得要用冰块来敷。

所以,我得让它在河水里走一会儿,照理说也应该能防止它的马蹄继续肿大,至少也能帮助它减轻一些疼痛。然后再休息一会儿,让我想想该死的下一步应该怎么办。

在这一瞬间,我很希望克兰芬坦会带着他的卫士出现在我的面前,不过现实告诉我,那匹可爱的半人马现在正忙着组织人民,准备对付那些可恶的怪物——要是他为了一个勉强同意嫁给他的新娘而擅离职守,这可不怎么划算。不管怎样,我可不是一个成天总是幻想着会有一个王子骑着白马来拯救我的女孩。可是那匹半人马居然能够混淆我的思维,让我不禁幻想起来,这可真让我这个英语老师有些头疼。

幸运女神还是眷顾我的,沿着河岸我们并没有走太远,河流就拐弯向右折过去。这里的树木并不多,被河水侵蚀了的野草丛生的河岸也渐渐地平坦下来。让莱斯维娜踩着水,我牵着它小心翼翼地朝前走着。

我们在河岸边缘走得很慢,走得很小心,倒也没有出什么事情。我一只手牵着莱斯维娜,另一只手脱掉我的靴子,卷起我的裤腿,以免河水浸湿了它。莱斯维娜不时地喝几口水,又不时地用那湿湿的口套磨蹭着我。

"莱斯维娜,看来我们真的很需要两个足疗师,该死的,这里可没有足疗师。好吧,不管怎么样,你需要一个。"我拍了拍它的脖颈,"我们下去泡泡脚,怎么样?"我牵着莱斯维娜走进了河水里。莱斯维娜似乎很乐意,小心翼翼地跟着我踩进了水里。我轻轻地走在水底大块的光滑的石头上,全身仿佛触了电一般。

我的天啊,这河水真的很冰。

"嘿,莱斯维娜,你听过那首忧伤的苏格兰情歌《洛蒙德湖》吗?"现在的它可没有心思搭理我,它有些焦急,想要抬起马蹄逃到岸上去,我把我全身的重量都靠在它的身上,迫使着它只能把马蹄又放进河水里,它疑惑不解地看着我,"它讲了一个故事,关于邦尼王子查理时期的两个恋人的故事,他们在一次起义中被抓获,一个被处死了,而另一个却获得了自由。有传言,这首歌就是那个被处死的人写给他心上人的最后一封情书。"

莱斯维娜看起来还是不明白,一脸迷惑。

"你没有听过吧,哈?"河水真的很冰,很冰,很冰,"好吧,你可真是一匹幸运的小马——如你所知,虽然我也不会唱,不过我记得所有的诗句,好吧,我愿意教你。"它长长地吁了口气,我想它可能还会转着它那圆溜溜的眼睛。我正准备大声地朗诵我的第一句诗句,可我发现我的脚已经有些麻木了。没有理会,我清了清喉咙,用正宗的苏格兰腔调朗诵了起来。

在美丽的湖畔,
在美丽的山坡下,
明媚的阳光洒在洛蒙德湖面,
我和我的爱人永远也不会分开,
在那美丽的洛蒙德湖畔……

我用我喜欢的方式深情地朗诵着这首情歌,但很明显莱斯维娜开始有些心不在焉,我说道:"好吧,让我们念下去。"

……你在路的那边,
我在路的这边,
我在苏格兰的前面,
我的爱人啊,我们即将不再相见,
就在这美丽的,美丽的洛蒙德湖畔,
让我再深情地看你一眼!

我夸张地叹息着,假装放声哭泣,再假装轻轻地从我的眼角擦去眼泪。

"很美,是吧?"它向我吹了口气,焦躁不安地站在水里,"看来这首悲惨压抑的情歌并没有打动你呀,看来你还是缺乏对诗歌的理解啊,甚至连最基本的音节,你也不懂,那可真让人沮丧。好吧,好吧——我得让你知道,我可是相当擅长诗歌朗诵。"莱斯维娜有些不屑地瞥了我一眼,显然对我的朗诵天赋认得很勉强,更或者,根本就是在说我缺乏朗诵天赋。

"哼,你这个自作聪明的家伙,我还记得我在大学二年级的时候学过一篇文章,"莱斯维娜立刻竖起了它的耳朵,"那片文章里写道:'鸭子是一种长满羽毛的低等动物,相比之下,马虽然是高等动物,却思维有些混乱。'"莱斯维娜冲我眨了眨眼睛,看上去它有些生气了,"好啦,好啦,我只是开个小玩笑,莱斯维娜,我猜,你去过马克加仑城堡,是吧?"它又有些焦躁不安,我想我可能只能够让它在水里待几分钟而已。我费力地思索着,尽量让大脑不受那冰冷的脚的打扰,灵光一闪,我有办法了。

"嘿,我知道你喜欢什么了。"可莱斯维娜根本就不在意我说什么,我不得不紧紧地压着它的左侧,迫使着它把它右边的马蹄淹在水中,它的腿一直不安分地动着。

"好吧,我知道刚才的那首情歌并不怎么有趣。你再听我朗诵一首,然后我们就可以不待在这冰冷的河水里了。"

我理了理思路,又在我的脑海里搜索起来,我大学时的文学教授那可真是一个古怪的女人——衣着邋遢,不修边幅,在所有的大学讲师中,她可真是一个典型的代表。而且,在大部分的课堂上,她总是要我们大声朗读基督教的《旧约全书》里的照顾动物的那些章节,还必须背诵。看来那时候背诵的东西现在也该派上用场了,不过这已经是好久好久好久以前的事情了。我还在犹豫要不要背诵那些古老的诗歌时,嘴里竟然已经开始不自自主地背诵了起来,记忆像泛滥的洪水,源源不断地涌出:

马的力量是拜你所赐?
呃……好像是——好像是……呃……噢,我知道了。
这是它与生俱来的得意。

它奔驰在山谷里,
为它的力量欢喜,
它勇敢地迎向全副武装的敌人,
永远也不会恐惧;
更不会害怕得退缩。

弓箭呼呼作响,
矛尖闪闪发光,
盾牌熠熠生辉。
它猛蹬着大地,勇猛刚毅。

可别不信,
它已经吹起了它的号角,
它在怒吼,它在咆哮,哈!哈!
它的战役即将打响,
雷鸣在给它助威,
闪电在给它力量。

这一次,我可算是引起了它的注意。

"这是摘自《约伯记》,到底是摘自第几章,我有些记不住了。"

莱斯维娜把耳朵竖得直直的,它只是短短地哼了一声,我猜这可能就是它给我的赞赏,虽然只是短短的一声。而且,最重要的是,它安静地站着,静静地任由河水淹没它的马蹄,全然没有了之前的躁动不安。

"谢谢,谢谢,莱斯维娜,你真是太好了。"我站在那冰冷的河水里,优雅地鞠了一躬,"今天的诗歌朗诵到此结束,让我们一起期待明天的同一时间。"我模仿着公共广播电台的播音员,自娱自乐,"好吧,莎伦·帕克,你这个老姑娘,现在你可以上来了。"我牵着莱斯维娜慢慢地回到岸边。我的脚已经冻得没有了知觉,就好像《巴黎圣母院》里的卡西莫多一样,蹒跚着从河水里走出来,哆哆嗦嗦地在干燥的地面上寻找着一处避难所。

地面上的岩石块,已经被风雨侵蚀得不成样子,上面长满了绿油油的蕨类,像是铺了一张天然的地毯,实际上,这可真是一个不错的休息地。那张地毯真够宽,莱斯维娜也能够享受一下。它真的很需要休息,我取下了它背上的马鞍,偷偷地关注着它的举动。

"要是有一把马梳就好了,你的鬃毛可真够脏乱的。"我随手在旁边的大树上扯下一块树皮,来来回回地刷着它那疲惫不堪的身体。它呀了口气,闭上了眼睛,"这有点像按摩啊,嗯?"我拍拍它的屁股,"你为什么不吃点草呢,然后再休息一下,待会儿我再给你的马蹄铁检查检查,"它用它左边的腿支撑起全身的重量,右边的一只马蹄微微翘起,俯下身,吃起草来。

我想,我也需要休息一会儿。呀,我想方便一下,唉。

"莱斯维娜,我去散散步。"它只是微微瞥了我一眼,又自顾自地吃起草来,还是只能用它的三只腿站着,"我马上就回来。"

我又爬上了河岸,全神贯注地搜寻着一种大小合适又比较柔软的植物叶子。我讨厌露营,非常讨厌。我走进路边的草丛里,开始测试起各种各样的叶子,看看它们的质地,试试它们的柔韧性,活像那个疯狂的惠普尔夫人。

呀,耶!我居然踉跄着走进了天堂的一角。葡萄!一颗颗饱满的、乌黑的、成熟的葡萄挂在藤蔓上!匆匆地上完厕所(自我提示:记得洗手),我早已是饥肠辘辘,迅速地摘下了一大把,三下五除二地塞到嘴巴里,哇,真的是很可口,很美味。

我尽可能多地从葡萄藤上摘了许多葡萄,然后用叶子包起来,我得赶紧回去找莱斯维娜。

"嗨,莱斯维娜,你看我找到了什么?"它看上去有些无动于衷,并没有躁动不安,也没有用它的嘴巴来蹭我。我把葡萄放在马鞍毯子上,去河边拿回我的靴子,又洗了洗手。终于,我可以让我那疲惫不堪的身体休息一会儿了。舒服地坐在地上,背靠着马鞍,我开始享受那些美味的自然的催情药。(米歇尔曾经告诉我,葡萄可是天然的催情药。是的,这个,她肯定知道。）

　　这葡萄真的很美味,我这么说倒不全是因为我很饿。确实很可口,我吃了个肚皮圆。不过,却没有产生什么不同寻常的作用,至少从进餐到现在,那催情药可没有发生什么药效。反而,我的眼睑越来越沉,越来越沉。

　　拖着我疲惫又疼痛的大腿,我挣扎着站起来——我的大腿就好像我一直骑完了整条的达拉斯牛仔航线一般——不管怎么样,我得去看看莱斯维娜的马蹄铁,一旁的莱斯维娜已经昏昏欲睡了。

　　"莱斯维娜,让我看看你的马蹄。"它清醒了过来,给我看了看它那伤痕累累的马蹄。还好,并没有比之前的情况更糟,感觉也没有之前那么烫了,这可是一个好的征兆。我拍了拍它的脖颈,给了它一个大大的疲惫的拥抱,"用《大地惊雷》里约翰·韦恩的话来说——'伙计,今天我们得要在这里露营了。'如果我不那么做,估计莱斯维娜你就真的再也站不起来了。"对我的幽默,它甚至连眼皮都不眨一下,看来,它已经习以为常了,"让我们小睡一会儿吧,如果我睡过头了,莱斯维娜,你得叫醒我。"

　　我慢慢地又踱回马鞍那里,慢慢地躺下来,躺在地上。靠着河岸,枕着马鞍,垫着毯子,感觉还不错。我得要知足,得对我所拥有的一切心存感激。虽然这并不足以改变我对露营的讨厌,但还颇为愉快。我的眼睛慢慢地合上了,给我的大脑设置了一只闹钟,只是睡"一小会儿"。

7

　　等我醒来,已是黄昏。夕阳的余晖洒在我的脸上,是它叫醒了我。白天的温热已经慢慢消退,只留下了凉凉的清爽的微风,风里还夹杂着淡淡的河水的味道。我伸了个懒腰,挪了挪屁股下不舒服的石头,发出了一声不满的叹息。我有些想尿尿,但我大腿僵硬,全身无力,睡意更是紧紧地缠着我,很是恼人。

在我那临时的床边，莱斯维娜正在熟睡，标准的马的睡姿，站着睡觉——那可是我最梦寐以求的。我也曾试过一次，那是在一次特别的海外长途飞行中，我的小腿有些抽筋，不能坐下。我就靠在机舱的出口一侧，开始试着打瞌睡。不过，却不算成功，每当我快要睡着的时候，我的脑袋就会耷拉下来。不过，也算不上失败，我还是可以短短地眯一会儿，但是我醒来后却发现自己有一个不好的行为：我在流口水。看起来，莱斯维娜睡得很舒服，睡得很香甜。它右边的前蹄还是微微抬起，不过它可没有因此而睡得不安稳，我猜它可能不需要我再三地检查它的马蹄铁了。等它醒来，我就让它再把马蹄继续浸泡在河水里，不过，我可真的是疲惫不堪了，我可再也想不出更多的诗歌，也再也想不出更多的民谣了。

现在的我只想去尿尿，然后回来接着睡觉。

等我再一次睁开眼睛，还是满心的不高兴。我环顾着四周，慢慢地摸索着，试图找出我的闹钟。该死的，这里可没有闹钟。浑浑噩噩的，四周一片漆黑，我猜我肯定睡过头了，你了解那种沮丧的感觉——心在不断催促着你，你迟到了。我那昏昏沉沉的脑袋总算是意识到：我现在可不是躺在那考究的安逸的橡木床上，而是在这荒郊野外。我挣扎着坐起来，使劲地眨了眨眼睛，尽量习惯眼前的黑暗。

背后的河水低沉而有力地拍打着河岸，我现在可算是完全清醒了。

"莱斯维娜？"它的鬃毛轻轻地拂过我的脸颊，这让我稍稍宽了宽心。渐渐地，靠着黑暗中的一星点微光，我开始辨认出莱斯维娜来。它就卧在我的旁边，它熟睡的气息闻起来竟然是甜甜的，还夹杂着青草的清香。

"感觉好些了吗，我的莱斯维娜？"我一点也不想站起来，爬过去，抱住了莱斯维娜的脖子和后背，它的腿卧在它的身下，所以我也不会碰到它那疼痛的马蹄。但它的身体已经不那么烫了，它的马蹄应该也好了些，不会那么疼了吧。

"不知道月亮会不会很快出来？"我靠在它柔软的身体上，这夜晚的凉风可对我那酸痛的疲劳过度的肌肉一点帮助也没有，"我很想泡一个热水澡。"

我的肚子又开始打起鼓来。

"我想我们可以什么也不做,直到天亮以后。"莱斯维娜用它那微微的小小的鼾声回答着我。

该死的,接下来我们该怎么办?我一点主意也没有。莱斯维娜已经伤痕累累,显然,我可不能再骑着它了。现在该怎么办?我用我那蹩脚的时间和距离观念来看,我估计我们已经走了十个小时,或者十二个小时了。也不知道我们睡了多久,大概八个小时吧。所以,要是我们够幸运的话,我们应该已经行进了一半。但是我们饥肠辘辘、疲惫不堪,甚至还遍体鳞伤。

我闭上了眼睛,试着放松一些,安静地思考,尽量忘记饥饿。

带着莱斯维娜回神殿去,看来这是唯一正确的解决之道了。可是,走回去那可是会非常慢的。也许,在那些村舍中会有人愿意救济我们,艾波娜女马神的最高女祭司——这个身份应该比较管用。一连接着几顿都只吃葡萄,别的什么也没有吃,这让我的身体有些虚弱——我看起来可不是很好。那些葡萄也让我腹泻不止,我可没有时间来忧伤,得留点精力来对付这猛烈的腹泻,该死的,还没有卫生纸。

所以,我们得先等到天亮。然后,还得尽量让莱斯维娜再在河水里浸泡一下它那受伤的马蹄,然后我们再调头回神殿去。我得像莱斯维娜那样,再睡一会儿——接下来,可还有好几天的路程要走。我尽量依偎着莱斯维娜,分享着它的体温。越来越温暖,睡意来袭,我闭上了眼睛。我猜,莱斯维娜肯定是一台巨大的银白色的发热机……

迷迷糊糊中,我听见窸窸窣窣的声音。一开始,我倒也没有注意到,后面才慢慢地发现了。这声音不像微风拂过树叶,也不像河水流过岩石,特别与众不同。

一根树枝断裂了。我尽量静静地待着不动,不引起别人的注意,只是在黑暗中不断吞咽着口水。我确定,在这茫茫夜色中,我那怦怦跳个不停的心脏好像听到了"这里,他们在这里!"

又一根树枝断裂了,这一次,我感觉到莱斯维娜动了动。它把头抬了起来,转过身去面对着那片树林。

我想起了一些事情,那群像人类的怪物!他们在树林里的呼吸,在树林里的心跳,还有他们在树林里的跳跃,都历历在目,我可不会忘记。

这可不是我的地盘,直到我意识到那些怪物有可能就在我的附近,我才回过神来。就像那慌了神的斯佳丽·奥哈拉,该死的,我已经完全忘记了为什么不得不去马克加仑城堡的原因了。那群怪物杀死了整座马克加仑城堡的人,连健壮的、英勇的城堡里的人都抵挡不了那群怪物。而我,却只是一个不太聪明的女孩,甚至娇弱得走在这乡下小路上都很吃力,心不在焉的,满脑子全是一些荒谬的想法,冲动任性地想去哪里就去哪里,现在要遭报复了。

亲手埋葬父亲,让他能够入土为安,这个想法确实是好的。但是为了当一个好女儿,就让这匹小马陪着我被那群怪物杀死,这实在是太愚蠢了。要是我的父亲还活着,他也肯定会第一个站出来呵斥我。

又有树枝断裂了。在我头顶的前方,肯定有什么笨重的东西。我仿佛已经看见,那些怪物,翅膀一张一合,大步大步地奔跑着,滑翔着。那些断裂的树枝声就是在暗示着他们要来了。上帝啊,我可真是一个愚蠢的傻蛋。我不仅不能让我的父亲入土为安,还极有可能把我的小命也葬送在那群怪物的手里,到时,只不过是马克加仑城堡之外又多了一具尸体而已。

现在的我总算是头脑清醒了,整件事情也能想得一清二楚。

莱斯维娜已经站起来了,马腿不断晃动着,我紧紧地站在它的旁边,抚摸着它的脖颈,嘘,我示意它不要弄出声音。不管是在学校的时候,还是在我更以前的经历中,我可从来没有这么恐惧,这么害怕。但我还是努力地想要找出一个办法来。一些黑影慢慢地从树上飞下来,落在河岸上,朝着我们走来。可是在这么危险紧急的关头,我竟然什么办法也想不出来,什么事情也做不了。

我木木地呆站着,就像待宰的羔羊,等待着我的命运。我很欣赏莱斯维娜的勇气,面对敌人,它耳朵竖得直直的,口里微微呼着气,毫无惧色。不得不说,马真的是勇敢的动物。我很荣幸,当死神一步一步逼近时,还有莱斯维娜陪在我的身旁,我们一起迎接着这即将来临的危险——

"芮娅诺小姐?"这个声音深沉又熟悉,我惊讶得愣了好一会儿,没有回应他。那些丑陋的怪物的声音居然有些像克兰芬坦?

莱斯维娜像碰到熟人般,温柔地嘶叫了一声,那一刻,我才从惊诧中回过神来。

"克兰芬坦,是你吗?"

"她在这里。"他回头喊道。霎时间,河岸边上出现了许多模模糊糊的像马一样的黑影,"把火把点上,这里实在是太黑了。"

然后,我听见了许多石头相互碰撞摩擦的声音,"嗤嗤嗤嗤",这应该是在用燧石取火。一个高大的像马一样的模糊黑影挡在了我和莱斯维娜的前面,几乎挡住了我所有的视线,听他的口气,他有些怜惜,也有些生气。

"你受伤了吗,芮娅诺?"

"没有,我还好,但是莱斯维娜的马蹄受伤了。"

"莱斯维娜?"

"嗯,呃,我是说神殿的那匹神马。"但愿我把意思表达清楚了,至少我认为他应该知道我说的是谁。

火堆亮起来了。在河岸的下游,每隔几码,就有一个半人马,他们围成一个圆圈,中间燃起了一个火堆。火光亮堂堂的,这下我看清了,克兰芬坦站在我的面前,双手插在腰间(呃,我是指他的人身的腰间),额头上,眉毛拧成一团。

"哪一只马蹄?"他的声音轻快,但有点凛冽。

"右边的前蹄。"我蹲到莱斯维娜脖子下,用手抬起它的腿,"已经没有那么肿了,也没有那么烫了,应该只是些淤伤。"(我偷偷地看了他一眼——他应该了解的,他的身体有一部分也是马。)"给我看一看。"莱斯维娜顺从地抬起了马蹄,克兰芬坦弯下腰来,仔细地检查着,他用他那强有力的手指轻轻地戳着莱斯维娜的马蹄,就像我之前做的那样,每戳到一处受伤的地方,莱斯维娜痛苦地呻吟一下,他就立即停下来,轻轻地拍着莱斯维娜的脖颈,柔声在它的耳边说着一些我听不懂的话,悦耳、轻快,有些像盖尔语。莱斯维娜放松地呼了一口气,放下了马蹄。

"很严重的淤伤,"克兰芬坦的语气充满了责备,"它的马蹄怎么会这样,发生了什么事?"

我站起来,紧紧地挨着莱斯维娜,惴惴不安,他让我感到更加自责与内疚,我讨厌这种感觉。

"在河岸下游的山路上,那里的岩石很尖锐锋利,它可能是在那里弄伤了。"

"它还可能折断了腿。"

"我知道,我的感觉已经糟透了,不需要你再来责备我。"我的眼泪快要掉下来了,莱斯维娜用嘴巴蹭了蹭我,我把脸深深地埋进了它的脖颈里。

"它会好起来的。"克兰芬坦的声音温和了些。

"我知道。"

"过来,快离火堆近一些,看起来你快冻坏了。"

他扶着我的胳膊,温柔地安慰着莱斯维娜,我们一起朝着火堆走去。火堆旁边那些原本冰冷的岩石,在火光的映照下,也感觉温暖起来。克兰芬坦开始向他的部下发布命令,他不知从哪里找来一块毯子,披在了我的肩上。两个半人马卫士正忙着给莱斯维娜擦拭身体,它安静地站着,享受着他们的侍弄。而其他的一些半人马卫士正忙着在距离火堆几码的地方燃起篝火。我很兴奋,看到克兰芬坦从腰上卸下一只鼓鼓的水囊——我猜,里面应该是满满的——食物。当他把一只软软的水囊递给我时,我还在呆呆地看着他,愚蠢地猜测他会不会把它给我。

"喝一点吧,芮娅诺小姐,这会让你恢复一些体力。"从他那语气,我觉得他真正的意思是这可能会让我恢复一些理智。虽然是这样,我还是勉强认同他,省得和他争论不休。

呀,居然是醇香的、美味的、极好的葡萄酒。

瞥了一眼莱斯维娜,我非常高兴地看到一个半人马正在给它喂食,它咀嚼得津津有味,一副心满意足的样子。一些油炸食物的香味溢了出来,让我垂涎三尺,我只好又喝了一口酒,谁知肚子却不争气地叫了起来,让我很是尴尬。

"你甚至都没想过要带点食物在身上?"克兰芬坦低下头,一副不可思议的表情。这一次请相信我——英语教师绝对知道什么样的表情叫不可思议。

"我没有,嗯,嗯,好吧,我没有带。"我自己听起来都觉得很愚蠢。

"嗯。"他转过身去,走了,可能他也忙着要去"发火"。

我感觉自己真是愚蠢至极、没用透顶了。我披着毯子,盘坐在地上,紧紧地抓着那只水囊(尽量不去想这水囊里的酒是什么样子——该死的,我在想什么)。

克兰芬坦很快就回来了,手里还拿着一大块面包。一个大大的奶油烤面包,中间夹着一块香气四溢的肉片,肉片底下还有一块淡黄色的奶香的干酪,我感觉我这一辈子都没有闻到过如此香的食物。

"给,你肯定有些饿了,吃吧。"

"谢谢。"我尽量不碰到他的手指,一把抢过面包。

我兴高采烈地嚼着,大口大口地咽着,吃得有滋有味。其他的半人马——我数了数,有十个——都围绕着火堆,谈笑风生,温柔的话语、爽朗的笑声,与那潺潺的流水互相应和着。

"你为什么要偷偷地离开呢?"克兰芬坦又把我的目光拉回到面前的篝火边来。

我吞了一小块干酪,喝了一口葡萄酒,说:"我得去看看我的父亲。"

"为什么不让我护送你去呢?"

"我——呃,我——"

"我知道,从一开始你就不想和我们联姻。"我正准备继续说下去,他抬起手打断了我。"我知道,芮娅诺你一直就不想成为我的伴侣。但是我发过誓我会保护你,尊重你,会尊重你所有的一切。"他直接越过我,看着不远处的河流,"从我的身边逃走,你这是对我的羞辱。"

噢——噢,这可是我没有想到的,这个家伙如此自我,该死的。

"我不是想从你身边逃走。"

"那你说,不是逃走,是什么?"他还是没有看我,一直看着不远处的河流。

"我想我必须去看看我的父亲,我认为你肯定不会带我去的。"他的目光回到了我的身上,眼睛里风起云涌,显得很是震惊。

"你是艾波娜的最高女祭司,也是我的伴侣,我当然会陪着你去。"

"可是,你之前不希望我去,就连阿兰娜也不希望我去。"

"芮娅诺,我们不希望你去,是因为路途遥远,而且充满危险。但是你是艾波娜的最高女祭司,我们又怎么会拒绝你的要求?"克兰芬坦一脸迷惑、茫然,我才意识到,这回我真的是失态了。

我低下眼睑,用手扒拉着毯子上的丝线,说:"我没有想那么多,我只想去看看我的父亲。"克兰芬坦的嘴角总算是稍稍放松了一些,"我很抱歉,我应该让你护送我去。"

他的眼里闪过一些惊诧,随后变成万分惊喜,很明显,芮娅诺女神并不经常道歉。

"我们已经原谅你了,还好我们找到了你,我很高兴,你还安然无恙。"

我转向在我不远处的莱斯维娜,它还在兴致勃勃地咀嚼,我问:"它真的会好起来吗?"

"当然,我的小姐,它只是累了,需要休息。它很快又可以载着你逃跑到任何你想去的地方。"

"可是,我没有——"他戏谑地笑着,唉,这在他心中肯定是一个笑料,肯定是的,"我真的没有计划逃跑,至少我不是那么想的。"

"那确实是。"他很是自鸣得意,是那种很可爱的得意扬扬。

"给大家添麻烦了,我很抱歉。"

"大家都已经忘记了。"篝火熊熊,他的眼睛熠熠发亮;微风拂过,火焰摇曳生姿,跳起了魅惑的舞蹈。一不小心,我瞥到,克兰芬坦每轻轻地动一下,身上那件性感的皮革背心就会微微敞开,露出结实的胸膛,让我情不自禁地吞了一口口水。

该死的,我吃的食物肯定还不够多,我肯定还不够饱。我赶紧又咬了一口三明治,噢,就是那块面包,把眼神移到那堆篝火上,假装不知道克兰芬坦正含情脉脉地凝望着我。我很难想象要是我在这路上没有碰到这个家伙(或者这匹马)我该怎么办,他给了我一种异样的感觉,天啊,我怎么可以如此不端庄,该死的,肯定是那些葡萄起作用了。

　　我有些坐立不安,急忙转移着话题。

　　"所有的人都被带到神殿了吗?"噢,真是太好了,克兰芬坦总算是不再用那种怜爱的眼神看着我了,他又严肃起来。

　　"是的,我已经把你的卫士,还有我的部下都派出去了,让他们告诉大家发生了什么事,还让他们把人民都聚集到艾波娜神殿了。"

　　"发现那些怪物的踪迹了吗?"

　　"这倒没有,我们已经把信鸽放出去了,警告各个部落的神主,一旦他们发现那些弗摩瑞人,就通知我们,各个部落都已经回信说没有发现弗摩瑞人的踪影,除了——"克兰芬坦不自然地顿了一下,"除了马克加仑城堡和守卫城堡。"

　　"你认为那群怪物还在马克加仑城堡?"

　　"我不知道,我的小姐。"

　　我低下脑袋,继续啃着那一块已经吃了一半的面包,又问:"你知道那群怪物还在马克加仑城堡,那你还愿意带我去吗?"

　　"在这一年里,我会带你去所有你想去的地方,只要你需要我。"他把目光凝聚在我身上,"那是我的责任。"他全神贯注地盯着我,目不转睛,我暗自猜想那可能不仅仅是出于责任。

　　"我向你发过誓,我对你承诺过。"他的声音很迷人,充满了诱惑。

　　"那么,现在我请求你,请求你带我去马克加仑城堡,我想去看看我的父亲。"我的声音已经小得自己都不能听见,情绪起伏不定,内心翻江倒海。

　　"好的,芮娅诺小姐,我会带你去马克加仑城堡,我会保护你的。"

　　"我能靠你近一些吗?"我情不自禁地脱口问道。

　　"如果你愿意,当然可以。"

噢,该死的,我们之间的谈话居然是这样生疏!我不知道在这里他究竟要遵守什么样的礼仪,让他这么拘泥。我们之间就好像有着一层厚厚的隔膜。

不远处的半人马已经渐渐地不再喧哗,克兰芬坦一直静静地凝视着我,我有些害羞,脸像发烧了般,粉粉的,热热的,烫烫的。克兰芬坦对我淡淡地一笑,我的脸就更红更烫了。天啊,我感觉自己就像一个幼稚愚蠢的小青年(不得不说,所有的小青年都是一些小傻瓜)。

"你一定有些累了吧!"

确实,我一直在思索,他一直待在这里,我怎么睡觉。他微微一笑,好像读懂了我的心思,我好不容易稍稍退热的脸颊上又飘来两朵红云。

"你休息一会儿,我得去那边告诉他们我们的计划。"克兰芬坦准备朝着另一堆篝火走去,但是我的疑问拦下了他的脚步。

"呃,我们的计划?"该死的,火光下的他确实很英俊动人。

"我们会护送你到马克加仑城堡。"原来这就算"我们的计划",就这么简单。

"那莱斯维娜,呃,它怎么办?"听到了我们在说它的名字,莱斯维娜立即竖起了耳朵,我轻轻地吻了它一下。

"我会留下两个人马卫士,让他们和它一起留在这里,直到我们回来为止。等我们回来,它的马蹄也应该可以走了,不过,它可能还是无法再载着你。"

"那我要怎么去马克加仑城堡,怎么回神殿呢?你还带了一匹马?"好吧,我的意思是指一匹真正的马,可不是指那些半人马。

"没有。"他放肆地笑着。

"难道我要走着去?"如果是这样,我估计我永远也到不了。

"也不是。"该死的,此时的他像极了一只嬉皮笑脸的柴郡猫。

"好吧,那我怎样去?"见鬼,他到底打什么主意。

"你骑着我去。"克兰芬坦模仿着普通的马,故意弯下腰,朝着前面的篝火走去。

这一次我是真的哑口无言了——完全不知道该说点什么。

骑着他？我可是知道,他会咬人的。

但愿他能正经一些。

该死的,也不知道克兰芬坦到底有什么样的打算!

8

美味的葡萄酒,可口的食物,温暖的火光,开始慢慢发挥它们的魔力,睡意不断袭来。克兰芬坦取下了莱斯维娜的马鞍给我做枕头,我咕哝着说了声谢谢,就迫不及待地沉沉睡去。

感觉我的眼睛才闭上一会儿,一股浓郁的烤肉的香味就诱使着我睁开了我那布满血丝的眼睛。我想伸伸懒腰,可全身的每一寸肌肉都痛,就连头发丝也是疼痛的,几乎动弹不得。

"啊,啊……"我慢慢地挪动着我的脚步,试图直一直我那饱受摧残的身体。一不小心朝前面瞥了一眼,十一个半人马,还有莱斯维娜,十二双眼睛齐刷刷地看着我。那些半人马的眼里满是戏谑的笑意,只有莱斯维娜,眼里是满满的敬意。

"有什么事吗?!"

"什么也没有,芮娅诺小姐……"这下他们倒有些窘迫不安了。

"该死的男人们。"我喃喃自语,过去拍了拍莱斯维娜,然后慢慢地挪步到河边。我真的,真的,很需要一把牙刷。腰几乎弯不下去,好不容易弯下腰去,用河水洗了一把脸,再往嘴里灌了几口水,漱了漱口,用手指当牙刷,刷了刷牙。现在,已经是一个可爱的早晨了。呀,又来了,我又想尿尿了。

我慢慢地悄悄地向下游踱去,尽量不引起他们的注意。不过这可不容易,尤其我这双腿,走起来真的很费力,说像糖果店的查德·西蒙斯一点也不过分。善良的上帝啊,停止对我的捉弄吧。我突然停了下来,转过身去,果然十二双半人马的眼睛正齐齐地盯着我——其中最帅的那一个半人马,恰巧就是我的伴侣:克兰芬坦,很显然,他正准备跟着我。噢,不!没有厕所,没有厕纸,就已经够糟糕了!克兰芬坦还要跟在我的身后,这可一点都不可爱。

"我只是想去——你知道的……"我朝着那边的树林点点头。

"如果你有什么需要,就叫我。"克兰芬坦和其他的半人马尽量假装不笑,该死的,很明显他们的伪装败露了。

"该死的,一点也不需要。"我愤愤地喃喃自语,然后一瘸一拐地走向灌木丛,把各种各样的虫子飞蛾挥开,以免它们叮咬我。

现在知道我有多么讨厌露营了吧?

我又挣扎着爬下了河岸,一边一瘸一拐地踱回营地,一边舒活舒活筋骨,放松放松肌肉。当然,我的肌肉一点也没有放松,还是疼得要命。那群半人马,他们居然在大笑。你们疯了吗?你们知不知道我已经三十五岁了?小崽子们,安静点,给我坐好,表现好了给你们一人一块蛋糕。我心里不禁在想。

这一天肯定是漫长的一天。

半人马们已经把我之前睡觉时旁边的篝火扑灭了。我只得走向其他的篝火,他们给我让开了路,其中一个有些像帕洛米诺马的半人马递给我一大块夹着肉片的面包。

"谢谢。"我微微一笑,表示感谢,他给我微微鞠了一躬,这些家伙还是有些可爱。

克兰芬坦也过来加入我们,我旁边的半人马立刻给他腾了个位子出来。

"今天早上感觉怎么样,我的芮娅诺小姐?"克兰芬坦笑容可掬,温柔地问道。

"我的屁股疼死了。"

几个正在吃着面包的半人马突然咳嗽起来,有些噎着了。我对他们笑了笑,他们似乎松了口气,我能感觉到他们眼神的异样。呀,我忘记了我可是高贵优雅的芮娅诺女神。

克兰芬坦的眼里也满是戏谑的笑意。

"那我能为你做些什么?"

能够帮我揉揉屁股当然最好,不过,我可不想在这群半人马面前说起。

"你也帮不上什么忙。"我瞥了一眼,他那宽阔的马背,不久以后,我的屁股肯定又要疼了,"除非你可以变成一张床,然后他们就可以把我抬去马克加仑城堡。"我同他们开了个玩笑。

他们爽朗地笑着,其中几个还拍着克兰芬坦的马背说道:"这就是你的床。"克兰芬坦也不恼,好脾气地笑了笑。他们开怀爽朗的笑声,让我很快融入其中,我感觉我也是他们中的一分子。很不幸,芮娅诺女神错过了这么精彩的时刻。

"我很抱歉,我的小姐,我可不能变成一个没有生命不能呼吸的东西。"

"你获得了原谅,克兰芬坦殿下。"我打趣道,"可不要对我太温柔。"

"我可一直都是这样。"他伸出他的手,轻轻地拂过我的脸颊,越过他的肩头,其他的半人马装作没有看到我们,相互谈笑着。

我发现我很高兴,芮娅诺女神的离开并没有造成无法弥补的伤害。我真的想让他们喜欢我,好吧,我说实话,我希望他们的最高萨满克兰芬坦殿下不仅仅是喜欢我。但不管怎么样,这群人／马／半人马都很好,我想赢得他们的友谊。

"你休息好了吗?我们得出发了。"

"嗯。"我有些犹豫,有些迟疑。

"有什么事吗?"

我越过他的肩头,望向莱斯维娜,说:"我只是有些担心莱斯维娜。"

"我们走了以后,它会好起来的。"

"那它安全吗?"那些怪物闪过我的脑海。

"我们中的任何人都会用生命来保护它,当然,也会保护你。"克兰芬坦说得义正词严。但是,我可不想任何人为了我,或者我的马而死。他的承诺让我心潮澎湃,恍惚中,我竟然感觉我也有一个约翰·韦恩,在我危险的时候,他就会带着他的海军陆战队来营救我。

我又不知道该说什么了,要是我的学生知道在这么短短的时间里,我居然两次哑口无言,他们肯定会非常激动(当然,他们肯定不会知道怎样才能让我无言以对,但是你们肯定知道)。

"也许你马上就要和它说再见了,但是告诉它,你很快就会回来的。"见鬼,他居然如此体贴。

我咕哝着说了声谢谢。拖着我那酸痛的大腿,吃着面包,挪到莱斯维娜面前,它也正在吃着它的早餐,见到了我,它的耳朵马上就竖了起来,温柔地嘶叫着,向我问早。

"嗨,过来这里,莱斯维娜。"我揉着它的下巴,开始对它絮絮叨叨,它不时地用鼻子亲昵地蹭着我。我把额头埋在它的脖颈里,它背对着听我说话。

"我得离开一些日子,克兰芬坦要带我去马克加仑城堡。"它伸长了脖子,凝视着我的眼睛,"别担心,他会留下人来照顾你,他也会保护我,不会让我出事的。"它似乎很满意,很放心,我把声音压得更低,继续说道,"我还想告诉你的是,要骑着他我真的有点紧张。我的意思是,这一整天我该怎么控制我的荷尔蒙激素。"

它替我深深地叹了一口气,仿佛在说,好吧,顺其自然。

"谢谢你给我的帮助。"我对着它的鼻子,蜻蜓点水般地吻了一下,"我走了之后,你要照顾好自己。"它用嘴唇轻轻地嗅了嗅我的头发,又继续吃着它的牧草。

我感觉自己就像一个母亲面对着即将走进幼儿园的孩子一样,全是不舍与担忧。

"芮娅诺小姐?"克兰芬坦的声音里已经有些不耐烦了。

"来了,"帕克·莎伦你准备好了吗?不,等等,我还没有。

当半人马们一直都在忙碌着的时候,我趁机打了个盹。八个半人马都已经准备好了,即将出发。我想肯定是昨天夜色太暗,我居然没有注意到,他们每个人背上都背着几只鞍囊,胸前都佩着一把长剑,有些像苏格兰阔刃大剑,看起来很锋利。这让人有些困惑不解,不管怎么样,很明显,鞍囊里面装的肯定是食物和水,也不知道,他们还有没有藏着其他的东西。克兰芬坦披上了我的马鞍毯,站在他们中间,有些怪异,我把剩下的面包一口塞进嘴里。

好吧,对克兰芬坦,我还是小心为妙。

我走了过去,卡兰芬坦已经把马鞍放在了自己背上,系好了马鞍毯子的带子。

"准备好了吗?"

"准备好了。"我站在那里——仔细地打量着克兰芬坦,他比莱斯维娜更高大一些,要是没有帮助,我觉得我肯定上不去。

"需要我抱你上去吗?"他似乎很享受,我看了看其他的半人马,他们都忽然忙起来,忙着东看看,西看看。

"嗯。"我有些恼怒,又有些好笑,但愿我的牙齿上没有沾上面包屑,"这一次,需要你帮我。"

他对着我笑了笑,俯下身来,用左手牢牢地抓着我的左肘。

"一……二……三。"

他轻而易举地一下把我放到了他的背上,也许是他比我想象的还要强壮,也许是我比他想象的要轻。我不得不紧紧地抓住他的肩膀,以免从他的背上摔下来。

"噢。"我优雅地喊了一声。

"哦,我很抱歉。"他的语气里可没有一点抱歉的意思。

"嗯,别担心,不是所有的马都像莱斯维娜那么容易上去。"

"你会惊讶也不稀奇。"他的语气里充满了挑逗。

我忙着把脚放到马镫上,假装没有听见。我听到了他胸口怦怦的心跳,咯咯地笑个不停。

"所以,是要我让你走,还是你自己走?"我打趣道。

"你只需要紧紧地抓住我,我们就可以从这里出发了。"

他开始走了,我朝莱斯维娜挥了挥手,其余的半人马跟在我们的身后。高低不平的河岸让我有些颠簸,而我手里又没有缰绳可以抓,我第一次骑着我的人马丈夫,居然是如此窘迫不堪。

"呃,我应该抓住什么呢?"

他回过头来,笑盈盈地瞥了我一眼,这一次他可是占到大便宜了。

"把你的手放在我肩膀上,或者,你也可以抱住我的腰,你觉得怎么舒适就怎么做。"

我一把抓住他那粗粗的马尾(我可没有别的什么意思),说:"我能这样吗?"

从我后面的半人马那里传来一阵低沉的笑声。

"拜托,请最好不要那么做。"

"好吧,没问题。"耶,我又小胜一局,请帮我记一分。

走到了河岸边,克兰芬坦可不再是慢跑,开始一路奔驰起来。我把手搭在他的肩上,感受着他那结实的肌肉(好吧,坦白地说,是我的大腿感受着他结实的背部肌肉)。他步履平稳,一点也不颠簸,我稳稳地坐在他的背上。全身都很放松,享受着驰骋的感觉,我们走进了树林。

我俯下身来,在他耳边悄悄地说:

"你能保持这样的速度多久?"这有些像在和驾驶着摩托车的摩托车司机交谈——不过,他可没有摩托车那聒噪的发动机的噪音。

"很长的时间。"克兰芬坦夸下海口。

我可不信,凑到他的耳朵边,恰巧我的胸贴在了他的背上,这种感觉还不错。(给我一个机会,他可是我的丈夫!)

"莱斯维娜还没有跑到一个小时,就筋疲力尽了。"看到他胳膊上高高隆起的肌肉,我很兴奋。克兰芬坦有些不自在,也许是由于我在他的耳边呼出的气息,也许是由于我那贴在他背上的胸脯,他很敏感。

"半人马可比马要精力旺盛,"他习惯性地顿了一下,"当然,也比人精力旺盛。"他故意加重了口音，我感觉脊椎像触电了般，酥酥麻麻，一种奇妙的快乐。这一刻，我犹如置身于一段浪漫的言情小说情节中，不过，这回我可是一点也不介意。

"那非常好。"我在他耳边缓缓地说着，还是半信半疑，我紧紧地抓住他的肩膀。

很明显——芮娅诺女神是一个十足的傻瓜。

9

我们并没有沿着那条与河流平行的小路一直奔驰，相反，克兰芬坦带着我们慢慢地远离河流，穿过树林，来到了一条大道上（显然，这就是之前我和莱斯维娜一直刻意避开的那条大道）。不久后，我们到了一个路口，沿着西北方向的那条路前进，彻底地告别了河流，与它背道而驰。顺着我的记忆，和我选择的那条沿河小路比起来，这条路应该是条捷径，到达马克加仑城堡应该更快捷。难以置信的是，这些半人马丝毫没有倦怠，克兰芬坦和他的部下们一直不知疲倦地持续奔驰着，我们距离马克加仑城堡也越来越近，越来越近。

这条路果然十分热闹，人来人往。但是我们来了之后，他们立刻退到两旁，让出一条路来。这些行人好像都是一家一家的，妇女们都坐在平板车上，男人们有的走着路，有的骑着马，旁边还跟着几只家养的小动物：猫猫狗狗。村民们衣着整洁，仪表整齐，完全不像我想象中的乡下村民。他们牙齿整齐干净，一点也没有凹凸不平，上面也不像我想的那样还粘着菜叶。头发也清清爽爽，一点也不像我想的那样乱七八糟，上面也没有长满了虱子。老实说，他们都仪容整洁，非常引人注目——几乎可以说得上是仪表堂堂——甚至连他们的马也都打理得很干净清爽，一点也不邋遢。一方水土养育一方人，这里还真是一块净土。

我不禁感到沾沾自喜，就算在这一群英姿勃勃的骏马当中，我的莱斯维娜也是最出类拔萃、气宇轩昂。当然，克兰芬坦就更是俊逸不凡，不过，从严格意义上来讲，他可不算是一匹马，要是我因此自鸣得意，可有些不公平。

我暗自揣测，会不会被过往的行人给认出来。嘿，谁知，答案马上就揭晓了。第一家过路的行人礼貌地向半人马致意，他们退到两旁，马上就认出了我，立即变得兴高采烈、欢呼雀跃。

"是艾波娜！"一个驾着马车载着几个可爱的孩子的母亲首先认出了我，她的孩子们开始跟着她一起热情地欢呼、挥手。

"艾波娜！"

"祝福你，芮娅诺小姐。"

"路上小心！"

我微笑着挥挥手，感觉自己就像那招摇过市的美国小姐一样愚蠢。但我得声明一点，我可不是害羞或者胆怯。我知道，我会很快习惯这样的生活。他们都很可爱！我猜芮娅诺的人民不会知道她已经抛弃了他们。不过，对我来说，这可不赖。这个美丽的早晨一眨眼就过去了，半人马们速度惊人，一会儿就把那些村民抛在了后面，继续朝着马克加仑城堡前进。

这一路上，我和克兰芬坦都没有说太多的话。我还是不敢相信克兰芬坦把他夸下的海口实现了，我也不想打扰他。我把所有的时间都打发在欣赏这里的风景，向崇拜我的人民挥手致意。当然，还有尽量让我自己坐得更舒服些，更安稳些。

的确，这片土地很美丽。到处郁郁葱葱，人烟兴盛，一派欣欣向荣的景象。葡萄园和村舍交相掩映，青白相间，间或夹杂着一些庄稼地，倒也别有一番情致。绿油油的草地上，野花也不甘寂寞盛放着，紫的、黄的、粉的，这儿一朵，那儿一丛，星星点点，开得好不热闹。穿过的几条小溪，都是流水潺潺，清澈见底，叮叮咚咚地一路欢笑着灌溉着这片土地。空气湿润润的，这让我想起了意大利的翁布里亚地区。仔细一看，倒更像英格兰的湖泊地区。但是，这里的山更平坦，也更暖和，更没有阴雨绵绵湿漉漉的。而且，这里可没有一个英国人。假如这里真的就是英格兰,我猜任何一个英国人都应该为此感到万分骄傲。"

已经是上午了,路边低矮的树丛甚是青翠可爱,那些小树丛倒很像灌木丛,一条溪流缓缓地淌过,拦在我们的面前。

"我们可以在这里停下休息一会儿吗?"好吧,我坦白承认,我真的一点也不矜持,我真的很乐意找各种各样的借口来挨着他的身体,我喜欢这种感觉。

"休息一会儿?"克兰芬坦的手臂上已经渗出一层薄薄的细汗,不过,他的呼吸倒还很顺畅,并没有气喘吁吁。他真的是很英俊。(自我提示:耶!我真的有点喜不自胜,难以自拔。)

"我们得停下来休息一会儿,补充些能量,呃,或者,呃,或者其他什么的。"我说话有些结结巴巴,词不达意。曾经有人说过,结婚越久的女士,就更容易对自己的伴侣启齿说要去上洗手间。事实上,我们结婚的时间可不长,再加上这可是荒郊野外,该死的,这里可没有什么洗手间,所以,我的窘迫可想而知。我的脸唰地一下就红了,只得说:"我,我有些渴了。"

"哦,当然,我早就应该想到的。"克兰芬坦慢慢地减缓了速度,来到了小溪旁边,停下。他扭过头,对后面的半人马队伍说道,"停下来,我们得要——"他故意冲我坏笑,"得要休息一下。"

后面的半人马都有些糊里糊涂,不明就里。

克兰芬坦转过身,用手轻轻地搂住我的腰,轻松地把我抱下了马鞍。可我的脚却并没有着地,我顿时有种被羞辱的感觉。眼看我快要摔倒在地,我紧紧地抓住他的手臂不放。克兰芬坦很快意识到问题所在,这下,我总算是安全地着陆了。好险!惊险过后,我才发现我正和他面对着面,他把我紧紧地抱在他的臂腕里。

"我很抱歉,可能我的脚也有些麻木了。"有些窘迫,但还是替自己找了个台阶下,我抬起头,猜他是否会嘲笑我,嘲笑我那不争气的短腿。

"你不用感到抱歉,是我一直跑了那么久,你的腿才会僵硬,你可是一点也没有抱怨。"奇怪,他居然没有半点嘲笑的意味,轮廓分明的俊脸上满是担心与关切。

"我应该替你考虑的。来,坐这里,坐到这树上,活动活动你的大腿。"

克兰芬坦又搀着我走到一棵弯下的大树旁,抱着我让我坐到树干上。坐在高高的树干上,我的双腿也高高地悬着,我尽量抓住大树的枝干,才勉强保持着平衡,不至于摔下去。这时候,我总算是与他的腰齐平,他轻轻地挨个脱掉我的靴子,然后,从我的右脚开始,搓揉着我那麻木的双腿。从脚趾,到脚掌,再到小腿,再回到脚趾,就这么一直重复地有力地替我按摩着。

享受着这种非凡的待遇,霎时间,我就觉得自己好像是玛丽莲·梦露一般,尊贵得不可一世,可以睥睨一切。不过,我可没有昏了头,尽量小心着,可不要呻吟出来。

"会不会太大力?"克兰芬坦检视着他的工作。

"嘘,不要说话,我的脚和你的手正在进行深入的交流,可不要打断他们。"

克兰芬坦戏谑地笑了笑,意味深长。

"你的脚感觉好点了吗?"

"各种各样的感觉,请问你问的是哪一种?"

克兰芬坦也并没有接话,只是笑了笑,换了一只脚。

"嗯,不错,看来你很在行。"我一直都在怀疑,这个家伙简直像极了一只小狗——当他做得好时,你得表扬他,奖励他,"谢谢。"我的声音充满了赞美和表扬,我的脑袋正在思考着奖励的类别时,"啪啪啪。"他在我的腿上大力地拍了几下——突然打断了我的白日梦。

"我想,你的脚应该好了,肯定能灵活自如了。"他又把我从树上抱下来,挨着我,站在我的旁边。他说的是对的,我现在可不仅仅是灵活自如,简直能健步如飞。但是我最好能够再假装一会儿。

"我的脚已经好了,但是,在我把靴子穿上之前,我能够去溪水里泡一会儿脚吗?"

"可以,不过只能是一会儿。芮娅诺,我想在太阳下山之前,我们就能够看到马克加仑城堡了。"

"这么快？"得知我们就要到达马克加仑城堡时，我的心狠狠地抽搐了一下。

"你最好能够待在这里，让我们进城堡去，帮你做你想做的事情。"克兰芬坦的声音很温柔，温柔得像一个不想醒来的梦。

"谢谢，但是，他是我的父亲，那是我的责任。而且，我想亲眼看看，亲眼看看他。"

"我知道，我会陪着你。"他慢慢地伸出他的手来，把我的手轻轻地握在手里。

我忽然意识到，也许他并不喜欢我，对他来说，也许在下一秒我就会变回那个盛气凌人、不可一世的芮娅诺，一点也不会在乎他，一点也不想和他继续这段婚姻——哪怕就只是一年。而他对我的好意，只是出于他的正直，他要履行婚礼时对我的承诺。倘若要他喜欢上我，那对他来说，这肯定是非常困难。

我冲着他感激地莞尔一笑，用手轻轻地握了握他的手。

"我很高兴，你能够陪着我。但是现在，我有点私人的事情要去处理。嗯，呃，你知道的。"

他笑了笑，笑容里颇有些玩世不恭。他也紧紧地握了握我的手，然后慢慢放开，昂首转身加入了其他的半人马队伍中。

"如果你需要我，我就会过来。"

"如果你真的过来了，我宁愿去死……"我一边喃喃自语，一边在附近寻找着一处隐蔽的灌木丛。我小心翼翼，尽量不让我的赤脚黏上任何东西。好险，我真是一个幸运的女孩，一大块黏黏的脏东西摆在我的面前——天，这难道就是所谓的狗屎运？

呀，上完厕所真是全身舒畅。我赶紧回到溪边，加入了那群家伙之中。捧了一捧水，溪水清澈、冰凉，我赶紧洗了把脸。一屁股坐在溪边，我把脚放进溪水里，任由溪水在脚背上缓缓淌过。湿湿的手指穿过我的卷发，试图让它们服帖些，看起来不那么凌乱，不过好像没有什么作用。我满心沮丧,现在得要想个办法弄弄我的头发。

"让我来帮你,我的芮娅诺。"我回头一看,克兰芬坦跪坐在我的旁边,一手拿着一把宽齿的木梳,一手拿着一根细细的皮革带子。我认出来了,那根皮革带子好像是他那粗粗的鬃毛,好吧,别管那是什么了。在我回过神来之前,克兰芬坦已经把那些从阿兰娜编的法式发辫上散落下来的头发抓在手里,用木梳子仔细地梳理了一遍,编成小辫,盘在头顶上。惊叹之余,我所能做的就是叹口气,欣喜地闭上眼睛。没花多少工夫,他居然就把它们绑好了,而且整整齐齐,清清爽爽。

我怯怯地嗫嚅着说了一声谢谢,有些羞涩。

"你得把你的脚拿起来了,尽快把它们晾干,穿上靴子。我们又得起程了,我们得加快赶路了。"克兰芬坦把手搭在我的肩头,声音里满是抱歉。

"好吧,我知道了。"很是不舍那种安逸清凉的感觉,我把脚从溪流里拿了出来,放到了一旁高高的灌木丛上,晾干。

一个长相英俊的枣红色半人马,慢慢地向我走来,脸上还挂着迷人的害羞的微笑,递给我一些闻起来像牛肉干的东西。

"谢谢。"他们不是食草动物,对此我很是欣赏。

"不用谢,芮娅诺小姐。"他脸上泛着可爱的红光,很快便返回了大队伍中。本来已经列好队准备起程的半人马们都好奇地探出了脑袋。

我狼吞虎咽地吃着,急急地把最后一块牛肉干塞进嘴里,穿上靴子,蹒跚着走到克兰芬坦面前。他也在大口大口地嚼着牛肉干,马背上马鞍稳稳,他已经在等着我,唉,我那可怜的屁股。

"我已经准备好了。"我伸出手去,在克兰芬坦的帮助下,翻身上马,然后稳稳坐下,呵!整套动作一气呵成。

"驾,我们走!"我很是英勇地指着前方,一派意气风发的模样。为自己的这个小玩笑,我"咯咯咯"地笑着,克兰芬坦愤愤地哼了一声,无可奈何地摇摇头,开始奔跑起来。我猜可能是长途跋涉让我的幽默也有些失色,这个玩笑大概有些无趣。

后面的这一路上我们都在飞奔驰聘,身后的半人马队伍紧紧地跟着,除了偶尔我想要上厕所或者实在不能坚持骑马了,就让克兰芬坦停下来,歇息一下。即使是这样,也非常短暂,大概只能歇息十分钟,不过我也能活动活动筋骨,按摩按摩我那麻木不堪的双腿,再喝点葡萄酒,吃点牛肉干,那牛肉干似乎是无穷无尽一般,怎么吃也吃不完。然后,我们又继续飞快地奔驰起来。

除了身上渗出的那一层薄薄的细汗,可一点也寻不出累的迹象的半人马们,果然是精力充沛,耐力惊人。而我,早已经疲惫不堪,累得半死不活,浑身被颠簸得像快要散架一般。在平时,我从来不会有这么一副娇弱的模样,我忍不住想要抱怨。不过,我暗自猜想,芮娅诺女神可不会喋喋不休地发牢骚——这让我很好地闭上了我的嘴。

这一路上,居然人烟稀少,甚至连半个人影也没有看到。太阳开始慢慢落山,急着赶回到地平线上。我吸了一口气,凉凉的,却夹杂着湿润的盐味,远处的葡萄园也闯入眼帘。我知道,我们已经慢慢靠近马克加仑城堡的东面了。

"我们快到了。"出乎意料,我的声音平静如水。

"是的。"克兰芬坦慢慢地放缓了步伐,"你说,那些弗摩瑞人是从东北方向的树林里窜出来的。"

"是的。"我的声音变得小了些,树林里混乱的片段开始陆陆续续地浮现在脑海里。

"那我们得绕个圈,从西南方向向城堡靠近。如果那些弗摩瑞人还在城堡里,那光芒耀眼的落日余晖可以掩护我们。"

听起来有些唬人,你知道,英语老师并不是以伟大的战斗策略见长的。所以,我决定保留我的意见,暂时不发表任何言论。

克兰芬坦提议,所有的半人马跟着他迎着落日向西南方向奔驰。我能够感觉到克兰芬坦那高高隆起的肌肉,他已经作好了随时战斗的准备。路变得越来越陡峭,我们正奔跑在南边悬崖上的树林里。空气里的咸湿味越来越浓,我甚至清晰地听到了海水拍击海岸的声音。半人马的马蹄踏在地面噔噔作响,路旁的橡树沉默不语,倾听着旁边松树们的窃窃私语。我惊讶地发现，风里还夹杂着一股圣诞树的酸酸的味道，还有一股奇怪的味道，隐隐的，腥腻的。树林的尽头，是陡峭的悬崖峭壁。悬崖峭壁下面是一大片蔚蓝的海洋，波澜壮阔，烟波浩渺。毫不夸张地说，这悬崖与我梦里的那片海洋几乎相差无几——简直就像是险峻的爱尔兰莫赫悬崖。无边无际的大海肆意地向前延伸着，茫茫一片，一眼望不到尽头。坐落在北面的城堡，巍峨挺拔，就像一个高大威武的士兵坚守着岗位，我们离危险越来越近了。

太阳愈见西沉了，余晖洒在城堡那灰暗的石头上，折射出一片明晃晃、亮闪闪的光辉，银光闪闪，几乎快要耀花了我的眼睛。我忽然感觉一阵哽咽，情感毫无预料地宣泄出来。依稀迷蒙中，竟有一种错觉，仿佛我就是出生在这里，就在这让人惊叹的城堡里长大。我使劲地眨了眨眼睛，眼里竟然有泪花在闪动，大概是风太大的缘故吧。

"克兰芬坦殿下，请看城墙的四周。"那个帕洛米诺半人马指着西大门的四周，声音低沉，表情冷峻。顺着他手指的方向，我抬起眼睑，一些支离破碎的残骸被随意丢弃在城堡的外面，堆积如山，就好像土坝里尖尖的粮食堆、田野里高高的稻草堆一般——

"哦，我的天啊，那是他们的尸体。"我的声音颤抖着，我终于知道那股奇怪的味道是什么了。

"杜格尔，巡视四周。"那个帕洛米诺半人马点点头，走进了树林中。

"康纳，你跟他一起去。"那个枣红色的半人马也跟了上去。

克兰芬坦紧紧地把我抱在怀里，让我把头靠在他的肩膀上，说："芮娅诺，那天晚上在那些弗摩瑞人攻击之前，你已经感觉到了邪恶的气息，现在你能感觉到它们吗？"

我死死地盯着城堡，努力用我的心感受着周围的一切。

"没有，没有那天晚上那种邪恶的感觉。"

"你确定吗，芮娅诺？"

我闭上眼睛，全神贯注，强迫自己记起那天晚上的情景，那些邪恶的怪物窜出树林，悄悄地翻进了城堡，就像一片有毒的迷雾慢慢地弥漫并罩住城堡。

"我肯定。我感觉不到那些邪恶的怪物的存在,准确无误,我非常肯定,它们肯定不在这里。"我的手臂还环在克兰芬坦的腰上,他轻轻地抬起我的手,紧紧地握着。

"那就好。"他转身盼咐杜格尔和康纳回到队伍中,"报告一下你们发现的情况。"

"除了一些秃鹫,我们没有其他的发现,也没有发现那些弗摩瑞人的踪迹。"杜格尔有条不紊地报告着,严肃,冷静。

"芮娅诺小姐也没有感觉到任何弗摩瑞人的存在,我相信现在进入城堡是安全的。"然后克兰芬坦转向了我,"我的芮娅诺,你其实不必进入城堡。你最好能够留在这里,我会把你的话带给你的父亲。请相信我,我们一定会照顾好你父亲的遗体,我们会非常尊重他,他完全值得我们大家的尊重。"

"我相信你,只不过,我只是……我只是想要亲自去做。"我感觉自己有些口干舌燥,"除非我自己亲眼看到,否则我不会相信这是真的。"

他慢慢地点了点头,重重地叹了一声,说道:"好吧,我们走。所有的人都跟上,跟紧一些,保持警惕。

克兰芬坦朝着城堡开始小跑起来,四个半人马紧跟在他的身旁。我紧紧地抓着他的肩膀,脑海里不停地重复着一句话——"你可以做到的,你可以做到的,你可以做到的。"

越走进城堡,那股气味越发浓烈。刚开始还只是一股不浓的酸臭味道,就像你打开了冰箱门,冰箱里已经有东西在慢慢坏掉,一股腐臭扑面而来,但也还可以忍受。可是,接下来,腐臭的味道越来越重,越来越浓烈,一直弥漫在空气中,紧紧地包围着我们,让人几乎难以忍受。我有些恶心,几欲呕吐出来。

"试着用你的嘴来呼吸,不要用鼻子,这样你会觉得好一些。"克兰芬坦的话充满同情,我不知道他怎么知道得这么多,"芮娅诺,你说你最后看见了你的父亲,那他在哪里?"

"在通往卫士营房的楼梯里。"

克兰芬坦停了下来,半人马们团团把我们围在中间,全副武装警戒。

"芮娅诺,这实在是太残忍了,你最好把你的眼睛闭上。我们认识你的父亲,让我们来帮你找他。找到他之后,我们会告诉你的,好吗?"

"我会没事的,让我们一起找吧。"我假装很勇敢坚强,但是我那颤抖的声音还是透露了我的怯懦和软弱。

克兰芬坦的马蹄又开始跑起来,很快我们来到了第一具尸体前面。我们一走近,那群秃鹫轰地一下就惊飞了,扇着它们巨大的黑翅膀,扬起了它们锋利的尖喙。地上到处都是它们留下的残羹剩炙,一具具残破不堪的尸体凌乱地躺在地上,横七竖八,惨不忍睹。我的内心在颤抖,在尖叫,在呐喊。悲伤中还感到仅有的一丝丝安慰,英勇的马克加仑城堡勇士们一直都在一起,活着的时候一起英勇奋战,死的时候也壮烈地死在一起,他们应该并不孤单。我尽量不去看他们,但是我的眼睛却一动不动,根本不听我大脑的指挥——也许,它们是听从我的心,要我再好好地看上他们一眼,要我好好地记住英勇的他们。这些勇敢的马克加仑勇士啊,他们的牺牲是何其壮烈、英勇!他们虽然已经死去,但他们的英魂会一直盘旋在马克加仑城堡上空,守护着他们的家园,守护着他们的城堡,不会离去。我敬重他们的勇敢无畏,我欣赏他们的英勇气概。

我瞥了瞥走在我身边的半人马们,他们都装作面无表情,我也想学着他们的样子,可是根本就做不到。他们认真地检查着每一具尸体,看看还有没有幸存者。我们慢慢地绕过城堡的南墙,来到了城堡的入口。巨大的铁门大大地敞开着,里面凄冷寂静,死一般的沉默。一些啄食尸体的秃鹫零散地落在城墙上,怎一幅衰败颓然的光景啊。

"去卫士营房。"克兰芬坦毫无感情的声音回荡在寂寂的城堡上空。我们穿过大门,通过一扇狭窄的拱形小门,来到了一座巨大的庭院。

这简直就是达利(西班牙画家)油画《噩梦》里的场景!那些卫士躺在已经结冰的黑漆漆的游泳池里,冰冻的身体扭成一个夸张的角度,姿势怪异。尽管现在这里已经是一次大屠杀的屠宰场,但依稀中也能看出曾经的优雅华美，富丽堂皇。大块的光洁的条石坚定地矗立在院子里，喷泉还在优雅地喷洒着已经变红的水柱。我的目光缓缓移动着，太令人震惊了！喷泉的中间，一块巨大的大理石上，一尊大理石的女神雕像正缓缓地从一只精致的漆过的水壶里倒出水来，那个女神像极了我！那只水壶，对，就是那只该死的水壶，简直就是我在拍卖会上买下的那只水壶！上面有着熟悉的场景：一个优雅的女祭司，衣裳雪白，不过因为喷泉的水珠溅到了壶上，已经变成了猩红色，背对着我。她微微伸出手臂，接受着祈愿者的尊敬与崇拜。我知道，如果我靠近一点，还会发现那只水壶上的女祭司手臂上有一块疤痕，和我手臂上的一模一样。我情不自禁地抚摸了一下手上的疤痕……

"芮娅诺！"克兰芬坦转过身来，在我摔下来之前，稳稳地扶住了我。

"我可以做到的，我可以做到的，我可以做到的，我可以做到的。"我的身体止不住地颤抖着，哆哆嗦嗦地喃喃自语。

"需要我带你离开这里吗？"

"不！我不能离开，我要继续寻找，我要找到他！"我不再颤抖，总算是恢复了平衡，挺了挺背脊。克兰芬坦犹豫着松开了手臂，"好吧，让我们一起找，直到找到他为止！"

克兰芬坦不再说话，默默地朝左边走去。其他的半人马慢慢地跟着我们，仔细地检查着每一具尸体。走进一条宽敞的走廊，走廊两旁柱子林立，凉风习习，不断从地板到顶棚之间的窗户里灌进来，我不禁打了个寒噤。半人马的马蹄踩在地板上，哒哒地清脆作响，我的心脏也在怦怦地有力地跳动着，真的十分紧张、惊惧。穿过走廊，克兰芬坦带着大家经过一个房间，房间里桌椅都整整齐齐，可地上却躺着一些卫士的尸体。转向左边，经过另一道门，来到了一座稍小一些的庭院。这座庭院有几个出口，其中的一个连着一排陡峭的石梯，径直通往一个稍低但宽敞的房间，房间旁连着城堡的屋顶和栏杆。我还记得，那个可怕的晚上，那些卫士就是从这里涌出去的。

即使在那天晚上的梦里我没有看清楚这是哪里，但着装整齐的马克加仑卫士的尸体散乱地躺在院子里，楼梯下，我已经知道，现在我们在哪儿。在那个远远的角落,靠近楼梯的地方,一具尸体孤独地躺在那里。他并没有和那些誓死保卫着他的同伴躺在一起,而是独自躺在一旁,以自己的鲜血为床,死得高傲、庄严、神圣。他的四周空空如也,那里是他一个人的坟墓。

"他在那里!"我指着那具孤独的尸体,很诧异,我的手居然没有颤抖。

克兰芬坦点点头,走到了我手指的地方。

是的,他就是我的父亲!他仰面躺着,身体残缺不全,支离破碎。他的左手已经被砍断,右手也没有幸免于难,断手中还紧紧地握着一把锋利的宝剑。他那残破不堪的衣服早已经被鲜血染红,浸透,风干,坚硬如铁。那裸露出来的肩膀和背部早已经伤痕累累,体无完肤。甚至,他被开膛破肚,挖去了心脏。我的目光慢慢地从那些伤口上移开,移到了他的脸上。他的眼睛紧紧地闭着,颧骨高高地凸出,嘴唇微微地张开,皮肤早已蒙上了一层淡淡的灰白色,他已经死去了!他的脸部并没有扭曲,反而格外地平和安静,就好像他只是完成了一件艰难的工作,放松而安心地躺下来,沉沉地熟睡而已。他看起来是那么安详,那么平和。我看呆了,这是我的父亲,他哪里是死了?他只是深深地睡去而已!

"他怎么会一个人躺在这里?"克兰芬坦的声音打断了我的悲痛。

"他不是一个人,他一直在和那些包围着他的怪物战斗,最后,那些怪物大多都被他杀死了。"我还记得他向那群怪物挑战的时候,是多么的英勇,"他用他所有的力气和那些怪物拼搏,直至筋疲力尽——这就是为什么除了他的血以外他的四周都是空空的,那些死了的怪物已经被其他的怪物带走了。"

"现在我们可以离开这里了吗?"

"好。"忽然之间,我知道,我要把我该做的事情做了,"把他们都火葬了吧。"

克兰芬坦扭头看了看我,对半人马们吩咐道:"好吧,在院子中间架起一个柴堆,把他们都火葬了吧,让烈火来洗涤一切罪恶,让烈火来净化一切邪恶。"看着父亲那支离破碎的躯体,我苦笑着,小声地嗫嚅道:"你们自由了。"

"如你所说,芮娅诺,他们自由了。"

克兰芬坦朝着父亲的躯体深深地鞠了一躬,然后转身跑向城堡的前面,我一直看着我的父亲,我要一直看着他,直到越来越远,消失不见。克兰芬坦向半人马们吩咐,按照我的愿望来做,可我几乎都没有听到。我开始回忆起那天晚上见过的所有勇士——我要把他们深深地记在我的脑海里,我要记住他们每个人的英勇壮举……

忽然,一个念头闪过我的脑海,我的呼吸一下子急促起来。克兰芬坦转过身来,以为我又要摔下来了。我紧紧地抓着他的胳膊,死死地盯着他的眼睛。

"女人!女人的尸体在哪里?"我以为我会喊得很大声,结果我差点没有说出话来,好不容易说了出来,声音却小得几乎听不见。

克兰芬坦也呆住了。

慢慢地,克兰芬坦缓过来,"杜格尔!"那个帕洛米诺半人马迅速出现了,克兰芬坦脸色渐渐变得苍白——犹如笼罩着一层寒霜。

"你有找到女人的尸体吗?"

杜格尔迷惑地眨着眼睛,一脸不解。忽然,他明白过来,瞪大了双眼。

"我们没有看到女人,甚至连小女孩也没有看到。这里只留下了男人和男孩的尸体。"

"召集所有的半人马,一起去寻找她们。我要立刻带着芮娅诺小姐离开。然后我们在第一次分开的那片松树林会合。"

杜格尔立刻转身离开,去召集分散在城堡里的半人马。

"芮娅诺,紧紧地抓住我。"

我的身体稍稍靠前,贴上克兰芬坦那宽阔的背,手臂紧紧地抓住他。想要让他那温暖的、醉人的身体清香驱散那些死亡的气息。我闭上双眼,感受着他肌肉的一张一弛,一张一弛。风在耳边呼啸而过,我知道,克兰芬坦的每一步都会让我远离城堡,远离死亡,越来越远,越来越远。我们来到了树林边上,克兰芬坦稳稳地停了下来。他把我的手臂交叉放在他的胸前,就这么静静地待着,我们谁都没有说话。

最后,我放开了他,把我的手臂从他的怀里抽了出来。他转过身,轻轻地抱起我。我没有下来,这一次可不是他不让我着地,是我舍不得离开那个温暖的怀抱。我把头靠在他的胸前,脸颊紧紧地贴着他,让他的体温温暖着我。我的身体在颤抖,我的牙齿在打战,我很怀疑,我是否还能够感觉到温暖。

"芮娅诺,你真勇敢。马克加仑神主会为你感到骄傲。"他的胸部微微有些起伏。

"我很害怕,我几乎快要晕过去了。"

"但是,你并没有晕倒。"

"不,在这途中,我差点摔下去了。"我还是止不住地颤抖着。

"不用害怕,就算你摔下去,我也会接住你的。"

"谢谢,谢谢你。"我紧紧地抱着他的腰,他的头慢慢地靠了过来,靠在了我的头顶。

我稍稍抬起脑袋,看着他那乌黑的眼睛,我不知道,是什么使眼前的这个半人马向我作出了一年婚姻的承诺。不过,看得出来他是喜欢我的,这显而易见。可是,他毕竟与我所见过的任何人都不同。好吧,让我们一起来面对现实,不管怎么样,在俄克拉荷马可没有许许多多的半人马在到处奔跑——至少在塔尔萨没有。不过,我现在也不知道在佛罗里达州会发生什么样的事,这可谁也说不准。有一件事情我不得不承认,当我靠着他时,感觉很舒服,很安心,这在以前可从来没有发生过。

没有考虑清楚后果,也不知道出于什么动机,我竟然把手搭到了他前面的背心上,轻轻地拽着背心的衣角。克兰芬坦可不笨,应该不需要我的进一步提示。在我的暗示下,克兰芬坦果然有所行动。他的嘴唇碰到我的嘴唇,令我惊讶的是那种感觉——他的嘴唇很温暖,比其他任何男人的都温暖。该死的,他真的很高大魁梧,他的手臂紧紧地环绕着我,我感觉所有的一切都被这个炙热的吻给融化了。这一刻,我忘记了一切,除了那温暖的怀抱,那炙热的嘴唇,嗯,呃,还有那灵活的舌头。

哒哒的轻快的马蹄声在不远处响起,惊醒了我们的沉醉。克兰芬坦很不情愿地放开了我——我想——我们得要听杜格尔的汇报了。

"我们没有找到那些幸存下来的妇女和孩子,我的殿下。"这个年轻的半人马好像一个晚上就老了十岁一样,"但我们在通往北边树林的路上发现了一些小的脚印——一些不深的,平跟凉鞋的小脚印,就像——"

"那些妇女和孩子穿的!"克兰芬坦打断了杜格尔,把话接了过来。

"是的,我的殿下。那些弗摩瑞人并没有掩藏他们的行迹,就好像故意向我们泄露一样,故意让我们能够找到他们。"

"这可不像他们,那些弗摩瑞人从来都是藏头露尾。"克兰芬坦一脸肯定,我抬起头来,惊讶地看着他。

"你怎么知道?"

他抱歉地笑了笑,道:"这个以后我会向你解释。"

我想,他要说的肯定比地狱还要可怕。

克兰芬坦转向了杜格尔,说道:"杜格尔,在我回来之前,寸步不离地保护好芮娅诺小姐。我们得返回城堡做些该做的事情。"我开始抗议,他的手指轻轻地放到了我的嘴唇上,示意我安静下来,"芮娅诺,如果你待在这里,我们就会跑得更快一些,我可不想你在天黑之后还要留在这里。"

很明显,他言之有理,我不得不同意他的说法。

"看着芮娅诺。"克兰芬坦向杜格尔吩咐道,他用力地握了一下我的手,飞快地亲吻了一下我的额头,转身向城堡方向驰去。我甚至有些嫉妒,嫉妒那些能陪他执行任务的半人马。

"我的小姐……"杜格尔那年轻的嗓音里透露出些许害羞,些许犹豫不决,"需要我给你一些葡萄酒吗?"他伸手取下一只绑在马背上的酒囊,递给了我。

"好,谢谢。"我深深地喝了一大口,死死地盯着城堡的那个方向。我可以看到那些半人马正在往屋外拖着一具一具的尸体,那些全身漆黑的乌鸦被惊得四处乱飞,不甘心地焦急地栖落在城墙上,发出"哇哇哇"的恐怖的叫声,在风中久久地回荡。乌鸦总是让我毛骨悚然——现在我总算是知道为什么了。我又喝了一口葡萄酒,想要让它洗涤一下死亡的味道。我眨了眨眼,强迫自己的目光离开那可怕的一幕,把视野转向那片白茫茫的大海。悬崖边上,山石崎岖陡峭,我突然很想爬上去,让那些咸湿的海风吹散我身上那死亡的气息。

我刚往崖边挪了几步,身后就传来了杜格尔轻快的马蹄声。我转过身来看着他。

"我只是想到岩石上坐一坐。"

他的表情有些质疑,质疑我的意图。

"我保证不靠近悬崖边。"他看起来还是很怀疑,"我保证待在你看得到我的地方好吗?"

这些岩石可比看起来要光滑得多,好不容易找到了一个下脚点,脚踩了上去,用力地抓住旁边微微外凸的石块,我爬了上去。挑了一块稍微平整一些的小圆石头,我坐了下来。看着面前波涛汹涌的大海,我解开了头发,闭上了眼睛,海风从我的肩头扬起我的头发。我的手指穿过我那浓密的头发,但愿海风能够吹散我身上那浓重的死亡的味道。我又深深地喝了一大口葡萄酒,虔诚地向上帝祷告,感谢上帝,至少我还有一些葡萄酒,它们肯定能够帮助我一解心中的烦忧。

我慢慢地睁开了眼睛,风很大,我不得不眯起来。脚下是悬崖峭壁,滔滔白浪猛烈地撞击着那些巨大的岩石,我感到屁股下的岩石似乎也被撼动了。一眼望去,除了茫茫大海,就是悬崖峭壁,可没有看到一片沙滩。夕阳西下,太阳已经落回海平线上,它羞红了双颊,温柔地亲吻着海水。海水好像披上了一件金色的纱衣,波光粼粼,似乎很是欢呼雀跃。意想不到,落日居然是这么美丽,我的呼吸似乎也畅快了不少。

我又闭上了眼睛,聚精会神地想着生活中的一些不邪恶的、不可怕的、美好的事情,比如眼前这迷人的落日……那高大魁梧的半人马……那香醇美味的葡萄酒。突然我的眼前闪过一幕,那是我最后一次去看望我父亲的情景。我和父亲一起坐在院子前面的椅子上,我们的脚闲散地搁在一块古老的俄克拉荷马的砂石上,不过,它可有些大,可不容易挪开。那是暑假开始前的最后一个星期天晚上,五月已经开始,天气微微有些热。我还记得,我们一起喝着有些冰凉的库尔斯啤酒,那味道尝起来有些像微甜的春雨。微风拂过两年前父亲栽种在天井旁边的蝴蝶兰,蝴蝶兰淡淡的清香萦绕在我们身边,沁人心脾,使我不禁有些陶醉其中。我告诉父亲我的疑惑,不知道为什么我不能像他一样把所有事情都处理好。父亲和蔼地向我解释,之所以他比我做得好,只是因为我的阅历不够丰富,经验不足而已。

我轻轻地笑了,如同现在一样。看,我的心还在告诉我,我的父亲他还活着,他在另一个世界,还活着。脸上凉飕飕的,我才发现自己早已泪流满面。我睁开眼睛,望向了城堡。

天色更加晚了,落日的余晖洒在海面上,将海水染得更红,远远望去,海天一色,一片醉人的朱红。余晖也洒在城堡上,远远望去,触目惊心,一片宛如鲜血般冷艳的猩红。城墙的阴影处,模模糊糊,一片黯淡。强烈鲜明的色彩对比,让整座城堡显得壮烈无比,悲凉无比。我泪眼婆娑,此时眼睛里的整座城堡就像一只蹲着的受伤的怪兽,遍体鳞伤,鲜血淋漓,正在孤独地舔舐着伤口。我知道,所有的语言都无法描述出此时整座城堡的凄凉,所有的笔触也无法勾勒出此时整座城堡的颓然。这可不是我翻着一本书,啜着一杯酒,迷失在作家想象虚构出来的虚幻世界。我摇了摇头,擦了擦眼泪,眼前的一切都是现实,真真切切。但我不能继续沉醉在这悲痛中,不能够让这些邪恶来重新书写我的生活。我背向城堡,静静地看着落日和大海,深深地吸了一口气。

10

太阳快要消失,夜幕即将降临了。我终于从岩石上走了下来,等在一旁的紧张的半人马杜格尔也松了一口气。

"别担心我会做什么愚蠢的事,我可不是一个轻言放弃的人。"

"那当然,芮娅诺小姐。"杜格尔还是有一些害羞,不管怎么样,他还真是一个可爱的小家伙。

"但是,还是谢谢你的关心。"我冲着他感激地笑了笑,他有些不好意思地别过脸去,背对着我。我瞥了一眼城堡,夜幕已经降临,天空还残留着一点点的光亮,几乎都看不清楚周围的一切。我暗自猜想,城堡大门口所有的尸体应该都被克兰芬坦他们移到城堡里了。

"你认为他们多久后会回来?"果然,克兰芬坦说得很对,天黑后我一点也不想留在这里。

"应该会很快,芮娅诺小姐,他们很快就会回来的。"杜格尔也在望着城堡的方向,"前门外和院子里大部分的尸体都已经被移走了。"

他的话音刚落,我就发现在霭霭暮色中,城堡的上空腾起了一股灰色的浓烟。"那是烟?"

"是的,芮娅诺小姐。看,他们回来了。"几个半人马,手持火把,走出了城堡。火把的光,映在身上的皮革背心上,亮澄澄的。他们不约而同地转身,对着城堡虔诚地鞠了一躬。然后,一路向我们这里飞奔过来。

看着克兰芬坦离我越来越近,我的心忽然小小地欢腾了一下。所有的半人马都面色阴沉,神色凝重。不过,尽管如此,克兰芬坦的眼睛仍好像寻找着我,我发誓,我真的感受到了千米之外他那关切的目光。

克兰芬坦他们回来了!

"芮娅诺,让我们一起离开这个地方。"克兰芬坦伸出他强有力的手臂,紧紧地抱住我,把我放到了他的马背上。几乎只是稍稍停了一下,我们就一起驰进了那片松树林。我扭过头,望着那座城堡化为一片火海,浓烟滚滚,大火熊熊,火光欢快地舔舐着城墙,火苗吞噬着一切罪恶。

"我们将在最近的那条溪流旁边的仓库里休息一下。"克兰芬坦的话让我回过头来,我紧紧地抓住他的肩膀,他加快脚步向溪流方向奔去。我依稀记得那个仓库,就在我们离开大路、进入树林的旁边。

虽然我讨厌抱怨,但还是忍不住问道:"我们能不在仓库里歇息吗?嗯,呃,找一个城堡南边的小镇的房子不行吗?或者其他的?"要是能再有一张大床,泡个热水澡,那可真是妙极了。

"芮娅诺,所有小镇上的人都被疏散到神殿里去了。"

"我相信,他们肯定不会介意我们借他们的地方来过一夜。"你听,这可不是我的抱怨,口是心非的帕克·莎伦。

"嗯——不过,我可不这么认为。没关系,我相信仓库也挺好的。"

"我保证你会很舒适,我的芮娅诺。"克兰芬坦柔声安慰道。

好吧,他可是一匹马,对他来说,也许仓库可能更舒服。我抓着我那凌乱的头发,非常想念神殿里的那股温泉。甚至我猜想,我的头发上会不会已经长满了虱子。我开始绞尽脑汁在脑海里搜索,有没有听过关于马虱的事情。

天还没有全黑,我们就已经奔出了树林,来到了最近的一条小溪前面。流水潺潺,挡住了我们的去路,克兰芬坦他们深一脚浅一脚地涉过了小溪,还好,并不算太深,一座像仓库的建筑立在了眼前。克兰芬坦轻轻地将我抱下马背,放到了地上。杜格尔推开仓库的门,在门口探了探,我们就进去了。我仔细地打量着里面成堆成堆的刚割下的干草——好吧,这还不算难闻,反而有一股淡淡的干草的清香。不过,从我在俄克拉荷马的经验来看,蛇最喜欢干草的味道,就和喜欢田鼠一样喜欢。所以,我到处闲晃着,也不坐下,漫不经心地看着那个叫康纳的半人马架起了一堆不大不小的篝火。再看看其他的半人马,各忙各的,都很安静。不过,其他的东西就未必了……

"克兰芬坦!"他赶紧卸下了马背上的鞍囊,走到我的面前,低下了那张英俊的俏脸,"好像有两个半人马掉队了。"虽然我讨厌告诉他,但是他必须知道。会不会那些怪物已经跟上了我们,正准备伺机而动……

克兰芬坦戏谑地笑了,我所有的担忧都烟消云散。他说:"他们为我们的晚餐打猎去了,不久后,他们就会回来。"其他的半人马也都附和着笑了,这总算是缓解了一下我的尴尬,还好有他们,我觉得我自己真的很愚蠢。

"哦,嗯,我知道了。"我深深地吸了一口夜晚的空气,嗯?一股臭味飘然而至。我又吸了一口,是来自克兰芬坦的方向,"真臭。"我小声地嘀咕着。那股臭味中夹杂着一股浓烈的汗味,还混杂着一些尸体腐臭的味道。油!他们肯定是用了城堡的油来点燃了篝火。好吧,无可奈何别无选择,这就是马的味道,果然还很特别。

"我闻起来很臭啊!"

我把克兰芬坦吓了一跳,耳边传来了一阵其他的半人马窃笑的声音。

"我想在那条溪流的下游,应该会有一个浅滩,如果你不怕冷的话,可以去清洗一下。"

"只是清洗一下?该死的,我想我需要认真地洗一个澡。"我又故意闻了闻,"我想我可不是唯一一个需要洗澡的人。"这次,杜格尔大声地笑了出来,"我可不只是说他。"我指着那个年轻的半人马杜格尔,这下,他的脸可是很不争气地红了。看着这一幕,克兰芬坦爽朗地笑了。

"把毯子拿上,跟我来吧。"我绕过克兰芬坦,正准备朝那条小溪走去。不过,我可没有听到他真的跟来。我停了下来,转过身去,"你不会让我一个人在黑暗中洗澡吧?"

克兰芬坦仍然站在那里,一动不动,困惑不已,很是无助。真是一个可爱的家伙。

"你不是发誓要保护我吗?"这话似乎很奏效,克兰芬坦从一个偷笑的半人马手中拿过一条毯子,跟在了我的身后。忽然间,我作了一个决定,我得像芮娅诺女神那样来对付这群半人马,"要是在我洗完澡后,能有热腾腾的饭菜,那就太好了。"我冲着剩下的半人马眨了眨眼,笑脸盈盈,"有什么事情,回来再告诉我。"我带着克兰芬坦开始向小溪走去,留下了身后那一片欢腾的爽朗的笑声。

"哪里会有浅滩呢?"一如既往,我还是不知道我们要去哪儿。

"在下游远一点的地方。"他指着树林的远处。

果然,他说的是对的。那儿有一个圆圆的,像盆地一般的浅滩,四周都用石头围了起来,砌成了一个小池子。我们走到了溪边,前面越来越黑,仓库里的火光从墙壁里透了出来,亮得出奇。那些光没有照亮我们脚下的路,反而显得前面更黑了。我看到那个小池子了,大概及腰那么深,四周的水源源不断地流进来,没过了四周的石头,又流了出去,流向下游,像一条小瀑布。

"嗯……"我咽了口口水,清了清喉咙,尽管在黑暗中,但我感觉到克兰芬坦正在看着我,"水好像有些冷。"

"是啊。"那个可恶的家伙肯定在偷笑。

"别幸灾乐祸——你身上的味道也不怎么好闻。我可是要骑着你的,所以这意味着你也得洗个澡。"

"哦。"

接下来,我们不再斗嘴,都沉默不语。该死的,可恶,这简直是太荒谬了!他可是我的丈夫,在他面前裸泳,有什么可害羞的。我瞥了他一眼,发现他正盯着我。我深深地吸了一口气,勇敢地告诉自己,我可从来都不会害羞。(这时,我的心却又忍不住开始窃窃私语:可是我也没有和一匹马发生过关系。)又深深地吸了一口气,我伸出了手,一只手搭在了克兰芬坦的肩膀上,以便稳住身体,另一只手开始脱我脚上的靴子。

"在我冻僵之前,我得赶紧洗完澡。"我甩了甩头发,抖散开了辫子,把那根束头发的皮革带子递给他,然后脱下了裤子,把它放在一块大大的平整的石头上。我犹豫着,要不要脱下我的底裤,最后我选择了不脱,我想穿着底裤洗澡应该比裸浴让我更安心一些。穿着那条薄薄的底裤,也没有看克兰芬坦,我径直走向那个小池子。正当我为那些绑在我衣服背后的带子担心时——我听到克兰芬坦跟在我的身后。

"让我来帮你吧。"克兰芬坦的声音像天鹅绒一样细腻、深沉,又略微透出些性感,对他的声音我开始有了期待。他那修长的手指在我的身后灵巧地翻飞着,透过皮革,我感觉到了他身上特有的温暖。很快地,我衣服背后的结被打开了,我把衣服也脱了下来。快走进水里了,我有些担心,担心我的屁股看起来像他的那样,但愿可别摇晃得太厉害了。我的一只脚踏进了水里,就这一瞬间,所有的想法都被抛到了九霄云外——

"哦,天啊,这水真的很凉。"

我的身后传来了一声克兰芬坦轻轻的哼笑，这下我可不允许自己犹豫，也不允许自己临阵退缩，咬着牙踏进了水里。脚底下，躺着很多的鹅卵石，都不是很大，非常光滑，这还不错。不过，有些鹅卵石也很锋利，险些割破了我那冰冷的脚，对那些鹅卵石，我可真是恨透了。我正准备逃离时，身上又逸出一股难闻的味道，逃跑的念头顿时打消了。我深吸一口气，把身体沉在了水里，只有肩膀留在了外面。

"哦。"我忍不住颤抖地尖叫着，其实，我沉在水里后才发现，情况也没有那么糟糕。这可比我赤身露体站在克兰芬坦面前好多了。我转过身，面对着克兰芬坦，让我的屁股在冰水中舒活一下，同时也尽量不让自己沉下去。

克兰芬坦的脸在黑暗中，模模糊糊，但是洁白的牙齿却闪着丝丝光亮，他正对着我微笑呢。

"我希望我能有一块肥皂，我的头发可得好好洗一洗。"

克兰芬坦走到了水边，我可以看清他的马蹄。难道有谁在这岸边丢失了什么宝贝吗？他来来回回地在岸边走着，寻找着。忽然，他提起一只马蹄，不断地踩着一块乌黑而平坦的石头。

我想，也许是他等得有些无聊，所以借此来消磨时光。

"这个可以吗？"他指着地面，一块岩石上面覆盖着一些沙子，还冒出了许许多多的肥皂泡。

我一动也不动，据我所知，在俄克拉荷马可没有任何一块岩石可以用作肥皂，我困惑不已。

"我知道，它没有经过加工，也没有被熏香。不过沙皂很好用，即使是纯天然的没有经过加工的沙皂也还是不错的。"

我真是孤陋寡闻！

"嗯，当然，但是，我如果站起来，我就可能会被冻着，你能把它递给我吗？"也许，我躲在水里，让他趟水把沙皂递过来比我赤身露体地游到他面前要好得多。

克兰芬坦弯下腰去，捧起了一些沙皂。

"嘿,你最好脱掉你的背心。"看着他,我忍不住嘲弄起来,"否则,你会打湿的。"

我从来没有见一个家伙脱衣服如此之快,几乎只是一眨眼的时间。他开始趟水过来,下水的一瞬间,他周围的溪水开始浑浊起来,他搅弄出来的水花也不断溅到我身上。他走到我的面前,手里还捧着一把冒着泡泡的沙皂。我感激地从他那宽大的手上抓起了一小把沙皂,一不小心碰到了他的手掌,丝丝温暖从他的掌中传来。我开始涂抹沙皂,抹到胳膊上,抹到脖颈上,以及其他的地方。略微把我的身体从水中抬起一些,我想转过身去。因为克兰芬坦站在那里,一边看着我,一边往身上抹着沙皂,我害羞不已。此时的他已经脱掉了背心,赤裸着上身,胸膛宽阔,肌肉发达。本来冰冷的溪水一下子暖和起来。

可不能再想着他的胸肌,我把自己整个身体沉在水里,猛烈地摇动着脑袋,直到把头发全部打湿。我又重新露出水面,尽量悄悄地不弄出很大的声响,尽量不引起注意。我游到那个英俊的家伙面前,抓了一把更多的沙皂,抹到我的头发上。这沙皂真的很是不同寻常,我的肩膀上,头发上都散发出了一股淡淡的甜而不腻的香味,闻起来有点像香草的味道,或者是像蜂蜜的味道,还混合着一股坚果的香味。

"我可以帮你。"克兰芬坦伸出了他的手,用那灵活的温暖的手指替我搓揉着头发,按摩着头皮,"你不要露出水面,泡在水里会更暖和一些。"我蹲了下来,克兰芬坦跪在我的身后,用那灵巧的手指搓揉着,梳理着,清洗着,还十分小心防止把泡沫弄进我的眼睛里。他的身体离我很近,只有几英寸远——我甚至可以感受到他散发在水里的体温。

"感觉真是好极了。"我本想奉承几句,结果我口中吐出的话竟然是微弱的呻吟。他的手慢慢地从我的头上,滑到我的脖颈,再滑到我的肩膀,然后再回到我的头上,来来回回地轻轻搓揉着,他的手真的很暖和。我俯下身来,突然感觉到我的背部正贴在他那宽阔温暖的胸膛上。他温暖的大手在我肩膀上游走着,我手里捧着那些剩下的沙皂,看着他那微微隆起的肌肉,感受着他那结实的胸膛,坦白地说,嗯,我喜欢这种感觉。

"不要停下来。"我小声地说。我感觉到他的心跳得很快,他的手慢慢地沿着肩膀伸到了水里,轻轻地托起我的一只乳房,轻轻地抹着沙皂,我的背紧紧地依着他的胸膛。这回,我可算是没有让自己呻吟出来。冰冷的溪水,温热的胸膛,清香的沙皂,我感觉我的心都要被融化了。我转过身去,慢慢地露出水面,直到我们脸对着脸。他的手已经滑到了我的腰间,我抬起手,用一只手往头上抹着沙皂,把满是泡沫的头发在脑袋上堆成一个球。我紧紧地闭着眼睛,不然要从他那结实的肌肉上移开视线,对我来说真的很难。我又开始往他身上抹沙皂。

"让我来吧。"我嗫嚅道。

他戏谑地笑着,看着我把沙皂涂到了他的胸部,他的肩膀,还有他的手臂上。然后,我把最后的沙皂抹到了他的背上,随着我手的动作,我那不算饱满的胸也随之律动起来。

克兰芬坦的呼吸急促起来,他的心跳得很快,口中发出低沉的呻吟——他弯下腰,压了过来,他那温暖的嘴唇紧紧地贴上了我的嘴唇,停在我腰间的手也慢慢地滑到了我的臀部,我只有紧紧地抱着他。

本来在我脑袋上盘成一个球的头发,这时不合时宜地散落下来,散在我们的眼睛前,散在我们的鼻尖上,散在我们的嘴巴边。

我们只好分开——擦拭着额头和鼻子上的泡沫。

"也许,我们得把身上的泡沫冲洗干净。"克兰芬坦的声音有些沙哑,却很性感。我从嘴里吐出了一口泡沫,一不小心,吐到了他的胸膛上,"哎呀,对不起。"

"呃。"他正忙着捧水冲洗眼睛边上的泡沫,根本无暇顾及我。

我把整个身体浸在水里清洗着,直到身上和头上都没有泡沫,才探出水面来。我蹲在水里,看着他自己仔细地清洗着。

克兰芬坦那么高大魁梧的一匹马跪在水里,半个身体都露在水面。他不断向脸上冲着水,其实这样只会把泡沫弄得更多,可是没有办法,这个池子这么浅,他可不能像我一样,把整个身体都浸在水里。被迫洗了个泡泡浴,他不禁有些恼怒。看着这有趣的一幕,我"咯咯咯咯"地笑了。

他眯起眼睛看着我,不停地眨着眼,以免剩下的泡泡进入眼睛里。

我又"咯咯咯咯"地笑起来。

"这很有趣吗?"克兰芬坦一张嘴,嘴里就吹起了一个泡泡,话还没有说完,泡泡就啪的一声破了。

这实在是太有趣了——在克兰芬坦那张严肃的脸上,泡泡"噼里啪啦"地不断破掉,惹得我哈哈大笑。起初他只是狠狠地盯着我,后面他也跟着我大笑起来。我抓住他的一只手臂,以免不小心摔进水里。好不容易,我们总算是停了下来,我们相互微微一笑。感觉很窝心,很温暖,尽管这溪水真的很冷,我还不禁打了个冷战。

"你看上去很冷啊?"克兰芬坦伸出手来,把我掉在肩膀上的一撮头发别到了我耳朵后。

"有些冷,我想我们最好赶快把自己擦干吧。"

"好。"

可是,我们谁也没有动,就一直相互微笑着,就好像我们的脚都已经被冻僵了一样(好吧,我的脚,他的马蹄)。我站了起来,溪水刚刚没过我的胸,我慢慢地向他走去,我喜欢他静静地凝视着我湿漉漉的身体。我吸了一口气,紧了紧腹部,远处的微光会把我的曲线映衬得更加曼妙,会让我的身体看起来更加撩人。克兰芬坦那双棕色的眼睛告诉了我,他的欣喜。我默默地祈祷着,感谢上帝,赐予我玲珑有致的身材。虽然不算纤细清瘦,但还好也不需要挨饿减肥来保持身材。最多,最多,只是需要深吸一口气。

我向前走去,轻轻地吻了他一下,在他的耳边小声地说:"你得把身上的泡沫清洗干净,否则,等你身体干了以后,会发痒的。"我转过身去,走向放衣服和毯子的地方。身后传来一片热闹的水声——那个大家伙正在努力清洗身上的泡沫。

我把自己裹在毯子里,用力地搓着,想要把自己擦干。可是,上了岸以后,真的好冷,我一直颤抖个不停,披在身上的毯子险些被抖落下来。克兰芬坦也走出了溪水,来到了岸上。

"如……如……如果你敢把水洒……洒在我的身上,我……我……就会拉你的尾巴。"

克兰芬坦朝我哼笑了一声,从我那冻僵的手上抓起毯子,轻轻地把我包好,我的身体总算是暖和了一些……

"你需要好的照顾。"克兰芬坦一本正经地说,他跪在我的旁边,像擦拭着一块银子一样,温柔地小心翼翼地擦着,先是帮我擦干了头,接着擦干了脖颈,然后轻轻地帮我擦干肩膀……

"你这是在抱怨——抱怨我没有吸引力。"被从头到脚裹着的我在毯子里喧嚷着。突然,毯子被拉了下来,披在了我的身上,我的脑袋总算可以透透气了。他把旁边的衣服递给了我。

"我可没有抱怨。"克兰芬坦的声音虽然沙哑,但是他的眼睛里却闪烁着淘气的光芒。

"嗯,好吧。"我把头发捋出来,转过身去,他开始熟练地替我穿上衣服,灵巧度简直不输给阿兰娜。我自己穿上了靴子,把毯子搭在了他身上。

"轮到我了。"他穿上了背心,我忙着擦干他的马背,他那马背真的太宽了。我忙活了好一阵,才把他擦干,活动了一下,我的身体也暖和了不少。把毯子叠得整整齐齐,放好在马背上,我用手不断地摩挲着。

我吸了一口气,闻了闻。

"我们现在闻起来好点了吗?"

"当然。"我围着他转了一圈,吸了吸鼻子,"我闻到了炊烟的味道,他们肯定已经做好了晚饭。"

克兰芬坦的鼻孔微微地张了张,说:"是烤鸡的香味。"他往前走了几步,我拉着他的手臂不动,把他拽了回来,"我想你应该很饿了吧?"

"我是饿了,但是,嗯,我想问你一件事情。"我的左手抓着他的手臂,右手大拇指紧张地拨弄着我的嘴唇。

"你要问什么?"他的声音很温和,但好奇味十足。

"嗯,嗯,是关于你身形变换的问题。"我尽量注视着他的眼睛,该死的,这个问题实在是太幼稚了,简直就像一个孩子在询问一些关于鸟和蜜蜂的问题一样。

·146·

"你可以问我任何你想问的问题。"

"那你真的能够做到吗？"我靠过去，小声地问。

"我当然可以。"他自信十足，尽管我只能看到他的胸膛，但我知道他现在正在笑，颇有些洋洋得意。

"那现在可以吗？"

他顿了一会儿，然后抬起手来捏着我的下巴，让我的眼睛能够和他的眼睛对视，说："我可以变成很多的形状，但是今天晚上可不行。"

"为什么不行呢？"

他的大拇指轻轻地滑过我的嘴唇，说："变换身形需要很多的能量，而且只能维持一段时间，当我恢复人马身之后，我会非常虚弱。"他那笑容里喜忧参半，"如果我今晚变形了，那么明天我就会非常虚弱。"

"哦，我明白了。"我有些失望，他那温暖的手掌在我的脖子上反复地摩挲着。

我颤抖了一下，这一次可不是因为冷。

"我很抱歉。"他拉起我的手，把它翻过来，用牙齿轻轻地咬了一下我的手心，就像举行婚礼的那天一样。

我发誓，我的全身仿佛通过了一股电流。

"小心，"我冲他嘀咕道，"我可是会咬回来的。"

"那我可十分期待。"他的轻咬变成了一个滚烫的吻印在了我的掌心，暖暖的。

我们手牵着手走回谷仓。这下我可干净清爽了，但是很明显我被冻着了——至少，身体的某些部分被冻着了。我偷偷地瞥了他一眼，欣赏着他那张轮廓分明的脸。我很欣喜，他居然为了陪着我故意放慢了脚步。霎时间，我的心里暖洋洋的，很窝心。

走到了谷仓的门前，看来我们走后，那些家伙可没有闲着。门口已经燃起了两堆熊熊的篝火，篝火上面架起了野鸡，已经在"嗞嗞嗞嗞"地冒着油珠，香气四溢，旁边还摆着一些面包和奶酪。我的口水都快要流出来了，杜格尔递给我葡萄酒酒囊，还有一大块面包，我感激地对他咧着嘴笑。那些可爱的半人马还帮我挪过来一个木桩,让我离篝火近一些,坐得更舒服些。我坐了下来,用手指捋了捋散乱的头发,火光闪烁,非常温暖,我喝了一口葡萄酒,又咬了一大口面包,真是太满足了。

"试试这个。"克兰芬坦递给我一把木梳,是之前用过的那把。

"谢谢。"我故意在他的手指上逗留了一会儿,我真的有些忍不住——该死的,那种触感真的很不错。也许,他是人和马的结合,这让我更想摸摸他。

在那群家伙的忙碌和谈笑间,我用那把木梳梳理好了我的乱发。克兰芬坦在两堆篝火间来来回回地穿梭着,一会儿同这个家伙谈笑一番,一会儿又擦擦自己那本就十分锋利的宝剑,擦完后又替其余的人擦擦——不,我只是开个玩笑,我可没有看到他亲自擦宝剑。我感觉到他的目光一直在追寻着我,我也经常不经意地就迎上他的目光,然后眼神交流一下。你能明白这种眼神的交流——你第一次坠入爱河的时候,你会从他的目光中感受到温柔的爱抚。我很兴奋,但与此同时,又有些不安。我故意开始沉醉在快乐中,这里可没有需要解决的难题,好吧,我应该比往常还要快乐。

晚饭过后,我们坐在篝火前面一起闲谈,吃了这么多,真的需要一些时间消化。克兰芬坦一直坐在我的旁边,还有杜格尔和康纳,我们几个一起分享着这堆篝火。另外三个半人马坐在另一堆篝火前,杜格尔向我解释,还有两个半人马可不是失踪了,只是在这谷仓四周巡逻,他的脸上一直挂着害羞的微笑,他这么一说倒也打消了我的担心。

要不是我亲眼所见,我绝对想象不出,这群半个身子是人,半个身子是马的半人马居然可以坐下来。我想,可能也真的不能把这称为"坐",他们的马身稍稍前倾,四肢马蹄交叉弯折——这倒有些像是坐起的人。听起来是有些奇怪,但我开始明白半人马可真是得到了上帝格外的恩赐,好吧,这是在另外一个世界。

不管怎样,我们都放松下来,篝火熊熊,身体感觉格外温暖,也许还有一些睡意。杜格尔开始哼着一些好听的曲调,有些像我最喜欢的恩雅的旋律,但是我已经记不起恩雅是哪个地方的人了,模模糊糊地记得好像是凯尔特人。他突然停了下来,满脸微笑并期待地望着我。

"我这个吟游诗人哼得实在是不怎么样——我们这里可有着更好的人选。"杜格尔一提出来,其他的半人马也随声附和跟着起哄,"感谢上帝,感谢艾波娜赐予我们的荣耀,最好的歌谣应该在巴尔瓦隆!"

我被吓得脸色发白,所有的半人马都咧着嘴笑着,那笑声听起来似乎是"唱!唱!"我望向克兰芬坦,向他求救,谁知,他正得意扬扬地向大家敬礼。

我知道这其实很平常,但是我实在是不知道该说些什么。

他们的起哄慢慢地平息下来,只剩下杜格尔可怜巴巴地看着我,就好像得不到甜点的孩子。

"我很抱歉,芮娅诺小姐,也许今天的你根本没有心情给我们讲故事。"他用他那双大大的棕色的眼睛滴溜溜地望着我,眼睛里闪烁着歉意与怜悯,他简直像极了一只可怜巴巴的小狗,不过这条小狗可真够高大。

该死的。

"不是这样,嗯,我,呃,只是需要一点时间来想想,呃——"我顿了一下,想拖延一下时间,"——想想讲个什么样的故事。"

哦,我的上帝啊,讲哪一个故事?讲哪一个故事?讲哪一个故事?我的脑子里浮现的全都是《小猫在帽子里躲猫猫》这种幼稚的故事,糊弄一下我的那些学生还行,在这里讲恐怕有些不合适。

我那英语老师的头脑里开始浮现出一句话:"你好不容易才记住的东西居然一文不值!"一种被欺骗的感觉萦绕在心头。天啊,谁能快点来拯救一下我啊。

我冲着杜格尔笑了笑,很是不安的他脸上又浮现出笑容。要是他真是一只小狗,我猜他肯定会冲着我猛摇尾巴——他真的很可爱。

在过去的这么多年来,我一直都向那些十六岁大的孩子灌输一些美丽的歌谣,可是,他们却没有受到一点熏陶。反而,却有着反作用——倒是我能够背诵出《强盗》和《夏洛特夫人的退后与前进》。在我睡觉的时候,它们就会浮现在我的脑海里,即便我白天上课已经筋疲力尽。我非常喜欢这两首歌谣,我更喜欢《强盗》,尤其是译过来之后,罗琳娜·麦肯妮特还给它配上了音乐。本来阿尔弗雷德·诺伊斯写的诗歌已经很酷了,再配上麦肯妮特那充满爱尔兰魔法的音乐,魔力十足——凯尔特风味十足。这样,背起来就更容易了。

我一会儿拉扯着我的卷发,努力地想要找出一个合适的故事;一会儿又拉扯着我的衣角,还是徒劳无功……呀,我的脑海里闪过一些零零散散的只言片语。等等,我得把那些不合适的词语换掉,如得把步枪换成宝剑,得把扳机换成剑锋,得把子弹射出换成剑锋划过……在这里我可没有看到任何的枪支,不过,我敢打赌,在不久的将来这些聪明的半人马应该就会有的。

我站了起来,挺了挺脊梁,摆出一副"大家请注意,我是老师,我得成为全场的焦点"的派头。他们也还真是一群专心的学生,都集中注意力,两眼炯炯有神地看着我。我清了清喉咙:

漆黑寂静的夜里,风呼呼地刮着,树叶沙沙作响。
月亮是幽灵的帆船,颠簸在云海之间。
月光洒在路面,柔柔地给它铺上了一条米白色的锦缎,
哒哒哒,哒哒哒,哒哒哒,一群强盗骑马而来,
来到了一间破旧的旅馆门前——

现在,我知道了,原来我一点也不擅长唱歌,不过,我知道,我的故事还讲得不错。即使在我的那个世界里,每当我读起或者背起这些故事时,我的学生们总是非常激动兴奋。据他们说,"真的很酷"。

我可没有罗琳娜·麦肯妮特那绝妙的高音和完美的音色,我也不打算尝试,我尽量用激情的语言完美而传神地讲完这个故事。

在故事的第二章节,我试图唱出来:

他头上戴着一顶法式高帽,帽檐突突地翘起,下颚上系着丝带。
身着酒红的天鹅绒外套,棕色麂皮马裤。

全身洁净如新,一个褶皱也没有。
马靴长至大腿。
胯下骑着宝马良驹,
腰间别着锋利宝剑,
在熠熠星光下,寒光闪闪——

在讲述这个悲伤又美丽的《强盗》故事时,我在篝火前来来回回地踱着步子,来回踱到我的听众面前。当听到贝丝(旅馆老板的女儿)扎了"一个暗红色的蝴蝶结在她又黑又亮的辫子上"时,半人马们都微笑着;当我讲到贝丝的强盗爱人如何亲吻着她的秀发,发誓"即便是要闯过地狱"也会再回到她的身边,半人马们也为之叹息,为之感动。

当听到强盗发现自己的爱人为了警告他,而被杀死时,他们的眼睛都睁得大大的。我继续讲道:

他回来了,像一个疯子一般,对着天空不断地咆哮、咒骂。
他不断地挥舞着他那把锋利的宝剑,
路上风尘滚滚。
金黄的月光下,
剑锋上血迹斑斑,
酒红色的天鹅绒早已色彩黯淡。
他还是被杀死了,
被那些红衫军杀死了,
像一条狼狈不堪的狗一样被杀死在路边。
他倒在血泊里,
头上还戴着那顶法式高帽,
下巴上还系着那根丝带。

我开始讲故事的最后一节,站在两堆篝火间的阴影处,我的手随之比画起来,就好像魔术师正在表演一样,连空气里都充满了魔力。

漆黑寂静的夜里,风呼呼地刮着,树叶沙沙作响。
月亮是幽灵的帆船,颠簸在云海之间。
月光洒在路上,柔柔地给它铺上一条米白色的锦缎,
哒哒哒,哒哒哒,哒哒哒,又一群强盗骑马而来,
又来到了那一间破旧的旅馆门前——

我双手合在一起,结束了整个故事,我越过他们的肩膀,看着远方——就好像那些强盗就在前面一样。这些家伙沉寂了几秒钟,感谢上帝,然后他们爆发出了雷鸣般的掌声。他们交头接耳、七嘴八舌地讨论着那些卑鄙无耻的红衫军,讨论着他们会不会像那个强盗一样也能找到一个属于他们的贝丝。

在一片称赞声中,我坐回到克兰芬坦的身边,揉了揉我的双腿。

"这个故事很精彩,我喜欢你讲的这个故事。"克兰芬坦递给了我一只葡萄酒酒囊,我感激地看了他一眼,大口大口地喝了起来,我的确非常渴,这个故事可真的不短。

"谢谢,这个故事是我最喜欢的一个。"

"我以前从来没有听过这个故事。"克兰芬坦的声音听起来和平时有些不一样——思虑多于好奇。

"嗯,好吧,这个故事是我自己编的。"我把双手放在背后,手指交叉在一起,我真的不是要故意抄袭,我默默地向阿尔佛雷德·诺伊斯先生道歉。

"红衫军是谁?"

"一群卑鄙的坏家伙。红衫军只是一个代指。"克兰芬坦看起来一点也不相信,我开始自动转换进入老师的角色。

"血是红色的,血暗含着不吉利的意义,红色也因此受到了牵连。所以,红衫军就暗指一个坏人,或者一群坏人。在故事里,当太阳升起来,天空一片赤红,这就是一个不祥之兆,通常都会发生一些可怕的事情。又或

者,一个人脸色赤红,也就说明那个人很健康或者状态不是很好。"

"那乔治五世又是谁?"好吧,至少这个家伙用对了语法。

"一个虚构出来的人物。"我的手指又在身后交叉着。

"那个强盗是……"克兰芬坦停了下来,等着我说出正确的答案。

"一种人,就是在山上拦下路人,就有点像山的守护者。这个词语,我可是彻底改变了它的意思。"我尽量凝视着他的眼睛,但是想要不出卖自己,这可不容易。我真的不是一个优秀的骗子,好吧,我言过其实了——是的,其实,我还不错。

"嗯哼。"

我把克兰芬坦的这句话理解为"原来如此",好吧,我没有说我的口头禅,其实就是"废话"。

"天啊,这一天可真够漫长。"我打了个哈欠,伸了伸懒腰,"我想我会好起来的。"

克兰芬坦一时没有反应过来,他奇怪地看着我,好像他还沉浸在刚才的那些疑惑里,还没有解开那些谜团。我忽然想起阿兰娜也一直坚持要我不让任何人知道我不是我,这听起来也同样让人迷惑不解。

阿兰娜真的是太紧张、太神经质了,甚至比苏珊娜还要厉害。不过,她倒是真的有苦衷。让我们来面对这一切吧,她知道的关于这个世界的事情可比我多多了,我敢断定,她有轻度的妄想症。不过,她可是告诉我可以信任克兰芬坦。好吧,我先闭紧我的嘴巴,等找个机会再问阿兰娜关于我的事情。

所以,我假装天真地眨了眨眼睛,望着我那过分好奇、俊朗不凡的、高大魁梧的丈夫。然后,我看了看我们身后的那个谷仓,说道:"嘿,你能先过去看看吗?在我睡觉之前,我得确保里面没有令人毛骨悚然的爬行动物。"

克兰芬坦那张沉思的脸上立刻换上一副笑容,说:"当然。"他正想找杜格尔的时候,杜格尔已经走向了另一堆篝火,可能他想给我们留点私人空间,"杜格尔,芮娅诺小姐需要两条毯子。"

杜格尔立即就跑过去取毯子，真是一个听话的好孩子。

"来吧。"克兰芬坦站了起来，伸出一只手来牵我，"我保证，不会有任何的爬行动物爬到你的身上。"

我把手递给他，我们一起走进了那个有些昏暗的谷仓。里面的空间并不是很大，堆满了成捆成捆的干草。克兰芬坦取下几捆干草，排在一起，恰好这时候，杜格尔递了两条毯子过来，克兰芬坦把一条毯子铺到了干草上，这样，他在谷仓前面给我搭起了一个临时的安乐窝，然后他示意我过去。

"放心吧，在这里，没有什么东西可以伤害到你。"

"谢谢。我不喜欢那些爬行的东西。"我坐在那张"床"的中间，开始脱我的靴子，克兰芬坦弯下腰来，帮了我一把。

我真的很喜欢他。

篝火燃在门口，谷仓里的光并不刺眼，空气里还弥漫着一股清新的干草的味道，非常舒服，看来这个谷仓的确不赖。

"那你们睡在哪里？"

"我们要轮流巡逻，如果轮不到我们巡逻，我们就会在篝火前休息一下。"

"那我一个人睡在这里？"

"是的。"克兰芬坦把头偏向一边，微弱的火光下，他那整齐洁白的牙齿闪着微光。

"那如果我脱掉裤子睡觉会不会很不得体？"我实在是讨厌穿着裤子睡觉。

"不会，我认为这也不错。"他的声音又变得像天鹅绒一般细腻、温柔，又透出些许性感。

我脱掉了裤子，叠得整整齐齐，放在我的头边。我模仿着我喜欢的玛丽莲·梦露那样弯着腰躺下。我知道克兰芬坦的眼光正在注视着我，我喜欢这样。我蜷在干草被窝里，翻过身来，给了克兰芬坦一个甜甜的微笑。他把另一条毯子也给我盖上。

"晚安！睡个好觉,芮娅诺。"然后他头也不回地走出了谷仓。

"那什么时候轮到你巡逻？"该死的,他可是我的丈夫。

"月亮出来之后。"

"那你能和我待在一起吗？直到我睡着为止。"

"如果你喜欢,可以。"

"那我喜欢。"

我坐起来,又往"床"的里面挪了挪,给他腾出一个相当大的空间。他走到床边,俯下身来,就好像坐在我后面一样——克兰芬坦人的那一部分身体很高大,可我没想到是让我如此尴尬的高大。我慢慢地往后靠,把肩膀舒适地靠在他那宽阔的胸膛上。我转过身来,面向他,仍然安逸地躺在他的怀里。

篝火把我的湿头发烤干了,它们又开始调皮起来,凌乱地卷曲在我的脑袋上,害得我又变成了蛇发女妖美杜莎的妹妹。克兰芬坦温柔地把那些散在我脸上的头发拂开。

"我很抱歉,我的头发有些麻烦,我应该把它剪短的。"从我的嘴里冒出了这么一句温侬软语。

克兰芬坦吃惊地看着我,说道："女人可不能随意把头发剪短。"

哎呀！"如果我想,那很容易！"我在心里嘀咕着。我暗自猜测,他是不是已经注意到我的头发比芮娅诺的头发短了,匆匆忙忙补充道："那之前阿兰娜替我修剪头发的时候,我应该告诉她少修剪一些的。"

"虽然短头发打理起来比较容易,不过,你的魅力也会随之减少。"这么看来,他是一个典型的喜欢长发女生的家伙。好吧,那我以后就不剪头发了。

"可能你说的有一定的道理。"

"当然。"尽管那些头发杂乱地缠绕在一起,但他还是爱怜地抚摸着我的头发。他抬起手来,顺带捋了一些头发在掌中,把脸埋在手里,我感觉到了他那贪婪的厚重的呼吸。

他抬起头来,迎上了我的目光,此时我们的脸已经挨得非常近了。

"你喜欢我的头发吗？"我小声地问道，他的目光又移到了我的嘴唇。

"我发现你身上有很多我喜欢的东西。"

我微笑地看着他，说："你很惊讶？"

他又重新迎上我的眼睛，回道："的确。"

"可别惊讶，等你了解真正的我之后，你会更加惊讶。"我可没打算继续说下去，阿兰娜肯定不会同意我这么做的。在他说话之前，我靠过去，吻住了他的嘴。

我很怀疑，我是不是已经喜欢上了亲吻他的感觉。喜欢他那灵活的舌头，喜欢他那温软的嘴唇。我渴望着他探索我身体的其他部分，我浑身的鸡皮疙瘩都要出来了，脊椎也止不住地颤抖，细微的呻吟从唇边慢慢地溢出。

克兰芬坦往后退了退，就只是往后退了一点，离开了他的体温，我居然觉得很冷。

"为什么停下来？"我有些恼怒，像一个得不到糖果的小孩。

"我得冷静一下。"克兰芬坦叹了一口气，伸出一根手指，轻轻地刮了刮我的鼻子，"我得停下来，否则我会忍不住想要变身，你知道的，我可不能那么做，至少今天晚上不能。"

他的手指从我的鼻尖滑到了我的嘴唇上，轻轻抚过，我的鸡皮疙瘩又出来了。

"哦，是哦。"我抓住他的手指，轻轻地咬了一下，可算让我逮到机会了，"以牙还牙。"他的呼吸变得急促起来，我又轻轻地吻了一下，"这可真败兴。"

"什么是败兴？"

"败兴就是指你今天晚上不能变形。"

"那看来败兴是一件糟糕的事情。"

"非常糟糕。"我们像两个小青年一样相互打趣着。

我依偎在他的身旁，享受着他的温暖。

"睡一会儿吧。"他在我耳边柔声说道。

"我宁愿想一些其他的事情。"

"试着放松一下,睡一会儿吧。"他的声音听起来有些紧张——感觉到他那微微凸起的胸膛,我忍不住想笑。

他那结实的肌肉摩擦着我的后背,我兴奋地叹了口气。

"那种感觉真的很不错。"

他哼了一声,示意我安静下来。他开始替我揉着那肌肉酸痛的后背。慢慢地,慢慢地,他的手移到了我那光溜溜的大腿上。

"呃,很痛。"

"我知道,如果不揉一揉,明天起来会更痛。"

现在的他简直像极了我那年迈和蔼的祖母。

我安静了下来,"享受"着他的按摩。他的大手很温暖,我渐渐地放松下来,这可比泰勒诺药片管用多了。倦意袭来,睡意也不甘落后,我慢慢地进入了梦乡。

这次的梦居然是几个支离破碎的片断。第一个场景是:一个独行侠和他的银白色的马泡在一个大大的热气腾腾的浴缸里。这很奇怪,我以前可从来没有梦到过独行侠,即便是梦到一个蒙面的家伙,他也通常都是蝙蝠侠——不管他做的事情是好还是坏,都会为了我。越来越奇怪的是,又来了一个蒙面的家伙,他慢慢地走近那匹银白色的马,让那个独行侠滚开。这可真是一个怪异荒诞的梦,即便对我来说。

不过还好,这个梦并没有持续多久。那匹银白色的马可不像克兰芬坦,它可不会说话,我对它一点兴趣也没有。那个梦就这么结束了,我又发现自己一下子来到了美国纽约第五大道的萨克斯百货,手里拽着一大沓钞票,几个女售货员献媚地围绕着我。可我对她们不屑一顾,径直走向一套绯红色的克什米尔羊毛衫套装,哇,套装上面标着:代售——529.00美元。然后我的身体飘了起来,飘过了天花板……

……哦,好极了,是那个谷仓。

我在两堆篝火间飘来飘去,歇息在旁边的半人马已经睡熟。月亮高高地升起,水银一般的月光像流水一样柔柔地倾泻下来,天空中繁星璀璨,星光熠熠,似乎要与月亮平分秋色。一阵晕眩袭来,我居然不由自主地飘向了东北方,这可不是我的意愿。

朝左边望去,我看到了火光熊熊的马克加仑城堡。我闭上了眼睛,恳求着不要让我去马克加仑城堡,但我又疑惑了,这到底该恳求谁呢。等我稍稍觉得晕眩的感觉退去了,稍稍觉得安全了、放松了,才睁开了眼睛。

果然,我没有朝着城堡飘去。相反的,我正朝着远处的群山飞去。我努力让自己向东飞去,这样我也可以看一看莱斯维娜,说不定还会飞到神殿去,看一看那里有没有发生什么事。但是,和之前一样,现在这个梦我可控制不了。

我告诉自己,这一次与上一次可不相同。之前,我不知道,这梦里发生的事情都是真实的,不仅仅是个梦。这一次,我可已经知道了。

我飘过几个村庄,仔细地往下搜索着,看看还有没有人不听警告没有撤离到神殿去。但是,还不错,我没有发现一个人的踪迹,看来所有的村民都已经撤走了。我发现自己居然来到了树林边上,我飞得越来越快,脚下的树木还没来得及看清,就已经变成了模模糊糊的一团影子匆匆地消失在身后。

渐渐地,我放慢了速度,落到了一条崎岖不平的山间小路上。前面有一座城堡,很大,几乎同父亲的马克加仑城堡一样大。不过,城堡四周漆黑一片,这可和马克加仑城堡大不相同。而且,马克加仑城堡曾经美得像一张油画一样,而眼前的城堡一片荒芜、凄凉。

我发现自己有些直不起腰来,它好像快要被折成两段。同我亲眼目睹马克加仑城堡的毁灭一样,邪恶的气息不断从这座城堡里渗出,浓烈的恶心的邪恶。我走到城堡的围墙边,好像有恐怖的声音回荡在里面,久久不散——也不是具体的声音,只是我的感觉而已。我眨了眨眼睛,尽量把精神集中到城堡上,想要客观地观察——可是,马克加仑城堡的阴影笼罩着我,死亡的气息缠绕着我,我根本摆脱不了马克加仑那些勇士的亡灵。

这座城堡从山上拔地而起,整座建筑方方正正,四周城墙厚厚,大门森森。所有的城墙都是由粗糙的灰色的石头砌成,从表面看来,它好像已饱经岁月的打磨,风霜的洗礼。看着这城堡,一篇埃德加·爱伦·坡的短篇小说《红眼蝶》闪过我的脑海。这个故事主要发生在一座由厚厚的石头建成的古老的修道院里,埃德加·爱伦·坡笔下的主人公亲眼目睹他的第二任妻子被第一任妻子的鬼魂所杀——随后,他陷入了疯狂,疯狂地展开了报复。

我朝着城堡里面飘去,整座城堡并没有沉睡。大大的方方的广场上,燃烧着许许多多的篝火,火光闪闪,整座城堡非常亮堂。尽管在梦里,我根本感觉不到寒冷,但我猜这里应该非常寒冷。因为,顺着火光,我看见了下面的人。由于模模糊糊地看不清楚,也许是人,即使是烤着火,披着坎肩和毛毯,仍然冷得瑟瑟发抖。由于我飘在城堡的上空,我恐怕会看错,也许那也不是坎肩和毛毯。但是后来我又看到他们中的一个给另一个披上了一块毛毯。火光闪闪,我又稍稍降低了一点,这下可算是看清了。他们真的是人,真正的人,而且全部都是女人。她们慢吞吞地移动着,也不说话,就像机器人一般。

"这些妇女可能来自马克加仑城堡。"

我大声地说话,冲着我下方的一个小女孩。她大概只有十三岁或者十四岁。她的颧骨很高,轮廓很深,但是脸蛋还是圆圆的,还没有完全发育,保留着青少年的稚嫩可爱。眼睛大大的圆溜溜的,睫毛很长——眨一眨眼睛,就好像两只漂亮的小蝴蝶在扇动着翅膀。她和其他的妇女紧紧地靠在一起,好像她听到了我的声音,紧张地四处张望着,可是却什么也没有看到。接着她又把头低了下去,满头乌黑的卷发,在火光的映衬下,闪闪发亮,散发出宝石般的动人光泽。

看着那个可爱的小女孩,我忍不住悲从中来。我知道,在她们身上肯定发生了一些可怕的事情。上次梦里马克加仑城堡被摧毁的情形仍历历在目,我还没有缓过来。真的难以想象,这次又会发生什么恐怖的事情。我的精神已经到了崩溃的边缘,这已经远远超过了我的承受能力。这可比虐待一个奴隶或者小妾要残忍得多,简直令人发指。

一声凄厉的尖叫,撕裂这死一般沉寂的黑夜。在哆哆嗦嗦地往后退的人堆中,小女孩又努力地寻找着,可是她那琉璃般闪亮的眼睛还是什么也没有看到。那些攒动的妇女就像一只只可怜的待宰羔羊,她们已经被卖给了一群豺狼。她们裹紧了衣服,浑身止不住地颤抖,眼睛死死地盯着一个方向。那是一扇门,也许可以通往某个大厅,或者某个房间。

又一声凄厉的尖叫传来,两个女人开始朝着那扇门走去,其他的女人大声地叫喊着——叫喊着让她们俩回来。

凄厉的尖叫声再次响起——是一声生不如死极度痛苦的尖叫,我几乎不能忍受了。我想知道里面到底发生了什么事——我更想知道怎样才能阻止这一切。

我的愿望灵验了,我居然被那道阴森森的门给吸进去了,然后它又把我吐了出来,我飘浮在一个巨大的房间的上空。这个房间很大、很昏暗,有点像艾波娜神殿的餐厅。庞大得几乎可以容纳几个人的壁炉里,大火熊熊地燃烧。即使这样,也没有驱走这个房间的黑暗。几张破旧的粗糙的长椅放在墙角。许多人坐在上面,相互枕着,也没有说话,好像是睡着了。

又一声凄厉的尖叫响起,后面还伴着长长的呻吟,从房子的中间传来。几个人围绕着一张桌子,我飘过去,一股邪恶的气息扑面而来,或者我应该这么说,邪恶的气息像一张大网牢牢地罩住了我,让我完全无法挣脱出来。同那群怪物袭击马克加仑城堡一样的感觉,我想我的预感是正确的。我一点也不想看——不想看到桌子上面的东西,我想闭上眼睛,可是怎么也闭不上。

只见一群人密密麻麻地挤在桌子旁,他们居然长着翅膀,尽管他们的身体并没有动,可是翅膀却沙沙作响。是弗摩瑞人,是那群怪物!我深吸了一口气,绷紧了我的神经,飘到了那张桌子的正上方。

我终于找到了那凄厉的尖叫的源头,是来自于一个女人——她赤裸裸地躺在桌子上,看不清楚是年轻还是年长。她平躺着,触目惊心的猩红的鲜血从她的身体里一直淌出。手臂被拉得直直的,绑在桌子上。她的腿也被迫分开,也绑在了桌子上。她好像遭到了凌辱!她那有些肿胀的肚子微微起伏,她又发出了一声凄厉而痛苦的尖叫——她脖颈上的青筋暴出，浑身止不住地颤抖着。

那群怪物没有触碰她，也没有移动她。他们只是安静地默默地看着她，他们那微微颤动的翅膀暴露了他们的兴奋，他们的紧张。

那个女人又发出了一声凄惨的尖叫，一种出于人类原始本能的恐惧的尖叫。我看到她的耻骨不断地往外凸出……不断地往外凸出……我从来没有想到，身体竟然可以这样张开。突然，她的腹股沟处裂开了，鲜血迸溅出来，溅到了那些怪物不断颤动的翅膀上，他们欣喜若狂，像久旱逢甘霖一般。那个遍体鳞伤的女人的身体开始痛苦地痉挛起来，好像有一个圆滚滚的皱巴巴的东西从她的耻骨处出来了，她快要死了，快要被那群怪物残忍地折磨死了！看到这一幕，我不禁感到毛骨悚然，我的心、我的灵魂都快要被撕裂了，这简直是残忍至极，灭绝人性。我再也看不下去了，我想要闭上我的双眼，可是，可是我的眼睛怎么也不听从我的命令。我想要逃离这里，可是，可是我的身体怎么也动不了。那个可怜的女人还是痉挛不止，在她身体旁边，好像有什么东西在闪闪发光，我很不情愿地循着那微光望去——好像是刀具的锋尖在闪光，闪着冰冷的可怕的寒光。

为了一探究竟，我又稍稍往下降了一些，现在，我离那些怪物的头只有几米了。

时间好像停止流动了，那些怪物也好像被冻结了一般，好像一只无形的手按下了时光的暂停键。我靠近了一些，也看得更清楚了，那个丑陋的畸形的肿块仍然卡在女人的耻骨处，我知道了，那个女人正在生孩子。那皱巴巴的东西其实是一双稚嫩的翼，它还紧紧地贴在胚胎里——就像毛毛虫裹在茧里一样。那些微光也越来越弱，越来越弱，直至消失殆尽。闪光的东西好像是那些怪物的爪子，在羊水和鲜血的浸染下，闪着冰冷的微光。

"哦，我的上帝啊！"

我的声音打破了这暂时的寂静——也打断了那群怪物的狂喜。他们警觉地抬起脑袋，朝桌子上空紧张地四处张望着。

"快把她带回孵化洞穴去。"一个粗暴而生涩的声音响起，一个怪物向其他人吩咐道。那几个字好像很费力地才从他的喉咙里挤出来。

一个长着翅膀的女人冲上前去,掰开那个女人裸露的伤口,小心翼翼地把那个皱巴巴的新生怪物抱了出来。这个新生怪物的幼翅似乎很长,几乎包裹住了整个胚胎。那个女怪物迅速抱着刚出生的胚胎离开了,差不多一半的在这里观看的怪物也跟了上去。那群怪物匆匆地离开了,我的目光又重新回到了墙角的长椅上,当看到那群怪物抱着新生的怪物走出门口,原本安静地靠在一起的人都畏缩着往后退——我发现了更恐怖的事情,她们都是人,都是马克加仑城堡的女人,她们都被迫怀孕了。

桌子底下发出"嘶嘶嘶嘶"的叫声,我回过神来,往上抬了一下身子,和他们保持了一点距离。

刚才说话的那个男人还在仰起脑袋察看着,我感觉我的身体在颤抖,我努力地想要保持镇定。

"努阿达,那是什么?"一个怪物试探地问道。

"我不知道。"他用粗哑的嗓音回答道,"我感觉有什么人在这里。这种感觉在马克加仑城堡我们打败那个勇士时,也出现过。"他的翅膀不住地颤动着,灼热的眼光扫视着四周,"我几乎快要看到她了。"

他一个大步跃到了桌子上,跨过那个还流着血的死去的女人,现在,他在我的正下方了。

"也许我能抓住她。"他叫喊着,朝我伸出了他那长长的爪子。

我顿时觉得胸口一紧——

11

"啊啊啊……"平地惊雷一般,我大声地尖叫着,在梦里惊醒过来,黑暗中我不知所措。尽管我低声地告诉自己,我的周围是清香的干草和善良的半人马,并没有鲜血和恐怖,但我已经害怕得失去了理智,我猛烈地挣扎着,对着困住我的东西又踢又咬,几近疯狂。

"芮娅诺！芮娅诺！停下来！你现在很安全！你现在很安全！"克兰芬坦那温柔的声音打碎了我的恐惧。我开始镇定下来,意识到原来我在谷仓里。慢慢地,我不再挣扎,但还是惊惧不已,全身仍不停地颤抖着。

"哦,我的天啊,简直是太可怕了。"克兰芬坦紧紧地抱着我,对于我刚才的那一番撕咬,我感到很抱歉。

"你又做梦了,是那个魔法？"我点点头,靠在了他那结实的胸膛上。

"是那群弗摩瑞人,是那群怪物？"

"克兰芬坦,我找到那群妇女了。"我松开了他的手臂,转过身来,凝视着他的双眼,"她们在山口的城堡里。"

"是守卫城堡？"克兰芬坦提示道。

"是的,就是那里。"

"可你并没有去过那里呀？"

"是的,我没有去过。"我现在可没有时间来想芮娅诺有没有去过那个鬼地方,"但是它很大,方方正正,就坐落在一个狭小的出口旁边。"

"那应该就是守卫城堡了。"

"就是那里,那些妇女就是被抓去了那里,那些怪物,他们,他们,哦,我善良的上帝啊,他们还强暴了那些妇女——"我哆哆嗦嗦,说出的话都有些不完整,我把脸深深地埋在了手里。

克兰芬坦轻轻地把我放平,他站起身,将毯子披在我身上,朝着篝火走了过去。

"把我的酒囊拿过来。"克兰芬坦一声令下,一旁昏昏欲睡的杜格尔赶忙把酒囊递了过来。克兰芬坦冲我眨了眨眼睛,他的眼睛里藏着无尽的忧伤,"喝一点吧。"他把葡萄酒酒囊递到了我的唇边,我感激地"咕噜咕噜"地猛喝了几口。

"谢谢。"我擦了擦嘴,尽量控制住自己的身体不再颤抖。

"现在把整个事情的经过告诉我吧。"克兰芬坦的声音里满是温柔与安慰,他又重新把我拥入了他那温暖而安全的怀抱里,温柔地拉着我的

163

手,用力地握了握。其他的半人马都已经醒来,静静地守在谷仓外面,在他们的保护下——我想此时我真的是非常安全。

我深深地吸了一口气,开始慢慢地讲道:"那些妇女被抓去了守卫城堡。起初我只是注意到那群人行动僵硬,如同僵尸一般,在风中瑟瑟发抖。然后我听到了一声尖叫,凄厉而悲惨的尖叫。寻找着那尖叫的源头,我来到了一个房间。只见一个孕妇被绑在了桌子上,一群怪物围绕着她,就是那群弗摩瑞人。接着,一个东西,一个新生的怪物婴儿从那个女人的肚子里被拿了出来。"我的叙述有些语无伦次,我紧紧地抓住克兰芬坦那温暖的大手,"而且,在那个房间里,我发现了更多的孕妇,她们的灵魂都好像被抽走了一样,眼神空洞,也不说话,行尸走肉般地坐在那里。后来,其中的一个怪物好像感觉到了我的存在,他伸出爪子,想要抓住我,然后我尖叫着惊醒了过来。"说完了最后一句,我重重地呼出了一口气,但还是有些惊魂未定。我拿起了酒囊,又灌了一口葡萄酒,想要抑制心中的恐惧。

"他们中的一个感觉到了你?"克兰芬坦觉得有些不可思议,惊讶地脱口而出。

"是的。他说他快要看见我了。他还提到,在他们杀死我父亲的那个晚上,他也感觉到了我。"

克兰芬坦突然站了起来,开始在我前面来回踱着步子。

"可我一点也不认为他们也能打破艾波娜的魔力。"

"也能?你的意思是?"

克兰芬坦突然转向了那些半人马,他背对着我。他的脸冷峻而又陌生,就仿佛回到了我第一次见他时的模样。顿时,我的心中有着不祥的想法,脊椎也开始不安地战栗起来。我记起来了,他在马克加仑城堡外面说过的话,"他们都擅长隐身术。"看起来,克兰芬坦应该知道很多那群怪物的事情。

"克兰芬坦,你指的是?"

"其实半人马很早就知道那些弗摩瑞人已经逃逸了出来,他们已经在巴尔瓦隆有一段时间了。"

"你知道,但是——"

杜格尔走上前来,脸上也满是关切,说道:"我的小姐,我们中的一部分人已经发现了一些蛛丝马迹,相信是他们真的逃出来了。可是别人却不相信。"

我不解地望向杜格尔,然后又把目光移向克兰芬坦。

"什么蛛丝马迹?你们在说什么?"我已经在愤怒的边缘,他们从来都没有和我说过这些。

面对我的愤怒,克兰芬坦很平静,平静得让我有些害怕。

"你知道的,在我们订婚之前,我已经成为了芬坦一族的神主。你也知道,在我之前,我的父亲是上一任神主。"我点了点头,该死的,我怎么知道那些过去的事情,我可才来这里不久。我假装着了解,听克兰芬坦继续讲道,"在这之后的一年里,我的父亲开始变得奇怪起来。起初只是一些小小的变化,他有了一些新的生活习惯。比如,他会在与平常不同的时间睡觉、起床。他也改变了一些旧的习惯,不过也都是一些微小的事情。还有,最明显的就是他对待家人和部下不一样了。然后,他的睡眠习惯越来越奇特。他一下子变得很安静,仿佛一直都在出神或者深思。慢慢地,问题越来越严重,他变得越来越孤僻,就活在自己想象出来的那个黑暗的世界里,总是觉得邪恶一直包围着他,开始疑神疑鬼,他的每个老朋友都成了他怀疑的对象。"克兰芬坦停了下来,显然他父亲的变化让他很痛苦。但是,他很快地平静了下来,继续说道,"如你所知,芬坦族人选出自己的神主并不是根据血统而来,而是根据族人的意愿,必须获得族人们的爱戴和认可。遵循着这个规矩,如果我的父亲主动退位让贤,那么他在他的晚年仍然会备受尊敬。但是如果一个半人马被他的族人强行赶下了神主的宝座,那么,那么——"克兰芬坦几乎有些说不下去,"——那么,那将是他最大的耻辱。"

克兰芬坦那张坚毅的脸顿时哀伤起来,说道:"族人已经对我的父亲失去了信心,他自己也知道。但是他好像自己也不能控制住自己,好像有什么东西抓住了他的灵魂,让他无法自拔。情况变得越来越糟糕,但是由于族人以前对他的尊敬和爱戴,还是任由着他,并没有起来反抗。忽然有一天,他召集了他的部下,他告诉了他们那段时间他变化的原因,他说那群怪物一直在阴魂不散地跟着他,他还看见了恐怖而可怕的场景,闻到了血腥死亡的气息。那群怪物盘踞在守卫城堡里,然后慢慢地把他们的魔爪伸向了巴尔瓦隆,伸向了人马之境,把我们都拉进了无底的黑暗深渊。"克兰芬坦停下了,但他还是深深地陷在痛苦之中,满脸愁容。

"克兰芬坦。"我温柔地呼唤着他的名字,对他父亲的遭遇深表同情。

他那痛苦而扭曲的脸总算是恢复了平静柔和,他挺直身板,继续说道:"接下来的事情,不难想象。有一半的部下认为他疯了,要他卸下神主之位,重新选出一个德才兼备的神主。而另一半的人则继续相信他,支持他,希望能够尽快想出办法找出那罪恶的源头。双方僵持不下,最后他们想出了一个折中的办法。"克兰芬坦的嘴角轻轻地扬起,有些不屑,又有些嘲笑,"他们推选我取代我的父亲,作为新一任的神主。他们还一致同意,神主可以兼任最高萨满。"

克兰芬坦停了下来,但是直觉告诉我,我需要了解更多的事情。

"这难道就是你为什么和我定下婚约的原因?"

"在那之后,我的父亲私底下对我说,他也解释不了那些奇怪的事情。但是他坚持着,为了能够和邪恶势力对抗,我需要艾波娜的帮助。所以我得要和艾波娜的最高女祭司结合,遵循那古老的传统:最高萨满和艾波娜的最高女祭司结成婚盟。"克兰芬坦一直目不转睛地盯着我,眼神从未从我的身上离开,"即使你明显地想要打破这个传统。我的父亲让我去找你的父亲马克加仑神主,向他解释清楚这一切。你的父亲会同意这门婚事,会同意把你嫁给我。尽管,你不愿意,但是你出于对你父亲的尊敬和爱戴,你最终还是会改变主意勉强同意。你知道的,马克加仑神主和我父亲可是老朋友了。我告诉我的父亲,我会做到他希望我做到的事情。然后,他只是反反复复地说着'弗摩瑞人'这个词儿,再也没有说其他的话。第二天早上,他就去世了。"

"我很抱歉,克兰芬坦,你的父亲的确是一个伟大的半人马神主。"虽然我并不认识克兰芬坦的父亲,但是我相信他的确值得我钦佩敬仰。

"谢谢。"克兰芬坦那坚毅的神情稍稍平和了一些,"现在,我们同是天涯沦落人,我们的父亲都离我们而去了。"

"那你为什么会同意嫁给我?"克兰芬坦的悲伤深深地触动了我,虽然这听起来很不可思议,但是克兰芬坦的话刺激了我,挑起了我的怒火。此时的我感觉我被出卖了,我爆发了,满腔愤怒,"那你为什么不告诉我这些事情?"

克兰芬坦那明亮的眸子黯淡了下来,说:"如果你还记得我们订婚那天的情形,那么你就可以自己回答这个问题。你可没有给我解释的机会,你拒绝了我的恳求,然后扬长而去。"

我想要喊出来,那可不是我。但是在这眼前,我可不能这么做。我可没法把那些离奇曲折的事情解释清楚,尤其是在这群皱着眉头,满脸悲伤的半人马面前。我的常识告诉我,现在的我可没有委屈生气的权利。芮娅诺可真是非常残忍无情地伤害了克兰芬坦。就算是克兰芬坦再有埋怨那也是无可厚非的。我想说点什么,但是脑子里一团糟,心里很受伤。

我和克兰芬坦都没有说话,只是静静地看着对方。就像两个吵了架的孩子,不知所措,不知道该如何去弥补。

我身心俱疲,我讨厌在梦里看到的一切。我现在只想要睡觉睡觉睡觉,我真的很累很累很累。我悄悄地向艾波娜女神祈祷,请让我不要做那些梦了,请不要再让我在梦里看到任何的事情。

"我需要休息一下。"

我站了起来,用毯子裹住我的腰。虽然我没有看到,但是能感受到他们恭敬地向我敬礼,并听到他们亲切地向我道晚安,"晚安,我的小姐。"整齐而浑厚的声音和着轻柔的微风,陪着我回到了谷仓中。我又蜷缩在那温暖的干草被窝里,回想着之前克兰芬坦对我的温情,心稍稍放宽了,慢慢地,慢慢地,我闭上了眼睛。

转念一想,克兰芬坦娶我是为了完成他父亲的遗志。为什么我听到他这么说,会如此沮丧难过?而且,他要娶的可不是我,他要娶的是艾波娜的最高女祭司芮娅诺女神。而我,只是莎伦·帕克,一个来自俄克拉荷马州的薪水低微的英语老师。我不属于这里,我也不属于他。

"芮娅诺,你睡了吗?"

我并没有听到克兰芬坦走进来的马蹄声,他的声音可把我吓了一跳,我猛地睁开了眼睛。

"我很抱歉,我不是故意惊吓你的。"他的声音里充满了关切。也许他只是害怕我会被惊吓出心脏病,那就不能完成他父亲的遗愿了。原谅我,我有些以小人之心度君子之腹,我叹了一口气。

不过,我什么也没有说,只是看着他,故作轻松地耸了耸肩膀。

"在我们的婚姻结束之前,我会完成我父亲的遗愿的。"

我又叹了一口气,问:"你还有其他要说的吗?"

"我只是想让你知道,我现在对你的认识和结婚前不一样了。虽然我不明白,现在的你怎么会和以前不一样。"他的眼睛里反射着远处的火光,显得格外柔情似水,"那些怪物的出现也不是没有一点好处,至少他们让我和你走在了一起。晚安,我的芮娅诺,我就在你的旁边,有什么需要你尽管叫我。"

在我开口说话之前,克兰芬坦已经转身走出了谷仓。克兰芬坦的那番话让我很高兴。我尽量压抑住内心的兴奋不去想太多,不然,肯定会兴奋得几个小时都睡不着觉。结果,出乎我的意料,我居然合上眼睛几分钟后就幸福地进入了梦乡。谢天谢地,在这下半夜,我可没有做什么噩梦,这次我终于可以度过一个美好的夜晚。在梦里,我梦见我参观了高迪瓦巧克力工厂,不可思议的是,它同时还是一座葡萄园。我还梦到超人和皮尔斯为了谁来替我擦鞋而吵得不可开交……

好吧,你知道的,在这次争夺战中,肯定超人获胜了,只是因为我心仪他那所谓的超能力,他可是会飞的,哦,可怜的皮尔斯。

12

诱人的香喷喷的烤鱼叫醒了我。我打了个哈欠,伸了伸懒腰,揉了揉睡眼惺忪的眼睛。我穿好裤子,披上毯子,随手胡乱地套上我的靴子,迷迷糊糊地走了出去。

"早上好,芮娅诺小姐。"克兰芬坦看起来精神饱满,神采奕奕。

"早上好。"我喃喃地说道,并把毯子随手递给了站在一旁满脸羞涩的杜格尔,像僵尸一般生硬地挪到了最近的篝火堆前面。我可不是一个喜欢早起的人。实际上,我有点怀疑那些早起的人。他们只能在上午九点的时候保持着充沛的精力,只有很少的人可以一整天都干劲十足。早起的人会很快把他们的精力耗费光,所以他们很容易变得脾气暴躁。

我找了一圈,也没有看到有烤鱼的迹象。可我真的闻到了可口的食物的香味。

我用手指穿过我那有些蓬松凌乱的头发,从上面捋下来一根粘在上面的干草。我冲着克兰芬坦扬了扬眉毛,说:"我闻到了早餐的香味。"

"是的,是鱼卷。"克兰芬坦指了指卷在树叶里正烤在红炭上的鱼卷。

呀,真是太好了,得知了这一切后,我一扫早起的不快。

克兰芬坦可能就是一个喜欢早起的人,哦,不,一匹早起的马,哦,不,唉!

我叹了一口气,拉上我的靴子,朝着溪流走去。我回过头去,喊道:"不要跟过来,我不需要任何的帮助。"该死的。

在溪边,我用清水洗了洗脸,漱了漱口,再用手指刷了刷牙,我有些想念我那薄荷味的打过蜡的牙线——在这里可没人能够听懂我说的牙线是什么。洗漱完毕,我感觉整个人顿时彻底清醒过来了,精神焕发。

等我回到谷仓时,那些半人马已经在大快朵颐。他们用树叶做盘子,把鱼肉盛在了上面。我坐到了克兰芬坦旁边,康纳把我的早餐递给了我。这实在是非常的美味,鱼头已经被切掉,感谢上帝——我可不喜欢在我吃早餐时,那鱼的眼睛一直盯着我。鱼身上涂满了蒜酱,香气满溢,让人垂涎

· 169 ·

欲滴。我真的忍不住了,大口大口地吃了起来。

"这真是太好吃了。"我赞不绝口。

"谢谢,芮娅诺小姐。"杜格尔和康纳异口同声地说。

"其他的人呢?打猎去了,还是?"

"不,我让他们先回去告诉其他人你梦里所看到的一切。我得要载着你,他们可比我跑得快。"他冲着我笑了笑,我猜肯定是我拖慢了他的脚步,他颇有微词,"他们也会通知和莱斯维娜待在一起的半人马,让他们和我们在艾波娜神殿会合。"

"我们得要阻止那群弗摩瑞人。"克兰芬坦的话又让我回想起了昨晚的梦境,这一走神,我险些被鱼骨卡住,差点窒息。

"集合艾波娜神殿人和半人马的力量,肯定能阻止那群疯狂的弗摩瑞人。"克兰芬坦掷地有声,信心十足,我也被他的气势所感染。

我们默默地吃完了早餐。克兰芬坦、杜格尔和康纳迅速掩埋篝火,整理好鞍囊,重新把鞍囊放在了马背上。克兰芬坦负上马鞍,伸出手来。我不禁有些欣喜,我喜欢他的手指在我的手臂上逗留一会儿。

"坐稳了,今天又是辛苦的一天。"

克兰芬坦迈开了他那健壮修长的马腿奔跑了起来。我把手搭在了他那宽阔的肩膀上。我得向克兰芬坦致谢,感谢他跑得如此平稳,我一点也没受颠簸之苦。

很快,我们奔驰到了大路上,朝着东南方向直奔艾波娜神殿。半人马的脚步也迈得越来越快,这一路上可再没有人家跟我们打招呼了,甚至连半个人影也寻不到,看起来很是荒凉寂寥,有些像《阴阳魔界》里的场景,再仔细一想,也许更像《戴欧米茄手表的男人的光环》里的场景。天空中布满了密密麻麻的云朵,整个天空被压得很低很低,一种快要垮下来的感觉,闷闷的,有些透不过气来。再看看路的两旁,四处模模糊糊,笼罩着烟雾。一种毛骨悚然的感觉顿时油然而生,我不禁打了个冷战。

半人马今天可是铆足了劲,跑得越来越快,我坐在克兰芬坦的马背上,只见身边的风景呼啸而过。克兰芬坦的马背上已经满是汗水,但是他

·170·

的呼吸依然很平顺畅快。他的体力总是让我吃惊,我这么说可没有别的意思,嗯,真的没有。我尽量安静地坐在马背上,我尽量减少上厕所的次数,尽量不给他们增添麻烦。

天空开始下起了毛毛细雨,浓雾滚滚,密云厚重,我们头顶上一片阴霾。周围的世界忽然变得很小,让我感觉我们一直都在一个地方原地奔驰,怎么跑也跑不出去。时间仿佛都失去了意义。我开始幻想着我们就这样一直奔驰着,一直奔驰着,哪里也不去,什么也不做。突然间,我觉得我好像歪到了马鞍的一边,我猛地站了起来,正了正身体,但愿克兰芬坦没有注意到。

我那稍稍一动,时钟又运转了起来。

"用你的手环抱着我,把头压低一点,我不会让你摔下来的。"克兰芬坦回过头来对我说道。该死的,他肯定参加过健美班,我完全可以想象出他穿紧身衣的样子,那肯定是非常的性感迷人。

我忍不住笑出声来,忽然觉得自己简直就是一个花痴!这可不好,毕竟,他现在正载着我卖力地奔驰着。

"芮娅诺,你休息一下,昨天晚上你可能没有睡好。"克兰芬坦的声音深沉又有着催眠的魔力。我竟然不知不觉地靠了过去,紧紧地贴着他的后背,用手环住他的腰,把头轻轻地靠在他的肩膀上。也许,我真的离他太近了,一些奇怪的荒诞的想法冒了出来。我叹了一口气,闭上眼睛,深深地吸了一口气,我喜欢他身上那勇敢阳刚的味道。我的脸紧紧地贴在克兰芬坦那柔软的皮革背心上,慢慢地,慢慢地,伴着克兰芬坦疾驰的马蹄声,我进入了一种半睡眠状态。这有点像坐火车的感觉,随着火车那轰隆隆的轰鸣声,你总是能很快就进入梦乡。

过了好长一段时间,我迷迷糊糊地睁开了眼睛,天已经完全黑了下来,半人马们仍然在飞快地奔驰着。这次,我感觉到克兰芬坦的呼吸稍稍沉了一点,我把整个身体依偎在他那结实的肩背上,他轻轻地拍了拍我的手臂,说:"再睡一会儿吧。"

奇怪,他的声音就好像会催眠一样,很快地,我又进入了那种半梦半醒的状态。

当我再次醒过来,克兰芬坦还在奔跑着,只是已经由疾驰变成了小跑,速度减缓了不少。我擦了擦我那湿润的脸颊,黑蒙蒙的天空已经亮了不少,变成了灰白色。这让我想起我的一个美籍爱尔兰裔好朋友泰瑞莎,她曾在我最喜欢的大学写作课上称之为"黎明的黄昏"。

直到现在,我才真正了解到这种意境。

"我们到哪里了?"看着周围雾蒙蒙的一片,我眨了眨眼,理了理我那凌乱的卷发,把它们重新绑好。我突然发现,克兰芬坦的头发竟然也有些凌乱,我也顺便帮他整理整理。

"我们距离艾波娜神殿只有一小段路程了。"克兰芬坦的呼吸很急促,仿佛有些喘不过气来。康纳和杜格尔那沉沉的呼吸声也陆陆续续地从后边传来,他们已经是气喘吁吁,看来我们距离神殿真的不远了,所以他们才会如此疲累。

我用手拨弄着克兰芬坦的头发,把目光转向杜格尔和康纳,问:"你们还好吗?我们要不要停下来休息一会儿?"我又回过头来,瞥了一眼克兰芬坦,"我需要下来走一走吗?"

他们三个都发出了一声像马叫一般的哼哼。杜格尔和康纳慢慢地向克兰芬坦靠了过来,给了他一个意味深长的眼神,我不是很明白这其中的奥妙……直到他们说话。

"是呀,杜格尔看起来真的很疲惫啊。"康纳看了杜格尔一眼,随着他们那急促的呼吸,他们的语调也轻快不了。虽然疲惫,可一点也没有影响到他们彼此调侃的心情,大家都"呵呵呵呵"地笑得甚欢。

"我得承认,你说的是对的,康纳。"伴着他们沉重的呼吸声,身后又传来一阵爽朗的打趣的笑声。他们齐刷刷地看向克兰芬坦,克兰芬坦没有答话,任凭他们打趣取笑。

"克兰芬坦殿下,如果芮娅诺小姐对你来说实在是太重,我可以帮你减轻一些负担。"杜格尔的声音听起来非常绅士,非常有礼貌,但是脸上的笑容却是戏谑十足,并且颇为自得。

我皱了皱眉头，正准备开口讲话。

"克兰芬坦殿下，如果芮娅诺小姐对杜格尔来说也实在是太重，那么我也愿意帮忙负担。"康纳把手臂往前一伸，朝我恭敬地鞠了一躬。

我又皱了皱眉头。

我忍不住了，"好吧！我想……"杜格尔和康纳爆发出一阵爽朗而欢快的笑声，打断了我。我狠狠地盯着他们，这两只该死的半人马。

"别在那里啰啰唆唆了，省口气吧，快跟上我。"克兰芬坦也被他们逗乐了，"放肆无礼的小兔崽子。"克兰芬坦突然加快脚步，一路疾驰起来，还在"咯咯咯咯"笑着的杜格尔和康纳也赶紧加快脚步追了上来。我发现克兰芬坦的身体有些微微的颤动——我愣了两秒，才发现原来他也在偷笑。

我不满地一把抓过他的马尾，轻轻地抽打着他的马背。克兰芬坦转过身来，打趣地看着我，问："芮娅诺？"

"我只是想下去让你歇一歇，"我有些赌气地嘟囔道，"我可不想把你压垮或者什么的。"

克兰芬坦把手伸到了背后，轻轻地捏了捏我的小腿肚，我打了个冷战。

"放心吧，你永远都不会把我压垮的。"

"话可别说得太早，总有一天我会变得又老又胖。到时候我的屁股会比现在大一倍，要杜格尔和康纳两个人合力才能把我扶上马鞍，到那时看你怎么载得动我？"

"芮娅诺——"克兰芬坦笑得快要说不出话来，"你永远也不会变得那么胖的。"

我学着康纳和杜格尔的样子，用鼻子哼哼了两声。我猜，克兰芬坦现在应该有些了解我了。这时候，杜格尔和康纳已经从后面赶了上来，我冲着他们俩皱了皱眉头，无奈，他们还是嬉皮笑脸的调皮模样，只是冲着我们微笑。

"两个不敬的小鬼。"我对着克兰芬坦的肩膀喃喃地说，克兰芬坦一定听到了，因为我又感觉他的身体在轻微地震动，他又在偷笑！

我试着放松，想要继续睡一会儿。可是，那茫茫的大雾散去了，我的疲倦也随之烟消云散。我似乎精神了些,我的思想似乎不听我的控制了,那些像蝙蝠一样的弗摩瑞人一直浮现在我的脑海里,挥之不去。该死的,怎样才能阻止他们呢?我思索了很久,也徒劳无功,反而脑袋越来越沉。我突然问自己,我为什么会有这样的烦恼和担忧?该死的,这可不是我的世界。为什么我不担心我那已经在隐隐作痛的屁股?

"抓紧我,芮娅诺,这条路很陡。"克兰芬坦用他的手紧紧地抓住我的手,让我的手牢牢地环抱着他的腰。

温暖不断从他那强有力的手臂传来,我有一种被怜爱被保护的感觉,这在莎伦·帕克过去的生活中,可从未曾有过。我不禁有些沉溺其中。

而且,该死的,这竟然是克兰芬坦这个半人马带给我的。当然还有阿兰娜、杜格尔、康纳,还有我那已经死去的父亲马克加仑神主……

这个糟糕的地方已经是我的家了!我闭上了眼睛,把脸深深地埋在了我的丈夫的肩膀上。我才意识到,原来我已经同这个世界深深地连在了一起。

该死的,要不是芮娅诺女神耍诡计捣乱,说不定,我现在已经和一个不错的律师结了婚;说不定我们还在郊区生了两个孩子;说不定,我还能同我幻想的那个意大利帅哥眉来眼去,不过,我的意思可不是说我要出轨意图对我的丈夫不忠。

可是现在,我却来到了这个奇怪的世界。这里到处都是半人马,更不可思议的是,我竟然还深深地迷恋上了他们的神主。而且,这里还有一群残忍恐怖的怪物;我的屁股很痛,上面肯定满是鞍伤;我的大腿和腋下也臭烘烘的;更要命的是,这里没有卫生纸!

就像我的学生们说的那样,这简直烂透了!

13

  半人马们又跑了几个小时后,终于停了下来,打算补给水分,稍作歇息。我已经累得筋疲力尽了,只能勉强支撑着坐直身体。不过,能够歇一歇也算是谢天谢地了。这时候,太阳又开始下山,余晖洒在河流里,流水潺潺,波光粼粼。河流!这意味着我们距离艾波娜神殿真的很近了。克兰芬坦举起了手,向着路的一边敬了个礼。

  "那是?"我的嗓音有些粗哑。

  "一个哨兵。"克兰芬坦的声音听起来平淡无奇。

  "嗯,呃?还有其他的哨兵吗?"我吃了一惊。

  "当然,在刚才的几个小时里,我们一直都处在他们的监视范围里。"

  "那很不错。"

  克兰芬坦哼着喘了一声,我闭上了嘴巴,不再讲话。如果我的记忆没有出错的话,艾波娜女马神可是罗马军团的守护神,同样,凯尔特人也誉之为战神。我开始暗自揣测芮娅诺女神有没有接受过关于战争的训练。

  也许,她会在中学的英语课堂上有用武之地。

  克兰芬坦的肌肉又高高地鼓起,道路越来越陡峭,不断地蜿蜒向上。我们向左转,终于到了艾波娜神殿。克兰芬坦突然止步不前,杜格尔和康纳也停了下来,他们都屏住了呼吸。上次离开时,到处都是漆黑一片,我也没来得及好好地看看。现在总算能在日光下将这艾波娜神殿好好打量一番。的确,它的结构非常惊人!上次我和莱斯维娜偷偷溜出来的时候,我就留意到艾波娜神殿建在一个平缓的山坡上,一点也不像马克加仑城堡坐落在悬崖峭壁上,四周也没有茂木丛生,更不可能掩护任何的敌人。只见它外面围绕着美丽的光滑的大理石围墙,在夕阳余晖的照耀下,闪烁着诱人的光芒,好像给它穿上了一件美轮美奂、清新雅致的外袍。神殿外面,一条河流潺潺流过,似一条光滑的锦缎随意地环绕在它的腰间。神殿四周种满了绿油油的葡萄树,一眼望去,一大片一大片满是的,微风拂过,掀起一阵翠波绿浪。仔细一看,上面挂满了一串串晶莹剔透的紫葡萄,沉甸甸的。

一些漂亮的小屋零散地点缀在田野间,使人不禁想起安妮·海瑟薇在斯特拉特福城边的茅草屋顶小屋。每家每户大大小小的谷仓都齐齐整整地堆在畜栏旁边,看来这里的农民丰衣足食,生活安逸。奇怪,我居然一只动物也没有看到。

和我离开时有些不同,这里的人和半人马都比之前多了些。他们在神殿的四周搭起了帐篷,帐篷的篷尖在微风里轻轻地摆动。他们和以前一样,生活完全没有被打乱,继续忙碌地放牧、陪着孩子玩耍、说话、做饭……而我就好像闯入了繁华的中古世纪部落一般。

一阵兴奋的欢呼声响了起来,似一声平地春雷,整座神殿沸腾了起来,炸开了锅。欢呼声一阵接着一阵,一浪接着一浪,不绝于耳。只见他们高兴地笑着,兴奋地跳着,热情地冲着我们挥手,热烈地欢迎着我们回家。

"我们可以走了吗?"克兰芬坦瞥了一眼杜格尔和康纳,然后他们三个齐刷刷一起望向了我。

过了好一会儿,我才意识到他们在等待我的应允。

"哦,好的,我们走吧。"

克兰芬坦开始撒欢地小跑起来,杜格尔和康纳也不甘示弱,紧紧地跟在我们身后。我笑了,他们的确很可爱,不是吗?尽管他们的一半身体是马,可他们的动作行为却是百分之百的人。

我想试着重新理理我那凌乱的卷发,然后把它们捆起来。可是,我最后决定让它们就这么散在肩头,至少这样会有飘逸的感觉。不过,我也没有其他的选择。当我们走进那冲上来迎接我们的人群时,我提醒着自己,现在我可是人们关注的焦点,可不能出什么差错,我还得尽量表现出我的尊贵。好吧,我承认我现在正在做一件非常荒谬的事情,在数以百计的热情的民众面前扮演着一位优雅尊贵的女神。我只得挺直了腰板,面带微笑,轻轻地点头致意,假装着高贵典雅。大家的热情更加高涨,不过,好像小孩子们不吃这一套。

"艾波娜!"

"欢迎艾波娜女马神主人回家!"

"欢迎回家,艾波娜的女神!"

"艾波娜的女神,请替我们祝福!"

我不停地冲着大家点头,挥手,热情地回应着。谢天谢地,还好,我曾经在电视上看到过人们欢迎皇室成员的盛大场面。

克兰芬坦载着我走过了神殿的城墙,我才发现,神殿的四周有一个巨大的天然温泉,清澈见底,腾腾雾气团团升起,水汽氤氲。四周的壁上长满了苔藓,绿油油的,柔柔地在水底招摇。我和莱斯维娜悄悄溜出去的那个晚上,夜色蔼蔼,我还以为那是一个巨大的人工喷泉。忽然,我张大了我的眼睛,简直是不可思议!一匹精致的巨大的骏马岩石竖立在温泉旁边,栩栩如生,浑然天成,没有一丝一毫的雕琢痕迹,大自然那鬼斧神工的技艺真是让人惊叹不已。温泉水潺潺地从山上流了下去,我还记得阿兰娜带我到神殿的温泉洗浴时的美好感觉,那可是非常的舒适与惬意。我忽然明白了,就是艾波娜神殿的设计师把这温泉的水引到了神殿里,这般的奇思妙想简直是太聪明了——即便是聪明的以温泉闻名的日本人恐怕也想不出来这般的妙法。

说到阿兰娜——呀,我很高兴,我看到她了。她穿着一件金凤花颜色的飘逸的长裙,恭敬端庄地站在门口,在地上投射出一个婀娜迷人的影子。我急切地用腿夹了一下克兰芬坦的马身,向他发出一个信号。克兰芬坦很快会意,他快速地穿过了人群,很快便到了门口。我翻身下来,冲着周围的人又点点头,微笑致意,便朝着阿兰娜走去。克兰芬坦和其他的半人马则转过身去,阻拦着那些热情的村民,耐心地不断向村民们解释说我很好,没有事,只是有些疲累,需要休息。等我稍作休息后,第二天第一件事情就是替他们祝福……

就权当阿兰娜就是苏珊娜吧,我伸出了我的手臂,走了过去,紧紧地拥抱着她,说:"能够再见到你真是太高兴了。"

"我也很高兴,我的小姐,见到你平安回来,真好。"阿兰娜的声音里满是恭敬与顺从,但是我还是感觉到了她的身体在微微地颤抖,她真的是太高兴了。

我慢慢地放开了她,她立即向我施了一礼,然后把我迎了进去。原以为首先映入眼帘的是雅致漂亮的小花园,结果竟然还是密密麻麻的热情的村民。阿兰娜突然转过身来,带着我去了一道小的没有经过精雕细琢的门,我还记得里面站着两个衣着不多的守卫。

　　在跟着阿兰娜进去之前,我停住了脚步,转过身来,望向了克兰芬坦。

　　克兰芬坦冲我笑了笑,说:"你先进去休息一下,我待会儿要同我的部下简单地商议一下,然后,我就——"克兰芬坦故意停顿了一下,"——去你的房间。"他的嗓音有些深沉,有些沙哑。我想我的脸肯定不争气地红了,"这样行吗?芮娅诺小姐。"该死的,我的脸肯定红得更厉害了。

　　我和克兰芬坦的目光撞上了,霎时间,我突然感觉到口干舌燥,呼吸困难。我忘了我有多么疲惫,满脑子都是他那温暖结实的胸膛,他那温暖柔软的嘴唇。

　　"我的小姐?"阿兰娜的声音打破了克兰芬坦给我施下的魔咒。

　　"哦,嗯,来了。"我应着阿兰娜,又冲着克兰芬坦眨了眨眼睛,"好吧。"克兰芬坦给了我一个魅惑的微笑,他一下子又击中了我,我也回了他一个大大的微笑。然后,我匆匆地跟着阿兰娜进去了。天啊,我居然在大庭广众之下和我的丈夫眉来眼去,这是多么荒诞出格的事情,这可有失我芮娅诺女神的矜持。

　　我们进了门,门口的守卫赶紧把门关上。我跟着阿兰娜来到了一个大厅,一种熟悉的感觉萦上我的心头。

　　"过了这个转角就到了,我的小姐。"

　　我们走过了一个转角,来到了我的房间。门口两侧站着两个更加英俊的守卫,他们见到了我,优雅地敬了一个礼,我温柔地冲着他们笑了笑。他们为我打开了房间的大门,在门被关上之前,我学着梅·蕙丝的样子,用最甜美的声音说了一声:"谢谢。"

　　"哦,我的天啊,阿兰娜,我已经迫不及待地想要告诉你这一路上发生的一切。"阿兰娜走到我的衣橱前,找出了一条薄如蚕翼、优雅华丽的裙子。我紧紧地跟在阿兰娜的身后,急切万分地想要把一切都告诉她。

"好的，我的小姐。"

"这一切，实在是太可怕了。"我深深地吸了一口气，"当然，也美妙极了。"我朝着她露出了一个大大的微笑，不过，心里闪过一丝不安，她对着我可能会笑不出来，"不管怎么样，我找到了我的，嗯，芮娅诺的父亲——他已经死了。那实在是太可怕了，所有的人都死了，我从来没有见过那样残忍血腥的场面。我们最后把他们都火葬了，希望那是我父亲想要的。"

"我相信马克加仑神主会支持你的，我的小姐。"沉默了片刻之后，阿兰娜温柔地说道。几天不见，她的声音还是那么甜美，她的眼睛迎上了我的目光。

"你真的这么认为吗？"

"当然，我的小姐。"阿兰娜又转过身去，在我的衣橱里忙活起来。

"你在找我沐浴的东西吗？那么我现在就可以去沐浴更衣吗？"我想我现在的确需要去清洗一下。

"是的，我的小姐，请跟我一起去浴室。"阿兰娜转过身，朝着门口走去。

浴室！还有卫生纸！我不禁感到有些羞愧，我承认我的确对上次沐浴的美好滋味念念不忘，我赶紧跟了上去。

一进入浴室就好像进入了一片天堂。我记得朦胧灯光下的它是那么梦幻美丽，不过，我好像忽略了一种东西，就是那些骷髅头烛台。

几个穿着轻薄的小仙女经过我身边，急忙蹲下，恭敬地行了一个屈膝礼。

"谢谢，回家的感觉真好。"她们的微笑有些羞涩，但是让我感到很温暖。一个窈窕动人的小仙女吸引了我的目光，我突然想起她有些像我最喜欢的一个学生，丝塔茜。不过，我又告诉自己只是有些像而已。我对她说道："请告诉厨房，今天克兰芬坦将会和我一起共进晚餐，还有，请告诉她们，我真的很饿很饿很饿。"

"好的，芮娅诺小姐。"那个丝塔茜小仙女跑着出去了。

"你们先下去吧，留下阿兰娜陪我就好。"她们优雅地行了个屈膝礼，退了出去。

"这下我们可以好好地轻松一下了。"我冲着阿兰娜说道,只见她正忙碌着把我洗澡的东西一一摆放整齐,"嗯,尽管你很忙,但是,我想,我想……"我冲着那只酒壶的方向点了点头。

"好的,我的小姐。"

这下我心满意足了,我慢慢地开始脱衣服。

"呃,这衣服脱下来实在是太麻烦了。"我坐在热气腾腾的温泉池边,脱下了那又脏又臭的靴子,"嘿,你这里有那种森林里的像沙子一样的香皂吗?"阿兰娜的表情有些诧异,"你知道吗?就是那种闻起来有点像香草和杏仁的香皂。"

"我的小姐,我知道。"她转过身去,在一块大镜子前捣弄起来,只见她打开了一只精致的瓶子,然后仔细地闻一闻,不是,把盖子盖上,又打开了另一只……就这么,她一一地闻过后,把一只精致可人的小瓶子递到了我的面前。然后,她把瓶子倒过来,把那些沙皂全数倒入了温水中,柔柔的清香随着灼灼的热气氤氲开来,不多一会儿,便满室清香,沁人心脾。

"就是它。"我享受地闻了闻,一把脱下了我的裤子,叹了一口气,把身体沉入了那香香的热热的清水中。

"噢!惬意极了,舒服得简直无法形容。"

"那就好,我的小姐。"

浸泡在这温暖的清水里,我简直是心醉神迷。等我睁开眼睛,透过茫茫薄雾,看见阿兰娜还在忙活着,她正在重新摆放那些瓶子。

"阿兰娜。"

阿兰娜并没有停下手头的活,她用有些冷漠的语气应着我,说:"好的,我的小姐。"就像对待一个陌生人一样。

"别弄那些东西了,到这里来,我想同你说说话。"我不想走出这温暖的水池,但阿兰娜猛地转过身,僵直着走了过来。

"你希望我说什么?我的小姐。"

"我想知道,为什么你对待我像对待陌生人一样,或者说,你把我当成了真的芮娅诺?"我有些沮丧,声音里有些焦躁不安。

"你知道的,我是你的仆人,我的小姐。我只是在你的家里做我该做的事情。"阿兰娜的眼睛深深地垂了下去。我说:"胡说!"

她抬起头来看了我一眼,然后又把手深深地垂了下去。我仔细地端详着她那张脸,有些苍白,有些紧张。该死的,她到底怎么了?

"在我离开之前,这些什么奴隶制全部都是狗屎。"

"遵照你的吩咐,我的小姐。"

"不要再说'遵照你的吩咐'和'我的小姐'了,为什么我告诉你那么多次都没有作用?你不是我的奴隶,你是我的朋友。"

阿兰娜终于又抬起了眼睛,她的眼里有晶莹的泪花在闪动,一双漂亮的大眼睛泪汪汪的,更添了几分楚楚动人。

"苏珊娜才是你的朋友,而我,不是。"

"但你很像苏珊娜,我不能不把你当成我的朋友。"

她深深地吸了一口气说:"那你一个人偷偷地溜出去,一个人深入险境,假如是苏珊娜的话,你会不告诉她吗?你会不找她帮忙吗?"

啊!原来问题在这里,我明白过来了。

"不,我不会的。"我平静地说。

"所以你看,我的小姐,无论是你说的还是你做的都表明我不是你的朋友。"

"噢,阿兰娜,你说得对。"真不敢相信,现在的我脑子里一片混沌,完全理不清头绪,实在是混乱极了。

"所以我们最好还是保持主人和仆人的关系。"她的声音里有些放弃的意味。

"不,我不是那个意思。"我清了清喉咙,快速地在脑子里搜寻一些合适的话,"我的意思是现在你正在发飙,你说什么都是对的。"

"发飙?"现在是阿兰娜有些困惑不已了。

"哎呀,我忘记了。发飙的意思就是生气。我的意思是说你有权利生我的气,我那么做实在是愚蠢至极。"

"我的小姐！我没有权利生气——"

我很快地打断了她,说:"你可以,你有,你完全有理由生气。"阿兰娜摇着脑袋,"你说得对,如果是苏珊娜我会告诉她。我应该告诉你的,我错了,请原谅我,请再给我一次机会,我想成为你的朋友。"

阿兰娜诧异地看着我,仿佛我只长了一只眼睛,或者多长了一只耳朵什么的。她的眼泪再也忍不住了,夺眶而出。

"我……我……"阿兰娜还有些挣扎。

"我很抱歉,我伤害了你的感情,让你不再信任我了。"

"我原谅你了。"阿兰娜犹豫着说出了这几个字,同时嘴角勉强挤出一丝微笑。

"太好了,下一次我要做什么疯狂的事情,我一定会告诉你的,我要你和我一起来分担。"

"我很愿意。"

"我也是。"我们之间的误会总算是解开了,能够和好如初真是太棒了!我叹了一口气,总算可以稍微松一口气了,又重新浸入温水中,"能把沐浴的东西递给我吗?"

"当然,我的——"

尽管阿兰娜的话还没有说完,可我不得不打断她,说:"阿兰娜,我再也不能忍受'我的小姐'这种称谓了,你能叫我其他的吗?"

阿兰娜拿来了另一只精致的小瓶子,还有一块厚厚的米白色的海绵。我说的可是真正的海绵,用在豪华温泉里的那种。她把那只小瓶子放到了池边,蹲了下来,抓起我的胳膊,轻轻地替我搓起澡来。

"阿兰娜,谢谢了,让我自己来吧,请勿见怪,我没有别的意思,我希望你能坐下来,我们一起说说话。"

阿兰娜有些不安,但是她还是把我的手臂放了下来,把海绵递给了我,说:"那好吧,我的小姐。"

"我比较喜欢这样。"这实在是有些奇怪,让你的朋友替你沐浴,"那么——"我享受着这温暖清香的温泉浴,"除了'我的小姐',你可以换一个称呼吗？"

"我想我可以叫你芮娅诺。"阿兰娜的声音里还是有些迟疑，有些不敢相信。

"芮娅诺，"我可不喜欢这个称呼，"我不喜欢这个称呼。"

"这个名字可是高贵、尊贵的意思。"

"那是当然，我知道。"我喃喃地说道，还顺手挠了挠我的脚底板，"你可以叫我'莎伦'，不过，听起来这可不是一个好主意。"

"这不行的。"阿兰娜有些担心，也有些着急。

"我也知道！我的那些朋友也不是经常叫我'莎伦'，他们一般都简称我为'莎'。我把'芮娅诺'简称为'芮'或者'芮娅'怎么样？"该死的，我的脚底怎么粘了那么多的脏东西，太恶心了。

"好，就是它了，'芮娅'，怎么样？"我不禁为自己的聪明感到沾沾自喜。

"'芮娅'？好吧，我尽量试试吧。"

14

"阿兰娜，你能帮我找些东西来洗洗那脏头发吗？"

"当然可以——"阿兰娜顿了一下，显然她经过了一番挣扎，然后才艰难地说道，"——芮娅。"她找来了一只瓶颈高高的金黄色的瓶子，"这洗发香波是用蜂蜜和杏仁制作而成的，这可是芮娅诺小姐的最爱，我想你也会喜欢它的。"

"你说得对，我喜欢它。嗯，奇怪，我和芮娅诺的品位怎么会那么相像，不是吗？"

阿兰娜突然发出了一声很不斯文的鼻息，说："简直就是一模一样，可不仅仅是相像。"

"等等，帮我拿一下，我得要先把这可恶的脏头发给打湿。如果你能帮我把这香波倒在头发上,再帮我搓揉一下,就再好不过了,谢谢。"

"我非常乐意为你帮忙,芮娅。"这一次可比上一次容易多了。

我把头浸入了水里,在水里轻轻地晃动着,把头发全部打湿。然后我抬起头来,湿漉漉的头发凌乱地散落下来,散在我的眼睛旁,散在我的鼻尖上。我有些气急败坏,赶紧擦了擦眼睛。我转向阿兰娜,坐到温泉池边。阿兰娜把那黏稠的、清香的洗发香波倒在了我的头发上。我们一起轻轻地搓揉着那些脏乱的头发。经过反反复复的搓揉冲洗,我的头发总算是干净了,非常清爽,还带着一丝淡淡的清香。

这个温泉池可真是妙极了。干净的泉水从一边流进来,而弄脏的污水就从另一边排了出去,就这么不断更替,池里的水一直都清澈见底。它也很大,池中央很深,我站在里面,任凭温水覆盖着我的身体,水仅仅只能没过我的下巴。

"我很抱歉,你去马克加仑城堡看到了那么可怕的事情。"阿兰娜心痛地说道。

"我必须去,虽然我也不想去,但是我必须去。"

"是的,你必须去。不过,我很高兴,有克兰芬坦殿下陪着你。"

"对呀,要是没有克兰芬坦,我还真不知道该怎么办。"

一个念头突然闪过我的脑子,把我吓了一大跳,"莱斯维娜!我回来后都没有问它怎么样了!"

阿兰娜皱了皱眉头,一副迷惑不解的表情,然后,她忽然就明白过来,说:"是芮娅诺女神的那匹神马吗?是的,克兰芬坦殿下的部下已经把它护送回来了,它现在正在马厩里安心地休息。"

"它的马蹄会好起来吗?"

"我最后去看它的时候,它好像不怎么喜欢我。"阿兰娜腼腆地笑了笑,"你们两个也成为朋友了吗?"

"它真的很棒。"我知道,现在的我在阿兰娜听来肯定有些随便,有些轻浮,"一直以来,我都很喜欢马。"

"那种情况也是有可能发生的,你很幸运。"

"别开玩笑了。"

我们相互注视着,沉默了下来。

"我真的很喜欢他。"

阿兰娜一脸错愕地看着我。

"谁?我的小姐。"

"不是说好不再'我的小姐'了吗?"我忍不住开始向她泼冷水,阿兰娜"咯咯咯咯"欢快地笑了起来,"你知道我说的是谁!那个高大的黝黑的半人马!"

"你和他结婚不是很沮丧吗?"阿兰娜的眼睛闪闪发光。

"我绝不会放开他的手!"我猜现在我的脸肯定红极了,嗯,嗯,也许只是因为这水太热了。

"现在的你说话可真像芮娅诺小姐。"阿兰娜的手飞快地掩住她的嘴巴,她试图让她自己不要再"咯咯咯咯"地笑出来。

"现在的你说话也很像苏珊娜。"我们一起"咯咯咯咯"地笑出声来,笑声充满了整个浴室。

"噢,该死的,你提醒了我,克兰芬坦他一会儿就会去我的房间,跟我商量——"我停了一下,眨了眨眼睛,"——跟我商量一些事情。快,快,帮忙把我擦干,再帮我穿戴整齐。"

阿兰娜跳了起来,飞快地抓过一块大毛巾,把我裹起来,我们开始忙活起来。

"我有一些问题,是关于那些可怕的弗摩瑞人。"阿兰娜和我的手都不约而同地停了下来,我们的目光在镜子里不期而遇,"噢,阿兰娜,我又做了一个梦,梦到了很可怕很奇怪的事情。那些怪物把马克加仑城堡的妇女关在守卫城堡里。他们逼迫那些妇女同他们交配。"我转过身来,紧紧地抓住阿兰娜的手,"我还看见一个新生的小怪物从一个妇女的身体里出来。"回忆那诡异而又可怕的场景时,我还是忍不住颤抖起来,阿兰娜的眼睛睁得大大的,把我的手握得紧紧的,"阿兰娜,告诉我,半人马有没有那么强大,强大到可以杀死那群怪物,我对这个世界确实不甚了解。或者,或者,我有没有军队,或者其他什么?难道芮娅诺的卫士都只是一些好看的摆设?"

"半人马是最勇敢的勇士。"阿兰娜斩钉截铁地说道。

"还有,所有的卫士都是芮娅诺小姐精挑细选出来的,他们个个都威猛不凡,他们的战斗能力毋庸置疑。"

我紧紧地握了握阿兰娜的手,又转过身来,说:"至少芮娅诺小姐还算有先见之明。"

阿兰娜冲着我笑了笑。

"说到聪明……"我从镜子里看着阿兰娜,她开始替我梳理起我那湿漉漉的头发,"我觉得我就像一个笨蛋,我对这里的路一点也不熟悉。芮娅诺有地图什么的吗?至少可以让我了解一下这个世界的大致方位。我甚至到了守卫城堡都不知道那里就是守卫城堡。克兰芬坦肯定会认为我很愚蠢。"

"有,在你的房间有一张巴尔瓦隆的地图。"阿兰娜清了清嗓子,脸上挂着羞涩的笑容,"你知道吗?明天你要为众人举行一个祝福仪式。"

"我已经忘记了。"好吧,我承认,这件事情我可压根儿没放在心上,"那你能替我举行吗?"

阿兰娜一脸震惊,"绝对不可以!虽然你不是芮娅诺小姐,但是你仍然是艾波娜女马神的主人,你仍然是我们的最高女祭司。"

我迫不及待地想要打断她。

"我的小姐,你被赐予了神奇的魔力,你可以在梦里看见发生在现实里的事情,就足以证明你已经获得艾波娜女马神的青睐。"

我又忍不住想要打断她。

"而且,那匹神马也接受了你,你获得了它的喜爱。"

这下,我可以闭上我的嘴巴了,无言以对。

"你是最高女祭司,你是大家的精神领袖。"阿兰娜继续义正词严地说道,"大家都相信你,信赖你。也许你更喜欢你原来的世界,更喜欢你的那些学生,但是,我相信你是不会让我们大家失望的。"

我开始出起神来，也许明天我可以怀着凯尔特人的那种厚重的感情来举行一个简单的祝福仪式。耶茨和莎士比亚都是我最喜欢的，我应该能够"借"到足够的材料。这对我来说并不难，尤其是我还是一名英语教师，我颇有些自鸣得意。我开始在脑海里搜索那些感人的句子和动人的旁白来，并在心里开始排练起来……

"你的头斜了，正一正，芮娅，让我帮你把你的眼睛化好妆。"

我眨了眨眼睛，按照阿兰娜的吩咐去做。我不禁感到有些惊讶，我诧异地发现我正在顺从地任由她摆布，阿兰娜正熟练地把我从一个邪恶的女巫变成辛杜瑞拉，当然是准备参加舞会的那个漂亮优雅的辛杜瑞拉。

要给我的眼睛化妆了，阿兰娜递给我一只青铜小瓶。

"你有什么特别的偏好吗？"

"是的。"我叹了一口气，"我想要出乎他的意料。"

阿兰娜"咯咯咯"地笑起来，问："你的意思是想要与众不同一些？"

"我想要绿色的眼影搭配金色的眼线。"旁边是雪白透明的缀满小珍珠的长裙，我敢打赌，就算阿兰娜用这裙子把我裹几遍，肯定还是透明的。我猜，所有的女孩子穿着这件透明的衣服都会感到如坐针毡般不安。

"绿色很衬你的眼睛。"阿兰娜递过来一小块丝绸。我的经验告诉我，这肯定是一条底裤。我的经验还告诉我，它可不能给我足够的保护。不过，今天晚上需要保护的不是我，是克兰芬坦，所以……我接了过来，迅速地穿上。阿兰娜开始替我穿那条长裙，左左右右，上上下下地忙活起来。

"那件金色的饰品是如此美丽，它是什么？"我把我的头扭过去，想要看个清楚。

阿兰娜把最后一枚胸针咬在嘴里，含含糊糊地说："是头骨。"

"理所当然。"我就知道是这样。

阿兰娜把最后的那枚胸针别在了我的右肩上，给我挑了一双质地柔软的乳白色的鞋子。我把脚伸进去，阿兰娜再帮我把蕾丝鞋带绑上，精致细腻的蕾丝交替缠绕在我的脚踝上，更凸显了我小腿的修长，我很是欣喜。我留意了一下鞋跟，是高跟鞋，难怪，平跟鞋可没有那么性感。

阿兰娜继续围着我忙活,平整褶皱,牵扯裙角。总算是打扮妥当了,阿兰娜高兴地冲我点了点头。她转过身去,打开了一个雕刻精致的木盒子,用手指在挑挑拣拣,我越过她的肩膀,余光瞥到了盒子的一角,珠光闪闪,耀眼璀璨。

呀!盒子里满满当当全是珠宝,我顿时感到一阵口干舌燥。

"我的天啊,这些全部都是我的吗?"

"现在它们全部都属于你。"阿兰娜颇有些得意。

"我猜,芮娅诺肯定非常珍爱它们。"

阿兰娜突然"咯咯咯"地大笑起来,然后哼了一声,说:"这只是芮娅诺小姐的珠宝中的其中一盒而已。"

"这实在是太棒了,让我们把它们全部找出来吧!"

"好的,让我们把它们找出来。"阿兰娜故意学着我那不可思议、欣喜若狂的样子。

我们来到了一个黄金打造的大宝箱前面,打开了它的盖子。正如我所说的,芮娅诺的品位和我简直是出奇的一致!只见箱子里面,闪闪发光的人字形项链,切割完美的钻石,编织精美的法国结,造型精巧的胸针,玲珑小巧的耳环……简直应有尽有,数不胜数,只觉得一室的珠光宝气,满眼的璀璨光华。更值得一提的是,那小巧玲珑的耳环,上面缀满了星星点点的钻石,大的,小的,圆的,方的,仿佛把满天的星光都采了下来,凝结到了那些耳环的上面。还有那些项链,有的镶上色泽莹润的玉石,古色古香;有的缀以晶莹剔透的玛瑙,价值不菲;有的嵌有透明夺目的琥珀,那难道不是哪个女神眼角的泪滴吗?一条光彩夺目的七彩项链吸引了我的目光,只见那上面缀满了成百上千颗钻石,一种颜色一种颜色慢慢地沉淀下来,先是朱红,然后是粉橙、嫩黄、新绿、翠青、湖蓝、暗紫。天啊,是谁把那天边的彩虹都给采摘了下来?恐怕连那彩虹也不及它的光华。我简直是目瞪口呆,我这是进了蒂芙尼的珠宝库吗?不,不,不,即便是蒂芙尼的珠宝库也没有这么多的奇珍异宝。

我尽量让自己不要语无伦次,我告诫自己,我只是为了取悦克兰芬坦而装扮,可不是打扮得珠光宝气地要在某个电视节目上露个脸。

最后,我决定要打扮得高贵端庄,再稍微掺杂一些玛丽莲·梦露的性感。我选了一条钻石项链,那长长的吊坠坠到了我那稍稍袒露的胸前,颇有些玛丽莲·梦露的性感。我又选了一副简单的珍珠耳环,还有一只钻石黄金手镯。我站到镜子前面,欣赏着钻石的光华。这简直是酷极了。就算是我那拉斯维加斯最有钱的朋友,帕米要是见了现在的我,也肯定会目瞪口呆,然后大呼小叫。想到这里,我的内心很是得意。

"可不要忘了这个。"阿兰娜递过来一顶我之前戴过的小皇冠。

它的确很美丽,但是我有些犹豫,说道:"你确定这样不会太多了吗?"

"芮娅诺小姐一直都戴着它,这可是你高贵身份的象征,只有最高的女祭司才能佩戴它。"

我决定坚持我的意见,说:"我想我最好还是把它留在这里,阿兰娜,你知道的,今天晚上我只想成为克兰芬坦一个人的女神。"阿兰娜有些犹豫不决,"我想艾波娜是不会介意的。"

阿兰娜走了过来,给了我一个大大的拥抱,此时的她,此时的拥抱,简直像极了苏珊娜。阿兰娜把我抱得紧紧的,我有些喘不过气来,她说:"艾波娜会尊重你的丈夫的,艾波娜会祝福你的。"

"那好吧,我们回房间去吧。"我走在了前面,"我首先得找到路,否则,我要是出了什么差错,肯定会尽人皆知。"

我们走出了烟缭雾绕的浴室。"啪"的一声,门打开了。我的目光停在一个卫士的脸上,恋恋不舍,不想移开。

"做得不错。"我赞许道。

他的那双眼睛闪闪发光,嘴角挤出一抹性感的微笑。正当我有些想入非非的时候,我忽然醒过来了,芮娅诺可能认识他,但是,我……我红着脸,匆匆地走下楼去。

"等等。"我放慢了脚步,示意阿兰娜停下来,"阿兰娜你靠我近点。"阿兰娜靠了过来,我伏在她的耳边小声地说:"芮娅诺,嗯,嗯,嗯,她有没有和那个守卫怎么样?"

"怎么样?"阿兰娜不解地低声问道。

我叹了口气。

"你知道的。"我暗示性地挑了挑眉毛,眨了眨眼睛,"就是那样!"

"噢!"阿兰娜的脸唰地一下就红了,一直红到了耳根,"你可以假设,她对所有的守卫都那样。"

"不要告诉我,她和一百多个守卫都那样了。"我大声地叫起来,完全忘记了这种事情可不能声张。

"该死的,芮娅诺她一定很忙。"我惊讶不已。

"她非常喜欢他们。"

我也想这么说。

"那她还有空余的时间吗?"

"芮娅诺女神可是天赋异禀。"

说着说着,我们就到了我房间的门口。他们为我打开了房间的大门,我告诫自己可不能再盯着他们看。我猜,我的脑袋肯定在车祸中留下了后遗症。我想扭头看别处,竟然变成我伸长了脖子回头去看他们。

不小心撞上了那个像丝塔茜的小仙女。

"哦,我的小姐,请原谅我的笨拙。"她颤抖着鞠了一躬。她很害怕,好像随时准备跪在我的脚下,请求我的原谅。

我伸出手去拍拍她的肩膀,示意她不要担心。她蜷缩着,护着脸,好像我要出手打她一般。

"我不会打你的。"看着她那可怜害怕的小模样,我忍不住脱口而出。

她战战兢兢地抬起头来望着我,我转向阿兰娜求助。阿兰娜给我比了个"塔拉"的口型,我很快会意。

"塔拉,这不是你的错,是我没看见你,所以才撞上了你。"她眨了眨眼睛,泪水慢慢地盈满眼眶,溢了出来。

我很惊讶,她简直和我最喜欢的那个学生丝塔茜是一个模子刻出来的。一样的又黑又长的头发,一样的清澈的棕色大眼睛,一样的超级名模般清瘦的身材。枯瘦如柴,瘦骨嶙峋的清瘦,仿佛马上就要饿死一般,即便不这样,至少也患上了厌食症。

我冲着她笑了笑,轻轻地摆了摆手。她也紧张地冲我笑了笑,我喜欢她像一只小马般紧张不安的模样。

"我的……我的小姐,我已经在你的房间准备好了一切。"她拭去了眼泪,"如果你允许,我会留下来照看。"

我朝身后看去,那里已经摆好了一张可爱的两人餐桌,餐桌后面是两张舒服的躺椅。

"看起来不错,等克兰芬坦到了,你们就把晚餐送上来吧。"

塔拉施了一个优雅的屈膝礼,退了出去。

"嗯,塔拉,等一等。"塔拉停下了她的脚步,"嗯,呃,我在过去可能表现得有些差劲,"塔拉睁大了眼睛,脸上一副难以置信的表情,"为此,我很抱歉,我以后不会那样对你们了。"

"是的,我的小姐。"塔拉兴高采烈。这让我不禁有些气恼,气恼芮娅诺,她过去肯定做得差劲极了。

"谢谢你的原谅,塔拉。"

塔拉给了我一个甜甜的微笑,退了出去。

15

大大的房间里又只剩下了我和阿兰娜两个人,我转过身去,面向她问:"芮娅诺都不会控制自己的脾气吗?"

"她是艾波娜亲自挑选出来的,她不需要控制自己的脾气。"

"不可理喻,难道这样她就能像卡利古拉(罗马帝国第三位皇帝)、亨利八世和某些总统一样肆意妄为?"

"卡利古拉、亨利八世、某些总统他们都是谁?"

"一群懒虫。"

"那她这懒妇,怎么能让所有的人都臣服于她?"

阿兰娜瞥了我一眼。

"我的意思只是指作为女人的品质而已,别无他意。"我把手背在背后,面有愠色,颇为愤怒。事实上,我有教师综合征。突然间,我很想要训斥人,但是在这里可找不到我训斥的对象,找不到发泄的出口,这让我有些心烦意乱。

"芮娅诺小姐是一个非常强势的女神。"阿兰娜不太敢正视我的眼睛,也许她也觉察出了我的愤怒。

一个念头闪过我的脑海,我说:"阿兰娜,你从来没有仔细地告诉过我芮娅诺怎么通过一团火焰把我和她交换过来,而我却没有燃烧起来。"

"我也不是很确定,芮娅诺小姐她并没有把一切都告诉我。"阿兰娜面有难色,看得出来,她的内心有些犹豫,有些挣扎。

"但是你肯定能猜到!"

阿兰娜深深地叹了一口气,然后她抬起头真诚地望着我的眼睛。

"她做过几次测试。"阿兰娜有些颤抖,她开始回忆起来,"前面,她都没有成功,她想要交换的人……在交换时都受伤了……而且,而且……她们都死了。"

我点了点头,示意她继续说下去。

"然后她想出了一个办法,她把一些无生命的东西送到你们的世界去,然后通过它们把能量传递给别人。"

"那只水壶!"

"是的,她送了一只水壶过去,那只水壶可是历任艾波娜挑选出来的最高女祭司用来在葬礼上浇奠用的。"阿兰娜顿了一下,"果然,接下来她的试验更成功了。"

"更成功?"我可不喜欢这个词语。

"呃,是的,在你之前她成功过,但是那个人只是存活了一会儿,然后就死了。"阿兰娜又叹了一口气。

"然后,芮娅诺小姐反复地苦思冥想,最后,她找到了答案。"这一次,我给阿兰娜倒了一杯酒,接着我在她的旁边坐下来,给自己也斟了一杯,"芮娅诺小姐有一个最宠爱的仆人——阿瑞斯,他是一个萨满。"说到这个人,阿兰娜的脸色一变,神情顿时紧张起来,"阿瑞斯不喜欢克兰芬坦,他崇拜黑暗之神。这个黑暗之神你不知道最好。"

"好吧,那我们就不谈他。"和阿兰娜的整个谈话让我有一种行走在墓地里的感觉,恐惧感油然而生。

阿兰娜点了点头,接着说:"在你来到这个世界的那一天,芮娅诺和阿瑞斯举行了一个黑暗仪式,他们制造了一场猛烈可怕的暴风雨。"

"对!在我发生意外的那个下午,就是发生了一场猛烈的暴风雨。"

"芮娅诺和阿瑞斯来到靠近湖的一片荒芜的沼泽边上,她坚持要我陪在她的身边,所以我就和他们一起前往。但我还是很难理解,在暴风雨中到底发生了什么事?"

那是我的小野马!现在我大概了解到了整个事情的来龙去脉。

"他们选了一间废弃的小屋,点燃了它,即使在强烈的暴风雨中,那团邪魅的火焰也依然熊熊地燃烧着。阿瑞斯走进了小屋,然后开始念着一些奇怪的刺耳的咒语。接着,他消失了。另一个男人,以阿瑞斯的样子出现了,但是很明显,他不是一个萨满。"阿兰娜停了下来,啜了一小口葡萄酒。

我陪着她,也喝了一口。

"那个男人出现后,芮娅诺小姐走到他的身后,划破了他的喉咙,用一只酒杯盛满了他的鲜血,芮娅诺小姐把它喝了下去!接着,芮娅诺稍作休息,日落之时,她脱掉了自己的衣服,把头和手包在一起,走进了那团火焰当中。"

我有些颤抖,想起当时我看到的奇异景象:一只巨大的火球向我飞了过来。

"大火过后,小屋化成一片废墟,在废墟中我找到了昏迷的你!"阿兰娜冲我笑了笑。

"我不知道芮娅诺是不是也成功地到了我的世界。"这确实很离奇,她就像是我的双胞胎姐妹一样,不,应该说她是我的克隆体。但愿她也成功地到了我的世界。

"芮娅诺小姐成功了。"阿兰娜的声音平静下来。

"你怎么知道?"

"她想要的总会得到的。"

"好吧,公立学校会粗鲁地让她觉醒。我非常想看看她第一次开家长会议的情形。"但愿非终身制的教师制度能够保护她,"好吧,至少现在我们都摆脱了芮娅诺和阿瑞斯,难道不是吗?"

"是的。"我们相视而笑。

"哎,那个阿瑞斯是不是颧骨高高,枯瘦如柴,脸色苍白,嘴里还有一股恶臭?"

"是的!就是这样!"阿兰娜眨着眼睛,惊讶地望着我,"你见到过他?"

"在暴风雨之前,我才认识他。他真的真的让人毛骨悚然。"

我们不约而同地颤抖起来。

"我很高兴,你找到了我。"握着阿兰娜的手,我感激地说道。

"我也是,我很高兴找到了你。"阿兰娜握了握我的手。友谊的温暖暂时冲淡了一切。

"在克兰芬坦来之前,在我的心还没有被他扰乱之前,让我看看巴尔瓦隆的地图吧。"恐怕,被克兰芬坦扰乱的将不止是我的心。

阿兰娜站了起来,再次给空了的酒杯斟满葡萄酒,然后走到了房间的另一边,打开了另一道门,那是一间格调高雅的客厅。里面设有一张书桌,两把可爱的椅子,还有,两张躺椅。看来,在这里,躺椅很受欢迎,不可或缺。精雕细琢的大理石墙壁上有壁炉,还整整齐齐地排列着——

"书!"我惊喜地叫了出来,冲了过去。事实上,我差点撞上了阿兰娜的屁股,"想不到这道门里居然有一个书橱。"我用手指轻轻地摩挲着皮革制成的书的封面,"上帝啊,我真的很喜欢书籍。"

"芮娅诺小姐也是,所以,她的抄写员总是忙不过来。"阿兰娜走到另一面墙下,顺着一副木制的小梯子爬了上去。她从最上面的架子上,拿下来一卷地图。

"这就是巴尔瓦隆的地图。"

"哇!"我尽量克制住自己,谨防自己叫得太大声。

阿兰娜在桌上展开了地图,它很宽大,几乎快要及地。这地图有点像高射投影仪的屏幕,但是又好像是某种织物,这不得不让我想起了那光滑细腻的丝绸。真是太令人惊讶了——它如此美丽,让我不得不靠过去好好地欣赏它,让我不得不想要用手指细细地触摸它。我走了过去。用手指轻轻地触摸着它。

"啊!"我的手指仿佛被电击中了一般,不由得一颤,"它电了我一下。"

阿兰娜看起来兴奋不已,说:"你知道吗?这就是最好的证据,艾波娜女马神也选中了你,只有她选中的最高女祭司在触摸巴尔瓦隆的地图时才会产生火花。"

我揉了揉我的手指,谨慎地离它半步远。

"可你没有提醒我,阿兰娜。"

"你还会触摸这地图吗?"

"当然不会。"

"这就是我为什么没有提醒你的原因。"阿兰娜露出了一抹狡黠的微笑。

"阿兰娜你真狡猾。"我冲着她抱怨地笑了笑,这下我可学乖了,我得同这张地图保持安全的距离。

从地图上,我可以看到:艾波娜神殿坐落在巴尔瓦隆的东南方,艾波娜神殿的北方,有一条东西流向的河流,地图上标记为赛尔河。河流起源于东北面的特里尔山,流向西面出现分流,地图上标记为卡尔曼河,主流流向比利安海洋。在比利安海洋的北边,有一条标记为克莱尔的河流。我被一个缪斯神殿标记的建筑所吸引,它坐落在卡尔曼河的西岸上。我的目光缓缓移动着,比利安海洋还真是无穷无尽,在地图上占了很大的面积。海洋的尽头,是悬崖峭壁,马克加仑城堡就在那附近。我难过地叹了口气,在马克加仑城堡的北面,我看到了守卫城堡!它坐落在两座巨大的山峰之间。从守卫城堡往下看,我大吃一惊,我看到了一片蓝色的湖泊,标记为赛尔克湖泊。我还注意到亚赛奇沼泽竟然就在赛尔克湖泊的边上。赛尔克湖泊坐落在亚赛奇沼泽和艾波娜神殿之间。一个标记为拉尔贡的城堡坐落在赛尔克湖泊的北面,守卫城堡的东南方。可我一点也不记得湖的另一边还有这么一座城堡。在研究守卫城堡和拉尔贡城堡之间的这片区域时,我感到了一阵阵前所未有的恐惧,一种莫名其妙的恐惧,感觉像受到了诅咒。

一阵突如其来的喧闹,打断了我的专注。

"克兰芬坦殿下可能已经到了。"阿兰娜的脸上顿时笑开了花,她肯定是故意的。我说:"告诉侍女,让克兰芬坦稍等片刻。"

我的目光又重新挪到了地图上,我得尽快看完剩下的区域。在地图上,有三座城堡既没有靠近拉尔贡城堡、守卫城堡,也没有靠近马克加仑城堡。匆忙中,我注意到巴尔瓦隆大片大片的土地都是草原,地图上标记为半人马平原。阿兰娜又笑靥如花地来到了我的面前,身后还跟着那个像丝塔茜的塔拉小仙女。

"我的小姐,克兰芬坦殿下问他是不是可以进来了。"丝塔茜小仙女施了一个优雅的屈膝礼。

"谢谢,丝塔……嗯……塔拉,带他进来吧。"

"好的,我的小姐。"塔拉看起来相当高兴。

我和阿兰娜回到了主室(就是放有我的大床的那个房间)。

"我有些紧张,阿兰娜。"我尽量不要坐立不安。

"做你自己就好。"阿兰娜的眼睛里闪动着温柔与安慰,她替我理了理那些松散的头发,"克兰芬坦殿下已经快要爱上你了,你知道的。"

我眨了眨眼,吃惊地说道:"不,不,我不知道。"

"你是艾波娜女马神亲选的最高女祭司,你知道的,最高女祭司最好的伴侣就是最高萨满。"

门口传来一阵简洁有力的敲门声,我迟疑了一下,阿兰娜答道:"请进!"

克兰芬坦走进了我的房间,我紧张得胃部一阵抽搐。很明显,他沐浴更衣过了。他那皮革背心上面绣着金色的符文,明亮地闪着微光。他那漆黑浓密的头发也一丝不苟地散在宽阔的肩膀后。他稍稍一动,身上的肌肉便会神奇地鼓起来。

我突然注意到,克兰芬坦进来后一步也没有挪动,像被施了魔咒一般,只是站在那里,目光和我对视着。

"欢迎,我的殿下。"身后响起了阿兰娜甜美的声音。

"谢谢,阿兰娜。"魔咒仿佛一瞬间被打破了,克兰芬坦优雅地走到我的面前,"原谅我的沉默,我只是被芮娅诺小姐那美丽的容貌所吸引。"他伸出手来,抓起我的手,轻轻地放到了他的唇边。我们都闭上了眼睛,不知不觉中,我的呼吸急促起来。

我的上帝啊,他简直是太高大了。

还有他的肌肉太结实了。

还有他很烫。

"晚上好,克兰芬坦,很高兴能够再次见到你。"我的意思是从分开到现在,这一个下午我都在想他。

"我也很高兴能够再次见到你,我的小姐。"他嘴里呼出的气息温暖了我的手掌,他那柔软的嘴唇游走在我的手腕上。

我有些担心,他会不会再咬我一口。不过,他并没有那么做。其实,我也并不介意。他放开了我的手,我暗自沮丧地叹了口气。

"如果没有别的事情,我的小姐,祝愿你能有一个愉快的晚上——"

"不。"阿兰娜愣在了门口,克兰芬坦不可思议地看着我,对于我的爆发,他很惊讶,"我的意思是,嗯,请留下来,我们一起晚餐。有些事情也需要我们一起讨论一下。"克兰芬坦和阿兰娜都目不转睛地盯着我,在他们疑惑的目光中,我紧张地走到其中一张躺椅旁,坐下,重新满上了一杯酒,"阿兰娜能够留下来吗?她有一些不错的见解,在某些事情上。"克兰芬坦和阿兰娜还是一动不动地看着我,"阿兰娜是我的朋友,她的意见很有参考价值。"

"当然可以,芮娅诺。"克兰芬坦似乎明白过来,"她当然可以留下来。"克兰芬坦走到了另一张躺椅旁,阿兰娜绕过那张柱子般的桌子,准备给克兰芬坦的酒杯满上葡萄酒。我试图向阿兰娜发出"我紧张得要命！"的信号。

"需要满上吗？我的殿下。"无疑，阿兰娜已经进入了她那侍女的角色。

"好的。"克兰芬坦端起酒杯啜了一口，我能感觉到他在用眼角的余光看着我。

我看着阿兰娜，叹了口气，说："阿兰娜，给你自己也满上一杯酒，到我的旁边坐下吧。"

阿兰娜点了点头，奇怪地看着我。我知道，有时她需要几分钟才能反应过来，我不是在给她命令，而是邀请。但是，几分钟后，我看到阿兰娜还是一副惊讶的表情，所以，我也不知道这是怎么了……

我又转向克兰芬坦，说："所以，我们的卫兵们都作好战斗的准备了吗？"我希望我的声音听起来不要太——我不知道——该死的，我真的不知道我到底在说些什么。

"是的，我已经派人送信到半人马平原，召集所有的半人马，在接下来的几天，他们应该就会到达艾波娜神殿。你的卫兵也作好了准备，准备随时保护你和艾波娜神殿。我已经以你的名义，组建了一支对抗弗摩瑞人的盟会——在这未来的七天内，所有氏族的神主都会到达艾波娜神殿，到时，你可以向他们传达艾波娜女马神给你的预示——"克兰芬坦冲着我笑了笑，"我们将建立起一个强大的对抗那些邪恶的弗摩瑞人的联盟。"

"克兰芬坦，我希望能由你来领导这个对抗弗摩瑞人的盟会。"他正准备打断我，但我很快地接着说道，"我们的安全如果由你来负责，我觉得很妥当。"

"但是，芮娅诺小姐，本应该由你来领导我们。"

太好了，他这么说正中我下怀。

"是的，但是你是我的伴侣，我请你替我承担我的责任，请你替我担任对抗弗摩瑞人的盟会的领导人。"我把手背到身后，紧张地缠绕着我的手指，但愿我没有说出什么失态的话。我瞥了阿兰娜一眼，我很高兴，她还没有被我吓坏。

"如果那是你期望的,我会照你的意思去做。当然,我会尽我的全力。"他的话里还是有些犹豫,但是我相信他肯定比我更胜任。毕竟——我们即将面对的是残酷的战争,可不是学习关于战争的文章的修辞写作理论,指挥战争可不是我擅长的。我偷偷地打了个哈欠。

"谢谢你,克兰芬坦。还有一些事情我也很担心。"我看了看阿兰娜,"刚刚我们研究了一下地图,我才发现拉尔贡城堡离守卫城堡如此之近,我们已经向拉尔贡城堡的人示警了吗?"

"是的,我们第一天就已经向他们放出了我们的信鸽,还调遣了一些半人马过去帮助他们部署、防御。"

"所以,你认为那些怪物不会留在守卫城堡?他们会再次发动攻击?"

"虽然我对他们了解甚少,但是我认为他们不会就此善罢甘休,肯定会有所动作。"克兰芬坦的话又唤起了我那些恐怖的记忆。

"没有人知道一些实质性的东西?关于这群……这群……这群怪物。"

"弗摩瑞人。"阿兰娜帮着我圆话。

"对,对,就是这群弗摩瑞人。"我看了看阿兰娜,又把目光转向了克兰芬坦,"你不是说你只是通过一些传说来了解他们的吗?"

"我知道的并不多,只是听说他们被打败后,被流放到了山上。他们在黑夜里行动,而且喜欢喝人血。"

总算还是知道一些,不过这可不是什么好消息。

"他们是受诅咒的吸血鬼。"

"吸血鬼?!"阿兰娜和克兰芬坦不约而同地叫了出来。

我叹了口气,我猜他们肯定不知道布拉姆·斯托克。

"吸血鬼就是靠喝人的血液维生的恐怖的可恶的家伙。他们都脸色苍白,不喜欢在白天活动,只有用某些特殊的方法才能杀死他们……"

克兰芬坦那张茫然的脸上忽然现出一丝惊喜的神色,说:"也许,弗摩瑞人同那些吸血鬼一样,有着相同的弱点。"

"听起来不错——可是,我们怎样才能找到呢?"我们三个你看着我,我看着你,不知所措。忽然,我灵光乍现,有办法了。很明显,我们需要一个

"历史学家"。

"我们这里有知晓并编撰历史的人吗？"我转向了阿兰娜，"我的意思是，了解那些古老的故事和传说的人。"

"是的，当然有，我的小姐。"奇怪，阿兰娜的脸忽然一下子红了起来，甚至一直红到了耳根。

也不知道她到底怎么啦。

"那很好！你去联系他，让他了解一些我们想要知道的东西，明天早上把他带过来，在我举行祝福仪式之前。"

"好的，我会的，我的小姐。"阿兰娜不敢直视我的眼睛，她紧张地端起了面前的酒杯，喝了很大一口。我猜，阿兰娜和那个人之间肯定有什么问题。

"非常好！听到你这么说我很高兴。"

门口响起了一阵敲门声，这一次我可没有出神。

"进来吧。"

丝塔茜，不，塔拉走到了房间的中央，美丽的小脸上挂着甜甜的笑容。

"我的小姐，我们可以为你盛上晚餐了吗？"

看着神采飞扬的她，我笑着说："好的，我非常乐意。"

她退到了一旁，轻轻地拍了拍手，仆人们开始鱼贯而入，他们的手里都捧着香喷喷的食物。

我又赞赏地对着塔拉笑了笑，说："做得不错。"

"你说过你非常饿，我的小姐。"面对我的赞赏，塔拉兴奋得有些忘形了。

"是的，我的确非常饿。"克兰芬坦和我不约而同地笑了。

我猜——我们肯定都饿了……

仆人们开始往我们的盘子里盛放食物，阿兰娜趁机站了起来，向我行了一个屈膝礼。

"我得去处理我们说的那个事情了，我的小姐。"然后她转向克兰芬坦，也向他行了一礼，"祝愿你有一个愉快的夜晚，我的殿下。"

"谢谢你，阿兰娜。"克兰芬坦的声音很温柔。

"谢谢你,阿兰娜……"我停了下来,屋子里所有的人都看着我。我继续说,毫无疑问,这屋子里的人可不会挑剔的言语,"谢谢你,我的朋友,谢谢你对我的爱以及你对我的忠诚。"

难以置信,阿兰娜居然没有脸红,也毫无震惊之色。屋子里所有的人可都被我这突如其来爆发的感情吓了一大跳。她只是向我投出了感激的目光,然后骄傲地昂着头优雅地退出了房间。屋子里的空气一下子沉闷起来,几个跟着阿兰娜一起退出去的仆人也面露疑惑。不过,我注意到,可爱的丝塔茜,不,可爱的塔拉小仙女退出去的时候,脸上笑嘻嘻的,活像美国纽约第五大道上的萨克斯百货商场里的芭比娃娃。

看来芮娅诺还真是一个凶恶的泼妇。

"咯吱"一声,门被关上了。

我真的饿了。

现在房间里只有我们两个人了,我真的非常非常紧张。但是,我好像对眼前的食物更感兴趣。

"天啊,这些看起来很可口。"我兴奋地叉了一小块肉,迫不及待地送到了嘴里。

"是的……很可口。"他的声音又变得沙哑起来,我全身上下不禁颤抖了一下。

克兰芬坦把目光锁在了我的身上,他把一只手搭在躺椅上,一只手端着酒杯,甚至对这些食物都不感兴趣。

我忙不迭地把那美味的肉块咽下去,问:"你不饿吗?"

"在来你房间之前,我已经吃过了。"

"你吃过了!"我有些气急败坏,但又唯恐口水从我的嘴巴里滴下来,"那你为什么不告诉我呢?这样我也不用等到现在。"

"我喜欢看你吃东西的样子。"克兰芬坦的声音很低沉,但话语里又含着一丝调皮,"你吃东西的样子很可爱。"

好吧,他可真够自私的。

我忽然觉得有些不自在,说:"但是我不想一个人用餐。"

克兰芬坦看上去有些惊讶,说道:"你可不是独自一人用餐,我在这里呢。"

"好吧,你确实在这里。"我一边品尝着那些肉块,一边咕哝着说。

克兰芬坦笑了笑,说:"你最近说的话都很奇怪,我好像一点都不认识你了。"

"这样难道不好吗?那你就每天都会学到不同的东西。"

"确实如此。"克兰芬坦的笑容更加灿烂,更加明媚。

看来这个世界的语言还真是陈词滥调。

我咬了一口我的食物,观察起他来,说:"你看起来一点都不像载着一个人连续奔驰了好几天的样子。"他真的很强壮,也很精神——他真的很可口,确切地说。

"我喜欢背负着你这个负担。"克兰芬坦那嘶哑的声音不禁让我浮想联翩,"我的精力确实比一个普通人更强一些。"

我抓起一只大龙虾,取出虾仁,黄油快要滴落下来,我轻轻地吸了一口,把虾仁塞进了嘴里。

我听到了克兰芬坦稍稍有些沉的呼吸声。

我慢慢地舔了舔我的嘴巴,说:"我知道,你之前跟我说过。"

"对,对,我之前已经说过了。"我很高兴,克兰芬坦竟然有些紧张不安。

"不过,我还没有向你说谢谢呢,要是没有你,我简直无法想象那样的场景。谢谢,谢谢你,克兰芬坦。"

克兰芬坦笑了起来,眼角的皮肤轻轻地皱了皱,说:"不用谢,下一次你要再出去的时候,请让我从一开始就陪着你。"

我又抓起另一只龙虾,吸了一口黄油,说:"我再也不想没有你的陪伴,一个人离家出走了。"我用舌头从我的上嘴唇边舔下一滴黄油,再把那雪白嫩滑的虾仁吸入口中,细细地咀嚼起来,再慢慢地咽下去。又舔了舔嘴唇,好吧,我承认,我是故意的,"我应该称你为美国运通先生。"

克兰芬坦有些恍惚,满脸疑惑。

"美国运通先生?他是谁?"

那只龙虾吃完后,我又抓起了一颗蘸了糖的草莓。我小心翼翼地把草莓放入了口中,唯恐草莓汁沾到了牙齿上,那可不太优雅。然后轻轻地抿着,才发现克兰芬坦正兴致勃勃地看着我。

"是一个能够实现我所有愿望的人。"我吮了吮留在中指上的草莓汁,"嗯,哇,实在是太可口了。"

"是的,确实很可口。"我的,我的,我的天啊——我可不认为克兰芬坦说的是这草莓。

我们都啜了一小口葡萄酒,我尽量让自己看起来端庄一些,优雅一些,或者说更有诱惑力一些。我们开始打量着彼此,我能感觉到那些酒精已经开始侵蚀我的大脑——很明显,我内心的渴望正在被慢慢地慢慢地释放出来。好吧,那就让我勇敢地面对它。我可不是一个委屈自己的人。但是,克兰芬坦实在是太高大魁梧了,这让我有点却步。

就是他!不管他是人还是马,就是他了。我的嘴巴咧成了一个弧度,但愿那是一个诱人的微笑。我突然明白,美女肯定会爱上野兽。克兰芬坦是我的丈夫,我想要他,所以,我要做的就是伸出我的手去触碰他。

我放下了我的酒杯,慢慢地向前倾。他的右手还懒散地搭在躺椅边上,我们的距离越来越近了,越来越近了,我的手指慢慢地抚过他高高鼓起的肱二头肌,慢慢地再到他那结实的小臂,再到他那温暖的手掌。克兰芬坦那温暖的手指锁住了我的手指,他并没有把我拉入他的怀抱,他只是温柔地抚摸着我的手腕。他在等着我靠过去,或者等着我自动投进他的怀抱!

该死的,我下定决心了。

我站起身来,走到了他的躺椅的另一边,他转过身来面向我。正如我所说的那样,他实在是个大家伙。尽管我已经站着了,他斜倚在躺椅上,他还是比我要高,不过还好,并没有高出太多。我走近他,立刻被他散发出来的热浪给淹没了。毫无意识地,不由自主地,我抬起了我的手臂,把手放在了他那宽阔的肩膀上。慢慢地,慢慢地,向下游走。先是游走到质地柔软的皮革背心,再到他那浓密黝黑的胸毛。我抬起眼皮,正视着他的眼睛,他的眼里流转着温柔的兴奋的光华。

"我喜欢抚摸你。"我在他的耳边说着呢哝软语。

"那是我的荣幸。"

他的声音——前所未有地性感,性感至极。就像温柔的抚摸,点燃了我全身的热情。

我的手一直向下游走,从宽阔结实的胸部,一直往下,再到他紧实有力的小腹,我抚摸着他腹部的沟沟壑壑,享受着他紧张的微微的颤抖。

我的手戛然而止,再下面就是他的马身了。

我的手踟蹰不前,出乎我的意料,我竟然感到了一种莫名的恐惧。我的眼睛也不敢直视他的眼睛,躲躲藏藏,闪闪烁烁。

"芮娅诺,请你一定要相信,"克兰芬坦打破了我们之间短暂的沉默,"我是绝对不会伤害你的。所以,你不必害怕我。"

"这对我来说有些陌生。"我稍稍低下了我的下巴,把目光从他身上移开。该死的,他可不知道我对这整个世界都很陌生。

他用手轻轻地抬起我的下巴,让我直视着他的眼睛,说:"我承诺过,我不会做你不高兴的事情。"

"你想要我吗?"我的声音有些颤抖,我想听到预期的答案"是的",又害怕答案是"不",又或者,根本就没有答案。我的心好像悬在半空中一般,颤颤巍巍,战战兢兢。

"我比你所了解到的更想要你。"克兰芬坦声音里的那种天鹅绒般细腻的性感已经消失不见了,充满一种淡淡的无奈的忧伤。他的手从我的下巴上慢慢地滑落,然后慢慢地到我的肩膀,我的手臂,直到滑落到了停在他腰间的我的手上。他叹了口气,把手拿了回去。他那冷漠的抚摸让我浑身的鸡皮疙瘩都冒了起来。

他再也没有回答,安静,冰冷的安静祛除了残余在我心中的恐惧,此刻的我就好像站在悬崖边上。

我屏住了呼吸,问:"你能脱下你的背心吗?"

克兰芬坦的严肃神情一下子打破了,他的脸上立即换上了一个微笑。他挑起他那修长的眉毛,脱掉了他身上的那件皮革背心,把它丢到了地板上。

克兰芬坦的身材果然好极了!古铜色的皮肤,紧实的肌肉,分明的轮廓,优美的曲线。我的手抚上他结实的胸部,用手指轻轻地挠了挠他的乳头,他哼笑了一声,飞快地捉住了我的手。

"你怕痒吗?"

"只是那里。"他倒是提供了一个有趣的笑料,我们不约而同地哈哈大笑起来。

笑过之后,我们都放松了不少。短暂的停顿后,我的手继续游走在他的胸部。然后到了他那结实的腹部,一步一步慢慢地往下走。我的指尖碰到了他那厚厚的"毛外套",我看了看他,他的眼神很温柔,一个鼓励的微笑在他那性感的嘴唇边上绽放开来。我的目光又回到了我的手上,他的腰部呈锥形,下面连接着马身。没有任何的迟疑,这回我的手毫不犹豫地抚上了他的马身。

"你很迷人。"我走近他,我的胳膊又重新回到了他的颈子上,我靠在他的嘴边呢喃道,"整个的你都很迷人。"

随着一声呻吟,克兰芬坦一把搂过我,把我拥入了他那滚烫的胸怀。我们的嘴唇纠缠在一起,我又沉浸在那熟悉的温暖、熟悉的柔软中。

我喜欢深情的亲密的深吻。情欲在我们之间蔓延开来,克兰芬坦把他那灵巧的舌头探入了我的口中,作为回报,我也紧张地把我的舌头小心翼翼地探入了他的口中。刚开始,我感觉到了轻微的刺痛,所以我停了下来,不过克兰芬坦一点也不介意,他全心投入其中。

克兰芬坦那温暖的体温对我有着致命的诱惑。我轻轻地吮着他的嘴唇,他的舌头。克兰芬坦为了迁就我,故意压制着他的热情,他的呼吸越来越沉,越来越急,在我的抚摸下,他那高高鼓起的肌肉微微地颤抖着。为了让我更舒适些,他把他的手停在了我的背上。他这是在同他原始的本能对抗。事实上,这更是一种诱惑,一种致命的欲迎还拒的诱惑,一种欲擒故纵的诱惑。我的手还慢慢地、慢慢地游走在他的胸部,受到了我的撩拨与挑逗,他再也忍不住了,把手游走到了我的腰间,游走到了我的胸前。

这个家伙应该去开堂讲课,就给那些秃了头的离了婚的中年男人讲欲迎还拒、欲擒故纵的艺术,他肯定能够凭此发大财。

透过我那薄薄的衣衫,温暖不断从他的掌心渗入我的身体。他那有些粗糙的手掌轻轻地摩挲着我的胸部,我的乳房奇迹般地打起了精神。他用他那修长的手指不断地撩拨着我的乳头,温热的嘴唇慢慢地滑到我的脖子,在脖子上逗留片刻之后,又慢慢地滑到了我的锁骨间,又慢慢地滑到了我的胸前。温热的呼吸,透过轻薄的衣绢,让我不禁有些意乱情迷,嘴里溢出一阵阵浅浅的呻吟。

在他的挑逗下,我的身体如积雪沐浴到阳光一般,慢慢地慢慢地开始融化。

他的嘴唇又压上了我的嘴唇,他紧紧地抱着我,我也紧紧地抱着他,情到浓时,热情弥漫,情欲高涨。

克兰芬坦深情的亲吻让我不禁感到一阵晕眩,他停了下来,但他并没有放松他的怀抱,他还是紧紧地抱着我。我们的目光不期而遇,霎时我的脸上飞上了一朵红云。我的嘴唇微微有些肿热,就像雨后的土地,还湿漉漉的。

"芮娅诺,你不害怕了吗?"克兰芬坦的声音里充满了怜惜。

没有犹豫,我脱口而出:"一点也不。"

我往后退了半步,克兰芬坦好奇地看着我,任由我挣脱他的怀抱。我伸手拿掉了别在衣服上的胸针,穿在我身上的轻纱从我的肩膀上滑落到了我的腰间,我又扯掉了拴在腰间的衣结,整条长裙从我的腰上滑落到了地面。我脸上挂着微笑,只穿着一条底裤和一双凉鞋,把身体完全裸露在克兰芬坦的面前。

我的胃里一阵痉挛,我有些紧张,你们知道的。他脸上的表情很丰富,开始是好奇,然后是惊讶、欣喜、赞叹。

克兰芬坦伸出手来,一把把我拥入怀里。然后他突然站了起来,我的脚也忽地一下离开了地,我被他抱起来了!克兰芬坦的手不老实地滑到了我的臀部,他抱着我,迈着坚定的步子,走向了我那张舒适的大床。呀,这很像《飘》里面的情节,非常浪漫,又有些刺激。

我们来到了床边,克兰芬坦慢慢地温柔地把我放了下来。他让我坐在床边,他俯下身去,抬起了我的脚,轻轻地亲吻了一下,慢慢地解开了上面的蕾丝丝带。我靠在他的腰部,保持着自己的平衡。

他脱掉了我的鞋子,然后他的手顺着我的小腿慢慢地慢慢地抚了上去,直到触碰到我唯一的遮羞物。克兰芬坦轻轻把它解开了,他又把我抱了起来,温柔地慢慢地把我放到了床上。现在的我可是一览无遗地躺在了床上。忽然,他很不情愿地放开了我,往后退了好几步。

"这不需要花很多的时间,但是在我变身完成之前,请不要说话。"

虽然很好奇,但是我还是认真地点了点头。

克兰芬坦闭上了眼睛,低下头,他开始专注地念念有词。刚开始,我几乎听不到他的声音,但是片刻之后,他的声音越来越大,节奏也越来越快。他的眼睛还是紧紧地闭着,他的头开始慢慢地抬起来,他的手也随之从两侧慢慢地抬起来。

克兰芬坦的声音愈来愈大。他念的词语我完全听不明白,但是听起来很古老,很神秘。其中的一些词语还重复了好几遍。他的头不停地往上抬,直到他的脸已经面向了天花板。尽管克兰芬坦并没有大喊大叫,但是令人难以置信的是他的话竟然充满了力量,我感觉我脖子后的头发也飞扬了起来。

然后,他的整个身体开始散发出耀眼的光芒,但是那些光好像在缓缓地移动,我这才意识到,那不是他的身体在发光,是他的皮肤和肌肉在溶解。我愣愣地看着他,他脸上的表情很痛苦,仿佛在忍受着剧烈的疼痛。我想要大声地尖叫,但是我想到了他的警告,尖叫硬生生地被卡在了喉咙里,我必须保持房间的安静。

克兰芬坦的身体突然爆炸成无数的光雨,就像《星际迷途》里的场景一样,光越来越强,越来越亮,我的眼睛几乎不能直视他,只能用余光瞟着。一声压抑的痛苦的叫喊声回荡在房间里。

光雨消失了,房间暗了下来,我总算可以用眼睛直视他了。克兰芬坦变身成功了!一个人,一个真正的人跪在了刚才克兰芬坦所站的位置。他的头深深地埋了下去,厚厚的头发散落下来,挡住了他的脸庞。他用一只手撑地,想要慢慢地站起来。他浑身汗淋淋的,湿漉漉的,仿佛刚刚跑完一场马拉松比赛。

他慢慢地抬起头来,甩了甩遮在额头前的头发,他的脸露了出来,是克兰芬坦,真的是他!我们的目光不期而遇,他脸上的表情还有些痛苦,看来刚才的疼痛并没有立即散去。他看起来有些疲惫,有些脆弱,尽管这样,他还是冲着我笑了笑。

他的声音更沙哑了,"我应该提醒你——"他清了清嗓子,"——提醒你注意那些刺眼的光。"

"那些光确实很刺眼。"难道他认为只需要提醒我注意这个就行了吗?我离开了床边,跑了过去,但又停了下来。我不敢太靠近他,我怕我不小心就会伤害到他,"你还好吗,你没事吧?"

克兰芬坦深深地吸了一口气,吃力地站起来了。他慢慢地朝着我走过来,但是他的步伐可有些不稳当。等他走近了,我才发现,他的小腿有些颤抖。他还是那么强壮,虽然没有原来那么高大,原来的他真的是太高大了。

"我没事。"克兰芬坦又冲着我笑了笑,用手指轻轻地刮了刮我的鼻尖,"变身可不是那么容易。"

"我也正想这么说!"我用手试探性地抚上他的胸部,他的胸膛还是那么结实,那么温暖,"变身很疼吗?"

克兰芬坦握住了我的手,说:"没有付出哪来的收获,想要达到一定的目的,肯定得付出一定的代价。"

我一边思索着他的话,一边研究着新的他。就算没有以前高,但是他还是非常魁梧——几乎比五英尺七英寸的我高出了一英尺。他的皮肤还是性感的古铜色,他的长腿可占了他身体的很大一部分。他赤裸裸地站在我的面前,我的眼睛顺着他的胸部往下看去,到了他的腰间,然后再往下,天啊,他真的是赤裸的!

现在的他真的变成了一个男人——很显然,他也有些欣喜若狂,他在短时间之内就恢复了体力。有传言说,一位男士的耻物的大小和他的手指成正比。我只能说,该死的,他的手可真的不小。

"咳,咳。"克兰芬坦清了清嗓子。我把我的视线从他的私处移开,又重新移到他的脸上。

"请问作为一位男士,我通过检查了吗?"我很高兴,他的声音又变回从前的那样深沉,并略微带点性感。

"当然。"我有些羞涩地答道。其实,我想要大声喊出来。但是他可不是来自俄克拉荷马,这可能有些不大恰当。为了显示我对他的赞许和欣赏,我把整个身体都投入了他的怀抱,给了他一个俄克拉荷马式的问好。

他把我抱在他的怀里,坐在了床上。他那温暖的双手轻轻地抚上了我的胸部,他低下头来,看着我的眼睛,他的声音又有些沙哑。

"告诉我,你想要我怎么做,在这之前,我可从来没有这么做过。"

我用我的胳膊紧紧地搂着他的脖子,把他拉到我的面前,在他的唇边低语道:"在这之前,我也没有这么做过。但是某些事情告诉我,我们会做得很好。"

他"咯咯咯"的笑声,被我的嘴唇堵了回去,取而代之的,是一串串连绵不绝的呻吟声。

噢——我犯了个小错误——我们做得可不仅仅是很好而已。

16

"我记得你说过,你变形后会很虚弱?"我有些气喘吁吁。我靠着他,把头放在他的胸口,他吹了吹我嘴边桀骜不驯的凌乱的发丝。

"如果我觉得非常虚弱,我就会变成我本来的样子,而且,我所变的任何形状都不能保持一个晚上那么久。"克兰芬坦抬起了我的下巴,看着我的脸,严肃而认真地对我说道,"你知道我不能一直保持人类的身形吗?"

"我知道。"我摸了摸他的脸颊,惊讶地发现,他的脸颊上居然没有任何的胡楂儿。我才发现,在过去的那几天里,我没有发现半人马中有人留着胡须,也没有发现过他们剃胡须,"你不是一个人,你是半人马,我知道。"

我们相互凝视着彼此。我很害怕,害怕我们之间的亲昵马上就会消失不见。尽管我有些摸不着头脑,克兰芬坦究竟是怎样的人,他居然会变形,这简直就是科幻小说里才有的情节。我已经习惯了对这个世界的陌生,但是我对他可不陌生。

"不管你是人,还是半人马,克兰芬坦,你都是我的丈夫。"我冲着他甜甜地微笑,"嗯,呃,或者说不管你变成什么样子,你都是我的丈夫。"不过,我希望他变形之前,能够提前跟我说一下。

他那张英俊的俏脸上立即闪过一丝宽慰,他温柔地亲吻着我的额头,说:"是的,芮娅诺,我是你的丈夫。"

"我很高兴,你是我的丈夫。"我心满意足地叹了口气,牢牢地依偎着他。

"我也是。"

我把我的腿缠在了他的身上,他那温暖的大手顺势抚上来,从脚踝一路直上,慢慢地抚上我的小腿,抚上我的膝盖,抚上我的大腿,再抚上我的臀部。我闭上眼睛,享受着他温柔的怜爱的抚摸,就像吸食毒品一样,我沉浸在他的温暖中,不能自拔。尽管我有些疲惫,但我努力地保持着清醒,我可不想浪费这短暂的宝贵的时间。

"嘘。"克兰芬坦在我的发间低声呢喃道,"芮娅诺,你休息一下,我会一直在这里的。"

我冲着他点了点头,慢慢地放松了精神,安心地进入了梦乡。

一个温暖的吻落到了我的脸颊上,我慢慢地苏醒过来。黎明前柔和而干净的微光透入了我的眼睑,我把眼睛闭得紧紧的。又有一个温暖的吻落到了我的脸颊上,这下我记起来了我现在在哪里。我伸了伸懒腰,哇,我的全身立即传来一阵酸痛。我笑了笑,打了个哈欠,慢慢地睁开了眼睛。

我不禁感到有些惊讶,那些微光居然来自于我的房间。我眯起眼睛,发现窗户外面居然是一个漂亮的花园,里面长满了可爱的玫瑰。显然,我现在正面向东方,淡紫色的破晓阳光洒在那些美丽的玫瑰花上,也洒在我的房间里。

一个高大的身影在我的床边缓缓移动,他俯下身来,再次亲吻了我。我睡眼惺忪地伸出手去,碰到了他那修长的毛茸茸的前腿,我轻轻地抚摸着他,调皮地扯了扯他的毛发。

"早上好,克兰芬坦。"我的声音还是睡意浓浓,"那光真的让我很惊喜。我原以为只是一条巨大的幕帘遮住了一面墙而已,这儿居然还有窗户,还有花园!"

"什么?芮娅诺,你不知道你现在在你的房间吗?"克兰芬坦的问题让我彻底清醒了过来。

这下,我一点睡意也没有了,好吧,莎伦·帕克,该起床了。我一下子坐了起来,用力地揉了揉眼睛。透过指缝,克兰芬坦正目不转睛地看着我。

"哦,天啊,呃,我做了一个奇怪的梦,我的房间发生了天翻地覆的变化。这个梦如此真实,让我误以为它真的发生了……"我故意拖了拖我的声音。

克兰芬坦正准备仔细地询问我的梦境,我决定转移一下话题。我从床上站了起来,把自己整个身体扔进他的怀里。克兰芬坦很默契地接住了我,我热情地亲吻着他的鼻子,他的脖子。

"现在,我彻底醒了。"趴在克兰芬坦胸口的我,感受到他的胸膛在微微地颤动,他在笑!这时的我感到轻松无比。

我必须同阿兰娜好好谈谈,为什么我不能让他知道我是谁?

门口响起了两声清脆的敲门声,克兰芬坦赶紧把我放回床上,顺手给我盖上了被子,一早醒来,我可还没来得及穿衣服。"进来。"我大声喊道。

阿兰娜走进房间,她冲着我们狡黠地笑了笑,说:"芮娅诺小姐,克兰

·211·

芬坦殿下,我希望你们度过了一个愉快的夜晚。"

克兰芬坦不好意思地"扑哧"一笑,昨天晚上确实很愉快。不知何时我的脸上已经涂上了一层薄薄的"红胭脂",像一个不经世事的少女一般,不过我可是一个老手。

阿兰娜的嘴角又咧出一个大大的微笑,珍珠般洁白的小牙齿也露了出来说:"芮娅,你得先去沐浴更衣,然后再去举行祝福仪式。"

我冲阿兰娜点点头,脸上火辣辣的,烫得厉害。

阿兰娜的眼睛里闪烁着调皮的光芒,说:"我想,也许克兰芬坦殿下也可以加入我们。我相信芮娅诺小姐和我,还有其他的侍女都非常乐意替你梳洗打扮。"她故意停了一下,脸上挂着甜甜的可爱的笑容,"好几个侍女都欣喜地表示这是她们的荣幸。"

克兰芬坦的脸上呈现出一副玩世不恭的戏谑表情,正准备起床的我,一不小心被有些凌乱的床单绊倒,我猛地跌向了克兰芬坦那平坦而结实的小腹。

克兰芬坦被我狼狈的模样给逗乐了,哈哈大笑起来。同时他用他那强壮的手臂紧紧地抱着我。我可不能再挑逗他了,上帝知道,如果我这么做,我肯定没有什么好果子吃。

克兰芬坦也并没有看着我,说:"我想我得要参加对抗弗摩瑞人的讨论会,而且在祝福仪式之前我还得巡视一下环境。不过,谢谢你们的好提议。"他轻轻地温柔地拍了拍我的肩膀。

"那好吧。"

"阿兰娜,我们走吧,我想我得好好洗个澡。"我留下了他,和阿兰娜一起朝着另一道门走去。我明显地感觉到他们都在笑话我,走过窗户,我看到了自己在玻璃上的影子,原来是这样!我抓起那条皱巴巴的床单裹住了自己,理了理头发,骄傲地昂着脑袋,尽量装作不可一世的姿态,走了出去。

笑声从我的口中溢出,我自己也忍不住笑了。阿兰娜走了过来,搀扶着我,我们两人相视而笑。克兰芬坦跟在我们的身后,我回过头,冲他微微一笑。

"那些侍女真的乐意替他沐浴更衣吗?"

"事实上,她们正为此争得不可开交呢。"

我们俩把脑袋靠在了一起,假装商量着什么事情,让克兰芬坦走在了我们前面。他双手叉腰,脸上的表情告诉我们,在他的眼里,我们就是两个疯子。

"克兰芬坦殿下真是一个英俊的半人马,不是吗?我的小姐。"阿兰娜说道。

"我想既然你这么说,他还真的很英俊,他的马肩很宽,我可以证明他……呃……我们应该这么说,他真的是精力充沛。"

克兰芬坦突然回过头来,把我从地上抱了起来,我尖叫了一声。阿兰娜跑到一旁,替他打开了那道门。克兰芬坦抱着我走了过去,看来他对"马肩很宽"这样的评语很是不满,颇有些抱怨。在我的身后,隐约传来了阿兰娜的笑声,但我不敢肯定。我越过克兰芬坦的肩膀,看到阿兰娜一边着急地追赶着我们,一边努力地克制她的笑声。我把手环在克兰芬坦的脖子上,紧紧地搂住他。克兰芬坦细心地替我裹了裹床单,对此我很是愉悦。

很快,我们来到了浴室的门口。门口的两个守卫突然立正,克兰芬坦立即向他们投以问候的眼神。他低下头,给了我一个缠绵而深情的吻。这时候,阿兰娜赶上了我们,替我们打开了浴室的大门。

克兰芬坦把我放了下来,我们都很不情愿地放开了彼此。

"你会来参加我的祝福仪式吧?"我突然发现,他还没有离开,我就已经开始想他了。

该死的,这可不怎么好。

"我会在你的身边——"克兰芬坦看了看我的守卫,"——会一直都在你的身边。"他再次吻了我。他很快地转过身去,面对着我的守卫,"用你们的生命来守护芮娅诺小姐。如若谁让她有半点闪失,我肯定会杀了他!"

我的,我的,我的天啊!我猜,那些丑恶的弗摩瑞人听到克兰芬坦的这番话,会立即吓得魂飞魄散。

两个卫士向克兰芬坦敬了一个礼,克兰芬坦甚是满意。他拍了拍我的脸颊,优雅地转过身去,穿过了大厅,整齐的马蹄声响亮地响起。

在阿兰娜的搀扶下,我走进了那美妙的浴室。

阿兰娜走过去,拿来了一些沐浴用的东西,我扯掉了裹在身上的床单,慢慢地把身体沉入了温暖的泉水中。

阿兰娜坐到池边,她把一块海绵和一瓶我最喜欢的沙皂递给了我。

我开始摩挲着昨晚留下的亲密痕迹。看着大腿内侧的那些细细的吻痕,我忍不住偷偷地笑了起来。

"看来昨天晚上一切都很顺利。"

"亲爱的,昨天晚上简直是令人震惊。"

我们俩不约而同地笑出声来。

"那么,你看到克兰芬坦殿下变身了吗?"阿兰娜充满了好奇。

"那是我见过的让我最惊讶的事情。"我冲着她眨了眨眼,"你难道没有见过其他人变身吗?"

"哦,没有!"阿兰娜一脸震惊,然后她又笑着拉了拉我的卷发,"我忘了你不知道这些事情。除了最高萨满,其他的半人马都不会变身,变身对半人马来说非常神圣。只有得到你,就是最高萨满的伴侣的允许,我们才可以见证那神圣的时刻。变身后,最高萨满将以他或者她变身后的身形为见证的人祝福,但是最高萨满永远都不可以在大庭广众之下变身。"

我沉思了片刻,问:"那你知道他们变身要忍受极大的痛苦吗?"

"这就是为什么他们不喜欢人们看他们变身的原因。"我的脑海里顿时浮现出克兰芬坦那痛苦的面容,"他们不愿意让人知道他们有多么痛苦。"

阿兰娜给我的胳膊上涂满沙皂,问:"变身对克兰芬坦殿下来说很痛苦很艰难吗?"

我点了点头,说:"但是他说,没有什么事情不需要付出代价。"

"那你认为昨天晚上他值得吗?"她的声音充满了智慧,我感激地握了握她的手。

"看样子,克兰芬坦应该认为值得。"

"那么你就要相信克兰芬坦殿下,不要让这影响了你的快乐。"

直到谈到这里,我才发现,这个问题一直深深地困扰着我。

"我猜克兰芬坦应该知道他在做什么!"

"那就好,芮娅,不要担心。"

我叹了口气,若有所思地替自己涂上清香的沙皂,说:"阿兰娜,他真的很棒。"

"他已经爱上你了。"

我掬了一捧水,冲洗掉手上的泡沫,思考起阿兰娜刚才所说的话。但是……但是他真的会爱上真正的我吗?

"阿兰娜,"我脱口而出,"他爱上的是否是我呢?如果他只是爱上了芮娅诺,一旦他发现了真正的我,他肯定会改变心意的。"

阿兰娜的笑容里满是鼓励,说:"芮娅,他爱上的是你。"

我忧心忡忡地咬了咬我的嘴唇。

"也许你应该告诉他事情的真相。"阿兰娜说。

"什么?"我尖声叫道,"但是你不是说我不可以告诉他我的真实身份吗?"

"那是之前,现在克兰芬坦殿下爱上你了。"

"我不知道,阿兰娜,我们之间发生的一切都太突然了。"

"所以,你不敢把实情告诉他?"

"我只是害怕失去现在的这一切。"

"我认为你低估了最高萨满,我相信你会明白的。当一个男人真正爱上一个女人的时候,他也会爱上她的秘密,他不会介意的。"

阿兰娜的声音里透出一丝忧伤,我正准备进一步询问她,她立刻又变得活泼起来,说:"芮娅,你现在必须起来了。太阳已经升起来了,时间不早了,过一会儿,你就得去举行祝福仪式,替众人祈祷,为众人祝福。"

我很不情愿地从温水中走了出来,阿兰娜递过来一张很大很厚的毯子,把我自己包裹在里面。

"我们还有多长时间？"

"等你装扮好以后,时间应该刚刚好——如果我们赶快一些。"我不禁有些担心。

"为什么你不多叫几个人来帮我们呢？我们的时间那么匆忙。"我条件性地反射,几个人一起帮忙可比我们两人快得多。

阿兰娜正忙着往我的头上涂一些像发胶一样的东西,不过它的气味可比发胶好多了,但是我很怀疑,它会不会对我那些乱得不可救药的头发有作用。

"昨天晚上,在我离开你的房间后,塔拉过来跟我报告说,最近好多侍女都感到不舒服。"阿兰娜苦笑了一下,"我想,那些侍女要帮忙照料那么多人,肯定已经累得筋疲力尽。所以,我把伺候你的侍女调遣过去帮着照料那些小孩子了。现在,我想让她们休息一下。我想你应该不会斥责她们偷懒吧。"

"当然不会——我最讨厌当临时的保姆了,那不用劳累她们了,让她们休息一会儿吧。"

"她们会和你一同前去举行祝福仪式。我想经过一早上的休整后,她们会恢复精神的。"

"该死的,那祝福仪式我应该怎么做？"阿兰娜正忙着梳理我的头发,我拿起了粉盒,往脸上搽起粉来。

"在那河畔边——"

"这个念'赛尔',对吗？"

"是的,它的意思是光明。缪斯神殿坐落在……"

"卡尔……"

"卡尔曼河流。缪斯神殿坐落在卡尔曼河流上,卡尔曼的意思是鸽子,如果你看到那条河流你就会明白,那条河流一直湍急下流,远远望去,就像一只向下俯冲的鸽子。"

"那真是太酷了——你继续,我很抱歉,打断了你。"

"你会骑着艾波娜——"我的脸上露出了满意的笑容,"——到那特里尔山。然后在那里,当阳光洒满河流的时候,你会为众人祝福。"

"我需要说什么特别的话吗?就像一些仪式那样,需要说一些祝语?"我希望阿兰娜能够给我一些提示。

"当然!芮娅诺女神总是自己想出一些契合时宜的祝语。"阿兰娜看起来有些焦急,"结婚典礼那天,你就做得很好。我以为你能再想出一些祝祷语。"

"没事!"我看阿兰娜的表情很是震惊,"没事,我的意思是我可以再想出一些,不要担心。"

阿兰娜宽慰地笑了笑。

不过,我可还没有一点头绪。

"阿兰娜,这个仪式会持续多久?"

"哦,时间并不长——今天早上,作为艾波娜女马神亲选的最高女祭司,你得要举行一次祈祷。然后每隔十四天,向众人转达艾波娜女马神的祝福。然后在第一个满月之夜,你得跳祭祀之舞进行祭祀。"

哦,天啊,我竟然有些期待。

"那么,今天早上我需要提及那些丑恶的弗摩瑞人吗?这也是我举行祝福仪式的原因之一。"

"芮娅,我认为你应该提到我们得做好准备,准备同邪恶做斗争。但是,好吧……"阿兰娜的声音慢慢地低了下去,她有些不安。

"什么?阿兰娜,我不能接受你的建议。我的朋友,我需要讲出事情的真相。"我想我得对我的人民诚实一些。

但阿兰娜的表情告诉我,她已经下定了决心。我们的目光在镜子里不期而遇。

"我认为你不适合同众人讨论这场战争,芮娅,你得利用这个机会,宣布克兰芬坦,作为你所指定的所有守卫的神主。他会展现出他的英明和睿智。"阿兰娜有些怯懦地看着我,"我想我可能是错的,但是你可没有接受过领导卫士进行战斗这方面的训练。"

这就是阿兰娜给我的提示?

"我也不相信你能像芮娅诺小姐一样,在这方面有那么丰富的经验。"

我想我只能够吸引住一个男人,我可不能号召带领一百多个守卫,阿兰娜言之有理,说得很对。

"嗯,我确实没有这方面的经验,阿兰娜,谢谢你的建议,我同意。"阿兰娜松了一口气,"该死的,阿兰娜,你完全不用担心会踩到我的痛脚。"

阿兰娜看起来有些迷惑不解。

"我的意思是,阿兰娜,你不用担心会伤害到我的自尊,你完全可以对我实话实说。"

"好吧。"

"那就好。"

"我在想,为什么你要说那么多'该死的'?"

"因为我忍不住想要开始咒骂起来。"

"哦,这听起来可不太动听。"阿兰娜还真的很实事求是。

"好吧。"我有些哭笑不得,微微张开了嘴,给嘴唇涂上了口红,总算是化好妆了,"我想我准备好了。"

"在穿好衣服后,请戴上它。"阿兰娜递给我那只璀璨漂亮的小皇冠,它的美丽真的让我再次惊艳。

"我希望能有一对与之相配的耳环。"

"当然。"阿兰娜打开了房间里的一个衣橱,"在离你最近的那只盒子里找找,里面应该有与之相配的耳环、臂环。"

阿兰娜又匆匆地走到另一边,打开了另一个衣橱,忙碌地寻找着。当她回到我面前的时候,我还在兴奋地在那只盒子里挑着和皇冠相匹配的珠宝。

"给。"阿兰娜递给我一条丝质的底裤,它的用料真的少得不能再少了,我开始相信芮娅诺肯定有底裤恐惧症。

"芮娅,站起来,把手伸到你的两侧。我得给你穿上衣服了,这件衣服穿起来有些麻烦。"

我站起身来,面向她,阿兰娜拿出了一条金光闪闪的裙子,就像一条金色的瀑布垂在了我的眼前。我一动不动地站在那里,她开始围绕着我忙活起来。

"嘿,这上面怎么办?"

阿兰娜替我穿好了它,不过确切地说,应该是把我裹好了。不过,她这次可没有使用任何胸针,裙子的裙摆很长,但有好几个开衩,这没什么奇怪的,芮娅诺的裙子一般都会开衩,不过这条裙子似乎开得多了一些。我想,要是我穿着它骑上莱斯维娜,那肯定是相当的"惊艳"。

阿兰娜又开始围绕着我的上身忙碌起来,经过她的一番错综复杂的缠绕和包裹,我的胸部还是赤裸裸地袒露在外面。

"芮娅,"阿兰娜竟然毫无知觉地笑了起来,她并没有注意到我惊恐的表情,"这就是最高女祭司举行祝福仪式时所穿的衣服。"

"我想你应该说,这是袍子!"我低下头,看了看我那三十五岁的一丝不挂的胸部。

"哦,当然,我可没有忘记你的袍子。"阿兰娜又匆匆地回到了衣橱前面,拿出了一件上面同样缀满了亮晶晶饰物的袍子,同样是亮光闪闪的金黄色。

"让我猜一猜,这些肯定也都是头骨。"

"是的。"阿兰娜很高兴这次我又说对了,她把那宽大的袍子披在了我身上,用别针一一把它别好。那些亮晶晶的饰物垂缀在我的背上,就像俄克拉荷马夜空闪闪发光的璀璨星星。该死的,我的胸部还是露出了一大半,几乎没有遮住。

"你看起来很美——一直都那么美。"

"噢,等等,你不会告诉我我就这么出门吧?在所有人面前,嗯,呃,把我的胸部袒露在上帝面前,在所有人面前。更不要说袒露在克兰芬坦面前,虽然他昨天晚上已经看过了,可是……"我把胳膊交叉在胸前,我已经可以想象人们睁得大大的眼睛。

阿兰娜疑惑地看着我,说:"在你原来的世界里,那些祭司都不需要穿礼服的吗?"

·219·

我的脑海里顿时浮现出泰德·福特牧师,他是一个很友好的人,我很喜欢他。他甚至鼓励我去星期日学校,给那些成年人讲课。但是我可不能想象他在星期日早晨的集会上袒胸露乳,甚至是复活节的星期日,我也难以想象出那个场景。

"他们肯定会盛装出席,但是他们可不会像我这样,把身体裸露出来。"

阿兰娜有些吓坏了。

"芮娅,一个女祭司把身体裸露出来,这象征着坦诚,也象征着你和众人之间的亲密无间。如果你把它遮住了,众人会认为你已经被艾波娜女马神抛弃了,或者,更严重的是,大家会认为你在亵渎神灵。"

"那这么看来,该死的,芮娅诺确实很坦诚。"我忍不住抱怨道。我尽量把双手拿下来,放到身体的两侧。

"确实,芮娅诺小姐确实很坦诚。她从来都不会伪装自己,除了有一些放纵,她只是被宠坏了而已。"

"但是——"我的手极不情愿地放在身体的两侧。

"但是大家都喜欢她,只是因为她是艾波娜女马神所挑选出来的最高女祭司。"

"好吧,我尽量忽略掉我的胸部在微风中摇摇晃晃的事实。"一个突如其来的念头打击了我,"要是我穿成这样去讲台上讲课,我肯定都不愿意说我是一个老师。你能跟其他的侍女说,帮我再准备一套衣服,以便祝福仪式完成后,我可以换下它吗?"

"当然可以。"阿兰娜点了点头,刚才同我的一番争执,已经让她满脸涨得通红。

"嘿!我还有一些问题——"

阿兰娜打断了我,说:"没问题!真的没问题!"她清了清嗓子,开始推着我走出门外,"芮娅,我们可不能迟到。"

17

"哦,该死的,这可真是见鬼了。"我不断地咒骂着,这在一定程度上维持了我的尊严,至少理论上是。我挺直了脊梁,这下可好,我那裸露的胸部更加凸出了。

现在的我简直是尴尬至极,满脸羞涩,恨不得找个地缝钻下去。坦白地说,当我的那些平胸的好朋友们,抱怨她们的胸部太小不能够填满比基尼上衣,吵着要去当地的整形医院做隆胸的时候,我还有些沾沾自喜。我勉为其难地跟着阿兰娜走出了浴室,才发现这次我可没有那么走运。

走出了浴室,阿兰娜退到了一边,让我走在她的前面,她给了我一个鼓励的微笑。我甚至都不敢看门口的守卫,他们肯定在盯着我,或者更确切地说,我觉得他们肯定在盯着我那裸露出来的胸部!

我转过身去,仓皇地退到了空荡荡的大厅里。

"我的小姐?"

阿兰娜让我停下了脚步,她还站在浴室的门口,我转过身去——给了她一个芮娅诺式的眼神。

"嘘。"我咬紧了牙齿。

"神主,你的时间很紧迫。如果你需要从你的房间拿什么东西,我会派遣一个侍女给你送来。"她冲着与我相反的方向点了点头。

好吧,原来我走错了方向。

"阿兰娜,谢谢你的提醒。"我背对着她慢慢地走过来,经过她的身边,我轻轻地握了握阿兰娜的手。

"该死的,你得告诉我,我们究竟要去哪里。"我压低了声音说道。

"芮娅诺总是让要参加祝福仪式的人前往艾波娜的马厩等候她。"阿兰娜小声地回答我,"她喜欢撒着鲜花,骑着艾波娜去特里尔山。"

我们走过大厅的一个转角,外面立即开阔起来。一道雕刻华丽的双扇门出现在眼前,直通昨天的那个庭院。我们一起走过了那道大门,阿兰娜继续在我的身后耳语着。

"沿着这条路一直穿过院子,看到前面的那扇门了吗?"我点了点头,"我们走过去,然后向右转,再过一道门,你就会看到马厩、你的守卫和侍女了。"

我又点了点头。

阿兰娜拽了拽我的手,说:"芮娅,慢一点。你要记住,你可是艾波娜女马神亲自挑选的主人,你是巴尔瓦隆最高的女祭司。你已经举行过很多很多次的祝福仪式了。"

顺着阿兰娜指引的方向,拥抱着清晨的第一缕阳光,我们一起走出了艾波娜神殿。我停下了脚步,我很感激,这一次阿兰娜并没有拽我,允许我做了片刻的莎伦·帕克。

我们来到了艾波娜的侧面,两排马栏整齐地呈现在我的眼前,前面就是马厩了。在两排马栏前面,十几个小仙女装扮整齐,衣着华丽,白色的裙角随着微风轻轻荡漾。只有我一个人裸露着胸脯,我不禁又感到一阵沮丧。她们每个人的手里都提着一只篮子,里面盛满了玫瑰花瓣。克兰芬坦和莱斯维娜也站在她们中间,已经在等候着我了。

莱斯维娜好像觉察到我的到来,它嘶叫着,热情地迎接着我。

"芮娅,"阿兰娜轻轻地握了握我的手,然后放开,"你可以做到的,大家都信赖你。"

我深深地吸了一口气,扬起了我的下巴,骄傲地走进马厩的门口。如果我莎伦·帕克要做某事,那么肯定能够把它做好。我慢慢地向等候我的人群走去,我尽量把我的目光集中在莱斯维娜身上,但是,我能感觉到克兰芬坦那炙热的目光。而且,我的胸也在不安分地晃动着,我猜它们第一次在大庭广众之下被释放出来,难免有些兴奋得不知所以。

小仙女们优雅地向我行了一个屈膝礼,莱斯维娜兴奋地用它的鼻子蹭着我的脸颊,我也微笑着回吻着它。

"莱斯维娜,你过得怎么样?我好担心你,我好想你。"

莱斯维娜又亲昵地蹭了蹭我的脸颊。

"你也会担心我,想念我吗?"克兰芬坦低沉的声音在我的身后响起,我的脊椎不由自主地战栗了一下。

我转过身去,面向克兰芬坦,我的背倚在莱斯维娜的身上。

"我想过你了。"我迎上他的目光,眼含笑意,"但是你的身体可没有受到任何的损伤,所以我不需要担心。或者说,你的马蹄昨天晚上也受伤了吗?"

我周围的小仙女们开始偷偷地笑出声来。

克兰芬坦故意向我抛了一个媚眼,然后他抓起我的手,轻轻地吻了一下我的手腕和手掌。他那柔软的嘴唇不断徘徊在我的手心。我的心跳立即加快了许多。

"这倒没有。"克兰芬坦走近我,牵起了我的另一只手,"我的意思是,昨天晚上我可没有受伤。"

他的声音很深沉,很温柔,我沉醉其中。这一刹那,我甚至忘了我那裸露在外面的胸部。但是,阿兰娜的话让我回过神来。

"我的小姐,你准备好了吗?"

"是的。"我看了看莱斯维娜,在清晨的阳光下,它显得更加俊美。它的马笼头和马鞍毯上都缀满了黄金饰物,该死的,又是可恶的骷髅头。我看到马鞍上有东西在闪闪发亮,居然这里也缀有如此多颗宝石——不过,对此我一点也不感到惊讶。

"芮娅诺,请允许我来帮你。"

克兰芬坦用手扶着我的腰,轻而易举地把我扶上了马背,两个侍女走上前来,把我的脚放在马鞍上。我开始有些欣赏这条裙子,它的衩开得正好。裙角散在莱斯维娜的背上,我的大腿也裸露出来,也许相对而言,这样我的胸部就没有那么裸露了。

小仙女们急忙退到莱斯维娜的两边,排成了整齐的两列队伍。阿兰娜站到了莱斯维娜的左边,克兰芬坦站到了莱斯维娜的右边。我看了看阿兰娜,她冲我点了点头。

"那我们走吧。"我对着莱斯维娜说了一声。那些小仙女走在我们的前面,像芭蕾舞舞者一样,优雅地走在前面,每走几步,其中的一个小仙女就会从篮子里抓起一大把玫瑰花,撒在莱斯维娜的周围。我还留意到,每次撒完玫瑰花,她们都会像跳芭蕾舞一般,以脚尖着地,优雅地旋转一圈。我猜,她们肯定在暗自庆幸自己的胸部并没有袒露出来,不过这只是我的胡思乱想而已。

艾波娜神殿被我们留在了身后,我们朝着东北方向出发了。那些乳白色的大理石墙壁依旧闪烁着耀眼的光芒。只见那宏伟壮观的大门越来越小,越来越小,马厩里的马栏也齐刷刷地消失不见了。一座不太陡峭的山峰出现在我们的眼前。我们好不容易攀上山顶,莱斯维娜兴奋地嘶叫着。我们又沿着山路往下走,我的手紧紧地抓着缰绳,这样,就不会有人看到我身体的颤抖。

我们还没有到达目的地,下面早已是人山人海。这儿已经聚集了很多人,还有很多半人马。人群的背后是宽阔的赛尔河,河水静静地流淌着。在河流的下游形成了一个河湾,几只小船安然地停泊在港口。

我们到达了人群的边缘,就好像我是《圣经》里袒露着胸部的摩西一般,人们开始在我周围撒起了玫瑰花瓣。顿时香风阵阵,熏得我都快要醉了。我慢慢地穿过人群,人们热情地向我问好,原本紧张得快要痉挛的胃也一下子放松了。在一队半人马中,我瞥到了杜格尔和康纳,他们不停地冲着我欢呼,我的嘴角不禁扬起了一丝微笑,我那原本颤抖的手也安静下来。这群人真的很可爱。我微笑着向他们挥手致意,尽量表现得像女王一样尊贵高雅,但是要比女王更平易近人一些——她们都太严肃、太呆板了。我们来到一个稍高的长满了三叶草的山冈上,这小山冈的四周都铺上了石块。我前面的侍女们散开来,各自站到了自己附近的石块上。莱斯维娜没有丝毫的犹豫,踏着两块碎石,登上了山冈的最高处。我有些不知所措,还好,阿兰娜和克兰芬坦还跟在我的身后,我才稍稍宽慰了些。

登上山峰后,莱斯维娜转过身来,面向人群。本来喧闹的他们一下子安静下来,我低下头来瞥了阿兰娜一眼。阿兰娜回过头去看了一眼河流,我也跟着把头转了过去。这简直是太令人震惊了,太阳从河岸树林的树梢上缓缓升起,它那耀眼的光芒洒在水面上,霎时间,那缓缓流动着的河水折射出万千光芒,就好像一斛耀眼的珍珠缓缓地从上游倾泻下来,光彩夺目,耀眼逼人。我有些难以置信,恰巧,我迎上了阿兰娜有些焦急的目光,看来她已经盯着我很久了。

她冲我点了点头,用低得几乎听不到的声音说:"是时候了。"

我清了清喉咙,面向下面那些崇拜我的人——默默地向艾波娜女马神祈祷,如果你真的选中我的话,千万不要让我说出不合时宜的话语来。

"早上好!"祝福仪式开始了。

人群中传来了一阵笑声,不过,紧接着传来了一个热情的招呼声:"早上好,芮娅诺女神。"

好吧,到目前为止,还不错。

"今天早上来到这里,我有两个目的。"众人都安静而敬畏地聆听着我——要是我那群调皮捣蛋的学生也能这样就好了,"首先,我要谈谈我们现在被邪恶的力量威胁着。然后,我得代表大家向艾波娜女马神祈求庇佑。"我专注地看着人群,一不小心迎上了几个半人马的眼睛,"正如你们所知,马克加仑城堡,已经被那些邪恶的弗摩瑞人摧毁。甚至我的父亲马克加仑神主也被那群邪恶的弗摩瑞人杀死了。"

我故意顿了一下,希望能向众人传达我的悲痛和哀伤。

"艾波娜还警示了我,他们已经占领了守卫城堡。"这一次,所有的人脸上都写满了震惊,人群更加安静。我看着他们那一张张震惊的脸庞,不知道是否应该把马克加仑城堡妇女的遭遇告诉他们。不过,我敢肯定半人马们已经知道了这个不幸的消息。我不知道这个消息的传播速度到底有多快。我的直觉告诉我,我不应该现在讲出来。也许,他们需要一些时间来正视过去的伤悲。

我转向了克兰芬坦,示意他走过来。

"我已经任命我的丈夫,克兰芬坦殿下,担任所有守卫的神主,他将带领我们勇敢地对抗邪恶的弗摩瑞人。"半人马们发出了阵阵欢呼。紧接着,人们也发出了阵阵欢呼。我迅速地瞥了一眼阿兰娜,给了她一个洋洋得意的眼神。

欢呼声沉静下来后，我继续讲道："克兰芬坦殿下已经向各个氏族的神主送信，"我临时作了一个决定，但愿我所作的这个决定是正确的，"到时候，所有氏族的神主都会聚集到一起进行商议。"但愿我的措辞还算恰当，"然后，他会把他们商议好的结果传达给大家，这样我们所有的人都能有所准备。"众人纷纷点头，表示赞同，我暗地里松了一口气。

"知己知彼，百战不殆。我们得先了解我们的敌人的情况。所以，如果你们中的任何人了解有关弗摩瑞人的任何情况，哪怕是一个关于他们的用来吓唬孩子的故事，请到艾波娜神殿来找阿兰娜，我们会把这些情况收集起来，或许在将来会有很大的用处。我们要武装好自己，做好准备，那些邪恶的弗摩瑞人并没有想象中的那么可怕。"我在心里默默地感谢莎士比亚老先生，他可给了我太多的灵感。

"记住，正义只有一个敌人——那就是邪恶，但是邪恶却有两个敌人——那就是它自己和正义。邪不胜正，正义最终会战胜邪恶，我们一定能够打败他们，就像我们的先祖那样。"那句话充满了哲理，所以，我牢牢地记住了，但愿他们也能记得。下面又响起了一阵欢呼声。

"现在，让我们向艾波娜女马神祈祷，请求她向我们赐福。"下面的人群立马安静下来，该死的，我有些手足无措。忽然，我的脑海里闪过了那只水壶，是它揭开了这一切的帷幕。我不知不觉地模仿起它上面的芮娅诺的姿态来，也不知道是哪位画家妙笔生花，居然画得那么传神。我转过身去，面对着波光粼粼的河流。我微微抬起右手，掌心向下。我闭上了眼睛，叶芝的一首诗歌浮现在我的脑海里，我开始大声地背诵起他那优美的诗句：

当黑夜打破白昼，
夜幕开始来临时，
我便开始祈祷。
不管是幸还是不幸，
因为你的缘故，
我将一直保持清醒，

请记得我们的约定。
　　你脸上坚定的表情，
　　是我心中的明星。
　　你脸上可爱的笑容，
　　我的全身都为之而颤动。

　　我故意停顿了一下，但愿叶芝不要介意，我篡改了他的诗。
　　"愿艾波娜的祝福常伴我们左右，就像一个温柔的母亲，亲切地指导着孩子们的安全一样，她肯定会帮助我们战胜邪恶，帮助我们取得最后的胜利。"
　　我睁开了眼睛，把手放了下来。我转过身来，面对着人群，笑容满面，我完成了，我完成了！

缪斯的诅咒
（下）

［美］卡斯特（P.C.Cast）著

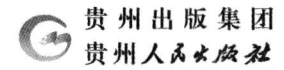

贵州出版集团
贵州人民出版社

18

人群开始慢慢散去，我总算可以松一口气了。在莱斯维娜走下山岗前，我看了看阿兰娜，阿兰娜冲我赞许地眨了眨眼睛，我最后的一丝紧张也烟消云散。莱斯维娜开始走下山岗，我感受到了大家的爱和赞许。

"芮娅诺！"克兰芬坦尖声叫住了我。我牵着莱斯维娜停了下来，转过身去。他站在我的身后，也没有看我，一直盯着北边的艾波娜神殿。只见他眯起了眼睛，用鼻子大口大口地吸气，就好像在闻风里的某种味道。突然，克兰芬坦伸出手指，指了指前方。我顺着他的手指方向望过去，前面有一片树木。

"那是什么？"我胯下的莱斯维娜也紧张不安起来，我骑着它到了克兰芬坦的身边。

"从北方吹过来的风里有阴郁的气味。"克兰芬坦的语气让我有些毛骨悚然，"我之前闻到过这种气味。"克兰芬坦的目光又回到了那些树上。

"在马克加仑城堡吗？"我的声音有些颤抖。

克兰芬坦点了点头。

这在原本平静的人群中掀起了波澜。忽然，半人马们把我们围在了他们的包围圈里；我的那些守卫纷纷冲了过来，也团团把我们围住。

克兰芬坦开始下达命令，首先要通知留守在艾波娜神殿的守卫，"有什么东西正从那片树林里向我们逼近，一定要保护好芮娅诺女神的安全；然后把妇女和儿童聚集到一起，并确保他们的安全。"

我的内心在尖叫，不要让我离开克兰芬坦的身边。毫无疑问，这是我发自内心的声音。

"我会留在克兰芬坦的身边。把妇女和孩子集中起来，带到安全的地方去。"克兰芬坦还没来得及说什么，我的守卫们就匆匆地离去。在离开之前，他们匆忙地向我敬了一个礼。我凝视着克兰芬坦的眼睛，重复了一遍，"克兰芬坦，我要和你在一起。"

"那么，我要和芮娅诺小姐在一起。"从克兰芬坦的身边传来了阿兰娜坚定的声音。

克兰芬坦叹了一口气,也不同我们俩争辩,又重新盯向那片遥远的树林。

微风轻轻地吹拂着我们的脸颊,杜格尔也加入了我们。现在我和莱斯维娜安全地夹在杜格尔和克兰芬坦两个半人马之间,我很想知道他们究竟觉察到了什么。

"风里还夹杂着半人马的气息。"杜格尔的声音严肃得可怕。

克兰芬坦也认真地点了点头。

"看!"康纳的呼喊把我们大家的视线,从树上转移到了树林前面的河边。一个半人马突然从树林里飞跃出来,飞快地朝着我们的方向奔驰过来,但是他的脚步有些踉跄。

"是伊恩!"杜格尔大声地喊出来。这时候,克兰芬坦也认出了他。

"杜格尔,康纳,你们跟我来。其余的人待在原地不动。如果有人追赶而来,你们得阻止他们,确保我们能把伊恩救出来,确保我们的安全。"克兰芬坦一把抓起了阿兰娜,把她放到他的马背上,"抓紧我,我们会跑得很快。"阿兰娜点了点头。克兰芬坦又看了看我,"待在我的身边。"

"我会的。"我用力地点了点头。我一只手抓起莱斯维娜的缰绳,一只手紧紧地抓住它的鬃毛。我可没有穿着胸罩,骑马这样的剧烈运动让我有些恐惧。

包围着我们的守卫和半人马们迅速地散开,我们也快速地移动着。莱斯维娜迈开了马蹄,我骑在莱斯维娜的背上,感到了一种前所未有的自豪,随即这种自豪又变成了恐惧和害怕萦绕在心头,挥之不去。

杜格尔率先驰到伊恩的面前。看到了杜格尔,伊恩轰然倒地。这让杜格尔有些措手不及,赶紧伸出手去,扶起了伊恩。

随后,我们也驰到了伊恩面前。坐在马背上的我听到了阿兰娜、克兰芬坦、康纳……甚至还有莱斯维娜沉重的呼吸声。此时的伊恩鲜血淋漓。他跪在地上,人身的部分几乎站立不住,全靠着杜格尔用膝盖支撑着他。

"伊恩!你不会有事的,艾波娜女神会保佑你的!"克兰芬坦的声音极度痛苦,他前腿着地,跪在了伊恩的身边。

阿兰娜慢慢地从克兰芬坦的马背上滑下来,愣愣地站在那里,呆呆地看着眼前这可怕的场景。

"有人追逐你吗?"克兰芬坦问道,伊恩的全身开始抽搐起来。

"没——没——没有!"伊恩费力地说。

"深吸一口气,伊恩,告诉我们,发生了什么事情?"伊恩挣扎着往胸腔里吸入两口气,杜格尔支撑着他,在他的耳边喃喃低语,抚慰着他。伊恩身上的血源源不断地滴落下来,豆大的汗水也不停地从皮肤里渗出,可我却没有看到他任何的伤口。

然后伊恩挣扎着,似乎想要站起来。他这一动,我才注意到,伊恩的身上有一道巨大的伤口,从马背的一边一直延伸到了另一边,鲜血不断往外淌着,几乎染红了整个马背。

"不要动!"克兰芬坦和杜格尔按住了他,"不要动,不要站起来!"

我从莱斯维娜的背上滑下来,一把扯下了披在我身上的袍子。

对人类和马匹的及时救治我可懂得不少。我知道,对伤口施加适当的压力可以阻止伤口的大出血。我看了看克兰芬坦,他点了点头表示应允。我蹲在了伊恩的旁边,把袍子折成几叠,轻轻地按在伊恩那条巨大的伤口上。

"康纳,快去叫医生来。"我对着康纳喊道,康纳立即转过身去,驰回了艾波娜神殿。

身后一阵急促的马蹄声响起,我抬头一看,一排半人马卫士已经矗立在了树林前面,他们在那里建立起了一道坚固的防线。我那稍稍镇定的心又慌乱起来。

我把我的目光重新转移到伊恩的身上,我近距离地仔细检查着他,才发现他的那条伤口比刚才看到的要糟糕得多。鲜血还在不断地往外涌出,汗水也不断地流淌,整个身体都已经浸泡在了血水里。全身上下,伤痕累累,千疮百孔,只是在鲜血和毛发的遮盖下,才不易发现。他的整张马皮犹如一块打满补丁的破烂的被子,每抽搐一下,猩红的鲜血就从沾着泥土的伤口里渗出,不断地渗出。

歇息了一会儿,伊恩开始吃力地说话,我的目光又移到了他那满是血污的苍白得有些发灰的脸上。

"拉尔贡城堡……被……被占领了。"伊恩深深地吸了一口气,用有些颤抖的声音继续讲道,"所有的人……都……死了。"

"就连所有的妇女都被杀死了?"克兰芬坦问道。

伊恩轻轻地慢慢地摇了摇头,满脸痛苦,"没有,他们……没有……没有杀死那些妇女。"

"其他的半人马呢?"克兰芬坦的这一问牵动了大家的心。

"死了。"当这个词语从伊恩的嘴里吐出来的时候,周围一片沉寂,死一般的沉寂。伊恩的身体开始剧烈地抽搐起来,他的眼睛也慢慢地、慢慢地快要阖上了。

"伊恩,不要,拜托你,请留下来和我们一起。"杜格尔哀伤地恳求道,伊恩的眼睛又吃力地慢慢睁开了。

"他们有多少人?"

"很多……很多,很多。"突然,他的呼吸平缓了不少,继续说道,"可以……不要……阻止……"伊恩的舌头有些失控了,有些语无伦次,他的呼吸一下子变得急促起来,非常急促。

我往下一看,伊恩的鲜血已经渗透了我的整件袍子。

"杜格尔!你在哪儿?"杜格尔就在伊恩的面前,伊恩的眼睛睁得大大的,不过他好像看不见了。

"在这里,我在这里!伊恩,我的兄弟,我在这里!"杜格尔抱紧了伊恩那满是血污的身体,在他的耳边轻声劝慰道,"伊恩,你的一切都很好,你现在很安全,很安全。"

克兰芬坦把我从伊恩的身边拉了过来,我眼睁睁地看着伊恩的嘴角慢慢地淌出了鲜血。克兰芬坦开始用他那低沉的嗓音唱起了圣歌,沉痛哀伤而又神圣的圣歌。杜格尔听到响起的圣歌,他愤怒地看着克兰芬坦。克兰芬坦并没有停下,只是无奈地哀伤地摇了摇头,杜格尔的愤怒消失了,沉痛的哀伤写在了他的脸上。

"克兰芬坦。"简直令人吃惊,伊恩居然非常清晰地喊出了我丈夫的名字。

"是的。"克兰芬坦停了下来,"伊恩,我在这里,我会带你回家。"

伊恩的嘴角浮现出了一丝笑意,他的身体慢慢地放松了。克兰芬坦抬起头,仰望着天空,继续唱起了圣歌,周围的守卫始终保持着安静,沉痛的安静。所有的悲痛、所有的哀思都尽在不言中。

杜格尔痛苦地闭上眼睛,把头靠在伊恩的头上,眼角滑过一滴清澈的眼泪,融入伊恩的鲜血里。

"我爱你,伊恩,我的兄弟,我们肯定还能相逢在艾波娜这块芬芳的草原上。"杜格尔的声音很平静,平静得可怕。

伊恩的身体又抽搐了一次,他的手无力地耷拉下去。杜格尔沉痛地叹了一口气。

克兰芬坦继续吟唱着圣歌,他低下头,闭上眼睛,专注地吟唱着圣歌;渐渐地,渐渐地,他的声音越来越小,越来越小。然后他站了起来,轻轻地拉开了我,走到正抱着伊恩低声啜泣的杜格尔的面前。

"杜格尔……"克兰芬坦的声音更加深沉,更加悲伤,"杜格尔,伊恩他走了。"

杜格尔慢慢地睁开他的眼睛,看着他的最高萨满克兰芬坦,说:"他是那么年轻,这怎么可以发生在他的身上?"杜格尔像一位风烛残年的老人一般,声音很是苍老。

"我很抱歉。"

我的眼角也不知不觉地溢出了两行清泪。我还记得,就在昨天,杜格尔还是那么年轻可爱,当我冲着他微微一笑时,他立即满脸羞涩低下脑袋。我离开了克兰芬坦的身边,从伊恩那条巨大的伤口上拿下已经被染红的袍子,泪眼迷离地凝视着伊恩那饱受蹂躏的身体。阿兰娜跟在我的身后,她取下了她的袍子,毕恭毕敬地给伊恩披上,脸上早已经挂满了晶莹的泪水。

我轻轻地抚了抚杜格尔的脸颊。

"伊恩很勇敢,他不愧是你的兄弟,能够认识他是我的荣幸。"

杜格尔从伊恩的肩膀上腾出一只手来,紧紧地握住我的手,说:"可以请求你替他向艾波娜女马神祈祷吗?我的小姐。"

"当然可以!"

我紧紧地握住杜格尔的手,用另一只手拉过克兰芬坦的手,覆盖在我们的手上。阿兰娜走到了杜格尔的另一边,杜格尔很不情愿地让阿兰娜和他一起支撑着伊恩的身体。我把我们的一只手都放在伊恩的手上,深深地凝视着这个死去的英勇的半人马。

"艾波娜,我请求您赐福给这个年轻的半人马伊恩,就在前一刻,他离开了我们,请求您用您那温柔的双手抚平他所有的伤痛。"我看了看杜格尔那苍白而紧张的脸庞,继续说道,"请让我们永远记得,他是为了我们才离去的,但是在不久的将来,我们又会相逢在另一个世界里,到时候,我们的灵魂又会相聚在一起,而且永不分离。"

杜格尔感激地握了握我的手,然后慢慢地放开。然后他站起身来,眼睛却一刻都没有离开他那死去的兄弟。

一阵马蹄声在我们的身后响起,康纳从艾波娜神殿回来了,他的马背上还载着一个男人,他应该是一位医生。那个医生从马背上一跃而下,他冲到了伊恩面前,他的肩上挎着两个大袋子,有点像皮革的行李包。他跪在伊恩面前,麻利而迅速地打开那两个袋子。

他摸了摸伊恩的脖子,掀开了白色的袍子,检查了伊恩的伤口,深深地叹了一口气,转过身来面对着我们。

这位医生沉痛地告诉杜格尔,说:"为此我很抱歉,如果你能允许,我将把他的身体清洁一下,然后再入殓。"

"好吧。"杜格尔喃喃地说道,然后他看着克兰芬坦,"我答应过父亲和母亲,我要把他安全地……"杜格尔已经泣不成声。

"杜格尔,伊恩是你父母的好儿子,你也是。"克兰芬坦温柔地劝慰道,然后转身对康纳说,"康纳,带杜格尔回艾波娜神殿去。伊恩会得到妥善的照顾。"康纳走近了杜格尔,轻轻地拍了拍他的马背,然后带着他回艾波娜神殿去了。杜格尔走了,他一步三回头地看着伊恩,直到慢慢地消失在远处。

我的目光一直停留在那位医生的身上,我认识这个男人,或者说他和我认识的一个人长得很像,但是一时间又想不起来。

克兰芬坦吹了一声响亮的口哨,一直守在树林前面的半人马立即撤了回来,重新回到了我们的身边。

"半人马们会把伊恩的遗体带到你的地方,请你替我们帮伊恩好好地清洗整理,他的家人将会去见他最后一面,送他最后一程。"克兰芬坦对那位医生请求道,他的声音也一下子苍老了许多。

"我会的,这是我的荣幸。"克兰芬坦和那位医生的目光不期而遇,彼此都眼含敬意。

"谢谢你。"我也对那位医生表示由衷的感谢,由于流泪的缘故,我的声音有些哽咽。看着医生那张似曾相识的脸庞,我的心里居然涌起了一丝温暖,"至少这样,杜格尔也能够得到些许的宽慰。"

"我会做好的。"那位医生的声音突然变得冰冷,脸上的表情也变得冷峻,我被他这突然的变化吓得目瞪口呆。

在克兰芬坦的吩咐下,一个半人马卫士载着那位医生,其余的半人马卫士们抬起了伊恩那鲜血淋漓的遗体,他们一起沉痛地踏上了返回艾波娜神殿的旅程。

目送那些半人马卫士离开,我看了看阿兰娜,她居然也死死地盯着那位医生。我忍不住越过阿兰娜的肩头,再次瞥了一眼那位医生。

"芮娅诺,我们回去吧。"

"好……"我的声音有些颤抖。

我清了清喉咙,唤了一声莱斯维娜,它就乖巧地走了过来。

我冲着它甜甜地一笑,对它的知趣懂礼表示赞许,刚才它可是一直都很安静。莱斯维娜走到了我的身边,它用它的鼻头轻轻地蹭了蹭我的脸颊,好像它也需要我的抚慰一般。

"所有的一切都结束了,莱斯维娜,一切都会好起来的。"我低声对它诉说,我惊奇地发现,它的脸颊两边也有两道潮湿的泪痕,它确实很是不寻常。

克兰芬坦那有力的双手绕到我的腰间,把我扶上了莱斯维娜的马背。然后他又转过身去,一把抓起阿兰娜,轻轻地把她放到了他的马背上。我们三人一起,慢慢地朝着艾波娜神殿走去。

19

我们三个人一起回到了马厩,和往常不一样,在那里等候我们的,不是一群侍女,而是好几个全副武装的守卫。克兰芬坦把我扶下莱斯维娜的马背,紧接着又把阿兰娜放到了地上。

"去把所有的守卫、半人马,还有村民都聚集到艾波娜神殿的接见大厅。"克兰芬坦对我的一个守卫下达了命令。

在执行命令前,那位卫士看了我一眼。

"我已经任命克兰芬坦殿下为所有卫士的神主。你还在犹豫什么呢?就像服从我的命令一样服从克兰芬坦殿下的命令。"我用坚定的声音说道。

那个卫士向我敬了一个礼,然后转身向克兰芬坦也敬了一个礼,说:"好的,我的殿下。"然后,他匆匆地离开了。

我轻轻地拍了拍莱斯维娜的脖颈,又温柔地亲吻了它的额头,"好好地照顾它。"我对着我的另一个卫士吩咐道。

"好,我的小姐。"然后那个卫士把莱斯维娜牵了下去。

阿兰娜挪到了我的身边,说:"芮娅,你需要好好洗个澡。"阿兰娜指了指我那满是血污的裙子和皮肤。

我低下头来看了看,才发现伊恩的鲜血已经沾染到我的双手,我的胸部,还有我的衣服。那么多猩红的触目惊心的鲜血……我的胃里一阵翻江倒海,我感到有些头晕目眩。一阵失神之后,我的身体开始摇摇欲坠。

"芮娅诺,你还好吗?"克兰芬坦的声音满是关怀。

我努力地眨了眨眼睛,尽量让自己不再晕头转向,清醒一些,说:"这太可怕了,可怜的伊恩……"

"任何邪恶都是正义的影子。"克兰芬坦把摇摇欲坠的我紧紧地搂在了他的怀里,他那温暖的气息包围着我,"我们行走在正义的阳光之下,而邪恶则悄悄地躲藏在阴暗的角落伺机而动。"克兰芬坦把我抱得更紧了,"但是我们不会再任由他们躲藏了,我们会把他们揪出来,连同他们的巢穴一举捣破。"

克兰芬坦那有力的臂膀,温暖的体温,还有他那坚定的信念对我产生了奇妙的效用,我不再感到头晕脑热,我的大脑慢慢地清晰起来。我从克兰芬坦的怀里转过头来,对阿兰娜说道:

"在我们与各个氏族的神主会晤之前,我们得同那位知晓历史的人谈谈,我们得了解清楚那些弗摩瑞人。"我感受到了克兰芬坦无声的支持,"阿兰娜,把那位知晓历史的人带到我的书房。对了,他叫什么名字?"

"他叫卡罗伦。"阿兰娜回答道。

阿兰娜的脸颊上又出现了明亮而粉嫩的红晕,我给了她一个疑惑的眼神。她深深地吸了一口气。

"他不仅知晓历史,他还是一位老师,而且,他还是一名医生。"

原来如此,一切都明白了。

"他就是康纳带去救治伊恩的那位医生。"

"是的,芮娅。"阿兰娜看起来有些局促不安。

"看起来他是一个不错的医生。"克兰芬坦一点也不懂我和阿兰娜之间的谈话。不过这也不足为奇,在这方面他可真是一个粗心迟钝的家伙。

我又转过身面向克兰芬坦,拽了拽他的手臂,示意他把我放开。克兰芬坦俯下身来,在我的脸颊上落下了一个蜻蜓点水般的亲吻。

"现在我和阿兰娜要先去清理一下,你也会一起到我的书房去吗?"

"我很快就过来。"克兰芬坦抚了抚我的脸颊,然后转身离开了。

现在只剩下我和阿兰娜两个人了,"阿兰娜,我们得好好地谈一谈。"

阿兰娜点了点头,跟在我的身后。还好,早上出来的时候我已经记住了路,我们穿过了一道大门,我知道前面是一个很大的庭院。还没有走进院子,里面就传来了妇女的唠叨和小孩子的嬉闹声。我走了进去,只见一排卫士守在她们的前面,刚才的喧闹声一下子不见了,整个庭院刹那间就安静了下来。从他们那有些害怕的表情可以看出,现在的我看起来可不怎么和蔼可亲。

我突然回想起,在我的课堂上,我的学生也曾经这么恐惧过。那是春日里的一天,一个学生因携带两把半自动手枪而被抓了起来。从那次的经验我知道,闪烁其词地隐瞒只会把事情弄得更糟,最好的解决方法就是把事情的真相告诉他们。所以我还是把我的手放在身体的两侧,并没有试图用它们来遮掩我身上的斑斑血迹。在他们惊恐的注视下,我给了他们一个"不要担心,一切都在我的掌控之内!"的表情。

胡扯可是一个成功老师必不可少、无往不利的技能。

"一个年轻的半人马被杀死了。"大家的呼吸都急促起来,"我们暂时还没有危险,但是我们必须作好准备。"同那次的课堂上一样,我决定采用相同的策略:在大家都有些怀疑的时候,我得让他们有事可做,这样他们就不会胡思乱想,"我需要你们的帮助,现在我要对你们进行分组。你们中的一些人要清理出一些地方出来,准备照顾伤员。一些人可以开始着手准备绷带这些急救的东西。"我看到好多人都在点头表示支持,我一下子受到了鼓舞,"我的姑娘们,我需要你们的帮助!你们中有没有好的厨师?请组成一个小组到厨房去,我们的战士需要一些可口的食物。"

"我的小姐,我和我的姐妹们会制作弓箭上的羽毛。"一个声音从人群中响起。

"谁说的?"我大声地喊道。

一个高挑苗条、皮肤白皙的少女拨开了人群,走到了我的面前。我的脸上露出了宽慰的笑容,她居然和我们学校里最优秀的电脑课程老师长得很像。现在,你们知道了我也是有组织能力的!

"你叫什么名字?"

"马瑞特,我的小姐。"她向我行了一个可爱的屈膝礼。

我转向了我的一个卫士,道:"去请康纳和杜格尔到这个院子来,让他们教导一下这些妇女,看看能不能让她们为卫士们做些什么。"我指着马瑞特,"马瑞特,你负责把她们组织起来。"

那个卫士向我敬了一个礼,就匆匆地离开了。

"半人马们会告诉你们他们所需要的东西。"我用我那老师的洪亮的嗓音继续说道,"帮助他们就等于帮助了我们所有的人。"我最后补充了一句,"艾波娜会赐福给我们大家的。"然后,我仓皇撤退,阿兰娜紧紧地跟在我的身后。

我们急匆匆地穿过一道大门,来到了我私人的走廊上。我如释重负地舒了一口气,小声地对阿兰娜说:"刚刚我的表现还好吗?"

阿兰娜赞赏地点了点头,然后把头转向了浴室的方向,我们又匆匆地来到了浴室门口,"得让她们做点什么,如果她们一直都忙忙碌碌,就没有闲暇的时间来害怕。"

"我也是这么想的。"

一个卫士替我们打开了浴室的大门,我们走了进去。在阿兰娜过来帮忙之前,我就已经拽下了那条满是血污的裙子。

"那你也确定我应该叫杜格尔过来帮忙吗?"阿兰娜递过来一块海绵,还有一瓶清香的沙皂。我坐在池边,开始清洗身上的血污。

"我认为如果他能一直忙碌,对于他来说,也将是最好的。"我掬了一捧水,冲洗掉身上最后的血污,阿兰娜站在池边,手里捧着一块毯子。我慢慢地走进池里,把整个身体浸入温暖的泉水里。

很快地,我们完成了沐浴,我把自己裹在那块大毯子里。阿兰娜走到大衣橱前忙碌地翻找起来。

"你能找出一套不那么透明的,能把我的胸部遮住的衣服吗?"

"我认为你会喜欢这件。"

阿兰娜的手里捧着一条米白色的漂亮的裙子。我高兴地抬起了我的双臂,又是一番忙碌。我很高兴,这套衣服总算没有那么透明。经过阿兰娜一番打理,这套漂亮的米白色衣服终于穿在了我身上。这条裙子把我的长腿袒露在了外面,把我的腿衬托得更加修长。对此,我已经习以为常,不过,坦白地说,适当的性感我还是很喜欢。

"阿兰娜,我喜欢这条裙子。"阿兰娜和我会心地一笑。我走到那个珠宝箱面前,快速地在里面翻找起来,"对珠宝的挑选能够准确地反映出选珠宝的人的品位。"我以老师的口吻讲道,从满箱珠宝中挑出了一对镶嵌着钻石的耳环。

"就像挑选男人一样。"阿兰娜打趣地说道。我们给了彼此一副自以为是的表情。

"阿兰娜,现在我们来谈谈卡罗伦吧。"

阿兰娜脸上的洋洋得意,很快又变成了绯红的羞涩。

"阿兰娜,你怎么脸红了?"当然,我的这句话只会让她那绯红的脸颊变得更红。我走过去握住她的手,牵着她走到梳妆台的凳子前。我指了指旁边的凳子,"阿兰娜,坐下来和我说说吧。"

阿兰娜叹了一口气,看出了我眼中的坚持,又叹了一口气。

"要让我帮你说吗?"阿兰娜点了点头,"我说你已经爱上他了。"

阿兰娜睁大了眼睛,闪动着惊讶、害羞,此时的她简直像极了小鹿斑比。

"你怎么——"阿兰娜尖叫着说,还没有等她说完,我已经用手捂住了她的嘴巴,"嘘!"

"我只能说这是因为我那奇妙的直觉——也有可能我是艾波娜女神挑选的最高女祭司的缘故——其实事实上是:这世界上可没有永远的秘密。"我神秘地笑了笑,并且开玩笑似的推了推她的肩膀,"不过,他长得倒很像苏珊娜的丈夫——吉恩。"呀,我总算是想起了,他就是像吉恩,怪不得那么眼熟。阿兰娜惊讶地眨了眨眼睛,我继续喋喋不休,"他们已经结婚很久了,吉恩还是非常爱她,他们一直都像新婚那么甜蜜,真是一对恶心的夫妇。"很明显,我有些羡慕,还有些嫉妒。

阿兰娜像小猫咪一般挠着我,所以我给她倒了一杯葡萄酒,递给了她,她可算是停了下来,接过酒杯,大大地喝了一口。

"奇怪的是,为什么这里的人都很像我原来的世界里的人呢——该死的,我不知道该怎么说。"我给自己也满上了一杯,沉思了片刻,理了理思路,"在我原来的那个世界里,吉恩是一位律师,还是一位历史教授。苏珊娜和我总是称呼他为博士,苏珊娜自称为博士太太。苏珊娜还说,只要她一盯着一个肌肉结实、英俊漂亮的尼安德特男孩的时候,吉恩的脑袋就会变成一个沙漏自动计时。"我的脑海里浮现出一张滑稽的图片:吉恩的脑袋和一个计时器都在嗒嗒作响。

"尼安德特男孩是谁?"阿兰娜听起来很是迷惑不解。

我皱了皱眉头,说:"嗯,呃,就是苏珊娜非常迷恋的男人,她会为之疯狂。"这个解释好像解开了她的一些迷惑。

"在这里,你们两个不会也结婚了吧?"

"没有。"阿兰娜像触电一般,跳了起来。

"为什么没有结婚呢?"

阿兰娜的眼里盈满了泪水。

哦,我的天啊!

"不要告诉我他并不爱你!我可已经看到,他看你时那种爱慕的眼神。"

"卡罗伦他爱我。"阿兰娜的声音满是柔情蜜意。

我记起来了,吉恩以前结过一次婚,在很久很久以前。在他还很年轻的时候,在他还没有碰到苏珊娜的时候。

"那他已经和其他人结婚了吗?"我伸出了我的手,准备给她提供支持和安慰。

"不是!除了我之外,他并没有爱上任何人。"

"该死的,到底有什么问题?"

"是你!"阿兰娜的声音很低很低。

"我?"我有些恼火地盯着她,"该死的,你的意思是因为芮娅诺——

不,因为我?"

"我很抱歉,你说得很对。是因为芮娅诺小姐,不是你。"

"我还是不明白。"

"芮娅诺小姐发现了我们之间的感情,可是她不准我们结婚,不准我们相爱,也不让我们单独待在一起。芮娅诺小姐说我是属于她的,不能属于其他任何人。"阿兰娜悲伤地耸了耸肩,"不过她说,等我不再是她的侍女的时候,卡罗伦就可以拥有我了。卡罗伦说他可以等到那个时候。"

一时间,我有些说不出话来。

"所以卡罗伦一直都在等我。"阿兰娜悲伤地说。

"芮娅诺真是一个自私的荡妇!"这简直是荒谬透顶,我激动地摇着脑袋,"该死的,她可以有那么多的男人,却不允许你拥有一个?"

"芮娅诺小姐说可以让我嫁给任何人,除了卡罗伦。"

"但是除了卡罗伦,你不会想要任何人。"

阿兰娜摇了摇头,我们不约而同地端起酒杯,一饮而尽。另一个主意出现在了我的脑子里。

"阿兰娜,你有孩子吗?"

"没有!当然没有!我从来都没有结过婚,怎么会有孩子?"

我只是盯着她,一言不发。我怎么能告诉她,在另外一个世界里,"她"和"她"所爱的人幸福地结了婚,还有了三个漂亮可爱的小女孩?我当然不能这么做。该死的,这件事情深深地刺痛了我的心,为什么有情人不能终成眷属?

"那卡罗伦一定恨死我了。"我不由自主地说了出来,阿兰娜也慢慢地点了点头。

我突然站了起来,说:"好吧,让我做一些弥补。今天就让你嫁给他,就今天。"

阿兰娜惊讶得跳了起来,说:"可是,可是没有时间来举行仪式。"

"该死的,你们结婚到底需要什么样的仪式?"

"需要一个祭司来给我们宣读誓言。"

"我不就是一个祭司?"

阿兰娜眨了眨眼睛,开始懂了。"是。"

"那我能替你们举行结婚仪式吗?"

"能。"阿兰娜有些晕眩,"但是现在可不是一个好时机,我们得作好战争的准备。"

"不,阿兰娜,恰恰相反,现在正是时候。"我严肃地看着她,"难道你想等到战争结束以后?"

"不!"我看到阿兰娜的眼睛里闪动着恐惧。

"那么,来吧。"我催促着她走向门口,"然后,我们再去处理那些可恶的吸血鬼的事情,你马上就可以实现你的愿望了,阿兰娜。"阿兰娜什么也没说,只是呆呆地点了点头,像在梦游一般,"等打败那些吸血鬼之后,我会为你们举行一个盛大的派对——阿兰娜,这简直是好极了。"我已经有些迫不及待地想要当牧师了,这也许和当伴娘一样有趣。

我们走出了浴室。我大步流星地走向我的房间,嘴里还哼着《新娘来了》的调子。阿兰娜的脸上有些茫然,又有些不可思议的欣喜,我喜欢看她这样的表情。看来演一个好人要比演一个坏人快乐得多,我猜,我的约翰·韦恩肯定深有体会。

那个有些像丝塔茜的侍女,已经督促着其他的侍女把我的早餐摆放在了桌上。一种类似于热粥的香气不断地飘过来,我的肚子居然"咕咕咕"地叫唤起来。我给了她们一个感激的笑容,我记起来了,她叫塔拉。她们待了片刻,才慢慢地向我施了一个屈膝礼,然后有些踉跄地退出了房间。

"难道那些女孩子都喝多了吗?"等他们离开之后,我问阿兰娜。

"什么?"

"不要紧。"阿兰娜的脸颊还是绯红,表情还是有些茫然。我知道现在的她可听不进去我在讲什么。好吧,不管怎样,我想我面前的这个女孩已经有些醉了。

"阿兰娜,我们先吃点东西吧。"

我们走了过去,吃起了早餐。好吧,只是我一个人在吃,阿兰娜只是呆

· 243 ·

呆地捧着碗而已。这时候,门口响起了一阵清脆的敲门声。

"请进!"我大声地喊道,又舀了一勺香甜的玉米粥。事实上,它尝起来有些像麦片。

我的卫士打开了大门,克兰芬坦和卡罗伦走了进来。我正想看看阿兰娜看到她的未婚夫是什么反应,突然发现就像《星际迷航》里的剧情一样,我被吸了起来。原来,克兰芬坦走到了我的面前,把我拎了起来。他就是剧里那只大型的舰船,而我就是小小的航天飞机。这就意味着,这对于他来说简直是轻而易举。

"嘿!"该死的,我的声音听起来有些暧昧。

克兰芬坦握住了我的手,把我的手掌轻轻放到了他的唇边,如往常一样,温柔地吻了一下我的手心。

"早上好。"克兰芬坦的声音温柔得像裹了一层蜜一样,我情不自禁地战栗了一下。

然后,他把他的手和我的手十指交叉在一起,接着用他的大拇指细细地抚摸着我的手腕。

"杜格尔怎么样?"

克兰芬坦的脸上又满是沉痛,"现在的他简直和从前判若两人。"他哀伤地摇了摇头,"他几乎很少和伊恩分开,这对于他来说简直难以接受。"克兰芬坦握了握我的手,"我听说你让他一直保持忙碌的状态,这是明智之举——至少这样,他才不会胡思乱想。"

"我很高兴,你没有因为我从你的身边调走了杜格尔和康纳而恼火。"我微笑着迎上了他的目光,电光石火之间,所有的一切都融化在其中。真的,可不要急着反驳我,在你亲自去尝试之前。

阿兰娜清了清嗓子,我回过神来,叹了一口气。我环视着克兰芬坦那庞大身躯的四周,看到卡罗伦静静地站在门口。他警惕地看着我,这让我感到很是心虚,很是不安。对于这样的人,我都会采用相同的策略,这种策略我曾经也对阿兰娜使过。我只要做我自己就好,我可不是芮娅诺。

"卡罗伦,过来吧。"我热情地微笑着,"我们需要你给我们提供一些知识。"

我坐在一张躺椅上,阿兰娜坐在我的对面,克兰芬坦站在我的不远处,卡罗伦慢慢地走了过来。我示意他坐到阿兰娜的那张躺椅上。

"请坐,你饿吗?"

他停在了桌子旁边,也没有看阿兰娜,说道:"我想我最好还是站着,芮娅诺小姐。"他生硬地说道,"谢谢,我已经吃过了。"

我耸了耸肩,说:"不管怎么样,我们得在这里待上一会儿。所以不要拘束,请随便坐。给自己倒一杯葡萄酒,葡萄酒可是我最喜欢的水果早餐。"

他谨慎地研究着我,就好像我是一颗炸弹——随时都会爆炸。

克兰芬坦拉了拉我的卷发,目不转睛地盯着我那还剩下半杯葡萄酒的酒杯,说:"你喜欢葡萄酒?"

"这可是一剂良药。"我取笑着克兰芬坦,并开玩笑地拍了拍他的手臂,然后微笑地看着卡罗伦,"我说得对吗?卡罗伦医生。"

"是的,葡萄酒又被称为'生命的甘露'。"卡罗伦不疾不缓地回答道。

"看,我说得对吧!"我冲着克兰芬坦眨了眨眼,克兰芬坦无奈地看了看我。我转向了阿兰娜,宣布道:"现在,我们得确保自己的酒杯里有足够多的葡萄酒,在你们的结婚仪式正式开始前。"

如果我没有猜错的话,此时阿兰娜的小脸蛋肯定羞得通红,我有些得意扬扬。可是,我的话却对卡罗伦有着相反的效果——他的脸色苍白得可怕,甚至有些泛灰。这一刻,我开始担心,也许他需要的是一个殡葬师,而不是一个女祭司。只见他把牙关咬得紧紧的。

"芮娅诺小姐,我知道你能做出许多令人受伤的事情来,但是这次你——"卡罗伦的声音明显地大了起来,他的身体也激烈地颤抖着。克兰芬坦放下了我的手,防备地走到我的面前来。

"卡罗伦医生,请你对芮娅诺小姐谨言慎行。"克兰芬坦的声音很是冷酷无情。

"如果你知道她是怎样的一个人,你就不会想要保护她。"卡罗伦朝着我的方向,吐了一口唾沫到地上。

只见克兰芬坦的身影闪过,他庞大的身躯朝着卡罗伦扑了过去。我还没来得及阻止他,卡罗伦已经被他押着跪在了我的面前。

"请求芮娅诺小姐的原谅!"克兰芬坦愤怒地吼道。

"不要这样!"我大声地叫道。我走过去,轻轻地拉了拉克兰芬坦那钢铁一般的手臂,尽量让他不要使出强劲,"对此我感到很抱歉,我应该好好地解释一下——我只是以为不需要解释那么多。"克兰芬坦看起来很迷惑,但是他松开了他的钳制,让卡罗伦能够站起来。

阿兰娜站在我的旁边,我迅速地抓住她的手。在卡罗伦还没有向我吐唾沫,或者做其他的事情之前,我也迅速地抓起了他的手,把它放到了阿兰娜的手上。

"我已经同意把阿兰娜嫁给你,就是现在,你们原本就不应该分开。"越过卡罗伦的肩头,我抱歉地看着克兰芬坦,对他说道,"我也不知道刚才卡罗伦是怎么了,没想到居然把他吓坏了。"

我把我的注意力又重新转回到那对新婚夫妇身上。卡罗伦眼睛睁得大大的,他的嘴巴也在轻轻地颤抖着。我严肃地点了点头,给了他一副"这是真的"的表情。他瞥了一眼阿兰娜,好像害怕她立即就会被我变成什么可怕的东西。不过确实,在这个世界里,谁也不知道接下来会发生什么事情。只见阿兰娜绯红的脸颊上洋溢着幸福的笑容,这下卡罗伦放心了,我听到他深深地、深深地吸了一口气。

我猜,要是卡罗伦再做出什么不礼貌的行为,我的丈夫这次很可能会把他的脑袋给拧下来。在卡罗伦还没有再次发狂前,我把我的手从他俩紧握的手上拿了下来。现在,我可是一个牧师,我得从朗费罗那里借用一些诗歌来充当临时的结婚誓言。"在我们的生命里,没有什么比真爱更神圣的了——它扇动着它那轻柔的翅膀——它扬起了它那美妙的歌声,还有它那温柔而甜蜜的气息,包裹着你,很快就席卷了你的灵魂。"

我把手又重新放到了他们的手上。

"现在,我要说的是,我已经被你们真挚的爱情所感动,我知道在很久很久以前,你们就已经彼此爱慕,发誓不离不弃。所以,今天,我特此正式宣布,你们结合在一起了。而且,我诚挚地请求艾波娜女马神赐福于你们。"我看了看卡罗伦震惊的表情,继续说道,"卡罗伦,请珍惜阿兰娜。"然后,我退回到我的躺椅前,给了他们一个大大的甜蜜的微笑,"卡罗伦,现在你可以亲吻你的新娘了。"莎伦·帕克,你这个牧师干得真不错。

但是卡罗伦并没有亲吻阿兰娜,他放开了阿兰娜的手,用鹰一样锐利的眼睛看着我,仿佛要把我看穿一般。

"你是谁?"

20

我正要开口回答,但卡罗伦打断了我。

"可不要试图掩盖真相,我很了解芮娅诺。我憎恨她那么多年,我知道她的骨子里,就是一个被宠坏了的自私的小孩。"

阿兰娜深深地吸了一口气,把卡罗伦转向了她,卡罗伦的眼神立即温柔了下来。

"你知道的,阿兰娜。"卡罗伦轻轻地抚摸着阿兰娜的脸颊,"你对她那么忠诚,牺牲了那么多,她回报你的,竟然是嫉妒和怨恨。"

卡罗伦又转向了我,他眼里已经放松了警惕——现在的他,眼里闪动着好奇和兴奋。

"我再问一次,你到底是谁?到底发生了什么事情?"他用医生的眼神打量着我,"尽管你和她的相貌惊人的相似,但你绝对不是她。"

好吧,我一直都知道,吉恩他一直都很聪明,聪明绝顶。

卡罗伦走近了我,这一次我的半人马丈夫并没有阻止他。事实上,克兰芬坦非常平静,他用着和卡罗伦一样的眼神打量着我,只是他的眼里可没有一丝的兴奋。

"你的头发比芮娅诺的要短一些。"卡罗伦笑着喊出来,"还有,你说的话也很奇怪,虽然你的声音和芮娅诺很像。"

"卡罗伦,你误解了!"阿兰娜突然着急地打断了卡罗伦,不准备让他继续说下去。

我沉默了片刻。

"让他把话说完,阿兰娜。"我坚定地说道。

卡罗伦盯着我的眼睛,说:"你不是芮娅诺,你可能是艾波娜女马神挑选出来的最高女祭司,但你绝对不是芮娅诺。在你的眼睛里,我可没有看出芮娅诺的恶毒骄纵。"

我看着焦急的阿兰娜,叹了一口气,说:"我不能再那么做了!"然后,我把目光移到了克兰芬坦的身上,"我也不想再对你说谎了!"

克兰芬坦没有任何动作,也没有任何言语。他又重新戴上了他那戒备的冷漠的面具,就像我们第一次见面时一样。

但我并不准备收回我刚才所说的话。而且,说实话,我也不想收回。我就是我,我就是莎伦·帕克,我已经厌倦了做芮娅诺的替身。

"我不是芮娅诺。"卡罗伦满意地哼了一声,但我并没有看他,我的目光一直停留在我的丈夫克兰芬坦身上,"我叫莎伦·帕克,这很难解释,你们也难以理解。我来自另外一个世界,这里的很多人、很多事物都和那个世界很相像。但是,这两个世界本身却是完全不相同的。"我停了下来,希望克兰芬坦能够说些什么。可是,他依旧保持着沉默,什么也没有说。但是他点了点头,好像在示意我继续说下去,"我也不知道怎么回事,芮娅诺发现了我所在的世界,她想出了一个办法把我和她交换过来。这个事情得从一个上面有着芮娅诺画像的水壶说起,从我看到那只水壶的那一秒,一切都改变了。"我绞尽脑汁,想要找出一些正确的词语来把这件事情说清楚,"我也不知道到底发生了什么事情,好像发生了一个很可怕的车祸,事实上,我的第一反应就是我已经死了。"我用祈求的眼神望着克兰芬坦,祈求他能够明白,"你还记得我们结婚那天吗?我不能说话,因为我在车祸后暂时失声了。"

克兰芬坦又点了点头。

"就这样……我也不知道怎么说……我就这样被换了过来。"

阿兰娜走上前来，站到了我的旁边，说："她不是芮娅诺，但是这反而更好了。"

"这一切都是一个谎言，难道这还更好吗？"克兰芬坦的声音里不带一丝感情，冰冷得可怕。

"但撒谎的不是她，是我！"我试图阻止阿兰娜继续说下去，但是并没有成功，阿兰娜继续说道，"芮娅并不想假扮芮娅诺女神，是我告诉她这里所有的人都需要她，她才这么做的。"阿兰娜看着我，我不得不把目光从冷酷的克兰芬坦身上移到她身上。

"我本来想让芮娅把这件事情告诉你，克兰芬坦殿下。但是我很害怕，刚开始我不知道会发生什么样的事情，后来我害怕我会因为芮娅诺的失踪而受到指责。等我慢慢地了解芮娅以后，我又很害怕人们会谴责善良的芮娅是一个骗子。"阿兰娜目不转睛地盯着克兰芬坦，"我担心她的身份被揭穿以后，所有和她亲近的人都会受到伤害。但是我发现，艾波娜女马神也选中了芮娅作为巴尔瓦隆的最高女祭司，她们已经彻底交换了身份，而且这对我们来说并不坏。"阿兰娜拉着我的手走到了克兰芬坦面前，把我的手交到了克兰芬坦的手里，"克兰芬坦殿下，如果你因为被欺骗而恼怒，请把怒气都撒在我的身上。不过，在你发怒之前，我的殿下，请你好好看看，上天赐给了你一份多么美好的礼物。要是你和真的芮娅诺小姐结合在一起，你的未来又会是怎样呢？"

卡罗伦哈哈大笑起来，这让我大吃一惊。他一把搂过了他的新婚妻子阿兰娜，然后转过身来面对着克兰芬坦。

"你的未来？芮娅诺那颗怀恨的心肯定会折磨着我们所有人。我感激她放逐了她自己。"卡罗伦又冲着我笑了笑，并给了我一个飞吻，"欢迎你，我的小姐，我敬爱的最高女祭司，愿你把艾波娜女马神的祝福带给我们，也愿你在我们这个世界里获得幸福。"

我也冲着卡罗伦笑了笑，又紧张地望着克兰芬坦。

克兰芬坦终于开口讲话，但他的声音依然很是冷漠，不带任何一丝情感。

"我知道你是有一些不同,你说的话也有些奇怪,但是我真的没有想到你竟然不是芮娅诺,我只是以为我不了解你而已。你是艾波娜女马神挑选出来的最高女祭司,你自然是独一无二的,自然和芮娅诺完全不同。"克兰芬坦又转向了卡罗伦,"你是对的,我也发现她眼里没有芮娅诺的恶毒骄纵。"

卡罗伦赞同地点了点头,克兰芬坦的目光移到了我的身上。

"我什么也没有说,是因为我希望你能够足够地信任我,向我坦白地吐露这一切。"克兰芬坦的声音里满是悲伤,这让我无比难过。

"克兰芬坦,我信任你!只是我还没有找到一个适当的时机。呃,好吧,我之所以没有告诉你,是因为,嗯,呃,是因为我不想失去你的爱!"我的声音越来越小,小得几乎快要听不到。

是的,该死的,我爱上了他!这一切都如我想象中的那么浪漫。

但是,我只是和克兰芬坦相处了一个晚上而已。

虽然克兰芬坦是一个不错的家伙,像极了我的约翰·韦恩。可是,我就是一个容易上当受骗的人。

所以,我呆呆地站在那里,用力地睁大眼睛,尽量让我的眼泪不要溢出眼眶。克兰芬坦重重地叹了一口气,向我走了过来,我开始号啕大哭起来。克兰芬坦无奈地怜惜地抚了抚我脸颊上的眼泪,用他那温暖的大手抬起了我的下巴。

"你永远也不会失去我的爱。"他弯下腰来,温柔地吻了我,然后给了我一个"你真是一个傻瓜"的无奈眼神,"我也许是没有耐性,但是你永远也不会失去我的爱。"

我想扑过去,用我的双手紧紧地抱着他,把我的脸埋进他那温暖的胸膛,但阿兰娜和卡罗伦正在打趣地看着我们。

所以,我把克兰芬坦拉了过来,飞快地吻了他一下,并在他的嘴边轻声地说:"我爱你。"

此时,我那该死的胃不合时宜地咕咕叫起来,所有的人都听到了。克兰芬坦大笑着把我推回了餐桌前,他俯下身来,让我靠在他的胸前,开始继续吃完我的早餐。这未尝不是一件好事,至少我可以随便一些,还不用担心随时都可能被他们识破我不是芮娅诺。克兰芬坦用手搂着我的腰,我的背紧紧地贴在他那宽阔而温暖的胸膛。

"坐吧,伙计们。"我安心地说。

这一次卡罗伦没有丝毫的犹豫,他牵着阿兰娜,走到了我对面的躺椅前,坐到了阿兰娜的旁边。他的手一直紧紧地牵着阿兰娜,仿佛只要他稍微一松开,阿兰娜立即就会消失不见。

"我敢打赌,你还没有吃早餐,不是吗?"我质问卡罗伦,他正咬着一块可口的甜甜圈。

卡罗伦做了一个鬼脸,说:"事实上,我错过了今天早上的祝福仪式,那时我正忙着帮助两个双胞胎婴儿降临到这个世界上。你说对了——我还没来得及吃早餐呢。"

"那就吃吧!这里可是食物充足。"我回过头瞥了一眼克兰芬坦,打趣道,"就像我们有足够的马饲料一样。"

卡罗伦刚刚咽下一口粥,立马就被我的话呛到了。而阿兰娜似乎早就已经习惯了我的幽默,倒也见怪不怪,只是温柔地拍着卡罗伦的后背。

克兰芬坦什么也没有说,只是趁阿兰娜和卡罗伦都没留意的时候,偷偷地咬了一下我的肩膀。

"呀!"我尖叫起来,卡罗伦和阿兰娜都疑惑地看着我,克兰芬坦却装出一副若无其事的样子。

我不该反应那么激烈的,我早就知道,克兰芬坦是一个会咬人的家伙。

"那我们应该叫你什么呢?"卡罗伦一边嚼着甜甜圈,一边若有所思地打量着我。

"对!"克兰芬坦也歪着头打量着我,"你说在你的世界里,你叫……"克兰芬坦迟疑了一下,沉思了片刻,"你说你叫莎伦·帕克。"克兰芬坦喊出了这个名字,他那深沉的嗓音,顿时使这个名字生色不少,还充满了异域风情。我希望我的名字能够给这里带来一丝新鲜的气息,他们实在是太拘泥、太呆板了。我喜欢克兰芬坦温柔地唤着我的名字,我希望他能一直这么唤着我。

沉浸其中的我,好不容易才回过神来。

"我叫莎伦,不过要是你们叫我莎伦这可不太明智。除非……"我故意卖了个关子,"除非你们想要大家都知道我不是芮娅诺。"

"不!"阿兰娜、卡罗伦,还有克兰芬坦三人一起喊道。

大家都沉默了片刻,我猜,此时他们肯定在想象把我真实的身份公之于众的严重后果。然后,卡罗伦清了清喉咙,我们三人都期待着他讲出他的真知灼见。

"如果我们真这么做可没有什么好处,尤其在这个特殊的时期。"卡罗伦顿了一下,然后严肃地凝视着阿兰娜,"阿兰娜,你确定艾波娜女马神也选中了她?"

"是的,她是艾波娜女马神选出的最高女祭司。"阿兰娜用力点了点头。

卡罗伦松了一口气,说:"那我们就没有必要扰乱艾波娜神殿的秩序,没必要把大家弄得——"卡罗伦思考了片刻,"把大家弄得人心惶惶。"

阿兰娜和克兰芬坦都认为卡罗伦言之有理,表示赞同。

"那好吧。"我继续说道,"不过,芮娅诺做的很多事情我可不赞同。"

"那简直是好极了,我也不赞同!"克兰芬坦的感慨把我们大家都给逗笑了。

我轻轻地亲吻了一下克兰芬坦的脸颊。

"芮娅,大家都喜欢你。"阿兰娜冲着克兰芬坦笑了笑,"还有,所有的卫士都尊敬你,他们从来都不会随意地谈论芮娅诺小姐。"她又把目光移到了我的身上,"你只要做你自己就好,你能纠正并弥补芮娅诺小姐所犯的错。"

这句话听起来还不赖。

"但是我们应该怎么称呼你呢?"克兰芬坦继续问道。

"我喜欢阿兰娜那么称呼我,芮娅,这样既表明不是芮娅诺,又不会给我带来很大的麻烦。"

他们都点头表示赞同，我们又高兴地继续吃着我们的早餐。

"糟糕，可不是一切都圆满结束了，我们可还有事情没有做！"我突然尖叫道。

他们也都记起来了我们叫卡罗伦过来的主要目的。

如果我们想把幸福延长下去，就得消灭那些邪恶的吸血鬼，难道不是吗？

"好了，卡罗伦……"卡罗伦极其不舍地把注意力从他的新婚妻子身上挪到了我的身上，"把你所知道的关于弗摩瑞人的事情都告诉我们。"

"弗摩瑞人是邪恶的化身。"

"别开玩笑了，然后呢？"我的意思是，这些我们都已经知道了。

卡罗伦眨了眨眼睛，对我的打断表示有些异议，然后又用历史老师讲课的口气继续讲了起来。

"弗摩瑞人是来自遥远的东方的一个物种。"

克兰芬坦吃了一惊，这让我想起来，在那张地图上面，河东岸所有的土地都是半人马平原。

"是的，那是在半人马居住在那里之前。"很明显，卡罗伦觉察到了我那半人马丈夫的恼怒，"关于他们的传说已经有些模糊。最开始，弗摩瑞人和巴尔瓦隆人几乎没有任何接触。但是他们那里经历了一场持久的大旱灾，紧接着，弗摩瑞人所在的平原燃起了一场大火，几乎不能被扑灭，他们被围在了里面。几个弗摩瑞人冒着被烧成灰烬的危险拼死冲了出来，找到了我们的祖辈，寻求帮助。他们需要穿越赛尔河，他们说没有巴尔瓦隆人的帮助，那几乎是不可能的。"

"嗯？"我给了卡罗伦一个疑惑的表情。

"根据传说，弗摩瑞人必须踩在土壤上，土壤对于他们来说就是必不可缺的血液，所以他们不能越过赛尔河。"

"等一下——他们有翅膀，如果他们得踩在土壤上，那他们怎么能够飞起来呢？"

· 253 ·

"你抓住了重点。"卡罗伦笑了笑,"其实他们并不能飞翔,他们只能被称为——"卡罗伦清了清嗓子,转了转眼珠,想要找出一个合适的词语,"他们只能被称为滑翔的恶魔,而不是飞翔的恶魔。他们的翅膀就像飞天松鼠的尾巴,不是真正的鸟的羽翼,只是一对能够帮助他们借风的翅膀。"

我还记得他们跳跃时跨出的步子远极了!我点了点头,表示赞成。

卡罗伦继续说道:"善良的巴尔瓦隆人认为要是任由他们被大火烧死,或者在大火过后被饿死,实在是一件残忍的事情。经过商议后,他们决定伸出援手。所以,他们用土壤和木料在赛尔河上搭建起了一座大桥。事实上,那座桥离我们并不远。"我们目不转睛地盯着他,他喝了一小杯葡萄酒,"这样那些弗摩瑞人才能够跃过赛尔河,得以幸免于难,从此,两个部落和平地生活在了一起。"

"我只是听说过用来吓唬小孩子的关于弗摩瑞人的故事。"克兰芬坦打断了卡罗伦。

"为什么书上并没有记载,是巴尔瓦隆人帮助弗摩瑞人来到了这里的?"克兰芬坦继续讲道。

"其实,连记载弗摩瑞人的书籍都很少。只有为数不多的几个抄录员才知道这个故事的存在。大多数的古书残破而且晦涩难懂,所以很少有人去钻研它们。"

从克兰芬坦的表情看出,这抄写员要么是独身主义者,要么是一个书呆子,或者其他什么的。

卡罗伦好像看穿了我们的心思,笑了笑,说:"除非有人有大把的时间、大量的兴趣来陪着那个抄录员。"

阿兰娜握住了卡罗伦的手,他们甜蜜地相视而笑。

"所以你们看,正是吟游诗人口头保存下来的传说告诉了我们那些弗摩瑞人的来历。"

我们三人都大吃一惊,这居然是个口头传说。同时也稍稍松了一口气。这一次总算不是毫无线索了。

"对,这个口头传说告诉我们巴尔瓦隆人帮助弗摩瑞人越过了赛尔河。"

我不由得想到,在我原来的那个世界里,很多政治家总会认为如果不用读和写,生活肯定要更容易得多。由此可见,他们简直是大错特错。

"那其他的口头传说还会告诉我们什么呢?"我说道。

"就此,弗摩瑞部落衰弱了下来,幸存的弗摩瑞人也所剩无几。但是,他们的本性很快就暴露出来。他们被称为巨大的丑陋的躲在黑暗中的恶魔。他们喜欢喝人血,不喜欢走在阳光下,也不能越过河流,但是他们自认为他们能够超越艾波娜的神力。"卡罗伦做了一个鬼脸。

这些弗摩瑞人听起来很像菲德尔·卡斯特罗,不过我想我要花很长的时间来解释他是谁,所以我闭上了嘴巴。

"然后,战争爆发了,由于弗摩瑞人数较少,所以战败了,他们被迫翻过特里尔山,被流放到了遥远的北方。我们的祖辈在山口那里建起了守卫城堡,并且派人驻守在那里,谨防他们再回来。就这样,过了一代又一代。"

"没有了吗?"我问道。

"他们肯定已经都死在了北方那块苦寒之地。那里终年寒冷,荒无人烟。阳光一年四季都很明亮,却不会释放出热量来。所以,那些弗摩瑞人已经消失在了孩子的梦里。"

"可是,现在他们回来了。"我恶作剧地嘲笑道。电影里常说:"我会回来的",虽然他们并没有看过电影,但是一定明白我说的是什么意思。

"那怎样才能杀死他们?"克兰芬坦的声音划破了我们之间的宁静。

"不幸的是,他们的生命很顽强。砍下他们的脑袋,然后点火焚烧,他们才会被杀死。"卡罗伦满怀歉意地看着克兰芬坦,"传说里讲他们很难被杀死。"

"那传说里有讲他们同其他人类交配的事情吗?"我沉思了片刻。

"没有!"卡罗伦的表情非常震惊,"虽然他们的人数不是很多,但是他们只和同类交配。"

"好吧,他们中也还有女弗摩瑞人幸存了下来。"我记得,一个长着翅膀的怪物,从一个可怜的女人的肚子里拎出来一个婴儿,"但是,那些弗摩瑞人并不是靠那些女弗摩瑞人来生孩子。他们强迫着一些其他种族的女人同他们交配,并且把那些女人的肚子撕开,然后把婴儿取出来。"听我这么说,卡罗伦顿时脸色苍白。

"这确实发生在了马克加仑城堡的妇女身上。"克兰芬坦的声音更是犹如一记敲响的丧钟。

"那些弗摩瑞人正在不断地繁衍后代。"卡罗伦轻轻地说道。

这听起来简直是糟透了。

"是的。"克兰芬坦说道,"伊恩临死前也报告说他们有很多人。"

"我们必须阻止他们。"阿兰娜的声音已经近乎于尖叫。

卡罗伦和我都伸出手臂去揽住阿兰娜,这一瞬间,我几乎以为我已经回到了我的公寓,苏珊娜和吉恩来我家里蹭午饭。这真是一种怪异的感觉,我把两个世界融合在一起,这让我有些头晕目眩,分辨不清。我不得不移开了我的目光……我的目光凝聚到克兰芬坦的臀部——那可是马的身体,这让我又回到了这个世界里来。还好,这个世界里没有汽车,没有飞机,也没有电视。感谢上帝,不管发生了多么可怕的事情,都只有一部分的人知道,其余的人暂时还蒙在鼓里。

这一刻,我有一种深深的挫败感,眼前的这一切把我弄得焦头烂额。该死的,我不知道我到底能做些什么,可作为最有权威的最高女祭司,大家需要我的带领,大家需要一个知道该怎么做的女祭司。我无力地闭上了眼睛,揉了揉我的额头,我想我肯定患上了紧张性头痛。

我的丈夫克兰芬坦用他那强壮有力的臂膀揽住了我,我的后背顿时感到一阵温暖,紧张立即消失不见了,我知道我并不孤独。我睁开了眼睛,冲着克兰芬坦微微一笑。

"他们曾经被我们打败过。"克兰芬坦自信而又笃定地说道,"我们肯定能再次把他们打败。"

"而且,这次巴尔瓦隆人还联合了强大的半人马战士们。"卡罗伦提醒着我们。

克兰芬坦低下头来赞赏地看了卡罗伦一眼,然后抛给我一个潇洒自信的媚眼,说:"卡罗伦说得对,这世上没有半人马和巴尔瓦隆人合在一起都做不到的事情。"

阿兰娜"咯咯咯"地笑了起来，我的脸唰地一下就红了。至少，我抓住了重点，我们得一起努力把那些邪恶的弗摩瑞人打败。与其我一个人坐在这里发愁，让其他的人替我担心，还不如行动起来。我，莎伦·帕克，一直都是一个面对困难绝不退缩的人。过去的经验告诉我，面对困难，可不是我们不予理会一味逃避，它就会过去。一般的小青年可不会明白这个道理。相当坦白地说，我宁愿做一些事情，也不愿意坐在这里无所事事，直到青苔都长出来了。

"那么，为什么他们只袭击了拉尔贡城堡？"我说道，"我看过巴尔瓦隆的地图，如果我没有记错，拉尔贡城堡只靠近一片很大的湖。它还靠近——"在我的印象里我只记得那片湖了。

"缪斯神殿。"阿兰娜的声音里充满了恐惧，像是一股诅咒的力量袭来。

"哦，我的天啊！那里是不是居住着一群女人？"我问阿兰娜。

卡罗伦替阿兰娜回答了我，说："是的，那里有九种缪斯女神。每一个女神都有一种特殊的才艺。"卡罗伦并没有语无伦次，但是他的声音里满是担心和忧虑，"每一个女神都有很多的侍女和女学徒。缪斯神庙是巴尔瓦隆最美丽和最有才华的女孩学习诗歌、音乐、舞蹈等的地方。一个女孩要是在那里接受了训练，就会蜕变得美丽优雅、聪颖智慧。"卡罗伦接着说，"芮娅诺小姐也曾在那里接受过训练。"

"难道她们不像我一样有卫士保护吗？"看起来，这简直是糟透了。

"只有你才有守卫保护，缪斯女神只是教习舞蹈、音乐、诗歌等的老师，她们并不需要守卫。"

"但现在她们需要！"我的胃一阵抽搐。一个我结婚典礼的画面闪过我的脑海，我想起了一个女孩，就是和我的好朋友米歇尔长得很像的那个。她的舞简直是精彩绝伦。缪斯神殿里住满了像米歇尔那样漂亮的女孩，我完全不敢想象，那些怪物会对缪斯神殿做出什么事情来，甚至会对她们做出诅咒。

"来吧。"我站了起来,"我们去那里看看地图。"我指了指通向书房的大门,"我们要想办法阻止那些怪物得到更多的女孩。"

第三部分

1

我们走进书房,阿兰娜摊开了地图。有了上次"触电"的经验,这次我离得远远的。我们的目光顺着坐落在特里尔山南部的拉尔贡城堡一路往下移,地图上赛尔克湖泊从阿尔贡城堡一直延伸到了坐落在卡尔曼西岸的缪斯神庙。从卡尔曼河,再到卡尔曼河流南部的赛尔河,然后我们的目光又回到了艾波娜神殿。

"我们可以假设那些弗摩瑞人仍然在拉尔贡城堡吗?"卡罗伦问道。

"就像摧毁了马克加仑城堡后,立即撤回守卫城堡一样,如果他们采用相同的策略,那么他们在摧毁了拉尔贡城堡以后,也会立即离开,回到守卫城堡去。"克兰芬坦走到地图前,仔细地研究了一会儿,"但是,也许马克加仑城堡太远了,不利于他们的袭击计划,所以那些弗摩瑞人并没有把它作为一个据点。我曾经去过拉尔贡城堡,它的地理位置非常好,而且地势险峻,易守难攻。所以,他们也许会把它当作一个据点再对其他的城堡发动攻击。"

听起来,目前的形势对我们可不利!

克兰芬坦指了指地图的西面,马克加仑城堡孤独地坐落在比利安海洋边上的悬崖峭壁上。

"算上马克加仑城堡,现在西北面的集中防守都已经被弗摩瑞人攻破。不管是留在拉尔贡城堡,还是撤回守卫城堡,对于他们来说都非常有利。"克兰芬坦无奈地耸了耸肩膀,"所以,由于马克加仑城堡和拉尔贡城堡都已经被他们摧毁,那些弗摩瑞人现在是进可攻、退可守。"

克兰芬坦言简意赅地分析了当前的局势,他冷静、从容、不带任何个人情感,尽量把客观事实呈现在了我们眼前。

我走近了一些,但还是没有触碰地图。

"这张地图准确吗?

"这张地图是准确的,地图上所有的建筑和标记的位置都是准确的。当然,只能说这张地图与现实比较接近,地图上所有的城堡和神殿都与现实中的不成比例。"卡罗伦笑了笑,"这可是一张非常美丽的地图,织工在织造这张地图的时候,除了准确地描绘出所有的事物之外,还给它添加了艺术的气息,让它呈现出艺术的美感,它不仅仅是一张地图,更是一件精美的艺术品。"

好吧,它确实制作精美。不过,仔细一看,所有的建筑物都是一样,在地图上并没有什么差别。在我的印象里,吉恩可是一个非常注重细节的人,非常非常注重细节甚至到了不可思议的程度。

这让我不禁有些怀疑,我一直坚持要把这个世界和原来的世界联系起来(自我提示:不要去想那些不切实际的事情),我的目光又重新落回到地图上。在艾波娜神殿下面,赛尔河缓缓地流向西面,就像密西西比河那样宽广,河流的南面是一大片森林。坐落在森林里的沃尔夫城堡吸引了我的目光,我的目光又慢慢地扫过那片面积甚广的半人马平原。

在河流的西部,一小块有蓝色标记的建筑醒目地出现在我的眼前,是西南方的麦克纳马拉城堡。像马克加仑城堡一样,它也坐落在海岸上。赛尔河从这里开始分流,一条分流,也就是克莱尔河流直接汇入大海。所以,可以看出,麦克纳马拉城堡四面环水,与世隔绝。

"我猜那些弗摩瑞人不会袭击这座城堡。"我指了指四面环水的麦克纳马拉城堡,"也许,他们也不会袭击那座城堡。"我的手指又指向了沃尔夫城堡。

"沃尔夫城堡的人可是最好的射手。"卡罗伦若所有思地答道。

克兰芬坦也点了点头。

"这两座城堡怎么样?"我问道。

克兰芬坦哼了一声,说:"麦克纳马拉城堡人的脾气可不怎么好,就像他们那年老而脾气古怪的神主一样。"

卡罗伦也表示赞同:"麦克纳马拉神主一直都是独来独往。"

"不过,他们酿造的威士忌倒是香醇浓郁。"看来克兰芬坦对此颇为欣赏。

"那麦克纳马拉神主肯定非常喜欢威士忌。"我补充道。

阿兰娜惊讶地看着我，说："芮娅诺小姐最不喜欢的就是威士忌，她说这种酒太普通、太大众了。"

"我可是一个威士忌的爱好者。"哈哈！所有的人都面露喜色，看来大家都很为我和芮娅诺的品位背道而驰而高兴，我那揪着的心也稍稍地放松了一些。

"既然那些弗摩瑞人不会去袭击他们，那我们不用替这两座城堡担心了。"

大家都一致地点了点头。

"那他们能派出一些卫士来支援我们吗？"

卡罗伦和克兰芬坦不约而同地对视了一眼。

"也许沃尔夫城堡的神主会愿意提供一些帮助。"克兰芬坦说道，卡罗伦表示赞同。

"那麦克纳马拉神主呢？"我问道。

克兰芬坦耸了耸肩，说："也许我们可以和他提一提，商量商量。"

"那我们怎么能通知他我们需要他的帮助呢？"我的声音里有些不悦。

"我们可以送信给他。"听克兰芬坦的口气他可没有抱任何的希望。

突然，我的脑子里灵光一闪，我有了一个主意："嘿，就送信给麦克纳马拉神主，说那些弗摩瑞人正在四处抢掠女孩，他们还扬言非常喜欢西海岸的女孩，就像麦克纳马拉城堡人一样，非常喜欢。"

"这会激怒他的。"克兰芬坦笑了笑。

"就是要这样。"我有些得意地说道，"弗摩瑞人忌水这事我们大可不必提，我们只要强调弗摩瑞人到处抢掠妇女，现在已经快要染指沃尔夫城堡了。"

我们四个人你看看我，我看看你，不约而同地笑了，全都点头同意。

我们又把注意力集中到了地图上，外面的门口突然响起了两声响亮的敲门声。

"我去看看。"阿兰娜温柔地吻了吻卡罗伦的嘴唇，然后走了出去，卡罗伦的眼里闪动着不舍。

看着他们的亲密无间,我觉得我就像一个偷窥狂一样,感到有些羞赧,赶紧把目光又移回到了地图上。

"我也不知道接下来那些弗摩瑞人又会袭击哪里,但是我们要想办法阻击他们。"

"可守卫城堡地势险要,而且易守难攻。"克兰芬坦一边研究着地图,一边有条不紊地分析道。

"该死的,那他们怎么能够突破防守占领了守卫城堡?"我自顾自地嘟囔道,"那好吧,从地图上来看,拉尔贡城堡离赛尔克湖泊的北面非常近,是吗?"

"是的。"卡罗伦答道。

"那么拉尔贡城堡距离这座山有多远?它们看起来可是非常近。"我的脑子里有了一个主意,但还不是很清晰。

"是的,它们距离非常近,山脉的南部与拉尔贡城堡接壤。"卡罗伦的声音里充满了忧伤,"拉尔贡城堡是一座非常美丽的城堡,它坐落在一个山谷里,山谷周围长满了三叶草,还有各式各样的野花、浆果。所以拉尔贡城堡也长年为我们提供大量的香料和染料。"

我完全无法想象出被野花包围着的拉尔贡城堡那种美丽的画面,满脑子都是它现在的凄清、残败和荒凉。

"但是,拉尔贡只能从东面或者西面靠近,它南面临山,北面靠水,就是说你无法从这里靠近。"

"是的。"从克兰芬坦的口气来看,我的心思他似乎已经了解了不少。他走到地图前,用手抚了抚拉尔贡城堡所在的那片区域。

"如果我们可以确定那些弗摩瑞人还留在拉尔贡城堡,那我们就可以从这里到——"克兰芬坦的手从艾波娜神殿顺着一条路指到拉尔贡城堡东面的缪斯神殿,"这里,最后到——"克兰芬坦又一路指到了拉尔贡城堡的西面,"最后到这里,把他们包围起来。"克兰芬坦的手指又从赛尔克湖泊的南岸移到了艾波娜神殿的南边,再到拉尔贡城堡南面的土地,"这样,我们的联军就可以把他们包围起来,他们就落入我们布下的天罗地网,再也别想逃出去。尽管拉尔贡城堡易守难攻,但是在我们的重重包围下,他们也坚持不了多久,我们将永远受到诅咒。"

"这看起来不错——"卡罗伦若有所思地托着下巴,"——但是,如果只是一部分弗摩瑞人留在了拉尔贡城堡里,还有一部分弗摩瑞人仍然留在了守卫城堡,那么守卫城堡的弗摩瑞人很快就会来救援,到时我们就会被前后夹击,就不得不把联军分散开来,也许这样他们就会把我们逐一打败。"

"所以,我们首先得保证他们的主力留在了拉尔贡城堡里。"我自言自语起来。突然,我的灵光乍现,刚才的那个主意已经完全成形,我小声地嘀咕着……嗯……一个女神。我大声地说出了我的主意。

"我……嗯……"我清了清有些沙哑的嗓子,"我们也许有办法把他们都引到拉尔贡城堡里去。"

克兰芬坦和卡罗伦都尊敬地看着我,仿佛我的方法还没有说出来就已经派上用场一般,对我很是鼓舞。

"这么看来那些弗摩瑞人的主要目的是抢掠妇女。"我顿了一下,等待他们的赞同,克兰芬坦和卡罗伦都点了点头,"那么你们认为他们已经知道缪斯神殿里住着许多美丽的女孩?"

"他们也许还不知道。"卡罗伦回答了我,"直到这个世纪缪斯神殿才建成,在更早的古代,九大缪斯女神一直分散在巴尔瓦隆的各个地方,分别去各个城堡教导年轻女孩们。"

听到卡罗伦谈起"古代"这个词语,我感觉很奇怪。但是转念一想,也许现代文明并不一定指的就是计算机、洗碗机、电视机等先进的发明。至少他们也有酒、卫生纸还有很多的珠宝,这对我来说就很"现代化"了。

"那如果那些弗摩瑞人知道缪斯神殿里住满了许多年轻貌美、窈窕性感的女孩,他们会怎么做呢?"

"他们一定会去袭击缪斯神殿。"卡罗伦的声音很是肯定。

"那如果他们知道有一队强大的半人马卫士守卫着缪斯神殿,他们又会怎么做呢?"我冲着我那孔武有力的丈夫笑了笑。

"那他们一定会派出大量的人马。"克兰芬坦那棕色的眼睛睁得大大的,不假思索地回答道。

"如果以上的假设都成立的话,那弗摩瑞人一定会派大量的人马驻扎在拉尔贡城堡,而不是留守在守卫城堡里,这样更便于他们攻击缪斯神殿。"卡罗伦的声音里满是赞赏,"这简直是一个绝妙的计划——但是,我们又怎么能把这些消息散播给那些弗摩瑞人?"

这个问题让我感到很不安,看来要实施这个计划可没有那么容易。忽然,我的心间一颤,看来艾波娜女马神又给了我一些提示,我们是多么的幸运!

"我想,我能够做到。"我慢条斯理地说道,克兰芬坦和卡罗伦就像我是有魔法的圣诞老人一样,匪夷所思地看着我。"怎么能做到?"他们两人几乎异口同声地问道。

"我想我可以……嗯……我想我可以在梦里做到。"我轻轻地叹了口气,"我第一次做梦时,到了马克加仑城堡,在那里看到了我的父亲,我的意思是芮娅诺的父亲。就在那个恐怖可怕的夜晚,我看到那些怪物已经偷偷地潜进了马克加仑城堡,我想要向他发出警告。芮娅诺的父亲已经听到我发出的尖叫,还有,他好像知道我想要说什么,看样子,他好像已经感觉到我了,看到我了。我第二次做梦时,我到了守卫城堡,同样的事情又再次发生了。"那些可怕的记忆又回到了我的脑海里,我的身体又忍不住颤抖起来。克兰芬坦走到我的身边,用他那强有力的手臂搂着我,让我可以倚在他的身上。感觉到克兰芬坦温暖的气息,我稍微平缓了一下情绪,继续讲道,"一个小女孩也感觉到了我的存在,还有……还有那些怪物的领头人。"我在脑海里搜索着他的名字,就好像他的名字已经深深地印在了脑海里,挥之不去,"努阿达,那个领头的怪物叫努阿达,他好像不仅感觉到了我,还知道我在哪里。努阿达还说他在马克加仑城堡的时候,就已经感觉到了我的存在。那么我想我可以在梦里跟他对话,然后把消息传播给他。"说到这里,我的身体又情不自禁地战栗起来,我把整个身体都依偎到了克兰芬坦的身上,贪恋地汲取着他身上的温暖,"那就是把消息散布给他们的方法,由我来告诉他们。"

"可我不想你有任何的危险。"克兰芬坦低沉的声音在我的头顶响了起来。

"艾波娜女马神可是一个勇敢的女马神,作为她挑选出来的最高女祭司,我又怎么能够退缩?她一定会保护我的。"我望向了卡罗伦。

"艾波娜女马神是勇敢的——"卡罗伦迎上了我的眼睛,"——而且,她一定会保护我们的。"卡罗伦还想要说什么,但是我打断了他。

"我必须那么做。"我的声音很镇定,很平静,但我的脊椎还是忍不住地战栗起来,"我们要赶快行动起来。我们的联军多久能够达到艾波娜神殿?我们又要花多长的时间才能够达到拉尔贡城堡?"

在回答之前,克兰芬坦仔细地研究了一下地图。

"在五天之内,大部分的联军就能到达艾波娜神殿。如果我们一路急行军,那么差不多两天就能到达拉尔贡城堡并布置好一切。"

"那一共有七天的时间。"这一星期的时间是那么短——又是那么漫长,"那么,就从今天晚上开始。"我咕哝着,似乎在对我自己说,而不是对我的丈夫克兰芬坦说。

"从今晚开始?"克兰芬坦的声音里充满了担忧。

卡罗伦替我解释道:"她是说从今天晚上开始,她要说服那些弗摩瑞人的领头人……"

"努阿达。"我说道。

"努阿达。"卡罗伦点头向我表示感谢,继续向克兰芬坦解释道,"为了确保成功,芮娅得多出现几次,让努阿达无法摆脱,直到听她的为止。"

"艾波娜也给你预示了吗?"我冲着卡罗伦笑道。

"看来是这样。"卡罗伦答道。

"可我还是不赞成这么做。"克兰芬坦听起来还是很不放心。

"放心吧。艾波娜会保护好她的灵魂,而你则会保护好她的身体。"卡罗伦举起手来,拍了拍克兰芬坦的肩膀,示意他放宽心。

"我也不想这么做。"我说道,"但是这个世界里可没有电话,也没有媒体可以把这条'午夜新闻'给散布出去——所以,我们只能采用这种旧方法了。"

难以置信,他们俩居然没有对"电话""媒体"这些新鲜的词语提出疑问。

"我会一直陪伴着你。"克兰芬坦紧紧地抱住了我。

"我也会。"卡罗伦也跟着说道。

"我当然也会。"阿兰娜走进了房间,"那'电话'和'午夜新闻'又是什么呢?"

2

我"扑哧"一声笑了出来,冲阿兰娜做了一个鬼脸说:"'电话'和'午间新闻'都有着魔鬼的力量,我很高兴,你们这里并没有,你们千万不要把它们找出来。"

"我会的。"阿兰娜有力地点了点头,看着她那严肃的一本正经的模样,我忍不住又笑了起来。

卡罗伦温柔地拉过阿兰娜的手,在她手心里轻轻地吻了一下,问:"外面发生了什么事情,阿兰娜?"

阿兰娜的眉头轻轻地拧了起来,她看了看卡罗伦,又看了看我。

"神殿里有人生病了。"阿兰娜慢慢地说道,"上周,你的几个侍女向我诉苦说她们生病了,然后我就让她们回去休息了。"阿兰娜充满歉意地看着我,"当时我并没有想太多,因为这些侍女常常找借口,想离芮娅诺小姐远一点。"我点了点头,表示理解,"然后我就一个人忙碌起来,围绕着这个新的芮娅诺忙碌起来——"听到这里,我们大家都"咯咯咯"地笑起来,"——然后,那些住进神殿的人向我抱怨说那些侍女在偷懒,我去看了才知道她们真的生病了。"

"我记得你跟我说过,我还以为是她们过于劳累,需要休息而已。"我插嘴打断道。

"是的,我们都错了。"阿兰娜的眉头拧得更紧了,她转过身面向她的丈夫卡罗伦,"许多侍女都病得很重,还有几个年老的妇人和小孩也都生病了。他们都需要你的照顾。"然后,阿兰娜又面向我,"还需要你的祈祷。"

"当然,我会去照顾他们的,阿兰娜。"卡罗伦轻吻了一下阿兰娜的脸颊,用大拇指抚平她皱紧了的眉头,好不容易,阿兰娜才稍稍轻松了一些。

"见鬼,我得去看看那些侍女怎么了。"听到我的话后,阿兰娜惊讶不已,又欣喜万分。

"那你不参加今天的会议,向卫士们解释我们的计划吗?"克兰芬坦问道,他严肃地盯着我。我可不喜欢和那些臭烘烘的卫士待在一起,事实上,和这相比起来,我宁愿去解答一道我最讨厌的数学难题。

"不了,克兰芬坦。"我尽量装出很抱歉的模样,"你去跟他们解释一下,我得先去看看我的侍女们怎么样了。"

"我相信那些卫士会理解我。"

有时,看着克兰芬坦,我总会想起《星际迷航》里的克里斯多夫。

"如果你探视完那些侍女以后还有时间,请过来加入我们,你的到来一定会鼓舞我们的士气。"

现在的我就像玛丽莲·梦露一样。

"好的,没问题。"我拉着他的胳膊,克兰芬坦弯下腰来,我温柔地吻着他,"让他们见鬼去吧。"我小声地咕哝道,克兰芬坦有些疑惑,但很快又回到了我的吻里,然后冲着阿兰娜和卡罗伦点了点头,甩着他性感的马屁股走出了房间。

我尽量模仿着《神枪小子》里的玛德琳·卡恩,叹了口气,迷离地说道:"真是一个好男人。"

卡罗伦没有理睬我,跟着克兰芬坦一起走了出去,阿兰娜冲我眨了眨眼睛,说:"你要跟我一起去吗?"

看来我得模仿一些新的东西。

我急忙赶上他们,他们都已经等在了门口,让我先出去。等等,在我走出去之前,我还得装成芮娅诺那不可一世的模样(我自我提醒道)。一个卫士已经候在门外,手里拿着一个有些破旧的皮革大包把它递给了卡罗伦,卡罗伦感激地接了过来,那个卫士向他鞠了一躬,又退回了大门口。

"我把你的药箱拿过来了。"阿兰娜说道。

"谢谢,你总能想到我需要什么。"卡罗伦微笑地看着阿兰娜。

呃,一对缠绵的新婚夫妇。

我走进大厅,却不知道该朝哪个方向走。"哎——"我小声地说道,示意他们赶快撑上我。

"嘿!"我小声地问道,"该死的,我们现在应该去哪里?"

"我们得去你侍女的住处。"这个答案真是毫无用处。

我给了阿兰娜一副全然无知的表情,阿兰娜这时候才恍然大悟,她可算想起来我是谁了。

"哦,一直朝前走,到前面的院子,然后在大门前向左转,然后一直沿着走廊走,就到侍女的住处了。"阿兰娜顿了一下,"当你闻到一股味道的时候,你就到了。"

卡罗伦听着阿兰娜的描述不由得眯起了眼睛,我们几人一起加快了脚步。

我顺着阿兰娜所指的方向,来到了庭院的中心,走在一条长长的、两边都是色彩绚丽的大理石壁画的走廊上。只见壁画上,一群天真可爱的侍女在花丛中嬉戏,我,嗯,不是我,是芮娅诺,祖露着胸脯骑在莱斯维娜的马背上。我们匆匆地拾阶而下,向窗外望去,那些妇女已经分成了一组一组的,辛勤地忙碌了起来,毫无疑问,马瑞特很有组织能力。我们又拐过了一个弯——

一股奇异的味道向我袭来,刚开始闻起来有些甜,就像煮开的糖水一般。慢慢地慢慢地,甜味越来越浓,越来越腻,浓郁的味道让我差点儿呕了出来。我把我的手捂在嘴巴上,停下了脚步,看向阿兰娜。她冲着我们旁边无人守卫的一道门点了点头,示意我们到了。

·269·

"让我先进去吧。"卡罗伦从我们的后面走到了门口,"我先进去看看,你们等在门口,这样也许更好一些。"

"不!"我把我的手从嘴巴上拿开,尽量让我的声音听起来没有一丝的难受,"我要和你一起进去,她们是我的侍女。"

"我本来就住在这里——这对我来说,没什么大惊小怪的。"阿兰娜的声音听起来有些悲伤。

卡罗伦冲着我们点了点头,然后打开了门。

呈现在我们眼前的情景,就像是用摄像机拍摄出来的恐怖片一样。如果不是那股刺鼻的味道一直在提醒着我,我一定会以为我正做着一个很真实的噩梦。房间很大,天花板高高地悬起,上面有着一些精致的乳白色的板条装饰;墙壁也是乳白色,看起来相得益彰。透明的窗帘从上面一直垂坠下来,大理石地板闪烁着柔和的微光,这一切看起来是那么美好、舒适。但是,我的目光很快移到了那些病人身上,这一切的美好瞬间都消失不见了。弄脏了的床单和被褥被胡乱地铺在了地上——每一张用床单被褥搭成的简易小床上都躺着一个病人。只见她们全都病恹恹地躺着,无精打采,面有菜色。其他的妇女有的手里端着水杯,有的手里拿着湿帕子,正忙碌地穿梭在病人间,一会儿忙着给这个喂喂水,一会又忙着给那个烧得绯红的小脸擦一擦。

我走了进去,努力地强迫着自己不要呕出来。但是一些呕吐物的味道混杂着其他垃圾的味道不断地向我袭来,我的手根本不能从我的嘴巴上拿开。我还闻到了一股刚开始并没有闻到的奇怪的味道——就像马克加仑城堡里那种味道一样,是死亡的气息!

阿兰娜和我待在门口,卡罗伦匆匆地走了进去。只见他迅速地走到离我们最近的那张简易小床边,弯下腰去,摸了摸一个年轻女孩的额头。她盖着一床厚厚的毯子,有些颤抖。卡罗伦开始仔细地检查起来——他掀开了她的毯子,一只手触了触她的颈子,另外一只手测量着她的脉搏。卡罗伦温柔地询问着那个女孩,一边打开搁在脚边的那只皮革大包。

卡罗伦从那只大包里拿出了一个听诊器一样的东西伸到了那个女孩

的胸口前,仔细地检查着。我笨拙无助地站在那里,看着他辗转在一张又一张小床间,一会儿替这个病人要来了水,一会儿又替那个病人拿来了毯子。

这时候,我特别想引用《追魂骸骨》里的一句话,我想要大声地叫喊出来,"该死的,我可只是一个老师,可不是一个会创造神话的人!"但是我知道,没有人能明白我说的话。我看了一眼同样闲在一旁插不上手的阿兰娜,我在想,我是不是应该跟她讲讲《星际迷途》的故事,也许她会感兴趣。

"我的小姐?"一个沙哑的声音引起了我的注意,我环顾四周,想要找出是谁在叫我。我又向前走了一步,这回我看到了一只手在我的前方挥舞着,顺着那只手,我瞥见了一头长长的乌黑的秀发。

"塔拉?"

阿兰娜难过地点了点头。

该死的,当那个长得像我最喜欢的学生丝塔茜的塔拉小仙女需要我时,我可不能只是呆呆地站在那里。我深深地吸了一口气,走到了她的简易小床前。

我来到了她的身边,把她的手握在我的手里。她那沙哑的声音,那孱弱的模样,让我大吃一惊,我还记得几天前她是那么的活泼可爱。

"我很抱歉,我的小姐。"塔拉努力地想要挤出一丝微笑,但是却变成了一个痛苦的表情,"我们太忙了,所以我们都病了。"

"嘘。"我安慰着她,"别担心,休息一下,你们都会好起来的。"塔拉乖巧地闭上了眼睛,点了点头。

塔拉并不想放开我的手,所以我静静地坐在她的旁边,我仔细地打量起她来。她的脸色非常苍白,嘴唇也干裂得开了缝,但最令人不安的是,她的脸上和脖颈上都长满了红红的疹子。

"水痘?"我惊讶不已,小声地自言自语。

"是的,我确定那就是水痘。"卡罗伦的声音吓了我一跳,"你对这种病症熟悉吗?"

"非常熟悉,在我还是小孩子的时候,我也染过这种病。"我回答着卡罗伦，目光仍然停留在塔拉那张憔悴的小脸上，"但好像并不是这种症状。"我记得我听过一些故事讲有人因为患上水痘而病死了。但这个故事都好像太老了，我记得不大完整了。在我还是个孩子的时候，我染上了水痘，我还记得就因为这样我好多天都没有去学校。但是当时我只感觉有些痒而已，并不像她们病得这么重。

"我也是——"塔拉太虚弱了，声音很小，我不得不弯下腰去才能听得清，"——我也染过水痘，在我小的时候。"

"塔拉说她小时候染过水痘。"我有些惊奇，冲着卡罗伦眨了眨眼睛，"这太奇怪了——"我突然打住了，差点露馅了，"——嗯，根据经验，人的一生只能染一次水痘，如果塔拉她已经染过，是不可能再染上的。"

卡罗伦点了点头，然后示意我跟他一起出去。出门之前，我轻轻地拍了拍塔拉的手，说："我很快就会回来的。"

我们三个人围在了门口，卡罗伦悄悄地急切地说道：

"我已经简单地把所有的病人都检查了一遍，发现了症结所在。他们患上的都是同一种病，只是处于不同的阶段而已。"卡罗伦指了指他最先检查的那个女孩，"她正处于初始阶段，所以表现出来的病症只是发烧头痛，腰痛呕吐。"然后卡罗伦又指了指塔拉，"发烧几天后，就开始长出疹子，从脸上开始，慢慢地长满整个身体。"最后他又指了指我们前方小床上躺着的一个小孩，"最后那些疹子就会变成水泡，慢慢地开始化脓，在持续的高烧下，她们就会开始神志不清，说胡话。这个阶段是最危险的，也是最致命的。现在，里面的很多女孩和小孩都已经到了这个阶段，他们病得可不轻。"

"天花！"这个名字一下子闪过了我的脑海，唤起了我最深处的记忆。我记起来了，发生在俄克拉荷马的那个悲惨的故事，许多人正是因为染上了天花才丧了命。我慢慢地抬起了我的左手臂，看着那个接种疫苗后留下的伤疤，我的胃感到了一阵痉挛。

"什么是天花？"卡罗伦问道。

"我对它了解得也不是很多。在我的世界里，至少在我所处的现代文明社会里,它已经被根除了。但是从我所记的东西来看,这也许只是类似的病症而已。"我抱歉地看着卡罗伦。

"那你能不能告诉我,我应该使用些什么药物呢?"

我努力地在我的记忆里搜索着,但愿能从十几年前在大学的生物选修课上学到的知识里找出一些有用的来。

"在一般情况下,如果一个氏族的人定期感染上天花,那么一旦天花暴发之后,只有一些老人和小孩会病死而已。但是如果一个氏族的人从来都没有染过天花,那么一旦病情暴发之后,百分之九十五的人都会病死。就像瘟疫一样。"我回忆着课堂上学到的知识,这让我更加担心起来,"在这之前,巴尔瓦隆有暴发过天花吗?"

卡罗伦摸着他的下巴,沉思了一会儿,说:"我做过一些关于这种痘症的记录。它会不定期地暴发在居住在亚赛奇沼泽周围的人中,偶尔也会传播到外面去。但是奇怪的是,他们并没有请求外人的帮助,所以我们对这种病症的了解也比较少。"

卡罗伦这么一说,倒让我有了一个主意。"阿兰娜,你说侍女们回来后就生病了,是吗?"

"是的。"阿兰娜点了点头。

"那她们是从哪里回来的呢?"

"缪斯神殿。"

"缪斯神殿是不是靠近亚赛奇沼泽?"我努力地回忆着地图上的分布。

"是的,"卡罗伦答道,"亚赛奇沼泽就在缪斯神殿的南部。"

"那么我敢打赌,我们来看看这个,如果我们发现那些从缪斯神殿回来的侍女就是病源,那么这就说明缪斯神殿也暴发了同样的疫症,也受到了诅咒。"我绞尽脑汁地在脑海里搜寻着,想要找出关于天花的任何记忆。但我的脑子里满是文学和诗歌,关于天花的知识真是少得可怜,这可真是书到用时方恨少。

"哦,我的天啊。"我重重地敲了一下我的脑袋,关于天花的知识总算是又想起了一些,这不由得让我大吃一惊,"天花真的会传染,通过体液或者身体的接触传染。如果你睡在患病者流过汗的床单上,你会被传染;如果你使用了患病者曾喝过的水杯喝水,你也会被传染。照顾那些患病者的人被传染的概率极大。"我正暗自猜想着他们能不能明白"细菌"这个词语,卡罗伦已经吩咐他们准备新的水和肥皂,并嘱咐人们用肥皂水洗手,我的脑袋总算可以休息一下了。

"你和阿兰娜都必须远离那些病人。"卡罗伦说道。

"卡罗伦,你说得很对。"我看着阿兰娜认真地说道,"阿兰娜,你得远离这间病房,你同他们接触的时间已经太长了。"

"芮娅,你也一样。"阿兰娜说道。

"不,我不会被传染的。"我掀开衣袖,露出了胳膊,然后指了指我那个已经不太明显的疤痕,"在我还是孩子的时候,我就已经注射了疫苗,所以我不会被传染上的。"

卡罗伦的脸上写满了疑惑。我叹了口气,开始用手比画着针筒戳进皮肤,并把药剂推进我的身体里的样子。然后,我告诉卡罗伦在我还在念小学的时候,我就已经在学校注射了天花疫苗。"它能够保护我。即使我接触到病源,我身体里面的药物也会自动对抗这些疾病。"

"这简直就是一个奇迹。"卡罗伦的声音里充满了感叹和敬畏。

"是啊,这是一个奇迹。这时候我宁愿我是一个医生,这样我就能把它解释清楚。"我无奈地耸耸肩,"我很抱歉,我只是一个老师,不是一个医生,不然,我就可以帮助你了。"

"但是老师也很好。"阿兰娜温柔地说道。

我给了阿兰娜一个大大的微笑,然后转向卡罗伦说:"好吧,现在我们要做些什么?"

"第一步我们得隔离病人。"卡罗伦说道。

"包括他们使用过的一切东西。"我补充道,"还有他们的父母。"

"是的。"卡罗伦点头表示赞同,"我们得尽量减少健康的人同染病的人接触的机会,也许一些在这里帮忙的健康的人,还有他们的父母都已经被传染上了疾病。我要回去翻查一下我的病情记录,看看能不能找出一些这种病的病例。"卡罗伦难过地回到了病人中间,"现在我们唯一能够做的事情,就是给他们多喝点水,这样能够稍微减少他们的痛苦,让他们能够舒服一点。"

"在喝之前,把水烧开。"这应该是个不错的主意。他们需要的肯定不是酒,可我也想不出来如何才能给他们提供干净的水——虽然我没有染病,但是我喝到的水也并不多,也许我是用葡萄酒代替了水,"卡罗伦,你得确保那些病人的床单被褥,也要同神殿的其他人隔离开来,他们需要用沸水来洗手,还要抹上很多的肥皂。"

"烧开的水能够有效地防止疾病的传染。"听起来,卡罗伦对此很是赞同。

不管怎么样,但愿他认为我做得还不错,能够获得他的认同我很高兴。

"是的,生水里有太多的细菌。"

卡罗伦皱了皱眉头,看来,这一次我的解释并未让他满意,或者,我得向他解释得更详细一些。

"我很担心,要是病源真的源自于缪斯神殿,那么我们那些即将前去缪斯神殿诱捕弗摩瑞人的士兵也可能会染上这可怕的疾病,受到同样的诅咒。所以,我们得让他们远离那个地方。"卡罗伦的脸上更是愁云密布。

"等一等,你说得很对,但是——我要说的是,如果我说得不对,你就纠正我——但是,我并没有听说从缪斯神殿回来的半人马染病了,你听说了吗?"我的心激动得怦怦地跳个不停。

"这倒没有……"卡罗伦摩挲着他的下巴,"我并没有听说有半人马也染病了。"

"那他们曾染过痘疹吗?"

"也许你应该去问问你的丈夫克兰芬坦,他应该比我了解得多,但我不认为他们曾经染过这样的痘疹。"

"好的。"我揪着的心稍稍放松了一些,"只要是这样,那我们就能派遣这一队半人马卫士去缪斯神殿,从东面向拉尔贡城堡发动攻击。"

"这简直是明智之举。不过我们得先抑制住这痘疹的蔓延。"

"好吧,让我们行动起来。"如果我一直留在这个病房里,看着那些病人痛苦的神情,而我却无能为力,帮不上任何忙,我肯定会尖叫起来疯跑出去。

"阿兰娜,"卡罗伦温柔地对阿兰娜说道,"你不能留在这里帮我们,我不能让你也染上痘疹。"

"但是你留在这里。"阿兰娜慢慢地靠近了卡罗伦的怀里,卡罗伦温柔地揽过她。

"我必须留在这里。"卡罗伦吻了吻阿兰娜的额头,"我是一名医生,你知道的,我必须留在这里。但是你留在这里,我就会为你的安全担心,这样我就不能安心地照顾那些病人。而且,就算你不留在这里,你也可以帮我,你可以去厨房帮忙烧水、泡茶。"

"还有,我也需要你帮我带领着院子里的那些妇女,看看你能不能带着她们帮忙做些什么。"我也劝慰着阿兰娜,"我相信马瑞特是值得信任的,但毕竟他可不是你。你要把那些病人的家人都聚集起来,看看他们中有没有人也染上了这种痘疹。"

阿兰娜重重地叹了一口气,她不再坚持留在这里。我就知道她会这么做的——阿兰娜充满了正义感和责任感,她决不允许自己做出自私而幼稚的行为。一味地坚持留在卡罗伦的身边这可不是阿兰娜的本性,在别人需要帮助时,她总会牺牲自己。阿兰娜和苏珊娜都是这种高尚的人。

我已经不止一次地渴望着,渴望自己能够像她们一样。

阿兰娜吻了吻她那新婚丈夫,相互诉说着爱慕。然后她转过身来,给了我一个大大的拥抱。

"替我照顾他。"她轻轻地拉了拉我的一撮卷发,这不禁让我想起了克兰芬坦,阿兰娜又说道,"也照顾好自己。"

"好的,没问题。嗯,如果你碰到克兰芬坦,向他解释一下这里发生的事情,问问他愿不愿意来这里。"

阿兰娜点了点头,"那我们晚上再见,我爱你们两个。"说完,就飞快地离开了。我知道，如果她不强迫着自己立即离开，那她肯定会再也迈不开离开的脚步。

卡罗伦和我什么都没有说，只是静静地看着她离开。她的正义无私深深地震撼着我们的心。

"好吧……"我轻轻地拍了拍我的手，故意划破这沉闷的空气，"给我一根什么东西，让我把这恼人的头发扎起来吧。然后告诉我，我需要做些什么。"

"首先，我们得安排这些病人挪到另外一边去，得把他们的床单被褥整理并清洁干净。确保他们能够躺得更舒适一些。"然后卡罗伦指了指一堆干净的布条，"也许你可以用它们把你的头发扎起来。"

"是呀！是呀！"我赞赏着他的机智。然后抓起一根布条，充当起了临时的发带，跟着他一起走进了房间，"嘿，我能把这扇窗户打开吗？我们得透透气，窗外的风景还不错。"

卡罗伦给了我一个"同意"的眼神，他点了点头，我急忙走过去推开了窗户。只见外面，金银花放肆地盛开着，在微风的轻抚下，更是招摇。微风吹了进来，还夹杂着醉人的花香，再混上这屋子里的气味，我几欲作呕。

看来这又是漫长的一天！

3

上大学的时候，我曾在伊利诺伊大学旁边的一个天主教医院做兼职秘书。一般说来，秘书并不需要做很多的苦活，但是，护理室的秘书除外。很不幸地，我就是一个护理室的兼职秘书。通常情况下，我在一般内科科室里工作，但我也在分娩科工作了一段时间。这次的经历让我学到了两件事情。第一件事情是：我不喜欢当秘书！对于秘书，人们总是很严苛，虽然他们并不认为每一个秘书都能够清楚地了解每一件事情，但是他们要求一个优秀的秘书必须清楚地了解每一件事情,至少是每一件重要的事情。如有纰漏,在他们的眼里,肯定是你不够优秀。第二件事情就是:我绝对不想,也绝对不会成为一个护士。不要误解我,我对护士可没有什么成见。相反,我喜欢她们,尊重她们,并且感谢她们。我只是不想成为她们中的一个而已,血、痰、粪便、呕吐物,还得接触病人的隐私部位,虽然看起来这很有吸引力,但是当你每天都被这些包围时,说不定你会忍不住破口大骂,然后甩手不干。

我一边回忆着做兼职秘书的那段生活,一边轻轻地扶住一个妇女的头,她一直都在痛苦地呕吐,几乎片刻也不得停息。

大学毕业已经快十年了,我的想法和品位也随着一些事情发生了改变。但是,这个想法却一点也不曾改变。

不管是过去、现在,还是将来,我都不可能成为一个护士。

那个妇女又吐完了一次后,她那憔悴不堪的脸上已经渗出了细细的汗珠。我轻轻地替她擦了擦脸,才惊讶地发现她居然很年轻,大概只有十几岁。

"好点了吗?"我温和地问道。

"好多了,我的小姐。"她的声音很微弱,但她的嘴角却挤出了一丝笑容,"你的到来,让我凉爽了不少,我已经没那么烫了。"

我扶着她躺下,顺手拂了拂她额头上微湿的头发。

"你会替我祈祷吗,我的小姐?"她那无力的声音揪住了我的心,每当人们恳求我替他们祝福时,我的心便揪得紧紧的。

我已经数不清楚自己祈愿了多少遍,但愿艾波娜已经聆听到了我的祈求。我还是虔诚地低下头,闭上眼睛,开始祈祷:"艾波娜,请您过来赐福给这个女孩。"

我睁开了眼睛,冲着女孩笑了笑:"我得去看看其他人,等我,我一会儿再来看你。"

我拖着疲惫的双脚走到一只瓷瓶前。卡罗伦的两个助手已经给它灌满了热水。我伸出手去,其中一个助手倒了一些热水出来,另一个倒了几滴肥皂水在我的手心,我使劲地搓揉着我的双手,仔细地清洗干净。我瞥了一眼卡罗伦,他正在一张张小床边来回辗转,他的步伐坚定平稳,似乎永不疲倦。

擦干手,我做了几下伸展运动,放松放松我那紧张的颈部肌肉,该死的,我的肩膀可真是酸疼得要命。一个微弱的声音正在呼唤着我,我机械地答道:"我在这里。"我的肚子已经"咕咕咕"地叫起来,没过多久,卡罗伦的两个助手已经端来了我的午餐,一份奶酪,一份面包,还有一份冷盘肉。看着被切割成心形的奶酪,我和卡罗伦哈哈大笑起来:这可是阿兰娜精心准备的礼物。

我有些惊奇,我居然还能哈哈大笑!现在的我可不仅仅是疲惫,简直就是不堪重负。在这里,我得尽量去安慰那些病人。我——莎伦·帕克,只不过是来自俄克拉荷马的一个英语老师,但是大家都相信我,尊敬我,甚至还让我为他们祈祷。

我可以给他们讲故事,我可以给他们朗诵诗歌,我甚至可以向他们解释柯尔律治晦涩难懂的作品的象征意义。

但是,我却不是一个女神,更不是最高女祭司,当然,我也不知道如何帮助他们向艾波娜祈福。

我真是太笨拙、太无能了。此时的我真的很无助,眼泪都快掉下来了。

"女神。"房间远处,一个微弱的声音在召唤着我。

"我的小姐。"我们已经将病人进行了分组,不远处的塔拉也正在病情较重的区域呼唤着我。

"芮娅诺小姐。"一个孩子,正躺在病情非常严重的患者区,他也在用他那幼稚的、可怜得令人心碎的童声呼喊着我。

我重新理了理有些凌乱的头发,把它们扎成了一个高高的马尾辫,尽量重新打起精神来。这实在是太可怕了,就好像满教室的学生都在等待着我去跟他们讲解一页复杂的代数方程。更可怕的是,我却一点也不懂代数!

我慢慢地向着病情非常严重的患者区踱去,我开始意识到,他们都是我的"学生",我必须爱他们,他们也需要我的关爱。我得尽快走出那种沮丧无助的情绪,我必须为他们做点什么。

尽管我不想成为护士,但是这时候,我得扮演成一个护士。

但是,我也得保证我自己不会染上这可怕的疾病。

他们是我的子民,我必须对他们负责。就像父母一样,关心着他们,庇护着他们。这可不是说说而已,我得振作起来,停止抱怨,做好我该做的事情。事实上,作为一个女神,可比作为一个中学老师付出得更多,不过,也理应如此。

"怎么啦?小甜心。"我拿着一杯水走到了那个孩子的面前,轻轻地扶起她,让她喝下一口水。她的嘴唇已经干得裂开了一道道细小的口子,脸上、手上、脖子上都长满了脓疱。她张开了她的小嘴,天啊,她的舌头上也长满了脓疱。

水顺着她的下巴流了下去,我用床单轻轻地替她擦了擦。

"骑着艾波娜好玩吗?"她那原本幼稚清脆的嗓音已经变得低沉沙哑,就像一个有着二十多年烟龄的老烟民说出来的一般。

"当然,我的小天使。"一个助手递给我一块湿帕子,我轻轻地给小女孩擦起脸来,"艾波娜的步伐是那么平稳,骑着它就像在风里奔驰一样。"

"那它真的能和你讲话吗?"已经烧得滚烫滚烫的她,眼睛突然有了神采,熠熠发光,她抓起了我的手。看得出来,她应该也是一个热爱马匹的小女孩。

"我想它应该可以,你知道的,它可是非常聪明。"

病重的小女孩虚弱地点了点头。

"你叫什么名字呢?我的小天使。"

"克丽丝蒂娜。"她小声说道。

"那好,克丽丝蒂娜,现在我来和你做个交易,怎么样?"她的眼睛一直盯着我,一刻也没有离开,"如果你好起来的话,我就带你去和艾波娜谈一谈,也许它会愿意和你讲话,甚至愿意载你一程。"

我突然感觉自己的这个主意真是糟透了,因为克丽丝蒂娜正努力地挣扎着想要坐起来。

"嘿！这意味着你得好好休息,养足精神,这样你才能好起来。"

克丽丝蒂娜又不情愿地躺回了那简易的小床上,无奈地不甘心地叹了一口气。

"芮娅诺女神,"小克丽丝蒂娜无限向往地问,"你认为艾波娜它真的愿意和我讲话吗？"

一直小声耳语的我忽然大声地严肃地对她说道:"其实,艾波娜一直都在寻觅一个想要和它讲话的孩子。"

"我想要和它说话……"小克丽丝蒂娜的声音越来越弱,越来越弱,也许她已经有些体力不支。

我把她额头上的湿帕子取了下来,看着她那微微肿起的脸庞,低声地对她说:"小甜心,希望你能够做到。"

突然,身后一双熟悉而温暖的大手抱住了我,克兰芬坦温柔地叫着我的名字。

"芮娅？"

我转过身去,差点撞上了他那结实的胸膛。

"嘿,小心。"现在的我看起来可不怎么好,我肯定像极了美杜莎的那个红发妹妹。可是,克兰芬坦却还是那么英俊不凡,精神抖擞,一如既往。

"你没有来参加我们的会议。"听着克兰芬坦那温柔的声音,我就像泡了一个舒服的热水澡一样,所有的疼痛都减轻了不少。

"我很抱歉。"我开始有些慌乱地整理着我的头发,但是看见我衣服前面的那些污渍,我放弃了。

"我希望你能向他们作出解释,我在这里确实无法分身。"

"当然,我已经向他们解释了。他们非常理解你,并且赞美了你的品行。"克兰芬坦拉了拉我的手臂,想要把我拉到门口去。我看了看卡罗伦,他冲我点了点头。克兰芬坦拉着我走到了门口,我才发现,皎洁的月光已经透过玻璃,在走廊上铺满了一层银辉。

等我回过神来,我才发现,我又陷入了克兰芬坦的怀抱。

"呃……"我试图挣脱他的怀抱,"现在的我可真是脏透了。"

"嘘。"克兰芬坦温柔而深沉的嗓音催眠了我,"芮娅,我非常想你。"

我不再讲话,也没有挣扎,他让我安静了下来。克兰芬坦说他想我,我想此刻的我正对着他呆呆地傻笑呢。

"我也很担心你。"他稍稍往后退了一点,以便能好好地看着我,"那是什么魔法?阿兰娜跟我说,你有一个护身符,它能保护你,让你不会染上痘疹。"

"是的。"看着他那担忧的神情,我欣喜万分,"这不是一种魔法——它是一种药,但是,你得相信我,相信它的作用,它不会让我染上痘疹的。"

"那就好。"他那庞大的身躯又向我靠了过来,"我不会让你受到任何伤害。"

"我也不会让我自己受到任何的伤害。"我笑了起来。

克兰芬坦紧紧地抱住了我,"这件事情可不能拿来开玩笑。"

"我很抱歉。"我尖叫起来,克兰芬坦松开了他的手,"我不是故意吓你的,我从未想过我会成为一个护士。"

"我并没有被吓到,你不喜欢那些生病的味道?"

"克兰芬坦,这是真的,确实如此。"我打趣地说道,"不说这些了,阿兰娜已经告诉你病源可能来自于缪斯神殿了吗?"

"是的,她告诉我了。"克兰芬坦叹了一口气,"这打乱了我们原来的计划。"

"我也这么认为——如果我们派遣我们的士兵埋伏在这个区域,那么他们就很有可能会染上痘疹,这可不怎么妙。"我倚着克兰芬坦那温暖的胸膛,"半人马曾经也染上过这样的痘疹吗?"

"没有。"克兰芬坦斩钉截铁地说道,"半人马种族不易染上痘疹。"

"这正是我所希望的。"

"这就意味着只有半人马勇士才能靠近缪斯神殿。我已经派遣了一小队半人马勇士前往缪斯神殿,他们会把我们的计划传达给缪斯神殿的人,同时也会把缪斯神殿里的人的健康情况传回给我们。"

"那里可能已经乱成一团糟了,听起来有些可怕。所以,我们必须把缪斯神殿和它周围的地域都封锁起来。我们可以派人给他们供应粮食、水等一切物品,但是不能让缪斯神殿里的病人把痘疹传染给巴尔瓦隆所有其他人,不能让他们也受到诅咒。"

"我同意。"克兰芬坦专注地凝视着我,"现在看来,我也得好好地慰劳慰劳你,我辛苦的芮娅小姐。"

"那今天晚上我们是不是还有什么事情没做?"听到我的话,克兰芬坦不解地看着我。

我模仿着玛丽莲·梦露那甜美可人的嗓音性感地说道:"你记起什么了吗?"

"你说的是要向弗摩瑞人的领头人传话这件事情吗?"

克兰芬坦向正"性"致勃勃的我泼了一盆冷水,好吧,现在我也记不起来了。

"哦,是的。"

"我希望我们能换个方式,我可不想你与那个阴暗的魔鬼交谈。"

克兰芬坦的大拇指轻轻地摩挲着我的手肘。该死的,我也不想进入那个可怕的梦乡。现在的我,只想舒服地泡个热水澡,吃一顿丰富的晚餐,然后再让我这迷糊的丈夫想起一些事情来。不过,一个坚定的声音在我的心底响起:莎伦·帕克,你还有重要的事情要做。

该死的,真是活见鬼,那个声音是如此坚定,完全不容我拒绝。

"虽然我也不愿意这么做,但是克兰芬坦,你知道的,我必须那么做。"我叹了口气,用鼻尖轻轻地碰了碰他,"你说你会一直待在我的身边陪着我,那是真的吗?"

"当然,我会一直保护你的。"

听了克兰芬坦的这句话,我又增添了几分勇气。

"那好极了。好吧,那我先把这里的事情做完,然后我们就去吃晚餐,你也可以帮我想想,究竟怎么样我才能进入那样的梦境。"

"艾波娜会指引并帮助你的。"克兰芬坦用手抬起了我的下巴,慢慢地靠了过来,在我的耳边轻轻地说道,"我可不会给你很多的时间,如果你不离开,我就把你抱出这间病房。虽然,你不会染上痘疹,但是你也得注意你的健康,芮娅,今天你已经很疲惫了。"

"我也得关心关心我的丈夫,是吗?"我的声音里溢满了风情,但是我衣服上的污渍可真有些扫兴。

"是的,你也得关心关心你的丈夫。"他替我整了整衣服上的褶皱,我转过身去,轻轻地推开了病房的房门。身后响起了克兰芬坦的叮嘱,"如果你留在里面太久,我就进去把你抓出来。"

"我喜欢你的粗鲁,克兰芬坦。"我回头说道,然后走进了房间。

一走进这间病房,我又打起了精神。我看到卡罗伦正把一张床单盖在重病区的一个孩子的脸上,我急忙赶到了卡罗伦的身边。

"这是第一个——"卡罗伦的声音很低沉,几乎只有我能听到,"——但她不会是最后一个。"

"克兰芬坦说半人马不会染上痘疹。"

"那,那,那还算是一个好消息。你知道吗?从早上到现在,这里已经又多添了十二个病人。"

我并没有察觉到这一点,我一直都在忙碌,竟然没有发现这件事情。难怪我觉得比起早上来,病房里显得有些拥挤。

"有五到七个严重的病人很有可能熬不过今晚。"

"那个女孩怎么样了?"我小心地指了指克丽丝蒂娜。

卡罗伦悲伤地摇了摇头。

"该死的。"我忍不住咒骂起来。

卡罗伦示意他的助手把尸体带走。

"那尸体也是会传染的。"我说道。

卡罗伦吃惊地看着我,但他随即毫不犹豫地说道:"把她带到我诊所的隔壁房间。我们得在艾波娜神殿外面架起一个柴堆,我们会把她的骨灰留下来,把她的灵魂送到没有痛苦的地方。"

我冲着卡罗伦点了点头,表示赞同,"艾波娜希望所有染病而亡的病人都能够接受烈火的焚烧,大火会把他们的身体净化。然后,艾波娜将带走他们圣洁的灵魂,我们则会留下他们干净的骨灰。"

我看着他们带走了那个小女孩的尸体。

卡罗伦对他的一个助手吩咐道:"去通知这个小女孩的父母吧。"

"不!"她的父母怎么能承受得住如此大的打击,"这件事情让我来做吧。"我对着那个助手讲道,"请把她的父母带到这里来,让我来告诉他们吧。"

"这件事情不需要你亲自去做,而且芮娅诺小姐也从来都不会这么做的。"

"可我不是芮娅诺。"听了卡罗伦的话,我更加沮丧。

"你不是,你当然不是芮娅诺,请原谅我不恰当的说法。"卡罗伦疲惫的声音里满是安慰。

"我原谅你了。"卡罗伦和我相视一笑,"嘿,你这个健忘的家伙,你难道忘记了,今天晚上可是你的新婚之夜?"

我发誓,此时卡罗伦那已经渗出细细薄汗的脸颊刷地一下就红了。

"也许我真的忘记了。"

"你还真是个健忘的家伙。"

卡罗伦无奈地环顾了一下四周,说:"可是,我怎么能离开他们呢?"

"你有那么多能干的助手,相信他们。再说,你也需要休息一下。"我努力地挤出一丝鼓励的微笑,"清洗一下,去找阿兰娜吧,世事难料,生命无常,我们可要学会珍惜,把握好每一分每一秒。"

"但是——"卡罗伦有些结巴。

"去休息吧,你一直拖着疲惫的身体也照顾不好你的病人,我会在这里待上一会儿,确保你离开后,这里仍然能够井然有序。"

"芮娅,我知道你是好意,但是照顾病人,你的经验并不多。"

"你说得没错,我的经验并不多。虽然如此,但是不要担心,我可是芮娅女神,我能够很好地应付。"

"好吧。"

好像又有人在呼喊我,我冲着卡罗伦做了个鬼脸。卡罗伦开始把他的助手召集起来,把他们分成几个小组,让他们轮流守夜,这样也可以缓解一下他们的疲劳。

"芮娅诺小姐?"一个有些迟疑、有些犹豫的声音在门口响起。

是刚才的那个助手,他已经把那个死去的孩子的父母请了过来,在他身后的走廊上,两个修长的影子在不安地晃动着。我挺了挺胸膛,慢慢地拖着沉重的步子向他们走去。

能够成为一名教师,我一直都很荣幸。你知道的——是学生成就了老师。莎拉是我的一名学生,她聪明、活泼、前途无量。但是她的烦恼似乎比一般的学生要多得多,她深陷在烦恼中,不可自拔。在她十七岁生日过后的不久,她自杀了,她选择了用死亡来摆脱这一切。在她的葬礼上,我悲痛地站上去致辞,难过得几乎说不出一句完整的话来。现在,我的感觉和当时完全是一模一样。可是悲剧已经发生了,我们无能为力,什么也不能改变。

"我的小姐——"那位助手的声音里满是犹豫迟疑,"——这是那个小孩的父母。"

我转过身去,面对着这对可怜的父母,他们简直像极了莎拉的父母。他们紧紧地握着彼此的手,仿佛他们已经知道我要说些什么,但是他们却不想听。

"我很抱歉,你们的女儿刚刚已经去世了。"我的话刚刚落下,小女孩母亲的眼泪就泛滥开来,她是那么伤心,是那么心痛。她几乎快要站不住了,只能紧紧地倚着她的丈夫。

突然,她站直了,抽泣着说道:"我们可以看看她吗?"

哦,我的上帝啊,你怎么可以这么残忍——他们甚至都不能看看他们的女儿最后一眼。

"她的身体仍然染着疾病,应艾波娜的指示,我们必须很快把她火化。"看着他们那绝望的神情,我很快改变了我的心意,"你们可以远远地看她最后一眼,向她告别,但是绝对不能去触碰她。"

我示意一个助手带他们去看他们的女儿,在他们转身离开之前,女孩的父亲紧紧地抓住了我的手。

　　"女神——"他的声音有些颤抖,"——在她死去的时候,你陪在她的身边吗?"

　　我没有片刻的犹豫,"是的。"我对他撒谎了,"我在她的身边,还有艾波娜也在。"

　　"谢谢你,艾波娜会祝福善良的你。"他们跟着那位助手,慢慢地慢慢地行尸走肉一般消失在了走廊的拐角处。

　　我知道,变得麻木的不仅仅是他们的身体——还有他们的心。

　　"芮娅!"克兰芬坦走了过来,他走到了那对父母曾站过的地方。他的手轻轻地抬起了我的脸,用他的大拇指温柔地拭去了我脸颊上的眼泪。

　　"走吧。"克兰芬坦催促道。

　　我默默地点了点头,默许他带我离开这里。

4

　　我们顺着门廊一直往前走,我抽泣着咕哝道:"我身上的味道肯定糟透了。"

　　"我知道——所以,我要带你去浴室。"

　　我麻木地点了点头,想象着沐浴更衣后干净清爽的感觉。只有想象着这些,我才能稍稍缓解我那沉重的心。

　　克兰芬坦和我谁都没有说话,只是默默地向前走着。院子里已经燃起了篝火,在朦胧的夜色中,依稀可以辨认出来是妇女们在烧火做饭。热腾腾的米饭香气四溢,我的胃又开始打起鼓来。

　　克兰芬坦"咯咯"地笑起来,"在你的房间里,我已经准备好了晚餐。"

　　"谢谢。"

"这可没什么好谢的。"

"你现在说话越来越像我了。"

"那可就更糟糕了。"克兰芬坦的胸膛又微微地震动起来,他在偷笑,我那颗沉重的心似乎也轻松了不少,那家伙在我的世界里肯定是一个电子振动器,一个有趣的电子振动器。

我猜克兰芬坦肯定是比利·乔的表兄弟。我们穿过了一道大门,很快就要到我最喜欢的浴室了。门口,两个守卫依旧精神抖擞,眼神坚毅,克兰芬坦用满是占有的眼神看了他们一眼,可是两个守卫却一点也没有退缩。

"阿兰娜在哪儿?"我看着雾气腾腾的热水,已经有些迫不及待。

"阿兰娜要去照顾她的丈夫。"看着我迷惑的表情,克兰芬坦微微一笑,"今晚,我就是你的仆人。"

在我那疲惫得有些迟钝的大脑反应过来之前,克兰芬坦已经站到了我的背后,只听见"哧"的一声,我的衣服已经被克兰芬坦撕成了两半。

"嘿,别急!"克兰芬坦着急地止住正要恼怒的我。

"你难道还想留着它吗?"克兰芬坦一副无辜的模样。

"当然不想,克兰芬坦,你最好把它烧掉,我可不想再有人去触碰它而染上痘疹。"我轻轻地抓住他的手臂,飞快地踢掉了脚上的鞋子。然后几乎一溜小跑溜进了温泉里,这时候的我可顾不上屁股有没有摇摆得太厉害。我慢慢地把身体浸在了温水里,惬意地舒了一口气。

"芮娅?"克兰芬坦温柔地唤着我。

在回答他之前,我沿着池边慢慢地摸索着,总算找到了一个可以坐的地方。我在水里坐了下来,懒洋洋地应着克兰芬坦:"嗯?"

"等我一会儿,"克兰芬坦脱掉了他身上的皮革背心,"还有,我不得不再次提醒你,请不要说话。"

"什么?"

"嘘——"

克兰芬坦转过身去,就像那天晚上一样,开始专注地念念有词。我感到一阵恐惧,身体也不由自主地颤抖起来,我还记得那天晚上的他是多么的痛苦,我的眼泪忍不住想要掉下来。克兰芬坦的身体又开始散发出耀眼的光芒,我还没来得及闭上眼睛。

一阵光雨闪过之后,四周渐渐地暗了下来。

我眨了眨眼睛,只见克兰芬坦跪在地上,他又变成了一个人,一个真正的人。

克兰芬坦轻轻地拭去额头的汗珠,尽量平缓着他那急促的呼吸。

"你——"克兰芬坦顿了一下,深深地吸了一口气,"——现在可以说话了。"

"我恨它伤害了你。"

克兰芬坦站在那里,身体还有一些颤抖,"如果我不能变形,那我们就不能像一对夫妻一样在一起。"

"我知道,可是我还是恨它。"

克兰芬坦慢慢地挪到了池边,他的脚步也越来越稳。沿着温泉池的石梯,他慢慢地走进了水里。

"你身上可没有难闻的气味。"很明显,我有些小紧张。

"我告诉过你,今天,我可是你——尊贵的芮娅小姐——的仆人。"克兰芬坦从池边拿起一块海绵,一瓶沙皂,"请把身体转过去。"

我满心欢喜地依照着他的吩咐,转过身去。克兰芬坦轻轻地挽起了我的头发,开始在我的背上抹起沙皂来。

"嗯。"我轻轻地吸了一口气,很快,克兰芬坦把海绵又放回到池边,用他那温暖有力的双手轻轻地擦着我的背。

为了让我能够舒服地坐着,克兰芬坦把我抱到了更高的台阶。他慢慢地抬起我的腿,用海绵轻轻地搓洗着。

我才发现,虽然他的动作是如此亲密,但却没有丝毫的挑逗,相反,克兰芬坦正在温柔地抚慰着我那疲惫不堪的身体。我眯起眼睛看着他,尽量保持着清醒。

"慢慢地往后靠,放松一些。"克兰芬坦的声音很温暖,"你今天太累了,我变身过来可不是为了和你亲热——那不是你需要的。"

克兰芬坦的那一番话让我轻松了不少。我爱他,但是克兰芬坦说得很对,今天晚上我需要的只是照顾,而不是诱惑。我闭上眼睛,克兰芬坦一只手轻轻抬起了我的脚,另一只手拿起了沾满肥皂泡沫的海绵,慢慢地搓揉并按摩着我那酸痛的脚掌。然后又力度适当地搓揉按摩着我的肩膀、脖颈、手臂……在他的按摩下,我全身的肌肉都放松了。

"芮娅,你又得换个位置了。"克兰芬坦温柔地说道。

"好的。"我舒了一口气,闭上了眼睛。

克兰芬坦轻轻地揽住了我的腰,借着水的浮力,又让我坐到了一个较低的台阶。

"芮娅,你得把你的头发弄湿。"

我知道,我的头发肯定脏极了,满是腥臭、恶心的味道。我吸了口气,把身体全部浸入水里,直到头发已经完全打湿,然后才露出水面。克兰芬坦站在我的背后,开始忙碌地打理着我那脏乱的头发。我只是静静地靠在他的身上,享受着他的侍弄。

"现在,我们得把它清洗干净。"克兰芬坦扶着我的肩膀,我躺在他的身上,他认真仔细地清洗着我的头发,一遍又一遍,直到所有的泡沫都被清洗干净为止。

"再躺一会儿吧,放心,我不会让你滑下去的。"

躺在温暖的热水里,我慢慢地闭上了眼睛,头脑里也变得一片空白。被热气包围着的我只感觉满心舒畅,全身放松,所有的疲惫都被这神奇的温泉水一扫而光。克兰芬坦开始吟唱起一些我听不懂的优美的小调,他的嗓音很浑厚,很深沉,充满了魔力,我深深地沉醉其中。

"你唱的是什么?"我在他的耳边小声地说道。

"这首小调的大致意思是'放松一些,我爱你,你是我的,我永远也不会让你离开我的身边。'"

沉浸在克兰芬坦浓烈的怜爱中,沐浴在这温暖的温泉中,我几乎一步也不愿意移动。克兰芬坦轻轻地抱起了我,把我裹在一块厚厚的毯子里,又抱着我走到了梳妆台前,把我稳稳地放到了椅子上。

"芮娅,你坐好了吗?会不会跌倒?"克兰芬坦温柔地问道。

我睁开了眼睛,看到克兰芬坦蹲在我的面前,双手放在我的膝盖上,我轻轻地摇了摇头,示意我不会。

"那就好。"克兰芬坦轻轻地拍了拍我的膝盖,然后起身站了起来。

"克兰芬坦,你去哪里?"我开始回过神来。

"嘘——"克兰芬坦冲着我说道。

我安静地看着他又开始念念有词,他要变回到半人马的样子了。似乎变成半人马比变成人类所需的时间更短一些,但是散发出来的光芒却更加耀眼,我紧紧地闭上眼睛,把脸埋进了那块毯子中。

我又听见了他走路时发出的清脆的马蹄声,我知道,他已经变成了半人马。

"你醒了吗?"

"你发出的光芒太刺眼了,这下我彻底醒了。克兰芬坦,告诉我,你变成人类对你的伤害到底有多大?"克兰芬坦又把我抓进了他那温暖的怀抱里。

"别担心。"克兰芬坦把我的双手搭在他的肩膀上,然后替我整理了一下毯子,确定毯子已经把我裹好,又接着说,"我很好。"

我用鼻子蹭了蹭他,亲吻着他的脖子,"我敢打赌,你肯定跑不起来了。"

"我可以。"克兰芬坦冲着我笑了笑,然后抱着我小跑起来,穿过大厅,朝着我的房间走去,"只是不能跑得很快。"

这时候,我的肚子又"咕咕咕"地叫了起来,我和克兰芬坦都忍不住哈哈大笑起来。

5

我们走进了房间,很是惊喜,房间里居然点燃了许许多多的蜡烛。烛光摇曳,整个房间都晕上了一层淡淡的金黄,亮堂堂的。虽然烛台还是人的头骨做成,但是现在我已经忽略掉它们了。和往常一样,桌子上已经摆满了精致美味的食物,看着桌上那些热气腾腾的饭菜,闻着扑面而来的香气,本就已经饥肠辘辘的我更加按捺不住了。

克兰芬坦跪在一张躺椅上,我在他的前面坐了下来,他随手抓起一只烤得金黄焦香的鸡腿。

"吃吧。"克兰芬坦轻轻地咬了一口,"我知道你已经很饿了。"

我裹了裹身上的毯子,开始大快朵颐。肉食、蔬菜、面条……这里的厨师做出来的东西简直棒极了,每一种食物都是那么精致,那么可口(自我提示:也许我应该给这些厨师加薪或者其他什么的)。

酒还是和往常一样,是甘醇浓厚的葡萄酒。虽然芮娅诺有许多的缺点,但是不可否认,她很懂得欣赏美酒和佳肴。

"芮娅,你让我想起了一个半人马女孩,她和你一样,对食物充满了热情。"克兰芬坦在我的背后偷笑起来。

"你是说我像马一样吃得那么多?"我取笑着克兰芬坦。

"半人马可不是马!"克兰芬坦很是骄傲自大,有些不可一世。但是,他还是很可爱,"不过,我们对马也很欣赏。"

"可是在我原来的那个世界里就只有马。"我又咬了一口鸡腿。

"什么?"克兰芬坦满脸惊讶,就好像我说婴儿是从白菜里长出来的一样,震惊不已。

"是的,就是这样。"我又嚼着一块滋味非常美妙的鱼块,尝起来有些像比目鱼,"在我原来的世界里,半人马——只存在于神话故事里。"

"这怎么可能?"克兰芬坦的声音听起来有些愤懑。

"我也不知道,没有你们,不过这可是我们的损失。"

"哼。"克兰芬坦一边大口地咀嚼着食物,一边不满地哼了一声,表示抗议。然后,他好像想起了什么,"那你肯定相当震惊,当你发现你要嫁给一个神话里的半人马后。"

"你说呢?"我笑了笑,端起酒杯,享受地喝了一口葡萄酒。

克兰芬坦理解地点了点头道:"难怪你开始那么害怕。"他温柔地拨了拨我额头上的碎发,爱怜地抚摸着我的脸颊,"那在你原来的世界里,是不是也没有人可以变身?"毫无疑问,当然没有。

"我正在慢慢地习惯这个世界里的一切。"我亲昵地靠在了克兰芬坦的身上。

"芮娅,原来你如此勇敢。"

"克兰芬坦,是你让我感到非常安全,我信任你。"

"听到你这么说,我很高兴。"克兰芬坦的脸上转忧为喜,"如果我早知道事情是这样,我就会……"克兰芬坦迟疑了一下,欲言又止。

"那你会怎么样?"我皱了皱眉头,"我可不会让你离开我的身边。"

"我也不会离开你。"克兰芬坦俯下身来,亲吻着我的脖子。

"克兰芬坦,有件事情我想让你知道,你现在已经知道我是谁了。"我转过身去,凝视着克兰芬坦的眼睛,"我不是芮娅诺,我也不会像她那样,我是一个忠实的女人。我从来都没有……"我努力地在脑海里搜索着一个恰当的词语,"……我从来都没有想过要拥有很多的男人。"从克兰芬坦的脸上,我读出了信任,"所以,你不用担心。"

"我相信你,芮娅。"克兰芬坦的声音里充满了魔力,充满了诱惑,我已经深深地迷失在他的柔情蜜意里,"听到你这么说,我很高兴,你知道的,我可不愿意同别人分享你。"

我想起了克兰芬坦和我的卫士私底下的那番"较量","咯咯咯"地笑了起来,"你永远也无须担心这一点。"

"嘿!"我觉得很有必要补充一些,"那我也不愿意和别人共享你。"

克兰芬坦脸上满是惊讶:"当然不会,我也会永远忠实于你。"

"那就好。"我挑了挑眉毛,"我可不想和那些半人马女孩成为情敌,虽然莱斯维娜也许能够帮上忙,但是我想,和那些强壮有力的半人马女孩比起来,我们肯定会处在下风。"

克兰芬坦笑得前俯后仰,然后我们停止了嬉闹,安静地吃我们的晚餐。我暗自猜想克兰芬坦的身边肯定是蜂围蝶绕,他肯定迷倒了许多半人马女孩。毕竟,他是那么的英俊潇洒,机智幽默。

我总算是吃饱了,我们面前的桌上已是一片狼藉。我又给自己满上了一杯葡萄酒,慢慢地啜着。我舒适地蜷在克兰芬坦的身上,一连打了好几个哈欠。

"芮娅,来吧。"克兰芬坦从躺椅上优雅地站起来,"你肯定已经筋疲力尽了。"

"不,其实我不是很累,真的。"克兰芬坦牵着我走向床边,我拖着我那沉重的步伐,踟蹰不前。但是,你知道的,半人马的力气很大,把我拉向床边,这对克兰芬坦来说简直就是轻而易举,不费吹灰之力。

我们走到了床边,正如我前面说到的那样,这张床真的很大。但是,我看了一眼克兰芬坦,又看了看那张大床,似乎它也不是那么大。毕竟,克兰芬坦可不是寻常的高大魁梧。如果要克兰芬坦睡在我的旁边,这简直太难以置信了。

我走到床边,拉开绣着精美花朵的华丽的被子和床单,开始检查起床垫来。床垫是一个巨大的厚厚的羽绒袋,它正悬挂在许多皮革带子上。我裹了裹身上的毯子,确保它不会掉下来后,便开始行动起来。我挪开床上的东西,掀起了床单,用力地抓住床垫,开始拖拽起来。

"嗯,你不打算来帮帮我吗?"我回过头去看着待在一旁一动不动的克兰芬坦。

"好吧。"克兰芬坦一脸的迷惑不解,但是他还是过来帮了我一把。只见他轻轻地一拽,床垫就被他轻松地从床上拽了下来。事实证明,半人马的力气果真很大。我把床单又铺回到床垫上,站在旁边,审视着我的成果。

"它看上去真像一个巨大的棉花糖。"看来我干得还不错。

"我想问两个问题。"克兰芬坦说道。

我给了他一个"请问"的表情,然后爬到了松软舒适的棉花床上。

"芮娅,你为什么要这么做呢?"

"好吧,我想你睡在床上应该会更舒服一些。"我又仔细地检查了一遍,"如果我不把它拽下来,你就不能睡在我的旁边。所以如果照我这样做的话,就能两全其美了。"

"哦。"克兰芬坦的脸上一副豁然开朗的表情。然后他小心翼翼地踩到了我的棉花床上。

"你还有什么问题?"克兰芬坦交叉着马蹄,在我的身边卧下。

"棉花糖是什么?"

我慢慢地挪过去,依偎在他的身边,"棉花糖是一种甜点。它雪白雪白的,就像羽毛一样很蓬松,也很甜。要是把它们放在火上烤一烤,味道更是美极了。"

克兰芬坦把我拉到他的怀里,冲着我笑了笑,然后温柔地吻了吻我的额头,"那它一定很松软。"

"我也这么认为。"我打了一个大大的哈欠,睡意浓浓。

"芮娅,放松一些,你得睡一会儿。"

睡在这柔软的棉花床上,躺在克兰芬坦的身边,我开始放松下来。忽然,我不由自主地战栗了一下,睡意全无。我想起来了,我还得在梦里完成一个任务。

"我还不想睡觉,我很怕!"

"芮娅,放心,你会很安全的,我会一直陪在你的身边,我会一直保护着你的身体,而艾波娜女马神则会保护好你的灵魂。"克兰芬坦伸出手来,摸到了我的腿,从小腿,到膝盖,再到我的大腿,他开始来来回回地抚摸着,就像一个母亲一样,怜爱地抚慰着我。

我全身又放松下来,慢慢地闭上了眼睛。

"不要离开我……"我小声地呢喃着,紧紧地拽着克兰芬坦的胳膊,渐渐地进入了梦乡。

在梦里,我正一个人在温泉浴场享受着按摩……我回过头一看……

是蝙蝠侠,替我按摩的居然是蝙蝠侠。按摩台设在一个阳台上,往远处眺望,乡村美丽的风景尽收眼底。这让我不禁想起了英格兰的湖泊地区。不过,令人惊奇的是,远处的草地上,奔跑着的居然不是毛茸茸的英格兰羊群,而是一群胖乎乎的黑白相间的猫。

蝙蝠侠恭敬地弯下腰来,在我的耳边轻声地诉说道:"我美丽的小姐,你有一个世界上最完美的屁股。"

忽然,我的身体飘了起来,飞过了天花板。我低头一看,熟悉的艾波娜映入了我的眼帘。月亮还没有完全升起来,但是月光皎洁,照亮了整个大地。星星也不甘落后,卖弄着它们的光亮。此时的天空,就好像戴上了一件价值连城、璀璨夺目的珠宝。艾波娜神殿里,到处都燃烧着篝火,已经很晚了,可半人马和人类都还没有歇下,还在忙忙碌碌。

我的身体随风飘浮着,慢慢地,我飞了潺潺的河流,飞过了泊着小船的港口。我仔细一看,才发现我正朝着北方飞去。慢慢地,风变大了,我也加快了飞翔的速度,脚下那些明亮的灯火,那些潺潺的流水都飞快地呼啸而过。听着耳边呼呼吹过的风,飞起来的感觉真是畅快极了,而且,现在我已经大概知道我要去什么地方了。

很快地,我离开了河边,又向西边飞去。再往下一看,只见下面的湖水黑魆魆一片,在月光的照耀下,闪烁着妖冶鬼魅的微光。显然,这里应该是赛尔克湖泊。我飞翔的速度也越来越快,越来越快,就这样我飞到了赛尔克湖泊的北岸。一座石头砌成的城堡坐落在湖泊的尽头,默默地矗立在黑暗之中。我把我的目光移开,暗暗地恳求着艾波娜女马神:请不要带我到那里去,我一点也不想见到留在拉尔贡城堡的那些怪物,艾波娜女马神,请原谅我的懦弱。但是,艾波娜女马神似乎并没有听到我的祈祷,我的速度一点也没有减缓,飞翔的方向也一点没有改变。我无可奈何地叹了口气,硬着头皮,飞了过去。

我飞翔的速度真是太快了,很快地,我看到了前面隐隐约约的灯光。借着那微弱的灯光,我认出来了,那是守卫城堡的城墙。我的速度慢慢地降了下来,我飘浮在守卫城堡的上空,慢慢地,我的身体开始降落。

"拜托,请不要让我待在这里太久。"我小声地祈祷着。

勇敢一些,莎伦·帕克,你现在可是巴尔瓦隆的最高女祭司,我暗暗地鼓励着自己。又要见那群怪物了,我得做好准备,深深地,深深地吸了一口气。

我又飘到了上次梦境里的院子中间,几顶简陋的帐篷前,篝火熊熊地燃烧着。一群可怜的女人共享着几条大毯子,挤成一团,围坐在篝火前,在寒风中瑟瑟发抖。我慢慢地飘过去,不由得大吃了一惊,在这里,又增添了许多被那些怪物掳掠过来的可怜的女人。不同寻常的是,她们都没有讲话,也没有发出任何的声音,整个院子里一片沉默,死一般的沉默,这实在是太诡异了。通常情况下,只要许多女人聚在一起,即便是半夜,她们也都会唧唧喳喳地闲聊起来,肯定是非常热闹,这就是女人的天性。可是,这一次,她们是如此安静,我甚至只能听到柴火燃烧时"噼噼啪啪"的爆破声。没有任何人感觉到我的存在,而我也并没有在她们的上空停留得太久。我的身体慢慢地朝着城堡的西边飞去,慢慢地,我又停了下来,我来到了城堡顶上的一个栏杆处。栏杆的旁边点着许多火把,到处都亮堂堂的。

我小声地对自己说,莎伦·帕克,你得准备好了。我又深深地吸了一口气,然后我的身体穿过了屋顶。

我飘浮在一间巨大的卧室的天花板下方,我屏住了呼吸,静静地打量着这间屋子。只见房间里点满了火把和蜡烛,灯火明亮。足足有几人大的壁炉立在墙上,壁炉里,火燃得正旺,不断发出妖艳的火红色的光芒。在我的正下方,有一张巨大的床。

一开始,我以为整个房间里空无一人。忽然,床上响起了一阵"沙沙沙沙"的响声,我的目光立即被它吸引了过去。我看见,一个怪物正趴在床上,不断地抖动着它的翅膀,它那黑色的翅膀张得很大很开,几乎快要遮盖住了整张床。我原以为那只是床上的毯子,我的身体不由自主地颤抖起来,我很不情愿地哆哆嗦嗦地飘了下去。

那个怪物的翅膀再次抖动起来,然后,在它的身体下面——躺着一个可怜的女孩。她脸色惨白,一动也不动,就像已经死去一般。该死的,那个怪物居然把它的脏手伸向了那个女孩裸露着的耻骨。

"你是如此的甜蜜。"那个怪物兴奋地尖叫着。

他的手一直沿着女孩的脚踝，慢慢地往上移动着，直到女孩的大腿处。女孩的大腿一直抽搐着，黏稠的猩红的鲜血从女孩的身体里流了出来。

"啊！"我忍不住惊呼出来。

那个怪物立即抬起它的脑袋，眯起了它的眼睛，在床的上空搜寻起来。

看到了他的脸，我认出他来了——他就是努阿达！

"你给我滚出去。"努阿达命令道。他抬起了他那长满利爪的脚，一脚把女孩踢到了床边。女孩摔到了地板上，然后挣扎着站起来，蹒跚地走到了门口，慢慢地走出了房间。努阿达还蹲在床头，专注地盯着床的上空。

"我知道你在这里。"他那沙哑的嗓音里毫无畏惧，"我曾经也感觉到了你的存在。"

我深深地吸了一口气，飘浮到离床只有几尺的上空。我仔细地打量着这个自以为是的家伙。他的脸就好像是用黯淡无光的花岗岩雕刻而成——苍白憔悴，冰冷无情。他身材瘦削，零星的头发散乱地垂在肩头。他赤裸着身体，黑色的大翅膀一直颤抖不止，猩红的鲜血染红了他的大腿，还有他那萎靡不振的耻物。

这简直令我惊讶不已，我居然一点也不害怕。现在的我，只有满腔的愤怒和厌恶。

"你真让人恶心。"我向他吐了一口口水，努阿达眯起了他的眼睛。

"我敢说你是一个女人。"他故意拖长了最后一个字，就像在念一个咒语一般，"现身吧，除非你现在非常害怕。"

我知道，他就是一个地狱的魔鬼，以虐待妇女和孩子为乐。

此刻的我满腔怒火，义愤填膺。但渐渐地，我发现我那飘浮着的身体发生了变化，我的身体慢慢地变得清晰可见。瞥了自己一眼，我居然赤裸着全身，妖娆诱人地飘浮在床的上空。

努阿达看到了我,他睁大了眼睛,还不停地舔着他的嘴唇,不停地吞咽着口水。

"喜欢你所看到的吗,努阿达?"我的声音充满了神秘的魅惑。

"过来一点,我会告诉你我喜欢的是什么。"

"也许……"我故意拖长我的声音,挑逗着他,"也许你应该过来找我。"我伸出一只手去,示意他过来。就像耍蛇人故意挑逗着眼镜蛇一般。然后我的另一手轻轻地抚摸了一下我的脖子,我的手指顺着脖子慢慢地滑下去,抚摸着我的肩膀、胸部,最后停留在了大腿上,就像他刚才对那个少女所做的一样。

努阿达渴望地看着我,我的胃里顿时翻江倒海。他的翅膀和他的耻物开始慢慢地膨胀起来,终于他忍不住了,向我扑了过来。

我开始放肆地嘲弄起他来:"亲爱的,我可不能么轻易就顺从了你。"我那幽灵一般神秘的笑声响彻了整个房间,回荡在半空中。在他抓住我之前,我的身体早已飘了起来,消失在了天花板上。他愤怒地尖叫着,尖叫声划破了这寂静的夜空。

我睁开了我的眼睛。

"你现在安全了。"一个声音在我的耳边响起。

我非常恐慌,努力地想要记起我现在在哪里。克兰芬坦有力的双手紧紧地抱着我,他那温暖的体温使我渐渐镇定下来。我揉了揉迷离的双眼,克兰芬坦那张英俊的脸庞一下子清晰地映入了我的眼帘。他冲着我笑了笑,但是他那紧皱的眉心还没有完全舒展,看得出来,他肯定非常担心。

"芮娅,你已经回来了。"克兰芬坦和我一样喜出望外。

"是的。"我的喉咙有点发痒,"我想喝点水。"

克兰芬坦不情愿地松开了怀抱,我从棉花床上走到了桌子旁,拿起一只酒杯,接着又端起了酒壶,慢慢地往酒杯里倒着酒。我的手还在颤抖着,糟糕,葡萄酒飞溅到了桌子上。红色的葡萄酒,雪白的大理石,这简直像极了努阿达那苍白肌肤上的点点鲜血。我死死地盯着那张大理石桌子,脑子里全是那个可怜的女孩的鲜血溅到努阿达身体上的画面。

"芮娅?"克兰芬坦让我回过神来,我深深地吸了一口气,又匆匆地回到了床上,急忙重新投入克兰芬坦的怀抱。他那温暖的体温现在可是我的一颗定神丸。我舒服地依偎在他的怀里,贪婪地汲取着他的体温,然后一口气喝下了一大口葡萄酒,尽量让自己镇定下来。

"告诉我。"克兰芬坦温柔地哄着我。

"艾波娜带着我找到了努阿达,他强暴了一个年轻的女孩。"

"那他感觉到你了吗?"

"不仅仅是这样,他还听到了我的声音,艾波娜对我的灵魂施加了魔力,努阿达甚至能够看见我。"

克兰芬坦点了点头:"艾波娜正在使用她的魔法,想要把消息散布给那些弗摩瑞人。"

"但愿艾波娜在这么做的时候,还能够记得保护我。"我颇为不满,有些抱怨。善良的艾波娜女马神,残忍的努阿达,可怜的女孩,还有那个如此真实的梦,这一切让我有些心烦意乱。

"你是她亲自挑选出来的最高女祭司,她会保护你的。"

我正准备继续抱怨的时候,我心底发出了一个警告:时刻准备着,你可是最高女祭司,最好不要在这里喋喋不休地抱怨个不停。

我又端起了酒杯,大大地啜了一口葡萄酒。

"你告诉努阿达缪斯神殿了吗?"

"我还没来得及告诉他,在努阿达扑过来抓住我之前,艾波娜已经带走了我。"我还记得,没有得手的努阿达那一副气急败坏的模样,还有他那一声凄厉沮丧的尖叫。想到这里,我又啜了一口葡萄酒。

"他向你扑了过来?想要抓住你?我一定会用我的剑砍掉他的爪子。"克兰芬坦的声音严厉而冰冷,他愤怒了。

"虽然我一向不支持暴力,但是这次我破例,努阿达的爪子确实很讨人厌。"我又啜了一口酒,惊讶地发现,酒杯已经见底了。我打了个哈欠,"希望接下来的今晚,艾波娜能够让我安心地睡觉,我实在是太累了。"

克兰芬坦从我的手中接过空酒杯,把它放在棉花床旁边的地板上。

"艾波娜肯定已经听到了你的祈祷,她会满足你的心愿。"克兰芬坦把我拉近他的身边。

"但愿如此。"我趴在柔软的羽绒枕头上,舒服地蜷成一团,依偎着克兰芬坦。他的手轻轻地揽在我的腰上,温柔地轻抚着我的背,我感激地舒了口气。

"睡吧,我亲爱的芮娅。"克兰芬坦在我的耳边呢喃道,"我不会让任何人伤害到你。"

听着克兰芬坦的温言软语,我脸上带着甜甜的笑容,安心地睡下了,那邪恶的努阿达被我抛到了九霄云外。

6

"芮娅?"我正在蒂芙尼大厦里疯狂地购物,一个远远的声音打破了我的美梦。

"我在这里,我在钻石皇冠区。"我懒懒地嘟囔道,却未睁开眼睛。

"你怎么睡在了地板上?"声音越来越近,是阿兰娜,我慢慢地清醒过来。

我懒懒地伸展着四肢,慢慢地睁开了睡眼,然后四下看了看,睡在我旁边的克兰芬坦居然不见了。

"你试过和马一起睡在床上吗?"

阿兰娜用手捂着嘴巴,咯咯咯地笑起来,摇了摇头。

"简直难以想象,是不是?"我才注意到,我没有穿任何的衣服,正赤裸裸地躺在床上。

"阿兰娜,能给我找些衣服吗?我想我得去一趟那个小女孩的房间。"

阿兰娜的表情有些疑惑,她递给我一件黑色的长袍。我匆忙地穿好衣服,朝着门口走去。很明显,我可不是"那个小女孩",阿兰娜很快就明白过

·301·

来,跟在了我的身后。

我们走进了大厅,大厅里侍女和守卫人来人往。他们看到了我,侍女恭敬地给我行着屈膝礼,而守卫则热情地向我鞠着躬。我睡眼蒙眬地向他们点了点头,但愿我的样子没有失仪,我在心里默默祈祷着。

很快,我和阿兰娜来到了浴室,两个守卫等在门口,很有礼貌地替我们打开了浴室的大门。

"该死的。"一走进浴室,我就忍不住喊叫道,"这里怎么有那么多的人。"

"所有的人都陆陆续续地到了——所以,连艾波娜神殿也都变得拥挤起来。"

我脱下黑色的长袍,踩着石梯,走进了温暖的泉水里,快速地洗了一个晨浴。

"那么,很多人都到这里了吗?"

"很多的人和半人马都到了这里。"阿兰娜看起来压力重重,她疲惫地说着,"我已经命人搭起了一个巨大的帐篷,而且还从这里派遣了一些厨师、侍女和守卫过去。但愿你不会因此而生气。"

"生气?"我示意阿兰娜把毯子递给我,"当然不会——做你认为该做的,阿兰娜,你可比我更了解这里的一切。"

阿兰娜似乎松了一口气,她开始替我穿起了衣服。这次她选了一条水蓝色的裙子,这不禁让我想起了大海蔚蓝的泡沫。更令我高兴的,是它能够完全包裹住我的胸部。我坐到了梳妆台前,阿兰娜开始梳理我的头发,她熟练地在我脑后挽起了一个法式盘发。而我,则自己化起妆来。我们的目光在镜子里不期而遇,我冲着她调皮地笑了笑。

"昨天晚上你休息好了吗,阿兰娜?"

果然不出我所料,阿兰娜的脸颊又染上了红晕——我不禁得意地笑了起来,学着朱丽叶小姐保姆的那种伦敦腔:"现在你的脸颊绯红,它们已经泄露了你所有的秘密。"

这下,阿兰娜的脸更红了,恐怕连秋天的霜叶也要逊色三分,我又笑了起来。可以看出,阿兰娜的眼底忽闪着幸福的光芒——虽然现在的她尴尬万分,羞涩不已。

"昨天晚上很美妙。"阿兰娜腼腆地吐出了这句话,短短的几个字,从她的嘴里说出来,就好像在宣布一个奇迹一般。

"我真为你高兴,阿兰娜。"我们俩都沉默了一会儿。毫无疑问,一想到我们的丈夫,我们俩都不禁有些脸红心跳,魂不守舍。

"芮娅,昨天晚上艾波娜把你带去了守卫城堡吗?"

"是的,艾波娜让我见到了努阿达。"我们的表情都变得严肃起来,"我挑衅了他,然后艾波娜及时把我带回来了,但愿今天晚上艾波娜不会再把我带到那里去。"

"艾波娜会保护你的。"阿兰娜说出的话和克兰芬坦如出一辙,都相当肯定。

"你们每个人都这么说,好吧,我承认,有时候我能够听到艾波娜的声音。但是我可不习惯自己赤裸裸地飘浮在空中,飞来飞去。"

"我很抱歉,芮娅。不仅仅是你,即使是芮娅诺女神,每天晚上艾波娜对她施加了魔法以后,也会仓皇失措。"阿兰娜的手停了下来,脸上写满了忧伤,难过地皱着眉头。

"什么?"

"在芮娅诺小姐还没有成功进入你的世界之前,她总是非常沮丧不安。她睡得很少,好像她故意想要逃避艾波娜的梦境。"

"我敢打赌,芮娅诺那个荡妇肯定已经知道那些弗摩瑞人已经逃出来了。"肯定是这样,"艾波娜肯定向她发出过警告。"我正义愤填膺地说着,那种感觉又来了——一个声音在我的心底鼓舞着我,"艾波娜肯定已经向芮娅诺预示了要发生的事情,可是,芮娅诺真是一个自私的荡妇。她选择了离开,而不是留下来和人民一起战斗。"对芮娅诺这种自私的行为,我怒不可遏。

阿兰娜又继续梳着发髻,说:"也许艾波娜也允许芮娅诺小姐离开,因为艾波娜希望由你来带领我们,带领着我们打败那些邪恶的弗摩瑞人。"

· 303 ·

我正准备接过阿兰娜的话,但是她又接着说起来。

"艾波娜女马神肯定已经了解到芮娅诺小姐的本性——当然,艾波娜女马神肯定也很了解你,所以她又选择了你,选择你成为巴尔瓦隆的最高女祭司。"

阿兰娜已经梳好了法式盘发,还给它系上了一根金黄色的美丽的发带。不得不说,她真的有一双巧手。我不再说话,这可真的让人有些望而生畏——如果艾波娜真的选择了我。我热情地希望艾波娜女马神真的知道她自己在做什么。

我一直保持着沉默,阿兰娜伸手拿过了那顶精致的小皇冠,把它稳稳地戴到了我的头上,不得不说,我真的很喜欢它。

"芮娅,你得经常戴着它。"

我从一个珠宝盒子里挑出了一个金戒指,戴在了手指上。

"好吧。"我从镜子里仔细地端详着那顶小皇冠,它是那么的璀璨夺目,那么的高贵典雅,简直美得摄人心魄,我竟然情不自禁地颤抖了一下。我的目光又移回到了珠宝盒子里,想要找出一副与之相配的耳环来。

我换了一个话题。

"那些病人怎么样了?"

阿兰娜还未来得及回答,门口就响起了一阵清脆的敲门声。

"请进!"得到了我允许后,守卫打开了房门,几个仆人托着摆满早餐的托盘慢慢地走了进来。

"呀!"我欣喜地冲着仆人们笑了笑,"正好,我饿了。"

"早上好。"其中一个仆人紧张地朝我鞠了一躬。我发誓,此时的他慌乱得就像一个已经两次英语测试不及格的学生,"克兰芬坦殿下吩咐我们在你醒来后,就给你送上早餐。"

"谢谢。"我像得了相思病一般傻傻地说道,"克兰芬坦他真的是可爱极了。"

"确实如此,我的小姐。"那个仆人又紧张地鞠了一躬,慌乱地退出了房间。

他一离开,阿兰娜就"咯咯咯"地大笑起来,清脆的笑声响彻了整个房间,说:"芮娅,你差点把他们吓得跳了起来?"

正低头喝着燕麦粥的我差点被呛到:"我亲爱的阿兰娜,他们只是被我吓了出去,并没有被我吓得跳了起来。"

"哦。"阿兰娜可爱地耸了耸她的肩膀,在我的旁边坐了下来,我们一起吃起了早餐。

"那些病人怎么样了?"我嘴里塞满了一种美味的肉桂卷咕哝着。然后,我又喝了一口浓郁清香还加着蜂蜜的绿茶。我猜,我的仆人已经决定限制我喝酒了。(自我提示:我得让他们把葡萄酒换回来……好吧,不过也不要紧,茶可能对我更好,至少在吃早餐的时候。我暗自叹了口气。)

"我也不知道。"阿兰娜皱起了眉头,"卡罗伦不让我陪着他到病房去。但是,我知道昨天晚上又有好几个人染上了痘疹。"

"听起来这可真不妙。"我有些害怕,但是我知道我必须么做,"那等我吃完早餐后,就去看看他们,看看能不能替他们做点什么。"

现在,我一点胃口也没有了。

"克兰芬坦让你先去见他。"

"他在哪里?"

"在我来找你之前,克兰芬坦殿下正和杜格尔、康纳在庭院里检查那些妇女的工作。"

"杜格尔看起来怎么样?"

"杜格尔非常忙碌。"我和阿兰娜交换了一个满意的眼神。

"好吧——"我把剩下的茶喝完了,"——我得先去那里看看。我猜我应该能看到一些美好的事情,至少今天早上我不必袒露着我的胸部。"我眯起眼睛看着阿兰娜,"是吧?"

"这两个星期内都不用。"阿兰娜笑了起来。

"好极了——其实我有点期待。"我开了个玩笑。

阿兰娜那银铃般的笑声在我的身后响了起来。

"那你今天要干什么呢?"我喝完了最后一口茶。

· 305 ·

"我得去监督那些仆人和厨师,确保能为那些新来到神殿的村民和士兵提供充足的食物和舒适的住宿。我还得去清点准备病房里所需要的那些物品。"

"又是琐碎忙碌的一天,不是吗?"

"是的,我的小姐。"阿兰娜叹了一口气。如果她不是那么尽职尽责——她完全可以闲坐下来剪剪手指甲、脚趾甲。

"这样也好。"我又装出一副高贵优雅的模样,朝着门口走去,"其实闲着也很无聊。"我们"咯咯咯"地笑起来,然后走进了有些拥挤的大厅,顿时,我们收敛起放肆的笑声,这一急促把我们憋得都咳嗽起来。

"芮娅,我先去看看那些厨师。"然后她压低了声音在我的耳边说道,"你知道从这里到庭院的路吗?"

"我知道。"我小声地说道。

"那就好——如果你看到卡罗伦,请记得帮我转告他,我爱他。"

"我会的。"我笑了笑,然后挺直身体,用最高女祭司的口吻说道,"阿兰娜,感谢你所做的一切。"

阿兰娜的脸上一片茫然,然后她停了下来,恭敬地向我施了一个屈膝礼。

哎呀!

"正如我所说的那样,你的辛苦和努力我们大家都有目共睹。"

阿兰娜收回了她的微笑,恭敬地回道:"谢谢你的表扬,我的小姐。"

我快步走进了大厅的转角处。

我开始凭着我的记忆,走到了一道门前,门口两边的守卫恭敬地向我鞠躬行礼,然后替我打开了大门。穿过大门后,我停了下来,仔细地审视着前面的庭院。

只见前面的院子,已经从一个漂亮的花园变成了井井有条的工作区。那群妇女围在不同的地方——正热火朝天地忙碌着。有的在制作弓箭,有的在撕着绷带布条,还有的在烧火煮着热水……每个人都在忙着自己手头上的事情,所有人都团结在了一起。天啊,庭院里居然还有半人马女孩。

我往后退了一步,躲在了门口,好奇地看着那些新来的半人马。半人马女孩可真是一种令人惊叹的美艳动人的物种。她们的上身和马身优雅地连接在一起,脊椎挺得笔直,走起路来,马蹄嗒嗒作响,就像跳芭蕾舞一样,优雅得不可思议。整个庭院里大概有十来个半人马女孩,比起半人马男孩来说,她们的体积小了一号,全都金发碧眼,面容姣好,马身都是淡淡的棕色,就像俊美的帕洛米诺马一样。半人马男孩和克兰芬坦及他的卫士一样,都穿着黑色的皮革背心,半人马女孩则穿着五颜六色的皮革背心,上面还饰有闪闪发亮的宝石。

　　她们同一些妇女待在一起,专心致志地制作着弓箭上的羽毛,我的目光一直落在她们的身上,不肯移开。

　　突然我发现,我的丈夫克兰芬坦正站在她们的中间。

　　我突然决定我可不能躲在门口,我得走进去,我可是艾波娜女马神挑选的最高女祭司。我挺直了身体,虽然我的身高只及那些半人马女孩的肩膀,但我还是骄傲而优雅地走进了庭院。

　　"早上好,女神。"

　　"你好,芮娅诺小姐。"

　　"愿你得到艾波娜的祝福,芮娅诺小姐。"

　　面对大家热情的问候,我微笑着向他们点了点头。半人马女孩们的彬彬有礼让她们看起来更加美丽动人。我热情地回应着大家,沉浸在大家的喜爱中,慢慢地走向了我的丈夫克兰芬坦。

　　我来到了那一小团人中,走到了克兰芬坦的面前。克兰芬坦凝望着我——他的眼睛里闪动着深情的爱慕。他抬起了我的手,拿到他的唇边,温柔地亲吻着我的手心、我的手腕。

　　"早上好,芮娅。"克兰芬坦那低沉温柔的声音,让我情不自禁地颤抖起来。也许,不是因为他的声音,是因为他的亲吻。或许也不是因为他的亲吻,也许是其他的……

　　嗯,不管怎么样,总之,我情不自禁地颤抖起来。

　　"早上好,克兰芬坦。"

克兰芬坦俯下身来,轻轻地温柔地轻吻着我的嘴唇。

"我想你想了一个早上。"我在他的耳边呢喃道。

"还有,我一点也不想离开我们的棉花床。"

克兰芬坦的胸膛又开始振动起来,我也偷偷地笑了起来。

"谢谢你的早餐。"

克兰芬坦低下头,在我耳边轻轻地说道:"我知道,你一直都很饿。"

"好吧,我一直都很饿。"我一语双关。克兰芬坦给了我一个大大的微笑,露出了洁白而整齐的牙齿。

我们的周围响起了一阵轻微的咳嗽声,我们总算想起现在可不是在我的房间里。我们依依不舍地把眼光从彼此身上挪开,才发现整个院子里的人都在看着我们。我的脸顿时烫了起来,其中一个半人马再次清了清她的喉咙,我的脸变得更烫了,把目光移到了她的身上。

我想她肯定是这里最美丽的女人,不管是在半人马中还是在人类中。她的头发和马身都是一样的颜色——居然都是亮闪闪的金色。远远望去,就像一条闪光的金色瀑布,有点微卷,却并不凌乱,反而平添了一种别样的风情。她的颧鼻梁很高,还有着一双蓝宝石般明亮的蔚蓝眼睛。她的嘴唇很丰满,也很性感,上面涂着透明的唇彩,该死的,她是从哪里找到这种透明的唇彩呢?她穿着一件嫣红的皮革背心,这样更显出了她的明艳照人。她的背心上缀满了晶莹透亮的水晶,在晨光中闪闪发亮。她骄傲地挺着那微露的乳房,简直是艳光四射。

克兰芬坦牵着我的手,走到了那个半人马女士的面前。

"芮娅诺,我想让你见见我最亲密的朋友,这是狄安娜,她现在领导着半人马女猎师。"

狄安娜优雅地向我行了一个鞠躬礼。

"芮娅诺小姐——"狄安娜的声音非常温柔细腻,同她的长发一样完美无瑕,"——我终于可以见到成功地俘虏了克兰芬坦的心的女人了,这对我来说荣幸之极。"

我微微低下了头,惊讶地说道:"成功地俘虏了克兰芬坦的心?天啊,是他疯狂地追求着我,让我无路可逃,最后才嫁给了他。"我笑着补充道,"不过,我还是很高兴,他成功地俘虏了我。"

我听到克兰芬坦迎合地哼了一声,我的目光又锁定到了狄安娜的脸上。她笑起来眼角处居然有一条眼纹,呀,我不禁有些高兴。

"说得好,芮娅诺小姐你真是一针见血。"狄安娜优雅地微笑着。

"叫我芮娅吧。"我给了她一个大大的微笑,看来我们也许可以成为朋友。

"芮娅……"克兰芬坦温柔地唤着我,"昨天晚上和今天早上又到了许多士兵,我得去看看他们。我得确保他们能够井然有序地驻扎下来,然后得让他们的领导人了解我们的计划。"克兰芬坦又抬起了我的手,用他那温暖柔软的嘴唇亲吻了一下我的手心,"期待今晚能和你共进晚餐。"

克兰芬坦竟然期待和我共进晚餐!我高兴地叹了口气,目送他离开。

"很显然,我所听到的关于你们的婚姻情况并不真实。"狄安娜不知不觉地已经挪到了我背后。

我抬起头看着她,问:"你听到了什么?"

"我听说的是:你只是为了履行自己的责任才被迫嫁给克兰芬坦一年,你们的婚约只是暂时的,不是永久的。"

我不知道该说些什么,但还是希望把真相告诉她:"不知道从什么时候,我们开始爱上了彼此,我们的婚姻并不只是因为责任。就像我们这短暂的婚姻也可以变成永久的一样。"

"那我真替你们感到高兴。"看起来狄安娜是真的替我感到高兴——我没有从她的身上探测出半点嫉妒。

"我也是。"

"让我把你介绍给其他人认识吧。"狄安娜转过身去,把其他的半人马女士叫了过来。

五个半人马女士走了过来,她们都衣着华丽,风姿绰约。不管在人群里,还是半人马群里都很是显眼。

"这是凯特琳、辛西娅、伊莲、亚历山德拉和凯瑟琳。"狄安娜把她们一一进行了介绍,她们也都一一向我行了鞠躬礼。

"她们都是我的帮手。"狄安娜指着五位美丽的半人马女士骄傲地说道。

"欢迎你们来到艾波娜神殿。"我尽量不让自己因为矮小而感到相形见绌,"很高兴你们能来到这里,虽然是在这种特殊形势下。"

狄安娜严肃而认真地说道:"作为半人马部落中的女猎师,我们不仅帮我们自己制作精良的弓箭,如果我们的朋友受到弗摩瑞人的袭击,我们肯定也会伸出援手。"

"你说得很对,现在我们需要一切的帮助。"

狄安娜很高兴我承认了她们的价值,然后她对那五位半人马女士说道:"我们需要继续指导那些妇女,这样我们就能节约更多的时间,就能做出更多的弓箭。另外,我已经通知了厨师,如果他们有需要,我们也会随时前去帮忙。"

五位半人马女士回到了那些妇女当中,和她们一起忙碌起来。我和狄安娜站在那群忙碌的妇女中间,沉默了片刻。我发现我很难把目光从她的身上移开——不仅仅只是因为她明艳照人,更重要的是她迷住了我。我长期和克兰芬坦待在一起,已经习惯了他的异乎寻常,现在在我的眼里,他很寻常,也很普通。克兰芬坦,好吧,对我来说只是一个大家伙而已。但是这些半人马女士则不一样,她们深深地吸引着我。我就好像站在了米歇尔·菲佛或者索菲亚·罗兰身边一样,充满了好奇,有太多太多的问题想要询问她们。比如,我想问她们怎么恋爱,她们怎么结婚,等等。

还有,好吧,虽然我知道不能说——但是我实在是太好奇了,嗯,嗯,嗯,再比如她们怎样和她们的丈夫亲昵。我真的是太好奇了!

思虑再三,我决定问一个适合最高女祭司身份的问题。

"我不是很清楚半人马女士在半人马部落里扮演的角色,我很想了解一下你和你的……"我犹豫了片刻,用一个英语老师的腔调说出了一个词语,"……女伴。"

"顾名思义,我们每一位都是半人马部落里的女猎师,我们负责给部落里提供食物,我们也负责运输食物,我们还负责制作弓箭和长弓。有时候,我们也会把自己奉献给半人马部落……你明白的。"

我点了点头,好像明白了一些,"所以,半人马男士并不负责打猎?"

"只有半人马女士才打猎。"

"男人就是男人!"我说道,狄安娜点了点头,我们交换了一个心照不宣的眼神。

"我们不是战士,尽管我们的守护神是月亮女神戴安娜,但是我们都已经不是处子。"狄安娜笑了笑,接着说道,"我们也敬奉艾波娜女马神,在每个满月夜之初,我们也会虔诚地向她进奉。"

我的心底传来了一个声音,我把它复述了出来:"艾波娜女马神非常欣赏半人马女猎师。"

"谢谢艾波娜女马神对我们的青睐。"狄安娜非常高兴,"我不知道你和克兰芬坦有没有计划过要回格伦草原,如果你们要回到那里去,我会向月亮女神戴安娜祈求,祈求她赐福于你们。"

我只能猜测格伦草原可能是克兰芬坦出生的地方,我忽然感到一种不可名状的害怕,克兰芬坦是我的丈夫,我竟然还不知道他的家乡的名字。

我正沉浸在那种忧虑之中,心底的那个声音又响了起来,它对我说道:克兰芬坦真的很爱你。一股惊喜和感激涌上心头,我默默地感激着艾波娜。是的,克兰芬坦爱我,那么他出生在哪里又有什么关系!

狄安娜正期待地看着我,我回过神来,说:"我很乐意,不过这得在我们打败了那些弗摩瑞人之后。"

"是的……"狄安娜压低了声音说道,"那是真的吗?那些弗摩瑞人掳掠了很多妇女,还强迫同她们交配?"

"那不是交配。"我的声音里满是厌恶,"那些弗摩瑞人强暴了她们,致使她们怀孕——我亲眼目睹那些弗摩瑞人从一个女人的肚子里把婴儿取出来,那个可怜的女人就这么被他们杀死了。"

"戴安娜女神,请您拯救那些可怜的女人,请您赐福于她们。"狄安娜虔诚地祈祷着。

"戴安娜女神,艾波娜女马神,还有我们一定会把她们拯救出来。"

"芮娅诺小姐!"一个声音穿过庭院呼喊着我。

"我在这里。"我挥了挥手,一个妇女向我跑了过来。当她走近时,我认出了她,她是卡罗伦的助手。

"我的小姐,"那位助手向我行了一个屈膝礼,"卡罗伦医生派我来找你,请你到病房去,他有事情要和你商量。"她看上去倦容满面,疲惫不堪。

"我马上就去。"我转过身去和狄安娜告别。

"但愿下一次我们能有更多的时间来谈心。很高兴能够认识你,还有你的女猎师们,谢谢你们的帮助。"

"您是如此和蔼可亲,芮娅诺小姐。"狄安娜向我鞠了一躬,"我们的女神教导我们,我们必须互相帮助,相互扶持。"

"我也愿意和你们一起,我的朋友。"说完,我朝着病人区走去。我看见狄安娜睁大了她的眼睛,嘴角绽放出一个迷人的微笑。当然,她眼角的那条笑纹又调皮地跳了出来。

是的——狄安娜肯定会成为我的好朋友。

7

跟着卡罗伦的助手穿过庭院,走向病房,心里还恋恋不舍地想着那个美丽的狄安娜。这个世界里没有电脑,没有汽车,也没有电视……但是充满了古老的文化,也同样精彩纷呈。正因为如此,我感觉我好像在家里一样。这简直是太离奇了,我不过只是一个平淡无奇,还有些老的白人女孩,好吧,其实我也不是很老,一个美国中部的中学老师,一个已经登记的选民,现在居然成为了艾波娜女马神挑选出来的最高女祭司,并且嫁给了一个半人马,他可绝对不是一个白人男孩。我还要同一群吸血鬼战斗,当然这群吸血鬼也不是美国人,也不是来自纽约。我会和一个女猎师交朋友,恰好,她也是一个半人马。

这确实太神奇、太不可思议了!

我母亲曾对我说,生活里充满了偶然,你永远都不可能按照你的计划而生活。如果我没有记错,母亲谈论的是省钱和购买一件新的安·泰勒的套装之间的联系。当然,当时正信誓旦旦说要存钱的我,还是选择了一件安·泰勒的套装。

我和卡罗伦的助手离开了院子,穿过一道拱门,然后左转,走进了一个大厅。我认出来了,是昨天我们到病房前的那个大厅。我们又转过一个弯。虽然还没有走到病房前,但是我又已经闻到了那股令人作呕的难闻的味道。很快地,我们来到了病房前,一个我不认识的年轻的半人马男士守在门口,他恭敬地向我鞠了一躬,然后替我打开了大门。

病房里,今天的情况比昨天更糟糕,染病的人数至少比昨天增加了一倍。病人的分区已经不太明显,地板上已经铺满了大大小小的简易床,整个房间显得格外拥挤,仿佛再也没有多余的空地。除了虚弱的哭喊声,低沉的呻吟声从房间的各个角落响起,大家都非常安静,仿佛有人按下了这个房间的静音按钮,那些哭喊声、呻吟声都只是背景音乐而已。

我仔细地数了数,算上我,这里总共只有三位助手。我四下张望,在人群里搜索了好久才发现卡罗伦。他正在房间一个角落的一张简易小床前,他弯下腰去检查了病人,然后慢慢地站起来,扯下一张满是污渍的床单,慢慢地盖在了那个病人的头上。然后,他慢慢地转过身来,动作非常迟缓,就像一个年迈的老人一般。卡罗伦示意他的助手把那个病人的尸体抬了出去,然后他冲着那个临时的洗手区点了点头,示意我走到那边去。

我走到了卡罗伦的面前,心情无比沉重。

"看上去简直是糟透了!"我小声地对卡罗伦说道,他正认真地清洗着他的双手,"这里有那么多的人!"

"染病的人越来越多,昨天晚上有两个病人已经死亡。今天早上,我们又失去了两个孩子和一个老妇人。"卡罗伦回头看了一眼,把声音压得更低了,"我估计有五个病人熬不过今天,而且不同程度的所有病人都挤在这里,这可更不好。"卡罗伦抬手擦了擦额头上的汗水,"芮娅,我需要更多的隔离房间。"

"你需要什么尽管开口。"

"在离这里不远的地方,有一个巨大的宴会厅。芮娅诺喜欢在那里举行盛大的化装舞会,这样她就可以随心所欲地扮成别人。"

"芮娅诺真是一个古怪的人。"

卡罗伦点了点头表示同意:"我们可以把这个宴会厅利用起来,把病情不算重的病人都转移到那里去。这样,我就可以给那些病情严重的病人腾出更多的空间。"

"这可是个好主意,我能帮你做些什么吗?"

"我需要一点人手来帮忙把病人转移到那里去,但是我不能让那些健康的人来接触他们,否则他们也会被传染。所以,我想,也许,你可以请一些半人马过来帮忙转移病人。"

瞬间,狄安娜和她的女猎师们在我的脑海里闪过,"我能找到人手来负责这项工作,你让病人们准备好,我马上把我的海军陆战队调遣过来。"

"海军陆战队?"

"我的意思是指我会派遣几个能干的半人马过来转移病人。"卡罗伦稍稍松了一口气,"谢谢你,芮娅。"

"这可不值得一谢。"在离开之前,我打趣地说道,"嗯,卡罗伦医生,今天早上你的妻子阿兰娜请我把她的爱转达给你,但愿她要我传达的爱意不是一个吻或者其他什么的。"

卡罗伦眨了眨眼睛,更像在自言自语:"这已经足够——吻就不必了。"

"阿兰娜除外。"我冲着卡罗伦调皮地笑了笑。

"当然。"卡罗伦也冲着我笑了笑。

"我现在去找我的海军陆战队。"我转身离开,身后的卡罗伦又开始忙碌起来,他仔细地叮嘱病人作好转移病房的准备。

我迈着匆匆的步伐返回庭院。从浴室急匆匆地赶往庭院去见克兰芬坦，又从庭院赶往病房去找卡罗伦，现在又从病房火速地赶回庭院去找狄安娜她们帮忙转移病人。这一早上我已经连续辗转了好几个地方，我的脚似乎有些不堪重负，但是我别无选择——也许我可以向克兰芬坦寻求帮助，不过这可不是一个好主意。

是的，我爱克兰芬坦，甚至我爱他的一切。不过，在这个新的世界里，我也得学会独立，我得自己去完成这件事情。一味地依赖别人，这可不是我莎伦·帕克这个美国新时代女性的作风——很明显，即使是芮娅诺，她肯定也不会这样。作为巴尔瓦隆的最高女祭司，我是时候为我的子民出一份力、做一些事情了。这就好比，虽然我嫁给了一个完美的丈夫，我的婚姻美满幸福，但我仍得自己赚钱养活自己，新时代的女性就是需要独立。我可不想成为一个依附着男人的女人。虽然我不是大女人主义者，但是我有自己的头脑，我也会独立地思考。

我又回到了庭院，这里依旧人声鼎沸，大家仍然如火如荼地忙碌着。我一眼就瞥到了那些半人马女猎手——和其他的妇女比起来，她们可真是要高大许多，实在是太引人注目了。我看到狄安娜和马瑞特正在认真地交流着，我不能唐突地打断她们，这可不太礼貌。我得等她们的交流结束以后，才能向狄安娜寻求帮助。不过，狄安娜很快就发现了我，她微笑着向我走了过来。

"芮娅诺小姐。"微风轻轻地吹拂着她美丽的金发，顿时泛起了金光闪闪的点点涟漪，真是美极了，"我很高兴，那么快又见到了你。"

"不过，我很抱歉，如果我告诉你为什么而来，可能你就不会那么欣喜了。"

狄安娜一副疑惑不解的模样。

"你知道艾波娜神殿里爆发了一场痘疹吗？"

"是的，克兰芬坦殿下在会议上提到过，作为半人马女猎手的领导人，我很荣幸参加了那次会议。"狄安娜非常真诚地说道，"听克兰芬坦殿下讲，那是一种很可怕的疾病，我很抱歉那么多的人不幸染上了这种疾病。

还好,还好,克兰芬坦殿下说你已经获得了艾波娜女马神赐予的护身符,你并不会染上疾病,这真是不幸中的万幸。"

"是的,嗯,艾波娜已经赐福于我。"既然狄安娜已经知道了,那我就应直奔主题,"但是其他的人却未能幸免于难。"狄安娜难过地点了点头,"尽管我们已经把病人隔离开来,但是染病的人还是越来越多。所以我们的卡罗伦医生请求我把一个宴会厅腾出来,作为新的隔离病房,把病情较轻的病人转移过去,而原来的侍女的房间则专门用于安置病情严重的病人。"

"这很合理。"

"现在我们遇到了一个棘手的问题,我们需要人手来帮忙转移病人,但是卡罗伦医生却只有几个助手。半人马不会染上这种疾病,虽然这是一项可怕的工作,但是——"

"如果你需要我们的帮助,请你尽量提出来。"狄安娜应该已经猜到了我的用意,她很是热心地答道。要是狄安娜身在美国,她肯定是一个出入豪华写字楼的高级企业主管。不过前提是,有适合她的电梯。

"我需要你和你的女猎手们来帮助我们,帮助我们转移那些病人。还有,但愿你们也能提供一些其他的帮助,卡罗伦医生已经非常疲惫。在我最后一次见他的时候,他的助手已经只剩下两位了,其余的都已经筋疲力尽,或者他们也不幸地染上了疾病。"我用恳求的眼神看着狄安娜,"你会帮助我们吗?我知道,这不是你们的工作,但是我们需要你们的帮助。"

狄安娜仔细地端详了我一会儿,然后惊讶地说道:"对不起,芮娅诺小姐,你简直让我大吃一惊,你和我预料中的芮娅诺小姐截然不同。"

我想要大声地尖叫出来:我不是愚蠢、自私又不可一世的芮娅诺。但是很快地,我抑制住了自己内心的冲动。

"芮娅小姐,我们半人马女猎手会帮助你的。"狄安娜眨着她那双美丽湛蓝的眼睛,我那揪着的心总算是放松下来。狄安娜继续讲道,"遇到你之后,我更加相信你就是艾波娜女马神挑选出来,拯救我们的最高女祭司,你一定会向艾波娜女马神祈求赐福于我们的。"

我感激地点了点头:"我会的。现在我们必须团结起来,相互支持。"

"我们肯定会的。"狄安娜向离我们最近的一个半人马女士吩咐道，"伊莲，把所有的女猎手聚集起来。我们得去帮助那些染病的患者。"

那个叫伊莲的半人马女士冲着狄安娜点了点头。

"把希拉请过来——我们也需要一名医生，让她们去——"

"那些侍女的房间。"我补充道。

"好的，狄安娜小姐。"伊莲转身离开，开始去召集那些半人马女猎手。

"芮娅小姐，请带我去病房，告诉我，我们能为你做点什么，我们将听候你的差遣。"

"这边请。"我领着她向病房走去，没有高跟鞋的束缚，狄安娜走得很快。很快，我们走到了大厅，狄安娜转过身去，把她那漂亮的长头发扎了起来。

"如果要照顾病人，我想我最好还是把我的头发束起来。"

"是啊，你说得很对。"我指了指我那有些凌乱的卷发。我们来到了病房前，那股令人作呕的气味又扑面而来，狄安娜停了下来，用鼻子嗅了嗅。

然后她皱了皱眉头，脸上出现了一个熟悉的神情。

"我也不喜欢护理病人。"我说道。

狄安娜又活泼起来，她冲着我做了个苦相，就好像她刚刚咬了一个酸涩的青柠檬一样说："说真的，我不喜欢这份工作。"

"闻起来实在是糟透了。"我说道。

"是的。"狄安娜表示同意，"相比起来，我宁愿去捕杀野猪。"

"虽然，我认为捕杀野猪也不怎么容易，但是和这该死的护理比起来，还是要愉快得多。"

"该死的护理？"

"我很抱歉，我不应该咒骂的。"

狄安娜转了转她那漂亮的蓝眼珠，然后点了点头，道："我也喜欢咒骂。"

"你也会？简直太令人震惊了。"

我们走到了门口，我发现门口原本面无表情的半人马守卫眼睛里闪动着异样的光芒,爱慕地看着狄安娜。他挺直了身体,恭敬地给狄安娜鞠了一躬。当然,也恭敬地朝我鞠了一躬。

"我们又见面了,狄安娜小姐。"那个半人马守卫热情又激动地说道。

狄安娜好像并没有记起来,那个半人马守卫继续说道:

"昨天晚上,我们在同一堆篝火前共进了晚餐。"

我有些担心,担心再过一秒钟,如果这个半人马守卫再不放松一些,他的心就会从胸膛里蹦出来。狄安娜给了他一个淡淡的微笑,道:"哦,是的。"然后她顿了一下,沉思了片刻,又继续说道,"威利,我可没有忘记你,昨天晚上你很绅士地把你的位置让给了我。"狄安娜轻轻地友好地抚摸了一下威利的手臂,威利兴奋地颤抖起来,"威利,"狄安娜温柔地说道,"在我的女猎手们来了后,你愿意为她们指引一下路吗?"

"我愿意为你做任何事情。"那个半人马守卫信誓旦旦地说道,就像一个处于青春期躁动的大男孩一样。

"谢谢。"狄安娜的声音有些沙哑,"我们会记住你的善良。"我们走进了病房。

那个半人马守卫很不情愿地关上了大门,我和狄安娜交换了一个调皮的眼神。

"他可不像是一个半人马勇士。"我说道。

"确实,"狄安娜微微一笑,"不过很可爱。"

"芮娅!"卡罗伦那疲惫的声音使我们回过神来,他走了过来,"让我看看你的海军陆战队。"

"这个我稍后再解释。"看着狄安娜不解的表情,我说道,我得先介绍他们互相认识。

"这是狄安娜,半人马女猎手的领导人。"我指着狄安娜向卡罗伦介绍道,然后我转向了狄安娜,指着卡罗伦说道,"这是卡罗伦,艾波娜神殿的医生。"卡罗伦和狄安娜相互点头致意。

"卡罗伦医生,我们的女猎手和医生马上就到,我们将听凭你的差遣,我们能为你做点什么呢?"狄安娜的嗓音活泼轻快,一点也不拖泥带水。卡罗伦感激地向她说明了他的需要。我忽然觉得我应该大声地吟诵出《我是女人》这首优美诗歌里的一个章节,但是应该要稍稍修改一下,得改成《我是半人马》,我在心里默默地吟唱起来。

"芮娅诺小姐。"一个微弱的声音打断了我的低吟。我环顾四周,在我的前方,有一只小手慢慢地举了起来。我暗暗地叹了口气,走向了那张简易小床。

"你好,我的小甜心。"是那个爱马的小女孩小克丽丝蒂娜。她的病情越发严重了,但是,感谢上帝,她还活着。可怜的小克丽丝蒂娜,她的脸部、脖颈、手臂上的痘疹已经有豌豆粒那么大,里面胀满了脓水,几乎快要破裂。她的脸也烧得通红,嘴唇干得已裂开了无数条口子。

"半——半——半人马……"她的声音非常微弱,几乎快要听不到。但是她的眼睛却闪烁着异样的光彩,死死地盯着门口。在门口,又来了六位半人马女士。

"是的,是半人马,她们长得很漂亮,不是吗?"我给了助手一个眼神,她把一张湿手帕递了过来。我轻轻地、小心翼翼地擦拭着小女孩的额头,唯恐把她的脓包弄破了——唯恐增加她的痛苦。但是她的眼睛一直盯着那群半人马女士,似乎已经忘记了我的存在。

"她们真的——真的——真的很漂亮。"我不得不弯下腰去,才能听清楚她的话。

"小甜心,你休息一下,我去看看能不能帮你倒点茶过来,帮你润润喉咙。"

她的目光又回到了我的身上,痛苦地点点头。

"芮娅诺小姐,我很痛,也很痒。"

"我知道,闭上你的眼睛,休息一下。"

我又走向门口,但愿我能为这个可怜的小女孩做点什么,也能减轻一点她的痛苦。

"卡罗伦,你有没有什么办法可以减轻一些他们的痛苦?"

"我已经用柳树皮和洋甘菊配制了一些药,但是他们根本就咽不下去。"卡罗伦悲伤地说道。

一个我不认识的娇小的半人马女士走了进来,她的马身是柔和的红棕色。她留着齐耳的赤褐色短发,微微有点卷翘,服帖地别在她那小巧玲珑的耳后。比起半人马女猎手穿的皮革背心,她身上的那一件更加精致,更加绚丽。

"我们可以从罂粟花里挤出汁液,然后混在茶里,给他们服下,这样也许能减轻一些他们的痛苦。"她的声音非常温柔,似一阵温暖的清风拂过我的心头,令我深深地沉溺其中。

"请让我为你介绍一下,这是我们的医生,希拉。"狄安娜说道。

"罂粟花汁确实是一剂良药。但是,我们所有的药草和香料都是由拉尔贡城堡提供的。"卡罗伦无奈地耸了耸肩膀,忧伤地说道,"不幸的是,拉尔贡城堡已经不复存在了。"

"半人马平原上生长了大量的罂粟花,我们药草充足,我马上派人回去取更多的罂粟花过来。"

"我们又欠了你们一个大人情。"我感激地说道,"你们简直就是我们的福音。"

"尊敬的芮娅诺小姐,如果我们能够对你们有所帮助,这也是艾波娜女马神赐予你们的祝福。"这位希拉医生真是亲切极了。

我忍不住暗自猜想,这位女医生亲切而温柔的声音肯定也会有一番疗效。

然后希拉转向了狄安娜,道:"狄安娜,请你派遣一个人去把我的药箱拿过来,这样我们就可以开始工作了,也能替那些病人减轻一些痛苦。"

狄安娜看了看我,挑起她那修长的眉毛,说:"我知道有一个年轻的半人马能够胜任这份工作,他肯定愿意为我们跑一趟。"

"也许是这样。"我回答道。狄安娜转过身去,得意地打开了房门,用迷人的声音唤着威利,威利飞快地奔了进来,急切的马蹄声回荡在房间里,久久无法散去。

"那个半人马的心脏肯定就要跳出来了。"我正说着,狄安娜回来了,一副自鸣得意的样子。

"他那么年轻,不会有事的。"狄安娜满面笑容,看来她很享受被爱慕的感觉。忽然,她一改轻佻的模样,一本正经地对卡罗伦说道,"卡罗伦医生,请告诉我们,我们需要把哪些病人转移过去。也许我们可以把床单被褥当做担架,把他们抬过去。"

"所有需要转移的病人的手上都绑着一根黄色的带子,没有绑的就会留在这里。"

"留下来的都是病情最严重的?"希拉压低了嗓音问道。

"但愿我能拯救这些可怜的病人。"卡罗伦说。希拉走到了洗手区,认真仔细地搓洗起手来。

其他的半人马也开始行动起来。

8

这简直是太令人惊讶了,这些半人马女猎手的动作是那么利索,组织是那么井然有序。狄安娜已经来来回回地往返了好几趟,却没有一点疲惫的迹象。有意思的是,跟在狄安娜身边的威利却似乎有些力不从心。

我试图给那些半人马女猎手搭把手,但是似乎根本就帮不上任何忙。所以我留在了希拉的旁边,看看能不能做点什么。事实证明,这位年轻的半人马医生非常能干。她才检查了几个病人,就获得了卡罗伦的认可。卡罗伦宣布他要去宴会厅照料那些已经转移过去的病人,这里则由希拉负责。当然,卡罗伦留下了一个助手来帮助希拉,还有,我也成了"希拉团队"的一名护士。

看起来这还不错。

就像昨天一样,现在我的世界里就只有这些可怜的病人。我跟在希拉旁边,和希拉一起照料着那些病人。我们从罂粟花里挤出汁液,混在茶水里,帮着一个病情严重的患者喝下。那位患者喝下之后,果然轻松了不少。然后,我们挤出了大量的罂粟花汁,混在茶水里,帮着病人们一一喝下。希拉向我解释道,柳树树皮用来止痛和治疗炎症,听起来效用有些像阿司匹林。希拉正准备给我解释洋甘菊的效用,不过这个我已经知道,洋甘菊用来缓解压力和治疗呕吐。我的学生们在圣诞节的时候,给我送了大量的洋甘菊花茶作为年终礼物。看来他们是想让我减缓一下压力,放轻松一些——这群可爱又愚蠢的孩子。

卡罗伦的预测是正确的,又有五个病人转到了我们的"重症监护病房"来。而且,我数了数,今天已经有四个病人离开了我们——两个年轻的女孩,我的一个侍女,还有一个可爱的小男孩。看着他们一个个痛苦地死去,我只能深深叹息。时间一点点地流逝,我不经意地发现房间里早已点满了火把和蜡烛,才感觉到我的手脚僵硬,肩膀酸痛得几乎动不了。

"芮娅小姐,希拉。"我把目光从一个奄奄一息的小男孩身上移到门口,狄安娜带着六个精神奕奕的半人马女士走了进来,"她们来接替你们,你们去歇息一下吧。"

"好吧。"我有些欣喜,请原谅,我只是太累了,"希拉,让我们把手清洗一下,去吃点东西吧。"我唤着希拉。

我抬眼望去,希拉正坐在一个老妇人旁边。她弯下腰去,轻声地抚慰着老奶奶把茶水喝下去。褐色的短发从她的耳后滑了下来,挡住了她那高高的鼻梁。她仍然像我早上初见时那般精神、亲切。和她比起来,我简直是黯然失色,像极了一个疲惫不堪的流浪人。

"你去吧,芮娅诺小姐,我会留下来和她们一起照料这些病人。"希拉指了指那些热心的半人马女士。

我正准备说我也要一起留下来时,感谢上帝,狄安娜拦住了我,说:"克兰芬坦殿下吩咐我,如果你不离开这里,我就把你抓出去。"狄安娜瞥了我一眼,继续说道,"不过,今天,我可再也不能抱起任何一个人了。"

"好吧,希拉,我会派人把晚饭给你送过来。"

"我已经让人准备好希拉的晚饭了。"狄安娜给了我一个得意的眼神,

"我知道我们的医生不会这么快就离开这些病人。"

这么快！该死的，我们已经在这里照顾病人一整天了！

"去找你的丈夫吧。"狄安娜对我说道，而我只能愣愣地站在那里，不知所措。

又呆站了片刻，我优雅地说道："那么，我明天早上再过来看他们吧。"我朝着门口走去，路过小克丽丝蒂娜的简易小床前，我停下来，看了看她。她似乎已睡着了，可是她的呼吸是那么吃力。

"我也无能为力了……"希拉也来到了小克丽丝蒂娜的简易小床前，"现在只能祈求艾波娜女马神能够赐福于她。"

"替我好好照顾她……"我心痛得说不出话来。

"我会的，你放心吧。"希拉把我推到了狄安娜的面前，我走出了房间。身后的希拉又在忙着给那几个半人马女士分配任务。

狄安娜和我一起默默地走进了大厅。我瞥了她一眼，她看起来也有些疲惫，有些憔悴，完全没有了早上的神采，我心里竟有一丝窃喜。

"我们去温泉池泡个热水澡吧，怎么样？"

"它有多大？"

我来来回回地打量着她，道："足够大。"

"那可真是好极了——那我可以去吗？你们人类有时候可不够大方。"看起来，狄安娜并不是故意冒犯我，她只是遗憾地说出了一个事实。

"我可不只是芮娅诺，我还是艾波娜女马神挑选的最高女祭司。"

狄安娜恍然大悟地笑了笑："我是多么愚蠢，我居然忘记了。"

"那只是因为女神一般不会坐在又脏又臭的病房里。"我正了正头上戴着的已经歪到一边的小皇冠，嫌弃地理了理我的头发，"我的头发真是脏透了。"

"也许是因为你在病房里待得太久了。"狄安娜也擦了擦脸上的污渍，看来她也对那些恶心的东西很是厌恶，"最高女祭司可是非常优雅迷人的。"

"好吧，我只能说，我不是一个优雅迷人的女神。"我假装叹了口气，我

· 323 ·

们彼此看了一眼,然后"咯咯咯"地笑起来,疲劳似乎一扫而光。

谢天谢地,我们很快来到了浴室门口。我的守卫目瞪口呆地打量着狼狈不堪的我,然后替我打开了浴室的大门。在他关上大门之前,我傲慢地瞥了他一眼,说:"该死的,我得好好清洗一下。"

那个守卫睁大了眼睛,一副迷惑不解的模样。

又回到了这间舒适的浴室,我深深地吸了一口新鲜的空气,惬意地欣赏着这氤氲的雾气。

"这间浴室真是可爱极了。"狄安娜已经迅速地脱掉了身上的皮革背心。

"谢谢你的赞美,我也很喜欢它。"我也笨拙地开始脱起衣服来。我回头一看,狄安娜的上身真是美极了(是的,她有一对浑圆坚挺的完美乳房——这个"荡妇"),我颇有些嫉妒,"你先下去,小心一点,那个石梯有些陡峭。"

好不容易,我也从那套衣裙中挣脱出来。狄安娜正慢慢地朝着温泉池最深的地方走去,慢慢地,池水没到她那美丽的乳房,她停了下来。我也走了下去,找到一个台阶,舒服地坐了下来。狄安娜交叉着腿跪了下来,这时候,温水已经没到了她的脖颈。

"哇。"狄安娜满足地叹了口气,"在我们半人马平原上可没有温泉,只有清澈冰冷的山泉。"

我回想起我和克兰芬坦在乡下的那个小池里嬉戏的画面来,难怪他知道那周围有沙皂。

"泡在这里真是舒服极了,给你,接着……"我把我最喜欢的沙皂抛了过去,这正好掩饰了我的手没那么长的尴尬,"这个东西非常好用。"

狄安娜打开瓶子,微微地嗅了一下,惊喜地说道,"闻起来有些像沙皂,不过,多了——"狄安娜又轻轻地嗅了嗅,"——多了一股香草的味道。"

"是啊,这真是酷极了。"我从另一瓶里倒了一些沙皂出来,轻轻地抹在身上。

"酷极了?"狄安娜捧了一捧沙皂,一脸疑惑地看着我。

"这只是一种表达。"我赶紧解释道,"意思是我非常喜欢它。"

她不解地摇摇头,开始往身上抹起沙皂来,说:"你说话真的很奇怪。"

"好吧,这是有关艾波娜女马神的事情,所以你不明白。"我假装忙碌地清洗起我的头发来,但愿狄安娜不会一直问个不停。

门口响起了两声清脆的敲门声。

"请进——"我看了看赤裸裸的狄安娜,又补充道,"——如果你不是一位男士,就请进来吧。"我这可是以防万一,我可不想让我的丈夫克兰芬坦看到狄安娜这么丰满诱人的胴体。

好吧,我的意思是我可是一名严肃的英语老师,我可不能接受太过疯狂的事情。

还好,不是克兰芬坦,是阿兰娜。她走了进来,怀里抱着一套衣服,手里还提着一只壶,希望里面装的是我最喜欢的葡萄酒。

"嗨,阿兰娜。"看到阿兰娜那张熟悉的脸,我才知道这一整天,我是多么想念她。

"芮娅!"阿兰娜冲着我甜甜地微笑,然后把手里的东西放下,冲着狄安娜也点了点头。

"阿兰娜,这是狄安娜,是半人马女猎手的领导人。"

"很荣幸见到你,狄安娜小姐。"

"狄安娜,阿兰娜是我的好朋友——我敢用我头上的小皇冠打赌,这只酒壶里,装的是我最喜欢的红葡萄酒。"

我正说着,阿兰娜已经给我满上了一杯,并轻轻地放到了池边。

"任何一种葡萄酒你都喜欢。"阿兰娜取笑道。

"任何香醇浓郁的葡萄酒我都喜欢——我还是有我的标准。"我俏皮地答道,然后端起酒杯迅速地喝了一大口。

阿兰娜,她总是那么周到有礼。她已经倒好了另外一杯,恭敬地对着狄安娜说道:"请你也来一杯,狄安娜小姐。"她把葡萄酒递到了狄安娜的手边。

狄安娜欣然接过了酒杯,接着阿兰娜拿起了我的脏衣服——

"不要!"我尖叫着跳了起来,水和酒都四处飞溅开来,洒得到处都是,"不要碰我的衣服!"

阿兰娜好像被烫到一样,立即丢开了我的衣服,不知所措地站在那里。

我抓着她的手,把她带到温泉流进来的地方,捧了很多水浇在她的手上,"快洗一洗——快,快!"

"我很抱歉,我忘记了。"阿兰娜的声音里满是歉意。

我从温暖的水里走了出来,赤裸裸地走到池边。拾起那件脏衣服,走到壁炉前,把它丢进了熊熊的大火中。然后我又回到了温水里,舒服地坐下来。我抬头一看,狄安娜正不可思议地看着我,好像我突然长出来一对翅膀,或者多出了一个长鼻子。

我端起酒杯又喝了一口葡萄酒,还不错,酒杯还没有见底,我想我得同狄安娜解释一下,她看起来可是非常疑惑不解。

"这种痘疹是会传染的。"

"我知道,这就是为什么不能让健康的人去照料那些病人的原因。"

"不仅仅只有病人能够传播疾病——毯子、衣服、杯子,任何沾染过病人——"我绞尽脑汁地想要找出一个狄安娜能够听懂的词语,"——体液的东西都有可能会传播疾病。"

"这我还不知道。"狄安娜用锐利的目光看着我,"这也是艾波娜女马神告诉你的吗?"

"是的。"我看向了阿兰娜,她正在认真地清洗着双手。

阿兰娜了解到我的窘境,急忙替我解围道:"艾波娜女马神给了芮娅小姐很多的提示。"

连阿兰娜也这么说,狄安娜总算是满意了。她不再追问下去,开始认真地洗着她那头漂亮的金发。

"有人说你挑衅了那些弗摩瑞人的领导人,想要把他们引入我们的陷阱中来?"

"是的——"我也开始清洗起我的头发,"——不过,这可不怎么好玩。"

"我发现同那些魔鬼打交道,都会付出巨大的代价。"狄安娜停了下来,我期待地看着她,"他们会让你得到惨痛的教训。"

狄安娜带着深深的忧伤,我突然很想问她,在她身上发生了什么事情——我想知道,她得到了怎样的教训。

但是我并没有这么做,"我很想知道,我会得到什么样的教训。"

门口似乎响起了两声短暂而又急促的敲门声,很快又安静下来。

"谁?"我用一个英语老师的大嗓门问道。

"芮娅?"我的丈夫克兰芬坦的声音听起来有些反常,他已经轻轻地推开了一条门缝。门缝里露出了两只忽闪忽闪的眼睛,克兰芬坦正在往我们这里窥探,"我可以进来吗?"

"不!"我尖叫道,"狄安娜也在这里,而且她什么都没有穿。"

克兰芬坦停了下来,他慢慢地推开了门,这下可不只有门缝那么窄,他戏谑地逗着我,"我和狄安娜从小一起长大,我已经看过她沐浴很多次了。"

"我才不管你在我们结婚前看过多少半人马女孩沐浴,也不管你看到过多少次。"我仍然大声地说道,我从温泉池里跳了起来,飞快地裹上毯子,想要赶走他,"从今以后,除了我之外,你不准再看任何女孩沐浴——包括半人马女孩。"

克兰芬坦笑了起来,但是大门依然大开着。

"如果你不想我去看我的守卫沐浴,你就最好把门关上。"我说。

"砰"的一声,大门被迅速关上了。我继续擦拭着身体,嘟囔道:"这里可不是花花公子大厦,我们可不允许随便参观。"

"扑哧"一声,狄安娜哈哈大笑起来,清脆的笑声响彻了整个房间。

阿兰娜,我最好的朋友,也一屁股坐到地上,跟着狄安娜一起捧腹大笑。

"有什么好笑的?"我用毯子把我的头发裹成穆斯林那样。

"你,还有克兰芬坦!"狄安娜仍然笑得前俯后仰。

"我们怎么啦?"

"你在嫉妒!"

阿兰娜笑得几乎说不出话来,我恨恨地看了她一眼,说:"我不知道你在笑什么,我新婚的阿兰娜小姐?"阿兰娜努力地想要停下来,但是徒劳无功,反而笑出了眼泪。

"芮娅小姐,"狄安娜稍稍缓和下来,气喘吁吁地说道,"别生气,在我见过的所有女人中,你是如此与众不同——"狄安娜顿了顿,拣了一些让人还能接受的话,"——你对你的伴侣是如此在乎。"

我皱了皱眉头,继续把自己擦干。

"还有,克兰芬坦殿下,他居然也有嫉妒的时候——这可真是让人意想不到。"

"为什么呢?"我已经准备洗耳恭听,我期待着狄安娜能讲出一些克兰芬坦的不为人知的秘密。

阿兰娜总算是停了下来,她给狄安娜找出了一块毯子。狄安娜一边把自己擦干,一边继续说着。阿兰娜又给我们俩的酒杯满上了葡萄酒——看在她那么体贴的分上,我原谅了她刚才的歇斯底里。

"一直以来,克兰芬坦殿下的身边总是围绕着很多倾慕她的女孩,不仅是半人马,还有人类的女孩。但是,他总是一视同仁,敬而远之。"

我专心致志地听着。

"我并不是说他冷酷无情,只是他从来都没有对任何人青睐有加。"狄安娜的脸上挂着亲切可爱的笑容,"很明显,现在他已经心有所属,你,获得了他的青睐!"

"你看刚才他是多么懊恼。"阿兰娜也说道,说完她们又"咯咯咯"地笑了起来。这次,我也跟着她们笑了起来。一下子,整个房间充满了如银铃般清脆的笑声。

"我的笑声并不是嘲笑,而是喜悦。我早就看出他很在乎你,你也很在乎他,现在总算是见识到了,你们坠入爱河了,我亲爱的芮娅小姐。"

阿兰娜也替我感到高兴,我有些怀疑,这是真的吗?

"是的。"我又傻傻地笑了起来。

"我祝福你们能一直幸福下去,克兰芬坦殿下是一个优秀的半人马神主。"

我想从狄安娜的眼里探出有没有任何的虚伪,但是我一无所获,她的眼里,满当当的全是真诚和直率。

"谢谢你,狄安娜。"我们彼此笑了笑,为我们都交上了一个新朋友。

"狄安娜小姐,这是给你的。"阿兰娜把一件亮蓝的丝质衣服递给了狄安娜。

狄安娜用手指碰了碰,疑惑地看着阿兰娜。

阿兰娜冲着狄安娜笑了笑:"我可以帮你穿上它。"

"你让她帮你穿上吧。"我说道,"这可是阿兰娜的看家本领。"

"它很可爱。"狄安娜欣喜地说道。看起来,狄安娜也是我的同道中人,她肯定也非常热衷于漂亮的衣服。

"小姐,请你跪下来,这样我才能帮你穿上它。"

在听从阿兰娜的要求之前,狄安娜认真地说道:"我们已经是朋友了,你可以不用叫我小姐,叫我狄安娜。"

阿兰娜笑了笑,狄安娜优雅地跪了下来。阿兰娜拿起那件像围巾一样的衣服,开始忙碌起来。不一会儿,在阿兰娜巧手的帮助下,衣服已经穿在了狄安娜的身上。穿上这件漂亮衣服后的狄安娜更加光彩照人,风情万种。她迫不及待地跑到了镜子前面。

"简直是太美了。"狄安娜在镜子前面不断搔首弄姿。然后,她调皮地冲着我笑了笑,"芮娅,你得小心一点,我肯定会把阿兰娜拐走。你知道的,我们半人马女猎手一旦看上的东西,就会想尽办法得到。"

我又抓起了我的酒杯,喝了一口,尽量安慰着自己,让自己不要担心。

"狄安娜,其实这很简单。我会把这些教给你的女猎手,让她们也能为你穿上这些美丽的衣服。"阿兰娜那甜美的声音打消了我心中的担忧。

忽然,我有了一个绝妙的主意——等那些半人马女猎手离开的时候,我可以把一些漂亮的衣服送给她们。(自我提示:那我一定要记得和阿兰娜说一说。)

"这是你的,芮娅。"阿兰娜把一件乳白色的丝质睡衣递给了我。睡衣前面开着一个大大的V领,裙摆上满是精致的褶皱,整件衣服几乎是透明的——但却不能完全看清。我穿好它,却没有去照镜子,我对自己的身材再清楚不过了。

"它很漂亮,谢谢你,阿兰娜。"我跑过去轻轻地拥抱了她。然后我开始在一堆梳子和毛刷中找了起来,想要找出一把适合狄安娜长发的梳子。好不容易,我找到了一把我认为合适的梳子,递给了狄安娜,也给自己挑了一把,然后对着我的两个朋友笑了笑。

"我得把这把梳子带回我的房间去。"

"芮娅,但是我得帮你把头发梳理好。"阿兰娜疑惑地看着我,我的头上还裹着那块毯子。

"阿兰娜,别担心。我敢肯定卡罗伦很快就会来找你了。你应该让他享受一顿美好的晚餐,还有一些甜点。"我在说最后一句话时,偷偷地给阿兰娜挤了挤眼,很快,阿兰娜的双颊就泛起了红晕。

"你也马上要去你的房间享用一些甜点了,是吗,芮娅?"狄安娜也给了我一个意味深长的眼神。

我的脸颊也染上了一层红晕。

"晚安,我亲爱的朋友们。"说完,我逃也似的跑到了门口。身后又响起了她们银铃般清脆的笑声。她们俩简直就像是同一个合唱团的队员一样,那么默契,那么合拍。不过说到唱歌,现在的我就想大声地哼起《年轻的爱》来,不过,我的唱功,唉,不提也罢。所以,我只能在内心里小声哼唱着。我打开了门,走过了大厅。

我正兴高采烈地哼唱着,门口那两个可爱的守卫突然走到了我的面前。

"我的小姐,克兰芬坦殿下正在里面等候着你。"一个守卫向我报告道。

"我知道了。"我想去摸摸他手中的宝剑,但是这恐怕有些不合适,便立马打消了这个念头,"谢谢你告诉我。"他向我敬了个礼,然后替我打开通向我房间的大门。

克兰芬坦躺在躺椅上,桌上已经摆满了热腾腾香喷喷的食物。我一走进去,就看见克兰芬坦脸上挂着迷人的微笑。

我有些情不自禁——冲进了他那温暖的怀抱,迫不及待地吻了他。

"那么,你还要去看你的守卫沐浴吗?"克兰芬坦那低沉的嗓音里满是戏谑和玩笑,但是,我知道,他故意藏起了他的认真。

"如果你还要看其他的女孩沐浴的话。"我轻轻地咬着我的嘴唇。

"现在的我,只想看一个女孩沐浴。"他开始温柔地吻起我来。

我停了下来,恋恋不舍地,喘了口气道:"那个女孩有几条腿?"

克兰芬坦的胸膛又微微地震动起来,他一把把我揽进他的怀里,笑着说道:"当然只有两条!"

"这还不错。"我们相视而笑。这时候,我的肚子又"咕咕咕"地叫了起来,好吧,其实是咆哮了起来。

克兰芬坦又笑了笑:"吃吧。"

我转过身来,哇,它们看起来美味极了,我得每样都尝一下,我开始大快朵颐起来。席间,克兰芬坦问起了那些病人的情况。等我报出了死亡人数和最新染病的人数后,克兰芬坦很是诧异,他的表情异常沉重。我也向他问起那些士兵的情况。

"士兵们都陆陆续续地到达艾波娜神殿了吗?"

"是的。"看来克兰芬坦很是满意,"我们到达拉尔贡城堡的时间应该比预期的还要早一些。你能在更短的时间内,把努阿达诱去攻击缪斯神殿吗?"

我抬起头来惊讶地看着他,我当然不能!但是,我不忍心打击他那高昂的斗志。

"也许能。"我静静地说道。

克兰芬坦紧紧地揽着我的肩膀,没有再说什么。

我又回到了那种筋疲力尽的状态,头晕晕的,肩膀上犹如压着千斤重担一般,整个人快要完全散架。我现在只想赶快把我的头发梳理好,然后再美美地睡上一觉。我吻了吻克兰芬坦的脸颊,站了起来,取下了裹在我头上的毯子,我的头发已经快干了。我盘腿坐到了依然躺在地板上的床垫上,梳理起我凌乱的卷发来。

"让我来帮你。"克兰芬坦跪在了我的身后,从我酸痛的手里拿过梳子,"靠着我,闭上你的眼睛。"

"嗯。"我把我沉沉的身体依偎在克兰芬坦的胸膛上,梳子轻轻地划过我的头皮,轻重合适,很是舒服,我顿时觉得轻松了不少,"克兰芬坦,你的手真是棒极了。"

我躺了下来,把头轻轻地放在柔软的枕头上。克兰芬坦仍然用梳子替我梳理着头发。慢慢地,慢慢地,在克兰芬坦那舒适的按摩下,筋疲力尽的我沉沉地睡着了。

我又开始做起梦来。汤姆·赛莱克和我正在意大利北部的一家墨西哥海鲜餐厅里用餐,我举起了酒杯,品尝着美味的玛格丽塔鸡尾酒。嗯,真是美味极了,它里面混合了青柠汁、龙舌兰,还有芝士酱。汤姆·赛莱克向我解释着,为什么他对年过三十的女士有着致命的吸引力。忽然,这一切都消失了。我慢慢地飘了起来,巴尔瓦隆的夜色清晰地出现在了我的眼底。

今天晚上我可不想花太多时间来欣赏夜色。

"好吧,我准备好了,让我去完成它吧。"我朝空中大声喊道。突然,我好像被谁托了起来,就像石子从弹弓里被弹出去一样,快速地向前飞去。那些熟悉的景色在我的脚底呼啸而过,我飞向了前面的高山。

在一个院子上空,我停了下来。和昨晚一样,妇女们还是挤在一起,紧紧地裹着几张毯子,沉默地蜷缩在篝火旁边。我心中的怒火腾地一下燃了起来。

"带我去见努阿达。"我咬紧了牙齿,狠狠地说道。

我的身体又慢慢地向着守卫城堡的一个角落飞去。透过窗户,我看到房间里火光闪闪,非常明亮。慢慢地,我又朝着屋顶飞去。

准备好,尊敬的最高女祭司。我心底的那个声音又响了起来。

"我准备好了。"我毅然决然地说道,慢慢地穿过了屋顶,来到了恶魔努阿达的房间。

我飘浮在天花板下面,扫视着整个房间。床上空荡荡的,努阿达并没有在那里。我正准备舒一口气,房间的另一边传来了一阵响动,我把目光移了过去。我看见努阿达正揽着一个赤裸的年轻女孩的腰,女孩身体后仰,好像他们刚刚跳完一支华尔兹,正定格在一个完美华丽的结束动作上。但是,很奇怪的是,女孩的头偏向了相反的方向,努阿达的嘴紧紧地贴在女孩的脖颈上。我慢慢地飘过去,我不由得倒吸了一口冷气,身体也情不自禁地颤抖起来。努阿达的牙齿已经咬破了女孩纤细的脖颈,他正在努力吮吸着女孩的伤口,猩红的鲜血从努阿达的嘴角溢出,慢慢地滴落到地板上。他的翅膀也兴奋得沙沙作响,此时的他简直就是一只巨大的食肉鸟!女孩开始抽搐起来,发出了痛苦的呻吟。慢慢地,努阿达的大翅膀展开了,他也是赤裸裸的!

"呃,你还是那么恶心。"我啐了一口口水。

听到了我的声音,努阿达立即抬起头来,问:"是你来了吗,小姐?"

我开始向他飘了过去,不可思议,我的身体又变得清晰可见了,当然我仍是赤裸着身体。

"我在这里。"我的声音幽灵一般回荡在这空荡荡的房间里。

"啪"的一声,努阿达把女孩扔到了地上。

"给我滚出去。"

满脸惨白的女孩手脚并用地从地上爬起来,逃出了门外。努阿达抹了抹自己的嘴,把手背到背后,蹲了下来,仔细地打量起我来。

"所以,你又来找我了。"努阿达很是洋洋得意。

我的胃开始抽搐起来,感到一阵恶心。

引诱他,尊敬的最高女祭司。那个声音在我的心底又响了起来。

"只能我来找你,因为你还不敢来找我。"我挺了挺我的乳房。

努阿达抖了抖翅膀,眯起了他那满是邪恶的小眼睛。

"我真替你害羞,你就只能玩弄这些可怜而柔弱的小女孩。"我噘起了我那性感的嘴唇,又挺了挺我的乳房。

努阿达舔了舔他的嘴唇,死死地盯着我。我的指尖轻轻地滑过我那丰满诱人的乳房,再滑到我那美丽性感的肋骨,再一路下滑,滑到了我平坦的小腹。努阿达的目光随着我的手缓缓地移动,他的呼吸也变得急促起来。

"但是也许只有那些可怜而柔弱的小女孩才能……"我故意顿了一下,我的手又慢慢地滑到了我的大腿内侧,"才能满足可怜的你。"

腾地一下,努阿达跳起来,向我扑了过来,还伸出了他的魔爪,我已经闻到了他身上的那股令人作呕的血腥味。

幸好,在努阿达抓住我之前,艾波娜女马神又及时地让我飘了起来。努阿达又扑了个空,我放肆的嘲笑声响了起来,回荡在房间里。

"如果让我知道你在哪里,我一定会抓住你,让你知道我是多么强大。"努阿达气急败坏地吼道。

"你真的想知道我在哪里?"努阿达不再张牙舞爪,他又死死地盯着我,"我是一个缪斯女神,住在缪斯神殿。去问你那些可怜的俘虏,她们会指引你找到我的神殿。可怜的努阿达,我等着你来找我。"

努阿达的脸上露出了邪恶的笑容:"我一定会来找你的,到时候,我会让你情不自禁地尖叫。"

他背着手,来回地踱着步子。

"想要找到我并不困难,努阿达,困难的是你如何才能得到我。我们的神殿驻守着许多强悍的半人马战士。"我又抚摸着我那丰满的乳房,"我很替你抱歉,你恐怕不能将他们打败。在他们的面前,你是如此不堪一击,所以,最好还是不要自取其辱。"

努阿达那灰白的脸一下子变得通红,他愤怒了,他尖叫着:"看来这好玩极了!"他青筋暴出,鼓起了肌肉,向我扑了过来。他抓住了我的脚,一阵疼痛传来。

我还来不及躲开。

"该死的!"我坐了起来,抓住了我的脚。

"怎么了,芮娅,发生了什么事情?"克兰芬坦在我的耳边温柔地说道。

房间里,蜡烛快要燃尽,周围一片黑暗。借着微弱的灯光,我看见我的左脚上有着三条触目惊心的伤痕。好痛,就好像被什么利器割伤一般。伤口的边缘,已经微微地红肿了起来。

"努阿达他抓伤了我。"我轻轻地摸了摸我的脚。

"给我看看。"

我改变了坐姿,把我的脚移了过来。克兰芬坦仔细地检查着我的痛脚,表情凝重地站了起来,朝着门口走去。

"你去哪里?"

"我哪里也不会去。"克兰芬坦给了我一个"放心"的表情。然后他打开了门,门口的两个卫士向他敬了个礼。克兰芬坦吩咐道,"去医生那里,告诉他我需要一些用于烧伤或者蚊虫叮咬的止痛药膏。"克兰芬坦关上门,走了过来,给我们倒了两杯葡萄酒。

"谢谢。"我冲着他笑了笑。

"怎么会这样?"

"努阿达扑向了我,就在我快要离开的时候,他的爪子抓住了我的脚。"

克兰芬坦恨恨地咬紧了他的牙齿:"今天晚上成功了吗?努阿达会调动那些弗摩瑞人去攻击缪斯神殿吗?"

"我认为他会。当然,我还没有十足的把握,除非亲眼看着那些弗摩瑞人离开了守卫城堡。但是,努阿达这次非常愤怒。"

克兰芬坦疑惑地看了我一眼。

"努阿达真的疯了。"我解释道,"简直就是气急败坏。"

克兰芬坦走到了床边,俯下身来,温柔地抚摸着我的脸,道:"他一定会为他所做的事情付出惨重的代价,他居然伤害了你!"克兰芬坦的声音很镇定,但是充满着危险的气息。

门口响起了两声敲门声,克兰芬坦大步流星地走到门口。

"这是你要的止痛药膏,我的殿下。"一个守卫说道,"卡罗伦医生问你是否还需要其他的帮助。"

"请告诉他,现在还不需要。"

克兰芬坦走回床边,点燃了一支蜡烛。他抬起了我的左脚,又仔细地检查着我的伤口。

"不是很严重,只是皮外伤。"其实,它很痛,就像被那些小黄蜂蜇了一样。不过,我可不是一个爱抱怨的人。

"芮娅,你知不知道,比起身体的疼痛,努阿达给你心灵带来的伤害才更为严重?"

我耸了耸肩膀,道:"我不是很明白。"

"听听你自己的内心,现在,你得躺下来,集中精神,你得镇定下来,摆脱你内心的恐惧。"

我听从了克兰芬坦的嘱咐,躺了下来,他开始温柔地给我的伤口擦起了药膏。啊,一阵疼痛从我的脚上传来,我不由得倒吸了一口冷气,屏住了呼吸。

"芮娅,集中你的精神,跟着我一起吟唱。"克兰芬坦开始用他那深沉、淳厚的声音吟唱起来,"邪恶只是光明的影子,只要我们毫不畏惧,它就会被我们打败,我们将永远沐浴在正义和善良的阳光下……"

克兰芬坦一边吟唱着,一边往我的伤口上涂抹着冰凉的药膏。我闭上了眼睛,让他温柔地抚慰着我那受伤的恐惧的心灵。克兰芬坦说得不错,我现在还处于极度的惊惧当中,尽管我努力想要装作若无其事。虽然我嘲笑戏弄了努阿达,但是我也付出了代价,他那邪恶的模样深深地印在了我的心里,挥之不去,就像一个幽灵一样,死死地缠住了我。我得摆脱这种恐惧,不能任凭它在我的心底生根、发芽、开花。

脚上的伤口似乎并没有那么疼痛了。我睁开眼睛,克兰芬坦那温暖迷人的微笑映入了我的眼帘。

"看。"克兰芬坦扶着我坐了起来,我看见我的脚上,天啊,完好无损,居然没有任何伤口,也没有感到任何疼痛。

"为什么?"我还沉浸在惊讶之中。

"你现在恢复健康了,你又可以蹦蹦跳跳了。"克兰芬坦回答道。

"完了?你刚才念的肯定是神奇的咒语,它发挥了神奇的魔力。"

克兰芬坦把我拉进了他那温暖的怀抱,温柔地吻着我。

"刚才我吟唱的是古语里的圣句,它已经把魔力注入了你的身体。"

我舒服地蜷在他的怀里,道:"你肯定还往我的身体里注入了其他的魔力或者咒语!"

克兰芬坦轻轻地刮了一下我的鼻子,说:"今天晚上没有。"我们之间的空气忽然变得暧昧起来,他的声音更深沉了,"芮娅,你需要好好地睡个觉。"

"你确定吗?"我轻轻地亲吻着他的脖子,克兰芬坦俯下身来,吻住了我的嘴唇,我们的舌头纠缠在了一起。我开始变得躁动不安,空气里弥漫着情欲的味道。我在克兰芬坦的耳边呢喃道,"为什么你不念另一种咒语。"

"你说的是变形吗?"克兰芬坦的手开始在我的腰间和臀部来来回回地游走着,"今天晚上不可以。"

我扭动着身体,让自己完全地陷入他的怀抱,问:"为什么不呢?"

轻轻地,克兰芬坦把我推出了他的怀抱,然后握住了我的双手,这样我就不能使坏了。克兰芬坦的呼吸变得急促起来,脸颊也变得绯红。

"我们明天就要向缪斯神殿行军,今天晚上我不能消耗太多的体力。"克兰芬坦温柔地拂开了我脸上的碎发,"所以,不管我有多么渴望,也不可以。"

"我们明天就要行军了吗?"我的心揪了起来,"那么快?"

"我相信,今天晚上之后,努阿达一定会有所行动,所以,我们也要行动起来。"

"我的卫兵也要离开?"

"他们明天一早就会向赛尔克湖泊进军。"

"如果弗摩瑞人从西面攻击,那我们该怎么办呢?"

"我已经派遣康纳和一队半人马士兵朝那里进军。而且,麦克纳马拉城堡和沃尔夫城堡都已经送信给我们说他们也会加入这场战斗。"

"我猜,他们肯定非常不愿意听到弗摩瑞人对他们的女孩感兴趣。"

"是的。我们的信使说他们非常愤怒。"——这是事实,没有人可以忍受这种赤裸裸的挑衅。

我笑了起来道:"是呀,我早就知道他们会盛怒。"

"麦克纳马拉城堡神主的第一任妻子在去年的冬天去世了,现在他娶了一个非常年轻漂亮的妻子。他的现任妻子听到了这个消息,她说如果他想把她送给那些弗摩瑞人暖床,就可以袖手旁观。麦克纳马拉城堡神主立即同意派兵增援我们。"

"聪明的女孩。"我赞赏道,"记得提醒我,我得好好感谢她。"

"现在你得好好休息,明天中午我们就会出发。"

我蜷在克兰芬坦的怀里,他温柔地抚摸着我的头发。享受着他那温暖的气息,我慢慢地闭上了眼睛。

9

"我仍认为我应该和你一起去。"阿兰娜的声音里满是焦躁不安。

我叹了口气:"阿兰娜,我也希望你能够跟我一起去。但是,你必须远离那可怕的痘疹。"说完,我穿上了一条柔软的皮革马裤,它的柔软让我惊叹不已。

"但是这里也有痘疹。"

"这个我们已经谈过了。你知道的,在这里,那些病人已经被隔离开来。但是缪斯神殿却不一样,那里的一切都可能让你染上痘疹。"

"但是你不可以把我留下来。"

"我也不想把你留下来。但是,我更不想你染上痘疹。"阿兰娜把一双靴子递给了我,我把靴子翻了过来。鞋底上,也雕刻着漂亮的五角星。我笑了笑,这简直是太酷了:我走到哪里都会留下漂亮的五角星的足迹。我抬头看了看阿兰娜,她已经急得快要哭出来了。

"芮娅诺小姐从来都没有注意到那些五角星。"

"它们真是妙极了。"我冲着阿兰娜笑了笑,"芮娅诺就是这么一个荡妇。"好不容易,阿兰娜才对着我挤出了一丝微笑。

"我的朋友——"我把手伸了出去,紧紧地握住了她的手,把她拉到了我的身边,"——我可不能忍受你出什么事情。"

"我肯定我每天都会担心你的。"阿兰娜的声音很温柔,但是稍微有些颤抖。

"不必那么做——你知道的,克兰芬坦会保护我,他不会让我受到任何伤害。你只要照顾好卡罗伦就好,他总是那么辛苦。现在希拉可以帮助他了,他的负担总算也减轻了不少。"

"我会好好照顾他。"阿兰娜一说起她的新婚丈夫,总是流露出爱慕的神情。

"还有,别忘了,你得留下来管理艾波娜神殿。如果你跟我走了,那神殿里肯定全乱套了。"

"我会打理好艾波娜神殿的一切。"

"嗯,阿兰娜,在我离开的这段时间,你就可以和卡罗伦开始你们的蜜月了,也许你们可以计划开始孕育一个宝宝。"阿兰娜的脸一下子红了起来,我轻轻地拥抱了她,"如果你们现在还没有的话。"

"芮娅!"阿兰娜轻轻地挥舞着她的粉拳。

"好吧。"我穿起靴子跳了跳,让这靴子能够更好地贴合在我的脚上,"阿兰娜,我不能待得太久,我得走了。早晨同那些病人告别已经花了太多的时间,克兰芬坦已经很恼火了。"

我想我可能真的花了太多的时间,但是事实上,同他们告别比我想象的要难得多。昨天晚上,又有六个病人离开了我们。两个病房里,都不断有人住进来。卡罗伦说,病情的发展已经达到了极点,但是我却并不这么认为。在病房里,我总算是收获了一个好消息,那个爱马的小女孩小克丽丝蒂娜,她还活着,而且还有希望活下去。但是,我的侍女塔拉却从病情较轻的病房转到了"重症监护病房"。更可怕的是,希拉说,她可能不能渡过难关。

阿兰娜悲伤地叹了口气,跟着我走了出去。我们走进了大厅,很是奇怪。从我离开病房到沐浴更衣才一个小时的时间,漂亮的大厅里就已经挤满了半人马和卫士。我和阿兰娜不得不掉头,通过上次的小门才顺利地走出了大厅,来到了庭院的门前。两个守卫向我敬了个礼,替我打开了门。门一打开,庭院里便沸腾起来。

"女神。"

"祝福你,芮娅诺小姐。"

"愿艾波娜赐福于你,我的小姐。"

"我们的爱与你同在,尊敬的最高女祭司。"

庭院里也挤满了半人马和人民,简直就是人山人海。他们热情地朝我挥手,热情地向我致敬。我挺直了我的肩膀,感觉到呼吸有些困难。我紧紧地抓住阿兰娜的手,以防我们被热情的民众挤散。我们走进了庭院,一走进去,立即被大家包围起来。这场面实在是浩大,吓得我差点晕过去。

"谢谢你们,我非常感激,我会想你们的。"我不停地向大家挥手致意,积极地回应着大家的热情,看来,成为一个女神也不容易。

好不容易,我和阿兰娜穿过人群,来到了艾波娜神殿的前门。眼前的景象让我惊呆了,一片半人马的海洋绵延在我的眼前,是如此壮观,如此令人震撼。无论是半人马男人,还是半人马女人,他们都那么意气风发,那么英姿飒爽。他们斗志昂扬,整装待发。

他们全都注视着前方,整齐地喊道:"向巴尔瓦隆的最高女祭司芮娅诺小姐敬礼。"我全身的鸡皮疙瘩都冒了出来。我突然想起古罗马诗人奥维德对于美的别有一番见解,他曾写道:"连神也格外青睐。"如果这是真的,那么眼前的这番景象,恐怕所有的神都要为之动容。

当然在我的眼里,最英武不凡的还是我的丈夫克兰芬坦。他站在队伍的最前面,像帝王一样丰神俊逸,气宇轩昂。他恭敬地向我鞠了一躬,然后把我的手举到了他的唇边,轻轻地印上一吻。前面的士兵、背后的民众都热情地欢呼起来。

"你准备好了吗?我的小姐。"

我给了阿兰娜一个大大的拥抱,然后站到艾波娜神殿前的最高基石上,转过身去,面向我的民众。

我用一个英语老师最大最响亮的声音向我的民众宣布。

"我走后,阿兰娜小姐将会负责打理艾波娜神殿的一切。"我宣布完后,每个人的脸上都泛着微笑,并没有人提出异议。我不用看也知道,此时的阿兰娜肯定小脸绯红,有些不知所措,"虽然我暂时离开了你们,但是我会一直替你们向艾波娜女马神祈祷。"出乎意料地,我的眼睛里居然闪烁着泪光,我微笑着继续讲道,"你们必须知道,你们一直都在我的脑海里,一直都在我的心尖上。艾波娜女马神会赐福于你们,她的祝福与呼吸同在。"

我转过身来,面向克兰芬坦,我伸出了手,克兰芬坦把我扶上他的马背。他转过身去,一声令下,军队开始缓缓前进。背后的民众又欢呼起来,孩子们跑来跑去,向我们撒着鲜花。

突然,我听到了一声熟悉的嘶鸣,我大声喊道:"莱斯维娜。"莱斯维娜向我飞奔了过来。快走到我们跟前时,它优雅地停住了,就像一匹训练有素的战马一样。它小声地冲着我嘶叫起来,用它的嘴轻轻地蹭着我,我弯下腰去,温柔地轻吻了它。我喃喃地向它说,见到它我是多么高兴。它是那么聪明,居然能到这里来向我告别。我朝前方看了一眼,几个侍女正着急地从马厩方向跑来,似乎想要赶上它。

"莱斯维娜,你必须留在这里。"我轻声对它说道,温柔地抚摸着它,"我可不想你发生什么事情。"

莱斯维娜又用鼻子蹭了蹭我,冲着我的嘴巴、我的鼻子哈了几口气。然后,它往后退了几步,把头高高地昂起,又迈开了它那修长的马腿,朝着马厩跑去——再一次把那些沮丧的侍女落在了身后。

"好聪明的马!"克兰芬坦说道。接着他下令继续前进,身后响起了半人马士兵们对莱斯维娜窃窃的赞赏。

和那天举行祝福仪式一样,我们朝着克莱尔河方向前进。我俯身向前,把下巴放在克兰芬坦的肩上,以便在他的耳边讲话。

"我们要沿河北上？"

克兰芬坦回过头来，说："是的，但是我们要穿过克莱尔河，朝着东面前进。我们不能通过那亚赛奇沼泽……对于一个庞大的半人马军队来说，想要通过那片湿地是不可能的。赛尔河的东边是德里兰奇林地。穿过林地比穿过沼泽要容易，而且更快。"

"克兰芬坦，你言之有理。"我飞快地亲吻了一下他的耳垂，"德里兰奇听起来很美——它是什么意思？"

"从古语里翻译过来，就是马匹驰骋的小树林的意思。从巴尔瓦隆东部到半人马平原这一带全是森林，可能它也因此得名。但是这可是个误导，这个古老的森林里面有很多高大粗壮的橡树，它可不是一个小树林。"克兰芬坦哼了一声，"而且，我也从未在那里看到过任何马匹。"

我点了点头，表示理解，然后我不禁皱了皱眉头。虽然在祝福仪式的那个早晨，克莱尔河看起来非常美丽，但是，该死的，我可不想游过去。

"等等——你说我们要游过那条河吗？"

我敢肯定，克兰芬坦在偷笑："这倒不必。事实上，卡罗伦告诉我，在艾波娜神殿的北面有一座古桥。我们可以从桥上走过去。"

"那好极了，我的裤子也不用打湿了。"

"我不会让你湿漉漉地坐在我的背上。"越过克兰芬坦的肩头，我看见他的眼睛里闪着微光。

我轻轻地咬了一下他的脖子说："我们这才开始上路——你应该保存你的体力。"

"我只是想帮忙而已。"克兰芬坦假装无辜的模样。

"你现在的这个样子可给不了我任何帮助。相比我的床来说，你太大了，先生。"

"呀，你可能误解我的意思了。"克兰芬坦的语气里满是戏谑。

我们沿着弯弯的河流来到了古桥的前面。这是一座原木古桥，粗大的麻绳把很多根原木绑在了一起做成了桥身，它看起来可真不够结实安全。

"该死的，它怎么那么高？"

"这样,所有的船只才能从这底下通过。赛尔河可是一条非常繁忙的水路。"

我依稀记得,在我第一次做梦的时候,这河里好像有一些驳船,还有一些大船。嗯,好吧,毫无疑问,从这桥上过去可比我驾车要安全。

桥不是很宽,所以一次只能容纳两个半人马通过。克兰芬坦命令一些年长的半人马先过桥。他们的头发有些斑白,就像戴着灰色棒球帽的约翰·韦恩。克兰芬坦大声地命令着:"所有的士兵排成两个纵队,开始过桥。嗯,前进!再排好,嗯,前进!再排好,嗯,前进……"

一个威风凛凛的将军总是会让我怦然心动。

两个半人马一队,动作迅速,秩序井然。很快地,所有年长的半人马都顺利地通过了这座古桥。克兰芬坦也走到了桥前,准备过桥。

"抓紧我——桥面非常陡峭。"

我紧紧地抱住了克兰芬坦,闭上了眼睛,克兰芬坦跳上了河岸。

桥面只是凹凸不平的原木,坐在克兰芬坦背上的我颠簸起来。我的胃紧张得抽搐起来。我想起以前我走过架在科罗拉多河上的皇家峡谷大桥的情景,要不是我的朋友拿着一瓶我最喜欢的葡萄酒来诱惑我,我是无论如何也无法走过去的。

我紧紧地闭上眼睛,开始回忆起我最喜欢的电影《法国之吻》,在内心里哼唱起了它的主题曲《爱在巴黎的春天》,"我恨春天里的木桥。"

"芮娅,怎么啦?"

我们身后的马蹄声差点淹没了克兰芬坦的声音。

"没什么。"我仍然闭着我的眼睛,"该死的,我讨厌过桥。"

总算,克兰芬坦的步伐平稳了下来,我们应该已经通过了那座木桥。克兰芬坦走到了路边说道:"杜格尔,你和库伦领着这支纵队先走。"杜格尔和一个肌肉非常发达的红棕色半人马领着一支纵队的半人马飞奔在前方的路上。

我睁开了眼睛,杜格尔映入了我的眼帘,他的脸色是那么苍白。

"杜格尔看起来可不怎么好。"

克兰芬坦回过头来,瞥了我一眼说:"他看起来可比你要好一些,你的脸上没有一点血色。"克兰芬坦还不忘补充道,"哦,我们已经从桥上走过了。"

我回过头去,看了一眼那座有些摇摇欲坠的古桥,颤抖着,我趴在克兰芬坦的耳边低语:"我可不喜欢过桥。"

克兰芬坦哈哈大笑起来,驰过的半人马也跟着大笑起来。

"你敢一次又一次地去挑衅邪恶的努阿达,把自己置身于危险中。却害怕过一座桥?"

"是的……"

克兰芬坦抓起我的手,放到了他的唇边,轻轻地亲吻了一下我的手心说:"芮娅,你总是让我很惊喜。"

"嗯,好吧。"克兰芬坦还在偷笑。我确定他已经被我这个现代美国女性给迷住了。他还以为我是一个傻瓜。

"芮娅诺小姐!"

我热情地冲着狄安娜和她的半人马女猎手挥手,她们也毫无畏惧地通过了古桥。

"今天晚上我会去找你。"她大声地喊道。

我也热情地回答道:"好的!"

我们站在那里,看着半人马一一通过古桥,他们的数量太大了,似乎无穷无尽。

"你们这半人马队伍有多少人?"

"一千。"克兰芬坦自豪地说道。

但是人已经足够。

"汉根!"克兰芬坦的声音盖过了巨大的马蹄声。一个魁梧的黑色半人马走出了队列,来到我们的面前。

他向我们鞠了一躬,和克兰芬坦寒暄起来。我尽量让自己不去盯着他看,但是我管不住自己的眼睛。他是我见过的最魁梧最高大的半人马。他全身漆黑,不仅他的马身是黑色的,还有他的头发,他的皮肤,甚至他的马蹄都是黑色的。尤其是他的马身,上面覆盖着漆黑浓密的毛发,黑得发亮。他全身不是黑色的地方就是他的牙齿,还有他太阳穴上的两撮银白色的头发。这可相当惊人。坦白地说,就像佐罗一样,他非常具有吸引力。我突然有一种冲动,我想要吻他。噢!我不是真的想去吻他,我只是想说,他真的有一种致命的吸引力。我可是一个有夫之妇,而且我的婚姻很美满,很幸福,我可不想把它葬送在我的手里。

克兰芬坦和汉根寒暄了一番,汉根便回到了原来的列队。我们也加快了速度赶了上去。

克兰芬坦载着我轻松地追上了队列,杜格尔和库伦向我们敬了个礼,又回到了他们原来的位置。克兰芬坦慢慢地减缓了速度,后面的半人马快速地恢复了四人一排的队形。很快,这群半人马又风驰电掣般飞奔起来,身后的马蹄声震天动地。

正如我所料,这趟旅行可不是那么有趣。尤其是载着我的还是我的丈夫,克兰芬坦一路飞奔,我几乎不能和他说话。好吧,就让我欣赏沿途的风景吧,我喜欢欣赏这迷人的风景。

克兰芬坦果然没有说错,德里兰奇可不是一个小树林。我们驰骋在赛尔河东岸的森林边缘。赛尔河真是美极了,宽阔清澈,波光粼粼。这不禁让我想起了我和莱斯维娜在河边度过的那段时光。旁边的原始森林更是万木争荣,使人不得不为之侧目。尤其是橡树,长得又高又壮,枝繁叶茂。我坐在克兰芬坦的马背上,才勉强能够到它们最底下的枝干。才没走进森林多远,我就看见地上满是一大片一大片的地被植物,到处都堆着厚厚的落叶,它们就好像给这个"大房间"铺上了一块厚厚的赭色的地毯。马蹄踏过处,鸟儿惊飞,松鼠乱窜,甚至我还看到了两只受到惊吓的小鹿。风从我的耳边呼啸而过,我的头好像越来越沉,越来越沉。

克兰芬坦回过头来,把我的手揽在他的腰上说:"靠着我,休息一会儿,这些日子以来,你睡得太少了。"

我打了个哈欠,紧紧地贴着他的背,感受着他那独特的气息,嘟囔道:"你好像总是让我休息。"

克兰芬坦的声音轻轻地在我的耳边响起:"我喜欢照顾着你。"

"那好吧。"我又打了个哈欠,"请不要让我掉下去。"

"我从来都不会。"克兰芬坦把手放到我的手背上,我闭上眼睛,甜甜地进入了梦乡。

在梦里,我所在的邮轮荡漾在加勒比海上。肖恩·康纳利躺在我旁边紫红色的椅子上享受着日光浴,他是一个零零七。在我们前面的海洋里,海豚欢快地围着我们的邮轮嬉戏。它们竟然还向我发出了邀请,要我陪着它们一起玩耍。它们用鼻子顶着一个球状的东西,用尾巴拍来拍去,玩得很是尽兴。我凑过去一看,那个球状的东西居然是我前男友的脑袋……

我笑了笑,从克兰芬坦的马背上飘了起来,穿梭在那些巨大的橡树之间。这次我有些麻木,可能我真的是太疲惫了。我转过头去,看了看身后的半人马队伍,一千,我念了念这个骄傲的数字。他们是如此高大魁梧、骁勇善战,恐怕没有什么能够抵挡得了他们吧!

"好吧。"我拖着疲惫的声音,"我准备好了。"我伸了个懒腰,"顺便问一下,这一次我们又要干什么……"我的身体又像从弹弓里被弹射出来一样,快速地向前飞去。我的目光移向地面,前面蜿蜒的河流模糊不清,宛如一条巨大的白色锦带,系在了森林的腰间。我换了个方向,朝西面看去,太阳已经落山了——看来我午睡的时间可不短。

我正准备回头看看半人马战士们,赛尔克湖泊映入了眼帘。只是我的飞行速度实在是太快了,除了一片模糊的蔚蓝色,其他什么也没有看到。这时候,从早上开始从艾波娜神殿出发的卫兵已经和我们顺利在这里会师。我们的队伍更加壮大,一眼望去,浩浩荡荡一片人海。

很快,我飞过了拉尔贡城堡。我抬眼一望,除了一些飞过的鸟儿,什么也没有看见。我又转向西面,一座巍峨的高山耸立在我的右边,我顿时感到毛骨悚然。这真是太奇怪了,我一直都很喜欢大山。不,不,不,我可不会滑雪,但是我喜欢坐在山林木屋里饮上一杯葡萄酒,那也是别有一番风味。我又向前飞去,越是靠近高山,我的那种恐惧感越是强烈。就像你独自一人走在漆黑的夜晚里,总会感觉有人跟着你……

我也不知道自己为什么会有这种感觉。就像我第一次神游到马克加仑城堡所感受到的那种邪恶气息一样。我尽量让自己镇定下来,仔细地观察着四周。前面并没有守卫城堡的踪影,大山在我的脚下,离守卫城堡还很远。我降低身体,准备研究一下周围的地形,但是暮色茫茫,几乎看不见周围的景物,只能隐约看到高山的挺拔山脊。

我的心停止了跳动。

在我的脚下,山的一边满是密密麻麻的弗摩瑞人。尽管山路崎岖不平,但是他们借着他们的大翅膀,在微光中飞快而又安静地向前挪动,就像一群巨大的爬虫。

找到他,艾波娜女马神又在我的心底说道。我的身体慢慢地往下飘去,一直飘到那群怪物最前面的首领的位置。暮色苍茫,我的眼前只是黑茫茫的一片,我在空中几乎不能辨清任何一个——看上去,他们都是一个样儿。他们都伸着大大的翅膀,头微微倾斜,用爪子匍匐前行。他们也都非常高大,骨瘦如柴。我几乎无法在这支队伍中辨认出努阿达。

我很沮丧,也不知道该做些什么才好。沉思片刻,我深深地吸了一口气,喊道:"嘿,努阿达,你在哪里?"

在前面的几个首领中,一个熟悉的声音喊了出来。他停了下来,后面的弗摩瑞人也全部都停了下来。他们围在努阿达的身边,疑惑地朝空中张望着。我慢慢地飘了下去,几乎飘到了努阿达的身后。我默默地向艾波娜女马神祈祷,祈求她在努阿达转身抓住我之前,能把我送回去。

不要害怕,尊敬的最高女祭司。

我屏住了呼吸,几乎凑到了努阿达的耳旁,轻轻地说道:"嘿,你在找我吗?"话一说完,艾波娜迅速地让我飞了起来。转过身来的努阿达只抓住了一把空气。

"嘿,我在上面,努阿达。"我感到了一阵轻微的颤抖,我要变得清晰可见了。果然不出我所料,努阿达眯起了眼睛,死死地盯着我。甚至努阿达的同伴,那群弗摩瑞人,全都睁大了眼睛,不可思议地看着我,他们也能看见我了？我低头看了看自己，我正赤裸着身体。我咬紧了我的牙齿，我还是清晰可见，依旧赤裸着身体。好吧，也许我赤裸着会更好，我只能这样安慰着自己。

"我们来了，我的小姐。"努阿达叫嚣道。

"那好极了。"我在空中吻了吻那群色迷迷的弗摩瑞人。努阿达咆哮着。"半人马们已经在那里热情地欢迎你的到来了，他们会让你一败涂地的。"我放肆的嘲笑声响彻整个山间。慢慢地，我又抬起了身体，消失在暮色中……

"呀！"我坐直了身体，眼前一片混沌，我使劲地眨了眨眼睛。

"芮娅？"

我清了清喉咙："努阿达他们已经在路上了。"

10

天色越来越晚，夜幕悄悄地降临了，我们的队伍在河边安营扎寨。原以为我们驻扎下来，只是因为夜色太暗，夜里行军会让半人马战士们冒着折断腿骨的危险。但是克兰芬坦说，当月亮升起来的时候，月光会照亮整个大地，半人马们在夜晚行军也不会有任何的危险。

只是因为我们距离缪斯神殿已经只有一天的路程，那些弗摩瑞人可能在两天内就会抵达缪斯神殿。所以，在同那些弗摩瑞人展开战斗之前，今天晚上可能是他们唯一的休息机会了。

一谈起战斗，我的胃里就感到一阵痉挛。但是，要打败由一千个全副武装、彪悍勇猛的半人马战士组成的队伍，这是何其艰难。即使是那群穷凶极恶的弗摩瑞人恐怕也不行，看来我们是胜券在握。

没过多久，刚刚消失在夜幕中的那群半人马女猎手就满载而归。她们带回了许多新鲜的肉食。经过一番处理后，那些肉食就已经串成串烤在了熊熊的篝火上,吱吱地冒着滑腻的油珠,还有热腾腾的香气。我朝着河流走去,看看能不能在旁边找到一个灌木丛。克兰芬坦、杜格尔还有其他的半人马都提出要陪着我去,但是我优雅地拒绝了,我告诉他们我得去办一些私人的事情。

出乎意料,河岸比我想象的还要陡峭。但是,它的周围布满了高高低低、大大小小的茂密的灌木丛,我笑了笑,从中挑选了一丛,走了进去。

我沿着一条羊肠小道走下了河岸,月光下的赛尔河波光闪闪,就像谁不小心打破了一个巨大的水银温度计,把里面的水银全洒在了河里一般。比起下游来,这上游的水流更加湍急。河水携卷着浪花,猛烈地拍打河边的岩石,一路呼啸怒吼着向前奔去,展现出一种不可阻挡的气势。在我原来的世界里,我见过许多壮观的河流,有科罗拉多河、红河、格兰德河,还有密西西比河。但却从未见过这么美丽壮观的河流。它是那么原始,那么粗犷,一点也没有被开发,有一种原汁原味的狂野美。我掬起一捧水,冰凉清爽,洗了洗脸。然后又掬起一捧,喝了一口,不可思议,我立即精神焕发。

"你属于这里,尊敬的最高女祭司。"这句话在我的心底响起。

"那是真的吗?"我大声地问道,"我知道我应该相信,但是,但是,我……嗯……嗯……我就是我,一点也不特别。"至少,被艾波娜女马神选中,我根本没有什么过人之处。

"要相信你的心,尊敬的最高女祭司。"艾波娜女马神温柔地安慰着我。

我的心对我说,我属于这里,这是我的家。我还是有些怀疑,我抬起了手,轻轻地掐了一下,痛!

"记得跟着你的心走,我尊敬的最高女祭司。"那个甜美的声音随风消逝。

我呆呆地站在河边,沉思良久,沉浸在"你属于这个世界"和"我尊敬的最高女祭司"这几句话里。

我有些受宠若惊,不知所措。我开始攀上河岸,比起我下来的时候,它好像变得更加陡峭。我忽然感觉呼吸有些困难,往后跌去。一只强有力的手臂抓住了我,把我拉了上去。

我拍了拍我的软皮马裤,喃喃地抱怨道:"原来你一直都跟着我。"

"你没走多远,我就一直跟着你。但是我知道,你非常注重你的隐私,所以我现在才出现。"

"看来你很绅士。"我开始走回我们的营地。克兰芬坦走在我的旁边,他揽着我的肩膀,调整着他的步伐,唯恐我跟不上他。有了克兰芬坦的保护,我又开始专心致志地思考起我是不是艾波娜女马神挑选的最高女祭司。不过毫无疑问,我是属于我的丈夫克兰芬坦的。

烤肉的香味向我们迎面扑来,我垂涎三尺。好像是鹿肉的香味,哦,我可怜的小鹿斑比——但是,我已经有些迫不及待地想要尝一尝。

太高兴了,希拉也向篝火围了过来。我们热情地问候了彼此。

"我的小姐!"杜格尔笑容可掬地讲道,"我特意为你准备了这个。"

杜格尔指了指放在篝火前的一根枯木。

我冲着他笑了笑,拍了拍他的胳膊道:"谢谢你,杜格尔,这简直太棒了。"

杜格尔刷地一下脸红了,害羞地冲着我笑了笑。

"杜格尔,你能帮我找一只酒囊来吗?最好里面装满了葡萄酒。"

"当然,我的小姐。"杜格尔一路小跑过去。不过,他的步子可不小。

"年轻的小兔崽子。"我的丈夫克兰芬坦打趣道。

"杜格尔他很可爱——你不要取笑他。"

克兰芬坦不悦地哼了一声。

"我敢打赌,你曾经也这么可爱。"克兰芬坦又不悦地哼了一声。周围的几个半人马都大力地咳嗽起来,看起来,他们都在偷笑。

杜格尔带着满满的一袋葡萄酒回来了,身后还跟着几个年轻的半人马。他们都紧张地向我和克兰芬坦鞠了一躬。克兰芬坦一一向我介绍了他们的名字。我认出了其中的两个,上次我们去马克加仑城堡时,他们也在。其他的也很熟悉,我猜他们肯定是克兰芬坦的守卫。杜格尔给我递过来一串热腾腾的烤肉,这时候狄安娜也走了过来,加入了我们。

"这里有空余的位置,狄安娜小姐。"一个可爱的栗色半人马说道。

"但是你那里篝火的烟雾太重,会呛到狄安娜小姐。"一个肌肉发达的枣红半人马插嘴打断了他,"狄安娜小姐,到这里来,这里没有烟雾。"

其他的半人马也竞相邀约,但是狄安娜沉默不语。

"谢谢你们的慷慨邀请,但是我想和芮娅诺小姐说会儿话。"她接过杜格尔递给她的烤肉,赞赏地冲着杜格尔笑了笑。

我猜,害羞的杜格尔应该有些晕眩。

狄安娜在我坐的木头旁边优雅地坐了下来,她看了看我,转动着她那漂亮的蓝眼珠,对这些热情的小青年有些不胜其烦。

"他们都很爱慕你。"我小声地说道。

狄安娜无奈地耸了耸肩膀,咬下了一点鹿肉,斯文地咀嚼了几下,咽了下去,再低声对我说:"年轻的半人马都想要征服一个女猎手。"

听狄安娜的语气,看来那些年轻的小伙子似乎没有一点机会。

"难道你不想找一个伴侣吗?"我压低了声音。幸亏,那些半人马都在同克兰芬坦高谈阔论,并未有人注意我们的谈话。

狄安娜不屑地哼了一声:"不想!他会浪费我太多的时间。"

我笑了笑,我的眼睛看向了我那英俊的丈夫。好像他感觉到了似的,他回过头来,冲着我笑了笑。

"但是有他在你的身边也不错。"听起来,我已经坠入了爱河。

"那是因为你爱他。而我,还没有找到我爱的人——所以我还不想结婚。"看起来,狄安娜一点也不为此苦恼。为了证明她说的是对的,狄安娜又补充道,"有一些半人马女猎手一直都未婚配。"

"那你一定非常繁忙。"

"作为半人马女猎手的首领,我得负责训练和监督所有的女猎手。"狄安娜无奈地耸了耸肩膀,"所以我没有那么多的时间。"

"狄安娜,也许应该有人来把这些告诉他们。"我指了指那些半人马男孩,他们的眼里还是对狄安娜充满了爱慕。

狄安娜笑了笑,向一个正盯着她看的半人马瞥了一眼。那个半人马手中烤着的肉串一下子就掉到了篝火里,他急急忙忙地想要从炽热的篝火里抓起那支肉串,却徒劳无功。看到这一幕,舒服地倚在篝火前的希拉哈哈大笑起来。

"愚蠢的小马,注意你在干什么,你这样会烧伤自己的。"周围的半人马都哄堂大笑起来。

但是他们还是不停地偷看着漂亮的狄安娜。

"他们只是对女猎手充满了好奇,当他们只是对我狄安娜充满好奇,而不是对女猎手的首领充满好奇的时候,我愿意为他们腾出一点时间来。"

我正想问问她们是如何和她们的丈夫亲昵的时候,克兰芬坦走了过来。嗯,好吧,一般当女孩们谈起这类话题的时候——总是会排斥异性的加入。即使我们这里有一个女孩是半人马,也毫不例外。

"狄安娜,鹿肉可是一个不错的选择。看来我们不得不赞美我们勇敢的女猎手。"

看吧,我就知道那是鹿肉。哦,可怜的小鹿斑比。

"在森林里狩猎很容易,就像做游戏一样。"狄安娜装作若无其事,其实她非常高兴获得了克兰芬坦的赞美。

我正准备告诉她,我也觉得味道好极了。可是,杜格尔清了清嗓子,我不得不转移了我的注意力。

"芮娅诺小姐——"杜格尔小脸绯红,眼睛熠熠发光,"——我能否有幸请你为我们讲个故事。"

哦,该死的,又来了。

"这简直就是棒极了。"狄安娜也冲着我笑了笑,"听说你在缪斯神殿里接受过训练,你的故事讲得好极了。"

好吧,我可是个满腹经纶的英语老师,抄袭故事还不容易?

我身边的克兰芬坦有些焦躁不安,很明显,他在担心,担心我莎伦·帕克能否守住芮娅诺小姐的盛誉。

克兰芬坦不知道,这可是我的拿手好戏。

我在裤子上擦了擦手,又理了理头发,站了起来。

我冲着杜格尔微微一笑:"我很乐意为大家讲一个故事。"

我的话说完以后,我的周围就响起了一阵欢呼。我要讲故事的事情在半人马中很快传开了,我们的篝火四周聚集了越来越多半人马。

我清了清喉咙,我的身份可真多变。芮娅诺小姐,老师,讲故事的人,我在这些角色里不停地转换着。无疑,今天晚上的我就是一个讲故事的人。我在我的脑海里快速地搜索过后,改写起了那个浪漫的故事《歌剧魅影》。

"很久很久以前,有一个可怜的孩子,他生下来就非常丑陋可怕。他的两只眼睛大小不一,嘴唇畸形。他的皮肤蜡黄暗沉,就像一张陈旧的羊皮纸一样。甚至,更可怕的是,他的鼻子只有一个鼻孔。"

我听到半人马群里传来一阵鄙夷。

"他一出生,他的母亲就把他丢弃了。但是,幸运的是,一个善良的——"我在我的脑海里疯狂地搜索着,"——一个善良的缪斯女神非常同情他。缪斯女神把他带到了她的神殿,允许他住在神殿里的地下室里。为了弥补他外貌上的不足,缪斯女神赐予了他神奇的魔力,他有了一副令人惊艳的嗓子,还有了精通所有音乐的能力。所以,就在神殿的地下室里,那个孩子渐渐地长大成人,他的歌艺也达到了炉火纯青的境界。他只爱好音乐,他最大的快乐,就是聆听缪斯女神教那些新来到神殿的人唱歌。"

所有的半人马都全神贯注地聆听着我的故事——真是一群好学生。

"他从来都不让别人看到他,他甚至给自己打造了一个银光闪闪的铁面具。他总是戴着面具躲在黑暗的地底下,只有歌声陪伴着他。甚至,他认为自己只是一个影子而已。所以,他称自己为'神殿的幽灵'。"

"他对自己的生活很满意,他认为除了音乐之外,没有什么能伴着他度过漫长的白天和黑夜。直到有一天,在地下室的他听到了一个女孩的歌声,他犯了一个致命的错误,他从地下室里偷偷地看了那个女孩一眼,就这一眼,他无可救药地爱上了那个女孩。那个女孩的名字叫克莉斯汀。"

我围绕着火堆走了起来,继续改编着这个经典的故事。每年我都会带领我的新学生们去拜读加斯东·勒鲁的原著,然后饱含深情地大声朗诵出来,再配上劳埃德韦伯惊为天籁的音乐。当最后朗诵结束的时候,我的学生们没有一个不是涕泪涟涟。

所以,不出意外,这个故事也肯定能打动所有的半人马。

"……最后在地下室里,他拥有了克莉斯汀。他知道只有用那唯一的东西,才能让这个女孩爱上他——只有用他的歌声才会打动克莉斯汀,也只有他的歌声才能让她忘记他那张恐怖的脸。所以,他为她唱起了最动听的音乐《夜晚之歌》。"

"那最后克莉斯汀选择了谁?"克兰芬坦激动地问道,这个世界仿佛一下就变小了,只剩下了我和克兰芬坦。

我破涕为笑,撒了一个弥天大谎:"克莉斯汀最终克服了自己内心的恐惧,选择了他,他们过上了幸福的生活。"

半人马们都拍手叫好,我周围响起了一阵欢呼声。克兰芬坦把我拉进了他的怀抱,深情地、忘我地吻起我来。周围的欢呼声更响了。克兰芬坦站起身来,带着我离开了篝火旁。越过克兰芬坦的肩膀,令我惊讶的是,我看见希拉无限向往地微笑着,还有狄安娜,她的眼睛里闪动着晶莹的泪珠,她一边擦拭着眼角的泪水,一边冲着我们挥手致意。

很显然,我的故事获得了大家的认可,我引起了很大轰动。

"我不敢相信,我居然做到了。"我轻轻地亲吻着克兰芬坦的脖子,然后,下一秒钟,我狠狠地咬了他一口。

"你知道,我会咬回来的。"克兰芬坦故作严肃地看着我。

"我非常期待。"我又亲吻了一下刚才我咬过的地方。

"我也没有想到,你能给他们讲出那么动听的故事……"克兰芬坦停了下来,把我带到了离篝火更远的地方,"……我知道你并不喜欢被当成芮娅诺,你也不喜欢做……"

克兰芬坦的声音越来越小,我接着讲道:"……我也不喜欢芮娅诺做的事情,我讲得对吗?"

"对。"克兰芬坦松了一口气。

"面对大家的诚挚邀请——"我耸了耸肩膀,"——我情不自禁地想要那么做。我所能做的,就是尽力地做好芮娅诺该做的事情。"我完全可以想象芮娅诺在我的世界里会过得多么糟糕。可是,我有我的生活,她也有她的生活,我一点也帮不上活在另外一个世界的她。如果她还是像在这里一样,她肯定会伤害我的朋友和我的家人。想到这里,我就很沮丧。我们都回不去了,我们已经交换了身份,就不能换回来了。我看了看我的丈夫克兰芬坦,我对自己说道,即使能找到一个方法让我回去,我也不会回去。虽然我这个决定很自私,但是克兰芬坦是我的爱人,我想要和他生活在一起。我闭上了眼睛,把头靠在了克兰芬坦的胸膛上。但愿芮娅诺不会也发生了车祸,又回到这里来。

11

"你不是睡着了吗?"

"没有。"我睁开了眼睛,环顾着四周。克兰芬坦抱着我往北边走去。我们走过了半人马驻扎的营地,一个哨兵给我们敬了个礼,克兰芬坦稍稍停了一下,向那位哨兵点头致意。克兰芬坦继续向前走去,我们走进了黑暗的森林里。月亮已经高高地升起,月光洒在古老的树木上,一片清辉。

"我们要去什么地方?"

"我要给你一个惊喜。"

"真的吗?"我开始翻着克兰芬坦的皮革背心找了起来。

"你在找什么?"

"一个珠宝盒。"

克兰芬坦笑了笑:"不是那种惊喜。"

克兰芬坦开始在周围的地面上搜索起来,好像在找什么东西。然后,他满意地笑了笑,走到一棵倒下的老树前面。那棵老树好像被什么劈成了两半,也许是闪电。他走到了较大的那一半树干旁。

"站在这上面。"克兰芬坦小心翼翼地把我放到了树干上。

还好,它很坚固,也很平稳,我稳稳地站在了上面。看着他,我咧开嘴笑了笑。

"嘿,我快要与你一样高了。"是的,我快要和他差不多高了,我的眼睛已经与他的下巴齐平。克兰芬坦把我搂在他的怀里,我靠在他的肩膀上,温柔地吻着他的下巴。

克兰芬坦的吻轻轻地落到了我的唇上,我们的舌头放肆地纠缠在了一起,这个吻可真够缠绵,我都有些喘不过气来。似乎克兰芬坦已经把所有的爱意都融进这个吻里。他恋恋不舍地放开了我,他的嘴角显现出一个满足的微笑:"芮娅,这就是我给你的惊喜。"然后,克兰芬坦的手指在我的身上跳起了动人的舞蹈,我的心也渐渐地在他的指尖融化。

12

一阵急促的马蹄声打破了我的美梦,我似乎还闻到了煎鸡蛋和烤肉的味道……我翻了个身,在坚硬的地上挪动了一下,想换一个舒服的睡姿。但是,那重重的马蹄声让我不得不睁开了眼睛。天还没有亮,但是远远的天边已经泛起了鱼肚白,白昼似乎已经有些迫不及待地想要驱走黑夜。

"早上好,芮娅小姐。"希拉的笑声里满是愉悦。

"早上好,希拉。"我喃喃地说道,擦了擦我的眼睛。

"狄安娜发现了一窝鹌鹑蛋,它们闻起来是不是很香?"希拉看了看我,俯下身去,翻了翻铁锅里的蛋,顿时,悬在两块大岩石之间的铁锅微微地摇晃起来。

"是的,确实很香。"我伸了伸懒腰,感到腰酸背痛。

我可没忘记我在克兰芬坦的马背上待了整整一天,全身的每一寸肌肉都在尖叫,它们需要泡一个热水澡,还有一场舒适的按摩。我慢吞吞地站了起来,感觉就像我已经三百五十岁了一样。头发乱糟糟的,全身都疼痛难忍,我闻起来肯定也糟透了。

我真的很讨厌露营。

我尽量朝希拉挤出一个自信的微笑,很明显,希拉也是一个早起的半人马。

"嗯,希拉,我得先去梳洗一下。"

"好极了!等你回来的时候,这些蛋应该已经煎好了。"

我不明白,为什么他们起得那么早,还那么高兴?

"好吧。"我嘟囔道,开始一瘸一拐地走向河岸。一路上,都有半人马恭敬地向我问早,尤其是我讲了《神殿的幽灵》,就是《歌剧魅影》这个故事以后,大家越发热情,我也尽量热情礼貌地回应。我尽量优雅地走到河边,洗了洗手,洗了洗脸,还用我的手指洗了洗我的牙齿,然后又艰难地蹚下了河岸。

呃,该死的,像露营这样的活动——简直就应该永远取缔。

正当我喋喋不休、步履蹒跚地挪回营地时,鹌鹑蛋,还有烤肉的香味越发浓郁。克兰芬坦、杜格尔还有年轻的半人马们已经开始大快朵颐。我正在疑惑狄安娜去了哪里,但是常识告诉我,我们那位年轻美貌的半人马女猎手,肯定已经带着她的女猎手们正四处侦查,寻找着她们的猎物。

"早上好,我的小姐。"克兰芬坦给了我一个迷人的微笑,并且,他递给我一张宽大的叶子,上面铺上了热腾腾的煎蛋和烤肉。

"早上好。"我也冲着克兰芬坦笑了笑,坐了下来,用手指小心翼翼地把食物送到了嘴里。我发现,我睡觉用的毯子等物品不知什么时候已经被人卷好裹了起来。每一个半人马都精神抖擞,蓄势待发。

"我们今天就能到达缪斯神殿吗?"我咬了一口蛋和烤肉,哇,味道美极了。

"是的,在黄昏之前,我们应该就能到达。"

"缪斯神殿的人已经知道我们来了吗?"

"我们已经派出了信使和信鸽,他们已经知道了我们的计划。"

"那些女孩的情况怎么样？"

"还不知道，信使到达那里之后，就留在那里，等着我们到达。飞回来的信鸽传回来的消息里也并没有提及。"

"通信真是落后。"我嘟囔着，又咬了一口蛋和鹿肉。

克兰芬坦疑惑地看了我一眼。

"不用理我——我在上午都会脾气暴躁。"我抬头看了看微微泛白的天空，"在黎明的时候，脾气更是暴躁。"

克兰芬坦好脾气地笑了笑："你只需要起床而已，在我们出发的时候，你就可以睡个回笼觉。"他压低了声音，拂了拂我脸颊上的碎发，"如果我没记错的话，你昨天晚上在我的背上可是相当舒坦。"

我向克兰芬坦挥出了我的粉拳，羞涩地笑了笑。然后咬了一口蛋，调皮地说道："哇，如此新鲜。"一语双关。

"来吧！"克兰芬坦笑了笑，把我抱到了他的马背上，转过头来对我说，"芮娅，你可以继续睡会儿。"

"噢！那好极了。"我一口吃完了我剩下的早餐，要是能有一些咖啡就更好了。

半人马战士们迅速地拔营而起，朝着缪斯神殿狂奔而去。我不得不承认，这真是一个美丽的早晨。虽然现在还很早，但是我已经感受到了清晨的勃勃生机、无限活力。太阳精神抖擞地从树梢上升起，晨光洒落在森林里，柔和而明亮。它们调皮地穿过叶缝，落在地上，光影斑驳。虽然道路愈加陡峭，但是两岸仍旧风景如画，柳树婀娜多姿，杨树挺拔秀丽，我敢肯定，我甚至还偶尔瞥到了几颗野生的樱花树，它们不事张扬地亭亭玉立着。半人马的马蹄过处，惊天动地，扬起一阵飞扬的尘土。流水湍急，似有与马蹄声一争高下之意。

日上三竿，已中午。我们停了下来，在河岸周围歇息午餐。克兰芬坦把我扶下了马背，我站在河岸上，舒展舒展麻木的筋骨，活动活动僵硬的手脚。我拉了拉弓步，微风从西面拂来，河岸上的垂柳，在微风中迎风招展，似一个散着浓密秀发的多情少女，自有一番风情。

我转过脸,迎着微风,任凭它肆意扬起我的头发,浑身的酸痛在微风的轻抚下,似乎也减轻了不少。我深深地吸了一口气,舒展着我那酸痛的胳膊。

"闻!那是什么难闻的味道?"微风里夹杂着一股泥腥味。

"那是亚赛奇沼泽。"克兰芬坦吸了吸鼻子,闻了闻。

"呃,真是糟透了!"

"可居住在亚赛奇沼泽附近的人都说它有一种独特的美。"

"好吧——他们可以这么说。那亚赛奇沼泽有多大?"

我走到了河岸的前方,眺望着整个河岸。正午的阳光很强,我不得不眯起了眼睛。远远望去,我几乎看不清对面的河岸,只是依稀看出,它没有我脚下的河岸那么高。对面的河岸上,长满了垂柳——没有苔藓,没有蛇,当然更没有鳄鱼。

"有人告诉我,从它的东岸到西岸,大约有二十五个半人马那么长。它整个的宽度,就好比从缪斯神殿一直绵延到艾波娜神殿以北的土地。"克兰芬坦耸了耸肩膀,"我从未穿越过这片沼泽,半人马们也总是绕着它行走。"

"好吧,我也不想你载着我穿过它,水蛇、水蛭,还有那些臭水——该死的,这些想起来就叫人浑身都起鸡皮疙瘩。"

我们身后的队伍又缓缓移动了,最后我伸了伸懒腰,伸出了我的手,克兰芬坦揽着我的腰,又把我扶上了马背。我们很快地驰到了队伍的最前列。

不管那里有没有痘疹,我还是很高兴,我们终于要到达缪斯神殿了。糟糕,我的屁股好像黏在我丈夫的马背上了,这可不怎么妙。

半人马们跑得非常快,今天队伍行军的路程可比昨天要艰苦得多。我们走到了北面更远的地方。岸边的树木变得越来越密集,道路也变得越来越窄,半人马们又不得不变成了两人一行的队列,但是他们的速度一点也没有减缓。一连奔驰了几个小时,克兰芬坦还是呼吸顺畅,步履平稳,没有半点疲态。虽然我知道他们的体力惊人,但是再次见识到,还是忍不住惊

· 359 ·

叹。克兰芬坦带着半人马们继续一路奔驰，我忍不住在他的背上打起了瞌睡，我的头也因颠簸，上上下下地做起了"有氧运动"。

克兰芬坦扭过头来看着我，在他说话之前，我呢喃道：

"我知道——"我依偎在他的背上，"——你不会让我跌下去。"

"不会。"克兰芬坦说道。

我微微一笑，伏在了他那结实温暖的背上，迷迷糊糊地闭上了眼睛，甜甜地进入了梦乡。

我又做了一个梦。我正和我们学校的一个辅导员，还有我们学科的组长主持着家长会。我的对面坐着一个学生，还有他的母亲。我真的很专业，即使在梦里我也没有提到那个学生的名字。那个学生精神颓废，意志消沉，沉默不语地坐在那里。他的母亲却染着亮眼的金发，衣着华丽考究，很是得意扬扬——她替他儿子辩解道：也许只是因为她在怀孕的时候，饮用了大量的酒精，或者服用了很多消遣性药物。

我只得向这位母亲解释，因为她那十六岁的儿子对二年级的英语课程毫无兴趣，他懒惰、烦躁、吸烟，还把烟头随意丢弃，甚至带坏了很多学生，所以得对他严加惩罚。我旁边的辅导员，还有我的年级组长有条不紊地指出了这个学生所犯的错误。顺便说一句，我的年级组长居然是皮尔斯……

……忽然，我又飘了起来，悬在了湍急汹涌的赛尔河流上空。

"我不是想要冒犯你，但是我不得不说，你打断了我最喜欢的一个美梦。"我喃喃地说道，"正到最精彩的地方，我那个英俊潇洒的皮尔斯组长正帮着我们老师讲话，这可真是百年难得一遇，千载也难逢啊。"没有得到任何回应，我的身体快速地沿着河流朝北边飞去。

"艾波娜女马神，你能在哪一天让我好好地睡上一觉，不要再打断我的美梦吗？"

耐心点，我的最高女祭司。

"我可没有这种美德。"我嘟囔道。

我迅速地飞向一幢巨大的圆顶建筑，只见它的前面矗立着一道庄严肃穆的大理石拱形大门。我慢慢地飘近一看,这个巨大的建筑旁边还连着一些优雅的、稍小一点的房屋,周围的房屋众星捧月般围绕着它。中间还有漂亮的花园,精致的走廊,蜿蜒的小路。我又慢慢地飘近了一点,我看见许多女人穿着漂亮的裙子,徐步走在路上。她们时不时地交头接耳,似乎在热烈地讨论着什么事情。

尽管周围的小建筑都很漂亮,但是中间的那座建筑格外引人注目。我飘在空中,仔细地打量着,大理石拱门旁边的塑像栩栩如生。一群女孩围坐在一个漂亮端庄的女人旁边,似乎正在聆听着她的训话。她优雅地抬着一只手,另一只手举着一根精致的象牙权杖。她是如此美丽优雅,仪态万方。如果不是她的嘴唇在动,我肯定以为她只是一尊完美的大理石塑像。

我慢慢地飘近她们,她突然停止了讲话,歪着脑袋,好像在听谁说话一样。然后,她的脸上露出了迷人的微笑,她抬起头来,对着我说:

"欢迎来到这里,尊敬的艾波娜女马神的最高女祭司。"

我才发现,她脚边的女孩们也都出落得亭亭玉立,非常美丽。她们也兴奋地窃窃私语,并且抬起头来搜寻着,企图看到我的踪迹。

塔利亚,缪斯神殿里喜剧和牧歌的缪斯女神。那个声音又在我的心底响起。

"谢谢你,塔利亚。"我礼貌地回答道。

她又抬起了她的头,表情有些茫然,似乎她只能听到我的声音,并不能看见我。她接着问道:"你和半人马战士们已经快到了吗?"

"我们会在黄昏以后到达这里。"我大声说道。

她莞尔一笑,扭头对离她最近的一个女孩说道:"菲奥娜,快去神殿告诉大家,半人马战士们会在黄昏不久后就到达这里。"

欢声笑语在周围蔓延开来,很明显,这群漂亮的女孩幸免于难,她们并没染上那可怕的痘疹。

"芮娅诺小姐,你的到来是我们的荣幸。"她又抬起头来,我突然发现,她根本就不能看见我,还有其他的任何东西。她的眼睛只有乳白色的眼球,没有瞳孔——她是盲的。

我又飞了起来,我匆忙地说了声:"再见!"太阳已经开始西沉。

缪斯神殿的周围也同缪斯神殿的女孩一样,美极了,简直就是人杰地灵!在山的北面,有一条溪谷,里面长满了野花,星星点点,令人眼花缭乱。我正忙着欣赏周围的风景,拉尔贡城堡赫然出现在我眼前,令我猝不及防,惊惧不已。

只见拉尔贡城堡里,所有的庭院和房间前都点燃了火把,灯火辉煌。那些邪恶的弗摩瑞人高耸着翅膀,发出可怕的声音,兴奋地围在一起,在他们的中间躺着一些可怜的人类的尸体。

我闭上了眼睛,低声地祈祷道:"请不要让我到那里去。"

坚强起来,我尊敬的最高女祭司,请记住我会一直和你在一起的。还好,感谢上帝,我并没有在城墙外面长久逗留。我很快飞向了一个房间,那里也同样点满了火把和蜡烛,灯火明亮。

艾波娜女马神并没有给我充足的时间准备,我穿过屋顶,飘浮在天花板下。只见努阿达一个人坐在一张宝座上,他前面的壁炉里,炉火熊熊。他那白灰色的手里端着一只酒杯,里面倒满了鲜红的汁液。但愿那是上好的梅乐汁,但是我很怀疑。

"努阿达,你在为即将到来的战斗担心吗?"我那魅惑的声音又响了起来。

努阿达并没有像往常一样龇牙咧嘴地扑向我。

相反,他悠闲地喝着酒杯里的汁液,回过头来,冲着我微微一笑。

"不用担心,我的小姐,请期待明天晚上,你会属于我的。"说完,他又啜了一口酒杯里的汁液,鲜红的汁液残留在他嘴唇上,闪烁着妖冶鬼魅的红光。

"好极了,你要尽情地享受最后的自由,你不妨继续自欺欺人,这对你来说,可比打败那些半人马更加容易。"我用轻蔑的语气说道。

努阿达慢慢地站了起来,转向了我,他一只手搭在宝座的靠背上,另一只手仍然端着酒杯。

"我已经决定了,我不会杀死你。相反,我会让你活很久很久,这样,这样我就可以尽情享受你给我带来的快乐。"

"真的吗?"我不以为然地笑了笑,一阵微光闪过之后,我的身体又清晰可见,"我恐怕我的半人马丈夫不会同意你的计划。"

"丈夫!"努阿达嗤笑着,"准备好,我的小姐,你是属于我的。"

我感到非常愤怒,道:"你这个恶心的怪物,克兰芬坦会用他的马蹄踩死你,就像踩死一只蟑螂一样。他会把你送回到你原来待的地狱去!你最好再好好地看我一眼,因为他永远也不会让你接近我,你这恶心的怪物。"

刷地一下,努阿达的翅膀张开了,他愤怒了,叫嚣道:"等着我,明天晚上,你就会属于我!"

努阿达愤怒地把酒杯丢向了我,但是在酒杯砸到我之前,艾波娜早已把我带走,我醒了过来。

我深深地吸了一口气,紧紧地抱着我的丈夫克兰芬坦,他紧紧地握住我的手臂。

"他们已经在拉尔贡城堡了。"

克兰芬坦把我的手拿到了他的唇边,温柔地亲吻了一下。

"他们明天晚上就会袭击缪斯神殿。"

"一切都在我们的计划之内。"

"努阿达他肯定会找你。"

"那好极了!"克兰芬坦的声音充满了危险的气息,"省得我还要花时间找他。"他转过身去,厉声吩咐道,"让杜格尔送信出去,告诉其他的人类卫士,我们明天晚上就突袭拉尔贡城堡。"

我正准备叮嘱克兰芬坦要小心行事,只见河流拐角处的对岸,一群热情的女孩欢呼起来。在她们的身后,缪斯神殿矗立在夕阳的余晖中。半人马战士们也热情地回应着,克兰芬坦一声令下,所有的半人马都加快了脚步。

我们终于到了,这可真是振奋人心。但是,我看到河流上面,架起了一座吊桥,这可是唯一能穿过河流,到达对岸的途径。

"哦,天啊,该死的。"我惊恐地大叫了起来。

克兰芬坦在一片热情的欢呼声中大声地对我说道:"闭上你的眼睛,紧紧地抓住我,你知道我不会让你跌下去的!"

我闭上了眼睛,把头埋进克兰芬坦的脖子里,颇具气概地说道:"那好吧,如果这吊桥断了,我们两个就一起掉下去。"

克兰芬坦的肩膀轻轻地震动着,他又在偷笑!

"但愿我不会紧张得呕吐出来。"

"如果真这样的话,记得把头别过去,前面可有很多人在热情地欢迎你。"

"噢!"我们在微风中摇晃起来,身后的半人马队伍也紧紧地跟了上来。

"艾波娜女马神,为什么你现在不让我飘起来,飞过去呢?"

我忍不住向她抱怨道。

信任他,尊敬的最高女祭司,他永远也不会让你跌下去的。我发誓,艾波娜女马神的声音里有些许笑意。

13

缪斯神殿庄严肃穆地矗立在那里。我们沿着一条撒满鲜花的道路走了进去。那些年轻的女孩把我们的队伍分散开来,带着他们往前走去,到处都充满人类士兵和半人马战士呵呵的爽朗的笑声。塔利亚也盛装打扮好来迎接我们。她穿着一件银光闪闪的礼服,上面缀满了亮晶晶的钻石。她的头发乌黑浓密,一直垂缀到腰间,上面还别出心裁地插着一朵清香的栀子花。夕阳的余光洒在她的脸上,在她那双明亮的眼睛里投下了一道阴影。

"再次欢迎你,尊敬的最高女祭司。"她热情地微笑着,"还有,尊敬的克兰芬坦殿下,很高兴你能再次来到缪斯神殿。"

"塔利亚……"克兰芬坦走上前去,握住了她的手,"你还是那么美丽,岁月一点也没在你的脸上留下痕迹。"

塔利亚"咯咯"地笑了起来,她的笑声充满了感染力,她说:"你得把这些溢美之词留给你的新婚妻子。"然后,她又转向了我,"芮娅小姐,我们非常期待你的到来,真的是望眼欲穿,再次欢迎你。"

我有些不安,她竟然知道我是谁。我从克兰芬坦的马背上滑下来,热情地抓住她的手,用力地握了握。

克兰芬坦牵着我的手,我们随着人群朝着前方走去,我猜,前面肯定有一个大的宴会厅。所有的半人马都笑容满面,十分轻松愉悦地跟着塔利亚一起去晚餐。我很难想象,他们在二十四小时之后就会投入残酷的战斗。

我们走进了那间巨大的宴会厅。只见房间里摆满了桌子和躺椅,桌子上面已经摆满了精致美味的食物,当然还有香醇浓郁的葡萄酒。整个宴会厅非常明亮宽敞,我抬头一看,高高拱起的天花板上挂着十几盏巨大的水晶灯。四周的墙壁上,缀满了亮闪闪的珠宝,宛若满天的繁星,不,也许比繁星还要闪亮。整个房间是那么富丽堂皇,精致优雅,我不由得倒吸了一口冷气。

"这里肯定充满了魔力。"我低头悄悄地对克兰芬坦说道,我们被带领到了主桌前面。

"是的。"克兰芬坦也低声对我说道,"缪斯神殿里到处都充满了魔力。"

"哇!"克兰芬坦俯下身来,我说,"这简直是太惊人了。"

克兰芬坦的眼睛里笑意盈盈,他轻轻地吻了吻我的额头,说:"在这里,你总是会得到很多意外的惊喜。"

"这个房间就是一个意外的惊喜。"我还是惊讶无比,克兰芬坦和我走向了前面的主桌。

"芮娅小姐,克兰芬坦殿下!请过来加入我们。"塔利亚指了指旁边的那张豪华躺椅。我很高兴,我看见狄安娜正倚在塔利亚的旁边。

克兰芬坦从容优雅地跪了下来,我坐在了他的旁边。

奇怪,塔利亚怎么知道那么多我的事情?

塔利亚好像能够读懂我的心思一般,她向我靠了过来,轻轻地在我的耳边说道:"我知道很多你的事情,莎伦。"

我不可思议地眨了眨眼睛,惊讶地看着她,我的脸上写满了疑问。但是,我忽然意识到,她根本看不见。所以,我小声地说道:"可是,我不……"

塔利亚那富有感染力的笑声在我们中间又蔓延开来:"不要担心,我很开心,艾波娜女马神挑选的真的最高女祭司来到了这里——我和你一样,艾波娜女马神挑选了我成为缪斯女神。"

"哦。"我有些不知所措。

塔利亚的脸上闪过一丝关怀,她很快向我解释道:"不要害怕,现在不明白没有关系,你只要记住,你的女神将和你在一起,这才是最重要的。"塔利亚亲切地拍了拍我的手,这不禁让我想起了我的母亲,想到这里,我有些哽咽。

"怎么啦?我的孩子。"她亲切地问道。

"来到这里,我只是太高兴了。"

她的手准确地摸到了我的脸颊,就像我母亲曾经那样,轻轻地温柔地抚摸着我:"你一定饿了。"塔利亚轻轻地拍了拍手,仆人们开始上菜,他们托着装满热腾腾的食物的托盘穿梭在桌椅间。

我抓起一只美味的鹌鹑,轻轻地咬了一口。我向狄安娜使了个眼色说:"嘿!这是你猎取的食物吗?"

"不是,芮娅。"狄安娜冲着我眨了眨眼睛,"我为她们猎取了食物,但是这些在我们到来之前,她们就已经准备好了。所以,我现在只好一边喝着葡萄酒,一边等着你们完成——"狄安娜扬起了她那秀气的眉毛,冲着克兰芬坦点了点头,"沐浴更衣。"

"停下来,狄安娜。"我急忙打断了她,"我只能说,克兰芬坦太魁梧了,所以他花了太多的时间来——"我也心照不宣地扬了扬我的眉毛,"沐浴。"我们之间响起了一片笑声,克兰芬坦好像忽略了我们,不过塔利亚跟着我们一起笑了起来。

仆人又端上来一道菜,这时候,希拉走了进来,来到我们的桌子前。哦,我居然忘记了那可怕的痘疹,我懊恼万分。塔利亚还没来得及把狄安娜旁边的一个座位指给希拉,希拉就开始同她交谈了起来。

"你似乎已经控制了这里的疫情?"希拉的声音里满是敬意,"墨尔波墨告诉我,所有的病人都逐渐在好转,他们的病情并没有恶化,很快他们就可以返回沼泽地去。"塔利亚皱了皱眉头,希拉接着说道,"但是忒耳西科瑞病了,所以她没能出席这次宴会。"

"谢谢你,希拉,请你好好地休息一下。"

我在克兰芬坦的耳边悄悄地问道:"忒耳西科瑞就是在我们婚礼上跳舞的那个女孩吗?"

"是的。"克兰芬坦压低了声音。

"还有,墨尔波墨是缪斯神殿的悲剧女神。"塔利亚靠了过来,主动向我讲道,"每当疾病暴发的时候,都是由墨尔波墨负责。"

"那你们对痘疹很熟悉?"

塔利亚平静地说道:"在亚赛奇沼泽,爆发痘疹并不稀奇。我们以前也处理过这种情况,但是,我很抱歉,听说它已经蔓延到了艾波娜神殿。"

"我们已经把病人隔离开来,我们的医生说,他已经控制住了疫情。"

"那好极了。"塔利亚端起了她的水晶杯,优雅地啜了一口酒。她在我的耳边继续向我小声地介绍道,"也许你得知道,你丈夫克兰芬坦的旁边坐的是卡莉欧碧,司掌史诗。在卡莉欧碧旁边的是克利俄,司掌历史。"塔利亚稍稍地偏了偏头,继续讲道,"在桌子最近的那端,正在同杜格尔谈笑的是埃拉托,司掌情诗。"

我顺着塔利亚的介绍看了过去,很高兴,杜格尔这个羞涩的小伙子脸上又焕发出了神采,他正兴致勃勃地同美丽的埃拉托交谈着。

"那边和战士首领坐在一起,穿着紫色裙子的是波吕许漠尼亚,司掌颂歌。还有,那边的那位是乌拉尼亚,她应该穿着蓝黑色天鹅绒裙子,她司掌天文。"

"是的,你描述得很准确,她穿的确实是蓝黑色天鹅绒裙子。"

"剩下的就是忒耳西科瑞,你已经认识她了,她是缪斯神殿的司舞女神。遗憾的是,她染上了痘疹……"塔利亚的声音里满是哀伤和难过,"还有欧忒耳珀,缪斯神殿的司乐女神,她两天前也染上了痘疹。"

"我很抱歉,在我们的婚礼上,忒耳西科瑞为我们跳了一支舞蹈,简直让我惊为天人,她美极了。"

"但愿艾波娜女马神能够赐福于她,但愿她能够好起来,能再为我们跳舞。"

"塔利亚,谢谢你把这一切介绍给我,谢谢你,谢谢你接受了我。"

"不用谢,孩子。"她挺直了身体,面带微笑,再次轻轻地拍了拍手掌,顿时,房间里安静了下来,"让我们敬最勇敢的半人马战士。"她的笑容亲切明亮,"愿所有的女神都能祝福你们,祝福你们明天凯旋。"

缪斯女神埃拉托最先站了起来,她吟唱起一首动人的情诗,情诗的大意是一个氏族神主的儿子爱上了一个年轻美丽的女孩,那位神主同意他们两人在一起,但是要求他的儿子必须得先建立功勋,所以,那个年轻的小伙子踏上了征程。

品尝完所有的美食之后,我心满意足地靠在克兰芬坦的肩膀上,一边啜着葡萄酒,一边聆听着埃拉托吟诵着这首动人的情诗。

埃拉托吟唱完之后,卡莉欧碧接着为我们吟唱了一首关于一个半人马最高萨满的史诗,卡莉欧碧的吟唱结束后,半人马和人类士兵爆发出了雷鸣般的掌声。然后,波吕许漠尼亚给我们唱了一首美丽动听的民谣颂歌,她的歌声优美动人,婉转悠扬,让我想起我听过的爱尔兰歌手恩雅的唱片。几个舞者迈着优美的舞步缓缓步入大厅的中间,伴着音乐,翩翩起舞。我的眼皮越来越重,越来越重。

克兰芬坦的双手紧紧地搂着我,我眨了眨眼睛,尽量保持清醒。

"嘘,孩子,睡吧。"塔利亚那如母亲般温柔的声音飘进我那迷迷糊糊的大脑,"你的女神在召唤你。"

我的头越来越沉,越来越沉,终于,我忍不住闭上了眼睛。

这一次,我的女神特别眷顾我,她并没有把我从美梦里带走,而是直接让我慢慢地飘了起来,穿过高高拱起的天花板。

我飘在神圣庄严的缪斯神殿的上空,缪斯神殿烟雾缭绕,我迷失了方向——仔细一瞧,我才发现,那是缪斯神殿上空飘着的云朵。我依稀认出了那些熟悉的山脉和河流。我的脚下,传来了一阵欢歌笑语。尽管今天晚上的天气不是很好,但是缪斯神殿里的战士们却士气高昂。

我快速地朝着西面飞去,停在缪斯神殿和拉尔贡城堡之间的田野的上空。透过低沉的云朵,我偶尔可以瞥见一抹青翠。但还没有飞出多远,我的胃就感到一阵抽搐。

我减缓了速度——最后,慢慢地停了下来。

我的心跳开始加速,我的血液开始沸腾。就在我的脚下,就在缪斯神殿西面的土地上,密密麻麻的弗摩瑞人,借着他们的大翅膀飞快地朝着缪斯神殿的方向移动着。

不,我闭上了眼睛,痛苦地醒了过来。

我跳了起来,大声地尖叫着:"不!"打断了那美丽的舞蹈。

"芮娅!"克兰芬坦站了起来,"怎么啦?"

我大大地喘了口气,猛烈地颤抖着:"他们来了,现在就来了,那些弗摩瑞人已经到了缪斯神殿的边缘。"

房间里陷入了一片混乱。克兰芬坦高举着一只手,大声地喊道:"安静。"顿时,房间里所有的人都安静了下来。

"战斗的时刻到了!"克兰芬坦临危不惧,冷静沉着,"半人马战士的首领们,率领你们的战士埋伏到西面的草坪。杜格尔,让我们最快的半人马信使避开那些弗摩瑞人,去通知其他的人类士兵,让他们速来支援。还有,同时把所有的信鸽都放出去。半人马战士们,你们一定要记住,千万不能让他们突破我们的防线。"

尊敬的艾波娜女马神,请赐福于他们。

369

我镇定下来,大声地对所有的战士讲道:"你们是勇敢的,我一直都知道。那些凶残成性的弗摩瑞人掠走了我们的妇女,砍杀了我们的男人。所以,我们展现我们正义和勇气的时刻到了。让我们勇敢地迎着他们的尖牙利爪,勇敢地同他们战斗。邪恶永远都不会打败正义,我们最后肯定会取得胜利。我会向艾波娜女马神祈求,祈求她赐福于你们每一个人。"

所有的战士们都受到了鼓舞,整齐地呐喊道:"向艾波娜女马神致敬!"声音雄壮威武,响彻云霄,连天花板也为之震动。然后战士们都迅速地行动起来。

所有的缪斯女神都围在了塔利亚的身边,这位盲眼的缪斯女神神主一脸平静,她镇定地说道:

"女祭司们,把所有的学徒都聚集到这里来。让她们保持忙碌,这样可以帮助她们镇定下来。"众缪斯女神都表示同意。她们迅速地散开,去召集那些年轻的女孩。

"塔利亚神主,"希拉走了过来,扶着塔利亚,"让那些年轻的女孩开始生火烧水,准备绷带布条,我先去检查一下那些病人,并且告诉他们发生了什么事情。随后,我会回到这里,和那些女孩一起准备救治受伤的人。"

"谢谢你,希拉。"

"狄安娜!"克兰芬坦把那位美貌的女猎手叫到了跟前。克兰芬坦把他的手放在了狄安娜的肩膀上,凝视着她的眼睛,"当我不在的时候,请你照顾好我的妻子,我把她的安全交给你了。"

狄安娜把手放在了克兰芬坦的手上,严肃地说道:"保持冷静的头脑,安心地投入战斗,我的朋友,我将会用我的生命来保护芮娅。"

克兰芬坦揽着我,走到了离人群远一点的地方。我们彼此凝视了片刻,然后他弯下腰来,把他的嘴唇覆盖在我的唇上,我紧紧地抱住他,沉浸在他的柔软和温暖之中。接着,克兰芬坦很不情愿地放开了我,双手捧起我的脸。我的嘴唇颤抖着,眼泪在眼眶里打转,但是我就是不让它们滴落下来,我可不是那种柔弱的女人,又哭又闹地送他去战场。

"芮娅,你记住,我爱你。你是我灵魂里最重要的一部分,如果你出了什么事情，我也不会安心。所以，请为我保重你自己。"

"不，我不喜欢这样。"我知道我听起来有些疯狂，但是我就是抑制不住自己的情绪，"你不能出任何事情——不要对我说'我安全你就安全'这样的屁话，除非你真的完好无损地回来。"我紧紧地握着他的手，"答应我，你会安全地回来，我可不能忍受失去你的痛苦。"

"芮娅！你——"

"答应我！"我大声地吼道，我自己也对我的疯狂感到不可思议。

"我答应你！"克兰芬坦的嘴唇又压了下来，"和狄安娜待在一起，等战斗结束后，我会回来找你。"说完，他放开了我，头也不回地转身离开了房间。

狄安娜来到了我的身边，马蹄踩在大理石地板上，哒哒作响。

"塔利亚神主把通往缪斯神殿屋顶的路指给了我，她说想要爬上去不是那么容易。但是，这对我和我的女猎手来说并不困难，我带着你爬上去，从那里我们可以看到很远的地方。"

"但是外面很黑。"我的声音很空洞，仿佛我的灵魂已经跟着克兰芬坦一起飞走了。

"不用过多久，黎明就会来临。"

其他的女猎手也走进了房间，她们每人手上都持着一把弓弩，肩上背着箭囊，里面插满了利箭。看到斗志昂扬的她们，我也打起了精神。

"狄安娜，我得把身上的衣服换掉，我得换回我骑马的衣服。"

狄安娜点了点头："我们在这里等你。"

我匆匆地换好衣服，赶回宴会大厅。那些女孩已经将大厅清理干净，所有的桌子都堆在了大厅的两边，中间架起了几口大锅。缪斯女神们穿梭在那群女孩中间，不断地安慰并鼓励着她们。狄安娜和五个半人马女猎手已经等在了大厅的一角，狄安娜示意我过去。我正准备走过去的时候，塔利亚拦住了我，递给我一根长长的青铜管。

"这能帮你看得更远。"塔利亚向我解释道。

我接过了这副小望远镜，正准备感谢她，她已经走到了另外一边，正安慰着一群紧张的女孩。

我跟着那几个半人马女猎手来到了那扇巨大的拱门门口,门口旁边有一条楼梯,曲折盘旋,蜿蜒向上。

"塔利亚神主说这个楼梯通往屋顶。"狄安娜率先爬上了那个看起来摇摇欲坠的楼梯,我跟在了身后,其余的几个半人马女猎手也跟了上来。

楼梯很窄,半人马女猎手们只能勉强通过。她们一手扶着光滑的墙壁,一手伸出了楼梯外,这样能帮助她们在这曲折陡峭的螺旋楼梯上更好地保持平衡。

"如果你不小心摔倒,你肯定会把我压扁。"我冲着狄安娜说道。

狄安娜头也不回地说:"半人马女猎手可不会摔倒。"

"那最好不过了。"我喃喃地说道。

话音刚落,我身后的一个半人马女猎手,好像叫伊莲,发出了一声轻快的笑声。看来——她们确实一点也不紧张。

正当我在心底抱怨这该死的螺旋楼梯怎么还未走完时,狄安娜已经到了另一道精雕细琢的大门门口。她走过了大门,到了屋顶,马蹄踩在屋顶上嗒嗒作响。我们还在继续努力地攀爬,狄安娜已经坐在屋顶歇息了。

好不容易,我们也爬完了楼梯,穿过那道大门,来到了屋顶。我们继续向前走着,到了天花板的最高处,前面是一条狭窄的通道,这可容不下半人马的宽度。她们不得不停了下来,挤在通道的旁边。从屋顶往下看,只见缪斯神殿外的墙壁上,吊着许多天竺葵和常春藤,就像从屋顶垂下了一条碧绿的瀑布。

黎明还没有来临,外面的天空依然昏暗,狄安娜在屋顶上侦察起来。

"这里只是一个花园,并不是一个防御的地方。"狄安娜的声音听起来有些恼火。

"这里住着的是一群女学徒,狄安娜,她们可不是女战士。"好吧,其实我也认为未来这里需要加强防御。毕竟,这里相当于芮娅诺的大学。设身处地地想,我当然也不希望任何人嘲笑伊利诺伊大学。谁敢?就让他试试看!

·372·

狄安娜又恼火地发表了一通不满的言论,其他的半人马也随声附和着。

"散开,面向西方,每隔一段距离站一个人,看见我们的队伍时马上通知我。"女猎手们遵照狄安娜的吩咐,依次四散开来,我站在了狄安娜的旁边。

我拿着望远镜,焦急又担心地探视着。

"克兰芬坦是一个伟大的战士。"狄安娜安慰着我。

"即使是最伟大的战士,受伤的时候也会流血。"我叹了一口气。

"也许我应该先睡觉,这样我就可以飞去找他了。"

"他肯定会感觉到你的存在。"狄安娜温柔地劝慰道,"这样你会让他分心的。"

"我讨厌等待。"

狄安娜点点头,表示同意。

14

我和狄安娜沉默地坐了下来,我紧张地观察和聆听着,看看能不能听到任何战斗的声音。但是,我只听见微风拂过,常春藤飒飒作响。还有,几只恼人的小麻雀唧唧喳喳地迎接着新一天的到来。

天空开始渐渐地亮起来,黑暗的帷幕已经慢慢地被揭开。天上还是布满了厚厚的云朵,甚至整座缪斯神殿周围和亚赛奇沼泽地区都笼罩在它们的阴霾之下,像受到诅咒一般。我好像想起了什么,猛地站了起来。

"卡罗伦说过,那些弗摩瑞人不喜欢在日光下行走,但是,该死的,你看这可恶的天气。"

狄安娜神色凝重地点了点头。

我从望远镜里看向北方的两座高山,然后又调整望远镜的焦距,望向两座山之间的地区,除了茫茫白雾,我没有发现任何人的踪影。

我稍稍转身,换了个方向,望向了森林里。云山雾罩的森林有些无精打采,我还是没有发现任何异常。我继续慢慢地转动,从茫茫的白雾中偶尔瞥到一抹翠色,那里肯定是亚赛奇沼泽。

我还没有转完一圈,狄安娜突然喊道:"那里!"

我把望远镜紧紧地贴在我的眼睛上,我看到,狄安娜所指的西面的地平线上出现了一个小黑点。我把望远镜放了下来,我的手颤抖得很厉害。

"给你。"我把望远镜递给了狄安娜,"帮我看看,我的手在颤抖。"

狄安娜接过了望远镜,稳稳地放在眼睛边上,对准西方,调了调焦距。

"那是我们后方防线的一排弓箭手。"狄安娜边看边说。我想起一群半人马战士,他们看起来勇猛彪悍,身上背着大大的箭囊,里面插满了利箭,应该是他们。

"他们都是最好的弓箭手吗?"

"除了沃尔夫城堡的人之外,他们就是巴尔瓦隆最好的弓箭手。"

"我希望沃尔夫城堡的人能尽快赶去那里。"

"我也是。"狄安娜继续打望着,"他们应该还没有看到弗摩瑞人,他们手上的弓箭并未瞄准任何东西。"狄安娜又调了调焦距,"在他们的前面,我看到了我们的战士,他们正等候在那里。"

天空开始淅淅沥沥地下起小雨,我目不转睛地盯着西方。我看见,那些弓箭手一字排开,摆成一条直线,严阵以待,好像还有东西在闪着寒光。

"是什么东西在闪光?"我忍不住问道。

"那是我们半人马战士出鞘的宝剑。"狄安娜解释道。

我顿时不寒而栗。

"他们在前进。"狄安娜大声地说道,所有的半人马女猎手都听到了。狄安娜泰然自若,就好像在从容不迫地播报一个节目一样,我几乎难以想象,我的丈夫克兰芬坦即将和可恶的弗摩瑞人展开一场生死搏斗。

"发生了什么事情?"

狄安娜把望远镜递给了我。

"战斗已经开始了。"

我擦干望远镜上面的小雨滴,把两只手肘放在屋顶的栏杆上,防止我的手再次颤抖。我把望远镜举到了眼睛边上,对准西方,调了调焦距。

透过望远镜我看到,半人马战士们开始整齐地朝前移动,他们慢慢地散开,朝着左右两边分散开来。半人马战士们有的手持弓箭,有的手持宝剑,剑锋在晨曦中闪烁着凛冽的寒光。我把目光瞄准单个的半人马战士,想要识别出他们来。但是我离他们实在是太远了,根本无法辨别。同样,我也没有看清楚任何一个弗摩瑞人,只是看见在半人马战士们的前方,黑压压的一片浪潮朝着半人马战士们席卷而来。

"该死的,我根本看不清楚战斗到底进行得怎么样了!"我气急败坏地把望远镜递给了狄安娜。

"这场战斗至少要持续好几个小时。"狄安娜冲着我笑了笑,安慰着我,"第一次见到战斗场面总是会心惊胆战。"

"那么,我们就只能站在这里看吗?"

"我们只能站在这里看!"

我屏住了呼吸,和半人马女猎手们站在屋顶上,静静地看着,等待着战斗的开始。到了中午,五个年轻的女孩给我们送来了面包、冷肉和奶酪,当然还有几瓶葡萄酒。

"告诉塔利亚,这里一切如旧,风平浪静。"我对其中的一个年轻女孩说道。

"塔利亚神主已经知道了,芮娅诺小姐。"说完,她们便离开了屋顶。

"塔利亚神主知道很多的事情。"狄安娜说道。

"是的,确实如此。"

我们大口大口地嚼着面包,轮流从望远镜里观看着前方的战况。等我吃完面包,又喝了好几口葡萄酒,凯瑟琳把望远镜递给了我,她开始午餐。我把望远镜举到眼边,重新调了调焦距,前面的战场逐渐清晰起来。

突然,我胃疼欲呕。

"狄安娜!"狄安娜迅速地来到我的身边,我说,"后排防线的半人马战士开始移动了!"

狄安娜拿过了望远镜,全神贯注地观望起来。她的身体站得直直的,呼吸有些急促,"半人马战士的防线已经被突破了!"狄安娜的声音如丧考妣,"那这里的女孩怎么办?也许她们注定要成为那些弗摩瑞人的俘虏。"

15

"不!"我紧紧地抓住狄安娜的手,"那些弗摩瑞人不能越过河水,他们过河的时候,就会脱离地面。一旦他们脱离了地面,他们的身体就会承受无法忍受的痛楚。如果我们把女孩们聚集起来,走过吊桥,到河对岸去,她们就安全了。"

狄安娜把望远镜递给了我,我继续观察前面的战况,狄安娜开始向女猎手们下达命令。

"那些弗摩瑞人已经从我们战士的包围中突围出来,现在唯一的办法就是把这里的女孩送到河对岸去。现在,我们就去把她们聚集起来,送到安全的地方。"

半人马女猎手们迅速行动起来,她们沿着螺旋楼梯飞快地跑了下去。我把自己整个身体都压到了栏杆上,惊恐地从望远镜里凝视着前方的战况。那些弗摩瑞人张开了他们的翅膀,淹没了我们的半人马战士。现在已经分不清敌我——前方的战场上,半人马战士和弗摩瑞人已经混成黑压压的一片,迅速地朝着缪斯神殿涌来。我仍然无法从望远镜里识别出某个半人马战士,但是我看到,当半人马战士的剑光闪过之后,弗摩瑞人被劈成两半,骤然倒地。然后,一群弗摩瑞人又涌了上来,半人马战士的剑光不断闪过,弗摩瑞人陆续地倒下去。可是,弗摩瑞人越来越多,似潮水一样涌向了半人马战士。他们踩着同伴的尸体,几乎和半人马战士一样高了,他们向半人马战士们伸出了他们的利爪,半人马战士们不得不节节败退。

"芮娅,过来,我们还有事情要做。"

"可我还没有找到他!"

"芮娅,克兰芬坦殿下说过他会回来找你。留在这里观看没有任何用处。还有,我们得尽快把那些女孩送到河对岸去。"

我恋恋不舍地拿下了望远镜,道:"让我们护送那些女孩离开这里。"我跟在狄安娜的身后匆匆地走下楼梯。

随后,我们赶到了宴会大厅,那些年轻的女孩神色仓皇。塔利亚镇定自若地走到我们面前,我对她说道:"半人马战士没能抵挡住邪恶的弗摩瑞人,那些怪物即将涌进缪斯神殿。"我惊讶不已,我的声音居然听起来非常平静。

"我的女神已经给了我预示,那我们应该做些什么?"

"你必须把所有的女孩聚集起来,让她们赶快通过那座吊桥。那些弗摩瑞人不能越过赛尔河。所以,只要我们到达河流对岸,我们就安全了。"

我环顾四周,飞快地在人群中搜索着希拉。

我走到了她的面前,说:"希拉,让病人们准备好,半人马女猎手将会把她们运过去。"

希拉点了点头,跑出了大厅。

"必须抓紧时间,塔利亚,半人马战士们坚持不了太长的时间!"

"女孩们……"房间里响起了塔利亚庄严的声音,"现在,跟着缪斯女神们过河——我们必须要迅速离开缪斯神殿。除了你们自己的生命,什么也不要带,迅速到河对岸去。"

缪斯女神们走到了门口,那些年轻的女孩井然有序地跟在她们的后面。埃拉托扶着塔利亚跟在女孩们的后面,飞快地朝着河边走去。

我暗自猜想,要是在我原来的世界里,塔利亚肯定是一个非常优秀的中学老师。

"芮娅,你得跟着她们一起。"狄安娜对我说道。

"那你要去哪里?"

"我得去帮助那些病人。"她正准备跟上其他的半人马女猎手,朝病房走去。

"我要和你一起去。"在狄安娜劝说我之前,我提醒道,"克兰芬坦说过,让我和你在一起。"

狄安娜叹了口气,但是她说道:"那好吧,我载着你,这样我们能更快到达病房。"狄安娜像克兰芬坦一样,伸出了她的手臂,轻而易举地把我扶上了她那光滑的马背。我紧紧地抓住她的肩膀,狄安娜撒开了马蹄,飞快地追赶着其他的半人马女猎手。

我们在拐角处停了下来,转了个弯,驰进了另一间大厅,哒哒的马蹄声响彻了整座寂静的缪斯神殿。穿过大厅,通过了一道敞开的大门,我们来到了进来时的那个庭院里。一个半人马女猎手正通过院子旁边的一道大门。狄安娜三两步赶了上去。

"该死的,你跑得可真快。"我在她的耳边大声地说道。

"我可是半人马女猎手的首领。"

一股熟悉的难闻的味道扑面而来,我和狄安娜不约而同地皱了皱眉头。

"一定是这里。"我们来到了一道大门前。

我从狄安娜的马背上滑了下来,然后,她打开了大门。希拉站在病房中间,正帮着病人转移到被褥做成的简易小床上。我们走了进去,希拉抬起头来,"门口的那些病人已经准备好了。"她又低下头去,扶起了一个全身都是脓疮的少女。

"病人比我们预想的要多很多。"狄安娜压低了声音,"我们必须加快动作,女猎手们。"

"希拉!"希拉又抬起头来,狄安娜说,"我们只有很少的时间。"

希拉睁大了眼睛,但是这位沉着的半人马女医生一点也没有泄露出她的担心,镇定而温柔地说道:"听着,女孩们!"顿时房间里安静下来,"你们中的一些人必须骑在半人马女猎手们的马背上,如果有谁认为自己还有体力骑在马背上,请站出来。"十多个年轻的女孩慢慢地站了起来。

女猎手们迅速地朝着她们走了过去,扶着她们骑上了马背。一个穿着黑色衣服的高个女孩叮嘱着那些病人,要她们紧紧地抓住女猎手的肩膀,以防跌落下来。女猎手们依次飞快地转身驰出了房间。

"缪斯女神,"当最后一个女猎手驰出房间后,希拉对着那个高个女孩说道,"你也得跟着她们一起过河去。"

"等她们都离开之后,我再离开。"她回答着希拉。

她一定是墨尔波墨,缪斯神殿的悲剧女神。我赞赏地说道:"你这么做合情合理。"我突然觉得自己太过唐突。

我转过头来,扶着另一个少女起床。一个头发乌黑的女孩,闯入了我的眼睛。

米歇尔!我差点惊呼出来,但是我止住了自己。

"忒耳西科瑞,"我走到她的床边,打量着她,"你应该也能骑在女猎手的马背上,等她们再回来的时候,你就跟着她们一起过去吧。"

"让我的学徒们先过去吧。"尽管她烧得满脸通红,但是她的眼睛依然很明亮。显然,她才染上痘疹不久,病情还不算严重。

"她们需要你陪着她们一起。"我试图说服她。但是她抬起了下巴,很是坚持。这个动作我太熟悉不过了,每当米歇尔坚持要买一件二百五十美元的丝绸衬衫时,她就会抬起她的下巴。尽管,她的钱只能够买一件二十五美元的纯棉衬衫。她和米歇尔一样,总是坚持己见。

"留在这里的病人也需要我。"

"好吧。"我知道同她争论只会浪费我的时间,"等大家都离开的时候,你最好抓紧时间赶快离开。你也不想被那些邪恶的怪物抓住吧?"我正准备离开她的小床,她叫住了我。

"芮娅诺,我听说你改变了不少。"

"是的,我可不是以前的我了。"

"我祝福你和克兰芬坦殿下永远幸福。"她的祝福非常真诚。

"谢谢。"我冲着她笑了笑,继续帮着那些生病的女孩作好转移的准备。但愿"米歇尔"也能够顺利地到达河对岸——我完全不能想象,如果那些怪物抓住了她会发生什么可怕的事情。除了她那烧得异常红润的皮肤,她仍然非常美丽。

我把一个骨瘦如柴的女孩从床上扶了起来,她是如此瘦弱,恐怕加上身下的那些被褥,也没有九十磅。女猎手们哒哒的马蹄声又响了起来,很快,她们又回到了病房,准备载上其他的病人奔出房间。突然,女孩们惊恐地大声尖叫起来。我抬头一看,杜格尔冲进了房间。

"现在,你们赶快到河对面去!"杜格尔衣衫褴褛,气喘吁吁,"那些弗摩瑞人已经冲到了缪斯神殿,我们的战士正在门口阻击着他们。但是,还是有一些弗摩瑞人已经在我的身后了。"杜格尔颤抖着,浑身是血。他的肩膀已经被撕裂了一道巨大的口子,脸上的伤口也不断往外淌着鲜血。他看起来那么像他死去的哥哥伊恩。我强忍着眼眶里的眼泪,不让它们滴落下来。

希拉冲到了他的身边,开始检查起他全身的伤口。

顿时,房间里陷入一片混乱,尖叫声、呼喊声不绝于耳。那个高个缪斯女神墨尔波墨抬起手来,把两只手掌合在一起,一个耀眼的光球在她的手上爆炸开来。

该死的,我就知道这里充满了神奇的魔法。

"大家镇定下来,继续做我们该做的事情。"墨尔波墨从容不迫地讲道,她的身上有着一股庄严的神圣不可侵犯的气势,当然也让人无法抗拒,"女孩们,你们能骑马的,就赶快骑到女猎手们的马背;还能跑的,赶快从后面的小路到河边去,如果来不及过河,就把自己藏在河边的树丛里;我和剩下的人将留在这里。"

"你们留在这里,会被那些弗摩瑞人杀死。"我焦急地劝说着她。

"芮娅诺小姐,你要知道,我们可不是完全没有防御。"墨尔波墨冲着我笑了笑,原本还虚弱憔悴的她一下子变得美丽惊人,好像她把她全部的魅力都一展无遗,"不要再等我们,你快点离开,艾波娜女马神会赐福于我们。"

"米歇尔"忒耳西科瑞也自觉地留了下来,她看上去镇定自若,她从容优雅地说道:"芮娅诺小姐,艾波娜女马神提示你要把我们这些已经染病的病人隔离起来,防止其他的人也被我们传染,是吗?"

"是的,痘疹是会传染。"我迅速地回答道,不明白为什么在这迫在眉睫的关头,她居然提到这个。

"那么,那些健康的人一旦接触到我们,就很容易被我们传染?"忒耳西科瑞问道。

"是的,痘疹非常容易蔓延开来,一旦健康的人同染病的人接触。"我答道。

"那么,那些弗摩瑞人一旦接触到我们,他们也会染上疾病。所以我要留下来,要让他们接触到我。"忒耳西科瑞说道。

"不!他们会杀死你。即使想要把痘疹传染给他们——虽然我们还不知道他们会不会被传染——我们也可以通过这些被褥床单把痘疹传染给他们。"我指了指房间里被丢得满地都是的污渍的床单被褥。

"那些邪恶的弗摩瑞人会喜欢这些污渍的床单被褥?"忒耳西科瑞笑了起来,她的笑声也那么美,就像欢快的乐曲一般,"不——"忒耳西科瑞又平静了下来,"芮娅诺小姐,我已经决定了要留下来,而且不管怎么样,我一定要留下来。"

"我们现在必须离开!"杜格尔紧张地打断了我们。

"不管发生什么事情,我做出一点牺牲就能让他们付出巨大的代价。"忒耳西科瑞的眼睛里闪烁着坚定的光芒,她无情地讽刺着那些邪恶的弗摩瑞人。

"你为我们的付出,我们永远也不会忘记。"我对她的牺牲,满怀敬畏。

"如果你能记得我最后为你跳的舞蹈,那我将非常荣幸,非常高兴。"说完,忒耳西科瑞像芭蕾舞演员一样,优雅地给我鞠了一躬。

"我一定会记得。"我把注意力转移到了其他人身上,"我们走吧。"我大声地喊道。顿时,房间里一片慌乱,病弱的女孩们纷纷开始惊慌地爬上半人马女猎手的马背。

希拉朝我走了过来,递给我一个绑着皮革带子的皮革大包,我诧异地看着她。

希拉镇定地说道:"袋子里装满了药膏,它能止痛、愈合伤口。"她扫视

· 381 ·

了一眼杜格尔,"请节俭一点,很多人都需要它。当然,在你离开之前,请记得带上你最喜欢的葡萄酒。"希拉指了指桌子上的一鞍囊满满的葡萄酒。

我点了点头,把那个皮革大包斜挎在我的左肩,顺手抓起一只酒囊斜挎在右肩。然后,我转过身去,帮着那些半人马女猎手把病弱的女孩们扶到了她们的马背上。

我扶着最后一个女孩慢慢地骑到了伊莲的马背上,我环顾四周,发现希拉正搀扶着四个步履蹒跚的女孩慢慢地挪向房间的后门。

"希拉。"我大声地呼喊着她。

她转过身来,用天籁一般的声音说道:"我和这些病人一起走,如果艾波娜女马神赐福于我们,我们会在河流对岸相聚的。"已经没有更多的时间了!但是希拉扶着她的病人们已经穿过了后门。

"芮娅小姐,我们没有更多的时间了。"杜格尔颤抖地喊道,他伸出了满是血污的手,准备把我扶上他的马背。除了狄安娜,所有的半人马女猎手都撒开了他们的马蹄,飞奔似的朝着门口驰去。

很快,狄安娜来到了我的身边,轻轻地拂开了杜格尔伸出的手。

"杜格尔,哪怕是轻微的重量,你也不能再承受了。"狄安娜一把抓起我,把我稳稳地放在了她的马背上,我们三人飞快地奔出了门口。我转过头去,最后看了看留在那里的病人。墨尔波墨和忒耳西科瑞手牵着手站在六七个虚弱得动也不动的病人中间,恭敬地向我鞠了一躬,霎时间,她们的身上好像绽放出了耀眼的光芒。我们一路驰骋,冲进了大厅。

16

我们仍然没有赶上前面的半人马女猎手,但是狄安娜自信满满地绕过前面的一个拐角,飞快地穿过一个庭院,带着我们奔出了缪斯神殿,来到一片草地前。我们又猛地转向左边,右边缓缓移动的黑影闯入了我的视线。

"狄安娜！"我喊道，一只手紧紧地抓住她的肩膀，一只手指向了右边。杜格尔和狄安娜迟疑了片刻，停了下来，朝着我指的方向驰去。在草地的西北边缘，一排半人马正挣扎着从地上站起来，他们高唱着战歌，砍死了一个又一个的怪物。就像我在望远镜里看到的一样，后面的那些怪物在他们前面的同伴倒下之后，站在他们同伴的尸体上，不断向半人马战士们挥舞着他们锋利的牙齿和爪子，就这样，一步一步地压缩着半人马战士的防线。一个精疲力竭的半人马战士支持不住，跪了下来，六个怪物立即爬上他的马背，疯狂地用他们的爪子撕扯着，那个可怜的半人马战士顿时鲜血淋漓。

"去吊桥边，到河对岸去。"杜格尔大声地冲着他们喊道，那些半人马战士尽量地抵挡住那群怪物，不让他们靠近我们，我们继续飞奔起来。

我们沿着那片郁郁葱葱的草地向前飞奔而去，四个年轻女孩正从我们的前方慌乱地跑来。

"停下来！你们不能从这里过去。你们必须掉头到吊桥那边去！"狄安娜和杜格尔庞大的身躯挡住了她们的去路，惊恐不安的她们停了下来。

一个女孩猛烈地摇着头。

"他……他……他们已经在那里了！"那个女孩颤抖得十分厉害。我们几乎没有听懂她那断断续续的话。

"什么？你说什么？"杜格尔紧张地问道。

"他们！"那个女孩尖叫着，"那些弗摩瑞人，他们……他们……正守在……守在吊桥边。"

"哦，艾波娜女马神，请帮帮我们。"狄安娜无奈地说道。

"他们肯定是从缪斯神殿的两翼绕到了吊桥边，切断了我们的退路，让我们无路可退。"杜格尔镇定地分析道。

一个主意涌上心头，"去沼泽。"我大声地说道。

"是的！"狄安娜对着那几个仍惊惧不已的女孩说道，"去亚赛奇沼泽……那些弗摩瑞人不会追到那里去。"

女孩们点了点头，调换了方向。

"那也是我们要去的地方。"杜格尔回头看着我们来时的方向，"我们两个可不能突破那些守在吊桥边上的弗摩瑞人。"

狄安娜用力地点了点头。

"不。"我坚定地说道。

"我们必须去那里。"杜格尔听起来有些疲惫不堪。

"不，我得先找到克兰芬坦，否则我不会去亚赛奇沼泽。"

"芮娅小姐，克兰芬坦殿下让我把你送到安全的地方。克兰芬坦殿下说他会去找你，在他能去找你的时候。"

"克兰芬坦还活着吗？"我紧张得胃里一阵抽搐。

"我最后一次见他的时候，他还活着。"

"那么我得留在这里，等着他回来找我。"

狄安娜和杜格尔交换了一下眼神，他们开始朝着那几个女孩的方向驰去。很快，我们追上了她们。她和杜格尔停在了她们的旁边，狄安娜叹了口气。

"芮娅，你现在有伴了！"狄安娜故作轻松地开了个玩笑，"女孩们，我们立马就得走了，我们可没有多余的时间来学习骑马。"

杜格尔也做了个鬼脸，他把两个女孩举了起来，把她们轻轻地放到了我的身后。然后，他又把另外两个依次扶上了自己那满是血污的马背。我们带上了四个受惊过度的女孩又飞奔起来。

"但愿亚赛奇沼泽离这里并不远。"我在狄安娜的耳边说道。

"我也是。"狄安娜的呼吸有些急促，"你们人类似乎变得越来越重了。"

还没有见到沼泽，但是我们已经闻到了一股难闻的味道，我再一次想起外祖母院子里的肥料堆。那股味道越来越浓，我们在一个陡峭的斜坡边沿停了下来。斜坡两边，有一大片树木。它们多为长满青苔的柏树，在大片大片的柏树中间，偶尔也间插着一些柳树，还有一些淡黄色树皮的树木，也许是朴树。在我们脚底下约十米的地方，竖立着一圈庞大而古老的石头,让我想起了史前巨石阵。

"它们像在站岗一样。"我说道。

"那只是一个传说,芮娅诺小姐。"坐在我身后的女孩说道。她紧紧地抓着我的腰,我有些喘不过气来。

我回过头去,扶着我身后的两个女孩滑下马背。那个女孩继续说道:"塔利亚神主告诉我们,矗立在那里的石头是缪斯神殿的第一任女祭司的化身,是它们阻止了沼泽蔓延到缪斯神殿去。"她突然尴尬不已地看着我,"哦,原谅我,我的小姐,想必这些你早就知道了。"

"别担心,孩子,再听一次也没有什么不好。"

所有的女孩都已经从马背上滑到了地面,狄安娜着急地催促着她们道:"现在,快点进入沼泽。密切关注东面的情况,沿着南面走到足够远的地方,也许你们就能到达河的对岸。如果不能,你们就尽量朝着艾波娜神殿的方向走,那里会有人帮助你们。"

女孩们谢过我们之后,就勇敢地跑下了斜坡,消失在了沼泽里。

"我们得加入她们的行列。"杜格尔说道。

"我要等克兰芬坦。"

狄安娜和杜格尔转过身来,死死地盯着通往缪斯神殿的那片草地。我们所处的地方地势较低,缪斯神殿坐落在一片高原上,所以我们的视野很清晰,即使在这乌云密布的阴天。杜格尔和狄安娜已经站在了沼泽边缘的树丛中,借着那些树丛掩护着他们那庞大的身躯,以免我们被站在南面的敌人发现。

此时庄严神圣的缪斯神殿已经成为一个战场。成群的弗摩瑞人不断涌进了缪斯神殿的中间,涌进了神殿周围的草坪上,他们正在攻击着撤退的半人马。那些弗摩瑞人想要飞快地绕过半人马战士,到河边去。半人马战士们不再一字排开,相反,他们聚成一团,英勇不屈地阻击着弗摩瑞人疯狂的进攻。

"但愿那些女孩已经都顺利地通过了那座吊桥。"杜格尔紧张地说道。

"要是我手上还有望远镜就好了。"我眯起了眼睛,努力地想要在半人马战士中找出克兰芬坦。

"我们必须进入沼泽了。"狄安娜认为现在的形势不容乐观。

"我不能丢下克兰芬坦。"

"即使你现在看到了他,也不能让他知道你就在这里。"对于我的一再坚持,狄安娜有些愤怒了。

"我或许能找到他。"杜格尔说道。

"就凭你一个半人马?你肯定会被他们杀死。"我猛烈地摇着头。

"我和杜格尔一起去。"狄安娜说道。

"你们只会一起被杀死。"

我的心乱极了,努力地想要找出一个办法来,但是我的思维乱成一团。这一切都发生得太快了,我们完全没有做好准备。那些弗摩瑞人的袭击也来得太快了,让我们措手不及。其他的队伍在哪里?克兰芬坦在哪里?克兰芬坦在哪里?克兰芬坦在哪里?

冷静下来,尊敬的最高女祭司——请聆听我的声音。

艾波娜女马神的话迫使我的头脑清醒起来,我闭上了眼睛,把脸埋进我的手里,深深地吸了口气,静静地聆听着艾波娜女马神给我的启示。

"是的!"我忽地睁开了眼睛,"狄安娜,让我站到那石头上去。"我随意指了指那石头阵中的一块大石头。

狄安娜给了我一个不解的眼神,但是,她并没有争辩。她一溜小跑过去,站在了石头阵前的一块石头上。这块石头简直太大了,太高了,我恐怕得站在狄安娜的马背上,但愿石头上能有一些凸出的棱角,让我能抓住它爬上去。

"嗯,狄安娜,我很抱歉,我想我得站到你的马背上才能爬上去,还有,你得先帮我把这葡萄酒囊拿着。"

狄安娜取下了我右肩上的葡萄酒囊,把她的马背靠在了那块石头边上说:"你最好站在我的臀上。"

"狄安娜,谢谢,你真是我的好朋友。"

"我知道,我一直都是。"

我小心翼翼地从狄安娜的马背上站了起来,抓住了石头边上的凸块,准备攀上去。

"杜格尔,你得来帮我一把,把我托上去。"

我左脚踩在狄安娜的马背上,抬起了右脚,放到了杜格尔的手上,这样他就能托着我,就像我正准备上马一样。杜格尔数到三,用力地向上托了我一下,我使劲抓住石头边上的凸起,爬了上去。

我坐在这块大石头顶上,它的顶部很平,大概有一个折叠椅那么大。慢慢地,我站了起来,伸出双手保持着身体的平衡。

"小心。"狄安娜喊道。

"该死的,这还真高。"我看了一眼脚底,我的胃又是一阵抽搐。

我现在总算和缪斯神殿齐平了。只见缪斯神殿里,尸横遍野,血流成河。早上那支庞大的半人马队伍里剩下的战士已经为数不多,弗摩瑞人占尽了上风。我闭上眼睛,不忍心看到神圣庄严的缪斯神殿变成了一个巨大的屠宰场。

集中精神,找到他。艾波娜女马神在我的耳边低语。

我点了点头,集中精神,寻找着克兰芬坦。我的眼前出现了一幅幅画面:克兰芬坦载着我,呵呵地笑着跑回了我的房间——在去马克加仑城堡的路上,他温柔地替我按摩我那酸痛的脚——他温柔地把我抱在他的怀里,让我消除对他的恐惧——他忍着剧痛,变成了人形,使我们可以像普通的夫妻一样亲昵——他郑重地告诉我,他爱我。

我稍稍地抬起了头,深深地吸了一口气,用尽我身体和灵魂最大的力量,在心里大声地呼喊着:

"克兰芬坦!到我这里来!!"

我睁开了眼睛,缪斯神殿里所有的一切都静止下来,就像时间被冻结了一般。神殿里的每一个人都停了下来,所有的半人马战士,还有那些邪恶的弗摩瑞人都转向了我,静静地站在那里,一动也不动。整座缪斯神殿就像一幅巨大的油画一般呈现在我的面前。忽然,在油画的右下角,一小群半人马战士动了起来,竭尽全力飞快地朝着我们的方向驰来。即使他们在很远的前方,我还是认出了那小群半人马的首领。是他,是克兰芬坦!

"他来了!"我大声地喊道。那些弗摩瑞人也动了起来,他们开始追击克兰芬坦和其他的半人马战士。我屏住了呼吸,"不——那些弗摩瑞人在他的后面。"

"快,从那里下来。"杜格尔伸出了手。

"等等。"我继续站在上面望着远方,在朝着我们奔来的路上,克兰芬坦和半人马战士们,一次又一次地打退了那些一波又一波追来的弗摩瑞人,我甚至仿佛听到了那些被一剑劈成两半的弗摩瑞人倒下时的哀嚎声。但是根本没有用,那些弗摩瑞人还在源源不断地追来,一个又一个的半人马战士被他们团团围住,英勇壮烈地牺牲了。克兰芬坦带领着一些半人马战士还在朝我们的方向赶来,一个弗摩瑞人首领紧紧地跟在克兰芬坦的身后,在他的身后跟着一个又一个的弗摩瑞人……

我死死地盯着那个弗摩瑞人首领,想要认出他来,但是徒劳无功。

"接住我。"我转过身,小心翼翼地踩在杜格尔的手臂上,跳了下来。我接过了狄安娜手上的酒囊,又把它挂在了我的右肩上。我面如死灰地说道:"半人马战士们试图打退追兵,但是毫无办法,追来的人实在是太多了。"

杜格尔立马拔出了别在腰间的宝剑,狄安娜也迅速地从背上的箭囊里抽出一支利箭,拉开了弓。

克兰芬坦飞快地冲了过来,他的手上,他的宝剑上,不,他的全身都染满鲜血,就连他的头发上也满是血污,触目惊心,我几乎快要认不出他来。他已经脱掉了他身上的皮革背心,胸膛上全是深深的爪子撕裂出的伤口,鲜血不断淌出来。我的目光移到了他的脸上,只见一道骇人的伤口从他的眉间延伸到了他的下巴,还差点伤到了他的眼睛。杜格尔大叫了一声,克兰芬坦猛地停住了他的脚步。

"他们不能跟我们进沼泽。"

克兰芬坦用他那钢铁一般的手臂一把抓起了我,把我放到了他的背上。我瞥见他的臀上也有一道深深的伤口,把手轻轻地放在他的肩膀上,尽量不把腿贴在他的身上,我不知道他的马背上还隐藏着多少伤口,唯恐它们再次裂开。坐在克兰芬坦的背上,我如坐针毡,我放在他肩膀上的手也像火烧一样。克兰芬坦转过身去,面向树丛,望向前方。

"有其他的半人马战士跟来吗?"克兰芬坦的声音很是可怖。

"那些怪物实在是太多了,他们根本就无法脱身。"我冷静地说道。克兰芬坦伸出他那满是鲜血的手,紧紧地握住了我的手。

一个弗摩瑞人跳进了树丛。

我还没有看清楚,狄安娜就已经拉开了弓,一箭射中了那个弗摩瑞人的头,他倒了下去。另一个弗摩瑞人又咆哮着跳了进来,狄安娜又射出一箭,正中他的喉咙。

我们飞快地冲下斜坡,狄安娜的箭不断且飞快地射出去,就像机枪一样。我们冲到了沼泽边缘。石头阵里的一块石头旁边传来了一声尖锐的嘶叫声。

我熟悉那个声音,是努阿达。

他藏在巨大的石头背后,依稀可以看见他那高高耸起的翅膀,他那怪异的嘶声飘荡在我们的上空。

"我看到你了,小姐。"努阿达的翅膀剧烈地颤动着,"我说过,你是属于我的。我们还会再见的。"

狄安娜飞快地射出了一支利箭,但是努阿达挥动着他那巨大的翅膀,躲开了那支箭。

我们走进了沼泽,身后响起了努阿达那尖锐的、凄厉的、不甘心的尖叫声。

17

我们才离开树丛,地面就发生了惊人的变化。克兰芬坦、狄安娜,还有杜格尔的四只马蹄立即陷了下去。就像美国路易斯安那州中部的河口一样，沼泽无边无际地向前延伸着——我们的四周全是腐水，里面还有很多的爬行动物和昆虫。沼泽里非常安静，空气里没有一丝风，我们费力又迅速地向前走着，想要走到那些弗摩瑞人找不到我们的地方。

我们吃力地走着，很快，水便淹没到了他们的马腹处，但是他们未有任何迟疑，推开那些厚厚的浮藻，慢慢地向前走着。

时间慢慢地过去，渐渐地，克兰芬坦慢了下来，落在了狄安娜和杜格尔的后面。杜格尔和狄安娜回过头来，担心地看了我们一眼。狄安娜指了指前面的一排树木，树木下面的土地似乎是半固态。我们改变了方向，朝着那里走去。

当我们慢慢地走近，才发现那里有一片孤立在沼泽中的小岛，小岛上面，盘踞着很多巨大的柏树，一些粗壮的柏树树根裸露在地面上，就像那里盘踞着密密麻麻的蛇一样。我肯定，它们的四周肯定有着许多令人毛骨悚然的生物。

半人马们依次走出了沼泽，踏上小岛的边缘。克兰芬坦的四只马蹄一踏上那坚硬的土地，我就立即从他的马背上滑了下来。解下右肩上的葡萄酒酒囊，我把它递给了狄安娜。狄安娜把酒囊的盖子打开后，把它递给了杜格尔。我又急忙解下了左肩上的那只胀鼓鼓的皮革大包。我默默地感谢着希拉的体贴周到——但愿她已经安全地过了吊桥，到达了河流对岸。打开那只皮革大包，里面有一瓶药膏，几卷纱布，还有一些针和黑色的像钓鱼丝一样的线。我深深地吸了一口气，我知道这些是用来缝合伤口，可不是用来钉纽扣的。

"让我看看你的伤口。"我抬起头来看着克兰芬坦。他的呼吸有些困难，全身都是泥污和血渍。他那古铜色的皮肤已经变得有些惨白，肌肉猛烈地抽搐着，他脸上的那道伤口，正在不断地往下滴着血水。

"芮娅，就在刚才我听到了你的呼喊。"克兰芬坦喘着粗气说道。

"我不会丢下你的。"我眼角的眼泪滴落下来，"你会好起来吗？"

克兰芬坦伸出手来，我冲上前去，紧紧地抓着他的手。

"我害怕触碰到你的伤口。"我颤抖着说。

克兰芬坦把我的手举到他的唇边,闭上眼睛,轻轻地吻着我的手。

"不要害怕。"他的嘴唇又在我的手上轻轻地落下一吻。

我开始处理克兰芬坦的伤口。我拿出了一条纱布,示意杜格尔把葡萄酒酒囊递给我。我喝了一口,慢慢地把葡萄酒倒在了纱布上,直到纱布完全浸湿。

"克兰芬坦,你也得喝一口。"我把酒囊递给了他,他接了过去,喝了一大口。

"弯下腰来,这样我才能够到你的头。忍住,我知道这肯定会非常痛。"

"先看看杜格尔的伤口。"克兰芬坦说道。

我看了看旁边的杜格尔,他冲克兰芬坦摇了摇头道:"我的伤口已经没有流血了,而你的伤口上的血却止不住。弯下腰来,忍住。"

"我去照顾杜格尔。"狄安娜说道。她学着我的样子,也拿出一块纱布,倒了点葡萄酒出来把它浸湿,朝着杜格尔走了过去。杜格尔站在那里,美丽的狄安娜开始替他清洗脸上的伤口。杜格尔忍着剧痛,一声也不吭,我甚至听不到他的呼吸,他的勇敢真是让我惊奇。

"你不用屏住呼吸。"狄安娜责备道。

"好的,狄安娜小姐。"杜格尔大大地吁了一口气。

我的丈夫克兰芬坦用喑哑的声音在我的耳边说道:"可不要取笑这个年轻的小马。"听他这么一说,我明白过来,该死的,我还是忍不住笑了起来。

"我不是在取笑他。"我在克兰芬坦的耳边说道,在这个紧张的时刻,克兰芬坦还不忘逗我笑,我的心暖融融的,"你知道,我一直都认为杜格尔非常可爱。"

"也许,狄安娜也这么认为。"克兰芬坦的嘴边挤出了一个微笑。

"如果是这样,那就太好了。克兰芬坦,我们必须打住,现在可不是谈话的时候。别动,我得先替你处理你身上的伤口。"

克兰芬坦哼了一声,然后,他静静地待在那里,让我给他清洗伤口。好

· 391 ·

不容易,总算把他的伤口清理干净,我大大地舒了一口气。还好,其实他脸上的那道伤口并没有我想象的那么深。我拿出药膏,小心翼翼地涂在他的脸上。我又开始清洗起他胸膛的伤口,这里的伤口可深了不少。只见他的胸膛上歪歪斜斜地爬着四五条伤口,其中的一道还一直延伸到了右边肋骨的底部。但是,伤口并没有继续流血,我也不知道这是否是一个好的征兆。我抬起头来,倒吸了一口冷气,才发现,克兰芬坦正在看着我。

"你知不知道你受伤很严重?"我尽量让自己的声音不要颤抖。

"我很快就会好起来的。"克兰芬坦安慰着我,"我们半人马的复原能力可是非常强的。"

"我知道,我知道。"我冲着克兰芬坦笑了笑,听着他这么说,我的心顿时宽慰了不少,"你们半人马的复原能力比普通的人类要强。"

"除此之外,还有其他的也比人类要强。"克兰芬坦弯下腰来想要吻我。但是,他的伤口并不允许他这么做,他疼得锁紧了眉头。

"待会儿有的是时间,现在我们得先清理伤口。"

我又继续清洗着他的伤口,很快,我便把药膏一一涂在了他的伤口上。我很不情愿地走到了克兰芬坦的马背后。

"你的马背上满是泥污和血污,嗯,告诉我,除了臀部的伤口,还有其他的伤口吗?"

克兰芬坦转过身来,上上下下地打量着自己的马身,好像这个马身并不属于他一样。

"我想是吧。"

"好吧,克兰芬坦,你太高了,你得跪下来方便我处理你的伤口。"

克兰芬坦叹了一口气,他交叉着马腿,跪了下来。

我的脑海里突然闪过一个警告——不要让生病的马倒下。"你还能站得起来吗?"

"我想我还可以。"

那简直就太好了。该死的,我想克兰芬坦需要的应该是一个医术精湛的兽医。

克兰芬坦臀部的伤口大得非常骇人。就好像谁想要把那里的肌肉硬生生地给抓下来,那团肌肉只是仅仅勉强连在皮肤上。我轻轻地触碰了一下,克兰芬坦重重地吸了一口气。

"我想,我得把这个伤口缝起来。"想到这里,我的头有些晕眩。

"做你需要做的。"克兰芬坦平静地说道。

"我先要好好地清洗一下这个伤口。"我拿出一卷新的纱布,倒了更多葡萄酒在上面。伤口很深,恐怕得把所有的葡萄酒倒在伤口上才能清洗干净。但是酒囊里的葡萄酒可不够多,我必须省着点用。我小心翼翼地尽我最大的努力把伤口清洗干净。这时候,我真的愿意用芮娅诺所有的珠宝来换取一小瓶青霉素和一个注射器。我又小心翼翼地在伤口上涂了一层厚厚的药膏。我很欣慰,克兰芬坦那紧绷的脸渐渐地放松下来,看来药膏开始发挥它的止痛效用了。

"克兰芬坦,你先休息一下,我得和狄安娜谈谈。"我拍了拍克兰芬坦的肩膀,把葡萄酒酒囊递给了他。

狄安娜正亲切地同杜格尔交谈着,杜格尔身上的伤口清洗得很干净,上面已经涂满了药膏,他那惨白的皮肤已经恢复正常。

"狄安娜,"我的声音听起来满是焦虑。不过,现在的我确实非常焦虑,"我认为克兰分坦臀部的伤口需要用针缝合起来。"

"非常需要。"

我屏住了我的呼吸:"但是我不能替他把伤口缝合起来。"我快要哭出来了,这让我对自己的无用更加生气,"我可以替你缝合伤口,替杜格尔缝合伤口。但是,该死的,我就是不能替克兰芬坦缝合伤口。"我停止了我的长篇大论,无助地看着狄安娜,"不知道你们可不可以帮我把他的伤口缝合起来。"

"我也不能。"杜格尔满脸无奈。

"我可以。"狄安娜轻松地说道,就好像让她去街角买一块披萨一样容易。

"那好极了。"我紧紧地抓住狄安娜的手臂,拉着她朝克兰芬坦走去。

"那过来吧,我们可不能耽搁太长的时间。否则,伤口可能会感染化脓,或者,他那块肌肉随时都会掉下来——也许是明天,也许还等不到明天。"

"芮娅,你听起来可不是很好。"克兰芬坦说道。

"你什么也没有听见。"我冲着克兰芬坦说道,我和狄安娜走向了他,"你可能有些神志不清了。"

"但愿你真的已经神志不清了。"狄安娜残忍地把手上的针刺入了克兰芬坦的肉里,麻利地开始替他缝起了伤口。

我被眼前的情景吓坏了,但是克兰芬坦和杜格尔却哈哈大笑起来。

"看来你们三个倒是非常开心。"我双手交叉在胸前,摆出一副老师训人的模样。

"芮娅,过来。"克兰芬坦伸出了他的双臂。

我投入了克兰芬坦的怀抱,尽管他身上的伤口还涂满了膏药,我尽量小心翼翼地不要触碰到那些伤口。

"芮娅,现在最糟糕的时候过去了。"克兰芬坦亲了亲我的脸颊。

"是吗?"我越过克兰芬坦的肩膀,看见狄安娜已经把伤口的一边顺利缝合好了。

"我需要什么东西来把这个线弄断。"狄安娜冲着我们喊道。杜格尔拔出了宝剑,快步走到了狄安娜的身边。

"我们一起来吧。"杜格尔说道。

杜格尔的话让我的心跳得更快了,我什么也没有说,越过杜格尔的肩膀,瞥了一眼狄安娜。

"打起精神来。"狄安娜吩咐道。

我看到狄安娜把针刺入了克兰芬坦的皮肤,又慢慢地把手里的线拉紧,然后绑好,杜格尔用剑把线斩断。然后又开始缝合伤口的另一边。

我想我快要晕倒了。

"狄安娜,可不要再让其他的污水流进伤口里了。"克兰芬坦的声音听起来非常平静。

狄安娜瞪了他一眼道:"我知道,不要说话。"

"芮娅——"克兰芬坦在我的耳边轻轻地说道,"——那药膏有镇痛作用,狄安娜并没有弄疼我。"

我仔细地凝视着克兰芬坦的脸,想要相信他。但是我看到他的额头上渗出了豆大的汗滴,这让我不得不怀疑。

"不要担心我,我并没有害怕,我只是不喜欢针线而已。"我轻轻地依偎在克兰芬坦的肩头,继续心惊肉跳地看着狄安娜。

狄安娜终于把最后的伤口缝合好了,她麻利地把线绑好。这短短的十多分钟就好像过了几个小时一样。狄安娜示意我把药膏递给她,她在已经缝合的伤口上又涂上了厚厚一层膏药。

"我想那里肯定会留下一个大疤。"狄安娜猜测道。

克兰芬坦冷哼了一声,开始挣扎着站起来。

"哦,不!"我推着克兰芬坦的肩膀,不让他站起来,"你需要休息。"然后,我看了看杜格尔,"还有你也一样。那些怪物不可能追到这里来,你们俩刚刚同那些怪物进行了一场激烈的战斗,所以,你们俩必须好好地休息。"

"芮娅。"克兰芬坦紧张地说道,"我必须去找那些幸存下来的半人马战士,我还得找到那些女孩,把他们全部都带回艾波娜神殿去。那些弗摩瑞人肯定不会就此善罢甘休。"

"克兰芬坦,你现在除了休息,不能去做任何事情。"我瞪着他。

正在我和克兰芬坦为这争得不可开交之时,狄安娜清了清她的喉咙说道:"你们有人知道我们现在距离那条河流有多远吗?"

我们大家都安静了下来。

"不知道,我们都不知道。从未有半人马穿越过这片沼泽。"我说道。

"所以,我提议由我去侦察,找出我们现在的位置。也许我们能很快到达河流对岸——也许,根本就不能过去。"狄安娜又变成了出入豪华写字楼的企业高级主管。

"狄安娜,这听起来是一个不错的主意。"对狄安娜的这个提议,我表示认同,"只是你得要小心。"

"我可是——"

"一个半人马女猎手。"狄安娜的话还没有说完,我们三个一起打断了她。我们几个人相互微微一笑。

"我陪你去。"杜格尔说道。

"不必,我总是一个人独自狩猎。"说完,狄安娜走到杜格尔的面前,轻轻地抚了抚他的脸颊,让杜格尔更容易接受她的拒绝。

狄安娜敏捷地从小岛上一跃而起,踏进了沼泽,她的周围立即飞溅起很多泥花。很快,她那美丽的背影便消失在茫茫的沼泽里。

杜格尔叹了一口气,走到小岛的边缘,怔怔地盯着狄安娜消失的那个方向。

克兰芬坦换了个位置,把他的身躯靠在一棵粗壮的柏树树干上,他拍了拍他旁边的位置,示意我坐过去。

"芮娅,过来,我需要你在我的身边。"

克兰芬坦的这句话让我感到非常温暖,我走到他的旁边,坐了下来。他伸手揽过了我,把他的下巴靠在我的头上。

"你确定你没事吗?"我还想再检查检查他的伤口。

"安静,你也说过,我需要休息。"

"哦,我很抱歉。"

克兰芬坦的胸膛又微微地震动起来,他笑了笑。他轻轻地吻了一下我的头发,我靠他更近了一些,但是同时我尽量小心不要触碰到他的那些伤口。我轻轻地抚摸着克兰芬坦,安慰着他。只有他的身体才能让我相信,他真的就在我的身旁,而且还活着。克兰芬坦似乎明白了我的心思,他把我的手拿过去,我们的手指紧紧地扣在了一起。

"克兰芬坦,我多怕你已经死了。"

"我向你承诺过,我一定会活着回来找你。"

"让我们都不要再测试那些承诺了,好吗?"

克兰芬坦紧紧地握住了我的手。我很欣慰此时的他仍像从前一般有力。

"我从缪斯神殿的屋顶看见了。"

"我们未能抵挡住他们——那些弗摩瑞人实在是太多了。"克兰芬坦的声音里满是悲伤。

"我知道他们有很多人,我看见他们来了,只是我并未意识到他们的人是那么多。"

"即使你知道,你也无能为力,芮娅,不要责怪自己。"克兰芬坦的声音变得非常低沉,"即使是你们人类的守卫来加入我们,也无能为力,他们的人实在是太多,太多。"

一阵凉意袭上我的脊椎,我忍不住颤抖起来,即使是巴尔瓦隆所有的战士联合在一起也不能打败他们吗?该死的,我们该怎么办?

18

阴天的夜幕降临得格外早。杜格尔和克兰芬坦相继沉沉地睡去,但是我仍然醒着。周围的蝉儿不知疲倦地叫着,青蛙也不甘寂寞地偶尔应和两声,还有其他的不知名的爬虫也加入了它们的队伍,奏起交响乐来。

我重重地拍打着身上那些恼人的蚊虫,我想起俄克拉荷马的蚊虫也非常多,这里则更像是蚊虫的天堂。

我快饿死了。

周围一片黑漆漆的。

我一直在检查着克兰芬坦有没有发烧,他的身体一直都那么热,我无法判断出他是否在发烧。每隔一会儿便被我叫醒,克兰芬坦已经有些恼怒。所以,我继续坐下来休息,当然我并没有睡着。我真的,真的,真的,再也不想进入梦乡,我再也不想看到缪斯神殿里发生什么事情了。

尊敬的最高女祭司,你需要休息。艾波娜女马神又在我的耳边说道。

我的眼皮变得越来越重,越来越重。我默默地恳求道,请让我的灵魂留在我的身体里,不要再让我飞出去——睡意袭来,我真的无法控制。

一阵重重的拍水声把我吵醒了,我猛地坐直了身体,想要知道我现在到底在哪里,沼泽的那股难闻的味道飘进了我的鼻子里。

"是狄安娜。"克兰芬坦用低沉的声音对我说道。

前面的沼泽里闪着一抹微光,似乎是狄安娜的马背在微弱的月光的照射下,闪出的微光。

"你可是用了很长的时间。"我有些恼火地冲着狄安娜说道,我的担心变成了坏脾气。

"这——"狄安娜停了下来,她的呼吸有些困难,"——比我想象的更加困难。"

"告诉我们,你侦察的结果。"克兰芬坦稍稍搭着我的手,僵硬地站了起来。

"我一直沿着东面走,试图想要找到河岸,走了很长的时间才只找到一片草地,那里的草非常茂密,草叶的边缘锋利。"狄安娜继续说道,"而且,那片草地非常危险——我才刚踩上去,就差点陷了下去。"

我记起了克兰芬坦的评论:半人马们总是避免踏过沼泽地。他们的身躯那么庞大,毫无疑问,行走在沼泽里是非常危险的。

"我慢慢地穿过了那片草地,在草地的另一头是茂密的树丛,就像我们最初进入沼泽前时看到的那种树丛。再沿着树丛的东面走大约二十个半人马那么长的距离,就是赛尔河流的边缘。"

我有些喜出望外,如果我们过了赛尔河,然后一直朝南走,就能够回到艾波娜神殿。回到艾波娜神殿以后,我们就可以重新召集人马,再想出一个对付那些邪恶的弗摩瑞人的办法。可是,狄安娜并没有按照我想的那样继续说下去。

"可是,努阿达已经派人守在了沼泽的四周,一旦有谁想要穿过沼泽到达河对岸,他们就会抓住他。"狄安娜继续说着她侦察的情况。

"他正在找我。"他们知道我指的是努阿达。

"他正在找我们所有的人。"克兰芬坦说道。

"好吧,那我们不朝着赛尔河走,我们朝着赛尔克湖泊走,怎么样?"

"从这里到赛尔克湖泊比赛尔河还要远。如果努阿达已经派人手守在了沼泽和赛尔河之间,那么同样,他也会派人守在沼泽和赛尔克湖泊之间。"克兰芬坦有条有理地分析道,"即便努阿达没有派人守在那里,我们想要穿过赛尔克湖泊,那也是不可能的。它实在是太宽了,我们不可能游过去,而且,在这个季节赛尔克湖泊的水太冷了。"

"看来,这也不是什么好主意。"我说道。

"是的。"一阵窸窸窣窣的声音响起,狄安娜好像在她的箭囊里翻找着什么东西。然后,她又在这小岛的四周找了很多干燥的树叶和树枝。她蹲了下去,用力地碰撞着手里的两块石头,"嗦"的一声——火花从两块石头间迸出,很快地,树枝和树叶便旺盛地燃烧起来。狄安娜冲着我们笑了笑,洁白的牙齿在火光的映衬下闪闪发光。

"男人们可不会随身携带打火石。所以,当你想要燃起篝火的时候,你得找一个女猎手。"狄安娜颇有些得意。

"我会记住的。"我站了起来,走到温暖的篝火前。我的胃又咕咕叫了起来,"现在,我们要是能有什么东西烤着吃就好了。"

"这个怎么样?"狄安娜走到一棵柏树底下,伸手从茂密的柏树叶丛中摘下了一个高尔夫球大小的东西,又走回篝火前。

"这是什么?"我仔细地研究着狄安娜手里的那个东西。

"苹果螺。"狄安娜笑了笑,她又在地上找了起来,拾起了一根细小的树枝,剥开了苹果螺的壳,把它穿在了那根树枝上,放在篝火上烤了起来。很快地,篝火的周围便飘起了一股奇异的肉香。

"这尝起来有些像鸡肉?"我狼吞虎咽地咀嚼起来。

"不,它更像牡蛎。"

好吧,牡蛎也不错。很快,我也加入了他们的找苹果螺和烤苹果螺的行列。谢天谢地,似乎有很多苹果螺正在这个小岛上度假——也许,和去佛罗里达度假的人一样多。狄安娜说得不错——如果你去掉它们的小眼球和头顶的触须,它们尝起来确实很像牡蛎。要是我能有一些薄冰、辣椒,再有一杯冰的库尔斯啤酒就好了。

吃饱了以后，我们心满意足地坐在那里剔起了牙齿，拍打着恼人的蚊子。渐渐地，我有些昏昏欲睡。

"他们正在搜索三个半人马和一个人。"克兰芬坦突然说道。

"是的。"狄安娜应和道。

"那如果我们分开，也许会更容易通过他们的防守线。"

"我不会和你分开。"我坚决地说道。

克兰芬坦搂住了我的肩膀，用力地拍了拍我，道："不，你不会和我分开的。"

杜格尔沉默不语，可怜兮兮地看着狄安娜。狄安娜盯着地面沉思了片刻，说："那杜格尔应该和我待在一起，我们分成两组，应该比一组有更多的机会通过他们的封锁线，即使我们有一组失败了，另一组也许还有机会。"狄安娜继续说道，"而且，沼泽里有凯门鳄，我们每个人都得小心，两个人一组，我们就有两双眼睛警惕着它们的袭击。"

杜格尔的脸上洋溢着欣喜，狄安娜抬起眼来迎上了杜格尔的目光，她的脸上居然出现了一抹不自然的羞赧。

"那我就和狄安娜一组。"杜格尔的声音里充满了自信。

狄安娜和杜格尔组成了一组，克兰芬坦很是高兴："明天天亮以后，我们四人先一起朝南走。等到中午以后，杜格尔和狄安娜转向东走，我和芮娅继续朝着南面行进。然后，我们再朝着赛尔河走。"

杜格尔和狄安娜都点头表示同意。

"离天亮还很早，让我们先休息一下吧，我的朋友们。"克兰芬坦的声音里满是浓浓的睡意。我依偎在他的肩膀上，但愿明天他和杜格尔都会好起来……

身心俱疲的我沉沉地睡下了，值得庆幸的是，这一次我没有做梦。

"砰砰砰。"一只恼人的啄木鸟不停地叮啄着树干，把我吵醒了。

"上帝啊，这可真是一只烦人的鸟儿。"我揉了揉惺忪的睡眼。

我闻到了一股香味——一股美食的香味。抬头一看，三个早起的半人马正在篝火前烤着一块白色的厚厚的肉片。我站了起来,朝着他们走了过去。

"早上好。"杜格尔高兴地冲我说道。克兰芬坦从我的头发上捋下了一片树叶,狄安娜冲着我点了点头,向我问好。

"早上好。"我的声音里还有些小脾气,"这是什么?它看起来有些像蛇肉。"

"不是,是凯门鳄。"狄安娜回答道。

"哦,凯门鳄是什么?"我接着问道。

"一种小的鳄鱼——比起大的鳄鱼来,猎杀和剥皮都要容易得多。"狄安娜有些得意地说道,"但是要猎到它们还是不容易,不过我可是——"

"我知道,我知道——它尝起来像鸡肉吗?"

他们都不约而同地笑了起来,这群早起的半人马怎么啦?

"给。"克兰芬坦从炭火里掏出一个像烤焦了的红薯一样的东西,再用狄安娜的利箭划开了它,白生生热腾腾的果肉露了出来。我拿起了一小块,吹了吹,放进了嘴里。

"还不错。虽然有点苦,嚼起来有点像树皮。不过,还是不错。这是什么?"

"这是香蒲的根。"狄安娜指了指我们不远处的一片香蒲丛。

"见鬼,你们女猎手总是随时随地都能找到食物。"

"这是当然。"狄安娜毫不谦虚地说道。

凯门鳄尝起来也还不错,正如书上说的那样——我们正处在饥不择食的境地。

在我们出发之前,我又仔细检查了一次克兰芬坦的伤口。他脸上和胸膛上的伤看起来并无大碍,并未被感染。但是,他马臀上的那条骇人的伤口可不容乐观,还在不时地滴着鲜血。因此,克兰芬坦不得不一瘸一拐地走着,这让我更加担心。我让克兰芬坦待着不动,又在他的伤口处涂上了更多的膏药。

克兰芬坦迎上了我的眼睛,冲着我微微一笑,把我拉进了他的怀里,

"别担心,伤口流点血是很正常的。"

"可是,你几乎不能走。"

克兰芬坦又笑了笑:"也许,我比不上一个年轻的半人马。"

"不要不自量力,你的步履可比当初的莱斯维娜还要蹒跚。"

"那我比莱斯维娜还要年长。"

我把头靠在他胸膛上没有受伤的地方,"克兰芬坦,告诉我实话,你真的可以吗?"

克兰芬坦抚了抚我的头发,"是的,等我的肌肉活动开来,我就不会像现在这样了。"

"也许我应该让狄安娜载着我。"我偷偷地看了一眼和杜格尔一起徘徊在篝火前的狄安娜,"我想她不会介意。"

"但是,我介意。我想让你离我更近点。"克兰芬坦亲吻了一下我的额头,"如果你能不碰到我的臀部,那我将——"克兰芬坦故意停了一下,给了我一个挑逗的眼神,"不胜感激。"

我轻轻地推开了他,走到他的背后,又在那个伤口处涂上了一些膏药,"也许,我应该给你的伤口来上一巴掌。"我喃喃自语道。

我们离开小岛,踏进沼泽里,开始朝着南面走去。幸运的是,沼泽里的水还不算太深,只没到半人马的膝盖。但是,他们的马蹄陷在了脚底的泥浆里,所以,我们走得非常慢。我们还没有走多远,一个东西向我们漂了过来,我大声地向他们发出警告——鳄鱼来了。

狄安娜迅速地拉弓搭箭,杜格尔和克兰芬坦也拔出了宝剑,他们背靠着背,迅速进入了防御状态。等那个东西慢慢漂近了,我们才发现那不是鳄鱼,是一根爬满了蛇的原木。

"该死的,这太恶心了,它们有毒吗?"看到那些蛇,我浑身都起了鸡皮疙瘩。

"是的,它们是毒蛇,它们正在交配。如果我们静静地让它们漂走,不去袭击它们,它们也应该不会袭击我们。"狄安娜的声音里也满是厌恶。

毫无疑问,我们静静地待在那里,让它们漂走了。

除了有讨厌的臭虫,骇人的爬行动物,绿油油黏糊糊的脏水,令人诧异的是,这片沼泽也有着它自己的一份美丽。沼泽里,一种尖嘴的水鸟站在水里懒洋洋地冲着我们眨眼睛,还有羽毛鲜红的红鹦站在茂密的柏树叶丛中。

"那一只一定是朱鹮。"我指着一只优雅地站立水中的鸟说道。

"是的。"狄安娜点了点头,"那可是一种罕见的鸟儿,你见过吗?"

"只是在故事里听过。"我叹了口气,想起了每年都让我的新学生读的那个悲伤的故事《朱鹮》,"等以后闲下来的时候,记得提醒我,我把那个关于朱鹮的故事讲给你们听。"

"我会的。"杜格尔热情地答应着。

中午前,我们又来到另一座小岛上。克兰芬坦他们总算可以走出水里,到陆地上休息一会儿。我从他的马背上滑下来,就迫不及待地开始在那些柏树叶丛中寻找起苹果螺来。

"它们只在晚上才出来。"狄安娜说道。

"不管怎么样,我们得先把火生起来。"我很饿,但是还没有饿到要生吃苹果螺的程度。

"不。"克兰芬坦说道,"狄安娜和杜格尔必须又得出发了。"克兰芬坦转向了狄安娜,紧紧地握着她的手,"你们要相互照顾。"然后,他又转向了杜格尔,"如果你们比我们先到达艾波娜神殿,就把所有的人都疏散到河流对岸去。然后再去格伦草原。"克兰芬坦和杜格尔紧紧地握着彼此的手,"让格伦草原所有的人也都到河流对岸去,那里已经没有半人马战士守卫,已经不再安全了。"

克兰芬坦的话不仅让我震惊不已,同样,也让狄安娜震惊不已。杜格尔用力地点了点头。我走向狄安娜,给了我的好朋友一个大力的拥抱。

"保重自己,要安全地活着。"狄安娜对我说道。

"允许自己爱上一个人。"我悄悄地在她的耳边说道。

狄安娜睁大了眼睛,我惊讶地看到她的脸上慢慢地浮现一层薄薄的淡淡的红晕。

"我太老了,我可不想再为这些事情烦心。"狄安娜在我的耳边低语道。

"每个人都得为这些事情烦心。"

我转向了杜格尔,杜格尔准备过来亲吻我的手。但是,我把杜格尔拉了过来,给了他一个大大的拥抱,并轻轻地亲吻了他的脸颊。

"照顾好狄安娜——还有你自己。"我转过身来,不忍心看到他们离开。很快,我听见他们从小岛上踏进了水里,慢慢地没有了任何声音。

"很快我们又会再见到他们。"克兰芬坦走到我的面前,把我的双手搭在了他的肩上。

"我知道。"我故作勇敢。

"我们也必须得走了。"

我伸出手去,克兰芬坦把我扶到了他的马背上。我们也踏进了这无边无际的沼泽里。

我们一直朝前走着,几个小时过去了,克兰芬坦突然向左转弯。

"现在我们有足够的私人空间了。"克兰芬坦改变了前进的方向。

"简直是好极了。"我假装兴高采烈来掩饰着内心的担忧。克兰芬坦的体力渐渐不支,他的马背上已经渗出了细细的一层白色的汗珠,他的马背和我的大腿都湿漉漉的——这是我以前从未见过的。而且,他那臀部上的伤口还在不停地淌着黄水,他的呼吸越来越沉,行进起来也越来越吃力。

"我想我应该下来走一会儿。"

"不用。"克兰芬坦困难地喘息着。

"真的,我也想下来活动活动我的腿脚。"

"我说不用。"克兰芬坦声色俱厉地说道。

我只好惴惴不安地坐在他的马背上。我不知道我是该给他的屁股来上一巴掌,告诉他不应该冲着我大吼大叫,然后再跳下他的马背,严肃地告诉他我知道我在做什么,还是该默默地坐在马背上哭泣。我默默不语,陷入了重重矛盾里。

很快,克兰芬坦停下了脚步,疲惫地挥去他额头上和马背上的汗珠。

"原谅我,芮娅。"克兰芬坦的声音听起来很低沉,"我只是恨自己力不从心。"

我俯身向前,小心地把手臂环绕在他的胸膛上,把下巴搁在他的肩头,在他的耳边说道:"我已经原谅你了。"

"等水变得浅一点时,你就可以下来走一会儿,如果你还想。"

"我想下来走一会儿。"我温柔地亲吻了一下克兰芬坦的脖子,他把他的手放在我的手上,深深地吸了一口气,又吃力地迈开了步子,他那沉重的呼吸总是让我害怕不已。就这样,我们又开始慢慢地继续前进。

水慢慢地变浅了,只没到克兰芬坦的膝盖处,他停了下来。

"现在我可以下来走一会儿吗?"

克兰芬坦点了点头,把我扶下了他的马背。我的靴子立即陷入了淤泥里,水没过了我的大腿。

"该死的,这东西真是非常恶心。"我握着克兰芬坦的手,我们慢慢地朝前走去。

"非常恶心?"

"是啊,就像原木上的那些蛇一样。"

"哦。"克兰芬坦点了点头。

我们吃力地朝前走着,才走了一小段路程,克兰芬坦那沉重的呼吸让我怀疑我们是不是已经走了整整一天——我回头一看,他臀部的伤口重新撕裂了。

"应该没有多远了。"我气喘吁吁地说道。

克兰芬坦并没有答话,只是吃力地迈着步子往前走着,好像他已经没有多余的力气来和我说话。

渐渐地,水变得越来越浅。但是,淤泥却越来越深。水才刚刚没到我的膝盖,但是淤泥却已经没到了我的小腿肚。在我们的前方,出现了一块草地。真是难以置信,那些草居然比克兰芬坦还要高。

我和克兰芬坦停了下来,不断地喘着粗气。

"狄安娜说过了我们前面的草地就到了沼泽的边缘?"我满怀希望地

问道。

"是的,狄安娜说过。但是,她还说这些草非常锋利,所以,你得再骑到我的马背上来,以免你被它们割伤。"

"不,我要试着自己走过去。"克兰芬坦想要同我争辩,我把手放到了他的胳膊上,"如果它们实在是太锋利,我会再骑到你的背上。"

克兰芬坦勉强同意,我们走进那片高高的草地。

和往常一样,狄安娜说的肯定没错,那些草肯定很锋利,很容易把人割伤。我还记得狄安娜回来的时候,身上有一些血红的口子。只是她的身上也满是淤泥,我们都以为她只是被蚊虫叮咬了而已。

好吧,我已经做好了准备,现在我得穿过它。我用手挡在脸上,以免我的脸被割伤。才走了不久,我就感觉到一阵刺痛,血顺着我的手臂流了下来,我的前臂被那锋利的草割开了一条大口子。

"芮娅,停下来,你必须回到我的马背上去。"

"我再走一段距离就回到你的马背上去。"我努力地想要和克兰芬坦拉开一段距离,我甚至不敢停下来去看他,我害怕他看到我手臂上的伤口。脚下的淤泥越来越深,克兰芬坦他再也负荷不了我的体重。

我吃力地抬起一只脚来,又把它放了下去——

我的脚开始陷了下去,不停地往下陷。我哭了出来,想要把那只脚拉出来,但是很快地,我失去了平衡。转眼间,淤泥已经没到了我的腰间,我越是努力地挣扎,陷得越深。

"芮娅!"克兰芬坦大声喊道,他几步走上前来,抓住我的胳膊,猛地把我往后拽,我的胳膊差点脱臼。

克兰芬坦跌倒在沼泽里,我又回到了他的怀抱,我们静静地待在那里——幸运地,我们并没有陷下去,我们的脚下是安全的。克兰芬坦开始认真地检查起我来,想要确认我是否完好无缺。

"有什么东西抓住了你吗?你有没有受伤?"克兰芬坦的声音在颤抖。

"不,我没有受伤,我很好。"我把头靠在他的头上,深深地吸了一口气,"那下面没有底,我好像快被吸了下去。呃——这应该就像流沙。"

·406·

"是的。"知道我安然无恙时,克兰芬坦镇定了下来,"我听说过一种沉沙。"他努力地挤出了一丝微笑,"也正是因为它,半人马们从不踏足沼泽。"

"嗯,这很合乎情理。"

克兰芬坦挣扎着站了起来,然后,也把我扶了起来。

"我们必须绕着它走。"克兰芬坦小心翼翼地试探了一下,谨慎地迈出了一步,我们继续朝南走,"现在我可不能载着你。"

我们都知道,他能把我从危险的沼泽地中拉出来。可是,我却不能把他从里面拉出来。我们慢慢地向前挪动,我暗暗地在心里向艾波娜女马神祈祷,祈求她能给我们帮助。

19

事实上,我们已经沿着南面走了很久,而且还遇到了危险的沼泽地。我和克兰芬坦再次改变方向,开始朝着东面走去。那些锋利的草好像要把我的肉从我的手臂上割下来一般,我的脚步越来越慢,越来越慢。

"芮娅,让我走在你的前面。"克兰芬坦停了下来,"擦一些药膏在你的胳膊上,走到我的后面来,我可以帮你挡住那些锋利的草。"克兰芬坦继续说道,"等过一会儿,我们再换过来。"

"可是,要是你踏进了危险的沼泽地怎么办?"

"我会小心的。"

"好吧。"我的声音听起来像呜咽一样,我跌跌撞撞地朝着克兰芬坦走去。要是还有一些葡萄酒就好了,可是我们四个人在中午之前就已经把它喝完了。我用手指轻轻地在手臂上的伤口处涂了一点药膏,神奇地,那种火辣辣的刺痛一下子就消失了,我长长地舒了一口气。

"感觉好多了。"我发现克兰芬坦的手臂和胸膛上也布满了一道道的划痕,"克兰芬坦,让我也替你涂上一点药膏吧。"

"那只是一些擦痕——我的皮肤可不像你的皮肤那么娇弱。"克兰芬坦轻轻地抚了抚我的脸颊。

"我只涂一点点,我不会浪费很多药膏,我知道那是多么刺痛。"

克兰芬坦冲着我笑了笑,我在他身上的划痕处也轻轻地抹上了一点药膏。然后,我仔细地把药膏收好,不情愿地走在了他的身后。

"小心。"我再次叮嘱道。

"我会的。"克兰芬坦小心翼翼地迈出了他的步子,我们又继续朝前走去。

正当我认为这片草地永远也不会结束时,克兰芬坦回过头来兴奋地叫道:"我看见前面的树丛了。"克兰芬坦受到了鼓舞,卖力地向前走去。

突然,克兰芬坦陷了下去。

他猛烈地挣扎着,想要摆脱那些淤泥。他努力地想要抓住什么东西,以便能拽着他回到安全的地面来。可是,他的周围什么也没有。

我试着向他走去。

"退后。"克兰芬坦冲我喊道,"我陷得太深了——你够不到我。"

"那我能做点什么?"我喊道,此时的我已经吓得六神无主。

克兰芬坦疯狂地环顾四周,说:"去找一根很长的树枝过来。"

我点了点头,开始疯狂地在四周寻找着树枝。时间一点点地流逝,我没有看到任何树丛。即使我看到了树丛,我在这沼泽里也不能飞快地跑过去,拾起一根树枝。

我知道克兰芬坦快要死了——而我能做的只是眼睁睁地看着他一点一点地沉下去。

他必须作一些改变。艾波娜女马神在惊慌失措的我的耳边说道。我飞快地冲到沼泽的边缘,淤泥已经没到了克兰芬坦的腰间。

"退后……"克兰芬坦的呼吸已经有些困难。

"克兰芬坦,你听着。"我跪倒在地上,趴在沼泽边上,"你必须变形。"我把我的手伸向了他,"看,我可以够得到,我可以抓住你,试一试,试一试。"

克兰芬坦伸出手来,碰到了我的手指。

"快,克兰芬坦,你快变形。虽然我不能把一个半人马拉起来——但是我可以把一个人拉起来。"

克兰芬坦明白过来,他闭上了眼睛,低下头来。他开始念起了那个古老的咒语,他的全身开始散发出耀眼的光芒。在我闭上我的眼睛之前,我看到克兰芬坦的脸上写满了痛苦。

慢慢地,光雨消失了。我立即把手伸向他。

"把手伸过来!抓住我。"我冲着克兰芬坦喊道。

精疲力竭的克兰芬坦把手伸了过来,我碰到了他的手指,我们的手紧紧地握在了一起。我把脚深深地站定在泥浆里,使出了全部的力气,一点一点地把克兰芬坦从沼泽地里拽了出来,好不容易,克兰芬坦总算被我拽到了潮湿的地面上。

他侧过身来,我们两个面对面地在那里躺了很久。除了呼吸,一动也不动。

"谢谢你,艾波娜女马神。"我大声地说道。

"感谢艾波娜女马神对我的眷顾。"克兰芬坦用他那低沉的嗓音说道。听着他的声音,知道他安然无恙,我总算获得了些许安慰。

我轻轻地拂掉他脸上的泥沙,轻轻地亲吻了他的脸颊。

"克兰芬坦,你还能走吗?"

他点了点头,痛苦地站了起来,僵硬地向前挪着步子。当他转过身来,我看见了他身上的那条巨大而骇人的伤口从臀部一直延伸到了他的大腿,歪歪扭扭的针线爬在上面,掺杂着沙子的脓水不断从伤口里淌出来。

"哦,上帝啊。"我忍不住尖叫道,"克兰芬坦,你快换回半人马的身形来。"

"我想——"克兰芬坦慢慢地痛苦地说着,"——我得保持这个身形,直到我们过了河为止。记住,那些弗摩瑞人找的不是一个女人,他们找的是艾波娜女马神挑选的最高女祭司和她的半人马丈夫。"

"但是你的伤口。"看着那些伤口,我的心难受得无法呼吸。

"芮娅,给它们再涂上一层药膏。放心吧,我还能忍受。"

可是,我一点也不敢触碰他的伤口。我害怕我会把他弄得更疼。

克兰芬坦把手伸进了那只皮革大包,取出了还剩半瓶的药膏。

"我自己来吧。"克兰芬坦注意到了我的害怕。

我把手伸进了瓶子里。

"我这就给你涂上。"我咬紧了牙关,强迫自己给他的伤口涂上药膏。克兰芬坦一动不动地站在那里,也没有说话,我甚至都没有听到他的呼吸,直到我给他的伤口涂完了药膏。

"好点了吗?"我把手指上剩余的药膏涂到了他胳膊处的那些划痕上。

"好多了。"尽管克兰芬坦表现得很勇敢,但是我知道,现在的他是多么虚弱。他的皮肤已经蒙上了一层惨白色的阴影,"我看到树丛了。"克兰芬坦指了指前面,"就在前面不远的地方。"

我们小心地绕过沼泽,继续朝着前面走去。我瞥了一眼他那赤裸的身体。

"需要我借些身上的东西来给你遮挡一下吗?"

克兰芬坦笑了起来,但是很快地,他的笑容僵住了,笑牵动了身上的伤口。可是,他的眼睛却仍然闪闪发光,低下头来看着我。

"我想不必了。如果我们被那些弗摩瑞人捉住了,你猜,他们会怎么说呢?"

"我现在就可以想象,他们的标题肯定会是'打扮怪异的最高萨满最终被抓获了'。"

"标题?"

"就是人们挂在嘴边的闲话。"

"好吧,那可是相当难堪。"

"想必如此。"

"也许我们应该稍后再谈论这些。"

克兰芬坦的声音里充满了挑逗。

"保存你的体力,小伙子。你以为你是谁,约翰·韦恩吗?"

果然不出我所料,我就知道克兰芬坦接下来肯定会问。

"约翰·韦恩是谁?"

这个问题我得花上一段时间才能给他解释清楚。我清了清喉咙,给克兰芬坦上起课来。

"约翰·韦恩,原名马里恩·莫里森,出生在爱荷华州马里昂。他是一个伟大的美国人,在我原来的世界里。就我个人而言,我认为他是一个爱国者,一个英雄。"

克兰芬坦给我投来好奇的一瞥,我立即受到了鼓舞:"让我把他所有的事情都告诉你……"

当讲到《牛仔》里的情节的时候,我已经有些喘不过气来。克兰芬坦伸出手来,打断了我。

"嘘。"他小声地对我说道,"我们快走完整个草地了。"他指了指前面。果然,在我们前方几米的地方,那些锋利的草消失了。

借着昏暗的光线,我看见草地的前面有一个树丛,就像我们进入沼泽前的那个树丛一样。里面长满了横七竖八的柏树、松树和柳树,树上还有着红色的像大象耳朵般大小的东西,有些像变异的芙蓉花。

我们静静地站在草地里,一个好听的声音飘进了我们的耳朵。我和克兰芬坦在同一时间听了出来,我们的眼睛亮了起来,相视而笑。

"是赛尔河。"克兰芬坦在我的耳边低语道。

"谢谢你,艾波娜女马神,我们总算是到了。"

"嘘。"克兰芬坦伸手揽过了我,又在我的耳边说道,"既然我们在这里听到了流水声,就意味着那些弗摩瑞人就在这里——"克兰芬坦冲着我们前面的沼泽点了点头,"——和河岸边。"

"我们怎样才能过去呢?"我冷静了下来。

"那些弗摩瑞人正等着最高女祭司骑着她的丈夫冲过这片树丛,而不是等着两个偷偷地溜过去的人。"

克兰芬坦紧紧地搂了搂我,亲吻着我的头顶。

"我们。"

·411·

"哦,是的,我差点忘记了。"

"这就是你为什么要和我结婚的原因——因为我总是可以提醒你想起你忘记的东西。"

克兰芬坦的脸上挂着一个调皮的笑容。

"我想我嫁给你,是因为你十分擅长脚底按摩。"

"那也不错。"克兰芬坦的表情严肃起来,"芮娅,我们现在必须像一个女猎手捕猎一样,慢慢地悄无声息地走过去,尽量不要弄出任何声响。把你的脚轻轻地放在湿地里,不要碰到任何树叶和树枝。"

我专心致志地听着,打起精神来。

"如果我们被发现了怎么办?"

克兰芬坦紧紧地抓住我的肩膀,凝视着我的眼睛道:"那你就飞快地朝着河边跑去,不要停下来,不要担心我。一到河边,就跳进河里,努力地游到对岸去。

"芮娅,听我说。他们不会认出我来,他们只会以为我是一个普通的男人。我可以拖延着他们,为你争取到时间过河。一旦你安全了,我就会变身,飞快地跑过来。"

克兰芬坦的话我一句也听不进去,我正准备开口讲话,他紧紧地抓着我的肩膀,继续讲道:

"如果你被他们抓住了,你想想他们会对你做出什么事情,我绝对不能忍受他们对你的伤害。"克兰芬坦的眼里全是对我的爱惜,"一旦他们抓住我,他们最多能做的,就是杀死我——但是,他们却能对你做出更多残忍的事情。"

"好吧,我会跑去河边。"

克兰芬坦松了一口气,他放开了我的肩膀,弯下腰来,轻轻地吻了吻我。

"现在我们就走出去。跟着我,我走一步,你就走一步。"

"好吧,我听你的。"

克兰芬坦满意地冲着我笑了笑。

"那我们走吧。"

我们慢慢地朝前走着,离开了那片草地,进入了那片树丛。这可比走在草地里更糟糕,至少在草地里我们可以横冲直撞,在这树丛里,我们不得不小心翼翼。克兰芬坦慢慢地在前面走着,我学着他的样子,跟在他的身后。我们可不能直接穿过树丛,我们得曲折迂回地前进。我们也不能弄出任何声响,所以必须避开所有的树枝和干树叶。对我们而言,这已经非常困难。更糟糕的是,现在已经到了黄昏,光线非常暗淡,我们几乎很难看到树丛里的干树叶。

我小心地跟在克兰芬坦身后,正好能看到他臀部的伤口。每走一步都会使他的伤口渗出脓血,他的背上已经布满汗水,他的肌肉已经有些抽搐,大腿还微微有些颤抖。

我随时随地都唯恐那些怪物会跳出来抓住我们。但是,我们一直向前走着,非常安全,陪伴我们的只有我们的呼吸声和潺潺的流水声。

突然,克兰芬坦抬起了手,他停了下来。赛尔河就在我们的前面,它在灰暗的黄昏中不知疲倦地向前流着。在我们所站的树丛到河流之间是一片岩石区,大约有二十或者三十码那么宽。

就在这岩石区里,就在我们和河流之间,蹲着三个长着翅膀的怪物,是弗摩瑞人!

那三个弗摩瑞人就在我们的前面,他们背对着我们——事实上,他们正在一堆篝火前烤着火,一个弗摩瑞人还不断往篝火里加着树枝。他们没有说话,偶尔看看河流的动静,嘶叫两声。

克兰芬坦示意我走到他的身边去,我小心翼翼地跟了过去。

"当我给你指示时,你就跑向河边,不要看我,也不要等我。"克兰芬坦平静地对我说道。

我正准备开口说话,克兰芬坦把他的手指放到了我的嘴唇边。

"相信我。"克兰芬坦在我的耳边低语。

我强忍住我的不满,勉强点了点头。

他弯下腰来,环顾着四周,抓起了脚边的一根树枝,看着我。

"准备好了吗?"

我点了点头。

克兰芬坦猛地丢下了树枝。

"走!"克兰芬坦在我的耳边低语道。

我从树丛里蹿了出来,飞快地向前跑去,克兰芬坦紧紧地跟在我的身后。

我回过头去,看到那些弗摩瑞人咆哮着,冲进了我们身后的树丛。

"别回头,跑。"克兰芬坦气喘吁吁地说道。

不幸的是,这次我并未听他的话。

"在那里!"其中一个弗摩瑞人嘶叫道。

那个弗摩瑞人追了过来,其他两个弗摩瑞人紧紧地跟在他的身后,他们脚下的岩石嘎吱嘎吱作响。

"快!"克兰芬坦吼道。

我跑到了河岸,但是克兰芬坦却被一个弗摩瑞人抓住了。我听到从克兰芬坦的肩膀上传来一声可怕的撕裂声。

克兰芬坦转过身去,挡在了我和那三个弗摩瑞人之间。他闪身躲过了一个弗摩瑞人的攻击,并且挥出一拳,重重地打在那个弗摩瑞人的下巴上。那个弗摩瑞人立即疼得龇牙咧嘴——他们慢慢地往后退了几步,准备再次向克兰芬坦发起攻击。

"跳!我很快就会跟过来。"克兰芬坦回过头来,冲着我喊道。

我低头看了看脚下澎湃湍急的河水,又回头看了看我的丈夫克兰芬坦。那三个弗摩瑞人正张牙舞爪准备向他扑过去。

"我不会丢下你。"克兰芬坦还未来得及回答,我就从他的胳膊底下钻了过去。我猛地举起了我的拳头,疯狂地向那些诧异不已的弗摩瑞人挥过去。我大声地尖叫道:"滚开,你们这些邪恶的魔鬼!"

那几个弗摩瑞人慢慢地退了回去,慢慢地远离了我们,脸上是不可思议的迷惑。现在的我,有谁不被我吓跑呢?全身都是黑糊糊的沼泽泥,红色的头发湿漉漉地贴在头上,还面容狰狞地疯狂地挥舞着手臂。这简直就是一个精神错乱的"弗兰克斯坦的新娘",恐怕连我自己看了也会被吓跑。在那些弗摩瑞人卷土重来之前,我转向了我的丈夫克兰芬坦。

"我跳,你就跳!"我冲着克兰芬坦喊道,就像我的父亲命令他的球员抢球一样果断。我用肩膀撑着克兰芬坦,跳上了河岸。我们弯下腰来,一头扎进了湍急的河水。

我猛地踢着水浮出了水面,"噗嗤",克兰芬坦在我的旁边吐了一口水冒出头来。湍急的河流立即卷着我们离开了河岸。

"全身放松。"克兰芬坦露出了水面,"顺着水流游。"

我按照克兰芬坦说的,踩着湍急的河水,朝着对岸游去。河水冰冷刺骨,很快,我的身体便被冻得麻木。

"跟我来!"他喊道,"我们就快到了!"

河岸就在我们的前面,他一只手抓着我的头发,一只手奋力向前游去。慢慢地,我们总算游到了一处浅滩。

"哎哟!"我吃痛地喊了出来,克兰芬坦才放开了我的头发。

"来吧。"克兰芬坦抓住我的手,我们一起摇摇晃晃地走上了岸。然后,我们一起瘫倒在岸边。

克兰芬坦痛苦地呻吟了一声,他压到了臀部的伤口。所以,他又费力地翻过身来。

"虽然我讨厌这样,但是我不得不说,我们应该走下河岸,我必须用水帮你清洗清洗你伤口上的淤泥。"

克兰芬坦点了点头,痛苦地挣扎着站了起来。他跌跌撞撞步履蹒跚地朝着刚才的浅滩走去,我紧紧地跟在他的身后。我掬起一捧水,慢慢地小心翼翼地把克兰芬坦伤口上的淤泥清洗干净。幸运的是,那只装着药膏的皮革大包还挂在我的肩膀上。我把剩余的药膏涂在了克兰芬坦的伤口上。但是,他肩头上的那条新伤还在不停地流血,克兰芬坦的全身也开始颤抖起来。

"你现在还能变回半人马吗?"

克兰芬坦冲我疲惫地点了点头。他向前走了几步,开始念那个古老的咒语。一阵强光闪过,我闭上了眼睛。当光雨消失后,克兰芬坦又以半人马的样子出现在我的面前。还好,看起来,这样的他比刚才要健壮有力。

"我们回家吧。"我把手伸向克兰芬坦,他抓住我的手,拉着我走上了陡峭的河岸。

20

在回艾波娜神殿的路上,我们发现了我们的联军留下的痕迹。我们沿着这些痕迹开始往前走。克兰芬坦走在我的旁边,他坚持要我骑在他的马背上。

"不,克兰芬坦,你已经消耗了太多的体力,不能再承受我的重量了。"我试图劝服他。

"芮娅,你和我也一样。"克兰芬坦反过来劝说着我。

"克兰芬坦,看看你身上那些大大小小的伤口。"

克兰芬坦冲着我哼了一声。

"还有,就在今天,你变成了人形,这也消耗了你不少的体力。"

"但是,你是我的妻子。"克兰芬坦说道,好像这就是最充分最完美的理由。

"是的,我是你的妻子,所以我更得自己再走一会儿。"

克兰芬坦正准备继续同我争辩,但是我毫不相让。

"好吧,让我们折中一下。"我说道,"等月亮升到半空中的时候,我就骑上你的马背,那我们不必再为这争论不休了。"

克兰芬坦又冲我哼了一声,看来他一点也不相信我。

"你真是一个固执的女人。"

"谢谢你的赞美。"

克兰芬坦呵呵地笑了起来,伸过他的胳膊揽住了我的肩膀。

"我们闻起来可真是糟透了。"我冲着克兰芬坦笑了笑。

"我们闻起来很糟糕？"克兰芬坦爽朗的笑声又响了起来。

借着淡淡的月光，我看到了他那挑起的英眉。他打趣地说道："那我们岂不是又应该再洗一次月光浴？"

我不禁被他逗笑了，心里默默地感谢着艾波娜女马神——感谢艾波娜女马神，克兰芬坦他看起来还好。

我们相互搀扶着默默地向前走着。我深深地呼吸了一口夜晚的新鲜空气，顿时全身畅快了不少。克兰芬坦那强壮有力的胳膊搂着我，我贪婪地享受着他的温暖。不久后，我们就会回到艾波娜神殿，回到那里后我们肯定能找出办法来对付那些该死的弗摩瑞人。

突然，一个声音从河岸旁的森林里传来，我和克兰芬坦吓了一跳。我们警惕地看着旁边的森林，原来，是一只受惊的白尾鹿窜进了森林深处。我放松下来，笑了笑。

"我们会不会碰到从缪斯神殿里逃出来的女孩，或者杜格尔和狄安娜？"

"我们肯定已经远远地落在了杜格尔和狄安娜的后面，我们不会碰到他们。我也不知道还有没有其他的女孩侥幸逃出来。"克兰芬坦的声音里充满了难过和忧伤，"当我们发现抵挡不住那些弗摩瑞人的时候，我让一些半人马战士先撤回河流对岸，再带领着一些半人马战士赶回了缪斯神殿。那些撤回河流对岸的半人马，要是遇上了逃出来的女孩肯定会施以援手，带着她们回到艾波娜神殿去，他们也会赶在我们的前面。"

那如果是这样……我们肯定不会再碰上任何人了，除了那些弗摩瑞人。

"月亮已经升得很高了。"克兰芬坦提醒着我。

我停了下来，仔细地打量着他。

"你真的准备好了吗？"

"是的，我准备好了，芮娅。"克兰芬坦轻轻地拂开我额前的乱发，"我的伤口很快就会愈合，不要担心。"

"好吧,我承认我是有点累了。"

克兰芬坦扶着我骑上了他的马背。

"你饿了吗?"

"可千万别提任何食物了,你知道的,我一直都很饿。"

"阿兰娜肯定已经给你准备好了丰盛的夜宵。"克兰芬坦回过头来瞥了我一眼。忽然,他瞪大了眼睛,"看!"克兰芬坦指着我们来时的那条道路。

我仔细地看了看,朦胧的月光下,我刚留下的每个足迹中间都有一颗亮闪闪的星星,就好像它们刚刚从天上掉下来一样。我眨了眨眼,那些星星很快就消失不见了。

"这是一种魔法吗?"我犹如置身于神圣的教堂一般,无比虔诚地说道。

"芮娅,也许在你的身上还有更多魔力没有发挥出来。"

克兰芬坦载着我向前走了几步,便一路小跑起来,哒哒的马蹄声响彻四周。我把头靠在克兰芬坦的肩膀上,思考着那神奇的魔法、神圣的艾波娜女马神,渐渐地,我沉沉地睡着了,我实在是太疲惫了。

我又进入了梦乡。在梦里,在塔尔萨城第四十一街道上我最喜欢的一间书店里的咖啡厅里,我蜷缩在一张舒适的摇椅上,惬意地品着一杯咖啡。书店的经理走过来告诉我,他为我准备了很多很多的书籍,可以让我随心所欲地选择。不得不说的是,这个可爱的经理长得非常像皮尔斯·布鲁斯南。然后,一个长得跟肖恩·康纳利一模一样的厨师,手里捧着一份精美的食物,笑意盈盈地向我走了过来。在他的身后,布拉德·皮特赤裸着上身给我端来了一杯香醇浓郁的梅乐汁……可是,慢慢地我又飘了起来,飘到了赛尔河流中间,这让我忍不住想要发一通脾气。

我喋喋不休地开始埋怨起来,但是我想起了艾波娜女马神启示我救了克兰芬坦——还不仅仅只是一次,我立即闭上了我的臭嘴。

"好吧,我准备好了,这次你又会带我去哪里?带我去吧。"我说道。

艾波娜女马神并没有回答我——只是,我慢慢地飞向了河流的上游,沿着我们刚刚走过的路又飞了回去。我叹了口气,打起了精神。

月光下,我脚下的亚赛奇沼泽反射着迷人的光芒。我左脸上被那些草割开的伤口开始隐隐作痛,似乎它们又重新裂开了。亚赛奇沼泽仍旧无边无际地向前蔓延着,一想到我和克兰芬坦差点深陷其中,再也走不出来时,我就忍不住害怕得全身发抖。前面有火光在闪烁,我的目光落到了沼泽地和河岸边的那片岩石区。我飞翔的速度慢了下来,几堆燃烧着的篝火映入我的眼帘。那些弗摩瑞人正散布在赛尔河的西岸。我继续沿着河流上游飞去,直到停在了一个巨大的火圈上空。那些弗摩瑞人正蹲在火圈旁,兴致勃勃地望着火圈中间。我朝着火圈中间一瞧,但是火圈中烟雾缭绕,看不清楚。慢慢地,风吹散了烟雾,眼前的景象把我吓得目瞪口呆。

只见在火圈里,忒耳西科瑞正赤裸着身体跳着魅惑至极的舞蹈。已经染上痘疹的她正发着高烧,全身通红,香汗淋漓。那些滚烫的汗珠不停地从那白皙细腻的皮肤上滴落下来,闪烁着诱人的光泽。她一会儿扭动着纤细的腰肢,一会儿踮起脚尖旋转飞舞,将优雅和性感发挥到了极致。她那乌黑亮丽的长发巧妙地遮住她的一部分酮体,就像给她披上了一块神秘的面纱,更添了迷人的气息。忒耳西科瑞正在诱惑着那群弗摩瑞人!她边跳边抚摸着每一个弗摩瑞人,把汗水留在了那些弗摩瑞人的身上。我默默地向艾波娜女马神祈求,请赐福给忒耳西科瑞,但愿她的牺牲是值得的。忒耳西科瑞继续舞动着,被她吸引住的弗摩瑞人越来越多,越来越多。她飞快地旋转到一个弗摩瑞人的身边,伸手轻轻地抚摸着他——然后,又飞快地旋转到下一个弗摩瑞人身边。她就像一个优雅美丽的舞蹈芭比娃娃,永不知疲惫地舞动着。但是,我仔细一看,才发现忒耳西科瑞的脸上没有任何表情,她的嘴唇已经干渴得裂开,她那像莲藕一般圆润的手臂上已经长出了绯红的疹子。

一个弗摩瑞人跳进了火圈,揽住了忒耳西科瑞的纤纤细腰,把她拉进了他的怀抱。我知道为什么其他的弗摩瑞人并没有阻止他带走忒耳西科瑞,因为他就是努阿达。

"跳够了,我的缪斯女神。"努阿达伸出手去,用他的爪子抓住了忒耳西科瑞的乳房,忒耳西科瑞那白皙的皮肤上立即留下了几道细细的血痕。然后,努阿达用他那长长的舌头舔了舔忒耳西科瑞那汗湿的肌肤,"我已经为你准备好了。"努阿达恬不知耻地叫嚣着。

他把忒耳西科瑞拉出了火圈。忽然,他愣住了,抬起头来,恶狠狠地盯着我。

"我的小姐!"努阿达尖叫着,艾波娜女马神把我带了回来。

我猛地直起身来。

"克兰芬坦,努阿达他抓住了忒耳西科瑞。"

"也许她的女神会保护她。"克兰芬坦低沉的声音飘荡在夜空中。

"忒耳西科瑞留下来是有目的的,"我向克兰芬坦解释道,"她想要把痘疹传染给那些弗摩瑞人。"

克兰芬坦猛地吃惊地转过头来道:"他们会被传染上吗?"

"我也想知道。"我垂头丧气地说道,"我知道痘疹会传染,我也知道痘疹如何传染。忒耳西科瑞这么做会把痘疹传染给普通人,我不知道那些怪物会不会和普通人一样也会被传染。"

"我们多久才会知道那些弗摩瑞人有没有被传染上痘疹?"

"让我想一想,"我叹了口气,"我记得要是一般人染上了痘疹,大约七天以后就会出现痘疹的症状。但是,我不知道那些弗摩瑞人是否也是如此。我猜,即便是他们未能很快染上疾病,他们也会感觉到不适。"

"那我们就有时间来准备了。"克兰芬坦若有所思地说道。

"希望我们足够幸运。"我默默地向艾波娜女马神祈祷,但愿缪斯女神们的牺牲不会白费。

"芮娅,你休息一下。天亮前,我们就会到达艾波娜神殿附近。"

克兰芬坦的话使我安心了不少,我闭上了我的眼睛,沉沉地睡去。

不知不觉地,天渐渐亮了,北方的天边低垂着一排白云,太阳羞答答地躲在云里不敢出来,天空飘着毛毛细雨。黎明已经过去几个小时,阴雨天总是格外阴郁。河流的对岸,我们的一个哨兵激动地喊了起来。

"芮娅诺小姐,你还活着!"他高声喊道,眼里盈满了泪水。

我冲着他笑了笑,克兰芬坦却没有停下他的脚步。

"我们已经到了。"我在克兰芬坦的耳边说道。

克兰芬坦咕哝了一声,点了点头,加快了脚步。

又沿着河岸走了很久,在河岸的一处,我们拐了一个弯。我看到了那座熟悉的古桥。虽然它还是那么高,我仍然吓得不敢睁眼,但是,看到它,我感到欢欣无比。

克兰芬坦踏上了那座古桥,又一个哨兵看到了我。他激动地冲着远处的另一个哨兵喊着,另一个哨兵又满怀欣喜地冲着下一个哨兵喊着,就这么一个接一个把消息传了过去。我想,很快,艾波娜神殿的人都会知道我和克兰芬坦回来了。

"我想我们的一些战士还是活着回来了。"我在克兰芬坦的耳边说道,我们的前边,欢呼声一浪接着一浪。

走过了古桥,再转了个弯,我们走进了艾波娜神殿。即使在这阴郁的天气里,艾波娜神殿的大理石墙壁依然闪烁着耀眼的光芒。人们全部从神殿里涌了出来,兴高采烈地朝着我们跑来。在人群中,一个金发碧眼的半人马女士格外出挑,她身后紧紧地跟着一个年轻的褐色半人马。

"狄安娜!杜格尔!"我冲着他们喊道,他们向我们疾驰过来。

"我告诉她,你们会回来的。"杜格尔兴高采烈地说道。

"这一次我承认他说得很对。"狄安娜也欢欣鼓舞地说道,她紧紧地拥抱着我,我差点从克兰芬坦的马背上跌落下来。

很快,我们的周围就人山人海,挤满了半人马和人。我们穿过了人群,来到了后门,莱斯维娜大声地嘶叫了一声,向我致以最热烈的问候。

"芮娅!"我听到了一个熟悉的声音,前面的庭院里,阿兰娜和卡罗伦急匆匆地向我们跑了过来。克兰芬坦疲惫地把我扶下了他的马背,卡罗伦快速地检查起我来。

"我很好——我很好。卡罗伦,你先替克兰芬坦检查。"我轻轻地拂开了卡罗伦。卡罗伦又看了我一眼后,转向了克兰芬坦,他开始仔细地检查起克兰芬坦身上那些大大小小的伤口。

"跟我来。"卡罗伦严肃地命令他的病人克兰芬坦。

克兰芬坦飞快地在我的额头上印上一吻，在我的耳边低语道："等卡罗伦替我检查完伤口后，我就到你的房间来找你。"然后，克兰芬坦听从吩咐，跟着卡罗伦离开了。有卡罗伦照顾他，我总算替克兰芬坦松了一口气。

我抬起双手，飞快地奔过去，拥抱着阿兰娜。

"芮娅，我相信你一定会回来的。"阿兰娜的声音有些颤抖，她的眼泪已经夺眶而出。

"让我们先离开这里。"我温柔地对阿兰娜说道。

阿兰娜把手臂揽在我的腰间，扶着我飞快地穿过拥挤的人群。我不断向热情的人们挥手致意，告诉他们我很好，我只是需要休息。

好不容易，阿兰娜扶着我总算穿过了熙熙攘攘的人群，我们走过了大厅，走进了浴室。阿兰娜微笑着吩咐门口的守卫：

"去拿些水、葡萄酒和新鲜的水果过来。然后再让人做一些丰富的食物送到芮娅诺小姐的房间去。"

阿兰娜关上了大门，我们就像两个小女生一样，欢天喜地地抱在一起。

"噢，阿兰娜，你看我把你弄脏了。"我吸了吸鼻子，擦了擦眼角的泪水。

"没关系，现在，先让我把你身上的脏衣服脱下来。"

这一次，我没有反对。

"阿兰娜，我的手在止不住地颤抖。"我笑着说道，这一次我总算体会到精疲力竭是什么感觉了。

阿兰娜拉过我的手，牵着我走进了温泉池里。门口响起了两声敲门声，一个神采奕奕的侍女走了进来，手里托着一个托盘。

"哦，我的小姐。"那个侍女高兴地说道，"你能安全地回到我们的身边，我们非常高兴。"

"谢谢。"我的舌头有些打战，"能够再回来，我也高兴得难以形容。"

她向我行了一个屈膝礼，喜滋滋地迈着轻盈的步子退出了房间。我躺在温暖的水里,重重地叹了一口气。

"给——"阿兰娜递给我一杯水,"——喝吧。"

我咕噜咕噜地把水喝了下去。

"真是太好喝了,以前从未觉得这么好喝过。"

我把水杯拿在手上,歇息了片刻,又大大地喝了一口。

"谢谢。"我把空杯子递给了阿兰娜。我突然想起,我的头发真是脏透了。可是,我现在最想做的并不是立即把它们冲洗干净,而是把我的头浸泡在温暖的水里,随心所欲地在水里摇来摇去。

"阿兰娜,帮帮我,我必须把自己清洗干净了。"

阿兰娜没有问任何问题,她只是把沙皂倒在我的头上,温柔地替我搓揉起来。然后,她递给我一块海绵。我走到了温泉中央,把整个身体全部泡在了温水里,冲洗着我满身的污垢。冲洗干净后,我回到了池边。阿兰娜又递了一杯水给我,我端起来一饮而尽,我的手总算不再颤抖。

"好点了吗?"阿兰娜关切地问道。

"好多了,谢谢你,我的朋友。"

阿兰娜在池边盘腿坐下,这一次,她给我满上了一杯葡萄酒,还给我递过来一个装满新鲜水果的托盘。我感激地冲着她笑了笑,抓起一块甜瓜放进嘴里。我狼吞虎咽地嚼了起来,清甜的果汁溢满了我的舌头。

"简直难以置信,回家的感觉如此美好。"我大大地舒了一口气。

"那我们能留下来吗?"

阿兰娜的话让我想起克兰芬坦已经命令杜格尔把艾波娜的人全部疏散到河流对岸去。

"克兰芬坦并不这么认为。"缪斯神殿那衰败残破的景象浮现在了我的眼前,"我认为克兰芬坦的做法是对的,有缪斯神殿的人到艾波娜神殿来吗?"

"有,就在黎明前,五个半人马女猎手和一队半人马战士护送着一大群人来到了艾波娜神殿。卡罗伦已经替他们检查了伤口,现在他们正在休整。然后,没过多久,狄安娜和杜格尔也回到了艾波娜神殿,并且告诉我们,克兰芬坦殿下吩咐我们必须尽快离开艾波娜神殿。等明天天一亮,我们就会开始过河,到河流对岸去。"

"塔利亚也和他们一起来到了艾波娜神殿吗?"

"是的,塔利亚神主也和大家一起来了。不用担心,她很好。"

"那希拉呢?"我屏住了呼吸。

"没有。"阿兰娜难过地说道,"希拉她还没有回来。"

"还有其他的半人马战士回来吗?"

"是的,今天早上,在狄安娜和杜格尔之后,另一队半人马护送着一些病人回到了艾波娜神殿。"

"那么,总共有多少半人马战士回到了这里?"我又屏住了呼吸。

"大概有三百多个。"阿兰娜轻声地说道。

什么!一千个半人马战士只幸存下来三分之一?我简直难以置信。我闭上了眼睛,默默地祈祷着,祈祷还有更多的半人马战士还活着,他们正在回来的路上。

"我们的守卫又回来了多少?"我接着问道。

"我们总共派了两艘船出去,每艘船上有五十个守卫。现在,只回来了一艘船。战士们说,那些弗摩瑞人早就等在了岸边。"阿兰娜的声音有些空洞无力。

"沃尔夫城堡和麦克纳马拉城堡的战士不是已经来支援我们了吗?"

"他们来得太迟了,康纳已经让他们撤退回去了,他们也损失了很多人。"

我不由得倒吸了一口冷气:"这简直就是一个噩梦。"

"我们一定会想出办法来阻止那些弗摩瑞人。"阿兰娜的声音里已经透着些许绝望。

"是的,我们一定能找到办法来阻止他们。"我的话毫无底气,连我自己也不敢相信。

21

换上一身干净的衣服，挽上一个漂亮的发髻，吃了很多新鲜的水果和喝了不少香醇的葡萄酒后，我整个人精神抖擞，容光焕发。全然不似刚才那个满身秽物、又脏又臭的帕克·莎伦。阿兰娜把那个精致的小皇冠戴在了我的头顶上，我们手挽着手步出了浴室。一个小侍女慌慌张张地跑了进来，满怀歉疚地给我行了一个屈膝礼。

"原谅我的打扰，我的小姐。洗衣房着火了，虽然火已经被扑灭了，但是现在那里一片混乱。还有尤娜和诺拉正在为谁应该为这场火灾负责而争执不休。"那个小侍女说得太快，已经有些气喘吁吁。

我还来不及回答，阿兰娜便冲着那个女孩微微一笑："我随后就来。"阿兰娜转向了我，给了我一个拥抱，"芮娅，我会处理好这件事情。克兰芬坦殿下很快就会从卡罗伦那里回来，你的晚餐已经给你送到了你的房间。过一会儿，我就会回来。"阿兰娜跟着那个小侍女走出了大厅。

门口的守卫替我打开了房间的大门，我走了进去，大门又被关上了。我开始仔细地打量着这个房间，它还是那么漂亮，那么熟悉。舒适柔软的"棉花床"躺在地上，上面的床单被褥整整齐齐。窗户前的帘子半挽起，使得阴雨天的房间不那么阴郁。书房一角的桌上，一本书半卷着，旁边还有一杯酒，更是添了不少意境。餐桌上摆满了各种各样的美食，诱人的香味不断飘进我的鼻子里。我的胃又咕咕叫了起来，我快步走过去，开始狼吞虎咽起来。

我正抓起一只美味的鸡腿，一个声音从书房里传了出来，我抬起头来看向了书房。

"谁？"我大声地喊道，猜想也许是某个侍女正在书房里除尘。可是，并没有人回答。我耸了耸肩膀，也许是我太过疲惫产生了幻听。

我正大口地咀嚼着鸡腿的时候，那个声音又响了起来。这一次可比上一次还要响亮——就像一个沉重的东西掉到了地上一样。

好吧，肯定是某个粗心的侍女不小心打破了东西。她非常害怕我会责

·425·

骂她,所以躲了起来,不敢出来。不过,也有可能是——那些弗摩瑞人闪过了我的脑海,一种不适的感觉袭上心头。

我叹了口气,用金色的柔软的餐巾纸擦了擦嘴巴,不舍地瞥了一眼桌上的食物,站起身来,不情愿地朝着书房走去。

我知道这很荒谬,但是越走近书房,那种不安的感觉更加强烈。我停了下来,突然害怕那些邪恶的弗摩瑞人已经神不知鬼不觉地溜进了艾波娜神殿。

不,不,我并没有感觉到邪恶的存在。这只是一种不适的感觉,这种不适的感觉还非常熟悉——只是我一时记不起来在哪里也有过这种感觉。

书房里,那些骷髅头烛台上摆放着许多正燃烧着的蜡烛。房间还是和我最后一次见它的时候一模一样,各种各样的书整整齐齐地排列在书架上,只不过那张美丽的地图已经被卷了起来。可是,那种不适的感觉并没有散去。我开始怀疑,也许只是我吃了太多的水果,所以才感觉到了不适。我的目光停在了书桌的中间。

我突然感到呼吸困难,就好像被谁掐住了我的喉咙一样。

那只水壶,那只我在拍卖会上拍下的水壶,那只让我发生车祸,带我到这个世界来的水壶,它正静静地立在书桌的中间。我努力地想要呼吸到一口新鲜的空气,可是,晕眩却铺天盖地地向我袭来。房间开始摇晃起来,我想要后退几步,但是我的身体根本就不听我的使唤。我好像被吸进了一个巨大的漩涡,就像站在一只巨大的玻璃鱼缸里一样,我不能呼吸,我溺水了。那个漩涡开始发光,我知道了,它正要把我拉回原来的世界去。

我的意识越来越模糊,那只水壶变得越来越亮,我看见一个跟我一模一样的人赤裸裸地站在一个陌生的房间里。那个房间的玻璃外面是现代社会才有的无线电天线。"我"伸开双手,慢慢地走向前去。

忽然,有谁把我猛地拽了回来,是克兰芬坦!他冲过去,一把挥下了桌上的那只水壶。"砰"的一声,那只水壶掉在了地板上碎成几片。克兰芬坦走了过去,用他的马蹄反复地碾着水壶的碎片,那些碎片在克兰芬坦的马蹄下慢慢变成了沙粒。慢慢地,它的光辉也消失了。

我还是不能呼吸,渐渐地走进了一片黑暗。

"芮娅……芮娅……"我听到有人在遥远的地方叫我,"芮娅……你醒醒。"那个人还在呼唤着我。可是,我不能回答——我不能走出那片黑暗。

"莎伦·帕克!睁开你的眼睛,回来吧!"

我猛地睁开了眼睛,我正躺在克兰芬坦的怀里。他脸色惨白,满眼全是担心。

"发生了什么事?"我努力地想要回想起来刚才发生了什么事。我记起来了,我挣扎着坐了起来,"那只水壶!它想要把我带回去。"我的头又感到一阵晕眩。

"静静地躺着,芮娅,我已经打破了它。"克兰芬坦在我的额头印上一吻,"我已经派人去叫卡罗伦过来了。"

"我还好。"但是,我并没有再挣扎着坐起来,而是静静地躺在克兰芬坦那温暖的怀抱里。

"你看起来可不太好。"

"你看起来也不太好。"我轻轻地抚了抚克兰芬坦的脸庞。

他还没来得及再说话,卡罗伦冲了进来,阿兰娜紧紧地跟在他的身后。

"出了什么事情?"卡罗伦在我的旁边跪了下来,他摸了摸我的额头。然后,抬起了我的手,替我号起脉来。

"那只水壶出现了。芮娅诺想把她换回去。"克兰芬坦解释道。

"哦,不!"阿兰娜用手捂住了她的嘴巴。

"当时我正在大厅里,"克兰芬坦接着说道,"然后,我的心听到了她的尖叫。我冲了进来,她正在书房里。那只水壶正闪闪发光,房间也似乎摇晃了起来。我把她拉出了房间,摧毁了那只水壶。之后,她就昏了过去。"

"现在我感觉好多了。"

"你能站起来吗?"卡罗伦问道。

"我可以。"在他们的搀扶下,我慢慢地站了起来,"扶我到桌子旁,我快要饿死了。而且,现在我非常需要喝上一杯葡萄酒。"

427

"她好多了。"听起来,克兰芬坦似乎放心了不少。但是,他还是搀扶着我走到了桌子旁。

克兰芬坦在我的躺椅旁边跪了下来,他把我牢牢地抱在怀里。阿兰娜给我递了一杯酒,然后,她和卡罗伦坐到了我们的对面。

我喝了一大口葡萄酒,总算是止住了内心的颤抖。

"芮娅诺她想要回来。"我很惊讶,我居然很冷静,"我早就知道,她很快就会想要回到这里来。她心血来潮地离开了这里,成俄克拉荷马为了俄克拉荷马的一所中学的老师,领着普通人的薪金——不管是谁,也都会想要回来。"我知道,其实他们根本不明白我说的是什么。但是他们还是没有打断我,任由我喋喋不休。"不知道她用了什么方法,偷窥到我的世界。她看到了汽车、飞机、摩天大楼、高速公路,还有电视和电脑。"我"咯咯咯"地笑着,感觉头又有点晕眩。"芮娅诺以为她会成为那一切的女皇。但是,很遗憾,她错了。作为一个老师,工资很低,工作却很辛苦。我们还得随时准备迎接那些学生父母的责难。我的意思是,我们学校的有些老师甚至还想穿上防弹背心去学校。"

"芮娅……"克兰芬坦止住了我的长篇大论,"我不会让她把你带离我的身边。"

"那我们怎样才能阻止她?"我又颤抖起来。

"刚才我们不就阻止她了吗?"克兰芬坦用胳膊搂紧了我,我贪婪地享受着他带给我的温暖和安全。

"我们会确保每一个人看到发光的水壶都会打破它。"阿兰娜笑着安慰着我,"我们会说那是邪恶的力量。如果它再出现时,我们会在它伤害到你之前,就打破它。"

"不是'如果',是'当',我知道芮娅诺肯定会不断地尝试。"

"由着她。"卡罗伦说道,"芮娅诺不会成功的。"

克兰芬坦紧紧地搂着我,让我相信我非常安全。

"吃些东西吧,芮娅。"克兰芬坦在我的耳边低语道,"它们会让你好起来。"

"确实,它们总是能让我好起来。"我喃喃自语道,拿起一块白色的鱼肉放到了嘴里。好不容易,我才放松一些,认真地听克兰芬坦和卡罗伦商讨着疏散艾波娜神殿的人到河流对岸的细节。门口响起了一阵敲门声,我房间的大门打开了。

一个大汗淋漓的守卫匆忙地向我们敬了个礼,慌张地说道,"在艾波娜神殿的前面发现了弗摩瑞人。"

克兰芬坦猛地站了起来,冲出了门外。

22

"让杜格尔把所有半人马战士和艾波娜神殿的守卫都召集起来,到艾波娜神殿东北面的城墙外。"克兰芬坦吩咐道,那个卫士匆匆地离开了。我们四个人也慌忙地穿过了大厅,朝着庭院方向走去。

"那些弗摩瑞人怎么来得如此之快?"我有些不敢相信。

我们走进了仍旧人头攒动的庭院。

"因为这阴雨天气。"卡罗伦冷冷地说道,"弗摩瑞人不喜欢阳光,他们在阴雨天里行走的速度更快。"

"我早就该料到他们会来得如此迅速。"克兰芬坦有些懊恼,"卡罗伦,让所有的战士都集结到艾波娜神殿东北面的城墙外,不管他们有没有受伤——告诉他们,我们已经没有选择了。"

卡罗伦快速地亲吻了阿兰娜的脸颊,匆匆离去。

"阿兰娜,"克兰芬坦转向了阿兰娜,"让所有的妇女把艾波娜神殿里所有的大锅都搬到庭院中央来,把艾波娜神殿里存储的所有的烛油也搬到这里来。"

"好的,克兰芬坦殿下。"

"别想吩咐我去做一些事情来把我支开,克兰芬坦,我要和你在一起。"我很害怕克兰芬坦会让我离开他的身边。

"我从来也没有这么想过。"克兰芬坦好像看穿了我的心思。

到了艾波娜神殿的城墙边,我们并没有穿过大门,而是沿着城墙一直往前走。很快,我们来到了一支有些散乱的半人马队伍的前面,在他们的后面,是士气低落的艾波娜守卫。

杜格尔走出了队伍,狄安娜站到了他的旁边。

"那些弗摩瑞人来了。"

杜格尔点了点头:"我们听说了,现在情况怎么样?"

"发现弗摩瑞人踪迹的哨兵是谁?"克兰芬坦问道。

一个年轻人走上前来,向我们鞠了一躬。

"把你看到的情况汇报一下。"克兰芬坦吩咐道。

"我的殿下,我是驻扎在艾波娜神殿北面的哨兵,我负责监视河岸边的情况。我听到了一阵奇怪的声音,所以我爬上了我附近的一棵古老的橡树。就在艾波娜神殿的北方,我看到一群长着翅膀的人迅速地朝着这里移动。然后,我就跑回来汇报情况。"

"狄安娜,把你的女猎手们带到城墙上,我们不要你们的弓箭来防御。"克兰芬坦开始给其他的半人马战士和艾波娜守卫分配任务,现在的战士们众志成城,同仇敌忾。

"那些妇女已经在用大锅熬烛油,我们得把这些熬化的烛油搬到城墙上来。还有,把火把和柴块都搬到城墙上去,这是我们能阻挡那些弗摩瑞人靠近艾波娜神殿的唯一办法了。"

战士们迅速地散开了,现在只留下了杜格尔、克兰芬坦和我。

"我们也到城墙上去,加入狄安娜他们。"克兰芬坦牵着我走向了通往城墙的楼梯。

这个楼梯非常陡峭,我忽然感到一阵……晕眩。就在前几天,狄安娜才带着我走过了一个同样陡峭无比的螺旋楼梯。这对我来说,可是一场灾难。

通往艾波娜城墙的楼梯比通往缪斯神殿屋顶的楼梯更光滑,更宽敞。它的栏杆非常牢靠,便于人用手扶着它。我们爬上了城墙,狄安娜和其他女猎手已经拉开了弓。我站在杜格尔和克兰芬坦的中间,在茫茫的暮色里,眺望着远方,想要观察远处的动静。但是,除了淅淅沥沥的小雨之外,我们并未观察到任何移动的东西。

又有人踏着楼梯走上了城墙,我回过头去,看见战士们正抬着一大锅满满的融化了的烛油走到城墙上来。我们过去帮着那些战士,半人马们则继续注意前方的动静。

城墙上每隔三四个空栏杆处就有一个大孔,战士们开始把柴火和煤块填进那个大孔里。然后,他们再把装满烛油的大锅吊了起来,并且用火把点燃了油锅。

我记得克兰芬坦说过,艾波娜神殿可是一个防守要塞。卡罗伦也说过,艾波娜女马神可不像缪斯女神那样,她可是一个女战神。所以,艾波娜神殿总是处于战备状态——但愿我们所有的战士都能像她一样勇敢、坚强、无畏。

没过多久,那些受了伤的半人马和守卫们也到城墙上加入了我们。只见他们全都神情严肃,迅速地在城墙上排开,严阵以待。

克兰芬坦问刚才向我们汇报那些弗摩瑞人行迹的哨兵:"你叫什么名字?"

"帕特里克,我的殿下。"

"艾波娜神殿里储存了足够的弓弩和弓箭吗?"

"是的,我的殿下。"

"那把弓箭和弓弩发给他们。"克兰芬坦指着那些受伤的战士。

卡罗伦也来到了城墙上,粗略地检查了一下那些受伤的战士。

克兰芬坦把他带到了一边,道:"让阿兰娜把艾波娜神殿里所有的妇女都聚集起来。并让阿兰娜告诉她们,带上毯子、葡萄酒和武器。"克兰芬坦顿了一下,"任何武器,不管是菜刀还是剪刀,也许都能派上用场,总比赤手空拳要好得多。"

"我会告诉她们的。"卡罗伦又匆匆地走下了楼梯。

"克兰芬坦!"狄安娜的声音传了过来,"你看,那里!"

·431·

我们顺着狄安娜的手指看过去，许许多多的弗摩瑞人正从四面八方慢慢地涌进城墙。我还听到了他们轻蔑的、不可一世的嘶叫声。

"大家做好准备,等待狄安娜发出命令。"克兰芬坦临危不惧,声音非常镇定,"瞄准他们的头或者脖子,你们知道,他们可是不易被杀死的。"

那群弗摩瑞人越来越近了。

狄安娜已经全神贯注地瞄准了前方,其他的弓箭手也跟着她一起,拉开了手中的弓。

那群弗摩瑞人越来越近了。

我都已经能看清他们的脸了。他们的眼睛里闪烁着邪恶的红光,一个个摩拳擦掌。他们伸张着巨大的黑翅膀,张着血盆大口,露出了尖利的牙齿,还不断挥舞着锋利的爪子。

"放箭！"狄安娜大声喊道。利箭"嗖嗖嗖"地射了出去,划破了空气,霎时间空中下起了一场箭雨,飞快地落在了那些弗摩瑞人的身上。前排的弗摩瑞人中箭倒了下去,但是后面的弗摩瑞人踩着他们的尸体继续涌向前来。

"再放！"战士们又迅速地射出了手中的箭。

空中又下起了一场箭雨,又有很多弗摩瑞人倒了下去。但是,他们并没有停止他们的脚步。很快,他们就到达了城墙底下。

"倒油！"克兰芬坦果断地命令道。大锅大锅的烛油从城墙上倒了下去,城墙的底下传来一阵凄厉的哀嚎声,一些弗摩瑞人被滚烫的烛油烫得满地打滚。其他的弗摩瑞人发出恐怖的嘶叫声,他们停了下来,并没有继续踩着死去的弗摩瑞人攀上城墙来。

"把火把丢下去。"克兰芬坦又果断地下达了命令。战士们纷纷将手中的火把丢了下去,丢到了那些身上满是烛油的弗摩瑞人身上。顿时,城墙底下燃起了一片火海,火光明亮得让人睁不开眼睛。火海越燃越大,弗摩瑞人痛苦地哀嚎着,疯狂地奔跑着,逃离了城墙底下。

我转过头来,不想看到他们那扭曲的面孔。

城墙上响起了震耳欲聋的欢呼声。

"准备好更多的烛油。"克兰芬坦并没有沉浸于胜利的喜悦中,他冷静地命令道,"重新瞄准箭头,他们肯定会卷土重来。"

那些弗摩瑞人的皮肉烧焦的气味还没有散去。我紧紧地用手捂住了嘴巴,飞快地奔到城墙的另一边,用手扶着栏杆,弯下腰来,剧烈地呕吐起来。

吐完后,我用手擦了擦嘴。我的手止不住地颤抖,心也揪得紧紧的,嘴巴里满是臭味。

不得不说,我真的很讨厌呕吐,非常讨厌。

我现在才明白,作为一个英语老师,我实在是不适合这种残酷的战争场面,我也实在不能像其他的战士那样欢呼雀跃——是的,女孩们一般只能在储物室里喊喊"你居然敢偷偷约会我的男朋友",冲她男朋友的前女友叫嚣而已。而我就只能教训一个把泻药掺在你的水杯里的高一年级的学生,或者责骂一个把口香糖吐到教室的天花板上的初三年级的学生——仅此而已。

面对战争——我是真的不适合。我根本没有做好足够的心理准备,自己都应付不过来,又怎么能带领着战士们?

你可以的,尊敬的最高女祭司。艾波娜女马神带给我不少安慰。我深深地吸了一口气,但是这可不够,我的口腔里还是满是呕吐物的味道。

"芮娅?"我又走到了城墙的那边,克兰芬坦问道,"刚才你去哪里了?"

"我去呕吐了。"我听起来像极了一个可怜而无助的小女孩。但是,现在的我可顾不上那么多。

"过来,芮娅。"克兰芬坦用他那有力的臂膀紧紧地搂着我,我靠在他的胸前休息了片刻。

"可不要吻我——现在我的嘴里满是呕吐物的味道。"

克兰芬坦笑了笑:"也许我们可以去找些葡萄酒来漱漱口。"克兰芬坦轻轻地吻了吻我的头顶。然后,他搂着我,走下楼梯,穿过庭院。

"我的小姐!"努阿达在城墙外嘶叫道,"你在哪里?我的小姐。"

他的声音穿过厚厚的城墙,冲进了我的耳朵。我挣脱克兰芬坦的怀抱,飞快地冲上楼梯,跑到了城墙上。只见努阿达正徘徊在那些烧焦的尸体旁,他那大大的翅膀高高地耸起,凌乱的头发遮住了他的脸庞,还有,火光中的他居然赤裸着身体。

看到努阿达,我满腔的怒火都点燃了。

"你这个可怜的家伙,你想怎么样?"我说得很小声。但是,也许是艾波娜给我的声音施加了魔力,它居然大声地回荡在艾波娜神殿周围的半空中。

"我的小姐,我来了,我渴望你,你是我的。"

"那你真是太可怜了,你永远也不会得到我。"我知道我说的是真的,不管怎么样,艾波娜女马神永远也不会让努阿达得到我。

"我一定会得到你!"努阿达高声尖叫着。他那苍白的脸已经兴奋得双颊通红,上面还覆盖着一层激动的汗水,"明天我其余的队伍就会到达这里,我很快就会得到你的!"努阿达很是洋洋得意,"我今天先让他们同缪斯神殿的女人享乐一番,他们明天就会到达这里。我期待你的加入!"努阿达放肆地嘲笑着我,"今晚,我就让你和你那懦弱的艾波娜女马神再待上一会儿。顺便再让你和你那无能的半人马丈夫互诉离别衷肠,明天你就属于我了!"

克兰芬坦悄悄地向狄安娜做了个手势。狄安娜迅速地拉开了弓,射出了一箭,那支箭迅速地划破了空气。努阿达尖叫了一声,那支利箭刺穿了他的身体。

努阿达用手捂住伤口,消失在昏暗的暮色中。

"但愿那个家伙受伤不轻。"我喃喃自语道。

"你们轮流睡觉。"克兰芬坦从容不迫地命令着城墙上的战士,"狄安娜、杜格尔、帕特里克你们去找阿兰娜和卡罗伦,再一起到芮娅的房间去找我们。"克兰芬坦走下了楼梯,"芮娅,你跟我来。"克兰芬坦冲着我说道。

我们遵照克兰芬坦的吩咐,各自行动起来。

我跌跌撞撞地跟在克兰芬坦的身后,飞快地冲进了我们的房间。我还没来得及喘口气,克兰芬坦就把我拉进了他的怀里,他的吻铺天盖地地席卷而来。

我想要挣扎开来,告诉克兰芬坦就在不久前我才呕吐过。但是,他的吻是那么热情,那么激烈,我只能热情地回应着他。突然,克兰芬坦停了下来,紧紧地抱着我。

"那个家伙永远也不会得到你,我不会让他如愿的。"

"克兰芬坦,我知道你不会让他如愿。"克兰芬坦的双手怜爱地游走在我的背上,我的腿不禁有些瘫软。正在这个时候,门口响起了两声急促的敲门声。

"进来!"克兰芬坦不情愿地放开了我,大声地喊道。我给自己倒了一杯葡萄酒,坐到了躺椅上。

杜格尔、狄安娜、卡罗伦、阿兰娜还有帕特里克依次走进了房间。克兰芬坦没有任何的铺垫,直截了当地向他们宣布道:"我们得在黎明前离开。"

他们都对此没有提出任何异议。阿兰娜迅速走到房间的一边,变魔法似的拿出了六个酒杯,一一满上葡萄酒,然后分发给大家。

"怎样离开?"卡罗伦问道。

"我们把所有战士列成一个方阵,一部分战士手持盾牌和宝剑站在方阵前面。"克兰芬坦迎上了帕特里克的眼睛,接着说道,"一部分人手持长矛等武器站在他们的后面。"克兰芬坦又转向了狄安娜,"女猎手在方阵的四周拉好弓箭。所有的妇女和小孩都在方阵的最里层。其余的半人马战士和人类战士在方阵前面防御警戒。黎明到来以后,就让妇女和小孩们过河,我们在前面阻挡那些弗摩瑞人。等妇女和小孩们过河之后,我们也撤退到河对岸去。"

所有的人都沉默着,房间里一片寂静,静得可怕。

"这是我们唯一的办法了,如果我们坚持留在这里,那么所有人都会被那些弗摩瑞人杀死。"

"但是很多人都不会游泳,他们无法过河。"卡罗伦说出了一个事实。

"但是很多人都会。"我说道,"如果那些弗摩瑞人攻进了艾波娜神殿,那么,那些妇女将要面对比死亡更可怕的事情。"

"难道我们就没有办法阻止他们了吗?"阿兰娜问克兰芬坦,她还抱着希望。

"我们不能阻止他们。"克兰芬坦的回答非常坚决,"努阿达说明天会有更多的弗摩瑞人到达艾波娜神殿,他们的人数真的非常多。不只是远远超出了我们的战士,甚至比艾波娜所有的人加起来还多。我们无法阻止他们。"

"那我们过了河流之后又去哪里?"年轻的帕特里克有些担心。

"到一个安全的地方。"克兰芬坦轻轻地拍了拍帕特里克的肩膀。

"我们会去半人马平原。等我们休整好以后,我们会夺回艾波娜神殿,那时我们再回到这里来。"帕特里克默默地点了点头。

忒耳西科瑞闪过我的脑海,我暗自揣摩我们可不可以再等上几天,看看那些弗摩瑞人是否感染上痘疹。但是,转念一想,要是那些弗摩瑞人并未感染上痘疹,几天以后,整个艾波娜神殿将会陷入万劫不复之地。

我可不能拿他们的生命来冒险。

"为我们有一个新的开始干杯。"我举起了我的酒杯。

"为了我们新的开始。"其他人也庄严地说道,举起了手里的酒杯。

喝完了酒杯里的葡萄酒,我们各自忙碌起来。

23

"该死的,总是这么跑来跑去,这可不怎么有趣。"我忍不住嘟囔道,心里满是抱怨。我沿着大厅走进了浴室,我得最后在这里沐浴一次,我可一点也不想使用公共浴室,虽然我还不知道它在哪里。浴室外面,原来的守卫已经不在了。这不难理解,现在艾波娜神殿所有的人都忙碌着——可不会再有人有时间站在这里展示自己的肌肉。

腾腾升起的雾气弥漫在我的周围，我尽量忽略掉明天早上之后将再也不能到这里来的事实。看着这雾气氤氲的温水，看着这骷髅头的烛台——我想我会非常想念这里。

洗完澡之后，我走到了池边，又拿起那只装满沙皂的精致小瓶，放到我的鼻子前，深深地吸了一口气——我不禁开始回想起来，在那个皓月当空的晚上，一个半人马陪着我在寒冷的小池子里沐浴。现在那个半人马已经成为了我心中的挚爱。

"尊敬的艾波娜女马神，我祈求你……"我闭上了眼睛，默默地祈祷着，"祈求你让他在明天之后还能活着。"一阵清脆的马蹄声响了起来，我转过身去。

"阿兰娜说看到你偷偷地朝着这个方向走来。"克兰芬坦笑着说道。

"我可没有偷偷地走来。我只是要处理一些私人的事情。"

"那需要我回避吗？"

"对你可没有什么需要回避的。"我冲着克兰芬坦笑了笑，走进了他的怀抱，"你的伤怎么样？"

"已经痊愈——我告诉过你，我们半人马身上的伤口可是愈合得非常快的。"

"其实我已经注意到了。"我轻轻地咬了一下克兰芬坦的胸口，享受着他肌肉轻微的颤动，"可惜我们没有更多的时间了。"我又轻轻地咬了一下他。

"我们有——"克兰芬坦把我紧紧地抱在了怀里，"——我们有明天的明天，我们还有很多个明天。"

"但愿如此。"我倚在克兰芬坦的怀里，享受着他给我带来的安全和温暖。

"你一定会得偿所愿。"克兰芬坦轻轻地吻了吻我的额头，"我们的士兵可是众志成城、戮力同心。"

"他们都很勇敢，我为他们感到骄傲。"

那些妇女接到疏散命令以后就忙碌起来，她们迅速地收拾好了简单的包裹,里面装着一些简单的换洗衣物和防身的武器。不得不说,她们也很让人敬佩,没有任何抱怨,是那么镇定、从容。黎明已经来临,她们和她们的家人都聚集到了庭院里,默默地等候着,等候着过河。

没有人谈起那些弗摩瑞人的人数远远超过了我们的人数,没有人谈起我们的战士中有很多的伤员,也没有人谈起今天又是一个阴雨天——这对那些弗摩瑞人更加有利。那些妇女就这么安静地等在那里。不幸的是,等待我们的不是一个光明灿烂的未来却是一条湍急的河流。它距离艾波娜神殿几百码远,它的河岸是那么陡峭。许多妇女根本就不会游泳,但是也没有任何一个人提起。她们和她们的丈夫、她们的父亲静静地坐在一起。她们的丈夫、她们的父亲都拿上了长矛,拿上了尖刀,尽管他们以前从未使用过任何武器。没有眼泪,没有歇斯底里——更没有任何的畏惧。

"我仍然有些担心莱斯维娜。"我们已经决定,在战士们撤退的时候就把它和它的同伴们放出马厩。那些弗摩瑞人应该不会伤害它们——那么,它们就可以存活下来。

同时,它们也可以帮我们分散那些弗摩瑞人的注意力,这样我们就能为过河赢取更多的时间。

"莱斯维娜非常聪明,它自己会过河去。"

靠在克兰芬坦的胸前,我点了点头,默默地向艾波娜女马神祈求,祈求她可以庇佑莱斯维娜。

"我想要让你知道一些事情,克兰芬坦。"我转过身来,凝视着他的眼睛,"克兰芬坦,是你让我感受到了幸福,你就是我梦寐以求的丈夫。"

克兰芬坦用手轻轻地刮了一下我的鼻尖道:"芮娅,我告诉过你,我就是为爱你而生。"

"这简直太不可思议了。"我把眼睛睁得大大的,"嘿!这太神奇了。"

克兰芬坦笑了笑,弯下腰来,深情地吻着我的嘴唇。

浴室门口响起了两记敲门声,阿兰娜走了进来。

"克兰芬坦殿下,狄安娜小姐正在找你,她想知道你让她女猎手在哪里设伏。"阿兰娜瞥了我一眼,"我也需要为我的小姐准备一下行装。"

阿兰娜表情非常严肃,我冲着她笑了笑。

"阿兰娜,请给我找一套合适的衣服。"

"不要耽搁太长的时间。"克兰芬坦在离开之前俯下身来,又吻了吻我的脸颊。

"啪"的一声,克兰芬坦关上了浴室的大门。我拉过阿兰娜的手,忽然计上心头。

"阿兰娜,给我找出一套绚丽夺目的衣服,我要穿上它。"

阿兰娜有些困惑:"芮娅,我认为这可不明智。努阿达正在找你,你应该尽量让他找不到你。"

"这可是比努阿达更重要的事情。"

"尽量让努阿达找不到你才是最重要的事情!"

"阿兰娜,你不是一直告诉我,从我来到这个世界起,我就是艾波娜女马神挑选出来的最高女祭司,我得领导所有的人。不是吗?"

阿兰娜还是困惑不已,但是她点了点头。

"那好,假如他们的最高女祭司都躲藏起来,那么他们又怎会有勇敢和自信?"

"但是你还是不能那么做。"阿兰娜的声音在颤抖。

"但是我没有其他的办法了。"

阿兰娜还是很困惑不解。

"阿兰娜,你真的相信我是艾波娜女马神挑选出来的最高女祭司吗?我的意思是我可是莎伦·帕克,只不过没有人知道我在假扮芮娅诺而已。"我注视着阿兰娜,等待着她的回答。

"当然,我当然相信。"阿兰娜毫不犹豫地答道。

"我也相信。"我慢慢地说着,"我得保护我的人民,艾波娜女马神会保护我。"

阿兰娜有些心慌意乱。我继续说道:"阿兰娜,这样好不好——你给我穿上一套绚丽夺目的衣服,然后再给我披上一件黑色的披风。除非有必要,否则我一直都会隐藏起来。"

阿兰娜那紧绷的小脸蛋总算放松下来,她点了点头表示同意,迅速地在最近的一个衣橱里翻找起来。一件又一件的衣服被阿兰娜丢到了一边,我已经脱下了身上的衣服。

"就是它!"阿兰娜兴奋地叫起来,"我找到了,它在这里。"

阿兰娜转向了我,她的手里捧着一套精致华丽的衣服。我屏住了呼吸,情不自禁地走过去抚摸着它。和往常完全不一样,这套衣服非常厚重——就像用黄金打造出来的甲胄一样,它的四周缀满了钻石,在烛光中闪烁着耀眼的光华。

"这简直是太惊人了。"我稍稍吸了一口气,伸开了我的双手,好让阿兰娜替我穿上它。

很快,阿兰娜便替我穿好了它,长裙及地,显得我更加窈窕动人、优雅美丽。我又坐到了梳妆台前,阿兰娜给我梳理起头发来。她正准备给我梳一个优雅的法式发髻,但是我打住了她。

"就让它们散在背后。"

"但是这样显得太凌乱了。"对于我的请求,阿兰娜很是不解。

我满不在乎地耸了耸肩膀。

阿兰娜还没有来得及继续说话,门口响起了两记急促的敲门声。

"请进!"我大声地喊道。

"我的小姐,"一个战士走了进来,"克兰芬坦殿下告诉我,现在是离开的时候了。"

"谢谢,告诉他我马上就来。"

那个战士匆匆离去,阿兰娜放下了我的头发,任凭它们散在我的肩膀。她转身走向了另一个衣橱,取出了一件长长的灰色的披风,披在了我的肩上,原本还光彩夺目的我一下子黯然失色。

"哦,阿兰娜,拜托,芮娅诺也会披上它?"这可不像芮娅诺的品位,当然这也绝对不是我的品位。

"当她想悄悄地去一个地方,不想被认出来的时候,她就会披上它。"阿兰娜帮我理了理披风。

阿兰娜后退了几步,站到了我的面前,开始仔细地审视着自己的成果,"这样你就没那么显眼了。"阿兰娜非常满意。

"好吧,我们走吧。"我拉过阿兰娜的手,走出了门口,朝着前面的庭院走去,"阿兰娜,不管发生了什么事情,你都一定要到河边去。"

阿兰娜惊恐地看了我一眼,还来不及回答我,我们就已经走进了人群中。

艾波娜神殿的城墙边上,方阵已经整齐围成,正慢慢地朝着河边向前挪动。正如克兰芬坦原来的安排,最外层是手持盾牌和宝剑的半人马战士,也间插了许多艾波娜神殿的战士。战士们的后面,是那些妇女的丈夫和父亲。那些妇女和小孩挤在方阵的最里层,妇女们柔声安慰着她们的孩子,从容不迫,镇定自若,充满自信地看着自己的孩子、自己的丈夫、自己的父亲,还有前面的战士。

"向艾波娜女马神挑选出来的最高女祭司芮娅诺小姐致敬!"克兰芬坦率先有力地说道。方阵里所有的人都转过身来,虔诚地向我致敬。

"向艾波娜女马神挑选出来的最高女祭司芮娅诺小姐致敬!"

我的丈夫克兰芬坦来到了我的身边,抬起我的手,放到了他的唇边,温柔地吻了吻。我镇定地说道:"在你们离开艾波娜神殿之前,我会向艾波娜女马神祈求,祈求她庇佑你们每一个人。"

克兰芬坦优雅地走到了一边,艾波娜神殿里一片寂然。

"我们每个人的生命都只有一次。一旦我们的生命之光熄灭,我们就只能期待来世,今生再也没有第二次机会。"我的声音好像经过了麦克风放大一般,我知道是艾波娜女马神的魔力,"生命不只是痛苦和愉悦,它更是一个伟大的奇迹,随时随地都有着不可思议的魅力——"

我瞥了一眼克兰芬坦,笑了笑:"——今天,让我们勇敢地大胆地朝前走去,尽管前面有着凶恶的野兽和魔鬼。但是,请你们相信,善良和正义就在这里。"我真诚地看着所有的人,"艾波娜女马神将会与我们同在,她会陪着我们穿过黑暗,直达光明。"

所有的人都一脸肃穆,眼神坚毅,充满了信心,整齐地回答道:"向艾波娜女马神致敬！"然后,克兰芬坦走上前去。

"半人马女猎手们已经在你们的前面设防,她们会保护你们的。"克兰芬坦冲着狄安娜点了点头,狄安娜带着女猎手们走到了方阵后面,拿出了弓箭,"等我们到了艾波娜神殿的大门口,方阵前面的战士就会带领着你们出去。不要犹豫,不要停止,你们的目的是河流。一旦你们到达河对岸,你们就安全了。然后我们随后也会到河对岸去,不要恐慌,不要害怕,艾波娜女马神会陪伴着你们。"

所有的人都点了点头,转向了艾波娜神殿的大门。

"芮娅,你也必须跟他们一起走。"克兰芬坦温柔地对我说道。

"克兰芬坦,你得带领我们到河边去。"我知道在我的人民面前我应该坚强勇敢,但是我一想到克兰芬坦会处于那些弗摩瑞人的包围中,我的心就恐惧不安。

"狄安娜会带领着你们。我必须和其他的半人马一起留下来。"克兰芬坦把我拉进了他的怀抱里,在我的耳边安慰道,"不要担心,我随后就来找你。"

"那你一定要安全地来找我。"我的声音在颤抖。

克兰芬坦飞快地吻了吻我,然后转身离开。

阿兰娜走过来,把我的手放在了她的手里,紧紧地握住。

"芮娅,我们走吧。"

方阵开始慢慢分开,我们穿过大门。太高兴了,人群中,塔拉还有小克丽丝蒂娜正站在卡罗伦的身后。卡罗伦向我鞠了一躬,然后轻轻地吻了吻阿兰娜。

"克兰芬坦殿下坚持让我跟你们一起走。"卡罗伦说道。

我正准备开口说话,狄安娜的声音响了起来:

"其余的半人马战士已经走到了艾波娜神殿的后面,他们正监视着前方。"狄安娜专心致志地盯着北方,"马厩里的马已经放出去了。"狄安娜顿了一下,"现在一切准备妥当——克兰芬坦殿下已经发出指示,我们开始出发。"方阵最外层的半人马战士在狄安娜的命令下开始飞奔起来。

半人马战士们飞快地驰到了艾波娜神殿的大门外,警戒起来。方阵中间的人开始一路小跑,离开艾波娜神殿。

天越来越亮,一轮太阳挂在了天边。笼罩在天空里的大雾已经开始慢慢消散,清晨已经来临。

"艾波娜女马神,"我默默地祈祷着,"让这些大雾全都散去吧。"我伸长了脖子,想要看一看留守在艾波娜神殿的战士们。但是残留的浓雾笼罩着他们,我什么也没有看见。

艾波娜神殿的四周传来了一阵凄厉的嘶叫声,那群弗摩瑞人来了。

"不要停下来,继续往前!"狄安娜喊道,妇女们犹豫着加快了自己的步伐。

"快,我们继续往前走。"我接着鼓励着大家,"紧紧地跟着前面的战士——我们很安全。"

茫茫大雾里,一阵震耳欲聋的马蹄声响了起来。一群惊慌的马从艾波娜神殿大门里跑了出来,漫无目的地跑向了四面八方。

"你们看到莱斯维娜了吗?"我大声地吼道,想要在那飞快奔驰的马群中找到莱斯维娜。

"没有。"卡罗伦回答着我。

我惊恐地睁大了眼睛,一群一群的弗摩瑞人涌向了那群马匹。他们伸出了他们那锋利的爪子,露出了尖利的牙齿,一阵肌肉撕裂的声音传来,一些骏马倒在了地上。我身后的女孩尖叫起来,那刺耳的尖叫声迅速地传到四周。那些弗摩瑞人掉转了方向,撇下了那些马匹,开始朝着我们扑过来。

"继续前进。"我用英语老师的大嗓门冲着大家喊道,人群继续向前快速地移动。另一声尖叫又响了起来,我回过头看到,一个半人马战士砍下了一个正在追赶我们的弗摩瑞人的脑袋。

"那些弗摩瑞人已经突破了我们战士的防线。"卡罗伦一脸凝重,他的声音严肃得可怕。

我一边飞快地朝前移动,一边警戒着我们的周围。受到袭击的马匹更是惊恐不已，它们疯狂地四处逃窜。那些弗摩瑞人还在紧紧地追赶着我们。我们的战士们正在英勇地抵挡着弗摩瑞人。但是，不少弗摩瑞人已经突破了他们的防线，借着他们的大翅膀，不断向我们逼近。

"该死的，那条河流到底在哪里？"我着急地问着阿兰娜。

"还有一半的路程。"阿兰娜的脸上一片惨白。

"女猎手们，用你们的弓箭瞄准。"狄安娜冷静地下着命令。五个半人马女猎手英姿飒爽地走出了方阵，在我们身后一字排开，拉开了她们手中的弓。

"放箭！"狄安娜一声令下，五支利箭"嗖嗖嗖"地射了出去，身后响起了那些弗摩瑞人的哀嚎声。

"战士们，举起我们的盾牌来。"方阵最前层的一个战士喊道。"梆梆梆！"方阵最前层的战士们把盾牌立了起来。我们的视线暂时被阻断了。

一群弗摩瑞人来到我们方阵面前，他们挥舞着锋利的爪子扑向了最前层的战士们，战士们和他们展开了一场激烈的厮杀。最前面的弗摩瑞人倒下去了，后面的弗摩瑞人踩着他们的尸体又扑了上来。

我们还在继续前进。

狄安娜不断地射出手中的箭——利箭飞快地滑出弓弩，射向了那些弗摩瑞人。突然，狄安娜把目光转移到了我的身上，迎上了我的目光。

"快点带着他们去河边，我们就要坚持不住了！"狄安娜冲我喊道。她的神情还是那么镇定，白皙的脸庞上已经满是血污。此时的她就是一个神圣而不可侵犯的女战神。

一个弗摩瑞人跃过了我们前面的战士，把爪子伸向了我们。卡罗伦推开了我，挥舞着手中的宝剑，斩下了抓住他肩膀的那个弗摩瑞人的爪子。那个弗摩瑞人还不罢休，继续向卡罗伦扑过来，卡罗伦小心地避开了他的攻击。然后转过身来，奋力一挥，砍下了那个弗摩瑞人的脑袋，那个弗摩瑞人轰然倒地。

阿兰娜用手迅速地捂住了脸，小声地啜泣起来。塔拉紧紧地抱着小克丽丝蒂娜不敢睁开眼睛。我把眼睛瞥向其他地方，不敢看那个丢了脑袋的弗摩瑞人,也不敢看卡罗伦。我们呆呆地愣在那里,周围的妇女陷入了一片恐慌之中。

抬起你的眼睛来,尊敬的最高女祭司,看看那个弗摩瑞人的身上。艾波娜女马神的声音驱走了我内心的恐慌。

我咬紧了牙齿,鼓起勇气看向了那个倒下的弗摩瑞人。

"看,他的身上有痘疹!"我激动得叫了起来,阿兰娜也放开了她脸上的手。

"是的,那是痘疹!"卡罗伦也兴奋地喊道,"这就是为什么他比我想象的要虚弱的原因,他们染上了痘疹。"

我们迅速地使其他的人镇定下来,又继续向前移动。方阵前面,越来越多的战士倒了下去,其余的战士还在拼死保护着方阵最里层的人的安全。我发现杀死那些弗摩瑞人已经不再那么困难——很明显,他们染上了痘疹,削弱了他们的体力。但是,他们的人还是非常多。

我才发现我们离河边其实还很远,反而离艾波娜神殿更近一些,也许根本就无法到达河边。从逻辑上来说,也许我们在艾波娜神殿里会更安全。但是现在我们回不去了,到处都是弗摩瑞人。没有更多的人手来保护我们回到艾波娜神殿。

你得找到帮手,尊敬的最高女祭司。艾波娜的声音又在我的心底响起。

忽然,一片银白色闪过我的眼前,这可不是狄安娜的头发和马身,也不是某个人惨白的脸色。是莱斯维娜!是它!

"莱斯维娜!"我喊道。莱斯维娜奔驰在方阵的周围,想要找到我。

把它叫过来,尊敬的最高女祭司。在艾波娜女马神的指导下,我不由自主地抬起了我的手,把手指放到了我干裂的嘴唇边上,吹起了一声响亮的俄克拉荷马式的口哨。

莱斯维娜猛地抬起头,朝着我飞奔过来。

我开始朝我前面的战士喊道:"让它过来。"战士们给它让开了一条通道,莱斯维娜穿过了方阵的人群,跑到我的身边停了下来,不断冲我吹气。

·445·

骑上它,尊敬的最高女祭司,我们要让那些弗摩瑞人看看我们怎样大获全胜。艾波娜女马神在我的耳边坚定地说道。

我匆匆地环顾四周——果不其然——阿兰娜向我跑了过来。

"阿兰娜!扶我骑到莱斯维娜的马背上去。"我转过身来,一把抓住了莱斯维娜那闪亮的鬃毛。

"你要做什么?"阿兰娜用手抬起了我的膝盖。

"去找人帮忙。"我轻松地骑到了莱斯维娜的背上,"阿兰娜,你得把这些妇女和孩子送回艾波娜神殿去。"

阿兰娜想要开口说话,但是我阻止了她。

"阿兰娜,相信我——相信艾波娜女马神。带他们回到艾波娜神殿去。"

阿兰娜郑重地点了点头:"芮娅,我相信你,我相信你们俩。"然后,阿兰娜转过身去,开始聚集起所有的妇女和孩子,对着他们喊道,"艾波娜女马神让我们回到艾波娜神殿去。"然后,阿兰娜对着方阵前面所有的战士也这么喊。接着,阿兰娜又跑向了狄安娜,紧紧地抓着她的手,真诚地向她示意,我让他们回到艾波娜神殿去。狄安娜望向了我,我凝视着她的眼睛,郑重地点了点头。狄安娜和女猎手们也加入了阿兰娜。慢慢地,整个方阵开始调转方向,开始朝着艾波娜神殿移去。

我把目光从阿兰娜的身上收了回来,静静地聆听着四周。不,确切地说是静静地聆听着我的心灵,聆听着艾波娜女马神的进一步指示。

看,尊敬的最高女祭司。

我眯起眼睛,越过那些战士和弗摩瑞人的头顶,让莱斯维娜原地转动,我扫视着我的四周。慢慢地,我睁大了眼睛,屏住了呼吸,凝视着西方地平线上。

沃尔夫城堡和麦克纳马拉城堡的战士来了。

是他们!是一群人类战士!他们在艾波娜神殿西面的地平线绵延成一条粗粗的长线。他们一手持着宝剑,一手持着盾牌,雄赳赳气昂昂地朝着艾波娜神殿走来。太阳光照在他们的宝剑上,照在他们的盾牌上,闪耀着一片耀眼的光芒。但是,我的喜悦很快就被冲淡,他们离我们还很远,不一定能及时支援我们。越来越多的弗摩瑞人冲了过来,我们的战士已经有些溃不成军,我们被困在了这里。

把沃尔夫城堡和麦克纳马拉城堡的战士叫过来,尊敬的最高女祭司,只有你才可以。

我一下子明白过来。我意外地来到这个世界里,代替了那个自私任性的芮娅诺,成为艾波娜女马神选中的最高女祭司。虽然这难以置信、不可思议,但是其实我早就准备好了,在过去十年的教师生涯里,我一直都领导着我的那群学生——现在,我的周围是我的人民,我得对他们负责,我得保护他们。

醍醐灌顶的我可不应该再需要艾波娜女马神的进一步指示。

飞快地,我把披风从我的身上解了下来。我理了理受到摩擦而飞扬起来的凌乱的头发。

环顾着四周,拿着一把宝剑的一个农场少年闯入了我的眼睛。

"小伙子!"那个农场少年睁大了他的眼睛看着我,"把你手上的剑给我。"

那个少年毫不犹豫地向我冲了过来,把手上的宝剑递给了我。该死的,这把宝剑可有些沉。出人意料地,我居然把宝剑举过了头顶,我伏在了莱斯维娜的马背上,夹了夹莱斯维娜的马背,它飞快地向前跑去。所有的人都惊讶地跳开,给我们让出了一条道路。我骑着莱斯维娜冲出了方阵,清晨的阳光照在了我的宝剑上,照到了我的衣服上,熠熠发光。我低下头来看了看我身上的衣服,满身的宝石不断地折射着阳光,此时的我就像是一个精灵的女王一般,全身散发着耀眼的光辉。魔法又出现了,我身后的足迹里,洒落着一颗颗闪亮的星星。

莱斯维娜载着我爬上了一个小山丘,我面向前面的沃尔夫城堡和麦克纳马拉城堡的战士。我高高地举起了宝剑,慢慢地抓住莱斯维娜的鬃毛,站到了它的马背上。莱斯维娜好像知道我的心意一般,稳稳地站在了山丘上。

· 447 ·

"到这里来！"我挥舞着头上的宝剑，大声地冲着远方喊道，艾波娜女马神又给我的声音施加了魔法——就像上次我站在石头阵上呼喊克兰芬坦一样，"沃尔夫城堡和麦克纳马拉城堡的战士，到这里来。"我用脚轻轻地碰了碰莱斯维娜，莱斯维娜也大声地嘶叫起来。

即使还离得很远，但是我听到了沃尔夫城堡和麦克纳马拉城堡的战士的喊叫声。

"芮娅诺小姐！是芮娅诺小姐！"

沃尔夫城堡和麦克纳马拉城堡的战士飞快地冲了过来，我继续挥舞着手上的宝剑。

"沃尔夫城堡战士，到这里来。"我的声音穿过了前面的土地。

沃尔夫城堡战士继续咆哮着飞快地冲了过来。

"麦克纳马拉城堡的战士，到这里来。"我的声音回荡在艾波娜神殿四周的空气里。

麦克纳马拉城堡的战士也继续咆哮着飞快地冲了过来。我们之间的距离越来越小，越来越小。

我身后的战士们兴奋地叫喊起来，他们也看见沃尔夫城堡和麦克纳马拉城堡的战士就快到来，一下子士气高涨。我回过头来一看，一个咆哮着的弗摩瑞人已经来到了我的身后。

"莱斯维娜！"我大声地尖叫起来。莱斯维娜转过身来，猛地朝着那个弗摩瑞人的右翼冲了过去，并用牙齿咬住了他的翅膀。莱斯维娜大力地转过头来，那个弗摩瑞人硬生生地被莱斯维娜撕下一块肉来，顿时哀嚎不已。趁着那个怪物吃痛的瞬间，我双手举起了手中的宝剑，用力地朝着他劈了过去。我手中的宝剑从他的肩膀一直划到了胸部，他轰的一声倒在了地上。

几乎就在同时，又一个弗摩瑞人踩着刚才死去的那个弗摩瑞人的尸体向我们扑了过来。勇敢的莱斯维娜开始用牙齿撕咬他，用马蹄踢踏他。

我们才同那个弗摩瑞人战斗了几分钟，越来越多的弗摩瑞人向我们围了过来。他们高耸着自己的大翅膀，张着他们的血盆大口，伸出他们那锋利的爪子,随时准备向我们扑过来。

"把她留给我!"一个熟悉的尖叫声响了起来,是努阿达!那些怪物立马给他让出一条道,努阿达小心翼翼地朝着我们所在的山丘走了过来。

"小姐。"努阿达冷笑道,"你不和大家待在一起,一个人站在这里,难道是在等我吗?"

我胯下的莱斯维娜的马蹄不断踏动着,努阿达滑翔到了我们的面前,莱斯维娜嘶叫着冲他发出警告。

"看来你的朋友并不想看到我。"努阿达笑得可怕极了。

"芮娅!"克兰芬坦怒吼道。我抬头一看,克兰芬坦正飞快地朝着我们的方向奔驰过来。

努阿达也看见了他。

"杀了那匹马。"努阿达命令其他的弗摩瑞人,他转过身去,迎向了克兰芬坦,"快!杀了他。"

我们周围的怪物开始咆哮着逼近我们,他们的包围圈缩得越来越小,越来越小。莱斯维娜眼里闪着精光,扬起了马蹄,警惕地看着蠢蠢欲动的怪物们。一股浓烈的血腥味扑面而来,我差点呕吐出来。莱斯维娜跪倒在地上,我从莱斯维娜的头上飞了出去,"砰"的一声,我跌落到潮湿的地面上。我的头上传来一阵痛楚,我昏了过去。

艾波娜女马神在我的耳边一遍又一遍地呼喊着。

醒来吧,尊敬的最高女祭司,现在你还不能休息。

我慢慢地从疼痛中醒来,才睁开眼,一阵晕眩感又向我袭来。我的身体慢慢地飘了起来,眼前一片模模糊糊的红色,根本无法辨认出谁是谁。

集中精神。艾波娜女马神又在我的耳边说道。我眨了眨眼睛,慢慢地吸了一口气,视野逐渐清晰起来。

我的几名贴身守卫已经来到了莱斯维娜的身边,他们成功地打退了那些弗摩瑞人向莱斯维娜的进攻。我稍稍松了一口气,又把目光放到了几码远的地方。克兰芬坦和努阿达不断地周旋着,都警惕地看着对方。我飘到了他们的上空,才发现克兰芬坦满身鲜血,大汗淋漓。努阿达也不例外,他的鲜血不断从胸口的箭伤处涌出来,大翅膀上也是伤痕累累。慢慢地,我发现努阿达身上的不是鲜血,是大大小小的痘疹。是的,大大小小的痘疹已经长满了他的全身。突然,努阿达扑向了克兰芬坦,他那锋利的爪子插进了克兰芬坦的左肩。我不由得吸了一口冷气,心揪得紧紧的。我才发现,该死的,这痘疹并未削弱努阿达的战斗力。

克兰芬坦手中的长剑已经丢失了。现在的他只好用一把短的匕首和马蹄来抵挡努阿达疯狂的进攻。

"滚回去,你这变异的半人马,我会让你领回你妻子的尸体。"努阿达放肆地奚落着克兰芬坦。

"绝不。"努阿达的话并没有激怒克兰芬坦,相反倒让他镇定了下来。他沉着冷静地防御着努阿达的攻击,努阿达没有找到可以攻击的破绽,并没有占到任何上风。

"半人马,你知道吗?她喜欢我,她欢迎着我的到来。"努阿达一边放肆地叫嚣着,一边挥舞着锋利的爪子。不过,尽管如此,他们打成了平手,努阿达还是没有占到任何上风。

"她不会。"克兰芬坦镇定地回答道。

"不过,要是她还活着,就会证明我说的都是真的。"努阿达继续说道。

这句话激怒了克兰芬坦,他猛地冲向了努阿达,努阿达也迎上了他,他们俩扭打在了一起。忽然,他们俩都停了下来。努阿达那尖利的牙齿已经抵到了克兰芬坦的脖子上,可是,克兰芬坦手上那把锋利的匕首也抵到了努阿达的颈动脉上。这下,我的心紧张得都快要跳出来了。

我的身体慢慢地飘了下去,飘到了我的丈夫克兰芬坦的头顶。不过,我并没有看向克兰芬坦,我把目光移动到努阿达的身上。

我轻轻地颤抖了一下,我的身体变得清晰可见起来。我把手放到身后,十指纠缠在一起。我有些犹豫,但是看到克兰芬坦脖子上那尖利的牙齿,我不再迟疑了。

"嘿,努阿达,你不是在找我吗?"我诱惑着努阿达。

听到了我的声音,努阿达猛地抬起头来。就这一瞬间,克兰芬坦手上的匕首划破了努阿达的颈动脉。努阿达一脸的难以置信,他慢慢地滑了下去,倒在了血泊里。克兰芬坦站起身来,用他的马蹄不断地踩着努阿达的尸体。

"你再也没有机会了。"克兰芬坦吼道,他的马蹄来回地在努阿达的尸体上碾踏着,邪恶的努阿达再也不存在了,他化成了一堆肉泥。

我们的四周响起了一阵震耳欲聋的呐喊声,沃尔夫城堡和麦克纳马拉城堡的人终于到了,我们的队伍立刻庞大起来。很快,他们合成了一支队伍,奋力消灭着其余的弗摩瑞人。

我的头又晕眩起来,我发现自己呼吸有些困难。

"芮娅!"克兰芬坦的声音在远处响起。

"我不能……"我慢慢地吸了一口气,睁开眼睛,看见克兰芬坦冲到了我的面前,抱起了我。

"芮娅,坚持住。"我的视野越来越暗,"芮娅,坚持住,我带你回到艾波娜神殿去。"

我的眼前一片漆黑,我又晕了过去,什么也不知道了。

24

夜幕低垂,风儿轻悄悄地吹着。已经过去三天了,那些烧焦的弗摩瑞人的臭味还弥漫在艾波娜神殿里,挥之不去。我的头还是很痛,卡罗伦说我的太阳穴那里有一个小石头那么大的肿块。对此,我有些怀疑。我敢保证,我的太阳穴那里肯定有一个柚子那么大的肿块,它的四周全是淤青。不过,无论如何,我得感谢上帝,感谢艾波娜女马神,至少我还是那么聪明伶俐,我并没有被摔成一个傻蛋。

在联军的共同努力下,我们彻底打败了那些已经染上痘疹的弗摩瑞人。从此以后,他们再也无法兴风作浪、为非作歹。

卡罗伦推测,其实那些弗摩瑞人并不是真正的人类,他们只是像人而已。所以,他们才会那么容易那么快就感染上了痘疹,就像他们的孕育时间也比我们短一样。而很短的孕育时间,就是为什么在短短的时间内,他们的队伍居然发展到这么壮大的原因。尽管那夜我并没有见到我们的联军在艾波娜神殿外面同那些弗摩瑞人激战的场景,但是我知道那肯定同恐怖电影《活死人之夜》一样骇人,一样恐怖。至少,狄安娜是这么向我描述的。我从莱斯维娜的马背上摔下来以后,仍旧有些后遗症,头晕呕吐,看东西还有重影。所以,我也只了解一些。狄安娜说,最后那些弗摩瑞人停止了战斗,好像发疯了一般,开始自残起来,用他们的爪子不断撕裂着自己的身体,好像他们的皮肤紧紧地裹住了他们,使他们无法呼吸一般。狄安娜又解释说,最后我们的战士们不得不把所有的利箭射向了他们,结束了他们的痛苦。

"如果我们让他们继续受苦,"狄安娜说道,"那么我们也和他们一样残忍。"所以,战争最后以仁慈结束了。

战争结束了,但是还有一个问题,我们必须帮助那些怀着弗摩瑞人孩子的妇女。卡罗伦已经辛勤地工作起来,他向我们保证,在那些妇女从守卫城堡回来之前,他一定会想出办法来。

"该死的,我已经厌倦了在床上躺着。"我喃喃自语道。的确,这可不是和我的丈夫克兰芬坦的浪漫插曲,我只是无聊地躺在床上养伤而已。

我小心翼翼地站了起来,但愿我已经不会晕眩和呕吐。还好,除了头有些疼之外,我一切都还好。

所以,我站了起来。

好吧,也许我已经快好起来了。我小心翼翼地走到了窗前,推开一扇窗户。今晚很美丽,也很温暖。我小心翼翼地走进我的庭院,轻轻地嗅了嗅遍开在灌木丛中的金银花,清淡的花香扑鼻而来,简直令我心旷神怡。我想着一定要提醒自己,让我的侍女采摘一束回去,放在我的房间里。

"芮娅诺小姐。"一个低低的声音响了起来。

一个侍女害羞地走到了我的面前,恭敬地向我行了一个屈膝礼。

"塔拉!"我伸出手去,轻轻地拥抱着她。她那张可爱的小脸上立马飘上了几朵红晕。

"我的小姐!"塔拉也热情地拥抱着我,"马厩的侍女们让我来问你,你是否能去一趟马厩。"塔拉继续微笑着说道,"那个小女孩,克丽丝蒂娜正等着骑一骑艾波娜。"

"你去告诉他们,我马上就来。"

"芮娅诺小姐,看到你恢复了,我非常高兴。"塔拉似乎不想离开我的身边。

"看到你好起来,我也非常高兴。"塔拉的身上,除了一些特别深的痘痂,大多数的痘痂已经脱落。但是我相信,随着时间的推移,那些痘痂最终也会脱落。塔拉已经从疾病中恢复过来了,现在的她精神十足,充满了活力。

"谢谢你,我的小姐。那我这就去告诉他们。"塔拉害羞地把头扭到了一边。她的这个动作不禁让我想起了可敬的忒耳西科瑞来,我的眼睛里盈满了泪水。

"塔拉,你有没有想过将来要跳舞?"

塔拉的眼睛一下子亮了起来,说:"哦,我的小姐,能够跳舞是我最大的梦想!"

我有一种直觉,我猜忒耳西科瑞一定会同意塔拉继承她跳舞的遗愿。

"别急——等你的身体再好一些的时候,再来找我,我们一起谈谈你的梦想。"

塔拉非常愉悦地穿过了庭院,朝着马厩走去。

"记得来找我。"我冲着塔拉蹦蹦跳跳的背影喊道,"等你完全好起来的时候,一定要来找我。"

"我一定会的,我的小姐!"

"想帮助塔利亚重建缪斯神殿摆脱诅咒?"克兰芬坦低沉细腻的声音在我的身边响起。

"其实,我只是想起了忒耳西科瑞,我只是想我能不能再为她做些什么。"我若有所思地说道。

我抬起头来,看着克兰芬坦。淡淡的柔柔的月光洒在他的脸上,他眼角留下的伤痕就像湖面泛起的涟漪。那道伤痕,不仅不难看,反而给英俊的克兰芬坦增添了几分不一样的美。

克兰芬坦温柔地替我拂开脸上的碎发。

"请不要问我感觉怎么样,也不要叫我躺回床上去。"我的声音听起来可有几分暴躁。

"看来你已经能直起身子来走路了。"克兰芬坦俯下身来,用鼻子蹭了蹭我的脸颊,戏谑地说道,"看来,你也停止呕吐了。"

"当然,这一整天我都没有呕吐。"我有些抱怨。

但是我的坏脾气却没有吓退克兰芬坦。

"那么,你今天都干了什么呢?"克兰芬坦故意捉弄着我。

"我在思考把玛瑞安找来帮助阿兰娜,想要把她训练成阿兰娜的助手。"

克兰芬坦给了我一个疑惑的表情。

"这样的话,阿兰娜就不会这么忙。这样,她就有更多的时间来陪卡罗伦,是吗?"我继续说道,"我想……她们将来肯定会有三个小孩。"

克兰芬坦走近了我,用他的手轻轻地揽着我的腰。慢慢地,我离开了地面,克兰芬坦把我抱了起来。

"你怎么看我们的未来?"克兰芬坦的声音里充满了暧昧。

"我想——"我温柔地咬着克兰芬坦的耳垂,我猜也许我的丈夫克兰芬坦有办法治疗我的头痛,"——你今天晚上可以作一些改变。"

克兰芬坦轻声地笑了起来,飞快地轻吻了我一下。他把他的手移到了我的大腿下,这样我就不会晃来晃去,就能够乖乖地待在他的怀里,"我想我们也可以要一个孩子。"

"孩子!"我久久不能反应过来。

"当然。"克兰芬坦又呵呵地笑了起来,"我们当然会有自己的孩子。"

"但是——"我气急败坏地制止了他。

"在你原来的世界里,你知道孩子是怎么来的吗?"克兰芬坦故作严肃地凝视着我。

"但是——"我顿了一下,"——他会是什么样子呢?"

"男孩还是女孩?"克兰芬坦问道,他突然恍然大悟。

我把头靠在他结实的胸膛上,克兰芬坦问道:"你指的是半人马还是人类?"

"好吧……"克兰芬坦笑着看着我,吻了吻我的额头,"不管他是什么,他将来肯定是一个优秀的骑手。"

我的手慢慢地滑到我那平坦的小腹上,就好像触电一般,我的手底下的小腹里有什么东西动了动。

"一个孩子吗?"我的声音有点颤抖。

"也许你可以认为这是我对你的一个承诺。"克兰芬坦抱紧了我,我贪婪地享受着他的温暖。

"对未来的承诺。"我说道。

"对我们未来的承诺。"克兰芬坦纠正着我。

"我们未来的承诺。"我重复了一遍,"我喜欢它。"

"我也是,莎伦。"克兰芬坦低下头来吻住了我的嘴唇。"我也是。"我喃喃地说道。